世界の児童文学 登場人物索引

単行本篇

2014-2016

An Index

of

The Characters

in

Foreign Children's Literature

Published in 2014-2016

刊行にあたって

　本書は、小社の既刊 「児童文学登場人物索引アンソロジー篇　2003-2014　日本と世界のお話」 の姉妹版にあたるものである。
　また、先に刊行した「世界の児童文学登場人物索引　単行本篇　2011-2013」に続く継続版にあたるものである。
　採録の対象期間は 2014（平成 26）〜2016（平成 28）年とし、その３年間に国内で翻訳刊行された海外の児童文学の単行本作品の中から主な登場人物を採録し、登場人物から引ける索引とした。

　前刊「世界の児童文学登場人物索引　単行本篇　2011-2013」と同様、図書館の児童書架に置かれた書籍群の中から翻訳された外国人作家による文学作品を採録対象として主な登場人物を拾い出し、名前、年齢や短いプロフィールを抜き出して、人物名から作品を探せる索引とした。

　この索引は、外国の児童文学の作品の中から登場人物の名をもとに目当てのものを探すための索引である。しかし、何らかの目的を持った探索だけでなく、これらの豊富な作品群の中から、読んでみたい、面白そう、内容に興味が涌く、といった作品の存在を知り、そしてまったく知ることのなかった作品に思いがけず出会うきっかけにもなり得る一覧リストである。

　学校内で子どもたちが読書をする場所や、図書館のレファレンスの現場で利用していただきたい。
　そして、これ自体も一つのブックガイド、または登場人物情報として、児童であれ成人であれ、まだ知らない児童文学作品や物語を知ることのきっかけになればとも望んでいる。

　既刊の「世界の児童文学登場人物索引」（アンソロジー篇・単行本篇）、「世界の児童文学登場人物索引　単行本篇　2005-2007」、「世界の児童文学登場人物索引　単行本篇　2008-2010」、「世界の児童文学登場人物索引　単行本篇　2011-2013」、続刊予定の登場人物索引などと合わせて活用いただけることを願ってやまない。

2018 年 12 月

DBジャパン編集部

凡例

1. 本書の内容
　本書は国内で翻訳刊行された海外の児童文学（絵本、詩を除く）の単行本に登場する主な登場人物を採録した人物索引である。

2. 採録の対象
　2014年（平成26年）～2016年（平成28年）の3年間に日本国内で翻訳刊行された海外の児童文学の単行本885作品に登場する主な登場人物のべ3,398人を採録した。

3. 記載項目
　登場人物名見出し　/　人物名のよみ
　学年・身分・特長・肩書・職業　/　登場する単行本の書名　/　作家名;訳者名;挿絵画家名　/出版者（叢書名）　/　刊行年月
（例）

アーネスト・ドレイク博士（ドレイク博士）あーねすとどれいくはかせ（どれいくはかせ）
十九世紀後半のイギリスのドラゴン研究者でドラゴン・マスター、ドラゴン学を教える教授
「ドラゴン・プロフェシー」　ドゥガルド・A. スティール著;こどもくらぶ訳　今人舎　2015年6月

1) 登場人物名に別名がある場合は（　）に別名を付し、見出しに副出した。
2) 人物名のよみ方が不明のものについては末尾に＊（アステリスク）を付した。

4. 排列
1) 登場人物名の姓名よみ下しの五十音順とした。「ヴァ」「ヴィ」「ヴ」「ヴェ」「ヴォ」はそれぞれ「バ」「ビ」「ブ」「ベ」「ボ」とみなし、「ヲ」は

「オ」、「ヂ」「ヅ」は「ジ」「ズ」とみなして排列した。
   2) 濁音・半濁音は清音、促音・拗音はそれぞれ一字とみなして排列し、長音符は無視した。

5. 採録作品名一覧
　巻末に索引の対象とした作品名一覧を掲載。
　（並び順は児童文学作家の姓の表記順→名の順→出版社の字順排列とした。）

登場人物名目次

【あ】

アイアンサ	1
アイアンマン（トニー・スターク）	1
アイク	1
アイーシャ	1
アイシャ	1
アイシュリン・コプ	1
アイデアたまご	1
アイヴァー王子　あいばーおうじ	1
アイバーソン	1
アイヴィーポー	1
アイヴィーポー	2
アイラ	2
アイリス	2
アイリーン	2
アインシュタイン	2
アウレリア	2
アガサ・ハニガン（ミス・ハニガン）	2
アガサ・ミステリー	2
アガタおばあちゃん	2
赤の女王（イラスベス）　あかのじょおう（いらすべす）	3
赤の女王さま　あかのじょおうさま*	3
アギー	3
アギー（アグネス・ダンカン）	3
アキヴァ	3
アキ・バキバ	3
アキャンさん	3
アキラ	3
アキレウス	3
アクセル	3
アクタレ	3
アクタレたち	4
アグニシュカ（ニーシュカ）	4
アグネス・ダンカン	4
アグラーヤ・イワーノヴナ・エパンチン	4
アケミ	4
アーサー	4
アーサー・グラム	4
アーサー・コナン・ドイル（コナン・ドイル）	4
アザミ	4
あしながおじさま	4
あしながおじさん	5
アシュリ・ウィルクス	5
アストリッド・エリソン	5
アストリッド・リンドグレーン	5
アスラン	5
アタスン	5
アダム・ケント	6
アダム・ヘンリ	6
アダム・ルイス	6
アーチー・グリーン	6
アーチ・フェリ	6
アーチボルト・クレーブン（クレーブン）	6
アッシュ	6
アッベ（マチルダ・アルベルティーナ）	6
アーティー	6
アディ	6
アデュロ	7
アデーラ	7
アトス	7
アドニラム・ギブソン夫人（ギブソン夫人）　あどにらむぎぶそんふじん（ぎぶそんふじん）	7
アドルフ・ヒトラー	7
アナ	7
アナ	8
アナキン・スカイウォーカー	8
アナスタシア	8
アナベス・チェイス	8
アナベス・チェイス	9
アナベル・ウォード	9
アナリーゼ	9
アニー	9
アニー	10
アニー	11
兄　あに	11
アニー・エドソン・テイラー	11
アニカ	11
アニータ	11
アーニャ・ペスキン	11
アニー・ロス	11
アヌーク	12

名前	ページ
アーネスト・ドレイク博士（ドレイク博士）　あーねすとどれいくはかせ（どれいくはかせ）	12
アノリ	12
アーノルド	12
アビー・ウエスト	12
アービッド・イボーセン（スウェーデン）	12
あひるのこ	12
アファナーシー・トーツキー（トーツキー）	12
アプケ	12
アブラヒム・マムール	12
アペプ	12
アーベントシュトゥント	12
アボット先生　あぼっとせんせい	13
アマ	13
アマサ・マコーマー夫人　あまさまこーまーふじん	13
アマット	13
アマドゥ	13
アマリー（アマ）	13
アマリンダ姫　あまりんだひめ	13
アマリンボー・ウエスト	13
アマンダ・コリガン	13
アマンダ・シャッフルアップ	13
アミダラ女王　あみだらじょおう	14
アミーナ姫　あみーなひめ	14
アメリア・ローマン	14
アーメル	14
アーメンガード	14
アラジン	14
アラスデア皇子　あらすであおうじ	14
アラベラ	14
アラベラ	15
アラミス	15
アラン・エマヌエル・カールソン	15
アリ	15
アリエル	15
アリス	15
アリス	16
アリス	17
アリス・ウラパラ	17
アリス・キングスレー	17
アリステア・ウィンザー	17
アリス・ディーン	17
アリストテレスおじさん	17
アリスン・キャロル（キャロル）	17
アリソン	17
アリーナ・スターコフ	18
アリババ	18
アリ・ベイ	18
アルカーディ・アレクサンドロヴィチ・オレーニン	18
アルセーヌ・ルパン	18
アルセーヌ・ルパン（ルパン）	18
アルセーヌ・ルパン（ルパン）	19
R・ダニール・オリヴォー（ダニール）　あーるだにーるおりぼー（だにーる）	19
R2-D2　あーるつーでぃーつー	19
R・T　あーるてぃー*	19
アルテミス	19
アルバス・ダンブルドア	19
アルバス・ダンブルドア	20
アルバス・ダンブルドア（ダンブルドア）	20
アルバート・ジョプリン	20
アルバート・ヒッカム	20
アルビン	20
アルファ	20
アルフィー	20
アルフィ・ウィートクロフト	20
アルフレッド	21
アルベルチーヌ・シモネ	21
アルベール・マイヤール	21
アルムおんじ	21
アレクサ（レキシー）	21
アレクサンドラ・サマセット	21
アレシア・ベック	21
アレックス	21
アレックス・ブレナン	21
アレックス・リプトン	21
アーロ	22
アローシャ	22
アロナクス博士（ピエール・アロナクス）　あろなくすはかせ（ぴえーるあろなくす）	22

名前	ページ
アロワ	22
アーロン	22
アーロン・モーガン	22
アン	22
アン（ブライス夫人）　あん（ぶらいすふじん）	22
アンクル・ビーズレー	22
アンジェラ	22
アンジェリーヌ	22
アンジェリーン	23
アン・シャーリー	23
アン・シャーリー	24
アンソニー・ロックウッド	24
アンソン	24
アンディ	24
アンディ・グリフィス	24
アンティクワス	24
アントニオ先生　あんとにおせんせい	24
アントニオ・ヴィヴァルディ（アントニオ先生）　あんとにおびばるでぃ（あんとにおせんせい）	24
アントニーオ・モッロ	25
アントニン・ソホル	25
アンドリュー	25
アンドリュー伯父　あんどりゅーおじ	25
アンドレ	25
アンドレアス・ヴェサリウス	25
アントロット	25
アントン	25
アンナ	25
アンナ	26
アンナ・カーリン・ニエミネン	26
アンナ・レーナ	26
アンニカ	26
アンネリちゃん	26
アンバー・ブラウン	26
アンブリッジ	26
アンブローズ・マーヴィン（マーリン）	26
アン・マリー・ラポアント	26
アンリエット	27
アンリ・ファーブル（ファーブル先生）　あんりふぁーぶる（ふぁーぶるせんせい）	27
アン・リュー	27

【い】

名前	ページ
イカリ	27
イクスタ	27
イグッチ	27
イグナス	27
イグナチウス・B・ムッツリー（イグッチ）　いぐなちうすびーむっつりー（いぐっち）	27
イグナチウス・B・ムッツリー（イグッチ）　いぐなちうすびーむっつりー（いぐっち）	28
イグナチウス・B・ムッツリー（ムッツリーさん）　いぐなちうすびーむっつりー（むっつりーさん）	28
イグネイシャス	28
イザドラ・ムーン	28
イザベラ	28
イザベラ（ベラ・ドンナ）	28
イザベラ姫　いざべらひめ	28
イザベル・アルマン	28
イザベル・キャラハン	28
イザムバード	29
イザヤ・ストームワーグナー	29
イーサン・ウェイト	29
イザングラン	29
イシィ	29
イジドール・ボートルレ	29
イジドール・ボードルレ（ボードルレ）	29
石村 紅功（ベニ）　いしむら・べにこ（べに）	29
イスマイル・ハック	30
イソップ博士　いそっぷはかせ	30
イーダ	30
イーダ・クローネンベルク	30
イーダ・ホルムストレーム	30
イッフィー（イフィゲネイア・ピーボディ）	30
イーニ	30
イーニッド・ガトマイヤ	30
イーニッド・ガトマイヤ	31
いぬ	31

犬（メナシ）　いぬ（めなし）	31	ウィル	35
イーバ	31	ウィルコックス	35
イバール	31	ウィル・コリガン	35
イバン	31	ウィルスン	35
イヴァン・イヴァーヌイチ	31	ウィルダ・ヒギンズ	35
イヴァン・ドゥヴニヤック	31	ウィル・トリーティ	36
イービー	31	ウィル・バロウズ	36
イブ	31	ウィルマ（ウィリー）	36
イフィゲネイア・ピーボディ	32	ウィレン	36
イフェメル	32	ウィロウ・ドーバー	36
イベット	32	ウィロー・チャンス	36
イーマット	32	ウィンキー	36
イメルダ・スモール	32	ウィンキーピープス	36
イモジェン	32	ウィンター・ソルジャー	36
イーヨー	32	ウィンターモルゲン	37
イーヨー	33	ウェイラム	37
イーライ	33	ウェスリー・ハワード	37
イライザおばさん	33	ウェッブ	37
イライジャ・ベイリ（ベイリ）	33	ウェーバーさん（パパ）	37
イラスベス	33	ウェルス宰相　うぇるすさいしょう	37
イリデッサ	33	ウェルドンおじさん	37
イール	33	ウェンディ・モイラ・アンジェラ・ダーリング	37
イルカ（スピリット）	33		
イワン	33	ウォッシュバーンさん	37
イワン・フョードロヴィチ・エパンチン（エパンチン）	33	ウォーナー	37
		ウォーリー	37
イン	34	ウォリアーズ・スリー	38
インゲ・マリーア・イェンスン	34	ウォルター・テイト	38
インジャン・ジョー	34	ウォルト	38
インディ・ホルト	34	ウォーレンおじさん	38
インドリディ	34	受付係　うけつけがかり	38
		ウサギ	38
【う】		ウッディ	38
		ウーマ	38
ウィグル	34	ウマール	38
ウィドウ	34	ウミヘビ（ジョージ）	38
ウィニー・ザ・プー	34	ウラジーミル・メンシコフ	39
ウィリー	34	ウーリ	39
ウィリアム・キャクストン	35	ウーリ・フォン・ジンメルン	39
ウィリアム・スパイヴァー	35	ウルシュラおばさん	39
ウィリアム・デント（ビリー）	35	ウルトロン	39
ウィリアム・メインウェアリング	35	ウンク	39
ウィリアム・ロンジェスピー	35		

【え】

A　えー	39
エイジャックス・ペナンブラ(ペナンブラ)	39
エイダ・ボイス	39
H・G・ウェルズ(バート)　えいちじーうぇるず(ばーと)	39
エイト	40
エイブじいさん	40
エイプリル	40
エイブル	40
エイミー	40
エイミー(A)　えいみー(えー)	40
エイミー・ランド	40
エイミー・ランド	41
エイリーン	41
エクセル	41
エコー	41
A・J・フィクリー　えーじぇいふぃくりー*	41
エージェント・カラス	41
エージェントP　えーじぇんとぴー	41
エジルリブ	41
エステール・デュヴォ	41
エスメ	42
エズラ・ブリッジャー	42
エディ	42
エティー・シャフター	42
エディタ・アドレロヴァ(ディタ)	42
エディ・パークス	42
エディリオ・エスコパール	42
エデ・シュペルリング	42
エド	42
エドゥアール・ペリクール	42
エドウィーナ	43
エドガー(エディ)	43
エドマンド	43
エドメ	43
エドリック(エド)	43
エドワード	43
エドワード・ダン・マローン(マローン)	43
エドワード・チャン	43
エドワード・テュレイン	44
エドワード・ハイド(ハイド)	44
エナ	44
エバ・エイト(エイト)	44
エバ・ナイン	44
エヴァリン	44
エヴァン・ウォーカー	44
エヴァン・ダフィールド	45
エパンチン	45
エヴァン・トレスキー	45
FN-2187　えふえぬにーいちはちなな*	45
FN-2003　えふえぬにーぜろぜろさん*	45
エベニーザー・スクルージ(スクルージ)	45
エマー	45
エマ・ウィバーリー	45
エマ・ブルーム	45
エミリー	45
エミリー	46
エミーリエ	46
エミリー・コヴァック	46
エミリー・ディキンソン	46
エミリー・バーンズ	46
エム・イー	46
エム・イー	47
エム・イー(マリアエレナ)	47
エメリアン	47
エラ	47
エラ(シンデレラ)	47
エラク	47
エラ・リトルジョン	47
エリー	47
エリオット	47
エリー・クルツ	47
エリザベス(リズ)	47
エリザベス・グレーソン	48
エリザベス・ジョーンズ	48
エリザベス・ペニーケトル(リズ)	48
エリザベス・ベネット	48
エリザベス・マードック	48

エリザベス・リッチモンド	48
エリック	48
エリック王子　えりっくおうじ	48
エリナー・シューマン	49
エリー・ブラウン	49
エリン・クック	49
エルグ	49
エルサ	50
エルシー・ヒッカム	51
エルスケ	51
エルゼアール・ブフィエ	51
エルノラ・コムストック	51
エルビー	51
エルフ	51
エルロック・ショルムス	51
エレクトロ	52
エレナ	52
エレナー	52
エレン	52
エンゼル	52

【お】

オーウェン・パーマー	52
オーウェン・フォード	52
おうさま	52
おうさま	53
王さま　おうさま	53
おうじ	53
王子　おうじ	53
王子（エドワード）　おうじ（えどわーど）	53
王子（キット）　おうじ（きっと）	53
王子さま　おうじさま	53
王女　おうじょ	53
オウムたち	53
オウル	53
大おばさん（ミス・ターナー）　おおおばさん（みすたーなー）	54
オオカミ	54
大きなオニ（セドリック）　おおきなおに（せどりっく）	54
お母さん（ブーフマッハー夫人）　おかあさん（ぶーふまっはーふじん）	54
オーガスト・ブリル（ブリル）	54
オーガスト・プルマン	54
オーガナ将軍　おーがなしょうぐん	54
おかみさん	54
オギー（オーガスト・プルマン）	54
おきさき	54
おきさきさま	55
オクサ・ポロック	55
オーケン	55
オゴ	55
おじいさん（アルムおんじ）	55
おじいさん（ジェハン・ダースおじいさん）	55
おじいちゃん	55
おじいちゃん	56
おじいちゃん（ルーカス・モントローズ卿）　おじいちゃん（るーかすもんとろーずきょう）	56
おじさん（クレイヴン氏）　おじさん（くれいぶんし）	56
おジャマじゃマット	56
オズ	56
オスカー	56
オスカー・ダンリーヴィ	56
オスカル・マンシーニ	56
オーソン・マックグロー	57
オットー	57
オットー・フントビス	57
オツリッサ	57
オーティス・オーティス	57
オーディン	57
オデュッセウス	58
おとうさん	58
お父さん　おとうさん	58
お父さん（アンドレ）　おとうさん（あんどれ）	58
お父さん（ブーフマッハー氏）　おとうさん（ぶーふまっはーし）	58
男の子（ポール）　おとこのこ（ぽーる）	58
おとなりさん	58

おにいさん（窓ふきのおにいさん）	58
おにいさん（まどふきのおにいさん）	
お兄ちゃん（トミーお兄ちゃん）　おにいちゃん（とみーおにいちゃん）	59
お兄ちゃん（リッキー）　おにいちゃん（りっきー）	59
オーノ	59
おばあさま	59
お祖母さま　おばあさま	59
おばあさん	59
お婆さん　おばあさん	59
おばあちゃま（アイリーン）	59
おばあちゃん	59
おばあちゃん	60
おばあちゃん（エマー）	60
おばあちゃん（エリザベス・ジョーンズ）	60
オバアチャン（ナオエ）	60
おばあちゃん一号　おばあちゃんいちごう	60
おばあちゃん三号　おばあちゃんさんごう	60
おばあちゃん二号　おばあちゃんにごう	60
おばあちゃん四号　おばあちゃんよんごう	61
お姫さま　おひめさま	61
おひめさま（アイリーン）	61
オビ・ワン　おびわん	61
オビ・ワン・ケノービ（ベン）	61
オビンゼ・マドゥエウェシ	61
オブシディアナ姫　おぶしでぃあなひめ	61
オブシディアン・ダーク（ダーク）	61
オホ女王　おほじょおう	62
オーマン	62
オームストーン	62
オームズビー	62
おもらし教授　おもらしきょうじゅ	62
おやすみがかり	62
おやゆびひめ	62
おやゆび姫　おやゆびひめ	62
オーラ	62
オラフ	63
オラフ王子　おらふおうじ	63
オリガ	63
オリバー	63
オリヴァー・ウォーバックス	63
オリバー・クリスプ	63
オリバー・ハーン	63
オリビア	63
オリビア（リビー）	64
オリヴィア・プルマン	64
オリビア・メルトン・ベロー	64
オリーブ・C・スペンス　おりーぶしーすぺんす	64
オルカ	64
オルスタンス	64
オルソラ	64
オーロラ	65
オーロラ姫　おーろらひめ	65
女公爵　おんなこうしゃく	65
女の子（ナニー）　おんなのこ（なにー）	65
オンネリちゃん	65

【か】

カー	65
母さん　かあさん	65
母さん　かあさん	66
母さん（ケイ）　かあさん（けい）	66
母さん（テス）　かあさん（てす）	66
カイ	66
カイオン	66
カイジン	66
カイ・マーカム	67
カイル・キーリー	67
カイロ・レン	67
カエサル	67
かかし	67
過去のクリスマスの精霊　かこのくりすますのせいれい	67
カザコフ	67
カサンドラ（エヴァリン）	67
カシア	67
カシム	67

カシュヌール	68
カーズ	68
ガス・ジェンキンス	68
カーター	68
カーター・ケイン	68
カーター・ベンソン	68
カーター・ベンソン	69
カーダール	69
カーチャ	69
カッシア・マリア・レイズ	69
カーディー	69
カーティス	69
カトサリダ・ソマイス(カトサル) かとさりだそまいす(かとさる)	69
カトサル	69
カドマス・プライド	69
カートライト	69
カトリーナ	70
カドルッス	70
カトル博士 かとるはかせ	70
カナシミ	70
ガニマール警部 がにまーるけいぶ	70
ガーニャ	70
ガーネット	70
カバくん	70
カパストーン長官 かぱすとーんちょうかん	70
カビー	71
カービー・ターナー	71
ガブガブ(サラダ・ドレッシング博士) がぶがぶ(さらだどれっしんぐはかせ)	71
ガブリエル	71
ガブリシャ・ボレイコ	71
ガブリーラ・アルダリオノヴィチ・イヴォルギン(ガーニャ)	71
カミ	71
カーミラ	71
カモノハシ(シンコー・スイム)	71
カラー	71
カラ・ウッド	71
カラス(エージェント・カラス)	72
カラバこうしゃく	72
カラ・ベン・ネムジ	72
カラ・モザミ	73
カリカリ	73
カリスタ	73
カリスフォード氏 かりすふぉーどし	73
ガリバー	73
カーリー・ロドリゲス	73
カルー	73
カル・ジェローム	73
カール・ハース	73
カルペパー一家 かるぺぱーいっか	74
カルメンチュ	74
カルラ・ヤーン	74
カルンクル	74
カーレン	74
カーロ	74
カロヤ	74
カロライン(カーロ)	74
カロライン(カーロ)	75
カンガ	75
監督(ソクラテス監督) かんとく(そくらてすかんとく)	75

【き】

木 き	75
キアロスキューロ(ロスキューロ)	75
キイチゴ	75
ギエム	75
きこり	75
キーストン	75
徽宗 きそう	75
北風 きたかぜ	76
キット	76
キツネ	76
キップ・マコナキイ	76
キディ	76
キティ(ミス・キャサリン)	76
ギデオン	76
ギデオンさん	76
ギデオン・ド・ヴィリエ	76
ギデオン・ド・ヴィリエ	77
ギビングズ氏 ぎびんぐずし	77

ギブソン夫人　ぎぶそんふじん	77
きみ	77
キム・テイラー	77
キャサリン・ブルック	77
キャサリン・レノックス（ケイティ）	77
キャシー	77
キャスケット船長　きゃすけっとせんちょう	77
キャスリーン	77
キャスリーン	78
キャスリーン・チャンドラー（ケイティ）	78
キャッスル	78
キャット・ポテンテ	78
ギャビー	78
ギャビー・ホランド	78
キャプテン・アメリカ	78
キャプテン・アメリカ（スティーブ・ロジャース）	79
キャプテン・バルボッサ	79
キャプテン・フリント	79
キャボット	79
キャラハンキョウジュ	79
キャリー	79
キャリー・ルイーズ・フィッシャー	79
キャルパーニア・ヴァージニア・テイト	79
キャロライン（母さん）　きゃろらいん（かあさん）	79
キャロライン・ヘンダーソン	79
キャロル	79
キャンディ	80
キャンディス・フリン	80
ギュス	80
ギュスターヴ・ベランジェ（ギュス）	80
キュンキュン	80
キョウさん	80
ギラン	80
キーラン・ウッズ	80
切り裂きジャック　きりさきじゃっく	80
義理の姉（アナスタシア）　ぎりのあね（あなすたしあ）	80
義理の姉（ドリゼラ）　ぎりのあね（どりぜら）	81
ギルデロイ・ロックハート（ロックハート）	81
ギルバート	81
ギルバート・ブライス	81
禁煙さん　きんえんさん	81
きんぎょ（フワフワ）	82
キング	82

【く】

クアン兄さん　くあんにいさん	82
クアン・ハ	82
クィーン	82
クイン	82
クイン・キィ	82
クイン・キィ	83
グウィネス	83
グウィラナ	83
グウェン・ステイシー	83
グウェンドリン・シェパード	83
クエーカー（フェリックス・クエーカー）	83
グエン・クアン・ハ（クアン・ハ）	84
グエン・ティ・マイ（マイ）	84
クエントン・コーエン	84
クキ	84
クサイさん	84
クジラ	84
薬屋のおじさん（アリストテレスおじさん）　くすりやのおじさん（ありすとてれすおじさん）	84
口ひげさん　くちひげさん	84
工藤 ベン　くどう・べん	84
クマ（ウィニー・ザ・プー）	84
クマ（プー）	84
クマ（プー）	85
クマ（ヴォイテク）	85
クライド・アムニー	85
クラウス・ウィンターモルゲン（ウィンターモルゲン）	85
クラウディア	85
食らう者　くらうもの	85
クラーク・ケント（スーパーマン）	85
クラックス	85
グラッフェン	85

クラップ校長（パンツマン）くらっぷこうちょう（ぱんつまん）	85
クラップ校長（パンツマン）くらっぷこうちょう（ぱんつまん）	86
グラディス・サマセット	86
クラブンデさん	86
グラム	86
クララ	86
クララ先生　くららせんせい	86
クララベル姫　くららべるひめ	86
クラランス・フルート	86
クラリス・マクラレン	87
グラント	87
グリーシャ・グリゴーレヴィッチ	87
クリスタおばちゃん	87
クリスチャン（C）くりすちゃん（しー）	87
クリストキント	87
クリストフ	87
クリストフ	88
クリストファー・ロビン	88
クリス・ブラッドフォード	88
クリスマス	88
グリフィン・ガトー	88
グリマルキン	89
グリーン・ゴブリン	89
クリンサー	89
グリーンスリーブズさん	89
グルブ	89
クレア	89
クレア・エルスワース	89
クレアおばさん	89
クレア・リミエ・ランメ・フォースティン	89
グレイ	90
クレイグ	90
クレイ・ジャノン	90
グレイス	90
クレイヴン氏　くれいぶんし	90
クレイマー	90
グレガー総隊長　ぐれがーそうたいちょう	90
グレース	90
グレース・テナント	90
グレース・テンペスト	91
グレッグ	91
グレッグソン	91
グレッグ・ヘフリー	91
グレーテル	91
グレートデビルトイレ	91
クレーブン	91
クレマイヤー	91
クレンプ	91
クロイツカム	92
クロウ（日暮の君）くろう（ひぐれのきみ）	92
クロウ先生　くろうせんせい	92
クロエ	92
クロス	92
クロッド・アイアマンガー	92
クロード	92
クロノス	92
グローバー・アンダーウッド	92
グローリー	92
クワイ・ガン　くわいがん	93
クンクン	93

【け】

K　けい	93
ケイ	93
ケイおばさん	93
ケイコ	93
ケイティ	93
ケイティ・ウォルシュ（K）けいてぃうぉるしゅ（けい）	93
ケイティ・メドウズ	93
ケイト	94
ケイト・ウィヴァリー	94
ケイト・ウォーカー	94
ケイトおばさん（アマサ・マコーマー夫人）けいとおばさん（あまさまこーまーふじん）	94
ケイト・オリヴァー	94
ケイト・マクレディ	94
ケイトリン・バーン	94
ケイナン	94
ケイン	94

ケイン・ソレン	95
ケート・コムストック（コムストック夫人）　けーとこむすとっく（こむすとっくふじん）	95
ケムリ	95
家来たち　けらいたち	95
ケリー・アーデン	95
ケルシー・グリーン	95
ゲルダ	95
ゲール・ピーボディ	95
ゲレーブ	96
ケレン	96
現在のクリスマスの精霊　げんざいのくりすますのせいれい	96
ケンジ	96
ケンダル	96
ケント	96
ケンドラ・コナー	96

【こ】

コー（ジャック）	96
公園番　こうえんばん	96
高俅　こうきゅう	96
郷士さん　ごうしさん	97
こうま	97
悟空　ごくう	97
子グマ（ミルキー）　こぐま（みるきー）	97
ココ	97
ゴー・ゴー	97
悟浄　ごじょう	97
コースター	97
コズミーナ・フレスク（フレスク）	97
コーディ	97
コーディ（ダコタ・ジョーンズ）	97
コーディ（ダコタ・ジョーンズ）	98
コーデリア・ムーン伯爵夫人　こーでりあむーんはくしゃくふじん	98
ゴードン	98
コナー	98
コナー・テンペスト	98
コナン・ドイル	99
コニー	99
コニー・テンプル	99
コーネリア・ストリート・エングルハート	99
コーネリア・ブライアント（ミス・コーネリア）	99
コーネリア・ブライト	99
コーネリウス・ファッジ	99
ゴネリル	99
コバカバーナ・サントス	99
コヴァック先生（エミリー・コヴァック）　こばっくせんせい（えみりーこばっく）	99
コービー	100
コービー・イーストン	100
こびと	100
コブタ	100
コプタン	100
ゴブリン	100
ゴブリン・キング	100
ゴミあさり	101
コムストック夫人　こむすとっくふじん	101
コーモラン・ストライク（ストライク）	101
呉用　ごよう	101
子ライオン（ハボック）　こらいおん（はぼっく）	101
コーラ・パパダキス	101
ゴリアン	101
ゴリック	101
コリーナ	101
コリン	101
コリン	102
コリン・クレイヴン	102
ゴルゴス	102
ゴルドン	102
コルネリウス・グッドリッチ	102
コロボーク	102
コン	102
コンスタンス・ウィンザー	102
コンセイユ	102
コンセイユ	103
コーンフィールド先生　こーんふぃーるどせんせい	103
コンラート	103

【さ】

ザイナブおばさん	103
サイモン	103
サイモン・エリス	103
サイモン・フォード	103
サイラス	103
サー・エイブル（エイブル）	104
坂本 静子　さかもと・しずこ	104
ザキ	104
沙悟浄（悟浄）　さごじょう（ごじょう）	104
サーシャ	104
サーシャ・グリゴーレヴィッチ	104
ザッカリー	104
ザック	104
ザック（ザッカリー）	104
ザック・ドロン	104
サッフィ	105
サド・ロバーツ	105
ザナ	105
ザニック	105
ザニック・ハイトップ	105
サービス	105
サビーヌ	105
ザビーネ	105
サファイヤー	105
サー・ヘンリー・バスカヴィル	105
サボーおじさん	106
サマー	106
サマー・カービー	106
サマー姫　さまーひめ	106
サマリー教授　さまりーきょうじゅ	106
サマンサ・シャテンバーグ	106
サマンサ・シャテンバーグ	107
サミー・ウォッシュバーン	107
サミー・バンクス	107
サミュエル	107
サム	107
サム	108
サム（サマンサ・シャテンバーグ）	108
ザームエル（ショキー）	108
サム・キャラクロー	108
サム・クーパー	108
サム・シルバー	108
サム・テンプル	108
サム・テンプル	109
サム・レイ	109
サラ	109
サラ・ガードナー	109
サラ・ジェローム	109
サラ・スタンディッシュ	109
サラダ・ドレッシング博士　さらだどれっしんぐはかせ	109
サラ・ユングクランツ	109
サラ・レモン	109
サリー	110
サリーナ・ヴィクラム	110
サリーナ・ヴィクラム（サル）	110
サル	110
サル（サリーナ・ヴィクラム）	110
サルカン	110
サルコ（ゴミあさり）	111
サールストーン	111
サルタナ	111
サルタン	111
サルビア	111
三月ウサギ　さんがつうさぎ	111
サンジェルマン伯爵　さんじぇるまんはくしゃく	111
サンセット	112
三蔵ほうし　さんぞうほうし	112
三蔵法師　さんぞうほうし	112
ザンダー・トーマス・カロウ	112
サンチャゴ	112
サンヤ・ヴァラマ	112

【し】

C　しー	112
シア・カーン	112
じいちゃん	113
シェア・カーン	113
シェア・マネー	113
J・R・R・トールキン　じぇいあーるあーるとーるきん	113

ジェイク	113	ジェルーシャ・アボット	117
ジェイク・エヴァンズ	113	ジェルーシャ・アボット（ジュディ）	117
シェイクスピアおじさん	113	ジェルーシャ・アボット（ジュディー）	118
ジェイコブ	113	ジェレミー	118
ジェイコブ・マーレイ（マーレイ）	113	ジェーン	118
ジェイコブ・レックレス	113	ジェンキンス	118
ジェイソン	114	ジェンス	118
ジェイソン・グレイス	114	ジェーン・ソリス	118
ジェイソン・ベネット	114	ジェーン・フォスター	118
ジェイディス	114	ジェーン・ベンソン	118
シェイド	114	ジキル博士　じきるはかせ	119
ジェイフェザー	114	ジグマール・ガブリエル	119
ジェイベズ・ウィルソン	114	シグリッド	119
ジェイムズ・ハンター	114	師匠　ししょう	119
ジェイムズ・ロック	115	シス卿　しすきょう	119
ジェイン	115	C-3PO　しーすりーぴーおー	119
ジェイン・バンクス	115	シタ	119
ジェシー	115	仕立て屋のアフリット（スエフ）　したてやのあふりっと（すえふ）	119
ジェシー・ジョーンズ	115	ジップ	119
ジェシー・トレスキー	115	シドニー・カートン	119
C・S・ルイス　しーえするいす	115	シドリオ	120
ジェナ	115	ジーナ	120
ジェニファー	115	ジーニー	120
ジェニファー（ジェンス）	115	ジニー	120
ジェニファー・メイス	116	ジニー・ウィーズリー	120
ジェニー・フィリップス	116	ジーニーおばさん	120
ジェハン・ダースおじいさん	116	ジニーヴァ・ハル	120
ジェフ（ジェフリー・フォレスター）	116	シビル	120
ジェフリー	116	シフ	121
ジェフリー・フォレスター	116	シフリン	121
ジェベズ・ウィルソン（ウィルソン）	116	シーボ	121
ジェペットさん	116	ジマリング氏　じまりんぐし	121
ジェマ	116	ジミー・マックブライド	121
ジェマル	116	ジム	121
ジェマ・ワトソン	116	ジム・ウィートクロフト	121
ジェミー	117	ジム・ウッド	121
ジェームズ・アダムズ	117	ジム船長　じむせんちょう	121
ジェームズ・アームストロング	117	ジム船長　じむせんちょう	122
ジェームズ・カニンガム	117	ジム・ホーキンス	122
ジェームズ・スター（スター）	117	ジム・ホーキンズ	122
シエラ	117	ジモ（ヘルムート・ジモ）	122
ジェラルディン	117	シーモア・ホープ	122
ジェラルド	117		

シャイロー	122	ジャービーぼっちゃん(ペンドルトン氏) じゃーびーぼっちゃん(ぺんどるとんし)	129
少艾　しゃおあい	122		
ジャクソン・ジェイコブス	122		
ジャクソン・ジェイコブス	123	ジャファー	129
じゃこうねずみ	123	シャブティ	129
ジャー・ジャー・ビンクス	123	ジャミンタ姫　じゃみんたひめ	129
ジャズ	123	ジャムリン	129
ジャズ(ジャスミン・キャロル・ガードナー)	123	シャリ・チョプラ	129
		シャーロック・ホームズ(ホームズ)	129
ジャスティン	123	シャーロック・ホームズ(ホームズ)	130
ジャスティン・ダニエルズ	123	シャーロット・ハミルトン	131
ジャスパー・デント(ジャズ)	123	シャーロット・モントローズ	131
ジャスミン	124	ジャロン・アトーリアス・エクバート三世(セージ)　じゃろんあとーりあすえくばーとさんせい(せーじ)	131
ジャスミン・キャロル・ガードナー	124		
ジャスミン・キャロル・ガードナー(ジャズ)	124		
		シャーン	131
ジャック	124	シャーンドル	131
ジャック	125	ジャンヌ	131
ジャック	126	ジャン・リュック・ラポアント	131
ジャック(C・S・ルイス)　じゃっく(しーえするいす)	126	ジュディ	131
		ジュディー	131
ジャック・ウィル	126	ジュディ(ジェルーシャ・アボット)	131
ジャック・ジェンキンス	127	ジュディス	132
ジャック・ジャクソン(ギデオン)	127	ジュディ・ホップス	132
ジャック・スパロウ	127	シュテファン・フーバー	132
ジャック・タッカー	127	ジュード・スウィートワイン	132
ジャック・トゥルーハート	127	ジュナ	132
ジャック・ノーフリート	127	ジュリー	132
ジャック・ハーモン	127	ジュリア	132
ジャック・フラッグ	127	ジュリアス・オームストーン(オームストーン)	132
ジャック・ブリュフィット	127		
ジャック・ライアン	127	ジュリアン・オールバンズ	133
ジャッド・ブリンスコール	127	ジュリエット・フェラーズ	133
ジャド・トラバーズ	128	シュリーヤ	133
シャナリー	128	ジュールズ・シャーマン	133
シャノン・キャロル	128	ジュロ	133
ジャーヴィス・ペンドルトン(ジャーヴィー坊っちゃま)　じゃーびすぺんどるとん(じゃーびーぼっちゃま)	128	ジュワン	133
		ジューン	133
		ジュンバグ	133
ジャービス・モロー	128	ジョー	133
ジャーヴィス・ローリー	128	ジョー	134
ジャーヴィー坊っちゃま　じゃーびーぼっちゃま	128	ジョイス大叔母さん　じょいすおおおばさん	134
		しょうじょ	134

少年（メルヴィンオジイチャン）　しょうねん（めるびんおじいちゃん）	134
女王　じょおう	134
女王（ジェイディス）　じょおう（じぇいでいす）	134
女王さま　じょおうさま	134
ジョーカー	134
ジョー・カジミール	134
ショキー	134
ジョー・ザーリン	135
ジョージ	135
ジョージ・エイダルジ	135
ジョージ・エドワード・チャレンジャー（チャレンジャー教授）　じょーじえどわーどちゃれんじゃー（ちゃれんじゃーきょうじゅ）	136
ジョージ・オーガスタス・アンソン（アンソン）	136
ジョージ・カビンズ	136
ジョージ・ビアード	136
ジョージ・マッソン	136
ジョージ・ミッチェル（メリッサ）	136
ジョシュ	136
ジョシュ	137
ジョシュア・ミラー（ジョシュ）	137
ジョシュ・ピント	137
ジョシュ・フィリップス	137
ジョスバニ	137
ジョス・マクミラン	137
ジョゼ	138
ジョナサン	138
ジョナサン・リヴィングストン	138
ジョニー	138
ジョニー・アルモドバル	138
ジョー・ハーパー	138
ジョー・マホニー	138
ショームズ	138
ジョヨン	138
ジョラム	138
ショーララ家の人びと　しょーららけのひとびと	139
ジョリティ・ブラウンフィールド	139
ショルト	139
ジョン	139
ジョン（J・R・R・トールキン）　じょん（じぇいあーるあーるとーるきん）	139
ジョンウ	139
ジョン・H・ワトソン（ワトソン）　じょんえいちわとすん（わとすん）	140
ジョン・H・ワトソン博士（ワトソン）　じょんえいちわとそんはかせ（わとそん）	140
ジョンおじさん	140
ジョン・グレゴリー	141
ジョン・グレゴリー（師匠）　じょんぐれごりー（ししょう）	141
ジョン・グレゴリー（魔使い）　じょんぐれごりー（まつかい）	141
ジョン・シルヴァー（シルヴァー）	141
ジョン・スノウ博士（スノウ博士）　じょんすのうはかせ（すのうはかせ）	141
ジョン・スミスさん（あしながおじさん）	141
ジョン・ドリトル	141
ジョン・ドリトル先生（ドリトル先生）　じょんどりとるせんせい（どりとるせんせい）	141
ジョン・ピアス（ピアス）	141
ジョン・ブリストウ（ブリストウ）	141
ジョン・ホイットクロフト	141
ジョン・マクマードー（マクマードー）	142
ジョン・ロクストン卿（ロクストン卿）　じょんろくすとんきょう（ろくすとんきょう）	142
ジョン・ワトスン（ワトスン）	142
しらゆきひめ	142
ジリ	142
シリウス・ブラック	142
シリル・カニンガム	142
ジル	143
ジルーシャ・アボット	143
シルヴァー	143
シルバーミスト	143
シルヴィ・シャーマン	143
シルヴェスター	143
白ウサギ　しろうさぎ	143
シロクマ	143
白ネズミ　しろねずみ	143
白の女王（ミラーナ）　しろのじょおう（みらーな）	143

白の女王（ミラーナ）　しろのじょおう（みらーな）	144
白の女王さま　しろのじょおうさま*	144
ジーン	144
ジン	144
シンコー・スイム	144
シンシア・メチャクチャ・アツメール博士　しんしあめちゃくちゃあつめーるはかせ	144
シンチア	144
シンデレラ	144
シンデレラ	145
シンドバッド	145
シンドローム	145
シンバ	145
尋問官　じんもんかん	145

【す】

ズーイ	145
スイート	145
スイート（ベータ）	146
スウェーデン	146
スウ姉さん　すうねえさん	146
スエフ	146
スカイ	146
頭蓋骨の霊　ずがいこつのれい	146
スカーレット	146
スカーレット・オハラ	146
スカーレット・オハラ	147
スキ	147
スキャント夫人　すきゃんとふじん	147
スキリー	147
スクイーク	147
スクリーチ	147
スクリーム船長　すくりーむせんちょう	148
スクルージ	148
スクワート	148
スコット	148
スコット・ウォーカー	148
ズザナ	148
スザナ・ギルモア（スウ姉さん）　すざなぎるもあ（すうねえさん）	148
スーザン	148
スーザン・ジェイムズ	148
スザンナ・マーティンデイル（ザナ）	148
スーザン・ペグ（ペグおばさん）	149
スター	149
スタニスラウス・ピム	149
スタビンズくん	149
スタンディッシュ・トレッドウェル	149
ステイシー・ド・レイシー	149
スティックス	149
スティッチ	149
スティーヴィ・ダンリーヴィ	149
スティーブ	149
スティーブ	150
スティーブ・ロジャース	150
スティーブ・ロジャース（キャプテン・アメリカ）	150
スティーブン・アンソニー・モレイルズ	150
スティーブン・アンソニー・モレイルズ（スティーブ）	150
ステファ先生　すてふぁせんせい	150
ステファン	150
ステラ	150
須藤 アキラ　すどう・あきら	151
ストライカー	151
ストライク	151
ストラギネック	151
ストランク	151
ストリゴイカ	151
ストリックランド	151
スナフキン	151
スニフ	151
スニフ	152
スネイプ	152
スノウ博士　すのうはかせ	152
スノークのおじょうさん	152
スノット	152
スノードロップ	153
スパイダーマン	153
スーパーマン	153
スピニング・マン	153

項目	ページ
スピリット	153
スピロさん	153
スペルバウンド先生　すぺるばうんどせんせい	153
スヴェン	153
スポット	153
スミ	153
スモレット船長　すもれっとせんちょう	154
スライカープ氏　すらいかーぷし	154
スライトリー	154
スラッジ	154
ズラトコ	154
スリップ（FN-2003）　すりっぷ（えふえぬーぜろぜろさん*)	154
スルタン	155
スルリック（ユレク）	155
スルルンダ・クノルクス	155

【せ】

項目	ページ
ゼ　ゼ	155
セアラ・アロペイ	155
正義さん（ベク先生）　せいぎさん（べくせんせい）	155
セイディ・ケイン	155
セイファー	155
精霊（過去のクリスマスの精霊）　せいれい（かこのくりすますのせいれい）	156
精霊（現在のクリスマスの精霊）　せいれい（げんざいのくりすますのせいれい）	156
精霊（未来のクリスマスの精霊）　せいれい（みらいのくりすますのせいれい）	156
セオ（セオドア・ブーン）	156
セオドア・テンペニー	156
セオドア・フィンチ（フィンチ）	156
セオドア・ブーン	156
セオドア・ルーズベルト（テディ）	156
セージ	156
セージ	157
セス・ウェアリング	157
ゼゼー（ジョゼ）	157
セチョル	157
セドリック	157
セドリック（フォントルロイ卿）　せどりっく（ふぉんとるろいきょう）	157
セドリック・エロル（フォントルロイ卿）　せどりっくえろる（ふぉんとるろいきょう）	157
セナ	157
ゼバスチアン	157
セバスチャン	157
セバスティアーノ・プローコロ	158
セバスティアーノ・プローコロ大佐　せばすてぃあーのぷろーころたいさ	158
セバスティアン・フランク	158
ゼブ	158
ゼブじいさん	158
セプテンバー	158
セブルス・スネイプ（スネイプ）	158
セメリウス	158
セモリナ	158
セーラ	158
セーラ	159
セーラ・クルー	159
セリア	159
ゼルダ・リトルジョン	159
セルドン	159
セレゼン	159
ゼレンカ	159
先じい　せんじい*	159
先生（ドリトル先生）　せんせい（どりとるせんせい）	159
先生（ドリトル先生）　せんせい（どりとるせんせい）	160
ゼンゼンブリンク	160
船長（スモレット船長）　せんちょう（すもれっとせんちょう）	160

【そ】

項目	ページ
ソー	160
ゾーイ	160
ゾーイ・ナイトシェイド	160
ゾウ	160
宋江　そうこう	161

ソクラテス監督　そくらてすかんとく	161
ソケット伯爵　そけっとはくしゃく	161
ソッカー・ファーロング（ファーロングさん）	161
ソニア	161
そばかす	161
祖父（ウォルター・テイト）　そふ（うぉるたーていと）	161
祖父（エイブじいさん）　そふ（えいぶじいさん）	161
祖父（おじいちゃん）　そふ（おじいちゃん）	161
ソフィ	161
ソフィー	161
ソフィー（ソフィア・シャテンバーグ）	162
ソフィア・シャテンバーグ	162
ソフィー・クロフォード	162
ソホル（アントニン・ソホル）	162
ソーラ	162
ゾラ	163
ソーリャ	163
ソレル	163
ソロ（ハン・ソロ）	163
ゾロクス	163
ソロモン	163
ソンイ	163
ソンウ	163
孫 悟空　そん・ごくう	163
孫悟空　そんごくう	163
孫悟空（悟空）　そんごくう（ごくう）	163
ソーン・マルキン	163

【た】

ダイ	164
ダイアナ・バーリー	164
ダイアナ・バリー	164
ダイア・マグヌス	164
タイガー	164
タイガースター	164
タイガースター	165
大公妃　たいこうひ	165
大佐（セバスティアーノ・プローコロ大佐）　たいさ（せばすてぃあーのぷろーころたいさ）	165
ダイサード	165
大蛇アペプ（アペプ）　だいじゃあぺぷ（あぺぷ）	165
だいじん	165
タイタス	165
ダイドー・トワイト	165
タイム	165
ダイヤモンド	165
ターガウン	165
ダーカス	166
高野 友吉　たかの・ともきち*	166
ダギー・エヴァンズ	166
タキザ	166
ダーク	166
ダークリング	166
竹田 千代子　たけだ・ちよこ	166
ダコタ・ジョーンズ	166
ダコタ・ジョーンズ	167
ダコタ・ジョーンズ（コーディ）	167
ダーシー	167
ダーシェンカ	167
ダーシャ	167
ダース・シディアス（シス卿）　だーすしでぃあす（しすきょう）	167
ダスティ・クロップホッパー	167
ダース・ベイダー	167
ダース・ベイダー（ベイダー）	167
タダシ・ハマダ	168
ダッシュ	168
ダッチ・イーストン	168
タティアナ	168
ダドリー	168
タナ（モンタナ）	168
ダニー	168
ダニエル	168
ダニエル・アマット（アマット）	169
ダニエル・クック	169
ダニエル・ソルター	169
ダニエル・フランシス・ハニガン（ルースター）	169

ダニエル・マコーヴァ	169
ダニー・サンタナ	169
ダニタ	169
ダニー・フィリップス	169
ターニャ	169
ダニール	170
ダブダブ	170
ダヴポー	170
タマラ・コルチア	170
タム・ファレル	170
田村 千代　たむら・ちょ	170
ターメー	170
ダーラ	170
タリアティーニ先生　たりあてぃーにせんせい	170
タリーフ	170
ダルタニャン	170
タルペ	171
タレイア	171
タレイア・グレイス	171
ダレン	171
ダン	171
ダングラール	171
タンジー	171
タンタンミン	171
ダンテス（モンテ・クリスト伯爵）　だんてす（もんてくりすとはくしゃく）	171
ダンブルドア	171
ダンブルドア	172
湯木　たんむー	172

【ち】

小さな犬　ちいさないぬ	172
小さなオニ（バート）　ちいさなおに（ばーと）	172
チェスター	172
チェスター・ロールズ	172
チェン・リー	172
チカロット	172
チーチー	173
父　ちち	173
父（マーチ氏）　ちち（まーちし）	173
チップ	173
チップス	173
ちび	173
ちびトラ	173
チープサイド	173
チーマー先生　ちーまーせんせい	173
ちゃいろい紙　ちゃいろいかみ	173
チャズ	174
チャティおばさん（リンカーン・マクリーン夫人）　ちゃてぃおばさん（りんかーんまくりーんふじん）	174
チャーメイン・ベイカー	174
チャーリー	174
チャールズ（父さん）　ちゃーるず（とうさん）	174
チャールズ・ウィリアムズ	174
チャールズ・ストリックランド（ストリックランド）	175
チャールズ・ダーネイ	175
チャールズ・チルティントン	175
チャールズ二世（陛下）　ちゃーるずにせい（へいか）	175
チャレンジャー教授　ちゃれんじゃーきょうじゅ	175
チャンギョム	175
中くらいのオニ（ボブ）　ちゅうくらいのおに（ぼぶ）	175
チューバッカ	175
チューリッパ	175
チョウ・チャン	175
町長　ちょうちょう	175
猪八戒（八戒）　ちょはっかい（はっかい）	176
チルトン先生　ちるとんせんせい	176

【つ】

ツインズ	176
ツェツィーリア	176
槻野 昭子　つきの・あきこ	176
ツバメ	176
ツヴィ	176

【て】

テア	176
ディアブロ	176
ディアブロ	177
DLドーソン　でぃーえるどーそん	177
ティガー	177
ティーカップ	177
ディキシー・オデイ	177
ディゴリー	177
ディコン	177
デイジー	177
デイジー	178
ディタ	178
ディック	178
ディック・ガッジョン	178
ディック・ムーア	178
ディック・ムーア夫人　でぃっくむーあふじん	178
ティッチ	178
ティティ	178
デイヴィー・キース	178
デイヴィー・キース	179
デイヴィ・ジョーンズ	179
デイヴィッド	179
ティファニー・ウタナー	179
ティム・レッグ	179
吸魂鬼　でぃめんたー	179
ティモシー・スタンディッシュ	179
ティモシー・フォスター	179
ディモン王　でぃもんおう	179
ディーリア	180
T・リーフ　てぃーりーふ	180
ティンウー	180
ティンカー・ベル	180
ディンク	180
ティンク（ティンカー・ベル）	180
ディンゴ	180
テオ	180
デクスター	180
テス	180
テス	181
デスペロー・ティリング	181
デックスおじさん	181
テディ	181
テディ・アームストロング	181
テニソン	181
デビ	181
デビッド	181
デービッド・リンゼー卿（リンゼー卿）　でーびっどりんぜーきょう（りんぜーきょう）	182
デービット・レイン	182
デヴィン・ジョーンズ	182
デブリン	182
テュグデュアル・クヌット	182
テラモン	182
テラモン	183
デリア・レイトン	183
デリク・フィングル	183
テリー・デントン	183
デル・デューク	183
デレク・ファーロン	183

【と】

トゥイードルダム	183
トゥイードルディー	183
ドゥーク一伯爵　どぅーくーはくしゃく	183
父さん　とうさん	183
父さん　とうさん	184
父さん（ジム・ウッド）　とうさん（じむうっど）	184
灯台守（セバスチャン）　とうだいもり（せばすちゃん）	184
トゥッグ	184
トゥートルズ	184
ドゥーフェンシュマーツ博士　どぅーふぇんしゅまーつはかせ	184
とお婆　とおばあ	184
とお婆　とおばあ	185
ドク・サイシャー	185
ドクター・ヘルシング（ヘルシング先生）　どくたーへるしんぐ（へるしんぐせんせい）	185
ドクトル	185

(20)

トーシャ	185
トーツキー	185
トッド	185
トートー	185
トト	185
ドートマンダー博士　どーとまんだーはかせ	185
トトメス	186
トナカイ（ブリッツェン）	186
ドナルド・ケンダル（ケンダル）	186
ドナルド・デイヴィッド・ダンカン（ディンク）	186
トニー	186
トニーおじさん	186
トニー・スターク	186
ドニファン	186
ドバイアス・グレッグソン（グレッグソン）	186
トビー	187
トビアス	187
ドビー・ウェスコット（シビル）	187
トマシュ（トミー）	187
トマス（トム）	187
トーマス・ウォード	187
トーマス・ウォード（トム）	187
トーマス・J・ウォード（トム）　とーますじぇいうぉーど（とむ）	187
トマス・スタビンズ	187
トーマス・トッド	188
トーマス・ミード	188
トマス・ミラビリス（ミラビリス）	188
トミー	188
トミー（トマス・スタビンズ）	188
トミィ・スタビンズ	188
トミーお兄ちゃん　とみーおにいちゃん	189
トミークさん	189
トミー・スタビンズ	189
トミー・スタビンズ（スタビンズくん）	189
トム	189
トム（トーマス・ウォード）	189
トム・ウィリンガム先生　とむういりんがむせんせい	190
トム・カリスフォード（カリスフォード氏）　とむかりすふぉーど（かりすふぉーどし）	190
トム・カンティ	190
トム・ゲイツ	190
トム・ケネディ	190
トム・ソーヤ	190
トム・ソーヤー	190
トム・ツイスト	190
トム・トゥルーハート	190
トム・トゥルーハート	191
トム・リドル	191
トラ（ブーツ）	191
トラ（ブルート）	191
ドーラ・キース	191
ドラキュラ伯爵　どらきゅらはくしゃく	191
ドラコ・マルフォイ（マルフォイ）	191
ドラコ・マルフォイ（マルフォイ）	192
ドラゴン（サルカン）	192
トラパンス・コドリー	192
トラヴィス	192
トラヴィス・パーカー	192
トララ	192
ドリー	192
ドリアン	192
トリクシー	192
ドリゼラ	192
ドリトル先生　どりとるせんせい	192
ドリトル先生　どりとるせんせい	193
ドリトル先生（ジョン・ドリトル）　どりとるせんせい（じょんどりとる）	193
トリトン王　とりとんおう	193
鳥のおばさん　とりのおばさん	193
トリビュレーションおばさん	193
ドリブル	193
ドリーミィ	193
トリローニ（郷士さん）　とりろーに（ごうしさん）	193
ドリンコート伯爵　どりんこーとはくしゃく	194
ドリンコート伯爵（伯爵）　どりんこーとはくしゃく（はくしゃく）	194
ドール	194

ドルシッラ	194
トルーディ	194
トルネード	194
ドルネー・プラデル（プラデル）	194
ドレイク	194
ドレイク博士　どれいくはかせ	194
トレイシー	194
トレジャー	195
トレビー館長　とれびーかんちょう	195
トレメイン夫人　とれめいんふじん	195
トレンチコート男　とれんちこーとおとこ	195
どろがお	195
ドロシー	195
ドロシア	195
ドロシア	196
ドワイト	196
トンヨン	196

【な】

ナイト・キッド	196
ナイン・ナン	196
ナオエ	196
中田 花　なかた・はな	196
ナーゲル先生　なーげるせんせい	196
ナージャ	196
ナージャ	197
ナスターシヤ・フィリッポヴナ・バラーシコワ	197
ナースチャ	197
ナターシャ・ロマノフ	197
ナタリー	197
ナタリヤ（ヌートリヤ）	197
ナッティ姫　なっていひめ	197
ナット	197
夏の女王　なつのじょおう	197
ナディア・S・リッチー　なでぃあえすりっちー	197
ナデシュダ・ミュラー（ナージャ）	197
ナニー	197
ナン	198
ナンシイ	198
ナンシー・ブレストン	198

【に】

兄さん（マックス）　にいさん（まっくす）	198
ニクセ	198
ニコ	198
ニコ・ディ・アンジェロ	198
ニコラ	199
ニコライ・フェレンツ	199
ニコラス（クリスマス）	199
ニコラス（ネロ）	199
ニコラ・ブリーム	199
ニーシュカ	199
ニック	199
ニック・ワイルド	199
ニッケルジャック	199
ニーナ	200
ニブス	200
ニマ・トンドゥプ	200
ニモ	200
ニャーダ・マネー	200
ニール・シャー	200
ニルス	200
ニルソン氏　にるそんし	200
にわとり	200
にんぎょひめ	200
ニンゲン	200
ニンゲン（アクタレ）	201
ニンゲンたち（アクタレたち）	201
にんじん	201

【ぬ】

ヌートリヤ	201

【ね】

ネイキー	201
ネイサン・トゥイッチェル（ネイト）	201
ネイサン・バーン	201
ネイト	201

ネイト・カーソン	202
ねこ	202
ネッド・ランド	202
ネート	202
ネート	203
ネバリー・フリングラス	203
ネメチェク	203
ネモ	203
ネモ船長　ねもせんちょう	203
ネリー	203
ネリー・アンダーダウン	203
ネリーおばさん	203
ネリーおばさん	204
ネル	204
ネルソン	204
ネロ	204

【の】

ノア	204
ノア	205
ノア・スウィートワイン	205
ノエル	205
ノジアス・フォースティン	205
ノーマン・ワトソン	205
ノラ・ネルソン	205
ノラ・フィン	205
ノリア・カイティオ	205
ノンベコ	205

【は】

ハ　は	206
ヴァイオレット	206
ヴァイオレット・マーキー	206
ユニコーン	206
ハイジ	206
ハイダル・ベイ	206
バイツァカーン	206
ハイド	207
パイパー	207
パイパー・マクリーン	207
ハイラム・ホリデー（ホリデー）	207
パイロット	207
ハウ	207
バウ	207
ハウイー・ガーステン	207
パウ・ジルベルト	207
パウラ・ブーフマッハー	207
バギーラ	207
バギーラ	208
パーク・シェリダン	208
伯爵　はくしゃく	208
伯爵夫人　はくしゃくふじん	208
バクスター	208
ハグリッド	208
ハグリッド	209
バークレイ	209
バーゲン王　ばーげんおう	209
パーシー	209
パーシー（パーシヴァル・ピーボディ）	209
パーシー・ジャクソン	209
パーシー・ジャクソン	210
バージニア・ウォレス	210
ヴァージニア・サマセット	210
パーシヴァル・ピーボディ	210
ハジ・ハレフ・オマール（ハレフ）	210
ハジ・ハレフ・オマール（ハレフ）	211
バスター	211
バズ・ライトイヤー	211
バーソロミュー・ムーン伯爵　ばーそろみゅーむーんはくしゃく	212
ハダド	212
パタラルガ	212
パチャップ氏　ぱちゃっぷし	212
八戒　はっかい	212
バッキー・バーンズ（ウィンター・ソルジャー）	212
パック	212
ハック（ハックルベリ・フィン）	212
ハック（ハックルベリー・フィン）	212
ハックス将軍　はっくすしょうぐん	212
ハックルベリ・フィン	212
ハックルベリー・フィン	213
ハックルベリー・フィン	213
ハッサン・アルジル・ミルサ	213

ハッター	213
ハッター（マッドハッター）	213
パット・ドロン	213
バットマン	213
ハティ	213
ハティ	214
ハーディ	214
バティ	214
バディ（キング）	214
バーディ・クラウチ	214
ハティー・ドラン	214
ハティ・ブライト	214
パディワック	215
ハデス	215
バート	215
バートおじさん（バートラム・リプトン）	215
バートさん	215
ハトシェプスト	215
パドメ	215
パドメ・アミダラ	215
パトラッシュ	216
バートラム・リプトン	216
バートランド・ウィンザー	216
パトリック	216
パトロクロス	216
ハナ	216
バナー	216
ハナ・テイト	216
バーナード	216
バーナード	217
ハニー	217
バーニー	217
バーニー・ブリトル	217
バーニー・ブンゼン	217
ハニー・レモン	217
ヴァネッサ・ダール	217
ヴァネッサ・ディアズ	217
ヴァネロペ	217
バーノンおじさん	218
母　はは	218
パパ	218
パパ（アッシュ）	218
パパ（アッシュ）	219
パパ（ウェスリー・ハワード）	219
パパ（ジョージ）	219
パパ（ダッチ・イーストン）	219
パパ（バーソロミュー・ムーン伯爵）	219
ぱぱ（ばーそろみゅーむーんはくしゃく）	
母（ヘレン・キングスレー）　はは（へれんきんぐすれー）	219
母（マーチ夫人）　はは（まーちふじん）	219
バーバラ・ベントン	219
ハーヴィー	219
バビ	219
ハプ	220
バブリウス・イソップ（イソップ博士）ばぶりうすいそっぷ（いそっぷはかせ）	220
パヴレ	220
ハーヴェイ	220
ハボック	220
ハーマイオニー・グレンジャー	220
ハーマイオニー・グレンジャー	221
ハヤブサ（ソーリャ）	221
薔薇乃木夫人　ばらのきふじん	221
ハリー	221
ハリー	222
ハリー・オーガスト	222
ハリー・オズボーン	222
ハリス先生　はりすせんせい	222
ハリー・トレッドウェル	222
ハリネズミ	222
ハリー・フォード	222
ハリー・ポッター	222
ハリー・ポッター	223
バルー	223
バルー	224
ハルク（バナー）	224
バルザック	224
ハル先生（ジニーヴァ・ハル）　はるせんせい（じにーばはる）	224
バルダ	224
バルナット・フレーシャ（フレーシャ）	224
パルパティーン	224

パルパティーン議長　ぱるぱてぃーんぎちょう	224
パルパティーン皇帝　ぱるぱてぃーんこうてい	224
バルハラララ	225
パルフォーン・セミョーノヴィチ・ロゴージン（ロゴージン）	225
バルボッサ（キャプテン・バルボッサ）	225
パレツキー博士　ぱれつきーはかせ	225
ハレフ	225
ハレフ	226
ヴァレリー	226
ハレー・ローレンツ	226
ヴァレンティナ・マクシミヴナ・シチュキナ	226
ハロウィーン	226
バロウズ博士　ばろうずはかせ	226
ハーロック・ショームズ（ショームズ）	226
パロマ・キリーリー	226
ハロルド・ハッチンス	227
ハワード・グッドール（レオナルド・バームガードナー）	227
バーン	227
バン	227
パン	227
バンガ	227
バンクスさん	227
ハンス	228
ハンス王子　はんす王子	228
ハン・ソロ	228
バンチール	228
パンツマン	228
パンツマン	229
バンティング氏　ばんてぃんぐし	229
ハンナ	229
ハンナ王妃　はんなおうひ	229
バンバン	229
パンプキン	229
パンプキン	230
ハンプティー・ダンプティー	230
ハンフリー	230
バンブルビ	230
ヴァン・ヘルシング	230
バンポ王子　ばんぽおうじ	230

【ひ】

ヴィア（オリヴィア・プルマン）	230
ピアス	230
ビアンカ・ディ・アンジェロ	230
ピエトロ・マキシモフ	231
ピエール・アロナクス	231
ピエール・アロナクス	231
ヴィカス	231
ヴィクター・デラモンテ	231
ヴィクター・ヴォルマー	231
ピグレット	231
日暮の君　ひぐれのきみ	231
飛行おに　ひこうおに	231
ビーストン氏　びーすとんし	231
ビーズリーさん	231
ピーター	232
ピーター・ウォーレン・ハッチャー	232
ピーター・エリソン	232
ピーターおばさん	232
ピーター・ダフィー	232
ピーター・パーカー（スパイダーマン）	232
ピーター・パン	232
ヴィタリス老人　びたりすろうじん	232
ビッキー・マスターズ	232
ビッグ・ジャック	232
ヒック・ホレンダス・ハドック三世　ひっくほれんだすはどっくさんせい	233
羊飼い（エルゼアール・ブフィエ）　ひつじかい（えるぜあーるぶふぃえ）	233
ひつじたち	233
ピット・サマー	233
ヒットマン・アンデシュ	233
ピッピ	233
ピップ	233
ピート	233
ヒナ（エコー）	234
ヴィニー	234
ピノッキオ	234
ビーバー	234
BB-8　びーびーえいと	234

ピーピー・おもらしチビルレロ教授（おもらし教授）ぴーぴーおもらしちびるれろきょうじゅ（おもらしきょうじゅ）	234
ピピネッラ	234
ピー姫　ぴーひめ	234
ビビリ	234
ヒープ	234
ピム博士（スタニスラウス・ピム）ぴむはかせ（すたにすらうすぴむ）	234
ひめさま	235
ピュア	235
ヒューゴ	235
ヒューゴ・ダイソン	235
ビューティ	235
ヒュラス	235
ピラ	235
ピラ	236
ヒラル・イブン・イサ・アル・サルト	236
ビリー	236
ピリー	236
ビリーおじさん	236
ビリー・モートン	236
ビル	236
ビル（ビリー・モートン）	236
ビル・ゲイツ	236
ヒルシュ	236
ヒルダ・ハードボトム	236
ヒルトン	236
ヒルトン	237
ビルフォール	237
ヒロ	237
ヒロ・ハマダ	237
ビングリー	237
ヴィンセント・ドゥヴニヤック	237
ヴィンセント・ランキス	237
ビンナム	237

【ふ】

プー	237
プー	238
ファイヤースター	238
ファオラン	238
ファッジ	238
ファーネイ	238
ファビアン	238
ファーブ・フレッチャー	238
ファーブ・フレッチャー	239
ファーブル先生　ふぁーぶるせんせい	239
ファラガット	239
ファリア神父　ふぁりあしんぷ	239
ファーリー・ドレクセル・ハッチャー（ファッジ）	239
ファレル	239
ファーロングさん	239
ファンフォーラ	239
フィアリー	239
フィオーナ・メイ	240
フィクシット	240
フィザ	240
フィッグばあさん	240
フィニアス・フリン	240
フィニバス	240
フィービー	240
フィリウス	240
フィリクス・アンダーセン	240
フィリップ	241
フィリップ王子　ふぃりっぷおうじ	241
フィリップ・キョウ（キョウさん）	241
フィリップ・スクールクラフト	241
フィリップ・マーロウ（マーロウ）	241
フィン	241
フィン	242
フィンク	242
フィンチ	242
フィンチ先生　ふぃんちせんせい	242
フィンヤ	242
フェアファックス	242
フェザーボーン	242
フェリクス・マルシュナー	242
フェリス王　ふぇりすおう	242
フェリックス・クエーカー	242
フェリックス・ドゥヴニヤック	242
フェルナン	243
フェルナンド	243

フェルノ	243
フォスター	243
フォックス	243
フォックス・オブ・ザ・ウォーター	243
フォーン	243
フォントルロイ卿　ふぉんとるろいきょう	243
フクロウ	243
フクロウ	244
フクロウ（トルーディ）　ふくろう（とるーでぃ）	244
プーさん	244
武松　ぶしょう	244
ブズ（ベンジャミン・ディアズ）	244
ブーツ	244
プティ	244
フーディーニ	244
フードをかぶった男　ふーどおかぶったおとこ	244
ブーフマッハー氏　ぶーふまっはーし	245
ブーフマッハー夫人　ぶーふまっはーふじん	245
フュテピ	245
ヴュ兄さん（ヴー・リー）　ぶゅにいさん（ぶーりー）	245
フュリオス	245
ブライアン・コネリー	245
ブライス夫人　ぶらいすふじん	245
ブライトアイズ	245
ブライト・スター	245
ブラック・ウィドウ（ウィドウ）	245
ブラック・ジャック・マギンティー（マギンティー）	245
ヴラッド	246
ヴラディミール男爵　ぶらでぃみーるだんしゃく	246
ヴラディミール・トッド（ヴラッド）	246
プラデル	247
フラニー	247
フラン	247
フランキー	247
フランク	247
フランク・チェンバース	247
フランク・チャン	247
ブランコ	247
フランシス	247
フランチシカ	247
フラン・ブラッドショウ	247
フーリ	248
ヴー・リー	248
ブリー	248
ブリアン	248
ブリキ男　ぶりきおとこ	248
ブリストウ	248
ブリッタ	248
ブリッツェン	248
ブリムストーン	248
プリラ	248
ブリル	249
フリン	249
プリン	249
プリングル族　ぷりんぐるぞく	249
プリンセス・デルフィーナ	249
プリンセス・ミア・サモパリス・レナルド（ミア）	249
ブルース・ウェイン（バットマン）	249
ブルック先生（ジョン）　ぶるっくせんせい（じょん）	249
ブルート	249
プルネラ	249
ブルーベル	249
ブルーベル	250
フレイア姫　ふれいあひめ	250
プレイズワージィ	250
ブレイン	250
フレーシャ	250
フレスク	250
フレッド	250
フレディ	250
フレディ・ヒルシュ（ヒルシュ）	250
フレデゴンダ	251
ブレード	251
ブレード船長　ぶれーどせんちょう	251
フレーム	251
フロー	251
ブロック	252
フロー・ボーンズ	252

フローラ	252	ヘザー	257
フローラ・ブーフマッハー	252	ベシー	257
フローラ・ベル・バックマン	252	ベシティ	257
フローラリーダ・フォスター（フローラ）	252	ベス	257
フロリゼル王子　ふろりぜるおうじ	252	ヘスター・ケトル	258
フローレンス	253	ベストメイト	258
フローレンス・ナイチンゲール	253	ベータ	258
フロレンティン（フロー）	253	ペーター	258
ブロンディ	253	ベータ（スイート）	258
フワニート・トット	253	ペーター・ラズロ	258
フワフワ	253	ペチュニアおじさん	258
プンカ	253	ペチュニアおばさん	258
ブーン校長先生　ぶーんこうちょうせんせい	254	ペチュニアおばさん	258
		ベッキー	258
		ベッキー	259

【ヘ】

ベアトリス	254	ベッキー・ノーマン	259
ベアトリス・サマセット	254	ベック叔母さん　べっくおばさん	259
陛下　へいか	254	ベックス	259
ペイジ・イーストン	254	ベッツィ・メイ	259
ペイシェンス	254	ベット	259
ペイジ・ハート	254	ペティ・ポッツ	260
ペイジ・ハート	255	ベティー・メイフィールド	260
黒子　へいずー	255	ペトローヴィチ	260
ヘイゼル	255	ペナンブラ	260
ヘイゼル・マー	255	ベニ	260
ヘイゼル・レベック	255	ベニー	260
ベイダー	255	ペニー	260
へいたいさん	255	ペニテンス（ペン）	261
ベイ・マックス	255	ペニー・ハリス	261
ヘイムダル	255	ベネット	261
ヘイムダル	256	ベネティクト・グッドリッチ（ベンディ）	261
ヘイリー	256	ペネロープ・ウィンザー（ペニー）	261
ベイリ	256	ベビン・コナー（コナー）	261
ヘイリー・ターナー	256	ヘラ	261
ベイン	256	ベラ（スクイーク）	261
ペギイ	256	ベラ・ドンナ	262
ペグおばさん	256	ベリー	262
ベク先生　べくせんせい	257	ペリー（エージェントP）　ぺりー（えーじぇんとぴー）	262
ヘクター	257	ヘリオット・ターバス	262
ヘクター・ラッシュ	257	ヴェリティ	262
ベケット	257	ベリーニ	262
		ベル	262

ベルウェザー副市長　べるうぇざーふくしちょう	263
ヘルシング先生　へるしんぐせんせい	263
ベルトルト・ロバーツ	263
ヴェルナー・ペニヒ	263
ベルナルディ	263
ヴェールの女　べーるのおんな	263
ベルベット	263
ペール・ペルソン（受付係）　ぺーるぺるそん（うけつけがかり）	263
ヘルムート・ジモ	263
ヘルメス	263
ベルンカ	264
ペレ	264
ヘレナ	264
ヘレーネ	264
ヴェレンカ	264
ヘレン・キングスレー	264
ヘレン・ストーナー	264
ベロニカ・フルット	265
ベン	265
ペン	265
ペンギン	265
ベン・コフィン	265
ベンジー	265
ベンじいさん	265
ベンジャミン・シューベルト（ベニー）	265
ベンジャミン・シューベルト（ベニー）	266
ベンジャミン・ディアズ	266
ベンジャミン・フランクリン（ベン）	266
ヘンゼル	266
ベンディ	266
ヘンドリック・マーテン（マーテンさん）	266
ペンドルトン	266
ペンドルトン氏　ぺんどるとんし	266
ペン・ノーマン先生　ぺんのーまんせんせい	266
ベン・パリッシュ	267
ベン・ブレイク	267
ベンヴェヌート・プローコロ	267
ヘンリー	267
ヘンリク	267
ヘンリー・ジキル（ジキル博士）　へんりーじきる（じきるはかせ）	267
ヘンリー・チャン	267
ヘンリー・ヌニュス	267
ヘンリー・バスカビル	267
ヘンリー・ホワイトヘッド（ホワイトヘッド牧師）　へんりーほわいとへっど（ほわいとへっどぼくし）	267
ヘンリー・マクミラン	268

【ほ】

ボー	268
ホイットニー・ヴァン・ロウ	268
ヴォイテク	268
ホイ兄さん　ほいにいさん	268
ぼうし屋　ぼうしや	268
ボカ	269
ホークアイ	269
牧師　ぼくし	269
ホグボーン	269
ほしのこ	269
ボス	269
ポー・ダメロン	269
ポッツさん（ペティ・ポッツ）	269
ホッブスさん	270
ボーディ・フォード	270
ボードルレ	270
ボニー・リジー（リジー）	270
ボノボ（オットー）	270
ポピー	270
ボビー・エスコバル	270
ボビー・コブラー	270
ホピティー	270
ボビー・ボブ	270
ボブ	270
ボブ	271
ホーマー・ヒッカム	271
ホームズ	271
ホームズ	272
泊陽　ぼーやん	272
ホラス	273

ほらふき男爵（ミュンヒハウゼン男爵）	273
ほらふきだんしゃく（みゅんひはうぜんだんしゃく）	
ホリー	273
ポリアンナ	273
ポリーおばさん	273
ホリデー	273
ポリネシア	273
ポリー・プラマー	273
ホーリーリーフ	273
ポーリーン	273
ポーリーン・ギブソン	274
ポール	274
ポール・アーヴィング	274
ホルガー・アプフェル	274
ポルカ先生　ぽるかせんせい	274
ポール・クレイマー（クレイマー）	274
ボルダーウォールさん	274
ヴォルデモート	274
ヴォルデモード	274
ヴォルデモート（例のあの人）　ぼるでもーと（れいのあのひと）	275
ヴォルデモート卿　ぼるでもーときょう	275
ヴォルデモート卿　ぼるでもーどきょう	275
ホールト	275
ポルトゥーガ	275
ポルトガル人（ポルトゥーガ）　ぽるとがるじん（ぽるとぅーが）	275
ポルトス	275
ポール・ド・ヴィリエ	275
ポール・ハート	276
ポール・ヘンダーソン	276
ポール・ロンドン	276
ホワイティ（白ネズミ）　ほわいてい（しろねずみ）	276
ホワイトヘッド牧師　ほわいとへっどぼくし	276
ポンペイ・センチュリー	276

【ま】

マイ	276
マイク	276
マイク・ヴァイス	276
マイク・ヴァイス	277
マイクルズ先生（トレイシー）　まいくるずせんせい（とれいしー）	277
マイク・ロス	277
マイケ	277
マイケル	277
マイケル・ウィバーリー	277
マイケル・スチュワート	278
マイケル・バンクス	278
マイケル・モスコーヴィッツ	278
マイラおばさん	278
マウ	278
マエストロ	278
魔王　まおう	278
マーカス	278
マーカス・ロクシアス・メガロス	278
マカビー・アドライ	278
マキシ	279
マーキュリアス・レインズ	279
マギンティー	279
マクゴナガル先生　まくごながるせんせい	279
マクシミリアン・カトル	279
マクシム	279
マグダ	279
マクマードー	279
マーク・ワトニー	279
マーサ	279
マーサ	280
マーシャ	280
マシュウ	280
マシュウ・カスバート	280
マシュウ・クスバート	280
マシュー・カスバート	280
マシュー・グッドリッチ	280
マシュー・ジェフリーズ	280
魔女（ゲール・ピーボディ）　まじょ（げーるぴーぼでぃ）	280
魔女狩り長官　まじょがりちょうかん	281
マージョリー	281
マダム・デュモン	281

マダム・ポペスク	281
マチア	281
マーチ氏　まーちし	281
マーチ夫人　まーちふじん	281
マチルダ・アルベルティーナ	281
魔使い　まつかい	281
マックス	281
マックスおじさん（マクシミリアン・カトル）	282
マックス・ディロン	282
マックス・モーガン	282
マックセ・グラブンデ	282
マッツ	282
マッティ	282
マッディ	282
マッテーオ	282
マッテオ（ヤネク）	283
マット	283
マット（おジャマじゃマット）	283
マット（マシュー・ジェフリーズ）	283
マッド・アイ・ムーディ	283
マッドハッター	283
マッド・ハッター（ハッター）	283
マーティ	283
マディ	283
マディ（マデレーン・カーター）	284
マティアス・ゼルプマン	284
マティアス・レスマン（レスマン）	284
マーティン	284
マデレーン・カーター	284
マデレーン・カーター（マディ）	285
マデロ	285
マーテンさん	285
マドゥー	285
窓ふきのおにいさん　まどふきのおにいさん	285
マドリガル	285
マーニー	285
マノリス	285
マービン	286
マブ	286
魔法使い（ジェレミー）　まほうつかい（じぇれみー）	286
ママ	286
ママ	287
ママ（イーバ）	287
ママ（ケイコ）	287
ママ（コーデリア・ムーン伯爵夫人）　まま（こーでりあむーんはくしゃくふじん）	287
ママ（サラ・ガードナー）	287
ママ（ジュディス）	287
ママ（ペイジ・イーストン）	287
ママ（メリッサ）	287
継母（トレメイン夫人）　ままはは（とれめいんふじん）	287
マーム	287
マヤ	287
マヤ	288
マラサンサーラ	288
マリ	288
マリー	288
マリアエレナ	288
マリアエレナ・エスペラント（エム・イー）	288
マリア・サンチェス	288
マリアマ	289
マリー・クレヴェル	289
マリゴールド	289
マリソル（夏の女王）　まりそる（なつのじょおう）	289
マリッサ	289
マリーナ	289
マリラ	289
マリラおばさん	289
マリラ・カスバート	289
マリラ・クスバート	290
マリー・ロール・ルブラン	290
マーリン	290
マル	290
マルイェン・オレツェフ（マル）	290
マルクス	290
マルタおばさん	290
マルチン・ケント（ケント）	290
マール・デイヴィス	291
マルティン	291

項目	ページ
マルティン・ターラー	291
マルフォイ	291
マルベル	291
マーレイ	291
マレキス	291
マレフィセント　まれふぃせんと?	291
マーロウ	292
マローン	292
マンゴー・ナンデモデキル	292
マンシーニさん	292
マンディ（アマンダ・コリガン）	292
マンディ・ホープ	292
マンドレーク	292

【み】

項目	ページ
ミア	292
ミア	293
ミア・ワイト	293
ミーカ	294
ミグ	294
ミクラ・フランチャ・キス	294
ミゲリー・ソウ（ミグ）	294
ミゲル	294
ミゲル・デ・ルナ	294
ミーシャ	294
ミス・アームストロング	294
ミス・アンドリュー	294
ミース・イックル	295
ミス・キャサリン	295
ミス・コーネリア	295
ミスZ　みすぜっと	295
Mr.インクレディブル　みすたーいんくれでぃぶる	295
ミスターX　みすたーえっくす	295
ミスターオレンジ	295
ミスター・カリスフォード	295
ミスター・ゴードン	295
ミスター・ゴードン	296
ミス・ターナー	296
ミスター・ノーバディ	296
ミスター・フー	296
ミズタマ	296
ミス・ネリー・アヴェント（マーム）	296
水の妖精の女の子（サーシャ）　みずのようせいのおんなのこ（さーしゃ）	296
ミス・ハニガン	296
ミス・ビアンカ	296
ミス・ペレグレン	296
ミス・ミンチン	297
ミス・ラベンダー	297
ミス・ローリー	297
ミセス・ティフトン	297
ミセス・ブーン	297
ミセス・マクビティー	297
ミセス・ミネルバ・マクビティー（ミセス・マクビティー）	297
ミッキー	297
ミック	297
光子　みつこ	297
ミッチ	297
ミヌー・ファルク・カリミ	298
ミヌン	298
ミミ・アークイント	298
宮本 絹子　みやもと・きぬこ	298
ミュバレク	298
ミュリエル	298
ミュンヒハウゼン男爵　みゅんひはうぜんだんしゃく	298
ミラ（ミラクル）	298
未来のクリスマスの精霊　みらいのくりすますのせいれい	298
ミラクル	298
ミラーナ	298
ミラーナ	299
ミラビリス	299
ミラベレ	299
ミランダ	299
ミランダ・ナヴァス	299
ミリアム	299
ミリガン夫人　みりがんふじん	299
ミール	299
ミルキー	299
ミルドレッド	299
ミンギーニョ	300
ミンチン先生　みんちんせんせい	300

【む】

ムイシキン	300
ムカムカ	300
ムサシ先生　むさしせんせい	300
ムシュ	300
むすこ（カラバこうしゃく）	300
ムッツリーさん	300
六浦賀 計衛　むつらが・かずひろ	300
ムトノフレト	300
ムーミントロール	300
ムーミントロール	301
ムーミンパパ	301
ムーミンママ	301
ムラサキ（ミュリエル）	301

【め】

メアリー	301
メアリー	302
メアリー・ウィートクロフト	302
メアリー・オハラ	302
メアリ・サザーランド	302
メアリー・ポピンズ	302
メアリー・モースタン	302
メアリ・レノックス	302
メアリー・レノックス	302
メイ	302
メイコン・レイヴンウッド	303
メグ	303
メグ・モロニー	303
メグレ教授　めぐれきょうじゅ	303
メーター	303
メナシ	303
メブ	303
メラニー	303
メラニー	304
メリサンド姫　めりさんどひめ	304
メリダ	304
メリッサ	304
メリヴェル	304
メリー・マッキンタイア	304
メルヴィンオジイチャン	304
メロディ	304

【も】

モー（モーラー・アラン）	304
モイ	305
モーガン・ルー・フェイ	305
モーグリ	305
モーグリー	306
モコ	306
モス	306
モーツァルト	306
モーティマー・モリソン	306
ものまね師　ものまねし	306
モハメッド・エミン酋長　もはめっどえみんしゅうちょう	307
モモ	307
モーラー・アラン	307
モーラン	307
黙然　もーらん	307
モリ	307
モリー	307
モリアーティー教授　もりあーてぃーきょうじゅ	307
森の王　もりのおう	307
モリー・ベーカー　もりーべーかー	307
モリー・マコナキイ	308
モル	308
モルウェナ・マコーヴァ（モリ）	308
モルガナ（モル）	308
モルドレッド	308
モレフィ王　もれふぃおう	308
モーロ	308
モンターグ	308
モンタナ	308
モンテ・クリスト伯爵　もんてくりすとはくしゃく	308

【や】

ヤエ	308
ヤクブ・アファラー	309

ヤゴ・トラロク	309
ヤーコプ	309
ヤーコプ・ファビアン（ファビアン）	309
やしの実じいさん　やしのみじいさん	309
野獣　やじゅう	309
ヤップ	309
ヤニス	309
ヤヌシュ・コルチャック先生（ドクトル）やぬしゅこるちゃっくせんせい（どくとる）	310
ヤネク	310
ヤネク・ヴォルフ	310
山田さま　やまださま	310
闇の主（ダークリング）やみのぬし（だーくりんぐ）	310
ヤンネチェ・マーテン（おかみさん）	310

【ゆ】

雪の女王　ゆきのじょうおう	310
雪の女王　ゆきのじょおう	310
ユサル・マカリ	310
バイク	311
ユリア姫　ゆりあひめ	311
ユリウス	311
ユリシーズ	311
ユレク	311

【よ】

楊志　ようし	311
妖精　ようせい	311
ヨシプ・カザコフ（カザコフ）	311
ヨーダ	311
ヨーナタン・トロッツ（ジョニー）	311
ヨハン	312
ヨハン・アンデション（ヒットマン・アンデシュ）	312
ヨハン・シュミット	312
ヨハンナ・シェランデル（牧師）よはんなしぇらんでる（ぼくし）	312
ヨフル・イクナル	312
ヨロコビ	312
ヨンス	312
ヨンヒ	312
ヨンホ	312

【ら】

ライ	312
ライアン	313
ライアン・ネルセン	313
ライアン・フリン	313
ライオン	313
ライオン（アスラン）	313
ライオンハート市長　らいおんはーとしちょう	313
ライオンブレイズ	313
ライオンブレイズ	314
ライズ（エジルリブ）	314
ライトニング・マックィーン	314
ライナス	314
ライラ先生　らいらせんせい	314
ライリー	314
ラインハルト（ハーディ）	314
ラウラ	315
ラウラ・プィジャク（ちびトラ）	315
ラーク	315
ラージ	315
ラジャー	315
ラース警部　らーすけいぶ	315
ラズロ・ナーゲル	315
ラーセット	315
ラッキー（ヤップ）	315
ラッシー	316
ラッセル	316
ラットくん	316
ラトコ・ミリッチ（ココ）らとこみりっち（ここ）	316
ラドリング公爵　らどりんぐこうしゃく	316
ラナ・アーウェン・レイザー	316
ラビット	316
ラヴィニア・ディキンソン（ヴィニー）	317
ラブスター博士　らぶすたーはかせ	317
ラプンツェル	317
ラーミ	317

ラミッツ・ラマダニー	317		リフカ・ネブロト	322
ラム・ダス	317		リヴジー先生　りぶじーせんせい	322
ラモーゼ	317		リーフプール	322
ララ	317		リーマス・ルーピン	322
ラーラ・マクラウド	317		リラ	322
ラリー・デリー	318		リラ	323
ラリー・ミステリー	318		リリ	323
ラルフ	318		リリー	323
ランスロット	318		リリアーネ・スーゼウィンド（リリ）	324
ランディ	318		リリスさん	324
			リン	324
【り】			リンカーン・マクリーン夫人　りんかーんまくりーんふじん	324
リアナン	318		リンジー	324
リアム・オコナー	318		リンゼー卿　りんぜーきょう	324
リアム・オコナー	319		リンゼー卿　りんぜーきょう	325
リオ	319		リンダ・グレイ	325
リオ・バルデス	319		リンダ・コンクエスト	325
リカ	319		林冲　りんちゅう	325
リサ・カーソン	319			
リジー	319		【る】	
リース	319			
リーズ	320		ルー	325
リズ	320		ルイージ	325
リス（ユリシーズ）	320		ルイージ・レモンチェロ（レモン博士）るいーじれもんちぇろ（れもんはかせ）	325
リチャード	320			
リッキー	320			
リック	320		ルイージ・レモンチェロ（レモン博士）るいーじれもんちぇろ（れもんはかせ）	326
リックおじさん	320			
リック・ベントン	320			
リッチー	321		ルイス	326
リッツィー・ピアソン	321		ルイス・アレン	326
リディア・クラウド	321		ルイーズ・ウィルキンス	326
リディア・ストリッカム	321		ルー・エラ	326
リドリー	321		ルカーシュ	326
リドル（トム・リドル）	321		ルーカス・モントローズ卿　るーかすもんとろーずきょう	326
リトル・ジーニー（ジーニー）	321			
リトル・ジョー	321		ルーク	326
リーナ・デュケイン	321		ルーク・スカイウォーカー	326
リニーア・ヴァッリン	322		ルーク・スカイウォーカー	327
リネット	322		ルーク・ベイリー	327
リビー	322		ルクラスタ	327
リーフ	322		ルーク・ラヴォー	327
			ルクレツィア・カッター	327

ルーシー	328
ルシウス・マルフォイ	328
ルーシー・カーライル	328
ルーシー・スチュワート	328
ルーシー・ペナント	328
ルーシー・ペニーケトル	328
ルーシー・マネット	329
ルーシー・モントローズ	329
ルージャ・ピジャク（プィザ）	329
ルシンダ	329
ルースター	329
ルース・ローズ・ハサウェイ	329
ルティ	329
ルディ・クロイツカム	329
ルード・バグマン	329
ルーナ	329
ルナール	329
ルネ	330
ルパン	330
ルパン（アルセーヌ・ルパン）	330
ルビー	330
ルビー	331
ルビー・ルシル・ラポアント	331
ルミッキ・アンデション	331
如玉　るーゆい	331
ルーラ・ブリストウ	331
ルーラ・ランドリー（ルーラ・ブリストウ）	331
ルル	331
ルル姫　るるひめ	331

【れ】

レイ	331
レイ	332
レイア	332
レイア（オーガナ将軍）　れいあ（おーがなしょうぐん）	332
レイア・オーガナ将軍　れいあおーがなしょうぐん	332
レイア・オーガナ姫　れいあおーがなひめ	332
レイア・オーガナ姫（レイア姫）　れいあおーがなひめ（れいあひめ）	332
レイア姫　れいあひめ	332
レイチェル	332
レイチェル	333
レイチェル・ウォーカー	333
レイチェル・エリザベス・デア	333
レイチェル・ライリー	333
レイナ	333
レイニー	333
例のあの人　れいのあのひと	333
例のあの人　れいのあのひと	334
レイフ	334
レイモンド	334
レイモンドさん	334
レイモンド夫人　れいもんどふじん	334
レイ役人　れいやくにん	334
レイン	334
レイン・グリフォン	334
レイン・ハーディ	334
レインボーガール（ハレー・ローレンツ）	334
レオ	334
レオおじさん	335
レオさん	335
レオナルド・ダ・ヴィンチ（マエストロ）	335
レオナルド・ドゥヴニヤック（レオ）	335
レオナルド・バームガードナー	335
レオニード・ヴィタリヨヴィチ・キヤン	335
レオン（ちび）	335
レキシー	335
レキシー・ルイス	335
レジーン	335
レスター・シュー	336
レスマン	336
レスリー	336
レスリー・ヘイ	336
レスリー・ムーア	336
レスリー・ムーア（ディック・ムーア夫人）　れすりーむーあ（でぃっくむーあふじん）	336
レッド	336
レッド・スカル（ヨハン・シュミット）	336

レット・バトラー	336
レット・バトラー	337
レディ（クジラ）	337
レディ・イヴェット・ブリストウ	337
レディマス	337
レディ・ローラ・ロックウッド	337
レナーテ・キュナスト	337
レナ・ハロウェイ	337
レニーヌ公爵　れにーぬこうしゃく	337
レヴィ	337
レフ・ニコラーエヴィチ・ムイシキン（ムイシキン）	337
レーブン	338
レベッカ・デュー	338
レベッカ・バロウズ	338
レベッカ・モリーン	338
レミ	338
レミュエル・ガリバー（ガリバー）	338
レモン博士　れもんはかせ	339
レラーナ	339

【ろ】

ローアン	339
老女（妖精）　ろうじょ（ようせい）	339
老人　ろうじん	339
老人（クレンプ）　ろうじん（くれんぷ）	339
老妖精　ろうようせい	339
ロウリー・ジェファーソン	339
ローカン・フューリー	340
ロキ	340
ローク	340
ロク	340
ロクストン卿　ろくすとんきょう	340
ロクマルカ大佐　ろくまるかたいさ	340
ロクラン	340
ロゴージン	340
ローザ	340
ローザ・ペンバートン	341
ロザモンド	341
ロザリンド	341
ロザリンド姫　ろざりんどひめ	341
ロージー	342
ロジャ	342
ロジャー・バスカビル	342
ローズ	342
ローズ・ウォレン	342
ロスキューロ	342
ローズ・ハワード	343
ロック（ジェイムズ・ロック）	343
ロックウッド（アンソニー・ロックウッド）	343
ロックハート	343
ロッティ・リー	343
ロッティ・リプトン	343
ロット	343
ロッド	343
六本爪　ろっぽんずめ	343
ロティ・ワイルダー	344
ローデン	344
ロドニー・グワルトニー（ロッド）	344
ろば	344
ロバート	344
ロバート・キャラハン教授（キャラハンキョウジュ）　ろばーときゃらはんきょうじゅ（きゃらはんきょうじゅ）	344
ロバート・セント・サイモン卿　ろばーとせんとさいもんきょう	344
ロバート・メリヴェル（メリヴェル）	344
ロビィ	344
ロビィ	345
ロビー王　ろびーおう	345
ロビン	345
ロビン・ウィリアム・ブライズ	345
ロビン・エラコット	345
ロビンソン・クルーソー	345
ロブ	345
ロベルト	345
ロベール・ムシュ（ムシュ）	345
ロベンダー・キット（ロビィ）　ろべんだーきっと（ろびぃ）	346
ローラ	346
ロラン	346
ローリー	346
ローリー・グリーリー	347
ロレッタ・マーフィー	347
ローレル	347

ローレン	347
ローレン・アダムズ	347
ローレンス氏　ろーれんすし	347
ローレンツさん	347
ロロック	347
ロン・ウィーズリー	347
ロン・ウィーズリー	348
ロング・アロー	349
ロンドン先生（ポール・ロンドン）　ろんどんせんせい（ぽーるろんどん）	349

【わ】

ワイルダーさん（ロティ・ワイルダー）	349
ワオン・マネー	349
ワサビ	349
鷲　わし	349
ワシーリ・グリゴーレヴィッチ	349
ワトスン	349
ワトスン	350
ワトスン博士　わとすんはかせ	351
ワトソン	351
ワーニャ・グリゴーレヴィッチ	351
ワンダ・マキシモフ	351

登場人物索引

【あ】

アイアンサ
ペンダーウィック家のとなりに引っ越してきたキャメロン大学の天体物理学の女性教授 「ペンダーウィックの四姉妹2」 ジーン・バーズオール作;代田亜香子訳 小峰書店(Sunnyside Books) 2015年8月

アイアンマン(トニー・スターク)
人類の平和を守る「アベンジャーズ」のヒーロー、キャプテン・アメリカ(スティーブ)と対立したメンバー 「シビル・ウォー－キャプテン・アメリカ」 アレックス・アーヴァインノベル;上杉隼人訳;長尾莉紗訳 講談社 2016年10月

アイアンマン(トニー・スターク)
世界平和のために戦う「アベンジャーズ」のパワードスーツを着たヒーロー、実業家にして発明家 「アベンジャーズ エイジ・オブ・ウルトロン」 ジョス・ウェドン脚本・監督;アレックス・アーヴァインノベル訳;上杉;隼人訳;長尾;莉紗訳 講談社 2015年11月

アイク
ストラテンバーグ中学校八年生のセオの六〇代半ばの伯父、元弁護士 「少年弁護士セオの事件簿5 逃亡者の目」 ジョン・グリシャム作;石崎洋司訳 岩崎書店 2015年11月

アイーシャ
破壊されたベイルートの町でおばあちゃんとおさない弟たちとよりそって暮らす十歳の少女 「戦場のオレンジ」 エリザベス・レアード作;石谷尚子訳 評論社 2014年4月

アイシャ
獣医、公務員のヘクターの妻でインド系二世の女性 「スラップ―オーストラリア現代文学傑作選」 クリストス・チョルカス著;湊圭史訳 現代企画室 2014年12月

アイシュリン・コプ
古代民族の末裔たちに伝わる勝利した民族以外は滅びるという「エンドゲーム」に参加した12人の一人、アメリカ合衆国のニューヨークに住む19歳の少女 「エンドゲーム：コーリング」 ジェイムズ・フレイ;ニルス・ジョンソン＝シェルトン著;金原瑞人;井上里訳 学研パブリッシング 2014年10月

アイデアたまご
「ぼく」のあとをついてきたふしぎなちからをもっているへんなたまご 「アイデアたまごのそだてかた」 コビ・ヤマダぶん;メイ・ベソムえ;いとうなみこやく 海と月社 2016年2月

アイヴァー王子　あいばーおうじ
北の島スカアのケニグ王の息子、ドナル王子の弟 「賢女ひきいる魔法の旅は」 ダイアナ・ウィン・ジョーンズ作;アーシュラ・ジョーンズ作;田中薫子訳;佐竹美保絵 徳間書店 2016年3月

アイバーソン
オークランドの名門校チェアマン寄宿学校の生徒、優等生の9歳の少年 「十五少年漂流記」 ジュール・ヴェルヌ著;椎名誠訳;渡辺葉訳 新潮社(新潮モダン・クラシックス) 2015年8月

アイヴィーポー
サンダー族の見習い戦士猫でダヴポーの姉、戦士猫のシンダーハートの弟子 「ウォーリアーズ4-1予言の猫」 エリン・ハンター作;高林由香子訳 小峰書店 2016年1月

あいび

アイヴィーポー
サンダー族の見習い戦士猫でダヴポーの姉、戦士猫のシンダーハートの弟子 「ウォーリアーズ4-2消えゆく鼓動」 エリン・ハンター作;高林由香子訳 小峰書店 2016年7月

アイラ
ニンゲンが暮らす〈灰色の地〉で家族と平穏に暮らしていた生まれて間もないキツネの女の子 「フォックスクラフト1―アイラと憑かれし者たち」 インバリ・イセーレス著;金原瑞人訳 静山社 2016年7月

アイリス
海辺のめがね技師をさがしていた近視のぽっちゃりしたマーメイド 「オリバーとさまよい島の冒険」 フィリップ・リーヴ作;セアラ・マッキンタイヤ絵;井上里訳 理論社 2014年1月

アイリーン
山のお屋敷で親と離れてさみしくくらしている八歳のおひめさま 「星を知らないアイリーン―おひめさまとゴブリンの物語」 ジョージ・マクドナルド作;河合祥一郎訳;okama絵 KADOKAWA(角川つばさ文庫) 2015年6月

アイリーン
山のお屋敷の秘密の部屋に住んでいるなぞの年老いた貴婦人、アイリーンひめのひいひいおばあちゃん 「星を知らないアイリーン―おひめさまとゴブリンの物語」 ジョージ・マクドナルド作;河合祥一郎訳;okama絵 KADOKAWA(角川つばさ文庫) 2015年6月

アインシュタイン
クラマーキン島の安全を守る「動物探偵団」のメンバー、白いペルシャねこ 「動物探偵ミア」 ダイアナ・キンプトン作;武富博子訳;花珠絵 ポプラ社 2015年4月

アインシュタイン
銀のネックレスをつけると動物と話せる少女・ミアの学校でくらすペルシャねこ 「動物探偵ミア ちいさな島の転校生」 ダイアナ・キンプトン作;武富博子訳;花珠絵 ポプラ社 2015年8月

アウレリア
ローマ皇帝・カエサルの娘、ジャングルで捕まえられたトラをペットとして飼うことにした十二歳の少女 「王宮のトラと闘技場のトラ」 リン・リード・バンクス作;杉田七重訳 さ・え・ら書房 2016年2月

アガサ・ハニガン(ミス・ハニガン)
アニーの住むニューヨーク市立孤児院のいじわるな院長 「アニー」 トーマス・ミーハン著;三辺律子訳 あすなろ書房 2014年11月

アガサ・ミステリー
ロンドンの探偵学校に通ういとこのラリーとエジプトに向かった十二歳の少女 「少女探偵アガサ 1 エジプト編66番目の墓の謎」 サー・スティーヴ・スティーヴンソン作;中井はるの訳;patty画 岩崎書店 2016年12月

アガタおばあちゃん
チェコのプラハでまごむすめのベルンカの家族とくらしているおばあちゃん 「ベルンカとやしの実じいさん上下―世界傑作童話シリーズ」 パベル・シュルット文;ガリーナ・ミクリーノワ絵;大沼有子訳 福音館書店 2015年3月

赤の女王（イラスベス）　あかのじょおう（いらすべす）
不思議の国「アンダーランド」の女王ミラーナの姉、アウトランドへ追放された女王　「アリス・イン・ワンダーランド～時間の旅～」カリ・サザーランド文;ないとうふみこ訳　KADOKAWA（角川つばさ文庫）　2016年6月

赤の女王（イラスベス）　あかのじょおう（いらすべす）
不思議の国「アンダーランド」の統治者ミラーナの姉、アウトランドに追放された女王　「アリス・イン・ワンダーランド～時間の旅～」カリ・サザーランド作;しぶやまさこ訳　ディズニーアニメ小説版　2016年7月

赤の女王さま　あかのじょおうさま*
少女アリスが迷い込んだ鏡の国の尊大な赤の女王、鏡の国のチェスゲームの女王さま　「鏡の国のアリス」ルイス・キャロル作;佐野真奈美訳　ポプラ社（ポプラポケット文庫）　2015年9月

アギー
一九〇〇年にテキサス州を襲ったハリケーンで被災しおばの家で暮らすことになった少女　「ダーウィンと旅して」ジャクリーン・ケリー作;斎藤倫子訳　ほるぷ出版　2016年8月

アギー（アグネス・ダンカン）
グレート・スモーキー山脈にあるモーテルを売りに出した未亡人のおばあさん　「スモーキー山脈からの手紙」バーバラ・オコーナー作;こだまともこ訳　評論社　2015年6月

アキヴァ
皇帝により戦争の道具として育てられた天使、庶出軍の兵士　「星影の娘と真紅の帝国　上下」レイニ・テイラー著;桑原洋子訳　早川書房（ハヤカワ文庫FT）　2014年6月

アキ・バキバ
チェコのプラハにくらすハイチからきた1年生、ベルンカと同じクラスになった黒人の男の子　「ベルンカとやしの実じいさん上下―世界傑作童話シリーズ」パベル・シュルット文;ガリーナ・ミクリーノワ絵;大沼有子訳　福音館書店　2015年3月

アキャンさん
花作りの農家の主人で4人の子どもの父親、旅のとちゅうで行きだおれたレミを助けた親切な人　「家なき子―10歳までに読みたい世界名作」エクトール・アンリ・マロ作;横山洋子監修　学研プラス　2016年2月

アキラ
浪人生ロランの高校時代からの友人で天才オタク、写真の専門学校生　「リトルプリンス・トリック = LITTLE PRINCE TRICK : 星の王子"からのメッセージ"」滝川美緒子;滝川クリステル著　講談社　2015年11月

アキレウス
ペレウス王と海のニンフ・テティスの王子、当代随一の戦士になると予言された勇士　「アキレウスの歌」マデリン・ミラー著;川副智子訳　早川書房　2014年3月

アクセル
遠い地で暮らす息子に会うため長年暮らした村を出た老夫婦の夫　「忘れられた巨人」カズオ・イシグロ著;土屋政雄訳　早川書房　2015年4月

アクタレ
氷河期の地球に住むマンモスたちをおそって食べてしまうおそろしい動物　「マンモスアカデミー3　林間学校で大ピンチ!」ニール・レイトン作;相良倫子訳;陶浪亜希訳　小峰書店　2016年4月

あくた

アクタレたち
氷河期の地球に住むやばんできけんな動物、「ホラアナ学校」の子どもたち 「マンモスアカデミー2 ねらわれた創立祭」 ニール・レイトン作;相良倫子訳;陶浪亜希訳 小峰書店 2016年1月

アグニシュカ（ニーシュカ）
魔法使いのドラゴンに選ばれたポールニャ国ドヴェルニク村に住む17歳の少女 「ドラゴンの塔 上下」 ナオミ・ノヴィク著;那波かおり訳 静山社 2016年12月

アグネス・ダンカン
グレート・スモーキー山脈にあるモーテルを売りに出した未亡人のおばあさん 「スモーキー山脈からの手紙」 バーバラ・オコーナー作;こだまともこ訳 評論社 2015年6月

アグラーヤ・イワーノヴナ・エパンチン
ロシアのエパンチン将軍の末娘、社交界デビューしたばかりの20歳の美女 「白痴1」 ドストエフスキー著;亀山郁夫訳 光文社（光文社古典新訳文庫） 2015年11月

アケミ
中学一年生の少年カイルの大親友、元気でおしゃべりな少女 「図書館脱出ゲーム1 ぼくたちの謎とき大作戦！ 上下」 クリス・グラベンスタイン著;ジョンハサウェイ絵;高橋結花訳 KADOKAWA 2016年3月

アケミ
中学一年生の少年カイルの大親友、元気でおしゃべりな少女 「図書館脱出ゲーム2 図書館オリンピック大作戦！ 上下」 クリス・グラベンスタイン著;ジョンハサウェイ絵;山北めぐみ訳 KADOKAWA 2016年8月

アーサー
ウィーズリー一家の父親、魔法省に勤務する人 「ハリー・ポッターと秘密の部屋 2-1・2-2―ハリー・ポッター」 J.K.ローリング作;松岡佑子訳 静山社（静山社ペガサス文庫） 2014年5月

アーサー
ウィーズリー一家の父親、魔法省に勤務する人 「ハリー・ポッターと不死鳥の騎士団 5-1・5-2・5-3・5-4―ハリー・ポッター」 J.K.ローリング作;松岡佑子訳 静山社（静山社ペガサス文庫） 2014年9月

アーサー・グラム
コネチカット州ジェファソン中学校7年生、夢想家の少年 「ある夢想者の肖像」 スティーヴン・ミルハウザー著;柴田元幸訳 白水社 2015年10月

アーサー・コナン・ドイル（コナン・ドイル）
名作『シャーロック・ホームズ』を生んだイギリス人作家 「アーサーとジョージ」 ジュリアン・バーンズ著;真野泰訳;山崎暁子訳 中央公論新社 2016年1月

アザミ
少年アーチーのオックスフォードに住むいとこ、少女キイチゴの十一歳の弟 「アーチー・グリーンと魔法図書館の謎―アーチー・グリーンと魔法図書館」 D.D.エヴェレスト著;こだまともこ訳 あすなろ書房 2015年7月

あしながおじさま
孤児院育ちのジュディに手紙を書くことを条件に正体は明かさずに大学に通うお金を出す紳士 「あしながおじさん」 J.ウェブスター作;新星出版社編集部編 新星出版社（トキメキ夢文庫） 2016年9月

あしながおじさん
ジョン・グリーア孤児院にきふしている理事、十八歳のジルーシャ・アボットの大学の学費をえん助した男 「あしながおじさん―10歳までに読みたい世界名作」ジーン・ウェブスター作;横山洋子監修　学研教育出版　2015年8月

あしながおじさん
児童養護施設の理事、孤児の女の子ジェルーシャを大学に進学させた男の人 「あしながおじさん―ポプラ世界名作童話;18」J.ウェブスター作;石井睦美文;あだちなみ絵　ポプラ社　2016年11月

アシュリ・ウィルクス
元大農園主の娘スカーレットが想いを寄せるウィルクス家の長男、メラニーの夫 「風と共に去りぬ　第4巻」マーガレット・ミッチェル著;鴻巣友季子訳　新潮社(新潮文庫)　2015年6月

アシュリ・ウィルクス
元大農園主の娘スカーレットが想いを寄せるウィルクス家の長男、メラニーの夫 「風と共に去りぬ　第5巻」マーガレット・ミッチェル著;鴻巣友季子訳　新潮社(新潮文庫)　2015年7月

アシュリ・ウィルクス
大農園主の娘スカーレットが想いを寄せるウィルクス家の長男、メラニーの夫 「風と共に去りぬ　第1巻」マーガレット・ミッチェル著;鴻巣友季子訳　新潮社(新潮文庫)　2015年4月

アシュリ・ウィルクス
大農園主の娘スカーレットが想いを寄せるウィルクス家の長男、メラニーの夫 「風と共に去りぬ　第2巻」マーガレット・ミッチェル著;鴻巣友季子訳　新潮社(新潮文庫)　2015年4月

アシュリ・ウィルクス
大農園主の娘スカーレットが想いを寄せるウィルクス家の長男、メラニーの夫 「風と共に去りぬ　第3巻」マーガレット・ミッチェル著;鴻巣友季子訳　新潮社(新潮文庫)　2015年5月

アストリッド・エリソン
カリフォルニア州ペルディド・ビーチ・スクールの生徒、14歳の天才少女 「GONE　上下」マイケル・グラント著;片桐恵理子訳　ハーパーコリンズ・ジャパン(ハーパーBOOKS)　2016年4月

アストリッド・リンドグレーン
スウェーデンの児童文学作家、12歳の少女・サラと頻繁に文通していた女性 「リンドグレーンと少女サラ:秘密の往復書簡」アストリッド・リンドグレーン;サラ・シュワルト著;石井登志子訳　岩波書店　2015年3月

アスラン
〈無〉の世界に新しい国・ナルニアを創造した豊かなたてがみをたくわえた光り輝く巨大なライオン 「ナルニア国物語 1―魔術師のおい」C・S・ルイス著;土屋京子訳　光文社(光文社古典新訳文庫)　2016年9月

アスラン
異世界ナルニアの創造主、豊かなたてがみをたくわえた光り輝く巨大なライオン 「ナルニア国物語 2―ライオンと魔女と衣装だんす」C・S・ルイス著;土屋京子訳　光文社(光文社古典新訳文庫)　2016年2月

アタスン
弁護士、ロンドンの高名な紳士ジキル博士の友人 「ジキルとハイド」ロバート・L・スティーヴンソン著;田口俊樹訳　新潮社(新潮文庫)　2015年2月

あだむ

アダム・ケント
世界を支配する再建党に抵抗している活動グループ"オメガポイント"の一員 「アンラヴェルミー ほんとうのわたし シャッターミー2」 タヘラ・マフィ著;金原瑞人訳;大谷真弓訳 潮出版社 2015年3月

アダム・ヘンリ
エホバの証人への信仰を理由に輸血を拒んでいる信徒、成人まで三ヶ月足らずの17歳の少年 「未成年」 イアン・マキューアン著;村松潔訳 新潮社(CREST BOOKS) 2015年11月

アダム・ルイス
一九九四年のイギリスで謎の古文書の一節を解読したと投稿した男子大学生 「タイムライダーズ3-1 失われた暗号」 アレックス・スカロウ作;金原瑞人訳 小学館 2015年12月

アダム・ルイス
現地基地でタイムトラベラーのマディたちの任務を手伝うことになった青年 「タイムライダーズ3-2 失われた暗号」 アレックス・スカロウ作;金原瑞人訳 小学館 2015年12月

アーチー・グリーン
十二歳の誕生日に謎の小包を受け取ったイギリスの小さな町に住む少年 「アーチー・グリーンと魔法図書館の謎―アーチー・グリーンと魔法図書館」 D.D.エヴェレスト著;こだまともこ訳 あすなろ書房 2015年7月

アーチ・フェリ
ブダペストにある植物園を陣地としている赤シャツ団のリーダー、堂々とした風格がありまわりから一目置かれている少年 「パール街の少年たち」 モルナール・フェレンツ作;岩﨑悦子訳;コヴァーチ・ペーテル絵 偕成社 2015年9月

アーチボルト・クレーブン(クレーブン)
両親を亡くした10歳のメアリーのおじさん、イギリスの紳士 「ひみつの花園 ポプラ世界名作童話17」 F・H・バーネット作;さとうまきこ文;狩野富貴子絵 ポプラ社 2016年11月

アッシュ
家族のだれにも似てない十歳の女の子エミリーのパパ、有名なホラー作家 「エミリーと妖精のひみつ 1ドアの向こうは妖精の国!?」 ホリー・ウェッブ作;宮坂宏美訳;Tobi絵 学研教育出版 2015年8月

アッシュ
人間の女の子エミリーを養女にした妖精の家族のパパ、有名なホラー作家 「エミリーと妖精のひみつ 2水の妖精をすくえ!」 ホリー・ウェッブ作;宮坂宏美訳;Tobi絵 学研プラス 2015年12月

アッベ(マチルダ・アルベルティーナ)
北スウェーデンの「のんびり村」で友だちと「ギネス世界記録」に挑戦した10歳の女の子 「のんびり村は大さわぎ!」 アンナレーナ・ヘードマン作;菱木晃子訳;杉原知子絵 徳間書店 2016年5月

アーティー
母さんが出ていった家で十二歳の兄と暮らす五歳半の男の子 「母さんが消えた夏―講談社・文学の扉」 キャロライン・アダーソン著;田中奈津子訳 講談社 2014年6月

アディ
ゲーム好きな少年アーロンの高校生の姉、ゲーマーの少年フレディの同級生 「亡霊ゲーム」 ジェームズ・プレラー著;安齋奈津子訳 KADOKAWA 2016年12月

アデュロ
平和な王国アバンティアの国王に仕える善良な魔法使い 「ビースト・クエスト1 火龍フェルノ」アダム・ブレード作;浅尾敦則訳 静山社(静山社ペガサス文庫) 2016年4月

アデーラ
家族に誕生日を祝ってもらうことになった人魚、人間になった妹アリエルの姉の1人 「ディズニープリンセス 愛のものがたり」キティ・リチャーズ文;ゲイル・ハーマン文;中井はるの訳 講談社(講談社KK文庫) 2016年9月

アトス
1600年代のフランス王宮を守る三銃士のリーダー的存在、三銃士の中でいちばん年上で頭がよい男 「三銃士―10歳までに読みたい世界名作」アレクサンドル・デュマ作;横山洋子監修;岡田好惠編訳;山田一喜絵 学研プラス 2016年2月

アドニラム・ギブソン夫人(ギブソン夫人) あどにらむぎぶそんふじん(ぎぶそんふじん)
サマーサイドに住み毎日を車椅子の中ですごしている80歳のおばあさん、末娘のポーリンをどれいのようにつかえさせている母親 「アンの幸福2」L・M・モンゴメリ作;村岡花子訳;Haccan絵 講談社(講談社大きな文字の青い鳥文庫) 2015年9月

アドルフ・ヒトラー
第二次世界大戦敗戦の直前に自殺したドイツ帝国の総統 「帰ってきたヒトラー 上下」ティムール・ヴェルメシュ著;森内薫訳 河出書房新社 2014年1月

アナ
アレンデール王国の王女、こわいもの知らずで姉のエルサとは対照的な性格の妹 「アナと雪の女王―アレンデール城のゆうれい オラフとスヴェンの氷の配達」ランディ・クイン・ウォーカー文えリザベス・ラドニック文;中井はるの訳 講談社(講談社KK文庫) 2016年2月

アナ
アレンデール王国の王女で明るく元気な女の子、女王エルサのいもうと 「アナと雪の女王[3]―エルサと夏の魔法」エリカ・デイビッド文;ないとうふみこ訳 KADOKAWA(角川つばさ文庫) 2015年8月

アナ
アレンデール王国の王女で明るく元気な女の子、女王エルサのいもうと 「アナと雪の女王[4]―オラフはスーパースター!」エリカ・デイビッド文;ないとうふみこ訳 KADOKAWA(角川つばさ文庫) 2015年12月

アナ
アレンデール王国の王女で明るく元気な女の子、女王エルサのいもうと 「アナと雪の女王[5]―氷を愛する人はだれ?」エリカ・デイビッド文;ないとうふみこ訳 KADOKAWA(角川つばさ文庫) 2016年3月

アナ
アレンデール王国の王女で明るく元気な女の子、女王エルサのいもうと 「アナと雪の女王[6]―ふたりの固いきずな」エリカ・デイビッド文;ないとうふみこ訳 KADOKAWA(角川つばさ文庫) 2016年8月

アナ
アレンデール王国の王女で明るく元気な女の子、女王エルサの妹 「アナと雪の女王[1]―愛されるエルサ女王」エリカ・デイビッド文;ないとうふみこ訳 KADOKAWA(角川つばさ文庫) 2015年3月

あな

アナ
アレンデール王国の王女で明るく元気な女の子、女王エルサの妹 「アナと雪の女王[2]-失われたアナの記憶」エリカ・デイビッド文;ないとうふみこ訳 KADOKAWA（角川つばさ文庫） 2015年3月

アナ
アレンデール王国の第二王女、姉のエルサと引き離されて育った王女 「アナと雪の女王」サラ・ネイサン作;セラ・ローマン作;しぶやまさこ訳 偕成社（ディズニーアニメ小説版） 2014年3月

アナ
アレンデール王国の第二王女、姉の女王エルサを励まし助ける妹 「アナと雪の女王 エルサのサプライズ」ヴィクトリア・サクソン著;中井はるの訳 ディズニームービーブック 2015年6月

アナ
流れ星を追って不思議な世界「トイ・ボックス」に姉のエルサとやってきたアレンデール王国の王女 「ディズニーインフィニティ」エイミー・ワインガルトナー文;樹紫苑訳 KADOKAWA（角川つばさ文庫） 2016年1月

アナキン・スカイウォーカー
ジェダイの騎士でオビ=ワンの弟子、元老院議員パドメとの結婚を秘密にしている青年 「スター・ウォーズエピソードⅢシスの復讐」ジョージ・ルーカス原作;パトリシア・C.リード著;上杉隼人訳;有馬さとこ訳 講談社 2015年7月

アナキン・スカイウォーカー
銀河共和国の平和をまもるジェダイ騎士団の修行中の青年、オビ=ワンの弟子 「スター・ウォーズエピソードⅡクローンの攻撃」ジョージ・ルーカス原作;パトリシア・C.リード著;上杉隼人訳;上原尚子訳 講談社 2015年5月

アナキン・スカイウォーカー
惑星タトウイーンでジェダイのクワイ=ガンたちと出会った奴隷少年 「スター・ウォーズエピソードⅠファントム・メナス」ジョージ・ルーカス原作;パトリシア・C.リード著;上杉隼人訳;大島資生訳 講談社 2015年3月

アナスタシア
16歳のエラの父親と再婚したトレメイン夫人の娘でドリゼラの妹、エラの義理の姉 「シンデレラ」エリザベス・ルドニック作;橘高弓枝訳 ディズニーアニメ小説版 2015年5月

アナベス・チェイス
オリンポス十二神のひとり・アテナと人間を両親にもつハーフ、ふだんはブルックリンの学校に通っている14歳の少女 「パーシー・ジャクソンとオリンポスの神々タイタンの呪い〈3-上下〉」リック・リオーダン作;金原瑞人訳;小林みき訳 静山社（静山社ペガサス文庫） 2016年6月

アナベス・チェイス
オリンポス十二神のひとり・アテナと人間を両親にもつハーフ、ふだんはブルックリンの学校に通っている14歳の少女 「パーシー・ジャクソンとオリンポスの神々―迷宮の戦い〈4-上下〉」リック・リオーダン作;金原瑞人訳;小林みき訳 静山社（静山社ペガサス文庫） 2016年9月

アナベス・チェイス
ギリシャの女神・アテナと人間を両親にもつハーフ、ポセイドンの息子・パーシーのガールフレンド 「オリンポスの神々と7人の英雄 外伝―パーシー・ジャクソンとオリンポスの神々シーズン2」 リック・リオーダン作;金原瑞人;小林みき訳 ほるぷ出版 2016年11月

アナベス・チェイス
ギリシャの女神・アテナと人間を両親にもつハーフ、ポセイドンの息子・パーシーのガールフレンドで頭脳明晰な努力家 「最後の航海―オリンポスの神々と7人の英雄 5―パーシー・ジャクソンとオリンポスの神々シーズン2」 リック・リオーダン著;金原瑞人;小林みき訳 ほるぷ出版 2015年11月

アナベス・チェイス
ギリシャの女神・アテナの娘で頭脳明晰で努力家の女の子、パーシー・ジャクソンのガールフレンド 「オリンポスの神々と7人の英雄 4 ハデスの館」 リック・リオーダン作;金原瑞人訳;小林みき訳 ほるぷ出版 2014年11月

アナベス・チェイス
女神アテナの十五歳の娘、オリンポスの神・ポセイドンと人間の母親との間に生まれた少年のパーシーの友人 「パーシー・ジャクソンとオリンポスの神々5−上下」 リック・リオーダン作;金原瑞人;小林みき訳 静山社 2016年11月

アナベス・チェイス
女神アテナの娘、メリウェザ中学に通う十三歳の少年・パーシーの友人 「パーシー・ジャクソンとオリンポスの神々2−上下」 リック・リオーダン作;金原瑞人;小林みき訳 静山社(静山社ペガサス文庫) 2016年3月

アナベル・ウォード
ロックウッド社が心霊調査をしていた家のかつての所有者、五十年前に失踪した女性 「ロックウッド除霊探偵局 1 上下 霊を呼ぶペンダント」 ジョナサン・ストラウド作;金原瑞人訳;松山美保訳 小学館 2015年3月

アナリーゼ
白の魔法使い、死に似た眠りに囚われている少女 「ハーフ・ワイルド:ネイサン・バーンと魔のナイフ 上下」 サリー・グリーン著;田辺千幸訳 早川書房 2016年2月

アナリーゼ
白の魔法使いの娘、少年のネイサンのクラスメイト 「ハーフ・バッド:ネイサン・バーンと悪の血脈 上下」 サリー・グリーン著;田辺千幸訳 早川書房 2015年1月

アニー
アメリカ・ペンシルベニア州に住みどんな動物ともすぐなかよしになれる10歳の元気な女の子、兄のジャックと魔法のツリーハウスで多くの国へ冒険に出かけている妹 「カリブの巨大ザメ―マジック・ツリーハウス;40」 メアリー・ポープ・オズボーン著;食野雅子訳 KADOKAWA 2016年6月

アニー
アメリカ・ペンシルベニア州に住みどんな動物ともすぐなかよしになれる10歳の元気な女の子、兄のジャックと魔法のツリーハウスで多くの国へ冒険に出かけている妹 「サッカーの神様―マジック・ツリーハウス;38」 メアリー・ポープ・オズボーン著;食野雅子訳 KADOKAWA 2015年6月

あに

アニー
アメリカ・ペンシルベニア州に住みどんな動物ともすぐなかよしになれる10歳の元気な女の子、兄のジャックと魔法のツリーハウスで多くの国へ冒険に出かけている妹 「第二次世界大戦の夜―マジック・ツリーハウス；39」メアリー・ポープ・オズボーン著;食野雅子訳 KADOKAWA 2015年11月

アニー
アメリカ・ペンシルベニア州に住むなかよしきょうだいの妹 「SOS!海底探険―マジック・ツリーハウス；5」メアリー・ポープ・オズボーン著;食野雅子訳 KADOKAWA 2015年4月

アニー
アメリカ・ペンシルベニア州に住むなかよしきょうだいの妹 「アマゾン大脱出―マジック・ツリーハウス；3」メアリー・ポープ・オズボーン著;食野雅子訳 KADOKAWA 2015年4月

アニー
アメリカ・ペンシルベニア州に住むなかよしきょうだいの妹 「サバンナ決死の横断―マジック・ツリーハウス；6」メアリー・ポープ・オズボーン著;食野雅子訳 KADOKAWA 2015年4月

アニー
アメリカ・ペンシルベニア州に住むなかよしきょうだいの妹 「ポンペイ最後の日―マジック・ツリーハウス；7」メアリー・ポープ・オズボーン作;食野雅子訳 KADOKAWA 2015年4月

アニー
アメリカ・ペンシルベニア州に住むなかよしきょうだいの妹 「マンモスとなぞの原始人―マジック・ツリーハウス；4」メアリー・ポープ・オズボーン著;食野雅子訳 KADOKAWA 2015年4月

アニー
アメリカ・ペンシルベニア州に住むなかよしきょうだいの妹 「恐竜の谷の大冒険―マジック・ツリーハウス；1」メアリー・ポープ・オズボーン著;食野雅子訳 KADOKAWA 2015年4月

アニー
アメリカ・ペンシルベニア州に住むなかよしきょうだいの妹 「女王フュテピのなぞ―マジック・ツリーハウス；2」メアリー・ポープ・オズボーン著;食野雅子訳 KADOKAWA 2015年4月

アニー
アメリカ・ペンシルベニア州に住む仲よし兄妹の妹、兄のジャックとマジック・ツリーハウスで時空をこえて知らない世界へでかけた九歳の女の子 「マジック・ツリーハウス 36 世紀のマジック・ショー」メアリー・ポープ・オズボーン著;食野雅子訳 KADOKAWA 2014年6月

アニー
アメリカ・ペンシルベニア州に住む仲よし兄妹の妹、兄のジャックとマジック・ツリーハウスで時空をこえて知らない世界へでかけた九歳の女の子 「マジック・ツリーハウス 37 砂漠のナイチンゲール」メアリー・ポープ・オズボーン著;食野雅子訳 KADOKAWA 2014年11月

アニー
アメリカのペンシルベニア州に住むなかよしきょうだいの妹 「古代オリンピックの奇跡―マジック・ツリーハウス；8」メアリー・ポープ・オズボーン著;食野雅子訳 KADOKAWA 2015年4月

アニー
ニューヨーク市立孤児院に住む十一歳の利発な赤毛の少女、いつか本当の両親が迎えにくると信じている女の子 「アニー」 トーマス・ミーハン著;三辺律子訳 あすなろ書房 2014年11月

アニー
ペンシルバニア州フロッグクリークに住む11歳の女の子、12歳のジャックの妹 「走れ犬ぞり、命を救え！ マジック・ツリーハウス41」 メアリー・ポープ・オズボーン著;食野雅子訳 KADOKAWA 2016年11月

アニー
めいたんてい・ネートのともだち、なくしてしまった犬のファングのえをネートにさがしてもらった女の子 「きえた犬のえ」 マージョリー・ワインマン・シャーマットぶん;マーク・シーモントえ;光吉夏弥;小宮由やく 大日本図書 2014年4月

アニー
めいたんていの少年ネートのともだち、よくわらうかわいい少女 「かぎはどこだ ぼくはめいたんてい」 マージョリー・ワインマン・シャーマット文;マーク・シーモント絵;光吉夏弥訳 大日本図書 2014年8月

アニー
第二次世界大戦中に大火傷を負った男性の妻、少年マイケルの会ったことがない祖母 「だれにも話さなかった祖父のこと」 マイケル・モーパーゴ文;ジェマ・オチャラハン絵;片岡しのぶ訳 あすなろ書房 2015年2月

兄　あに
1945年の解放直前のころ済州島にある村で生まれ育った裕福な家の少年、少年セチョルの5歳上の兄 「戦争ごっこ」 玄吉彦著;玄善允訳;森本由紀子訳 岩波書店 2015年3月

アニー・エドソン・テイラー
ミシガン州ベイシティの礼法学校の経営者、樽に入ってナイアガラの滝を下ることに挑戦した62歳の女性 「ナイアガラの女王」 クリス・ヴァン・オールズバーグ絵と文;江國香織訳 河出書房新社 2015年9月

アニカ
スウェーデン生まれの少女ピッピのとなりの家にむ兄妹の妹 「ピッピ、お買い物にいく」 アストリッド・リンドグレーン作;イングリッド・ヴァン・ニイマン絵;いしいとしこ訳 徳間書店 2015年6月

アニータ
独裁政権末期のドミニカ共和国に住んでいた家族の十一歳の次女でルシンダの妹 「わたしたちが自由になるまえ」 フーリア・アルバレス著;神戸万知訳 ゴブリン書房 2016年12月

アーニャ・ペスキン
ロシアに住むユダヤ人少女、ビスク・ドールのタティアナの持ち主 「海をわたったビスク・ドール（マジック・ドール1）」 ジョーン・ホルブ作;かとうあさこ訳;石川のぞみ絵 国土社 2014年5月

アニー・ロス
脚の不自由な少年マイクの母 「ジョイランド」 スティーヴン・キング著;土屋晃訳 文藝春秋 （文春文庫） 2016年7月

あぬく

アヌーク
TVドラマ脚本家、公務員のヘクターの妻・アイシャの親友のユダヤ人 「スラップ―オーストラリア現代文学傑作選」 クリストス・チョルカス著;湊圭史訳 現代企画室 2014年12月

アーネスト・ドレイク博士（ドレイク博士） あーねすとどれいくはかせ（どれいくはかせ）
十九世紀後半のイギリスのドラゴン研究者でドラゴン・マスター、ドラゴン学を教える教授 「ドラゴン・プロフェシー」 ドゥガルド・A.スティール著;こどもくらぶ訳 今人舎 2015年6月

アノリ
時間が止まる魔法の箱に入っているオブシディアナ姫の城にしのびこんだ少年 「タイムボックス」 アンドリ・S.マグナソン著;野沢佳織訳 NHK出版 2016年10月

アーノルド
五年生の男の子、金曜日の夕方に校舎にとじこめられた三人の一人 「亡霊学級のろわれた小学校」 ジェームズ・プレラー著;安齋奈津子訳 KADOKAWA 2016年7月

アビー・ウエスト
ブロッキンハースト女子学園に入学したスポーツがとくいな女の子 「ヒミツの子ねこ2」 スー・ベントレー作;松浦直美訳;naoto絵 ポプラ社 2015年4月

アービッド・イボーセン（スウェーデン）
アラスカに移民したスウェーデン出身の鍛冶屋、少女・ボーのふたりの父さんのひとり 「アラスカの小さな家族－バラードクリークのボー」 カークパトリック・ヒル著;レウィン・ファム絵;田中奈津子訳 講談社（講談社文学の扉） 2015年1月

あひるのこ
おやにみすてられいじめられてそだったみにくいあひるのこ 「みにくいあひるのこ―せかい童話図書館;3」 アンデルセンさく;あきせいじぶん;いしなべふさこえ;子ども文化研究所監修 いずみ書房 2014年9月

アファナーシー・トーツキー（トーツキー）
ロシアの地主貴族、懐疑家でシニカルな男 「白痴1」 ドストエフスキー著;亀山郁夫訳 光文社（光文社古典新訳文庫） 2015年11月

アプケ
一九四三年のニューヨークで志願して軍隊に行った八百屋の十八歳の長男、ライナスの兄 「ミスターオレンジ」 トゥルース・マティ作;野坂悦子訳;平澤朋子絵 朔北社 2016年9月

アブラヒム・マムール
宝石商になりすまして財宝を盗んで逃亡した大泥棒 「カール・マイ冒険物語：オスマン帝国を行く〈6〉バクダードからイスタンブールへ」 カール・マイ著;戸叶勝也訳 朝文社 2014年12月

アペプ
大蛇、太古に封じこめられた悪の化身 「ケイン・クロニクル炎の魔術師たち2」 リック・リオーダン著;小浜杳訳 KADOKAWA 2014年3月

アーベントシュトゥント
退役した郵便局書記官、1930年のベルリンに住むシュペルリング家によく来る老人 「エデとウンク 1930年 ベルリンの物語」 アレクス・ウェディング著;金子マーティン訳・解題 影書房 2016年6月

アボット先生　あぼっとせんせい
転校生・デクスターに毎日作文の課題を書き直させる担任の先生　「ぼく、悪い子になっちゃった!」　マーガレット・ピーターソン・ハディックス作;渋谷弘子訳　さ・え・ら書房　2014年11月

アマ
タロット占い師、サウスカロライナ州ガトリンのウェイト家の家政婦　「ビューティフル・クリーチャーズ」　カミ・ガルシア著;マーガレット・ストール著;富永晶子訳　ビジネス社　2014年1月

アマサ・マコーマー夫人　あまさまこーまーふじん
サマーサイド高校の校長になったアンが下宿することになった柳風荘の家主の一人、未亡人　「アンの幸福 1」　L・M・モンゴメリ作;村岡花子訳;Haccan絵　講談社(講談社大きな文字の青い鳥文庫)　2015年9月

アマット
オックスフォード大学教授、バルセロナ出身の男　「ヴェサリウスの秘密」　ジョルディ・ヨブレギャット著;宮崎真紀訳　集英社(集英社文庫)　2016年10月

アマドゥ
ガーナのカカオ農園で少年サミュエルと一緒に働いていた少年　「地球から子どもたちが消える。」　シモン・ストランゲル著;枇谷玲子訳　汐文社　2015年3月

アマリー(アマ)
タロット占い師、サウスカロライナ州ガトリンのウェイト家の家政婦　「ビューティフル・クリーチャーズ」　カミ・ガルシア著;マーガレット・ストール著;富永晶子訳　ビジネス社　2014年1月

アマリンダ姫　あまりんだひめ
バイマール国王の姪、カーシア国の次期国王との婚約が生まれた時点で決まっていた姫　「ねらわれた王座―カーシア国3部作」　ジェニファー・A.ニールセン作;橋本恵訳　ほるぷ出版　2016年9月

アマリンダ姫　あまりんだひめ
バイマール国王の姪、カーシア国の次期国王との婚約が生まれた時点で決まっていた姫　「消えた王―カーシア国3部作」　ジェニファー・A.ニールセン作;橋本恵訳　ほるぷ出版　2015年9月

アマリンボー・ウエスト
イギリスの田舎町リトル・オーバトンの船着き場で働く小柄でぶっきらぼうなおじさん　「思い出のマーニー 新訳」　ジョーン・G・ロビンソン著;越前敏弥訳;ないとうふみこ訳　KADOKAWA(角川文庫)　2014年7月

アマンダ・コリガン
ブルックリン美術館に展示されていた不思議な黒い鏡をのぞきこんでいるうちにアメリカ先住民の時代に迷いこんでしまった姉弟の弟　「魔女と黒い鏡(魔女の本棚20)」　ルース・チュウ作;日当陽子訳;たんじあきこ絵　フレーベル館　2014年12月

アマンダ・シャッフルアップ
空想のなかの友だち・ラジャーといつも一緒に遊ぶ想像力が豊かな女の子　「ぼくが消えないうちに」　A.F.ハロルド作え;ミリー・グラヴェット絵;こだまともこ訳　ポプラ社(ポプラせかいの文学)　2016年10月

あみだ

アミダラ女王　あみだらじょおう
銀河共和国の惑星ナブーの元首、通商連合軍にとらえられた若き女王　「スター・ウォーズ エピソードⅠファントム・メナス」　ジョージ・ルーカス原作;パトリシア・C.リード著;上杉隼人訳;大島資生訳　講談社　2015年3月

アミーナ姫　あみーなひめ
おとぎの世界のカマラ王国の姫、おしとやかで人の気持ちにびんかんな女の子　「王女さまのお手紙つき3 たからさがしと魔法の蝶」　ポーラ・ハリソン原作;チーム151E☆企画;チーム151E☆構成　学研プラス　2016年4月

アメリア・ローマン
出版社「ナイトリー・プレス」の営業社員、アリス島の小さな書店「アイランド・ブックス」担当の31歳の女性　「書店主フィクリーのものがたり」　ガブリエル・ゼヴィン著;小尾芙佐訳　早川書房　2015年10月

アーメル
コンゴ民主共和国からイギリスの中学校に来た転校生、いつも機嫌が悪い少年　「君の話をきかせてアーメル」　ニキ・コーンウェル作;渋谷弘子訳;中山成子絵　文研出版（文研じゅべにーる）　2016年7月

アーメンガード
インドから来た裕福な子女セーラが入った寄宿制女学校の劣等生の女の子　「小公女」　フランシス・ホジソン・バーネット著;畔柳和代訳　新潮社（新潮文庫）　2014年11月

アラジン
ふとしたことからゆびわやランプのまじんをてにいれたちゅうごくのまずしいしょうねん　「アラジンとふしぎなランプ：アラビアン ナイトより―せかい童話図書館；6」　あきせいじぶん;たかはしつねおえ;子ども文化研究所監修　いずみ書房　2014年9月

アラジン
貧しい町人だったが魔人ジーニーの助けを借りてアグラバー王国の王女ジャスミンと結婚し王子となった男　「ディズニープリンセス なぞ解きへようこそ リトル・マーメイド～星のネックレス～ アラジン～宝石の果樹園～」　ゲイル・ハーマン文えリー・オライアン文;中井はるの訳　講談社　2016年11月

アラジン
不思議な世界「トイ・ボックス」でお宝探しにいくマイクたちの仲間になった心優しい青年　「ディズニーインフィニティ」　エイミー・ワインガルトナー文;樹紫苑訳　KADOKAWA（角川つばさ文庫）　2016年1月

アラスデア皇子　あらすであおうじ
チャルディー連合王国のファーレン大王の息子、十年前に東の島ログラへさらわれた皇子　「賢女ひきいる魔法の旅は」　ダイアナ・ウィン・ジョーンズ作;アーシュラ・ジョーンズ作;田中薫子訳;佐竹美保絵　徳間書店　2016年3月

アラベラ
氷河期の地球にあった学校「マンモスアカデミー」の一年生で林間学校に行ったケナガマンモスの女の子　「マンモスアカデミー3 林間学校で大ピンチ!」　ニール・レイトン作;相良倫子訳;陶浪亜希訳　小峰書店　2016年4月

アラベラ
氷河期の地球に住むケナガマンモス、学校「マンモスアカデミー」に入学した女の子　「マンモスアカデミー1 きえた給食のなぞ」　ニール・レイトン作;相良倫子訳;陶浪亜希訳　小峰書店　2015年9月

アラベラ
氷河期の地球に住むケナガマンモスの女の子、学校「マンモスアカデミー」の一年生 「マンモスアカデミー2 ねらわれた創立祭」ニール・レイトン作;相良倫子訳;陶浪亜希訳 小峰書店 2016年1月

アラミス
1600年代のフランス王宮を守る三銃士のひとり、パリ中の女の子たちがあこがれる美男子 「三銃士―10歳までに読みたい世界名作」アレクサンドル・デュマ作;横山洋子監修;岡田好恵編訳;山田一喜絵 学研プラス 2016年2月

アラン・エマヌエル・カールソン
100歳の誕生日パーティー当日にスウェーデンのマルムショーピングにある老人ホームの窓から逃げ出した老人 「窓から逃げた100歳老人」ヨナス・ヨナソン著;柳瀬尚紀訳 西村書店東京出版編集部 2014年7月

アリ
アメリカの小学五年生の女の子、ランプの精・リトル・ジーニーのごしゅじんさま 「リトル・ジーニーときめきプラス 永遠の友だち」ミランダ・ジョーンズ作;宮坂宏美訳;サトウユカ絵 ポプラ社 2014年9月

アリ
アメリカの小学五年生の女の子、ランプの精・リトル・ジーニーのごしゅじんさま 「リトル・ジーニーときめきプラス 花ざかりのウェディング」ミランダ・ジョーンズ作;宮坂宏美訳;サトウユカ絵 ポプラ社 2014年2月

アリエル
エリック王子の冒険の旅にどうしてもいっしょに行きたいプリンセス 「ロイヤルペット」テナント・レッドバンク文えイミー・S.カースター文;樹紫苑訳 KADOKAWA(角川つばさ文庫) 2015年11月

アリエル
人間になった人魚、エリック王子との結婚が決まり式の準備をする娘 「ディズニープリンセス ウエディング♥ストーリーズ」ディズニー・パブリッシング・ワールドワイド原作;ワダヒトミ訳 KADOKAWA(角川つばさ文庫) 2015年1月

アリエル
人間になりエリック王子と結婚した人魚、姉のアデーラの誕生日パーティーに行ったプリンセス 「ディズニープリンセス 愛のものがたり」キティ・リチャーズ文;ゲイル・ハーマン文;中井はるの訳 講談社(講談社KK文庫) 2016年9月

アリエル
美しい歌声をもつ人魚のプリンセスだったが人間になってエリック王子と結婚した女の子 「ディズニープリンセス なぞ解きへようこそ リトル・マーメイド〜星のネックレス〜 アラジン〜宝石の果樹園〜」ゲイル・ハーマン文えリー・オライアン文;中井はるの訳 講談社 2016年11月

アリス
いたずらの子ネコをたしなめていたひょうしにかがみをくぐりぬけてかがみの国へまよいこんだ女の子 「かがみの国のアリス―100年後も読まれる名作」ルイス・キャロル作;河合祥一郎編訳 KADOKAWA 2016年7月

アリス
ウサギの巣穴の中の不思議の国に迷い込んで冒険した幼い少女 「不思議の国のアリス」ルイス・キャロル作;佐野真奈美訳 ポプラ社(ポプラポケット文庫) 2015年9月

ありす

アリス
かわいくて明るい子、お菓子作りが好きなハンナのとなりに住んでいる少女 「ベストフレンズベーカリー 1 友情カップケーキをめしあがれ!」 リンダ・チャップマン著;中野聖訳;佐々木メエ絵 学研プラス 2016年8月

アリス
しゃべるウサギをおいかけてふしぎの国にまよいこんだ女の子 「ふしぎの国のアリス ポプラ世界名作童話11」 L・キャロル作;石崎洋司文;千野えな絵 ポプラ社 2016年11月

アリス
チョッキを着たウサギを追いかけあなの中にあるふしぎな世界へまよいこんだ女の子 「ふしぎの国のアリス―10歳までに読みたい世界名作」 ルイス・キャロル作;横山洋子監修 学研教育出版 2015年4月

アリス
とても不思議な夢を見た女の子 「子ども部屋のアリス」 ルイス・キャロル作;ジョン・テニエル絵;安井泉訳解説 七つ森書館 2015年7月

アリス
ひとりごとを言いながら走り抜けていった白いうさぎを追ってうさぎ穴にとびこんだ賢い少女 「不思議の国のアリス」 ルイス・キャロル著;高山宏訳;佐々木マキ絵 亜紀書房 2015年4月

アリス
レンジャーのウィルの孤児院仲間、アラルエン王国外交官の見習生の少女 「アラルエン戦記 5 魔術」 ジョン・フラナガン作;入江真佐子訳 岩崎書店 2014年3月

アリス
懐中時計を持って走っていた白兎を追いかけてうさぎ穴の井戸に落ちてしまった少女 「アリス物語」 ルイス・キャロル著;菊池寛;芥川龍之介共訳 真珠書院(パール文庫) 2014年5月

アリス
飼い猫と空想ごっこをしているうちに鏡の国の家へ迷い込んだ七歳の少女 「鏡の国のアリス」 ルイス・キャロル作;佐野真奈美訳 ポプラ社(ポプラポケット文庫) 2015年9月

アリス
十二歳にもなってお人形遊びを仲間のザックとポピーとしている女の子 「最後のゲーム」 ホリー・ブラック作;リザ・ウィーラー絵;千葉茂樹訳 ほるぷ出版 2016年6月

アリス
中国遠征の航海から戻った船長、不思議の国「アンダーランド」にふたたびやってきた女性 「アリス・イン・ワンダーランド～時間の旅～」 カリ・サザーランド作;しぶやまさこ訳 ディズニーアニメ小説版 2016年7月

アリス
魔王を完全に滅ぼす儀式に使う剣を持って闇の世界からもどってきた娘 「魔使いの復讐」 ジョゼフ・ディレイニー著;田中亜希子訳 東京創元社(sogen bookland) 2015年2月

アリス
魔使いの弟子トムの友だち、悪い魔女に育てられたやさしい魔女の女の子 「魔使いの呪い」 ジョゼフ・ディレイニー著;金原瑞人訳;田中亜希子訳 東京創元社(創元推理文庫) 2014年1月

アリス
魔使いの弟子トムの友だち、悪い魔女に育てられたやさしい魔女の女の子 「魔使いの秘密」ジョゼフ・ディレイニー著;金原瑞人訳;田中亜希子訳 東京創元社(創元推理文庫) 2014年1月

アリス
野原でおかしなうさぎを追って深い穴に落ちたらふしぎな国にたどりついた7歳の女の子 「ふしぎの国のアリス─100年後も読まれる名作」ルイス・キャロル作;河合祥一郎編訳;okama絵;坪田信貴監修 KADOKAWA 2016年7月

アリス・ウラパラ
古代民族の末裔たちに伝わる勝利した民族以外は滅びるという「エンドゲーム」に参加した12人の一人、中国の成都に住む18歳の少女 「エンドゲーム：コーリング」ジェイムズ・フレイ;ニルス・ジョンソン=シェルトン著;金原瑞人,井上里訳 学研パブリッシング 2014年10月

アリス・キングスレー
ロンドンの亡き実業家の娘で快速帆船「ワンダー号」の船長、不思議な国「アンダーランド」の救世主 「アリス・イン・ワンダーランド～時間の旅～」カリ・サザーランド著;入間眞訳 宝島社(宝島社文庫) 2016年7月

アリス・キングスレー
航海から帰ってきた船長、まえにおとずれたことのあるふしぎの国「アンダーランド」にきた女性 「アリス・イン・ワンダーランド～時間の旅～」カリ・サザーランド文;ないとうふみこ訳 KADOKAWA(角川つばさ文庫) 2016年6月

アリステア・ウィンザー
英国の田舎町の奇妙な屋敷に住む青白い顔をした一家の息子、いじわるな少年 「夜の庭師」ジョナサン・オージエ著;山田順子訳 東京創元社(創元推理文庫) 2016年11月

アリス・ディーン
魔使いの弟子の少年トムの友だち、魔王と魔女のあいだに生まれた娘 「魔使いの血(魔使いシリーズ)」ジョゼフ・ディレイニー著;田中亜希子訳 東京創元社(sogen bookland) 2014年3月

アリス・ディーン
魔使いの弟子の少年トムの友だち、魔王と魔女のあいだに生まれた娘 「魔使いの敵 闇の国のアリス(魔使いシリーズ)」ジョゼフ・ディレイニー著;田中亜希子訳 東京創元社(sogen bookland) 2014年8月

アリストテレスおじさん
韓国で「アリストテレスの薬屋」を開いた店主、小学生のソンウの悩みを聞いたおじさん 「アリストテレスのいる薬屋─はじめて読むじんぶん童話シリーズ」パク・ヒョンスク文;ユン・ジフェ絵;古川綾子訳 彩流社 2015年10月

アリスン・キャロル(キャロル)
イギリスの名門女子寄宿学校アーリングハーストの図書室司書 「図書室の魔法 上下」ジョー・ウォルトン著;茂木健訳 東京創元社 2014年4月

アリソン
キャットホテルのむかいに住んでいる女の子、いたずらっこのダレンの姉 「ヒミツの子ねこ5 キャットホテルでお手伝い!」スー・ベントレー作;松浦直美訳;naoto絵 ポプラ社(ポプラポケット文庫) 2015年3月

ありな

アリーナ・スターコフ
ラヴカ国の戦争孤児の少女、「太陽の召喚者」のグリーシャである娘 「魔法師グリーシャの騎士団① 太陽の召喚者」リー・バーデュゴ著;田辺千幸訳 早川書房(ハヤカワ文庫FT) 2014年7月

アリババ
どろぼうのたからのかくしばしょをみつけたびんぼうなおとこ、ペルシャにすむおかねもち・カシムのおとうと 「アリババとどろぼう：アラビアンナイトより―せかい童話図書館;33」しらかわちづこぶん;たかやまひろしえ;子ども文化研究所監修 いずみ書房 2014年9月

アリ・ベイ
クルディスタンの山地に住む悪魔崇拝者と呼ばれているイェジディの統領、美少年の若者 「カール・マイ冒険物語：オスマン帝国を行く〈3〉 悪魔崇拝者」カール・マイ著;戸叶勝也訳 朝文社 2014年5月

アルカーディ・アレクサンドロヴィチ・オレーニン
スターリン政権下のソ連で"人民の敵"の子どもとして幼い時から施設を転々としている少年 「アルカーディのゴール」ユージン・イェルチン作;ユージン・イェルチン絵;若林千鶴訳 岩波書店 2015年2月

アルセーヌ・ルパン
サンテ刑務所を脱獄しルーアン行きの汽車に乗っていた怪盗 「怪盗ルパン謎の旅行者 ルブラン―ショートセレクション」モーリス・ルブラン作;平岡敦訳;ヨシタケシンスケ絵 理論社 2016年12月

アルセーヌ・ルパン
ねらった物はのがさない世界一の大どろぼう、やさしい紳士 「怪盗アルセーヌ・ルパンあらわれた名探偵：世界一有名な探偵も登場!ルパンとの推理対決!?―10歳までに読みたい名作ミステリー」モーリス・ルブラン作;二階堂黎人編著;清瀬のどか絵 学研プラス 2016年9月

アルセーヌ・ルパン
ねらった物はのがさない世界一の大どろぼう、やさしい紳士 「怪盗アルセーヌ・ルパン王妃の首かざり：ルパン史上最大!?大きなどろぼう計画と、少年時代の物語―10歳までに読みたい名作ミステリー」モーリス・ルブラン作;二階堂黎人編著;清瀬のどか絵 学研プラス 2016年11月

アルセーヌ・ルパン
金持ちや悪い人からお宝をうばい貧しい人や困っている人にやさしい人気の怪盗、変装の名人 「怪盗紳士アルセーヌ・ルパン奇岩城」モーリス・ルブラン作;高野優訳;大林薫訳;しゅー絵 KADOKAWA(角川つばさ文庫) 2016年2月

アルセーヌ・ルパン
大西洋をわたる豪華客船に乗ってフランスからアメリカに向かっていた怪盗 「怪盗紳士アルセーヌ・ルパン」モーリス・ルブラン作;高野優ほか訳;しゅー絵 KADOKAWA(角川つばさ文庫) 2015年7月

アルセーヌ・ルパン(ルパン)
フランスを騒がす神出鬼没の世紀の大怪盗 「ルパン対ホームズ」モーリス・ルブラン著;平岡敦訳 早川書房(ハヤカワ・ミステリ文庫) 2015年8月

アルセーヌ・ルパン（ルパン）
れいぎ正しくやさしい怪盗紳士、変装が得意な世界一の大どろぼう 「怪盗アルセーヌ・ルパン―10歳までに読みたい世界名作」 モーリス・ルブラン作;横山洋子監修;芦辺拓編訳;清瀬のどか絵　学研教育出版　2015年4月

アルセーヌ・ルパン（ルパン）
世界一の大どろぼう、だれにでも変装するフランスの怪盗紳士 「怪盗アルセーヌ・ルパン―あやしい旅行者」 モーリス・ルブラン作;二階堂黎人編著;清瀬のどか絵　学研プラス　2016年6月

アルセーヌ・ルパン（ルパン）
大冒険家大盗賊王、有名な巨盗 「奇巌城」 モーリス・ルブラン著;菊池寛訳　真珠書院（パール文庫）　2015年4月

R・ダニール・オリヴォー（ダニール）　あーるだにーるおりぼー（だにーる）
人間そっくりのロボット、宇宙国家ソラリスで殺人事件捜査をする刑事・ベイリのパートナー 「はだかの太陽」 アイザック・アシモフ著;小尾芙佐訳　早川書房（ハヤカワ文庫SF）　2015年5月

R2-D2　あーるつーでぃーつー
ドラム缶にドームを載せたようなアストロメク・ドロイド 「スター・ウォーズエピソードⅣ新たなる希望」 ジョージ・ルーカス原作;ライダー・ウィンダム著;らんあれい訳　講談社　2014年7月

R2-D2　あーるつーでぃーつー
ドラム缶にドームを載せたようなアストロメク・ドロイド 「スター・ウォーズエピソードⅤ帝国の逆襲」 ジョージ・ルーカス原作;ライダー・ウィンダム著;上杉隼人訳;潮裕子訳　講談社　2014年11月

R2-D2　あーるつーでぃーつー
主人である反乱軍のパイロット・ルークと惑星デヴァロンに降り立ったアストロメク・ドロイド 「STAR WARSジャーニー・トゥ・フォースの覚醒 ジェダイの剣術を磨け!」 ジェイソン・フライ著;フィル・ノト絵;稲村広香訳　講談社（講談社KK文庫）　2015年12月

R・T　あーるてぃー*
テネシー州メンフィスで廃品回収や白人の家の雑用をして暮らしている黒人の男 「ペーパーボーイ」 ヴィンス・ヴォーター作;原田勝訳　岩波書店（STAMP BOOKS）　2016年7月

アルテミス
オリンポス十二神のひとり、ハンター隊を率いる狩猟の女神 「パーシー・ジャクソンとオリンポスの神々タイタンの呪い〈3-上下〉」 リック・リオーダン作;金原瑞人訳;小林みき訳　静山社（静山社ペガサス文庫）　2016年6月

アルバス・ダンブルドア
ホグワーツ魔法魔術学校校長先生、教育者としても偉大な魔法使い 「ハリーポッター5 ハリー・ポッターとアズカバンの囚人 3-2」 J・K・ローリング作;松岡佑子訳　静山社（静山社ペガサス文庫）　2014年6月

アルバス・ダンブルドア
ホグワーツ魔法魔術学校校長先生、教育者としても偉大な魔法使い 「ハリーポッター7 ハリー・ポッターと炎のゴブレット 4-1」 J・K・ローリング作;松岡佑子訳　静山社（静山社ペガサス文庫）　2014年7月

あるば

アルバス・ダンブルドア
ホグワーツ魔法魔術学校校長先生、教育者としても偉大な魔法使い 「ハリーポッター9 ハリー・ポッターと炎のゴブレット 4-2」 J・K・ローリング作;松岡佑子訳 静山社(静山社ペガサス文庫) 2014年7月

アルバス・ダンブルドア(ダンブルドア)
魔法族の少年ハリーポッターの恩師、偉大な魔法使いでホグワーツ魔法学校の校長 「ハリー・ポッターと謎のプリンス 6-1・6-2・6-3―ハリー・ポッター」 J.K.ローリング作;松岡佑子訳 静山社(静山社ペガサス文庫) 2014年11月

アルバート・ジョプリン
ロンドンのケンサル・グリーン墓地で霊の除去作業を手伝っている男性 「ロックウッド除霊探偵局 2 上下 人骨鏡の謎」 ジョナサン・ストラウド作;金原瑞人訳;松山美保訳 小学館 2015年10月

アルバート・ヒッカム
炭鉱夫の妻エルシーがかつてのボーイフレンドからもらったペットのワニ 「アルバート、故郷に帰る 両親と1匹のワニがぼくに教えてくれた、大切なこと」 ホーマー・ヒッカム著;金原瑞人訳;西田佳子訳 ハーパーコリンズ・ジャパン 2016年9月

アルビン
ヤバン諸島でもっとも邪悪で危険な男、バイキングの少年ヒックの宿敵 「ヒックとドラゴン11 孤独な英雄」 クレシッダ・コーウェル作;相良倫子・陶浪亜希訳 小峰書店 2014年7月

アルビン
西の荒野の新王を狙っているひきょうな裏切り者の悪党、少年バイキングのヒックの天敵 「ヒックとドラゴン12―最後の決闘上下」 クレシッダ・コーウェル作;相良倫子・陶浪亜希訳 小峰書店 2016年10月

アルファ
オオカミの血を引く灰色の大型犬、野生の群れを厳しく統制しているリーダー 「サバイバーズ2 見えざる敵」 エリン・ハンター作;井上里訳 小峰書店 2014年9月

アルファ
野生の群れを厳しく統制しているオオカミの血を引く大型犬 「サバイバーズ3 ひとすじの光」 エリン・ハンター作;井上里訳 小峰書店 2015年6月

アルファ
野生の群れを厳しく統制しているオオカミの血を引く大型犬 「サバイバーズ4 嵐の予感」 エリン・ハンター作;井上里訳 小峰書店 2016年5月

アルフィー
飼いネコのペンギンととなりの家の庭にこっそりもぐりこんで遊ぶ三年生の男の子 「ペンギンは、ぼくのネコ」 ホリー・ウェッブ作;田中亜希子訳;大野八生絵 徳間書店 2015年7月

アルフィー
少年チャーリーが飼っている体の大きいコイヌ、まいごになってしまったディア・ハウンド 「まいごのまいごのアルフィーくん」 ジル・マーフィ著;松川真弓訳 評論社 2016年7月

アルフィ・ウィートクロフト
一九一五年にイギリスシリー諸島の無人島で言葉を話さない少女を発見した少年、ブライアー島に住む漁師の子ども 「月にハミング」 マイケル・モーパーゴ作;杉田七重訳 小学館 2015年8月

アルフレッド
謎のヒーロー・バットマンの正体である実業家ブルース・ウェインの執事であり心を許す唯一の友人 「バットマンVSスーパーマン―エピソード0 クロスファイヤー」 マイケル・コッグス著;田邊雅之訳 小学館（小学館ジュニア文庫） 2016年3月

アルベルチーヌ・シモネ
「ぼく」がバルベックで出会い愛したフランス人の少女、大商人の娘 「失われた時を求めて 全一冊」 マルセル・プルースト著;角田光代;芳川泰久編訳 新潮社（新潮モダン・クラシックス） 2015年5月

アルベール・マイヤール
第一次大戦フランス軍の元兵士、大怪我を負った同僚兵士エドゥアールと暮らす男 「天国でまた会おう」 ピエール・ルメートル著;平岡敦訳 早川書房 2015年10月

アルムおんじ
5さいの孫ハイジとくらすことになったアルムの山にすむ気むずかしいおじいさん 「アルプスの少女ハイジ―ポプラ世界名作童話；4」 J.シュピリ作;那須田淳文;pon-marsh絵 ポプラ社 2015年11月

アルムおんじ
アルプスの山で人を避けてたったひとりで暮らしているおじいさん、ハイジの祖父 「ハイジ 1・2」 ヨハンナ・シュピーリ作;若松宣子訳 偕成社（偕成社文庫） 2014年4月

アレクサ（レキシー）
作家のデービットと魔女の力をもつザナの4歳の娘 「龍のすむ家Ⅴ 闇の炎」 クリス・ダレーシー著;三辺律子訳;浅沼テイジ挿画 竹書房 2015年8月

アレクサンドラ・サマセット
ニューヨークで生まれ育った四姉妹の一人、作家のヴァージニアの亡くなった姉 「サマセット四姉妹の大冒険」 レズリー・M.M.ブルーム作;尾高薫訳;中島梨絵絵 ほるぷ出版 2014年6月

アレシア・ベック
帝国保安局の司令官、反乱分子を根絶やしにする仕事を楽しむ女性 「STAR WARS ジャーニー・トゥ・フォースの覚醒 おれたちの船って最高だぜ！」 グレッグ・ルーカ著;フィル・ノト絵;村吉知子訳 講談社（講談社KK文庫） 2015年12月

アレックス
愛が病と認定された近未来アメリカの女子高生レナが出会った若者、治療者（キュアド）の傷がある男 「デリリウム17」 ローレン・オリヴァー著;三辺律子訳 新潮社（新潮文庫） 2014年2月

アレックス・ブレナン
アメリカ上院議員、大統領選出馬をねらうハンサムな中年男性 「エベレスト・ファイル シェルパたちの山」 マット・ディキンソン作;原田勝訳 小学館 2016年3月

アレックス・リプトン
学芸員のバートおじさんと姉のロッティと大英博物館にすんでいる男の子 「なぞとき博物館 ミイラの呪文がとけちゃった!?」 ダン・メトカーフ作;番由美子訳 KADOKAWA 2016年10月

あろ

アーロ
恐竜だけがことばをもつ世界で生まれた草食恐竜アパトサウルスの末っ子、体が小さく臆病で弱虫な恐竜 「アーロと少年」 スーザン・フランシス作;しぶやまさこ訳 偕成社 2016年3月

アーロ
北の国の小さな漁村に住む14歳の少年 「砂漠の鷲 アーロの冒険」 シニ・エゼル著;弦念丸呈訳 新評論 2015年8月

アローシャ
ポールニャ国の肝っ玉の太い女魔法使い 「ドラゴンの塔 上下」 ナオミ・ノヴィク著;那波かおり訳 静山社 2016年12月

アロナクス博士（ピエール・アロナクス） あろなくすはかせ（ぴえーるあろなくす）
フランスの海洋学者、海で起こっている不思議な現象の調査をすることになった博士 「海底二万マイル―10歳までに読みたい世界名作」 ジュール・ベルヌ作;横山洋子監修 学研プラス 2016年4月

アロワ
ベルギーのフランダース地方にある村でいちばんお金持ちの家のひとりむすめ 「フランダースの犬―ポプラ世界名作童話；5」 ウィーダ作;濱野京子文;小松咲子絵 ポプラ社 2015年11月

アーロン
ゲームの世界にどっぷりはいりこむタイプの九歳の少年、高校生のアディの弟 「亡霊ゲーム」 ジェームズ・プレラー著;安齋奈津子訳 KADOKAWA 2016年12月

アーロン・モーガン
イギリスの女子高生・ゾーイがお祭りで出会った男性、ゾーイのボーイフレンド・マックスの兄 「ケチャップ・シンドローム」 アナベル・ピッチャー著;吉澤康子訳 早川書房（ハヤカワ・ミステリ文庫） 2015年10月

アン
線路の事故のため「さかさ町」で兄のリッキーと汽車をおりることになった妹 「さかさ町」 F.エマーソン・アンドリュース作;ルイス・スロボドキン絵;小宮由訳 岩波書店 2015年12月

アン（ブライス夫人） あん（ぶらいすふじん）
貧乏な若い医者・ギルバートと結婚式を挙げプリンスエドワード島の美しい海辺の小さな家で新しい生活をはじめた女性 「アンの夢の家―赤毛のアン5―上中下」 L・M・モンゴメリ作;村岡花子訳;Haccan絵 講談社（講談社大きな文字の青い鳥文庫） 2015年9月

アンクル・ビーズレー
大きなにわとりのたまごから生まれた恐竜、少年ネイトが世話をしたトリケラトプス 「大きなたまご」 オリバー・バターワース作;松岡享子訳 岩波書店（岩波少年文庫） 2015年8月

アンジェラ
ニューヨーク市に住む中1のローレンのクラスメイト、明るくて社交的な女の子 「ナツ恋。ずっと、好きだったカレ」 アンジェラ・ダーリン著;岡本由香子訳;さかもと麻乃イラスト KADOKAWA 2015年7月

アンジェリーヌ
パリ郊外の荒れ地に暮らすフランス人ジプシー、大家族の女家長のばあさん 「本を読むひと」 アリス・フェルネ著;デュランテクスト冽子訳 新潮社（CREST BOOKS） 2016年12月

アンジェリーン
ママの思いつきで姉と三人でデパートで暮らすことになった女の子 「魔法があるなら」 アレックス・シアラー著;野津智子訳 PHP研究所 2015年1月

アン・シャーリー
アヴォンリー小学校の教師、グリーン・ゲイブルズでマリラと暮らす17才の少女 「アンの青春－新訳 完全版下」 L.M.モンゴメリ作;河合祥一郎訳;南マキカバー絵;榊アヤミ挿絵 KADOKAWA（角川つばさ文庫） 2015年4月

アン・シャーリー
アボンリー小学校の新人教師、グリーン・ゲイブルズでマリラと暮らす16才の少女 「アンの青春－新訳 完全版上」 L.M.モンゴメリ作;河合祥一郎訳;南マキカバー絵;榊アヤミ挿絵 KADOKAWA（角川つばさ文庫） 2015年3月

アン・シャーリー
かわりものの年寄り兄妹マシューとマリラに引きとられた赤毛でそばかすの11歳の孤児の少女 「赤毛のアン 上下 完全版」 L.M.モンゴメリ作;河合祥一郎訳;南マキ絵 KADOKAWA（角川つばさ文庫） 2014年4月

アン・シャーリー
グリーン・ゲイブルスにくらす兄妹マシュウとマリラに孤児院からひきとられた女の子 「赤毛のアン―ポプラ世界名作童話；1」 L.M.モンゴメリ作;柏葉幸子文;垂石眞子絵 ポプラ社 2015年11月

アン・シャーリー
グリン・ゲイブルスに暮らす兄妹マシュウとマリラにひきとられた孤児の少女 「赤毛のアン」 L.M.モンゴメリ作;村岡花子訳;HACCAN画 講談社 2014年5月

アン・シャーリー
サマーサイド高校の校長になりプリンスエドワード島にある柳風荘に下宿することになった女性、医科学生ギルバートの婚約者 「アンの幸福1」 L・M・モンゴメリ作;村岡花子訳;Haccan絵 講談社（講談社大きな文字の青い鳥文庫） 2015年9月

アン・シャーリー
プリンスエドワード島にある柳風荘に下宿しているサマーサイド高校の校長、医科学生ギルバートの婚約者 「アンの幸福2」 L・M・モンゴメリ作;村岡花子訳;Haccan絵 講談社（講談社大きな文字の青い鳥文庫） 2015年9月

アン・シャーリー
プリンスエドワード島にある柳風荘に下宿しているサマーサイド高校の校長、医科学生ギルバートの婚約者 「アンの幸福3」 L・M・モンゴメリ作;村岡花子訳;Haccan絵 講談社（講談社大きな文字の青い鳥文庫） 2015年9月

アン・シャーリー
プリンスエドワード島にある柳風荘に下宿しているサマーサイド高校の校長、医科学生ギルバートの婚約者 「アンの幸福4」 L・M・モンゴメリ作;村岡花子訳;Haccan絵 講談社（講談社大きな文字の青い鳥文庫） 2015年9月

アン・シャーリー
ホークタウンの孤児院からカナダ東部に住むマシュウとマリラの老兄妹の家へやってきた赤い髪をしたそばかすだらけの女の子 「赤毛のアン：注釈版」 L・M・モンゴメリ著;山本史郎訳;W・E・バリー;M・A・ドゥーディ;M・E・D・ジョーンズ編 原書房 2014年8月

あんし

アン・シャーリー
婚約者のギルバートと結婚しフォア・ウインズで新しい生活を始めた赤毛の女性 「アンの夢の家赤毛のアン(5)」 L.M.モンゴメリ作;村岡花子訳;HACCAN絵 講談社(青い鳥文庫) 2014年1月

アン・シャーリー
想像力がゆたかで明るい11歳の女の子、アボンリーの村に住むマシュウとマリラ兄妹に引きとられた孤児 「赤毛のアン:明るく元気に生きる女の子の物語―10歳までに読みたい世界名作;1」 横山洋子監修;ルーシー・モード・モンゴメリ原作;村岡花子編訳;村岡恵理編著;柚希きひろ絵 学研教育出版 2014年7月

アンソニー・ロックウッド
ロンドンで社員三名の除霊探偵局を経営する局長、霊視力にすぐれた少年 「ロックウッド除霊探偵局2 上下 人骨鏡の謎」 ジョナサン・ストラウド作;金原瑞人訳;松山美保訳 小学館 2015年10月

アンソニー・ロックウッド
ロンドンで社員三名の除霊探偵局を経営する少年、霊能力を持つ局長 「ロックウッド除霊探偵局1 上下 霊を呼ぶペンダント」 ジョナサン・ストラウド作;金原瑞人訳;松山美保訳 小学館 2015年3月

アンソン
スタンフォードシア州警察本部長 「アーサーとジョージ」 ジュリアン・バーンズ著;真野泰訳;山崎暁子訳 中央公論新社 2016年1月

アンディ
おもちゃをたくさん持っている男の子、カウボーイ人形のアンディのいちばんの親友 「トイ・ストーリー―おもちゃたちの世界」 ケイト・イーガン文;アニー・アウエルバッハ文;リサ・マルソリ文;クリスティー・ウェブスター文;ウェンディー・ロジャ文;増井彩乃訳 KADOKAWA(角川つばさ文庫) 2016年12月

アンディ・グリフィス
13階だてのツリーハウスに友だちのテリーと住み二人で本の仕事をしている少年 「13階だてのツリーハウス」 アンディ・グリフィス作;テリー・デントン絵;中井はるの訳 ポプラ社 2016年9月

アンティクワス
セルリアン人のロベンダーの部族の部族長で長老会の長 「ワンダラ6 再生 ふたりのエバ」 トニー・ディテルリッジ作;飯野眞由美訳 文溪堂 2014年1月

アンティクワス
セルリアン人の部族の部族長で長老会の長、13歳のエバの友人・ロベンダーの父 「ワンダラ8 ニューアッティカ壊滅」 トニー・ディテルリッジ作;飯野眞由美訳 文溪堂 2015年1月

アントニオ先生　あんとにおせんせい
18世紀のヴェネツィアにあった養育院の音楽隊を率いていた神父 「ハートソング―作曲家アントニオ・ヴィヴァルディとある少女の物語」 ケビン・クロスリー=ホランド文;ジェーン・レイ絵;小島希里訳 BL出版 2016年4月

アントニオ・ヴィヴァルディ(アントニオ先生)　あんとにおびばるでぃ(あんとにおせんせい)
18世紀のヴェネツィアにあった養育院の音楽隊を率いていた神父 「ハートソング―作曲家アントニオ・ヴィヴァルディとある少女の物語」 ケビン・クロスリー=ホランド文;ジェーン・レイ絵;小島希里訳 BL出版 2016年4月

あんな

アントニーオ・モッロ
自然豊かな谷間の村ヴァッレ・ディ・フォンドで1番の資産家、温厚な男 「古森の秘密 はじめて出逢う世界のおはなし」 ディーノ・ブッツァーティ著;長野徹訳 東宣出版 2016年7月

アントニン・ソホル
チェコのプラハにくらすベルンカとおなじ小学校に通う3年生、けんかずきな男の子 「ベルンカとやしの実じいさん 上下―世界傑作童話シリーズ」 パベル・シュルット文;ガリーナ・ミクリーノワ絵;大沼有子訳 福音館書店 2015年3月

アンドリュー
少年カイルの中学校の元図書委員、本の分類にくわしい少年 「図書館脱出ゲーム2 図書館オリンピック大作戦! 上下」 クリス・グラベンスタイン著;ジョンハサウェイ絵;山北めぐみ訳 KADOKAWA 2016年8月

アンドリュー
少年カイルの中学校の図書委員、図書委員長のミゲルの後ろばかり歩いている少年 「図書館脱出ゲーム1 ぼくたちの謎とき大作戦! 上下」 クリス・グラベンスタイン著;ジョンハサウェイ絵;高橋結花訳 KADOKAWA 2016年3月

アンドリュー伯父　あんどりゅーおじ
ロンドンで暮らしている年取った独身の男、郊外から引っこしてきた少年ディゴリーの頭がどうかしているような伯父 「ナルニア国物語1―魔術師のおい」 C・S・ルイス著;土屋京子訳 光文社(光文社古典新訳文庫) 2016年9月

アンドレ
四年前にルワンダからイギリスに来た中学生のクリストフの父親、医師 「君の話をきかせてアーメル」 ニキ・コーンウェル作;渋谷弘子訳;中山成子絵 文研出版(文研じゅべにーる) 2016年7月

アンドレアス・ヴェサリウス
現代解剖学の祖とも言われる16世紀の解剖学者 「ヴェサリウスの秘密」 ジョルディ・ヨブレギャット著;宮﨑真紀訳 集英社(集英社文庫) 2016年10月

アントロット
反乱軍の秘密任務でレイア姫に同行した技術スペシャリストで修理職人 「STAR WARS ジャーニー・トゥ・フォースの覚醒 反乱軍の危機を救え!」 セシル・カステルーチ著;ジェイソン・フライ著;フィル・ノト絵;来安めぐみ訳 講談社(講談社KK文庫) 2015年12月

アントン
10歳の女の子・アッベの北スウェーデンの「のんびり村」での友だち、赤ちゃんのときから知り合いの男の子 「のんびり村は大さわぎ!」 アンナレーナ・ヘードマン作;菱木晃子訳;杉原知子絵 徳間書店 2016年5月

アンナ
なかまとはぐれたわたりどりのローザをかいいぬのミールとともにたすけたかいぬしの女の人 「はじまりのはな」 マイケル・J・ローゼン文;ソーニャ・ダノウスキ絵;蜂飼耳訳 くもん出版 2014年9月

アンナ
ひと夏を海辺の田舎町リトル・オーバトンで過ごすことになったロンドンに住む少女 「思い出のマーニー 新訳」 ジョーン・G・ロビンソン著;越前敏弥訳;ないとうふみこ訳 KADOKAWA(角川文庫) 2014年7月

あんな

アンナ
自然豊かなノーフォークでひと夏を過ごすことになった心を閉ざした少女 「思い出のマーニー」 ジョーン・G・ロビンソン著;高見浩訳 新潮社(新潮文庫) 2014年7月

アンナ
心と体を病み転地療養のためにロンドンの自宅から海辺の田舎町へやってきた少女 「思い出のマーニー」 ジョーン・G・ロビンソン作;越前敏弥訳;ないとうふみこ訳 KADOKAWA(角川つばさ文庫) 2014年7月

アンナ
喘息治療のために海辺の村リトル・オーバートンへ転地してきた少女、プレストン夫妻の養女 「思い出のマーニー」 ジョーン・G・ロビンソン著;松野正子訳 岩波書店 2014年5月

アンナ・カーリン・ニエミネン
スウェーデンのエンゲルスフォシュ高校の生徒、邪悪な攻撃から世界を守る「選ばれし者」の一人でいじめられっ子の少女 「ザ・サークル:選ばれし者たち」 サラ・B・エルフグリエン;マッツ・ストランドベリ著;久山葉子訳 イースト・プレス 2014年8月

アンナ・レーナ
ヴィンターシュタイン学校の生徒、ほんとうはすごい才能を持っているのに自分に自信がない少女 「コーンフィールド先生とふしぎな動物の学校2校庭は穴だらけ!」 マルギット・アウアー著;中村智子訳 学研プラス 2015年11月

アンニカ
9さいの女の子・ピッピの家のとなりにすんでいるおぎょうぎがいい女の子 「長くつしたのピッピ―ポプラ世界名作童話;8」 A.リンドグレーン作;角野栄子文;あだちなみ絵 ポプラ社 2015年11月

アンネリちゃん
オンネリちゃんとおんなじ町に住むおんなじクラスの親友、小さな女の子 「オンネリとアンネリのおうち―世界傑作童話シリーズ」 マリヤッタ・クレンニエミ作;マイヤ・カルマ絵;渡部翠訳 福音館書店 2015年1月

アンネリちゃん
オンネリちゃんと薔薇横丁の家に住んでいる親友、小さな女の子 「オンネリとアンネリのふゆ―世界傑作童話シリーズ」 マリヤッタ・クレンニエミ作;マイヤ・カルマ絵;渡部翠訳 福音館書店 2016年11月

アンバー・ブラウン
小学三年生の女の子、アラバマに引っこすことになったジャスティンの幼稚園からの親友 「あたし、アンバー・ブラウン!」 ポーラ・ダンジガー作;若林千鶴訳;むかいながまさ絵 文研出版(文研ブックランド) 2015年2月

アンブリッジ
魔法学校の新任教授 「ハリー・ポッターと不死鳥の騎士団 5-1・5-2・5-3・5-4―ハリー・ポッター」 J.K.ローリング作;松岡佑子訳 静山社(静山社ペガサス文庫) 2014年9月

アンブローズ・マーヴィン(マーリン)
(株)魔法製作所の最高責任者 「魔法使いにキスを (株)魔法製作所 2nd season」 シャンナ・スウェンドソン著;今泉敦子訳 東京創元社(創元推理文庫) 2014年4月

アン・マリー・ラポアント
ニューヨーク州オールバニーに住む一家の長女、金髪で上品な顔立ちの3歳の女の子 「パールストリートのクレイジー女たち」 トレヴェニアン著;江國香織訳 ホーム社 2015年4月

アンリエット
ドルー伯爵夫人・ジャンヌの女学生時代の友人、夫人の屋敷に一人むすこと住みながらはたらいている女性 「怪盗アルセーヌ・ルパン王妃の首かざり：ルパン史上最大!?大きなどろぼう計画と、少年時代の物語──10歳までに読みたい名作ミステリー」 モーリス・ルブラン作;二階堂黎人編著;清瀬のどか絵 学研プラス 2016年11月

アンリ・ファーブル（ファーブル先生） あんりふぁーぶる（ふぁーぶるせんせい）
子どものころからどんなものでも調べることが大好きだったフランスの博物学者 「ファーブル昆虫記 ポプラ世界名作童話14」 J・H・ファーブル作;伊藤たかみ文;大庭賢哉絵 ポプラ社 2016年11月

アン・リュー
古代民族の末裔たちに伝わる勝利した民族以外は滅びるという「エンドゲーム」に参加した12人の一人、中国の西安に住む17歳の少年 「エンドゲーム：コーリング」 ジェイムズ・フレイ;ニルス・ジョンソン＝シェルトン著;金原瑞人;井上里訳 学研パブリッシング 2014年10月

【い】

イカリ
11歳の少女ライリーの頭の中にいる5人の感情の1人、怒りの感情をもえあがらせるおじさん 「インサイド・ヘッド」 スーザン・フランシス作;しぶやまさこ訳 偕成社（ディズニーアニメ小説版）（ディズニーアニメ小説版） 2015年7月

イクスタ
ペルーの小劇団「ディシエンブレ」の劇団員ネルソンの元恋人 「夜、僕らは輪になって歩く」 ダニエル・アラルコン著;藤井光訳 新潮社（CREST BOOKS） 2016年1月

イグッチ
イリノイ州ゴーストリー町のスペンス屋敷にゆうれいのオリーブと養子のシーモアと住む児童文学作家 「ゆうれい作家はおおいそがし 4 白い手ぶくろのひみつ」 ケイト・クライス文;M.サラ・クライス絵;宮坂宏美訳 ほるぷ出版 2015年3月

イグッチ
ハカバ通り43番地のスペンス屋敷で養子のシーモアとゆうれいのオリーブとともに住んでいる有名な作家 「ゆうれい作家はおおいそがし3 死者のコインをさがせ」 ケイト・クライス文;M.サラ・クライス絵;宮坂宏美訳 ほるぷ出版 2014年10月

イグッチ
夏のあいだに借りたスペンス屋敷で11歳のシーモアとゆうれいのオリーブとくらす有名な作家 「ゆうれい作家はおおいそがし2 ハカバのハロウィーン」 ケイト・クライス文;M.サラ・クライス絵;宮坂宏美訳 ほるぷ出版 2014年8月

イグナス
アラリス諸島を治めるマレク国王に仕えていた伝説の「ドラゴンの騎士」 「ドラゴン・ナイト1 よみがえった炎の騎士」 J.R.キャッスル著;岡本由香子訳;小笠原智史絵 KADOKAWA 2016年10月

イグナチウス・B・ムッツリー（イグッチ） いぐなちうすびーむっつりー（いぐっち）
イリノイ州ゴーストリー町のスペンス屋敷にゆうれいのオリーブと養子のシーモアと住む児童文学作家 「ゆうれい作家はおおいそがし 4 白い手ぶくろのひみつ」 ケイト・クライス文;M.サラ・クライス絵;宮坂宏美訳 ほるぷ出版 2015年3月

いぐな

イグナチウス・B・ムッツリー（イグッチ）　いぐなちうすびーむっつりー（いぐっち）
ハカバ通り43番地のスペンス屋敷で養子のシーモアとゆうれいのオリーブとともに住んでいる有名な作家　「ゆうれい作家はおおいそがし3 死者のコインをさがせ」ケイト・クライス文;M.サラ・クライス絵;宮坂宏美訳　ほるぷ出版　2014年10月

イグナチウス・B・ムッツリー（イグッチ）　いぐなちうすびーむっつりー（いぐっち）
夏のあいだに借りたスペンス屋敷で11歳のシーモアとゆうれいのオリーブとくらす有名な作家　「ゆうれい作家はおおいそがし2 ハカバのハロウィーン」ケイト・クライス文;M.サラ・クライス絵;宮坂宏美訳　ほるぷ出版　2014年8月

イグナチウス・B・ムッツリー（ムッツリーさん）　いぐなちうすびーむっつりー（むっつりーさん）
新作を書くためにイリノイ州ゴーストリー町のハカバ通りにあるオンボロ屋敷をかりた作家　「ゆうれい作家はおおいそがし1 オンボロ屋敷へようこそ」ケイト・クライス文;M.サラ・クライス絵;宮坂宏美訳　ほるぷ出版　2014年5月

イグネイシャス
吸血鬼の少年ヴラドに苦痛を与えんと忍びよる吸血鬼　「ヴラディミール・トッド・クロニクルズⅢ 血をめぐる儀式」ヘザー・ブリューワー著;園生さち訳　新書館　2014年9月

イザドラ・ムーン
バンパイアのパパと妖精のママの娘、学校に通うことになったバンパイア・フェアリー　「イザドラ・ムーン学校へいく!」ハリエット・マンカスター著;井上里訳　静山社　2016年7月

イザドラ・ムーン
バンパイアのパパと妖精のママの娘、人間の子どもの学校に通うバンパイア・フェアリー　「イザドラ・ムーン キャンプにいく!」ハリエット・マンカスター著;井上里訳　静山社　2016年9月

イザベラ
天才発明家兄弟・フィニアスとファーブのむかいの家に住む少女　「フィニアスとファーブ ドッキリおばけ屋敷」キティ・リチャーズ文;ララ・バージェン文;杉田七重訳　KADOKAWA（角川つばさ文庫）　2014年4月

イザベラ（ベラ・ドンナ）
児童養護施設で育った捨て子、本気で魔女になりたい女の子　「魔女になりたい!―見習い魔女ベラ・ドンナ 1」ルース・サイムズ作;神戸万知訳;はたこうしろう絵　ポプラ社　2016年10月

イザベラ姫　いざべらひめ
おとぎの世界のベラチナ王国の姫、頭のきりかえがはやくひらめきにすぐれている女の子　「王女さまのお手紙つき3 たからさがしと魔法の蝶」ポーラ・ハリソン原作;チーム151E☆企画;チーム151E☆構成　学研プラス　2016年4月

イザベル・アルマン
ロンドンのロイヤル・バレエスクールの新入生、パリ出身ですごく優秀だが誰とも打ち解けようとしない女の子　「ロイヤルバレエスクール・ダイアリー 3 パーフェクトな新入生」アレクサンドラ・モス著;竹内佳澄訳　駒草出版　2014年5月

イザベル・キャラハン
シドニーの「リンガード・ブラザーズ輸入会社」社員、両親に愛されずに育った女性　「わたしはイザベル」エイミー・ウィッティング作;井上里訳　岩波書店(STAMP BOOKS)　2016年11月

いしむ

イザムバード
クラマーキン島の安全を守る「動物探偵団」のメンバー、トラねこ 「動物探偵ミア」 ダイアナ・キンプトン作;武富博子訳;花珠絵 ポプラ社 2015年4月

イザヤ・ストームワーグナー
動物と話せる女の子・リリアーネの親友、ギフテッドと呼ばれる天才少年の小学五年生 「動物と話せる少女リリアーネ 10 ― 小さなフクロウと森を守れ!」 タニヤ・シュテーブナー著;中村智子訳 学研教育出版 2015年2月

イザヤ・ストームワーグナー
動物と話せる女の子・リリアーネの親友、ギフテッドと呼ばれる天才少年の小学五年生 「動物と話せる少女リリアーネ 11 ― 小さなホッキョクグマミルキー!」 タニヤ・シュテーブナー著;中村智子訳 学研プラス 2016年9月

イザヤ・ストームワーグナー
動物と話せる女の子・リリアーネの親友、ギフテッドと呼ばれる天才少年の小学五年生 「動物と話せる少女リリアーネ スペシャル3 ― 小さなロバの大きな勇気!/モルモットの親友をさがして!」 タニヤ・シュテーブナー著;中村智子訳 学研教育出版 2015年9月

イザヤ・ストームワーグナー
動物と話せる女の子・リリアーネの親友、ギフテッドと呼ばれる天才少年の小学五年生 「動物と話せる少女リリアーネ ― 物語の花束」 タニヤ・シュテーブナー著;中村智子訳 学研プラス 2016年3月

イーサン・ウェイト
サウスカロライナ州ガトリンのジャクソン高校2年生、不思議な夢に悩まされるようになった少年 「ビューティフル・クリーチャーズ」 カミ・ガルシア著;マーガレット・ストール著;富永晶子訳 ビジネス社 2014年1月

イザングラン
狼、悪賢い狐・ルナールの伯父 「悪狐ルナールの一生」 ピエール・ド・ボーモン原著;加藤昭訳;田中伸介絵 文芸社 2015年9月

イシィ
ベイヤーン王国の王妃、動物と風の言葉がわかる女の人 「リン ― 森の娘 樹と心をかよわせる少女の物語」 シャノン・ヘイル著;石黒美央ほか訳 バベルプレス 2014年5月

イジドール・ボートルレ
ミステリー小説が大好きなパリの高校生、はじめてであった本物の事件を解決しようとしている少年 「怪盗紳士アルセーヌ・ルパン奇岩城」 モーリス・ルブラン作;高野優訳;大林薫訳;しゅー絵 KADOKAWA(角川つばさ文庫) 2016年2月

イジドール・ボードルレ(ボードルレ)
17歳の少年探偵、ジャンソン中学校の生徒 「奇巌城」 モーリス・ルブラン著;菊池寛訳 真珠書院(パール文庫) 2015年4月

石村 紅功(ベニ)　いしむら・べにこ(べに)
第二次世界大戦で日本とドイツが勝利しアメリカ西側を日本が統治する世界で大日本帝国陸軍大尉、検閲局勤務の男 「ユナイテッド・ステイツ・オブ・ジャパン」 ピーター・トライアス著;中原尚哉訳 早川書房(新☆ハヤカワ・SF・シリーズ) 2016年10月

いすま

イスマイル・ハック
オスマン帝国海軍大尉、難破した巡洋艦「エルトゥールル号」の乗組員でハイダル少尉の親友 「トルコ軍艦エルトゥールル号の海難」 オメル・エルトゥール著;山本雅男;植月惠一郎;久保陽子訳 彩流社 2015年11月

イソップ博士 いそっぷはかせ
謎のヒーロー・バットマンに復讐心を募らせている悪の天才科学者、収容所を脱獄し世界征服をたくらむ超危険人物 「バットマンVSスーパーマン─エピソード0 クロスファイヤー」 マイケル・コッグス著;田邊雅之訳 小学館(小学館ジュニア文庫) 2016年3月

イーダ
少女リラのママがいつもドレスを注文するオーダーメイド店のむすめ、リラのベビーシッターをたのまれたしっかり者の大学生 「イチゴのお手紙つき―結婚式のおよばれドレス」 ベアトリーチェ・マジーニ原作;チーム151E☆企画・構成;ajico絵 学研教育出版 2014年9月

イーダ・クローネンベルク
ヴィンターシュタイン学校の生徒、キツネのラバットを永遠の親友として手に入れた少女 「コーンフィールド先生とふしぎな動物の学校2校庭は穴だらけ!」 マルギット・アウアー著;中村智子訳 学研プラス 2015年11月

イーダ・クローネンベルク
ヴィンターシュタイン学校の生徒、キツネのラバットを永遠の親友として手に入れた少女 「コーンフィールド先生とふしぎな動物の学校3明かりを消して!」 マルギット・アウアー著;中村智子訳 学研プラス 2016年2月

イーダ・クローネンベルク
ヴィンターシュタイン学校の生徒、キツネのラバットを永遠の親友として手に入れた少女 「コーンフィールド先生とふしぎな動物の学校4林間学校はキケンがいっぱい!」 マルギット・アウアー著;中村智子訳 学研プラス 2016年7月

イーダ・クローネンベルク
ヴィンターシュタイン学校へ転校早々いじめられてしまった女の子 「コーンフィールド先生とふしぎな動物の学校1カメとキツネと転校生!」 マルギット・アウアー著;中村智子訳 学研教育出版 2015年7月

イーダ・ホルムストレーム
スウェーデンのエンゲルスフォシュ高校の生徒、邪悪な攻撃から世界を守る「選ばれし者」の一人でいじめっ子の少女 「ザ・サークル:選ばれし者たち」 サラ・B・エルフグリエン;マッツ・ストランドベリ著;久山葉子訳 イースト・プレス 2014年8月

イッフィー(イフィゲネイア・ピーボディ)
イギリスの幽霊たちのためにできた学校に入学することにした一家の母親 「ほんとうに怖くなれる幽霊の学校」 トビー・イボットソン著;三辺律子訳 偕成社 2016年11月

イーニ
「かみつき横丁」でだまされそうになったアライグマのキットを助けた白いクマネズミ 「冒険者キット1 野生動物の町を取りもどせ!」 C.アレクサンダー・ロンドン著;中村佐千江訳 KADOKAWA 2016年4月

イーニッド・ガトマイヤ
15歳のソフィーと17歳のサムの継母、お金とダイエットが大好きな女性 「おたずねもの姉妹の探偵修行 File1 学園クイーンが殺された!?」 M・E・ラブ著;西田佳子訳 学研教育出版 2015年7月

イーニッド・ガトマイヤ
15歳のソフィーと17歳のサムの継母、お金とダイエットが大好きな女性 「おたずねもの姉妹の探偵修行 File2 チョコレートは忘れない」 M・E・ラブ著;西田佳子訳　学研教育出版　2015年9月

いぬ
もちぬしにすてられおんがくたいにはいるためブレーメンのまちにむかったいぬ 「ブレーメンのおんがくたい―せかい童話図書館 ;13」 グリムさく;あきせいじぶん;くぼたたけおえ;子ども文化研究所監修　いずみ書房　2014年9月

犬(メナシ)　いぬ(めなし)
大日照りの村に一人残った老人・先じいの犬、雨乞いの儀式で両目が見えなくなった盲犬 「年月日」 闇連科著;谷川毅訳　白水社　2016年11月

イーバ
家族のだれにも似てない十歳の女の子エミリーのママ、洋服のデザイナー 「エミリーと妖精のひみつ　1ドアの向こうは妖精の国!?」 ホリー・ウェッブ作;宮坂宏美訳;Tobi絵　学研教育出版　2015年8月

イーバ
人間の女の子エミリーを養女にした妖精の家族のママ、洋服のデザイナー 「エミリーと妖精のひみつ　2水の妖精をすくえ!」 ホリー・ウェッブ作;宮坂宏美訳;Tobi絵　学研プラス　2015年12月

イバール
小あくまの王、ベルーアまほう王国を支配しようとしている悪者 「まほうの国の獣医さんハティ3ねらわれた妖精の羽」 クレア・テイラー・スミス作;桑原洋子訳;kaya8絵　KADOKAWA　2015年7月

イバン
「8番出口のビッグ・トップ・モールとビデオ・アーケード」と呼ばれるショッピングモールで働いているゴリラ 「世界一幸せなゴリラ、イバン―講談社・文学の扉」 Katherine;Applegate著;岡田好惠訳　講談社　2014年7月

イヴァン・イヴァーヌイチ
ソ連の孤児院で暮らすサッカー少年アルカーディを養子として迎え入れた元教師の男 「アルカーディのゴール」 ユージン・イェルチン作;ユージン・イェルチン絵;若林千鶴訳　岩波書店　2015年2月

イヴァン・ドゥヴニヤック
スウェーデンで連続銀行強盗を計画した三兄弟の父親、家庭を崩壊させた凶暴な男 「熊と踊れ 上下」 アンデシュ・ルースルンド;ステファン・トゥンベリ著;ヘレンハルメ美穂;羽根由訳　早川書房(ハヤカワ・ミステリ文庫)　2016年9月

イービー
ブルーベリーの森にすんでいるリス、木の上にあるおじいちゃんのおうちにあそびにいった女の子 「金色はっぱのひみつきち―ウサギのフローレンス ; 3」 リス・ノートン原作;山本和子文;小林さゆり;まなかふみこ;かけひろみ;cotolie絵　学研教育出版　2014年10月

イブ
ねこの姿で人間界にきたライオンの子フレームを飼うことになった十歳の女の子 「ヒミツの子ねこ5　キャットホテルでお手伝い!」 スー・ベントレー作;松浦直美訳;naoto絵　ポプラ社(ポプラポケット文庫)　2015年3月

いふぃ

イフィゲネイア・ピーボディ
イギリスの幽霊たちのためにできた学校に入学することにした一家の母親 「ほんとうに怖くなれる幽霊の学校」トビー・イボットソン著;三辺律子訳　偕成社　2016年11月

イフェメル
人種問題をテーマに注目を集めている人気ブロガー、渡米して13年になるナイジェリア人女性 「アメリカーナ」チママンダ・ンゴズィ・アディーチェ著;くぼたのぞみ訳　河出書房新社　2016年10月

イベット
パリの女子寄宿学校にあったドールハウスで人形のダニエルと遊んでいた少女 「ドールハウスの奇跡(マジック・ドール4)」ジョーン・ホルブ作;かとうあさこ訳;石川のぞみ絵　国土社　2014年9月

イーマット
反乱軍の特別偵察隊「シュライクス」のリーダー、帝国保安局に追われている男 「STAR WARSジャーニー・トゥ・フォースの覚醒　おれたちの船って最高だぜ!」グレッグ・ルーカ著;フィル・ノト絵;村吉知子訳　講談社(講談社KK文庫)　2015年12月

イメルダ・スモール
ピップ通りの住人、となりにこしてきた少年ボビーと親友になった女の子 「ピップ通りは大さわぎ! 2 ボビーのおやつはデリ～シャス!」ジョー・シモンズ作;スティーブ・ウェルズ絵;岡田好惠訳　学研教育出版　2014年3月

イモジェン
アベニア軍のキャンプに拘束されたカーシア国の娘、カーシア国王ジャロンの命の恩人 「ねらわれた王座—カーシア国3部作」ジェニファー・A.ニールセン作;橋本恵訳　ほるぷ出版　2016年9月

イモジェン
カーシア国の新国王・ジャロンの命の恩人で台所女中から貴族となった娘 「消えた王—カーシア国3部作」ジェニファー・A.ニールセン作;橋本恵訳　ほるぷ出版　2015年9月

イーヨー
100エーカーの森に住むプーさんのなかま、お人よしのロバ 「くまのプーさん　プーさんたちの楽しい毎日」ディズニー・パブリッシング・ワールドワイド文;大草洋子訳　KADOKAWA(角川つばさ文庫)　2016年10月

イーヨー
年寄りのロバ、森に住んでいるクマのウィニー・ザ・プーの友だち 「ウィニー・ザ・プー」A・A・ミルン著;阿川佐和子訳　新潮社(新潮モダン・クラシックス)　2014年3月

イーヨー
年寄りのロバ、森に住んでいるクマのウィニー・ザ・プーの友だち 「プーの細道にたった家」A・A・ミルン著;阿川佐和子訳　新潮社(新潮モダン・クラシックス)　2016年7月

イーヨー
百町森のじめじめしてさびしいしめっ地に住んでいるロバ 「イーヨーのあたらしいうち—はじめてのプーさん」A・A・ミルンぶん;E・H・シェパードえ;石井桃子やく　岩波書店　2016年9月

イーヨー
百町森のじめじめしてさびしいしめっ地に住んでいるロバ 「プーあそびをはつめいする―はじめてのプーさん」 A・A・ミルンぶん;E・H・シェパードえ;石井桃子やく 岩波書店 2016年9月

イーライ
アメリカの畜産農家の息子、子牛のリトル・ジョーを大切に育てた九歳の少年 「ぼくは牛飼い」 サンドラ・ニール・ウォレス作;渋谷弘子訳 さ・え・ら書房 2014年4月

イライザおばさん
クリスマスに少女ローラの家にとまりにきた叔母 「森のプレゼント」 ローラ・インガルス・ワイルダー作;安野光雅絵・訳 朝日出版社 2015年11月

イライジャ・ベイリ（ベイリ）
ニューヨーク市警の私服刑事、宇宙国家ソラリスで起きた殺人事件の捜査を命じられた43歳の男 「はだかの太陽」 アイザック・アシモフ著;小尾芙佐訳 早川書房（ハヤカワ文庫SF） 2015年5月

イラスベス
不思議の国「アンダーランド」の女王ミラーナの姉、アウトランドへ追放された女王 「アリス・イン・ワンダーランド～時間の旅～」 カリ・サザーランド文;ないとうふみこ訳 KADOKAWA（角川つばさ文庫） 2016年6月

イラスベス
不思議の国「アンダーランド」の統治者ミラーナの姉、アウトランドに追放された女王 「アリス・イン・ワンダーランド～時間の旅～」 カリ・サザーランド作;しぶやまさこ訳 ディズニーアニメ小説版 2016年7月

イリデッサ
ネバーランドの秘密の場所・ピクシー・ホロウに住む光の妖精 「光の妖精イリデッサ」 ナディ・オコルフォア作;ローレン・コントレーラス絵;ディー・ファーンズワース絵;マニュエラ・ラッツィ絵えミリオ・アーバン絵;小宮山みのり訳 講談社（新ディズニーフェアリーズ文庫） 2014年5月

イール
ブロード街のライオンビール醸造所とグリッグスさんの仕立て屋で働いている少年、スノウ博士の助手 「ブロード街の12日間」 デボラ・ホプキンソン著;千葉茂樹訳 あすなろ書房 2014年11月

イール
ブロード街のライオン醸造所でメッセンジャー・ボーイとして働く孤児の少年 「ブロード街の12日間」 デボラ・ホプキンソン著;千葉茂樹訳 あすなろ書房 2014年11月

イルカ（スピリット）
ヤギ飼いの少年ヒュラスをサメから助けた傷あとのあるイルカ 「神々と戦士たち1青銅の短剣」 ミシェル・ペイヴァー著;中谷友紀子訳 あすなろ書房 2015年6月

イワン
三人きょうだいのすえっ子、ふしぎな力をもつこうまを手に入れたむすこ 「イワンとふしぎなこうま」 ピョートル・エルショーフ作;浦雅春訳 岩波書店（岩波少年文庫） 2016年2月

イワン・フョードロヴィチ・エパンチン（エパンチン）
ロシアの実業家、賢くて如才ない男 「白痴1」 ドストエフスキー著;亀山郁夫訳 光文社（光文社古典新訳文庫） 2015年11月

いん

イン
双眼鏡の魔法で入りこんだ絵の中の世界でウィルマとチップ姉弟が出会った14歳くらいの少年 「むかしむかしの魔女―魔女の本棚 ; 24」ルース・チュウ作;日当陽子訳;たんじあきこ絵　フレーベル館　2016年10月

インゲ・マリーア・イェンスン
コペンハーゲンで生まれ育った女の子、母が死んで保守的な孤島に住むおばあちゃんに引きとられた十歳 「いたずらっ子がやってきた」カトリーナ・ナネスタッド作;渋谷弘子訳　さ・え・ら書房　2016年12月

インジャン・ジョー
町一番の悪とう、真夜中の墓場でロビンソンさんを殺した男 「トム・ソーヤの冒険 : 元気いっぱいの少年が巻きおこす大そうどう―10歳までに読みたい世界名作 ; 2」横山洋子監修;マーク・トウェイン作;那須田淳編訳;朝日川日和絵　学研教育出版　2014年7月

インディ・ホルト
未来社会の「ソサエティ」に抵抗する反乱軍に加わった少女、戦闘機の操縦士 「カッシアの物語 3」アリー・コンディ著;高橋啓訳;石飛千尋訳　プレジデント社　2015年12月

インドリディ
手に負えない悪ガキの予備としてこの世に生を受けたコピー、高校の卒業パーティーでシグリッドと出会い運命の相手と信じている若者 「ラブスター博士の最後の発見」アンドリ・S・マグナソン著;佐田千織訳　東京創元社(創元SF文庫)　2014年11月

【う】

ウィグル
群れを離れたラッキーとミッキーが森で出会ったフィアース・ドッグの子犬たち、小柄なオス犬 「サバイバーズ3ひとすじの光」エリン・ハンター作;井上里訳　小峰書店　2015年6月

ウィドウ
世界平和のために戦う「アベンジャーズ」の一人、あやしい美しさと戦闘力を持つスパイ 「アベンジャーズ エイジ・オブ・ウルトロン」ジョス・ウェドン脚本・監督;アレックス・アーヴァインノベル訳;上杉;隼人訳;長尾;莉紗訳　講談社　2015年11月

ウィニー・ザ・プー
森のなかに一人で住んでいるクマの男の子、ロンドンに住んでいるクリストファー・ロビン少年のテディベア 「ウィニー・ザ・プー」A・A・ミルン著;阿川佐和子訳　新潮社(新潮モダン・クラシックス)　2014年3月

ウィニー・ザ・プー
森のなかに一人で住んでいるクマの男の子、ロンドンに住んでいるクリストファー・ロビン少年のテディベア 「プーの細道にたった家」A・A・ミルン著;阿川佐和子訳　新潮社(新潮モダン・クラシックス)　2016年7月

ウィリー
双眼鏡の魔法で絵の中に入ってしまった少女、チップ少年の2最年上の姉 「むかしむかしの魔女―魔女の本棚 ; 24」ルース・チュウ作;日当陽子訳;たんじあきこ絵　フレーベル館　2016年10月

ウィリアム・キャクストン
ウェストミンスターに英国初の印刷工房を構えて書物の販売に精を出すイギリス人紳士 「ユニコーン キャクストンの挑戦」 シンシア・ハーネット著;眞方陽子訳 南窓社 2014年5月

ウィリアム・スパイヴァー
トラウマが原因で一時的に目がみえない変わった男の子 「空飛ぶリスとひねくれ屋のフローラ」 ケイト・ディカミロ作;K.G.キャンベル絵;斎藤倫子訳 徳間書店 2016年9月

ウィリアム・デント(ビリー)
二十一世紀最悪の連続殺人犯、高校三年生のジャズの父親 「さよなら、シリアルキラー」 バリー・ライガ著;満園真木訳 東京創元社(創元推理文庫) 2015年5月

ウィリアム・メインウェアリング
コネチカット州ジェファソン中学校7年生、鉱石集めとボードゲームに熱中している少年 「ある夢想者の肖像」 スティーヴン・ミルハウザー著;柴田元幸訳 白水社 2015年10月

ウィリアム・ロンジェスピー
大聖堂の石棺に眠っている中世に死んだ騎士 「ゴーストの騎士」 コルネーリア・フンケ著;浅見昇吾訳 WAVE出版 2016年6月

ウィル
アラルエン王国のレンジャー見習い、アリダの砂漠でベドゥリン族に助けられた若者 「アラルエン戦記 8 奪還 下」 ジョン・フラナガン作;入江真佐子訳 岩崎書店 2016年2月

ウィル
アラルエン王国のレンジャー見習い、スカンディアの首領・エラクの救出に向かった若者 「アラルエン戦記 7 奪還 上」 ジョン・フラナガン作;入江真佐子訳 岩崎書店 2015年7月

ウィル
兄のジェイコブについて鏡の世界に入り込んでしまった弟 「鏡の世界―石の肉体」 コルネーリア・フンケ著;浅見昇吾訳 WAVE出版 2015年9月

ウィルコックス
オークランドの名門校チェアマン寄宿学校の生徒、罠などを使って獲物を獲るのが得意な12歳の少年 「十五少年漂流記」 ジュール・ヴェルヌ著;椎名誠訳;渡辺葉訳 新潮社(新潮モダン・クラシックス) 2015年8月

ウィル・コリガン
ブルックリン美術館に展示されていた不思議な黒い鏡をのぞきこんでいるうちにアメリカ先住民の時代に迷いこんでしまった姉弟の弟 「魔女と黒い鏡(魔女の本棚20)」 ルース・チュウ作;日当陽子訳;たんじあきこ絵 フレーベル館 2014年12月

ウィルスン
ロンドンのサックス・コバーグ・スクエアにある質屋の主、「赤毛クラブ」に入会した赤毛の男 「名探偵シャーロック・ホームズなぞの赤毛クラブ : 赤い髪の男だけが入れる会とは!?世界一の探偵ホームズ登場―10歳までに読みたい名作ミステリー」 コナン・ドイル作;芦辺拓編著;城咲綾絵 学研プラス 2016年6月

ウィルダ・ヒギンズ
アメリカ中西部の小さな町ヴェニスの「食堂ハナビラ」の世話好きな女主人 「おたずねもの姉妹の探偵修行 File4 クリスマスの暗号を解け!」 M・E・ラブ著;西田佳子訳 学研プラス 2015年12月

うぃる

ウィル・トリーティ
アラルエン王国のシークリフ領を引き継いだレンジャー 「アラルエン戦記 9 秘密」 ジョン・フラナガン作;入江真佐子訳 岩崎書店 2016年10月

ウィル・トリーティ
アラルエン王国の新米レンジャー、秘密の使命でノルゲート領につかわされた少年 「アラルエン戦記 5 魔術」 ジョン・フラナガン作;入江真佐子訳 岩崎書店 2014年3月

ウィル・バロウズ
ロンドンで暮らす白い髪の14歳の少年、博物館の館長である父親の影響で発掘が趣味の息子 「トンネル:迷宮への扉 上下―地底都市コロニア」 ロデリック・ゴードン著;ブライアン・ウィリアムズ著;橋本恵訳 学研プラス 2016年3月

ウィル・バロウズ
行方不明となった父を追って地底へむかった14歳の少年、〈地表〉のロンドンで育ったコロニア人 「ディープス:サバイバーの絆 上下―地底都市コロニア」 ロデリック・ゴードン著;ブライアン・ウィリアムズ著;橋本恵訳 学研プラス 2016年9月

ウィルマ(ウィリー)
双眼鏡の魔法で絵の中に入ってしまった少女、チップ少年の2最年上の姉 「むかしむかしの魔女―魔女の本棚;24」 ルース・チュウ作;日当陽子訳;たんじあきこ絵 フレーベル館 2016年10月

ウィレン
ゾウの群れが近くにすむインドのウミアマラ村で暮らす少年 「ゾウがとおる村」 ニコラ・デイビス文;アナベル・ライト画;もりうちすみこ訳 さ・え・ら書房 2014年2月

ウィロウ・ドーバー
グレート・スモーキー山脈にあるモーテルを買いに行く父親についてきた少女 「スモーキー山脈からの手紙」 バーバラ・オコーナー作;こだまともこ訳 評論社 2015年6月

ウィロー・チャンス
カリフォルニア州セコイア中学校1年生、7という数字にこだわる変わり者の天才少女 「世界を7で数えたら」 ホリー・ゴールドバーグ・スローン作;三辺律子訳 小学館(SUPER!YA) 2016年8月

ウィンキー
魔法省国際魔法協力部部長のクラウチ氏の屋敷に仕えている屋敷しもべ妖精 「ハリー・ポッター7 ハリー・ポッターと炎のゴブレット 4-1」 J・K・ローリング作;松岡佑子訳 静山社(静山社ペガサス文庫) 2014年7月

ウィンキーピープス
森に住む黒猫の男の子、まじめで上品な黒猫の女の子キティのなかま 「ブーツをはいたキティのおはなし」 ビアトリクス・ポター作;クェンティン・ブレイク絵;松岡ハリス佑子訳 静山社 2016年9月

ウィンター・ソルジャー
強力なメタル・アームをもつ謎の暗殺者 「キャプテン☆アメリカ ウィンター・ソルジャー」 クリストファー・マルクス;スティーヴン・マクフィーリー脚本;有馬さとこ訳 講談社 2014年10月

ウィンター・ソルジャー
国連の爆破テロの犯人として指名手配された暗殺者、キャプテン・アメリカのかつての親友 「シビル・ウォー―キャプテン・アメリカ」 アレックス・アーヴァインノベル;上杉隼人訳;長尾莉紗訳 講談社 2016年10月

うぉり

ウィンターモルゲン
かずかずの世界記録をもつ謎の大男 「ふたりは世界一!」 アンドレス・バルバ作;宇野和美訳;おくやまゆか画 偕成社 2014年4月

ウェイラム
「インディ一族」から出て「激流連合」のグレイの仲間となったイタチザメ 「サメ王国のグレイ3 王vs.王 究極の戦い」 E.J.アルトバッカー著;桑原洋子訳 KADOKAWA 2016年7月

ウェイラム
イタチザメ、「インディ一族」の父王の時代から仕えている重臣第一位 「サメ王国のグレイ2 運命のアトランティス決戦」 E.J.アルトバッカー著;桑原洋子訳 KADOKAWA 2016年1月

ウェスリー・ハワード
高機能自閉症の女の子・ローズのパパ、ニューヨーク州に娘と犬と暮らしている人 「レイン 雨を抱きしめて」 アン・M.マーティン作;西本かおる訳 小峰書店(Sunnyside Books) 2016年10月

ウェッブ
オークランドの名門校チェアマン寄宿学校の生徒、気が強く喧嘩っぱやい12歳の少年 「十五少年漂流記」 ジュール・ヴェルヌ著;椎名誠訳;渡辺葉訳 新潮社(新潮モダン・クラシックス) 2015年8月

ウェーバーさん(パパ)
ハイデルベルグの郊外で動物病院を経営する獣医、動物が大好きなマリーの父親 「動物病院のマリー3 子犬救出大作戦!」 タチアナ・ゲスラー著;中村智子訳;鳥羽雨イラスト 学研教育出版 2014年4月

ウェルス宰相　うぇるすさいしょう
古代エジプトの宰相、ファラオの次に重要な人物 「ラモーゼ─プリンス・イン・エグザイル 上下」 キャロル・ウィルキンソン作;入江真佐子訳 くもん出版 2014年3月

ウェルドンおじさん
ニューヨーク州に住む高機能自閉症の女の子・ローズのパパの弟 「レイン 雨を抱きしめて」 アン・M.マーティン作;西本かおる訳 小峰書店(Sunnyside Books) 2016年10月

ウェンディ・モイラ・アンジェラ・ダーリング
ロンドンの14番地に住むダーリング家の長女、ピーター・パンとネバーランドへ冒険に出かけた少女 「ピーター・パンとウェンディ」 ジェームズ・M・バリー著;大久保寛訳 新潮社(新潮文庫) 2015年5月

ウォッシュバーンさん
独裁政権末期のドミニカ共和国にあるアメリカ大使館の領事、少年サミーの父親 「わたしたちが自由になるまえ」 フーリア・アルバレス著;神戸万知訳 ゴブリン書房 2016年12月

ウォーナー
世界を支配する再建党のリーダーの息子 「アンラヴェルミー ほんとうのわたし シャッターミー2」 タヘラ・マフィ著;金原瑞人訳;大谷真弓訳 潮出版社 2015年3月

ウォーリー
カウリックという小さな町にやってきた16人のギャングたちにしょうぶをいどんだ男の子 「ウォーリーと16人のギャング─こころのほんばこシリーズ」 リチャード・ケネディぶん;マーク・シーモンとえ;小宮由やく 大日本図書 2015年12月

うぉり

ウォリアーズ・スリー
神の国アスガルドの最強の戦士・ソーと長年の強い友情で結ばれた忠実な3人の戦士 「マイティ・ソー」 アシュリー・エドワード・ミラー脚本;ザック・ステンツ脚本;ドン・ペイン脚本;J.マイケル・ストラジンスキー文;マーク・プロトセヴィッチ文;吉田章子訳 講談社 2014年3月

ウォルター・テイト
南北戦争の退役軍人、孫キャルパーニアの家族とテキサスの田舎町に暮らす祖父 「ダーウィンと旅して」 ジャクリーン・ケリー作;斎藤倫子訳 ほるぷ出版 2016年8月

ウォルト
魔術師訓練生第1号、太古からの呪いにより余命わずかの少年 「ケイン・クロニクル炎の魔術師たち3」 リック・リオーダン著;小浜杏訳えナミカツミイラスト KADOKAWA 2016年3月

ウォーレンおじさん
小学三年生の少年ディンクのニューヨークに住んでいるおじさん 「ぼくらのミステリータウン 11 名画と怪盗オレンジ」 ロン・ロイ作;八木恭子訳;ハラカズヒロ絵原案;皐めい絵 フレーベル館 2014年3月

受付係 うけつけがかり
スウェーデンいち荒んでいるホテルの受付係で女牧師以外の全人類が嫌いな青年、売れっ子殺し屋・ヒットマンの仲間 「天国に行きたかったヒットマン」 ヨナス・ヨナソン著;中村久里子訳 西村書店東京出版編集部 2016年11月

うさぎ
少女アリスの近くをひとりごとを言いながら走り抜けていったピンクの目をした白いうさぎ 「不思議の国のアリス」 ルイス・キャロル著;高山宏訳;佐々木マキ絵 亜紀書房 2015年4月

ウサギ
森に住んでいるクマのウィニー・ザ・プーと大の仲良しのウサギ 「プーの細道にたった家」 A・A・ミルン著;阿川佐和子訳 新潮社(新潮モダン・クラシックス) 2016年7月

ウッディ
少女ボニーのおもちゃたちのリーダー、カウボーイ人形 「トイ・ストーリー謎の恐竜ワールド」 橘高弓枝文 偕成社(ディズニーアニメ小説版) 2015年12月

ウッディ
少年アンディのいちばんお気に入りのカウボーイ人形、おもちゃたちのリーダー 「トイ・ストーリー——おもちゃたちの世界」 ケイト・イーガン文;アニー・アウエルバッハ文;リサ・マルソリ文;クリスティー・ウェブスター文;ウェンディー・ロジャ文;増井彩乃訳 KADOKAWA(角川つばさ文庫) 2016年12月

ウーマ
心やさしく元気で明るい十才の王女さま、七人兄妹の末っ子 「イチゴのお手紙つき—王さまへの最後のおくりもの」 ベアトリーチェ・マジーニ原作;チーム151E☆企画・構成;ajico絵 学研教育出版 2014年9月

ウマール
ベドゥリン族の長、アリダの砂漠で死にかけていたレンジャーのウィルを助けた男 「アラルエン戦記 8 奪還 下」 ジョン・フラナガン作;入江真佐子訳 岩崎書店 2016年2月

ウミヘビ(ジョージ)
アメリカにあるプロスペクト・パークというとても大きな公園の湖に住むウミヘビ、魔女ゲールの古い友だち 「雨の日の魔女—魔女の本棚;23」 ルース・チュウ作;日当陽子訳;たんじあきこ絵 フレーベル館 2016年7月

ウラジーミル・メンシコフ
ロシアに本拠地をもつ世界第3位の魔術師、悪の化身・アペプのしもべ 「ケイン・クロニクル 炎の魔術師たち 2」リック・リオーダン著;小浜杳訳　KADOKAWA　2014年3月

ウラジーミル・メンシコフ
世界第3位の魔術師、悪の化身"大蛇アペプ"のしもべ 「ケイン・クロニクル炎の魔術師たち3」リック・リオーダン著;小浜杳訳えナミカツミイラスト　KADOKAWA　2016年3月

ウーリ
ドイツのキルヒベルク男子寄宿学校5年生、おくびょうで心配性の少年 「飛ぶ教室 ポプラ世界名作童話20」E・ケストナー作;最上一平文;矢島眞澄絵　ポプラ社　2016年11月

ウーリ・フォン・ジンメルン
ドイツのヨーハン・ジギスムント・ギムナジウムの寄宿舎生、小柄でブロンド髪の5年生の少年 「飛ぶ教室」エーリヒ・ケストナー著;池内紀訳　新潮社(新潮文庫)　2014年12月

ウルシュラおばさん
チェコのプラハにくらすおばさん、子どものいる家をたずねてはおせっかいをやくのが大すきな人 「ベレンカとやしの実じいさん上下―世界傑作童話シリーズ」パベル・シュルット文;ガリーナ・ミクリーノワ絵;大沼有子訳　福音館書店　2015年3月

ウルトロン
人類の平和を守る「アベンジャーズ」をたすけるためにつくられた平和維持プログラム、人工知能 「アベンジャーズ エイジ・オブ・ウルトロン」ジョス・ウェドン脚本・監督;アレックス・アーヴァインノベル訳;上杉;隼人訳;長尾;莉紗訳　講談社　2015年11月

ウンク
1930年のベルリンでドイツ人の少年エデと友だちになった「ジプシー」の女の子 「エデとウンク 1930年 ベルリンの物語」アレクス・ウェディング著;金子マーティン訳・解題　影書房　2016年6月

【え】

A　えー
もうすぐ13歳のケイティのカルフォルニアに引っこした親友 「恐怖のお泊まり会 永遠に親友」P.J.ナイト著;岡本由香子訳　KADOKAWA　2014年12月

エイジャックス・ペナンブラ(ペナンブラ)
二十四時間書店の店主、元コンピュータ・オタクのとても年取った男性 「ペナンブラ氏の24時間書店」ロビン・スローン著;島村浩子訳　東京創元社　2014年4月

エイダ・ボイス
アリスの友人、チョッキを着た白いウサギに誘われて不思議の国へ迷いこんだ障害を持っている十歳の女の子 「アリスはどこへ行った?」グレゴリー・マグワイア著;富永和子訳　ハーパーコリンズ・ジャパン　2016年4月

H・G・ウェルズ(バート)　えいちじーうぇるず(ばーと)
地図帳『イマジナリウム・ジェオグラフィカ』の先代の守り手 「幻のドラゴン号 ドラゴンシップ・シリーズ3」ジェームズ・A・オーウェン作;三辺律子訳　評論社　2016年4月

えいと

エイト
人間の町ニューアッティカ・シティのリーダー・カドマスを憎むサンクチュアリー573で生まれた8世代のエバ 「ワンダラ6 再生 ふたりのエバ」 トニー・ディテルリッジ作;飯野眞由美訳 文溪堂 2014年1月

エイブじいさん
フロリダに住む孤独な少年ジェイコブの唯一の理解者で「おとぎ話」を聞かせてくれた祖父 「ミス・ペレグリンと奇妙なこどもたち 上下」 ランサム・リグズ著;金原瑞人訳;大谷真弓訳 潮出版社(潮文庫) 2016年12月

エイプリル
ストラテンバーグ中学校八年生のセオの幼なじみ、将来は画家になりたい女の子 「少年弁護士セオの事件簿6 仮面スキャンダル」 ジョン・グリシャム作;石崎洋司訳 岩崎書店 2016年11月

エイブル
ドラゴンのしるしを背負う最強の魔法騎士 「ウィザード―ウィザード・ナイト〈1〉」 ジーン・ウルフ著;安野玲訳 国書刊行会 2015年12月

エイブル
ドラゴンのしるしを背負う最強の魔法騎士 「ウィザード―ウィザード・ナイト〈2〉」 ジーン・ウルフ著;安野玲訳 国書刊行会 2015年12月

エイブル
ふとしたきっかけで異世界ミスガルスルに迷い込み魔剣エテルネを手に入れる使命を課された十六歳の少年 「ナイト―ウィザード・ナイト〈1〉」 ジーン・ウルフ著;安野玲訳 国書刊行会 2015年10月

エイブル
ふとしたきっかけで異世界ミスガルスルに迷い込み魔剣エテルネを手に入れる使命を課された十六歳の少年 「ナイト―ウィザード・ナイト〈2〉」 ジーン・ウルフ著;安野玲訳 国書刊行会 2015年10月

エイミー
アメリカにすむマーチ家の4姉妹の四女、12さいのきどりやさんの女の子 「若草物語―ポプラ世界名作童話；13」 L.M.オルコット作;薫くみこ文;こみねゆら絵 ポプラ社 2016年11月

エイミー
父親が戦地にいて母親と暮らしている四人姉妹の四女、絵が上手な12歳の女の子 「若草物語」 L.M.オルコット作;ないとうふみこ訳;琴音らんまる絵 KADOKAWA(角川つばさ文庫) 2015年1月

エイミー(A)　えいみー(えー)
もうすぐ13歳のケイティのカルフォルニアに引っこした親友 「恐怖のお泊まり会 永遠に親友」 P.J.ナイト著;岡本由香子訳 KADOKAWA 2014年12月

エイミー・ランド
夏休み前日に謎の村ヘンリー・クリークに招待された神経が細やかで意志が強い12歳の少女 「THE LOCK ぼくたちが"世界"を変える日1 仕かけられたなぞ」 ピエルドメニコ・バッカラリオ作;田中寛崇絵 学研プラス 2015年12月

エイミー・ランド
夏休み前日に謎の村ヘンリー・クリークに招待された神経が細やかで意志が強い12歳の少女 「THE LOCK ぼくたちが"世界"を変える日2 洞窟にひそむ物体」 ピエルドメニコ・バッカラリオ作;田中寛崇絵 学研プラス 2015年12月

エイリーン
北の島スカアの「賢女」で魔法の使い手である叔母と暮らしている十二歳の女の子 「賢女ひきいる魔法の旅は」 ダイアナ・ウィン・ジョーンズ作;アーシュラ・ジョーンズ作;田中薫子訳;佐竹美保絵 徳間書店 2016年3月

エクセル
世界のはじまりの国パンゲアの会計係の男 「タイムボックス」 アンドリ・S.マグナソン著;野沢佳織訳 NHK出版 2016年10月

エコー
巣から落ちたところを大巫女の娘ピラに拾われた雌ハヤブサのヒナ 「神々と戦士たち3 ケフティウの呪文」 ミシェル・ペイヴァー著;中谷友紀子訳 あすなろ書房 2016年11月

A・J・フィクリー　えーじぇいふぃくりー*
亡き妻の故郷アリス島で唯一の小さな書店「アイランド・ブックス」を営む偏屈な男 「書店主フィクリーのものがたり」 ガブリエル・ゼヴィン著;小尾芙佐訳 早川書房 2015年10月

エージェント・カラス
帝国保安局の法務執行官、反乱軍をおいつめつかまえる権力をもつ男 「スター・ウォーズ 反乱者たち1 反乱の口火」 ミッシェル・コーギー文;菊池由美訳 KADOKAWA（角川つばさ文庫） 2015年2月

エージェントP　えーじぇんとぴー
天才発明家兄弟・フィニアスとファーブのペットのカモノハシ、政府の秘密組織のスパイ 「フィニアスとファーブ ドッキリおばけ屋敷」 キティ・リチャーズ文;ララ・バージェン文;杉田七重訳 KADOKAWA（角川つばさ文庫） 2014年4月

エージェントP　えーじぇんとぴー
天才発明家兄弟・フィニアスとファーブのペットのカモノハシ、政府の秘密組織のスパイ 「フィニアスとファーブ 火星へ行こう！」 エリー・オライアン文;ヘレナ・メイヤー文;杉田七重訳 KADOKAWA（角川つばさ文庫） 2014年10月

エージェントP　えーじぇんとぴー
天才発明家兄弟・フィニアスとファーブのペットのカモノハシ、政府の秘密組織のスパイ 「フィニアスとファーブ 史上最大の飛行機づくり」 エリー・オライアン文;N・B・グレース文;ヘレナ・メイヤー文;杉田七重訳 KADOKAWA（角川つばさ文庫） 2015年4月

エジルリブ
キール同盟軍戦士夫婦の子のメンフクロウ、のちのガフールの教授・エジルリブ 「ガフールの勇者たち エピソード0 はじまりの物語」 キャスリン・ラスキー著;中村佐千江訳 KADOKAWA 2014年4月

エステール・デュヴォ
毎週水曜日にジプシーを訪ねるフランス人の図書館員、ジプシーたちに本を読み聞かせる女性 「本を読むひと」 アリス・フェルネ著;デュランテクスト冽子訳 新潮社（CREST BOOKS） 2016年12月

えすめ

エスメ
五年生の女の子、金曜日の夕方に校舎にとじこめられた三人の一人 「亡霊学級のろわれた小学校」 ジェームズ・プレラー著;安齋奈津子訳 KADOKAWA 2016年7月

エズラ・ブリッジャー
悪の帝国に立ち向かう反乱軍に加わった惑星ロザルの住人だった14歳の少年 「スター・ウォーズ反乱者たち 2 帝国の日」 ミッシェル・コーギー文;菊池由美訳 KADOKAWA(角川つばさ文庫) 2015年9月

エズラ・ブリッジャー
惑星ロザルの住人、スリをやって1人で生きている14歳の少年 「スター・ウォーズ反乱者たち 1 反乱の口火」 ミッシェル・コーギー文;菊池由美訳 KADOKAWA(角川つばさ文庫) 2015年2月

エディ
ヴィンターシュタイン学校の生徒、あわてんぼうで不器用な少年 「コーンフィールド先生とふしぎな動物の学校3 明かりを消して!」 マルギット・アウアー著;中村智子訳 学研プラス 2016年2月

エティー・シャフター
アメリカ合衆国の荒涼とした地域ヴァーミッサにある下宿屋の娘 「恐怖の谷」 アーサー・コナン・ドイル著;深町眞理子訳 東京創元社(創元推理文庫) 2015年9月

エディタ・アドレロヴァ(ディタ)
チェコ出身の十四歳のユダヤ人少女、アウシュヴィッツ収容所で秘密に本を管理していた図書係 「アウシュヴィッツの図書係」 アントニオ・G・イトゥルベ著;小原京子訳 集英社 2016年7月

エディ・パークス
海辺の遊園地ジョイランドの従業員、ホラーハウス担当の男 「ジョイランド」 スティーヴン・キング著;土屋晃訳 文藝春秋(文春文庫) 2016年7月

エディリオ・エスコパール
カリフォルニア州ペルディド・ビーチ・スクールの生徒、14歳の転校生の少年 「GONE 上下」 マイケル・グラント著;片桐恵理子訳 ハーパーコリンズ・ジャパン(ハーパーBOOKS) 2016年4月

エデ・シュペルリング
1930年のベルリンで「ジプシー」の女の子ウンクと友だちになった十二歳の少年 「エデとウンク 1930年 ベルリンの物語」 アレクス・ウェディング著;金子マーティン訳・解題 影書房 2016年6月

エド
森のどうくつで暮らすおじさんトロル、家出してきた青年クリスチャンの育ての親 「マリゴールドの願いごと」 ジェーン・フェリス作;ないとうふみこ訳;池上小湖訳 小峰書店(Sunnyside Books) 2014年12月

エドゥアール・ペリクール
裕福な実業家の一人息子で画才に恵まれた青年、第一次大戦で大怪我を負い家族とのつながりを断った男 「天国でまた会おう」 ピエール・ルメートル著;平岡敦訳 早川書房 2015年10月

エドウィーナ
ニューヨークにいる犯罪者・ミスター・フーの手下として父親と働いている少女 「アンナとプロフェッショナルズ3」 MAC著;なかがわいずみ訳 KADOKAWA 2015年1月

エドガー（エディ）
ヴィンターシュタイン学校の生徒、あわてんぼうで不器用な少年 「コーンフィールド先生とふしぎな動物の学校3明かりを消して!」 マルギット・アウアー著;中村智子訳 学研プラス 2016年2月

エドマンド
戦争中にロンドンから片田舎にある老教授の屋敷に疎開した4人兄弟の二番目に年少のひねくれた少年 「ナルニア国物語 2―ライオンと魔女と衣装だんす」 C・S・ルイス著;土屋京子訳 光文社（光文社古典新訳文庫） 2016年2月

エドメ
オオカミの部族・マクヒース一家の元骨ウルフ、聖なる火山の番人の聖ウルフ 「ファオランの冒険 4 仮面をかぶった預言者」 キャスリン・ラスキー著;中村佐千江訳 KADOKAWA 2014年1月

エドメ
オオカミの部族・マクヒース一家の元骨ウルフ、聖なる火山の番人の聖ウルフ 「ファオランの冒険 5 旅する仲間たち」 キャスリン・ラスキー著;中村佐千江訳 KADOKAWA 2014年6月

エドメ
オオカミの部族・マクヒース一家の元骨ウルフ、聖なる火山の番人の聖ウルフ 「ファオランの冒険6―〈果てなき青み〉へ!」 キャスリン・ラスキー著;中村佐千江訳 KADOKAWA 2015年1月

エドリック（エド）
森のどうくつで暮らすおじさんトロル、家出してきた青年クリスチャンの育ての親 「マリゴールドの願いごと」 ジェーン・フェリス作;ないとうふみこ訳 池上小湖訳 小峰書店（Sunnyside Books） 2014年12月

エドワード
イングランド国王ヘンリー八世の第一王子、こじきのトムといれかわった少年 「王子とこじき―10歳までに読みたい世界名作」 マーク・トウェイン作;横山洋子監修 学研プラス 2016年4月

エドワード・ダン・マローン（マローン）
変人として有名な動物学者・チャレンジャー教授を取材しアマゾン川奥地の探検にくわわることになった新聞記者 「ロスト・ワールド―失われた世界 新装版」 アーサー・コナン・ドイル作;菅紘訳 講談社（講談社青い鳥文庫） 2015年8月

エドワード・チャン
二〇一五年にテキサス州の高校に通っていた少年、タイムトラベル技術の生みの親 「タイムライダーズ2-1 紀元前6500万年からの逆襲」 アレックス・スカロウ作;金原瑞人訳 小学館 2015年4月

エドワード・チャン
白亜紀のジャングルにタイムスリップしてしまったテキサス州の高校に通っていた少年 「タイムライダーズ2-2 紀元前6500万年からの逆襲」 アレックス・スカロウ作;金原瑞人訳 小学館 2015年4月

えどわ

エドワード・テュレイン
陶器でできたとても大きなうさぎの人形、とんでもなくごうまんでうぬぼれやのうさぎ 「愛をみつけたうさぎ―エドワード・テュレインの奇跡の旅」 ケイト・ディカミロ作;バグラム・イバトゥーリーン絵;子安亜弥訳 ポプラ社(ポプラ文学ポケット) 2016年9月

エドワード・ハイド(ハイド)
ロンドンの高名な紳士ジキル博士の家に出入りする嫌悪を抱かせる特異な容姿の小男 「ジキルとハイド」 ロバート・L・スティーヴンソン著;田口俊樹訳 新潮社(新潮文庫) 2015年2月

エナ
ベイヤーン王国の森の民の火をあやつる少女 「リン―森の娘 樹と心をかよわせる少女の物語」 シャノン・ヘイル著;石黒美央ほか訳 バベルプレス 2014年5月

エバ・エイト(エイト)
人間の町ニューアッティカ・シティのリーダー・カドマスを憎むサンクチュアリー573で生まれた8世代のエバ 「ワンダラ6 再生 ふたりのエバ」 トニー・ディテルリッジ作;飯野眞由美訳 文溪堂 2014年1月

エバ・ナイン
地下シェルター「サンクチュアリー」で生まれた9世代目、ほかの生きものと心で会話できる能力をもつ13歳の少女 「ワンダラ7 裏切りの惑星」 トニー・ディテルリッジ作;飯野眞由美訳 文溪堂 2014年10月

エバ・ナイン
地下シェルター「サンクチュアリー」で生まれた9世代目、ほかの生きものと心で会話できる能力をもつ13歳の少女 「ワンダラ8 ニューアッティカ壊滅」 トニー・ディテルリッジ作;飯野眞由美訳 文溪堂 2015年1月

エバ・ナイン
地下シェルター「サンクチュアリー」で生まれた9世代目、ほかの生きものと心で会話できる能力をもつ13歳の少女 「ワンダラ9 エバ、ほんとうのワンダラへ」 トニー・ディテルリッジ作;飯野眞由美訳 文溪堂 2015年3月

エバ・ナイン
地下シェルター「サンクチュアリー」で生まれた9世代目の13歳の少女 「ワンダラ6 再生 ふたりのエバ」 トニー・ディテルリッジ作;飯野眞由美訳 文溪堂 2014年1月

エヴァリン
スカンディアの首領・エラクの救出に加わったアラルエン王国の王女 「アラルエン戦記8 奪還 下」 ジョン・フラナガン作;入江真佐子訳 岩崎書店 2016年2月

エヴァリン
スカンディアの首領・エラクの救出に向かったアラルエン王国の王女 「アラルエン戦記7 奪還 上」 ジョン・フラナガン作;入江真佐子訳 岩崎書店 2015年7月

エヴァン・ウォーカー
「アザーズ」と呼ばれる謎の生命体が人類に攻撃するなかで生き残った少女キャシーが出会った謎の青年 「フィフス・ウェイブ」 リック・ヤンシー著;安野玲訳 集英社(集英社文庫) 2016年3月

エヴァン・ダフィールド
ミュージシャン兼俳優、転落死したスーパーモデルのルーラのボーイフレンド 「カッコウの呼び声 上下 私立探偵コーモラン・ストライク」 ロバート・ガルブレイス著;池田真紀子訳 講談社 2014年6月

エパンチン
ロシアの実業家、賢くて如才ない男 「白痴 1」ドストエフスキー著;亀山郁夫訳 光文社（光文社古典新訳文庫） 2015年11月

エヴァン・トレスキー
飛び級で同学年になった妹のジェシーとレモネード販売競争をした小学四年生 「レモネード戦争」 ジャクリーヌ・デイヴィーズ作;日当陽子訳;小栗麗加絵 フレーベル館（ものがたりの庭） 2014年11月

FN-2187　えふえぬにーいちはちなな*
共和国に立ちむかう「ファーストオーダー」の兵士・ストームトルーパーの優秀な訓練生 「STAR WARSフォースの覚醒前夜」 グレッグ・ルーカ著;フィル・ノト絵;稲村広香訳 講談社（講談社KK文庫） 2016年1月

FN-2003　えふえぬにーぜろぜろさん*
共和国に立ちむかう「ファーストオーダー」の兵士・ストームトルーパーの不器用な訓練生 「STAR WARSフォースの覚醒前夜」 グレッグ・ルーカ著;フィル・ノト絵;稲村広香訳 講談社（講談社KK文庫） 2016年1月

エベニーザー・スクルージ（スクルージ）
ロンドンの「スクルージ＆マーレイ商会」の経営者、冷酷無慈悲で欲深い老人 「クリスマス・キャロル」 チャールズ・ディケンズ著;井原慶一郎訳 春風社 2015年11月

エマー
重い病気でダブリン市内の病院にいるおばあちゃん、十二歳のメアリーの祖母 「さよならのドライブ」 ロディ・ドイル作;こだまともこ訳;こがしわかおり絵 フレーベル館（文学の森） 2014年1月

エマ・ウィバーリー
「最古の魔術書」の守り人と定められている三きょうだいの末娘、敵に囚われた十二歳の少女 「ブラック・レコニング 最古の魔術書 III」 ジョン・スティーブンス著;こだまともこ訳 あすなろ書房 2015年12月

エマ・ブルーム
ウェールズにある小さな島でミス・ペレグレンたちと暮らす少女、火の玉を操るピキューリア（特別な力を持つ人） 「ミス・ペレグリンと奇妙なこどもたち 上下」 ランサム・リグズ著;金原瑞人訳;大谷真弓訳 潮出版社（潮文庫） 2016年12月

エミリー
お父さんとお母さんが再婚どうしなので四人のおばあちゃんがいる男の子、エルグの妹 「四人のおばあちゃん」 ダイアナ・ウィン・ジョーンズ作;野口絵美訳;佐竹美保画 徳間書店 2016年7月

エミリー
かぜをひいたためお休みをして1日中パパといっしょにすごした女の子 「きょうはかぜでおやすみ こころのほんばこシリーズ」 パトリシア・マクラクラン文;ウィリアム・ペン・デュボア絵;小宮由訳 大日本図書 2016年2月

えみり

エミリー
家族のだれにも似てない十歳の女の子、ある日鏡ごしにふしぎな女の子を見た子　「エミリーと妖精のひみつ　1ドアの向こうは妖精の国!?」ホリー・ウェッブ作;宮坂宏美訳;Tobi絵　学研教育出版　2015年8月

エミリー
自分が妖精の家族にひろわれた人間の子どもだと知った十歳の女の子　「エミリーと妖精のひみつ　2水の妖精をすくえ!」ホリー・ウェッブ作;宮坂宏美訳;Tobi絵　学研プラス　2015年12月

エミーリエ
スペインのグラン・カナリア島で難民の少年サムエルに出会った十五歳の少女　「ドコカ行き難民ボート。」シモン・ストランゲル著;枇谷玲子訳　汐文社　2015年3月

エミーリエ
十五歳の時に出会った難民のサムエルにノルウェーで再会した十八歳の少女　「地球から子どもたちが消える。」シモン・ストランゲル著;枇谷玲子訳　汐文社　2015年3月

エミリー・コヴァック
ストラテンバーグ市で成績が一番下のイースト中学校の八年生担当の先生　「少年弁護士セオの事件簿6 仮面スキャンダル」ジョン・グリシャム作;石崎洋司訳　岩崎書店　2016年11月

エミリー・ディキンソン
町の有力者のひとりディキンソン家の15歳の娘　「誰でもない彼の秘密」マイケラ・マッコール著;小林浩子訳　東京創元社　2015年4月

エミリー・バーンズ
魔女、魔使いグレゴリーの元恋人　「魔使いの秘密」ジョゼフ・ディレイニー著;金原瑞人訳;田中亜希子訳　東京創元社(創元推理文庫)　2014年1月

エム・イー
カリフォルニア州に住む小学生、「暗号クラブ」の仲間とテーマパークに行った女の子　「暗号クラブ7 マジック・ランドで行方不明!?」ペニー・ワーナー著;番由美子訳;ヒョーゴノスケ絵　KADOKAWA　2016年8月

エム・イー
バークレー小の科学研究コンテストの準備をする6年生女子、「暗号クラブ」のメンバー　「暗号クラブ 8 犯人は学校の中にいる！」ペニー・ワーナー著;番由美子訳　KADOKAWA　2016年12月

エム・イー
ワシントンD.Cの学年旅行に行ったバークレー小の6年生女子、「暗号クラブ」のメンバー　「暗号クラブ 5 謎のスパイを追え！」ペニー・ワーナー著;番由美子訳　KADOKAWA　2015年8月

エム・イー
暗号クラブのメンバーで六年生、手書き文字の解読とおしゃれが得意な少女　「暗号クラブ 4 よみがえったミイラ」ペニー・ワーナー著;番由美子訳;ヒョーゴノスケ絵　KADOKAWA　2014年7月

エム・イー
社会科見学でエンジェル島に行ったバークレー小の6年生女子、「暗号クラブ」のメンバー 「暗号クラブ 6 エンジェル島キャンプ事件」 ペニー・ワーナー著;番由美子訳 KADOKAWA 2015年12月

エム・イー（マリアエレナ）
カリフォルニア州のバークレー小の6年生、転校生のコディと「暗号クラブ」に入った女の子 「暗号クラブ 4.5 暗号クラブ結成の日」 ペニー・ワーナー著;番由美子訳 KADOKAWA 2015年4月

エメリアン
ロシアのまちはずれにすむわかいおひゃくしょうさん、まじめではたらきものの男 「エメリアンとたいこ―せかい童話図書館;21」トルストイさく;あきせいじぶん;いとひさのぼるえ;子ども文化研究所監修 いずみ書房 2014年9月

エラ
生まれた時に妖精・ルシンダからどんな命令にも従う魔法をかけられた少女 「魔法にかけられたエラ」ゲイル・カーソン・レヴィン著;三辺律子訳 AZホールディングス 2016年12月

エラ（シンデレラ）
父親が再婚し継母と2人の義理の姉たちと暮らすことになった16歳の娘 「シンデレラ」エリザベス・ルドニック作;橘高弓枝訳 ディズニーアニメ小説版 2015年5月

エラク
アリダ人に捕えられて人質になっている北方の国スカンディアの首領 「アラルエン戦記 7 奪還 上」ジョン・フラナガン作;入江真佐子訳 岩崎書店 2015年7月

エラク
ツアラギ人に誘拐された北方の国スカンディアの首領 「アラルエン戦記 8 奪還 下」ジョン・フラナガン作;入江真佐子訳 岩崎書店 2016年2月

エラ・リトルジョン
観光客相手にゴースト・ツアーをしている老女ゼルダの孫娘 「ゴーストの騎士」コルネーリア・フンケ著;浅見昇吾訳 WAVE出版 2016年6月

エリー
音楽家の息子ロバートの飼い犬で親友、元捨て犬 「ぼくのなかのほんとう」パトリシア・マクラクラン作;たるいしまこ画;若林千鶴訳 リーブル 2016年2月

エリオット
地底都市コロニアでわけあってサバイバーのドレイクと暮らしている少女、俊敏なサバイバー 「ディープス：サバイバーの絆 上下―地底都市コロニア」ロデリック・ゴードン著;ブライアン・ウィリアムズ著;橋本恵訳 学研プラス 2016年9月

エリー・クルツ
カリフォルニア州の中学に通う女の子、不老不死薬を開発したメルヴィンの孫 「14番目の金魚」ジェニファー・L.ホルム作;横山和江訳 講談社 2015年11月

エリザベス（リズ）
15歳のモリの精神を病んだ母親 「図書室の魔法 上下」ジョー・ウォルトン著;茂木健訳 東京創元社 2014年4月

えりざ

エリザベス・グレーソン
高校の校長となったアンが住むサマーサイドの柳風荘に牛乳をとりにきていた小さなかわいい女の子 「アンの幸福 4」 L・M・モンゴメリ作;村岡花子訳;Haccan絵 講談社(講談社大きな文字の青い鳥文庫) 2015年9月

エリザベス・グレーソン
高校の校長となったアンが住むサマーサイドの柳風荘に牛乳をとりにくる8最の小さなかわいい女の子 「アンの幸福 1」 L・M・モンゴメリ作;村岡花子訳;Haccan絵 講談社(講談社大きな文字の青い鳥文庫) 2015年9月

エリザベス・ジョーンズ
中学三年のジェシーの犬を飼いはじめたおばあちゃん、認知症になった老人 「霧のなかの白い犬」 アン・ブース著;杉田七重訳;橋賢亀絵 あかね書房 2016年3月

エリザベス・ペニーケトル（リズ）
ウェイワード・クレッセント42番地に住む陶芸家、陶器の龍に命を吹きこむことができる女性 「闇の炎―龍のすむ家；第5章 上下」 クリス・ダレーシー著;三辺律子訳 竹書房(竹書房文庫) 2016年7月

エリザベス・ペニーケトル（リズ）
ウェイワード・クレッセント42番地に住む陶芸家、陶器の龍に命を吹きこむことができる女性 「小さな龍たちの大冒険―龍のすむ家」 クリス・ダレーシー著;三辺律子訳 竹書房(竹書房文庫) 2015年7月

エリザベス・ペニーケトル（リズ）
ペニーケトル家の女主人、陶器の龍に命を吹き込むことができる陶芸家 「龍のすむ家V 闇の炎」 クリス・ダレーシー著;三辺律子訳;浅沼テイジ挿画 竹書房 2015年8月

エリザベス・ベネット
イギリスの田舎町ロングボーンに住むジェントリ階級一家の次女、陽気で茶目っ気のある女性 「自負と偏見」 ジェイン・オースティン著;小山太一訳 新潮社(新潮文庫) 2014年7月

エリザベス・マードック
私立探偵のフィリップ・マーロウに義理の娘を探し出すよう依頼した裕福な未亡人 「高い窓」 レイモンド・チャンドラー著;村上春樹訳 早川書房 2014年12月

エリザベス・リッチモンド
オーウェンズタウン博物館の事務員、偏屈でうるさい伯母と暮らしていた多重人格の二十三歳の女性 「鳥の巣―DALKEY ARCHIVE」 シャーリイ・ジャクスン著;北川依子訳 国書刊行会 2016年11月

エリック
アベニア国にいる盗賊団の頭、海賊のもとへひとり向かったジャロンに出会った男 「消えた王―カーシア国3部作」 ジェニファー・A.ニールセン作;橋本恵訳 ほるぷ出版 2015年9月

エリック王子　えりっくおうじ
人間になった人魚アリエルと結婚することになった王子 「ディズニープリンセス ウエディング❤ストーリーズ」 ディズニー・パブリッシング・ワールドワイド原作;ワダヒトミ訳 KADOKAWA(角川つばさ文庫) 2015年1月

エリナー・シューマン
コネチカット州ジェファソン中学校7年生、人形や玩具を集めた部屋で過ごしている不登校の少女 「ある夢想者の肖像」 スティーヴン・ミルハウザー著;柴田元幸訳 白水社 2015年10月

エリー・ブラウン
ロンドンのロイヤル・バレエスクールのジュニア・アソシエーツに受かったバレリーナをめざす十歳の女の子 「ロイヤルバレエスクール・ダイアリー 1 エリーのチャレンジ」 アレクサンドラ・モス著;竹内佳澄訳 駒草出版 2014年5月

エリー・ブラウン
ロンドンのロイヤル・バレエスクール中等部一年生のバレリーナをめざす女の子 「ロイヤルバレエスクール・ダイアリー 2 跳べると信じて」 アレクサンドラ・モス著;竹内佳澄訳 駒草出版 2014年5月

エリー・ブラウン
ロンドンのロイヤル・バレエスクール中等部一年生のバレリーナをめざす女の子 「ロイヤルバレエスクール・ダイアリー 3 パーフェクトな新入生」 アレクサンドラ・モス著;竹内佳澄訳 駒草出版 2014年5月

エリー・ブラウン
ロンドンのロイヤル・バレエスクール中等部一年生のバレリーナをめざす女の子 「ロイヤルバレエスクール・ダイアリー 4 夢の翼を広げて」 アレクサンドラ・モス著;竹内佳澄訳 駒草出版 2014年5月

エリー・ブラウン
ロンドンのロイヤル・バレエスクール中等部一年生のバレリーナをめざす女の子 「ロイヤルバレエスクール・ダイアリー 5 ルームメイトのひみつ」 アレクサンドラ・モス著;竹内佳澄訳 駒草出版 2014年7月

エリー・ブラウン
ロンドンのロイヤル・バレエスクール中等部一年生のバレリーナをめざす女の子 「ロイヤルバレエスクール・ダイアリー 6 いっしょならだいじょうぶ」 アレクサンドラ・モス著;竹内佳澄訳 駒草出版 2014年8月

エリー・ブラウン
ロンドンのロイヤル・バレエスクール中等部二年生のバレリーナをめざす女の子 「ロイヤルバレエスクール・ダイアリー 7 あたらしい出会い」 アレクサンドラ・モス著;竹内佳澄訳 駒草出版 2014年9月

エリー・ブラウン
ロンドンのロイヤル・バレエスクール中等部二年生の女の子、ルークのガールフレンド 「ロイヤルバレエスクール・ダイアリー 8 恋かバレエか」 アレクサンドラ・モス著;竹内佳澄訳 駒草出版 2014年10月

エリン・クック
美術学校の学生、ノースカロライナ州の海辺の遊園地ジョイランドでアルバイト中の女 「ジョイランド」 スティーヴン・キング著;土屋晃訳 文藝春秋(文春文庫) 2016年7月

エルグ
お父さんとお母さんが再婚どうしなので四人のおばあちゃんがいる男の子、エミリーの兄 「四人のおばあちゃん」 ダイアナ・ウィン・ジョーンズ作;野口絵美訳;佐竹美保画 徳間書店 2016年7月

えるさ

エルサ
アレンデール王国の女王、妹アナのために誕生日パーティーをひらくことに決めた姉 「アナと雪の女王 エルサのサプライズ」 ヴィクトリア・サクソン著;中井はるの訳 ディズニームービーブック 2015年6月

エルサ
アレンデール王国の第一王女でアナの姉、雪や氷をあやつる魔法の力を持つ女王 「アナと雪の女王」 サラ・ネイサン作;セラ・ローマン作;しぶやまさこ訳 偕成社(ディズニーアニメ小説版) 2014年3月

エルサ
ふれるものを凍らせたり雪を降らせる魔法の力をもっているアレンデール王国の女王、王女アナの姉 「アナと雪の女王—アレンデール城のゆうれい オラフとスヴェンの氷の配達」 ランディ・クィン・ウォーカー文えリザベス・ラドニック文;中井はるの訳 講談社(講談社KK文庫) 2016年2月

エルサ
雪や氷を操る魔法の力を持ったアレンデール王国の女王、王女アナのおねえさん 「アナと雪の女王[1]—愛されるエルサ女王」 エリカ・デイビッド文;ないとうふみこ訳 KADOKAWA(角川つばさ文庫) 2015年3月

エルサ
雪や氷を操る魔法の力を持ったアレンデール王国の女王、王女アナのおねえさん 「アナと雪の女王[2]—失われたアナの記憶」 エリカ・デイビッド文;ないとうふみこ訳 KADOKAWA(角川つばさ文庫) 2015年3月

エルサ
雪や氷を操る魔法の力を持ったアレンデール王国の女王、王女アナのおねえさん 「アナと雪の女王[3]—エルサと夏の魔法」 エリカ・デイビッド文;ないとうふみこ訳 KADOKAWA(角川つばさ文庫) 2015年8月

エルサ
雪や氷を操る魔法の力を持ったアレンデール王国の女王、王女アナのおねえさん 「アナと雪の女王[4]—オラフはスーパースター!」 エリカ・デイビッド文;ないとうふみこ訳 KADOKAWA(角川つばさ文庫) 2015年12月

エルサ
雪や氷を操る魔法の力を持ったアレンデール王国の女王、王女アナのおねえさん 「アナと雪の女王[5]—氷を愛する人はだれ?」 エリカ・デイビッド文;ないとうふみこ訳 KADOKAWA(角川つばさ文庫) 2016年3月

エルサ
雪や氷を操る魔法の力を持ったアレンデール王国の女王、王女アナのおねえさん 「アナと雪の女王[6]—ふたりの固いきずな」 エリカ・デイビッド文;ないとうふみこ訳 KADOKAWA(角川つばさ文庫) 2016年8月

エルサ
流れ星を追って不思議な世界「トイ・ボックス」に妹のアナとやってきたアレンデール王国の女王 「ディズニーインフィニティ」 エイミー・ワインガルトナー文;樹紫苑訳 KADOKAWA(角川つばさ文庫) 2016年1月

エルシー・ヒッカム
炭鉱夫のホーマーの妻、かつてのボーイフレンドからもらったワニのアルバートを飼っている女 「アルバート、故郷に帰る 両親と1匹のワニがぼくに教えてくれた、大切なこと」 ホーマー・ヒッカム著;金原瑞人訳;西田佳子訳　ハーパーコリンズ・ジャパン　2016年9月

エルスケ
ユダヤ人の少女、第二次世界大戦中に家族とはなれてオランダの森のなかの家にかくまわれた小さな女の子 「がれきのなかの小鳥」 カーリ・ビッセルス作;野坂悦子訳;松本春野絵　文溪堂　2015年11月

エルゼアール・ブフィエ
一九一三年にプロヴァンス地方にいた「わたし」が荒野で出会った羊飼いの男 「木を植えた男」 ジャン・ジオノ著;寺岡襄訳;黒井健絵　あすなろ書房(あすなろセレクション)　2015年10月

エルノラ・コムストック
人里離れたリンバロストの美しい森の端に住む優しく賢い少女、母親からほとんど育児放棄され孤独な幼児期を過ごしていた娘 「リンバロストの乙女 上下」 G・ポーター著;村岡花子訳　河出書房新社(河出文庫)　2014年8月

エルビー
きんぎょに犬のげいをおしえることにした女の子 「ペットのきんぎょがおならをしたら…?」 マイケル・ローゼン作;トニー・ロス絵;ないとうふみこ訳　徳間書店　2016年6月

エルフ
ふるさとの森をはなれて世界を救う旅に出た魔法の弓を持つ妖精の女の子 「エルフとレーブンのふしぎな冒険 2 ばけもの山とひみつの城」 マーカス・セジウィック著;中野聖訳;朝日川日和絵　学研プラス　2015年12月

エルフ
森で暮らすとんがり耳の小さな妖精少女 「エルフとレーブンのふしぎな冒険 1」 マーカス・セジウィック著;中野聖訳;朝日川日和絵　学研プラス　2015年10月

エルフ
動物と話せる男の子・レーブンと世界を救うために旅を続けている妖精の女の子 「エルフとレーブンのふしぎな冒険 5 くらやみの町と歌う剣」 マーカス・セジウィック著;中野聖訳;朝日川日和絵　学研プラス　2016年12月

エルフ
動物と話せる男の子・レーブンと世界を救う旅に出て海まで来た妖精の女の子 「エルフとレーブンのふしぎな冒険 3 帰らずの海と人魚のふえ」 マーカス・セジウィック著;中野聖訳;朝日川日和絵　学研プラス　2016年4月

エルフ
動物と話せる男の子・レーブンと世界を救う旅に出て砂ばくに来た妖精の女の子 「エルフとレーブンのふしぎな冒険 4 さまよう砂ばくと魔法のじゅうたん」 マーカス・セジウィック著;中野聖訳;朝日川日和絵　学研プラス　2016年8月

エルロック・ショルムス
姪のレイモンド嬢が誘拐されたジェーブル伯爵がロンドンから呼びよせた英国の名探偵 「奇巌城」 モーリス・ルブラン著;菊池寛訳　真珠書院(パール文庫)　2015年4月

えれく

エレクトロ
電気をあやつる怪物、正体は電気技師のマックス 「アメイジングスパイダーマン2」 アレックス・カーツマン脚本;ロベルト・オーチー脚本;ジェフ・ピンクナー脚本;吉富節子訳;小山克昌訳　講談社　2014年11月

エレナ
四年生のユリウスの同級生、治らない病気になったクララ先生のクラスの女の子 「クララ先生、さようなら」 ラヘル・ファン・コーイ作;石川素子訳　徳間書店　2014年9月

エレナ
両親を火事でなくし漁師のおじさんのもとでくらしている少女、弓矢の名手 「ビースト・クエスト 1 火龍フェルノ」 アダム・ブレード作;浅尾敦則訳　静山社(静山社ペガサス文庫)　2016年4月

エレナー
ネブラスカ州に住む男子高校生パークの学校にやってきた転入生の女の子 「エレナーとパーク」 レインボー・ローウェル著;三辺律子訳　辰巳出版　2016年2月

エレン
第二次世界大戦下にナチス・ドイツ合邦期のウィーンで暮らす少女、母親がユダヤ人の家の娘 「より大きな希望―はじめて出逢う世界のおはなし」 イルゼ・アイヒンガー著;小林和貴子訳　東宣出版　2016年12月

エンゼル
富豪の娘、片手のない孤児・そばかすが番人をしているリンバロストの森へやってきた少女 「そばかすの少年」 G・ポーター著;村岡花子訳　河出書房新社(河出文庫)　2015年4月

【お】

オーウェン・パーマー
(株)魔法製作所の研究開発部理論魔術課の責任者、マーケティング部長ケイティのボーイフレンド 「魔法使いにキスを (株)魔法製作所 2nd season」 シャンナ・スウェンドソン著;今泉敦子訳　東京創元社(創元推理文庫)　2014年4月

オーウェン・フォード
新聞記者、プリンス・エドワード島のムーア家に下宿することになった好男子 「アンの夢の家―赤毛のアン5―上中下」 L・M・モンゴメリ作;村岡花子訳;Haccan絵　講談社(講談社大きな文字の青い鳥文庫)　2015年9月

オーウェン・フォード
赤毛のアンが住むフォア・ウインズにやってきた新聞記者で小説家の好男子 「アンの夢の家赤毛のアン(5)」 L.M.モンゴメリ作;村岡花子訳;HACCAN絵　講談社(青い鳥文庫)　2014年1月

おうさま
おひゃくしょうのエメリアンのうつくしいつまをおきさきにしようとかんがえたおうさま 「エメリアンとたいこ―せかい童話図書館 ;21」 トルストイさく;あきせいじぶん;いとひさのぼるえ;子ども文化研究所監修　いずみ書房　2014年9月

おうさま
しょうにんからてにいれたくすりとまじないでだいじんといっしょにこうのとりになってしまったバクダッドにすむおうさま 「こうのとりになったおうさま―せかい童話図書館 ;40」 ハウフさく;あきせいじぶん;いとひさのぼるえ;子ども文化研究所監修　いずみ書房　2014年9月

おうさま
のっぽとちびのペテンしにだまされてはだかでまちをこうしんしたおしゃれなおうさま 「はだかのおうさま―せかい童話図書館 ;12」 アンデルセンさく;あきせいじぶん;ゆらふじおえ;子ども文化研究所監修　いずみ書房　2014年9月

王さま　おうさま
ウサギの穴のなかにひろがる別世界『ふしぎの国』の王さま 「ふしぎの国のアリス ポプラ世界名作童話11」 L・キャロル作;石崎洋司文;千野えなが絵　ポプラ社　2016年11月

王さま　おうさま
めいばをつれてきたイワンをきゅうでんづとめにした王さま 「イワンとふしぎなこうま」 ピョートル・エルショーフ作;浦雅春訳　岩波書店(岩波少年文庫)　2016年2月

おうじ
まちのひろばにある「しあわせのおうじ」とよばれているうつくしいぞう 「しあわせのおうじ―せかい童話図書館 ;35」 ワイルドさく;あきせいじぶん;かじひでやすえ;子ども文化研究所監修　いずみ書房　2014年9月

王子　おうじ
お日さまが明るく輝いている暖かい国に住む花の王子さま 「おやゆび姫 アンデルセン童話」 アンデルセン原作;楠山正雄編;初山滋画　富山房企畫　2015年6月

王子(エドワード)　おうじ(えどわーど)
イングランド国王ヘンリー八世の第一王子、こじきのトムといれかわった少年 「王子とこじき―10歳までに読みたい世界名作」 マーク・トウェイン作;横山洋子監修　学研プラス　2016年4月

王子(キット)　おうじ(きっと)
森の奥で出会った娘エラと身分をかくして会話をした王子、フレデリック国王の息子 「シンデレラ」 エリザベス・ルドニック作;橘高弓枝訳　ディズニーアニメ小説版　2015年5月

王子さま　おうじさま
飛行機が不時着したサハラ砂漠で「私」の前に現れた小さな王子さま 「星の王子さま」 アントワーヌ・ド・サン=テグジュペリ著;ドリアン助川訳　皓星社　2016年12月

王女　おうじょ
洗礼に招待されなかった老千女の呪いで百年の眠りについた美しい王女 「眠れる森の美女：シャルル・ペロー童話集」 シャルル・ペロー著;村松潔訳　新潮社(新潮文庫)　2016年2月

オウムたち
オウムのジャングルにいるひねくれているオウムたち 「ミスZ オウムさがしの旅」 アンジェラ;カーター作えロス;キース絵;榎本義子訳　図書新聞　2016年4月

オウル
100エーカーの森に住むプーさんのなかま、物知りなフクロウ 「くまのプーさん プーさんたちの楽しい毎日」 ディズニー・パブリッシング・ワールドワイド文;大草洋子訳　KADOKAWA(角川つばさ文庫)　2016年10月

大おばさん（ミス・ターナー）　おおおばさん（みすたーなー）
夏休みに子どもたちだけで過ごすと聞いて姪のナンシィとペギイの家にきた大おばさん 「スカラブ号の夏休み上下」アーサー・ランサム作;神宮輝夫訳　岩波書店（岩波少年文庫）　2015年7月

オオカミ
おとぎ話の世界で赤ずきんになったルビーの近くでかくれていたオオカミ 「プリンセス★マジックルビー 4 赤ずきんは正義のみかた!」ジェニー・オールドフィールド作;田中亜希子訳;谷朋絵　ポプラ社　2015年6月

オオカミ
赤ずきんの世界にやってきた女の子ルビーを食べようとしているオオカミ 「プリンセス★マジックルビー 3」ジェニー・オールドフィールド作;田中亜希子訳;谷朋絵　ポプラ社　2015年2月

大きなオニ（セドリック）　おおきなおに（せどりっく）
旅をしているエルフとレーブンをずっとつけてくる三匹のオニの一匹 「エルフとレーブンのふしぎな冒険 2 ばけもの山とひみつの城」マーカス・セジウィック著;中野聖訳;朝日川日和絵　学研プラス　2015年12月

お母さん（ブーフマッハー夫人）　おかあさん（ぶーふまっはーふじん）
双子の姉妹・フローラとパウラのお母さん、大昔からつづく書店の経営者 「フローラとパウラと妖精の森3 友だちの名前はユニコーン!」タニヤ・シュテーブナー著;中村智子訳;戸部淑イラスト　学研教育出版　2014年11月

オーガスト・ブリル（ブリル）
大切な人を失った娘と孫娘と暮らす七十二歳の元書評家、9・11のない世界の物語を夢想する不眠症の老人 「闇の中の男」ポール・オースター著;柴田元幸訳　新潮社　2014年5月

オーガスト・プルマン
ビーチャー学園中等部に通うことになった下顎顔面異骨症の男の子 「ワンダー」R.J.パラシオ作;中井はるの訳　ほるぷ出版　2015年7月

オーガナ将軍　おーがなしょうぐん
共和国のパイロット・ポーを「ファースト・オーダー」に対抗するレジスタンスに招いた将軍 「STAR WARSフォースの覚醒前夜」グレッグ・ルーカ著;フィル・ノト絵;稲村広香訳　講談社（講談社KK文庫）　2016年1月

おかみさん
サラとティモシー姉弟がタイムスリップした三百年前のミルアイランドで出会った女の人、オランダ人 「夏の魔女―魔女の本棚；22」ルース・チュウ作;日当陽子訳;たんじあきこ絵　フレーベル館　2016年4月

オギー（オーガスト・プルマン）
ビーチャー学園中等部に通うことになった下顎顔面異骨症の男の子 「ワンダー」R.J.パラシオ作;中井はるの訳　ほるぷ出版　2015年7月

おきさき
まほうのかがみをもっているおきさき 「しらゆきひめ―せかい童話図書館；39」グリムさく;あきせいじぶん;くぼたたけお絵;子ども文化研究所監修　いずみ書房　2014年9月

おきさきさま
フィリップ王子との結婚が決まったオーロラ姫の母親、ステファン王の妻 「ディズニープリンセス ウエディング♥ストーリーズ」 ディズニー・パブリッシング・ワールドワイド原作;ワダヒトミ訳 KADOKAWA(角川つばさ文庫) 2015年1月

オクサ・ポロック
地球のパラレルワールド「エデフィア」の新しいグラシューズ(君主)である17歳の少女 「オクサ・ポロック5 反逆者の君臨」 アンヌ・プリショタ著;サンドリーヌ・ヴォルフ著;児玉しおり訳 西村書店 2014年12月

オーケン
アレンデール王国の手づくり機械屋「オーケンの店」の主人で発明家 「アナと雪の女王[5]－氷を愛する人はだれ？」 エリカ・デイビッド文;ないとうふみこ訳 KADOKAWA(角川つばさ文庫) 2016年3月

オゴ
北の島スカアのケニグ王にお城で面倒を見てもらっているログラ人の男の子 「賢女ひきいる魔法の旅は」 ダイアナ・ウィン・ジョーンズ作;アーシュラ・ジョーンズ作;田中薫子訳;佐竹美保絵 徳間書店 2016年3月

おじいさん(アルムおんじ)
5さいの孫ハイジとくらすことになったアルムの山にすむ気むずかしいおじいさん 「アルプスの少女ハイジ―ポプラ世界名作童話；4」 J.シュピリ作;那須田淳文;pon-marsh絵 ポプラ社 2015年11月

おじいさん(アルムおんじ)
アルプスの山で人を避けてたったひとりで暮らしているおじいさん、ハイジの祖父 「ハイジ 1・2」 ヨハンナ・シュピーリ作;若松宣子訳 偕成社(偕成社文庫) 2014年4月

おじいさん(ジェハン・ダースおじいさん)
フランダース地方の粗末な小屋で少年ネロと暮らしていた足が不自由なおじいさん 「フランダースの犬」 ウィーダ作;田邊雅之訳 小学館(小学館ジュニア文庫) 2016年12月

おじいさん(ジェハン・ダースおじいさん)
ベルギーのフランダース地方にある村に孫のネロと犬のパトラッシュと住んでいたおじいさん 「フランダースの犬―ポプラ世界名作童話；5」 ウィーダ作;濱野京子文;小松咲子絵 ポプラ社 2015年11月

おじいちゃん
なきむしのおんなのこ・ジュリーにひみつのおまじないをおしえてくれたおじいちゃん 「おたすけなみだとおじゃまなみだ」 イローナ・ラメルティンク文;リュシー・ジョルジェ絵;野坂悦子訳 西村書店東京出版編集部 2014年9月

おじいちゃん
小学生のグレッグのうちに老人ホームから引っこしてきたおじいちゃん 「やっぱり、むいてないよ！―グレッグのダメ日記」 ジェフ・キニー作;中井はるの訳 ポプラ社 2015年11月

おじいちゃん
少年マイケルのシリー諸島のブライア島に住む祖父、第二次世界大戦中に大火傷を負った男性 「だれにも話さなかった祖父のこと」 マイケル・モーパーゴ文;ジェマ・オチャラハン絵;片岡しのぶ訳 あすなろ書房 2015年2月

おじい

おじいちゃん
孫娘のレキシーをあずかったポートランドで妻と暮らすおじいちゃん 「青い目の人形物語 1 平和への願い アメリカ編」 シャーリー・パレントー作;河野万里子訳 岩崎書店 2015年6月

おじいちゃん（ルーカス・モントローズ卿） おじいちゃん（るーかすもんとろーずきょう）
タイムトラベラーの少女グウェンドリンの6年前に亡くなった祖父、気さくだが少し軽率なところがあるおじいちゃん 「青玉（サファイア）は光り輝く―時間旅行者の系譜」 ケルスティン・ギア著;遠山明子訳 東京創元社（創元推理文庫） 2016年3月

おじさん（クレイヴン氏） おじさん（くれいぶんし）
めいのメアリーを引きとったイギリスに住むおじさん、ミセルスエイト館の主 「ひみつの花園―10歳までに読みたい世界名作」 フランシス・ホジソン・バーネット作;横山洋子監修;日当陽子編訳;朝日川日和絵 学研教育出版 2015年6月

おジャマじゃマット
社会科見学でエンジェル島に行ったバークレー小の6年生、すぐみんなのジャマをする男の子 「暗号クラブ 6 エンジェル島キャンプ事件」 ペニー・ワーナー著;番由美子訳 KADOKAWA 2015年12月

オズ
エメラルドの街に住んでいる偉大な魔法使い 「オズの魔法使い」 L・F・ボウム著;江國香織訳 小学館（小学館文庫） 2015年2月

オスカー
モデルをしているイギリス人大学生 「君に太陽を」 ジャンディ・ネルソン著;三辺律子訳 集英社（集英社文庫） 2016年11月

オスカー
氷河期の地球にあった学校「マンモスアカデミー」の一年生で林間学校に行ったケナガマンモスの男の子 「マンモスアカデミー3 林間学校で大ピンチ!」 ニール・レイトン作;相良倫子訳;陶浪亜希訳 小峰書店 2016年4月

オスカー
氷河期の地球に住むケナガマンモス、学校「マンモスアカデミー」に入学した男の子 「マンモスアカデミー1 きえた給食のなぞ」 ニール・レイトン作;相良倫子訳;陶浪亜希訳 小峰書店 2015年9月

オスカー
氷河期の地球に住むケナガマンモスの男の子、学校「マンモスアカデミー」の一年生 「マンモスアカデミー2 ねらわれた創立祭」 ニール・レイトン作;相良倫子訳;陶浪亜希訳 小峰書店 2016年1月

オスカー・ダンリーヴィ
アイルランドの中学生、ある日こつぜんと姿を消した13歳の少年 「キミがくれた希望のかけら」 セアラ・ムーア・フィッツジェラルド作;中林晴美訳;平澤朋子絵 フレーベル館（文学の森） 2016年10月

オスカル・マンシーニ
独裁政権末期のドミニカ共和国でイタリア大使館に勤めていたマンシーニさんの息子 「わたしたちが自由になるまえ」 フーリア・アルバレス著;神戸万知訳 ゴブリン書房 2016年12月

オーソン・マックグロー
地球のパラレルワールド「エデフィア」の反逆者（フェロン）の残虐な首領 「オクサ・ポロック5 反逆者の君臨」 アンヌ・プリショタ著;サンドリーヌ・ヴォルフ著;児玉しおり訳　西村書店　2014年12月

オットー
コンゴの首都キンシャサの道端で売られていたボノボの赤ん坊 「ボノボとともに——密林の闇をこえて」 エリオット・シュレーファー作;ふなとよし子訳　福音館書店　2016年5月

オットー・フントビス
皇帝軍の元兵士、深い森の中で男装した美少女・サファイヤーと出会った若者 「火打箱」 サリー・ガードナー著;デイヴィッド・ロバーツ絵;山田順子訳　東京創元社　2015年11月

オツリッサ
フクロウたちの物語を語るニシアメリカフクロウ、ガフールの神木の主任教授で歴史学者 「ガフールの勇者たち特別編」 キャスリン・ラスキー著;中村佐千江訳　KADOKAWA　2015年4月

オーティス・オーティス
吸血鬼の少年ヴラッドの行方不明になった担任の代わりにやってきた代用教員の男性 「ヴラディミール・トッド・クロニクルズⅠ」 ヘザー・ブリューワー著;園生さち訳　新書館　2014年8月

オーティス・オーティス
吸血鬼の少年ヴラッドの父トマスの吸血鬼の兄弟、ヴラッドに記号（グリフ）をつけ守護する男 「ヴラディミール・トッド・クロニクルズⅡ スレイヤーの魔の手」 ヘザー・ブリューワー著;園生さち訳　新書館　2014年8月

オーティス・オーティス
吸血鬼の少年ヴラッドの父トマスの吸血鬼の兄弟、ヴラッドに記号（グリフ）をつけ守護する男 「ヴラディミール・トッド・クロニクルズⅢ 血をめぐる儀式」 ヘザー・ブリューワー著;園生さち訳　新書館　2014年9月

オーティス・オーティス
吸血鬼の少年ヴラッドの父トマスの吸血鬼の兄弟、ヴラッドに記号（グリフ）をつけ守護する男 「ヴラディミール・トッド・クロニクルズⅣ エリシアの掟」 ヘザー・ブリューワー著;園生さち訳　新書館　2014年10月

オーティス・オーティス
吸血鬼の少年ヴラッドの父トマスの吸血鬼の兄弟、ヴラッドに記号（グリフ）をつけ守護する男 「ヴラディミール・トッド・クロニクルズⅤ 預言の子」 ヘザー・ブリューワー著;園生さち訳　新書館　2014年11月

オーディン
9つの国を治めるアスガルドの最高神、最強の戦士・ソーとそれをねたむ弟・ロキの父 「マイティ・ソー」 アシュリー・エドワード・ミラー脚本;ザック・ステンツ脚本;ドン・ペイン脚本;J.マイケル・ストラジンスキー文;マーク・プロトセヴィッチ文;吉田章子訳　講談社　2014年3月

オーディン
アスガルドの王で全能の神、最強の戦士・ソーとその義弟・ロキの父 「マイティ・ソー ダーク・ワールド」 クリストファー・L.ヨスト脚本;クリストファー・マルクス脚本;スティーヴン・マクフィーリー脚本;ドン・ペイン文;ロバート・ロダット文;上原尚子訳　講談社　2014年9月

オデュッセウス
知略に優れたイタケの王子、スパルタの王女ヘレネの求婚者全員に彼女の結婚を支持する誓いを立てさせた提案者 「アキレウスの歌」 マデリン・ミラー著;川副智子訳 早川書房 2014年3月

おとうさん
1930年のベルリンに住む少年エディのおとうさん、突然に工場をクビになった人 「エデとウンク 1930年 ベルリンの物語」 アレクス・ウェディング著;金子マーティン訳・解題 影書房 2016年6月

お父さん　おとうさん
オウムのジャングルにある農家に娘のミスZと住むお父さん 「ミスZ オウムさがしの旅」 アンジェラ;カーター作えロス;キース絵;榎本義子訳 図書新聞 2016年4月

お父さん　おとうさん
ルワンダからイギリスへやってきた少年クリストフのお父さん、お医者さん 「お話きかせてクリストフ」 ニキ・コーンウェル作;渋谷弘子訳;中山成子絵 文研出版(文研ブックランド) 2014年8月

お父さん　おとうさん
妻を亡くして四人の娘と暮らしている父親、キャメロン大学の植物学の教授 「ペンダーウィックの四姉妹2」 ジーン・バーズオール作;代田亜香子訳 小峰書店(Sunnyside Books) 2015年8月

お父さん　おとうさん
雪に埋もれた小さな丸太の家に住んでいる少女ローラの父親 「森のプレゼント」 ローラ・インガルス・ワイルダー作;安野光雅絵・訳 朝日出版社 2015年11月

お父さん(アンドレ)　おとうさん(あんどれ)
四年前にルワンダからイギリスに来た中学生のクリストフの父親、医師 「君の話をきかせてアーメル」 ニキ・コーンウェル作;渋谷弘子訳;中山成子絵 文研出版(文研じゅべにーる) 2016年7月

お父さん(ブーフマッハー氏)　おとうさん(ぶーふまっはーし)
双子の姉妹・フローラとパウラのお父さん、出版社に勤める編集者 「フローラとパウラと妖精の森3 友だちの名前はユニコーン!」 タニヤ・シュテーブナー著;中村智子訳;戸部淑イラスト 学研教育出版 2014年11月

男の子(ポール)　おとこのこ(ぽーる)
新聞屋さんからちゃいろい紙を買っていったお母さんのむすこ 「ちゃいろいつつみ紙のはなし―世界傑作童話シリーズ」 アリソン・アトリー作;松野正子訳;殿内真帆絵 福音館書店 2015年9月

おとなりさん
くろいぶちのある白い犬ハリーのおとなりさん、たかくて大きいうたごえのかしゅ 「ハリーとうたうおとなりさん こころのほんばこシリーズ」 ジーン・ジオン文;マーガレット・ブロイ・グレアム絵;小宮由訳 大日本図書 2015年11月

おにいさん(窓ふきのおにいさん)　おにいさん(まどふきのおにいさん)
ドリトル先生のところに来たカナリア・ピピネッラの元飼い主のおにいさん 「ドリトル先生と緑のカナリア:新訳」 ヒュー・ロフティング作;河合祥一郎訳;patty絵 KADOKAWA(角川つばさ文庫) 2015年8月

おばあ

お兄ちゃん（トミーお兄ちゃん）　おにいちゃん（とみーおにいちゃん）
小学三年生マキシとちびのレオンの三きょうだいのお兄ちゃん、ひとりぐらしの大学生　「世界一の三人きょうだい」グードルン・メプス作;はたさわゆうこ訳;山西ゲンイチ絵　徳間書店　2016年7月

お兄ちゃん（リッキー）　おにいちゃん（りっきー）
線路の事故のため「さかさ町」で妹のアンと汽車をおりることになったお兄ちゃん　「さかさ町」F.エマーソン・アンドリュース作;ルイス・スロボドキン絵;小宮由訳　岩波書店　2015年12月

オーノ
プライドランドの平和を守るチーム「ライオン・ガード」のメンバーになったシラサギ　「ライオン・ガード カイオンの冒険」フォード・ライリー原作;ジョン・ロイ原作;樹紫苑訳　KADOKAWA（角川つばさ文庫）2016年11月

おばあさま
孫のクララの住むフランクフルトのお屋敷にやってきたおばあさま　「ハイジ 1・2」ヨハンナ・シュピーリ作;若松宣子訳　偕成社（偕成社文庫）2014年4月

おばあさま
孫のチャーミング王子の嫁シンデレラに会いに行くと手紙を出した皇太后　「ディズニープリンセス 愛のものがたり」キティ・リチャーズ文;ゲイル・ハーマン文;中井はるの訳　講談社（講談社KK文庫）2016年9月

お祖母さま　おばあさま
少女ソレルを演劇学校に入れたお祖母さま、演劇界の大女優　「ふたりのエアリエル」ノエル・ストレトフィールド著;中村妙子訳　教文館　2014年10月

おばあさん
公園で体じゅうに鳥をとまらせていた不思議なおばあさん　「公園の魔女（魔女の本棚 19）」ルース・チュウ作;日当陽子訳;たんじあきこ絵　フレーベル館　2014年8月

お婆さん　おばあさん
ポーランド領の静かな村から長女家族の農民屋敷で一緒に住むことになったお婆さん　「チェコのお婆さん〔ドイツ語版より翻訳〕」ボジェナ・ニェムツォヴァー原作;源哲麿訳　彩流社　2014年7月

おばあちゃま（アイリーン）
山のお屋敷の秘密の部屋に住んでいるなぞの年老いた貴婦人、アイリーンひめのひいひいおばあちゃん　「星を知らないアイリーン ─おひめさまとゴブリンの物語」ジョージ・マクドナルド作;河合祥一郎訳;okama絵　KADOKAWA（角川つばさ文庫）2015年6月

おばあちゃん
おとぎ話の世界で赤ずきんになったルビーの森の家に住むおばあちゃん　「プリンセス★マジックルビー 4 赤ずきんは正義のみかた!」ジェニー・オールドフィールド作;田中亜希子訳;谷朋絵　ポプラ社　2015年6月

おばあちゃん
オハイオ州のウィロウィックで親のいない孫のジョーと二人で暮らしているおばあちゃん　「月は、ぼくの友だち」ナタリー・バビット作;こだまともこ訳　評論社　2016年6月

おばあ

おばあちゃん
ゆうれいの見える少女クレアのおばあちゃん、図書館のオーナー 「屋根裏のゆうれい」ドリー・ヒルスタッド・バトラー作;もりうちすみこ訳;いちごとまるがおさん絵 国土社 2016年11月

おばあちゃん
ゆうれいの見える少女クレアのおばあちゃん、図書館のオーナー 「呪われた図書館」ドリー・ヒルスタッド・バトラー作;もりうちすみこ訳;いちごとまるがおさん絵 国土社 2016年8月

おばあちゃん
十歳の女の子・インゲの祖母、バルト海の保守的な孤島に住んでいるきびしいおばあちゃん 「いたずらっ子がやってきた」カトリーナ・ナネスタッド作;渋谷弘子訳 さ・え・ら書房 2016年12月

おばあちゃん
孫娘のレキシーをあずかったポートランドで夫と暮らすおばあちゃん 「青い目の人形物語 1 平和への願い アメリカ編」 シャーリー・パレントー作;河野万里子訳 岩崎書店 2015年6月

おばあちゃん
破壊されたベイルートの町に暮らす十歳の少女・アイーシャの病気のおばあちゃん 「戦場のオレンジ」エリザベス・レアード作;石谷尚子訳 評論社 2014年4月

おばあちゃん（エマー）
重い病気でダブリン市内の病院にいるおばあちゃん、十二歳のメアリーの祖母 「さよならのドライブ」ロディ・ドイル作;こだまともこ訳;こがしわかおり絵 フレーベル館（文学の森） 2014年1月

おばあちゃん（エリザベス・ジョーンズ）
中学三年のジェシーの犬を飼いはじめたおばあちゃん、認知症になった老人 「霧のなかの白い犬」アン・ブース著;杉田七重訳;橋賢亀絵 あかね書房 2016年3月

オバアチャン（ナオエ）
カナダに移住した娘夫婦の家族と暮らす日本人の老女、ムラサキの祖母 「コーラス・オブ・マッシュルーム」ヒロミ・ゴトー著;増谷松樹訳 彩流社 2015年7月

おばあちゃん一号　おばあちゃんいちごう
孫の兄妹エルグとエミリーのめんどうを見に来た四人のおばあちゃんの一人、きびしい人 「四人のおばあちゃん」ダイアナ・ウィン・ジョーンズ作;野口絵美訳;佐竹美保画 徳間書店 2016年7月

おばあちゃん三号　おばあちゃんさんごう
孫の兄妹エルグとエミリーのめんどうを見に来た四人のおばあちゃんの一人、けちな人 「四人のおばあちゃん」ダイアナ・ウィン・ジョーンズ作;野口絵美訳;佐竹美保画 徳間書店 2016年7月

おばあちゃん二号　おばあちゃんにごう
孫の兄妹エルグとエミリーのめんどうを見に来た四人のおばあちゃんの一人、心配性の人 「四人のおばあちゃん」ダイアナ・ウィン・ジョーンズ作;野口絵美訳;佐竹美保画 徳間書店 2016年7月

おばあちゃん四号　おばあちゃんよんごう
孫の兄妹エルグとエミリーのめんどうを見に来た四人のおばあちゃんの一人、やさしい人「四人のおばあちゃん」ダイアナ・ウィン・ジョーンズ作;野口絵美訳;佐竹美保画　徳間書店　2016年7月

お姫さま　おひめさま
真夜中になると真っ黒なすがたで棺から起き出す15歳のたんじょう日に死んでしまったお姫さま「黒いお姫さま—ドイツの昔話」ヴィルヘルム・ブッシュ採話;上田真而子編・訳;佐々木マキ絵　福音館書店(福音館文庫)　2015年1月

おひめさま(アイリーン)
山のお屋敷で親と離れてさみしくくらしている八歳のおひめさま「星を知らないアイリーン—おひめさまとゴブリンの物語」ジョージ・マクドナルド作;河合祥一郎訳;okama絵　KADOKAWA(角川つばさ文庫)　2015年6月

オビ・ワン　おびわん
銀河共和国の平和をまもるジェダイ騎士団のマスター、見習いのアナキンの師「スター・ウォーズエピソードⅡクローンの攻撃」ジョージ・ルーカス原作;パトリシア・C.リード著;上杉隼人訳;上原尚子訳　講談社　2015年5月

オビ・ワン　おびわん
銀河系の正義と平和をまもるジェダイ騎士団のマスター・クワイ=ガンの25歳の弟子「スター・ウォーズエピソードⅠファントム・メナス」ジョージ・ルーカス原作;パトリシア・C.リード著;上杉隼人訳;大島資生訳　講談社　2015年3月

オビ・ワン　おびわん
最高評議会の一員となったジェダイ・マスター、ジェダイの騎士・アナキンの師「スター・ウォーズエピソードⅢシスの復讐」ジョージ・ルーカス原作;パトリシア・C.リード著;上杉隼人訳;有馬さとこ訳　講談社　2015年7月

オビ・ワン・ケノービ(ベン)
ジェダイ・マスター、ジェダイ騎士を目指すルークの師「スター・ウォーズエピソードⅣ新たなる希望」ジョージ・ルーカス原作;ライダー・ウィンダム著;らんあれい訳　講談社　2014年7月

オビ・ワン・ケノービ(ベン)
ジェダイ・マスター、ジェダイ騎士を目指すルークの師「スター・ウォーズエピソードⅤ帝国の逆襲」ジョージ・ルーカス原作;ライダー・ウィンダム著;上杉隼人訳;潮裕子訳　講談社　2014年11月

オビンゼ・マドゥエウェシ
ナイジェリアのラゴスの実業家、人気ブロガーのイフェルメの元恋人「アメリカーナ」チママンダ・ンゴズィ・アディーチェ著;くぼたのぞみ訳　河出書房新社　2016年10月

オブシディアナ姫　おぶしでぃあなひめ
世界を征服したディモン王の娘、若く美しい少女のままでいるために時間を止める魔法の箱に入れられた王女「タイムボックス」アンドリ・S.マグナソン著;野沢佳織訳　NHK出版　2016年10月

オブシディアン・ダーク(ダーク)
マスクをぬいで世界に素顔をあらわした「ノクターン号」船長「ヴァンパイレーツ 14 最後の海戦」ジャスティン・ソンパー作;海後礼子訳　岩崎書店　2014年2月

おほじ

オホ女王　おほじょおう
ソラスを治めている女王、死の星だった地球を生命ウイルス装置でよみがえらせた父王の娘　「ワンダラ9 エバ、ほんとうのワンダラへ」　トニー・ディテルリッジ作;飯野眞由美訳　文溪堂　2015年3月

オーマン
父親が不思議な病に倒れマシンドー城の一時的な領主となった息子　「アラルエン戦記5 魔術」　ジョン・フラナガン作;入江真佐子訳　岩崎書店　2014年3月

オームストーン
おとぎ工房で働く上級おとぎ作家、おとぎ話の筋書きを自分の思いとおりに操ろうとする男　「さらわれたおとぎ話―少年冒険家トム2」　イアン・ベック作・絵;松岡ハリス佑子訳　静山社（静山社ペガサス文庫）　2015年9月

オームストーン
おとぎ工房で働く上級おとぎ作家、おとぎ話の筋書きを自分の思いとおりに操ろうとする男　「盗まれたおとぎ話―少年冒険家トム1」　イアン・ベック作・絵;松岡ハリス佑子訳　静山社（静山社ペガサス文庫）　2015年7月

オームストーン
少年冒険家トムの宿敵、古代の国の王様になり悪事をたくらむおとぎ作家　「救われたおとぎ話―少年冒険家トム3」　イアン・ベック作・絵;松岡ハリス佑子訳　静山社（静山社ペガサス文庫）　2015年11月

オームズビー
氷河期の地球にあった学校「マンモスアカデミー」の一年生で林間学校に行ったケサイの男の子　「マンモスアカデミー3 林間学校で大ピンチ!」　ニール・レイトン作;相良倫子訳;陶浪亜希訳　小峰書店　2016年4月

おもらし教授　おもらしきょうじゅ
世界の果ての小さな国ニュー・スイスランドの研究者で天才発明家　「スーパーヒーロー・パンツマン4 パンツマンVSおもらし教授 あんたのお名前なんてーの？」　デイブ・ピルキー作・絵;木坂涼訳　徳間書店　2014年2月

おやすみがかり
うまや番になったイワンがきゅうでんにくるまではうまやのおさだったはらぐろ男　「イワンとふしぎなこうま」　ピョートル・エルショーフ作;浦雅春訳　岩波書店（岩波少年文庫）　2016年2月

おやゆびひめ
チューリップのはなからうまれたおやゆびほどのちいさなおんなのこ　「おやゆびひめ―せかい童話図書館;22」　アンデルセンさく;しぶきけんたろうぶん;あだちかずおえ;子ども文化研究所監修　いずみ書房　2014年9月

おやゆび姫　おやゆびひめ
チューリップの花からうまれたおやゆびくらいの背のかわいらしい女の子　「おやゆび姫 アンデルセン童話」　アンデルセン原作;楠山正雄編;初山滋画　富山房企畫　2015年6月

オーラ
ねこの姿で人間界にきたライオンの子フレームに公園で出会った十歳の女の子　「ヒミツの子ねこ6 写真コンテストにチャレンジ!」　スー・ベントレー作;松浦直美訳;naoto絵　ポプラ社（ポプラポケット文庫）　2015年7月

オラフ
アレンデール王国の女王・エルサが魔法で作りだした雪だるま 「アナと雪の女王―アレンデール城のゆうれい オラフとスヴェンの氷の配達」 ランディ・クィン・ウォーカー文えリザベス・ラドニック文;中井はるの訳 講談社(講談社KK文庫) 2016年2月

オラフ
アレンデール王国の女王エルサが魔法でつくった陽気な雪だるま 「アナと雪の女王[3]―エルサと夏の魔法」 エリカ・デイビッド文;ないとうふみこ訳 KADOKAWA(角川つばさ文庫) 2015年8月

オラフ
アレンデール王国の女王エルサが魔法でつくった陽気な雪だるま 「アナと雪の女王[4]―オラフはスーパースター！」 エリカ・デイビッド文;ないとうふみこ訳 KADOKAWA(角川つばさ文庫) 2015年12月

オラフ
アレンデール王国女王のエルサが小さなころに魔法で作りだした雪だるま 「アナと雪の女王 エルサのサプライズ」 ヴィクトリア・サクソン著;中井はるの訳 ディズニームービーブック 2015年6月

オラフ王子　おらふおうじ
おとぎの世界のフィニア王国の王子、背が高くてさわやかな男の子 「王女さまのお手紙つき1 舞踏会とジュエルの約束」 ポーラ・ハリソン原作;チーム151E☆企画;チーム151E☆構成 学研教育出版 2015年9月

オリガ
モスクワの貴族令嬢、母親の画策のかいなく若手貴族・ヴィクトル公爵と結婚できなかった娘 「ふたつの生―ロシア名作ライブラリー；12」 カロリーナ・パヴロワ著;田辺佐保子訳 群像社 2014年6月

オリバー
めいたんていの少年ネートのとなりのいえにすんでいる少年 「まよなかのはんにん ぼくはめいたんてい」 マージョリー・ワインマン・シャーマット文;マーク・シーモント絵;光吉夏弥訳 大日本図書 2014年5月

オリヴァー・ウォーバックス
ニューヨーク市立孤児院に住む十一歳の少女アニーがクリスマスのあいだ一緒に過ごすことになったアメリカの大富豪 「アニー」 トーマス・ミーハン著;三辺律子訳 あすなろ書房 2014年11月

オリバー・クリスプ
いなくなった両親を探すため海の冒険に出かけた十歳の男の子 「オリバーとさまよい島の冒険」 フィリップ・リーヴ作;セアラ・マッキンタイヤ絵;井上里訳 理論社 2014年1月

オリバー・ハーン
動物病院の娘・マリーの住む村にきた動物サーカスの団長 「動物病院のマリー 4 動物サーカスがやってきた！」 タチアナ・ゲスラー著;中村智子訳;鳥羽雨イラスト 学研教育出版 2014年9月

オリビア
中一のリサの七年来の親友、仲よし三人組の中でいちばんのしっかり者 「恐怖のお泊まり会6 ひと目ぼれは、悪夢の始まり」 P.J.ナイト著;岡本由香子訳;shirakabaイラスト KADOKAWA 2015年3月

おりび

オリビア（リビー）
ママの思いつきで妹と三人でデパートで暮らすことになった女の子 「魔法があるなら」 アレックス・シアラー著;野津智子訳 PHP研究所 2015年1月

オリヴィア・プルマン
下顎顔面異骨症の男の子オギーの高校生のお姉さん 「ワンダー」 R.J.パラシオ作;中井はるの訳 ほるぷ出版 2015年7月

オリビア・メルトン・ベロー
夏休み前日に謎の村ヘンリー・クリークに招待されたおとなしくて人あたりがよい12歳の少女 「THE LOCK ぼくたちが"世界"を変える日1 仕かけられたなぞ」 ピエルドメニコ・バッカラリオ作;田中寛崇絵 学研プラス 2015年12月

オリビア・メルトン・ベロー
夏休み前日に謎の村ヘンリー・クリークに招待されたおとなしくて人あたりがよい12歳の少女 「THE LOCK ぼくたちが"世界"を変える日2 洞窟にひそむ物体」 ピエルドメニコ・バッカラリオ作;田中寛崇絵 学研プラス 2015年12月

オリーブ・C・スペンス　おりーぶしーすぺんす
1911年に死んでからずっとゴーストリー町とスペンス屋敷にとりついている女性のゆうれい 「ゆうれい作家はおおいそがし4 白い手ぶくろのひみつ」 ケイト・クライス文;M.サラ・クライス絵;宮坂宏美訳 ほるぷ出版 2015年3月

オリーブ・C・スペンス　おりーぶしーすぺんす
スペンス屋敷にすむ女性のゆうれい、たくさんの推理小説を書いたが出版されることなく亡くなった女性 「ゆうれい作家はおおいそがし2 ハカバのハロウィーン」 ケイト・クライス文;M.サラ・クライス絵;宮坂宏美訳 ほるぷ出版 2014年8月

オリーブ・C・スペンス　おりーぶしーすぺんす
ハカバ通り43番地のスペンス屋敷で作家のムッツリーと11歳の少年シーモアと住んでいる女性のゆうれい 「ゆうれい作家はおおいそがし3 死者のコインをさがせ」 ケイト・クライス文;M.サラ・クライス絵;宮坂宏美訳 ほるぷ出版 2014年10月

オリーブ・C・スペンス　おりーぶしーすぺんす
作家のムッツリーがかりたハカバ通りにあるオンボロ屋敷にすむゆうれい、作家として世にでることなく亡くなった女性 「ゆうれい作家はおおいそがし1 オンボロ屋敷へようこそ」 ケイト・クライス文;M.サラ・クライス絵;宮坂宏美訳 ほるぷ出版 2014年5月

オルカ
すでに十一人の子がいるメブのお産を手伝った魔女 「十三番目の子」 シヴォーン・ダウド作;パム・スマイ絵;池田真紀子訳 小学館 2016年4月

オルスタンス
両親を事故で亡くしたフランスの12歳の孤児、大金持ちのレニーヌ公爵の世話で寄宿学校にかよう少女 「怪盗アルセーヌ・ルパン─少女オルスタンスの冒険」 モーリス・ルブラン作;二階堂黎人編著;清瀬のどか絵 学研プラス 2016年12月

オルソラ
港町でいちばん有名な布織物の商人の娘、コスプレの得意な女の子 「イチゴのお手紙つき[5] おじょうさまと勇気の船」 ベアトリーチェ・マジーニ原作;チーム151E☆企画・構成 学研教育出版 2015年4月

オーロラ
妖精マレフィセントから呪いをかけられた王女、ステファン王の娘 「マレフィセント」 エリザベス・ルドニック作;橘高弓枝訳 偕成社(ディズニーアニメ小説版) 2014年8月

オーロラ姫　おーろらひめ
ながい眠りについていた「眠れる森の美女」のプリンセス 「ロイヤルペット ビューティ／ブロンディ／ティーカップ」 テナント・レッドバンク文;樹紫苑訳 KADOKAWA 2015年5月

オーロラ姫　おーろらひめ
魔女ののろいからときはなってくれたフィアンセのフィリップ王子にプロポーズされた姫 「ディズニープリンセス ウエディング❤ストーリーズ」 ディズニー・パブリッシング・ワールドワイド原作;ワダヒトミ訳 KADOKAWA(角川つばさ文庫) 2015年1月

女公爵　おんなこうしゃく
ウェルメトの町を治めている女公爵、「あかつき御殿」の住人 「魔法が消えていく…」 サラ・プリニース作;橋本恵訳 徳間書店 2016年1月

女の子(ナニー)　おんなのこ(なにー)
ロンドンの通り道を箒で掃く仕事をしていた幼い女の子 「北風のうしろの国上下」 ジョージ・マクドナルド作;脇明子訳 岩波書店(岩波少年文庫) 2015年10月

オンネリちゃん
アンネリちゃんとおんなじ町に住むおんなじクラスの親友、小さな女の子 「オンネリとアンネリのおうち―世界傑作童話シリーズ」 マリヤッタ・クレンニエミ作;マイヤ・カルマ絵;渡部翠訳 福音館書店 2015年1月

オンネリちゃん
アンネリちゃんと薔薇横丁の家に住んでいる親友、小さな女の子 「オンネリとアンネリのふゆ―世界傑作童話シリーズ」 マリヤッタ・クレンニエミ作;マイヤ・カルマ絵;渡部翠訳 福音館書店 2016年11月

【か】

カー
巨大な年寄りニシキヘビ、サルがジャングルの中で最も恐れる相手 「ジャングル・ブック」 ラドヤード・キプリング著;金原瑞人監訳;井上里訳 文藝春秋(文春文庫) 2016年6月

カー
巨大な年寄りの岩ニシキヘビ、サルがジャングルの中で最も恐れる相手 「ジャングル・ブック」 ラドヤード・キプリング著;田口俊樹訳 新潮社(新潮文庫) 2016年7月

カー
狩りの名手の巨大なニシキヘビ、ジャングルでオオカミの子として育った少年モーグリの仲間 「ジャングル・ブック(新訳)」 ラドヤード・キプリング作;岡田好惠訳 講談社(講談社青い鳥文庫) 2016年7月

母さん　かあさん
ベトナム戦争を経てアラバマ州に4人の子どもたちを連れて逃れた母親 「はじまりのとき」 ティン＝ハ・ライ作;代田亜香子訳 鈴木出版(鈴木出版の海外児童文学) 2014年6月

かあさ

母さん　かあさん
ミネソタ州にあるプラム・クリークという小川のほとりで暮らす一家の母さん　「プラム・クリークの土手で」　ローラ・インガルス・ワイルダー作;中村凪子訳;椎名優絵　KADOKAWA（角川つばさ文庫）　2014年6月

母さん　かあさん
ロンドンに子どものスカーレットとレッドと三人で暮らす精神状態の悪い母さん　「紅のトキの空―評論社の児童図書館・文学の部屋」　ジル・ルイス作;さくまゆみこ訳　評論社　2016年12月

母さん　かあさん
十歳の少女フローラの離婚して以来仕事ばかりの母親、恋愛小説を書いている作家　「空飛ぶリスとひねくれ屋のフローラ」　ケイト・ディカミロ作;K.G.キャンベル絵;斎藤倫子訳　徳間書店　2016年9月

母さん　かあさん
夫婦で演奏旅行によく出かける音楽家で少年ロバートの母親　「ぼくのなかのほんとう」　パトリシア・マクラクラン作;たるいしまこ画;若林千鶴訳　リーブル　2016年2月

母さん（ケイ）　かあさん（けい）
野生のイルカの調査中に行方不明になった海洋生物学者、中学生の女の子カラの母親　「白いイルカの浜辺―評論社の児童図書館・文学の部屋」　ジル・ルイス作;さくまゆみこ訳　評論社　2015年7月

母さん（テス）　かあさん（てす）
二年前に養護施設から十歳の少年ベンをひきとった女性、言語療法士　「魔法の箱」　ポール・グリフィン作;池内恵訳　WAVE出版　2016年11月

カイ
悪魔の鏡のかけらが目と心臓にささった少年、となりあった家にくらしている少女ゲルダと大の仲良しのまずしい小さな男の子　「雪の女王：アンデルセン童話集」　ハンス・クリスチャン・アンデルセン著;有澤真庭訳;和佐田道子訳　竹書房（竹書房文庫）　2014年9月

カイ
女の子のゲルダの幼なじみ、ある日悪魔が作った鏡の破片がむねにささってしまった男の子　「雪の女王」　ハンス・クリスチャン・アンデルセン作;サンナ・アンヌッカ絵;小宮由訳　アノニマ・スタジオ　2015年11月

カイ
少女ゲルダの家と並んで建った家で暮らしきょうだいのように仲良しの男の子　「雪の女王」　ハンス・クリスチャン・アンデルセン原作;ヤナ・セドワ絵;アンシア・ベル;再話;成沢栄里子訳　BL出版　2016年11月

カイオン
プライドランドの平和を守るチーム「ライオン・ガード」のリーダー、王シンバの息子のライオン　「ライオン・ガード カイオンの冒険」　フォード・ライリー原作;ジョン・ロイ原作;樹紫苑訳　KADOKAWA（角川つばさ文庫）　2016年11月

カイジン
歌舞伎の化粧の仮面をつけたなぞの人物　「ベイマックス」　アイリーン・トリンブル作;しぶやまさこ訳　偕成社（ディズニーアニメ小説版）　2014年12月

カイ・マーカム
未来社会を管理していた「ソサエティ」に抵抗する反乱軍に加わった少年 「カッシアの物語 3」 アリー・コンディ著;高橋啓訳;石飛千尋訳　プレジデント社　2015年12月

カイル・キーリー
ゲームが大好きで読書は苦手な中学一年生の少年 「図書館脱出ゲーム1 ぼくたちの謎とき大作戦！ 上下」 クリス・グラベンスタイン著;ジョンハサウェイ絵;高橋結花訳　KADOKAWA　2016年3月

カイル・キーリー
ゲームが大好きで読書は苦手な中学一年生の少年 「図書館脱出ゲーム2 図書館オリンピック大作戦！ 上下」 クリス・グラベンスタイン著;ジョンハサウェイ絵;山北めぐみ訳　KADOKAWA　2016年8月

カイロ・レン
ファースト・オーダーの最高指導者・スノークの腹心の部下、強力なフォースをもつ戦士 「スター・ウォーズ フォースの覚醒」 J.J.エイブラムス原作;ローレンス・カスダン原作;マイケル・アーント原作;マイケル・コッグ著　講談社　2016年5月

カエサル
ローマ皇帝、娘のアウレリアにトラをプレゼントした父親 「王宮のトラと闘技場のトラ」 リン・リード・バンクス作;杉田七重訳　さ・え・ら書房　2016年2月

かかし
オズの国のエメラルドの都へむかうドロシーの旅の仲間になったおしゃべりなかかし 「オズの魔法使い―ポプラ世界名作童話;16」 L.F.ボーム作;菅野雪虫文;丹地陽子絵　ポプラ社　2016年11月

かかし
偉大な魔法使い・オズに会いに行った少女・ドロシーの道連れになった脳みそのないかかし 「オズの魔法使い」 L・F・ボウム著;江國香織訳　小学館（小学館文庫）　2015年2月

過去のクリスマスの精霊　かこのくりすますのせいれい
冷酷無慈悲で欲深い老人スクルージのまえにあらわれた過去のクリスマスの精霊 「クリスマス・キャロル」 チャールズ・ディケンズ著;井原慶一郎訳　春風社　2015年11月

カザコフ
英国情報局の裏組織で十七歳以下の子どもが活躍する極秘スパイ機関「チェラブ」の訓練教官 「英国情報局秘密組織 CHERUB（チェラブ） Mission10 リスク」 ロバート・マカモア作;大澤晶訳　ほるぷ出版　2014年12月

カサンドラ（エヴァリン）
スカンディアの首領・エラクの救出に向かったアラルエン王国の王女 「アラルエン戦記 7 奪還 上」 ジョン・フラナガン作;入江真佐子訳　岩崎書店　2015年7月

カシア
東欧のドヴェルニク村に住む才色兼備の17歳の少女 「ドラゴンの塔 上下」 ナオミ・ノヴィク著;那波かおり訳　静山社　2016年12月

カシム
ペルシャのくにでぜいたくなくらしをしていたおとこ、びんぼうなアリババのあに 「アリババとどろぼう：アラビアンナイトより―せかい童話図書館;33」 しらかわちづこぶん;たかやまひろしえ;子ども文化研究所監修　いずみ書房　2014年9月

カシュヌール
まほうつかい、バクダッドにすむおうさまをだましたおとこ 「こうのとりになったおうさま―せかい童話図書館 ;40」 ハウフさく;あきせいじぶん;いとひさのぼるえ;子ども文化研究所監修 いずみ書房 2014年9月

カーズ
ゆうれいの見える少女クレアと「ゆうれい専門探偵事務所」をはじめたゆうれい少年 「屋根裏のゆうれい」 ドリー・ヒルスタッド・バトラー作;もりうちすみこ訳;いちごとまるがおさん絵 国土社 2016年11月

カーズ
風に吹きとばされて家族とはぐれたゆうれい、壁ぬけが苦手な気弱な九歳の少年 「呪われた図書館」 ドリー・ヒルスタッド・バトラー作;もりうちすみこ訳;いちごとまるがおさん絵 国土社 2016年8月

ガス・ジェンキンス
アメリカ中西部の小さな町ヴェニスのしがない私立探偵、元警察官 「おたずねもの姉妹の探偵修行 File1 学園クイーンが殺された！？」 M・E・ラブ著;西田佳子訳 学研教育出版 2015年7月

ガス・ジェンキンス
アメリカ中西部の小さな町ヴェニスのしがない私立探偵、元警察官 「おたずねもの姉妹の探偵修行 File2 チョコレートは忘れない」 M・E・ラブ著;西田佳子訳 学研教育出版 2015年9月

ガス・ジェンキンス
アメリカ中西部の小さな町ヴェニスのしがない私立探偵、元警察官 「おたずねもの姉妹の探偵修行 File3 踊るポリスマンの秘密」 M・E・ラブ著;西田佳子訳 学研プラス 2015年11月

ガス・ジェンキンス
アメリカ中西部の小さな町ヴェニスのしがない私立探偵、元警察官 「おたずねもの姉妹の探偵修行 File4 クリスマスの暗号を解け！」 M・E・ラブ著;西田佳子訳 学研プラス 2015年12月

カーター
五年生の男の子、金曜日の夕方に校舎にとじこめられた三人の一人 「亡霊学級のろわれた小学校」 ジェームズ・プレラー著;安齋奈津子訳 KADOKAWA 2016年7月

カーター・ケイン
古代ファラオの血を引く14歳の魔術師、おだやかでやさしい少年 「ケイン・クロニクル炎の魔術師たち 2」 リック・リオーダン著;小浜杏訳 KADOKAWA 2014年3月

カーター・ケイン
古代ファラオの血を引く14歳の魔術師、闘神ホルスの宿主でS字剣の使い手の少年 「ケイン・クロニクル炎の魔術師たち3」 リック・リオーダン著;小浜杏訳えナミカツミイラスト KADOKAWA 2016年3月

カーター・ベンソン
ハワイから航海に出て嵐にあいきょうだいの三人と子どもたちだけで無人島に漂着した十一歳の少年 「サバイバー 2 炎の試練」 ジェフ・プロブスト著;クリス・テベッツ著;澤田澄江訳 講談社 2016年8月

カーター・ベンソン
親の再婚できょうだいになった四人の一人、ハワイ沖で嵐にあい子どもたちだけで無人島に漂着した十一歳の少年 「サバイバー１嵐の試練」 ジェフ・プロブスト著;クリス・テベッツ著;澤田澄江訳 講談社 2016年7月

カーダール
ハンガリーの秘密警察の一員、ソ連のモスクワで訓練を受けた男 「コミック密売人」 ピエルドメニコ・バッカラリオ作;杉本あり訳 岩波書店(STAMP BOOKS) 2015年2月

カーチャ
不眠症の老人が同居する二十三歳の孫娘、恋人のタイタスをイラクでテロリストに殺害された女性 「闇の中の男」 ポール・オースター著;柴田元幸訳 新潮社 2014年5月

カッシア・マリア・レイズ
未来社会を管理していた「ソサエティ」に抵抗する反乱軍に身を投じた少女 「カッシアの物語３」 アリー・コンディ著;高橋啓訳;石飛千尋訳 プレジデント社 2015年12月

カーディー
鉱山で働いている勇敢な十二歳、歌を歌って悪い妖精・ゴブリンを追い払う勇敢な少年 「星を知らないアイリーン－おひめさまとゴブリンの物語」 ジョージ・マクドナルド作;河合祥一郎訳;okama絵 KADOKAWA(角川つばさ文庫) 2015年6月

カーティス
母さんが出ていった家で五歳半の弟と暮らす十二歳の男の子 「母さんが消えた夏―講談社・文学の扉」 キャロライン・アダーソン著;田中奈津子訳 講談社 2014年6月

カトサリダ・ソマイス(カトサル)　かとさりだそまいす(かとさる)
パリの高級住宅街に住むギリシャの金持ちの船主・ソマイス家の15歳の息子 「本物のモナ・リザはどこに―ココ、パリへ行く」 イワン・クーシャン作;山本郁子訳 冨山房インターナショナル 2014年5月

カトサル
パリの高級住宅街に住むギリシャの金持ちの船主・ソマイス家の15歳の息子 「本物のモナ・リザはどこに―ココ、パリへ行く」 イワン・クーシャン作;山本郁子訳 冨山房インターナショナル 2014年5月

カドマス・プライド
「人類再生プロジェクト(HRP)」を計画した人物、人間の町ニューアッティカ・シティの指導者 「ワンダラ６ 再生 ふたりのエバ」 トニー・ディテルリッジ作;飯野眞由美訳 文溪堂 2014年1月

カドマス・プライド
「人類再生プロジェクト(HRP)」を計画した人物、人間の町ニューアッティカ・シティの指導者 「ワンダラ８ ニューアッティカ壊滅」 トニー・ディテルリッジ作;飯野眞由美訳 文溪堂 2015年1月

カートライト
「タイムライダーズ」の少女マディとサルを訪ねてきたアメリカ政府の諜報機関の老人 「タイムライダーズ２-２ 紀元前6500万年からの逆襲」 アレックス・スカロウ作;金原瑞人訳 小学館 2015年4月

かとり

カトリーナ
がん専門医・リングル先生の患者、いつも頭に紙袋をかぶっている余命宣告されている女の子 「ペーパーバッグクリスマス：最高の贈りもの」 ケヴィン・アラン・ミルン著;宮木陽子訳 いのちのことば社フォレストブックス 2016年9月

カドルッス
マルセイユの仕立屋、十九歳で船長になったダンテスをわなにはめようとした男 「岩くつ王――10歳までに読みたい世界名作」 アレクサンドル・デュマ作;横山洋子監修;岡田好恵編訳;オズノユミ絵 学研プラス 2015年12月

カトル博士　かとるはかせ
行方不明になった自然史博物館の主任研究員、中学生のダーカスの父親 「裏庭探偵クラブ 1 密室で消えた父をさがせ!」 M.G.レナード著;河井直子訳;荒川眞生イラスト KADOKAWA 2016年6月

カナシミ
11歳の少女ライリーの頭の中にいる5人の感情の1人、物事の悪い面ばかり見る女の子 「インサイド・ヘッド」 スーザン・フランシス作;しぶやまさこ訳 偕成社(ディズニーアニメ小説版)(ディズニーアニメ小説版) 2015年7月

ガニマール警部　がにまーるけいぶ
フランスを騒がす怪盗ルパンに翻弄されている警察部の主任警部 「ルパン対ホームズ」 モーリス・ルブラン著;平岡敦訳　早川書房(ハヤカワ・ミステリ文庫) 2015年8月

ガニマール警部　がにまーるけいぶ
怪盗ルパンを捕まえるのに何度も失敗してるフランスいちの名警部 「怪盗紳士アルセーヌ・ルパン」 モーリス・ルブラン作;高野優ほか訳;しゅー絵 KADOKAWA(角川つばさ文庫) 2015年7月

ガニマール警部　がにまーるけいぶ
世界一の大どろぼう・怪盗ルパンを追うパリ警視庁の名警部 「怪盗アルセーヌ・ルパン――10歳までに読みたい世界名作」 モーリス・ルブラン作;横山洋子監修;芦辺拓編訳;清瀬のどか絵　学研教育出版 2015年4月

ガーニャ
ロシアのエパンチン将軍の秘書、腹黒く欲張りで癇癪もちの男 「白痴 1」 ドストエフスキー著;亀山郁夫訳　光文社(光文社古典新訳文庫) 2015年11月

ガーネット
オークランドの名門校チェアマン寄宿学校の生徒、アコーディオンが大好きな12歳の少年 「十五少年漂流記」 ジュール・ヴェルヌ著;椎名誠訳;渡辺葉訳　新潮社(新潮モダン・クラシックス) 2015年8月

カバくん
ヒトの言葉をおぼえて小学生に話しかけた動物園のカバ 「だいじょうぶカバくん――わくわくライブラリー」 ダニエル・ネスケンス作;ルシアーノ・ロサノ絵;宇野和美訳　講談社 2015年2月

カパストーン長官　かぱすとーんちょうかん
イギリスに200年以上前に設置された幽霊省の四人の職員の一人、年老いた長官 「骨董通りの幽霊省」 アレックス・シアラー著;金原瑞人訳;西本かおる訳;杉田比呂美イラスト　竹書房 2016年12月

カビー
ネバーランドの森でレイニーがみつけた家に住む少年たちの一人、ピーターパンの友だち 「フェアリー・ガールズ 6 ピーターパンに会える森!?」 キキ・ソープ作;堀川志野舞訳 ポプラ社 2016年1月

カービー・ターナー
問題を起こして「スモーキーマウンテン少年学院」に入学させられる少年 「スモーキー山脈からの手紙」 バーバラ・オコーナー作;こだまともこ訳 評論社 2015年6月

ガブガブ（サラダ・ドレッシング博士） がぶがぶ（さらだどれっしんぐはかせ）
食べ物小説を書いてドリトル家の動物たちに読み聞かせた食いしんぼうな小豚 「ドリトル先生のガブガブの本」 ヒュー・ロフティング作;河合祥一郎訳;patty絵 KADOKAWA（角川つばさ文庫） 2016年8月

ガブリエル
「最古の魔術書」をさがす魔法使いピム博士にエマたち三きょうだいを救う手助けを頼まれた男 「ブラック・レコニング 最古の魔術書 III」 ジョン・スティーブンス著;こだまともこ訳 あすなろ書房 2015年12月

ガブリエル
教区の評議員バンチールが所有する森に住んでいるという16歳くらいの野生の少年 「サキ 森の少年 世界名作ショートストーリー」 サキ作;千葉茂樹訳 理論社 2015年5月

ガブリシャ・ボレイコ
ポズナンで暮らすボレイコ家の長女、17歳のルージャと14歳のちびトラ姉妹の母親 「ちびトラとルージャ」 マウゴジャタ・ムシェロヴィチ著;田村和子訳 未知谷 2014年3月

ガブリーラ・アルダリオノヴィチ・イヴォルギン（ガーニャ）
ロシアのエパンチン将軍の秘書、腹黒く欲張りで癇癪もちの男 「白痴 1」 ドストエフスキー著;亀山郁夫訳 光文社（光文社古典新訳文庫） 2015年11月

カミ
エベレスト登山のポーターを務めることになった16歳のシェルパ族の少年 「エベレスト・ファイル シェルパたちの山」 マット・ディキンソン作;原田勝訳 小学館 2016年3月

カーミラ
オーストリアの古城で父と暮らすローラと生活を共にするようになった美しい少女 「女吸血鬼カーミラ」 レ・ファニュ作;長井那智子訳 亜紀書房 2015年2月

カモノハシ（シンコー・スイム）
動物たちの楽園「ズートピア」にある刑務所に入っていたカモノハシ、アウトバック島の動物 「ジュディとニックのズートピア警察署事件簿 盗まれたくさ〜いチーズの謎」 グレッグ・トライン著;おおつかのりこ訳 講談社（講談社KK文庫） 2016年9月

カラー
ビルマのカニ村に住む身体に障害をもつ農業労働者 「ビルマ1946 独立前夜の物語」 テインペーミン著;南田みどり訳 段々社 2016年10月

カラ・ウッド
一年前に行方不明になった海洋生物学者の母親の帰りを待つ中学生の女の子 「白いイルカの浜辺―評論社の児童図書館・文学の部屋」 ジル・ルイス作;さくまゆみこ訳 評論社 2015年7月

からす

カラス（エージェント・カラス）
帝国保安局の法務執行官、反乱軍をおいつめつかまえる権力をもつ男 「スター・ウォーズ 反乱者たち 1 反乱の口火」ミッシェル・コーギー文;菊池由美訳 KADOKAWA（角川つばさ文庫） 2015年2月

カラバこうしゃく
まずしいこなやの三ばんめのむすこ、ねこにぴったりのながぐつをつくったせいねん 「ながぐつをはいたねこ―せかい童話図書館;29」ペローさく;しらかわちづこぶん;いなもといくええ;子ども文化研究所監修 いずみ書房 2014年9月

カラ・ベン・ネムジ
ドイツ人の探検家、勇気と知恵を兼ねそなえた英雄 「カール・マイ冒険物語：オスマン帝国を行く〈10〉マケドニアを行く」カール・マイ著;戸叶勝也訳 朝文社 2016年7月

カラ・ベン・ネムジ
ドイツ人の探検家、勇気と知恵を兼ねそなえた英雄 「カール・マイ冒険物語：オスマン帝国を行く〈11〉アルバニア山地にて」カール・マイ著;戸叶勝也訳 朝文社 2016年12月

カラ・ベン・ネムジ
ドイツ人の探検家、勇気と知恵を兼ねそなえた英雄 「カール・マイ冒険物語：オスマン帝国を行く〈2〉 ティグリス河の探検」カール・マイ著;戸叶勝也訳 朝文社 2014年2月

カラ・ベン・ネムジ
ドイツ人の探検家、勇気と知恵を兼ねそなえた英雄 「カール・マイ冒険物語：オスマン帝国を行く〈3〉 悪魔崇拝者」カール・マイ著;戸叶勝也訳 朝文社 2014年5月

カラ・ベン・ネムジ
ドイツ人の探検家、勇気と知恵を兼ねそなえた英雄 「カール・マイ冒険物語：オスマン帝国を行く〈4〉 クルディスタンの奥地にて」カール・マイ著;戸叶勝也訳 朝文社 2014年7月

カラ・ベン・ネムジ
ドイツ人の探検家、勇気と知恵を兼ねそなえた英雄 「カール・マイ冒険物語：オスマン帝国を行く〈5〉ペルシア辺境にそって」カール・マイ著;戸叶勝也訳 朝文社 2014年10月

カラ・ベン・ネムジ
ドイツ人の探検家、勇気と知恵を兼ねそなえた英雄 「カール・マイ冒険物語：オスマン帝国を行く〈6〉バクダードからイスタンブールへ」カール・マイ著;戸叶勝也訳 朝文社 2014年12月

カラ・ベン・ネムジ
ドイツ人の探検家、勇気と知恵を兼ねそなえた英雄 「カール・マイ冒険物語：オスマン帝国を行く〈7〉ブルガリア南部にて」カール・マイ著;戸叶勝也訳 朝文社 2015年8月

カラ・ベン・ネムジ
ドイツ人の探検家、勇気と知恵を兼ねそなえた英雄 「カール・マイ冒険物語：オスマン帝国を行く〈8〉バルカン峡谷にて」カール・マイ著;戸叶勝也訳 朝文社 2015年12月

カラ・ベン・ネムジ
ドイツ人の探検家、勇気と知恵を兼ねそなえた英雄 「カール・マイ冒険物語：オスマン帝国を行く〈9〉オスマン帝国の辺境」カール・マイ著;戸叶勝也訳 朝文社 2016年4月

カラ・モザミ
古代民族の末裔たちに伝わる勝利した民族以外は滅びるという「エンドゲーム」に参加した12人の一人、中国の西安に住む16歳の少女 「エンドゲーム：コーリング」 ジェイムズ・フレイ;ニルス・ジョンソン=シェルトン著;金原瑞人;井上里訳 学研パブリッシング 2014年10月

カリカリ
虫に変身させられたふたごの兄弟ジョシュとダニーをいつも助けてくれるネズミ 「SWITCH 6 ゲンゴロウにスイッチ！」 アリ・スパークス作;神戸万知訳;舵真秀斗絵 フレーベル館 2014年4月

カリスタ
歌が上手なローレルの新しい友達、正体不明の女の子 「ディズニープリンセス なぞ解きへようこそ リトル・マーメイド～星のネックレス～ アラジン～宝石の果樹園～」 ゲイル・ハーマン文;エリー・オライアン文;中井はるの訳 講談社 2016年11月

カリスフォード氏　かりすふぉーどし
インドから「ミンチン女子学院」のとなりにひっこしてきた紳士、お金もちのイギリス人 「小公女―ポプラ世界名作童話；3」 F.H.バーネット作;越水利江子文;丹地陽子絵 ポプラ社 2015年11月

カリスフォード氏　かりすふぉーどし
孤児になり寄宿制女学校で働くようになったセーラの隣に引っ越してきたインドから来た病気の紳士 「小公女」 フランシス・ホジソン・バーネット著;畔柳和代訳 新潮社(新潮文庫) 2014年11月

ガリバー
イギリスの船医、大あらしで船が転ぷくし「こびとの国」へ流れついた男 「ガリバー旅行記：こびとの国や巨人の国を冒険する物語―10歳までに読みたい世界名作；4」 横山洋子監修;ジョナサン・スウィフト作;芝田勝茂編訳;大塚洋一郎絵 学研教育出版 2014年9月

カーリー・ロドリゲス
12歳の少年デレクの同級生、クラスでいちばん頭のいい女の子 「ぼくが本を読まない理由(わけ)」 ジャネット・タージン著;ジェイク・タージンイラスト;小寺敦子訳 PHP研究所 2015年12月

カルー
獣と人が混じった姿のキメラに育てられた青い髪を持つ娘 「星影の娘と真紅の帝国 上下」 レイニ・テイラー著;桑原洋子訳 早川書房(ハヤカワ文庫 FT) 2014年6月

カル・ジェローム
ロンドンで暮らす少年ウィルとうりふたつの容姿をもつ地底都市コロニアで育った少年 「トンネル：迷宮への扉 上下―地底都市コロニア」 ロデリック・ゴードン著;ブライアン・ウィリアムズ著;橋本恵訳 学研プラス 2016年3月

カル・ジェローム
少年ウィルの実の弟でコロニア人、ウィルとともに地底の奥地〈ディープス〉へむかった少年 「ディープス：サバイバーの絆 上下―地底都市コロニア」 ロデリック・ゴードン著;ブライアン・ウィリアムズ著;橋本恵訳 学研プラス 2016年9月

カール・ハース
タイムマシンを使って歴史を変えようと企む男・クレイマーの腹心の部下、元海兵隊員 「タイムライダーズ[1] 1・2」 アレックス・スカロウ作;金原瑞人・樋渡正人訳 小学館 2014年10月

かるぺ

カルペパー一家　かるぺぱーいっか
お父さんお母さん四人の男の子と四人の女の子の仲良し紙人形一家 「カルペパー一家のおはなし」 マリオン・アピントン作;ルイス・スロボドキン絵;清水眞砂子訳　瑞雲舎　2016年6月

カルメンチュ
スペインの内戦下でバスク地方からベルギーに住むロベール家へ疎開した8歳の少女 「ムシェ：小さな英雄の物語――エクス・リブリス」 キルメン・ウリベ著;金子奈美訳　白水社　2015年10月

カルラ・ヤーン
ドイツの体育学校7年生、"飛び込み台の女王"と称されているドイツ人の少女 「飛び込み台の女王」 マルティナ・ヴィルトナー作;森川弘子訳　岩波書店(STAMP BOOKS)　2016年9月

カルンクル
各地の古代遺跡から発見した人工遺物を売っている探検家、実は宇宙人と人間の両方を支配しようとたくらむロロックのスパイ 「ワンダラ 8 ニューアッティカ壊滅」 トニー・ディテルリッジ作;飯野眞由美訳　文溪堂　2015年1月

カルンクル
女王陛下のコレクションのために価値のある古代遺物を探す探検家 「ワンダラ 7 裏切りの惑星」 トニー・ディテルリッジ作;飯野眞由美訳　文溪堂　2014年10月

カーレン
キリストきょうのきょうかいいんになるためのぎしき・けんしんれいにあかいくつをはいてでかけたおんなのこ 「あかいくつ――せかい童話図書館;18」 アンデルセンさく;あきせいじぶん;かじひでやすえ;子ども文化研究所監修　いずみ書房　2014年9月

カーロ
くろいグミが大好きな5人の探偵グループ「くろグミ団」のメンバーの少女 「くろグミ団は名探偵カラス岩の宝物」 ユリアン・プレス作・絵;大社玲子訳　岩波書店　2016年4月

カーロ
くろいグミが大好きな5人の探偵グループ「くろグミ団」のメンバーの少女 「くろグミ団は名探偵紅サンゴの陰謀」 ユリアン・プレス作・絵;大社玲子訳　岩波書店　2016年12月

カーロ
くろいグミが大好きな5人の探偵グループ「くろグミ団」のメンバーの少女 「くろグミ団は名探偵石弓の呪い」 ユリアン・プレス作・絵;大社玲子訳　岩波書店　2016年8月

カロヤ
古代エジプトの王子・ラモーゼの友だち、奴隷だった少女 「ラモーゼ―プリンス・イン・エグザイル　上下」 キャロル・ウィルキンソン作;入江真佐子訳　くもん出版　2014年3月

カロライン（カーロ）
くろいグミが大好きな5人の探偵グループ「くろグミ団」のメンバーの少女 「くろグミ団は名探偵カラス岩の宝物」 ユリアン・プレス作・絵;大社玲子訳　岩波書店　2016年4月

カロライン（カーロ）
くろいグミが大好きな5人の探偵グループ「くろグミ団」のメンバーの少女 「くろグミ団は名探偵紅サンゴの陰謀」 ユリアン・プレス作・絵;大社玲子訳　岩波書店　2016年12月

カロライン（カーロ）
くろいグミが大好きな5人の探偵グループ「くろグミ団」のメンバーの少女 「くろグミ団は名探偵石弓の呪い」 ユリアン・プレス作・絵;大社玲子訳　岩波書店 2016年8月

カンガ
100エーカーの森に住むプーさんのなかま・ルーのお母さんのカンガルー 「くまのプーさん プーさんたちの楽しい毎日」 ディズニー・パブリッシング・ワールドワイド文;大草洋子訳　KADOKAWA（角川つばさ文庫） 2016年10月

カンガ
ロンドンに住んでいるクリストファー・ロビン少年の友だち、お母さんカンガルー 「プーの細道にたった家」 A・A・ミルン著;阿川佐和子訳　新潮社（新潮モダン・クラシックス） 2016年7月

監督（ソクラテス監督）　かんとく（そくらてすかんとく）
真理小学校サッカー部の新しい監督、おかしな質問ばかりするギリシア生まれの男 「ソクラテスのいるサッカー部―はじめて読むじんぶん童話シリーズ」 キムハウン文;ユジュンジェ絵　彩流社 2015年12月

【き】

木　き
日本のある小さな島に立っていた高くて美しく茂った大きな一本の木 「一本の大きな木；鏡の中」 ソフィア・デ・メロ・ブレイネル・アンドレゼン作;八木重一訳;八木圭子絵　KS Press 2014年3月

キアロスキューロ（ロスキューロ）
ドール王国のお城の地下牢で生まれたドブネズミの男の子 「ねずみの騎士デスペローの物語」 ケイト・ディカミロ作;ティモシー・バジル・エリング絵;子安亜弥訳　ポプラ社（ポプラ文学ポケット） 2016年3月

キイチゴ
少年アーチーのオックスフォードに住むいとこ、少年アザミの十四歳の姉 「アーチー・グリーンと魔法図書館の謎―アーチー・グリーンと魔法図書館」 D.D.エヴェレスト著;こだまともこ訳　あすなろ書房 2015年7月

ギエム
バルセロナの地下の下水道を手のひらのように知り尽くしてる少年 「ヴェサリウスの秘密」 ジョルディ・ヨブレギャット著;宮﨑真紀訳　集英社（集英社文庫） 2016年10月

きこり
偉大な魔法使い・オズに会いに行った少女・ドロシーの道連れになった心臓のないブリキのきこり 「オズの魔法使い」 L・F・ボウム著;江國香織訳　小学館（小学館文庫） 2015年2月

キーストン
ウェルメトの魔術大学校の優秀な男子学生、魔術師ペティボックスの弟子 「魔法が消えていく…」 サラ・プリニース作;橋本恵訳　徳間書店 2016年1月

徽宗　きそう
宋の八代目天子、蹴鞠のうまいごろつき・高俅を寵愛し殿帥府太尉に任じた皇帝 「水滸伝　上下」 渡辺仙州編訳;佐竹美保絵　偕成社 2016年4月

きたか

北風　きたかぜ
馬小屋のロフトでダイヤモンド坊やの前にあらわれた女の人の姿をした北風　「北風のうしろの国上下」ジョージ・マクドナルド作;脇明子訳　岩波書店(岩波少年文庫)　2015年10月

キット
「選ばれし者」に森の家を追い出され旅に出たアライグマの少年　「冒険者キット1 野生動物の町を取りもどせ!」C.アレクサンダー・ロンドン著;中村佐千江訳　KADOKAWA　2016年4月

キット
森の奥で出会った娘エラと身分をかくして会話をした王子、フレデリック国王の息子　「シンデレラ」エリザベス・ルドニック作;橘高弓枝訳　ディズニーアニメ小説版　2015年5月

キツネ
現実の世界と鏡の世界を行き来している男・ジェイコブの鏡の世界での同伴者、真っ赤な毛皮の女ギツネ　「鏡の世界—石の肉体」コルネーリア・フンケ著;浅見昇吾訳　WAVE出版　2015年9月

キップ・マコナキイ
英国の田舎町に奉公人としてやってきたアイルランド人姉弟の弟、生まれつき足が悪い11歳の少年　「夜の庭師」ジョナサン・オージエ著;山田順子訳　東京創元社(創元推理文庫)　2016年11月

キディ
反乱軍の秘密任務でレイア姫に同行した通信スペシャリスト　「STAR WARSジャーニー・トゥ・フォースの覚醒 反乱軍の危機を救え!」セシル・カステルーチ著;ジェイソン・フライ著;フィル・ノト絵;来安めぐみ訳　講談社(講談社KK文庫)　2015年12月

キティ(ミス・キャサリン)
まじめでとても上品な若い黒猫の女の子　「ブーツをはいたキティのおはなし」ビアトリクス・ポター作;クェンティン・ブレイク絵;松岡ハリス佑子訳　静山社　2016年9月

ギデオン
アラスカに移民したアメリカ南部出身の黒人の鍛冶屋、少女・ボーのふたりの父さんのひとり　「アラスカの小さな家族－バラードクリークのボー」カークパトリック・ヒル著;レウィン・ファム絵;田中奈津子訳　講談社(講談社文学の扉)　2015年1月

ギデオンさん
少女スカーレットの家を担当するソーシャルワーカーの女性　「紅のトキの空—評論社の児童図書館・文学の部屋」ジル・ルイス作;さくまゆみこ訳　評論社　2016年12月

ギデオン・ド・ヴィリエ
タイムトラベラー、同じくタイムトラベラーの少女・グウェンドリンの相棒でハンサムな少年　「比類なき翠玉(エメラルド)上下—時間旅行者の系譜」ケルスティン・ギア著;遠山明子訳　東京創元社(創元推理文庫)　2016年5月

ギデオン・ド・ヴィリエ
秘密結社〈監視団〉本部のタイムトラベラーの少年、気絶しそうなほどステキだけど自意識過剰で嫌なやつ　「紅玉(ルビー)は終わりにして始まり—時間旅行者の系譜」ケルスティン・ギア著;遠山明子訳　東京創元社(創元推理文庫)　2015年11月

ギデオン・ド・ヴィリエ
秘密結社〈監視団〉本部のタイムトラベラーの少年、気絶しそうなほどステキだけど自意識過剰で嫌なやつ 「青玉(サファイア)は光り輝く—時間旅行者の系譜」 ケルスティン・ギア著;遠山明子訳 東京創元社(創元推理文庫) 2016年3月

ギビングズ氏　ぎびんぐずし
イギリスに200年以上前に設置された幽霊省の四人の職員の一人、ミス・ローリーの部下 「骨董通りの幽霊省」 アレックス・シアラー著;金原瑞人訳;西本かおる訳;杉田比呂美イラスト 竹書房 2016年12月

ギブソン夫人　ぎぶそんふじん
サマーサイドに住み毎日を車椅子の中ですごしている80歳のおばあさん、末娘のポーリンをどれいのようにつかえさせている母親 「アンの幸福2」 L・M・モンゴメリ作;村岡花子訳;Haccan絵 講談社(講談社大きな文字の青い鳥文庫) 2015年9月

きみ
アニマル・シェルターから五十七歳の「ぼく」にもらわれた犬 「きみがぼくを見つける」 サラ・ボーム著;加藤洋子訳 ポプラ社 2016年10月

キム・テイラー
春休みにいとこのミアがくるのを楽しみにしていた女の子 「ヒミツの子ねこ4 いじわるねこ登場!?」 スー・ベントレー作;松浦直美訳;naoto絵 ポプラ社(ポプラポケット文庫) 2014年11月

キャサリン・ブルック
大学を卒業したアンが校長となったサマーサイド高校のすぐれた教師、友だちも親戚もおらず不愛想でとっつきにくい女性 「アンの幸福1」 L・M・モンゴメリ作;村岡花子訳;Haccan絵 講談社(講談社大きな文字の青い鳥文庫) 2015年9月

キャサリン・ブルック
大学を卒業したアンが校長となったサマーサイド高校のすぐれた教師、友だちも親戚もおらず不愛想でとっつきにくい女性 「アンの幸福3」 L・M・モンゴメリ作;村岡花子訳;Haccan絵 講談社(講談社大きな文字の青い鳥文庫) 2015年9月

キャサリン・レノックス(ケイティ)
願いが叶う「ロンドン・ストーン」に触れたとたんヴィクトリア朝のロンドンにタイムスリップしてしまったロンドン滞在中の15歳の少女 「ザ・リッパー：切り裂きジャックの秘密 上下」 シェリー・ディクスン・カー著;駒月雅子訳 扶桑社(扶桑社ミステリー) 2015年8月

キャシー
「アザーズ」と呼ばれる謎の生命体が人類に攻撃するなかで生き残った十六歳の少女 「フィフス・ウェイブ」 リック・ヤンシー著;安野玲訳 集英社(集英社文庫) 2016年3月

キャスケット船長　きゃすけっとせんちょう
航海中に少女ダイドーを救った捕鯨船の船長、船室に閉じこもったペニテンスの父親 「ナンタケットの夜鳥—「ダイドーの冒険」シリーズ」 ジョーン・エイキン作;こだまともこ訳 冨山房 2016年10月

キャスリーン
魔法と伝説の世界の住人、陸上では人間で海の中ではアザラシに変身する妖精 「走れ犬ぞり、命を救え！マジック・ツリーハウス41」 メアリー・ポープ・オズボーン著;食野雅子訳 KADOKAWA 2016年11月

キャスリーン
魔法と伝説の都市キャメロットに住む魔法が得意な妖精、海にはいると人間からアザラシの姿に変身する妖精セルキーの少女 「第二次世界大戦の夜―マジック・ツリーハウス；39」 メアリー・ポープ・オズボーン著;食野雅子訳 KADOKAWA 2015年11月

キャスリーン・チャンドラー(ケイティ)
(株)魔法製作所のマーケティング部長、免疫者からいきなり魔法使いになった少女 「魔法使いにキスを (株)魔法製作所 2nd season」 シャンナ・スウェンドソン著;今泉敦子訳 東京創元社(創元推理文庫) 2014年4月

キャッスル
世界を支配する再建党に抵抗している活動グループ"オメガポイント"のリーダー 「アンラヴェルミー ほんとうのわたし シャッターミー2」 タヘラ・マフィ著;金原瑞人訳;大谷真弓訳 潮出版社 2015年3月

キャット・ポテンテ
グーグル社員、ハイパーターゲティング広告を見て二十四時間書店にやってきた女の子 「ペナンブラ氏の24時間書店」 ロビン・スローン著;島村浩子訳 東京創元社 2014年4月

ギャビー
姉のミアたちと魔法の島ネバーランドにある妖精王国ピクシー・ホロウに行くことができる人間の女の子 「フェアリー・ガールズ4 ミストホースと水の妖精」 キキ・ソープ作;堀川志野舞訳;白沢まりも絵 ポプラ社 2015年3月

ギャビー
姉のミアたちと魔法の島ネバーランドにある妖精王国ピクシー・ホロウに行くことができる人間の女の子 「フェアリー・ガールズ5 妖精とひみつのウェディング」 キキ・ソープ作;堀川志野舞訳;白沢まりも絵 ポプラ社 2015年7月

ギャビー
魔法の島・ネバーランドにやってきた四人の女の子の一人、夢みる女の子・ミアの妹で妖精を信じている女の子 「フェアリー・ガールズ1―DiSNEY」 キキ・ソープ作;堀川志野舞訳 ポプラ社 2014年3月

ギャビー・ホランド
ノースカロライナ州の小児科医院に勤める準医師、魅力的な顔立ちの26歳の女性 「きみと歩く道」 ニコラス・スパークス著;雨沢泰訳 小学館(小学館文庫) 2016年8月

キャプテン・アメリカ
世界平和のために戦う「アベンジャーズ」の一人、約70年の眠りからさめたスーパーソルジャー 「アベンジャーズ エイジ・オブ・ウルトロン」 ジョス・ウェドン脚本・監督;アレックス・アーヴァインノベル訳;上杉;隼人訳;長尾;莉紗訳 講談社 2015年11月

キャプテン・アメリカ
貧弱な体格から軍の極秘実験により強靭な肉体の「キャプテン・アメリカ」として生まれ変わった青年 「キャプテン・アメリカ：ザ・ファースト・アベンジャー」 クリストファー・マルクス;スティーヴン・マクフィーリー脚本;大島資生訳 講談社 2014年4月

キャプテン・アメリカ
貧弱な体格から軍の極秘実験により強靭な肉体の「キャプテン・アメリカ」として生まれ変わった青年 「キャプテン☆アメリカ ウィンター・ソルジャー」 クリストファー・マルクス;スティーヴン・マクフィーリー脚本;有馬さとこ訳 講談社 2014年10月

キャプテン・アメリカ（スティーブ・ロジャース）
人類の平和を守る「アベンジャーズ」のヒーロー、アイアンマン（トニー）と対立したメンバー 「シビル・ウォー―キャプテン・アメリカ」 アレックス・アーヴァインノベル；上杉隼人訳；長尾莉紗訳　講談社　2016年10月

キャプテン・バルボッサ
流れ星を追って不思議な世界「トイ・ボックス」にやってきた海賊でジャック・スパロウのライバル　「ディズニーインフィニティ」 エイミー・ワインガルトナー文；樹紫苑訳　KADOKAWA（角川つばさ文庫）2016年1月

キャプテン・フリント
三家族の子どもたちと帆船シロクマ号で航海に出た人、ナンシイとペギイのおじさん　「シロクマ号となぞの鳥上下」 アーサー・ランサム作；神宮輝夫訳　岩波書店（岩波少年文庫）2016年1月

キャボット
タイムトラベラーのリアムに協力する十二世紀のイングランドにいる修道士　「タイムライダーズ3-2　失われた暗号」 アレックス・スカロウ作；金原瑞人訳　小学館　2015年12月

キャボット
十二世紀のイングランドの修道院にいる修道士、元テンプル騎士団の従士　「タイムライダーズ3-1　失われた暗号」 アレックス・スカロウ作；金原瑞人訳　小学館　2015年12月

キャラハンキョウジュ
サンフランソウキョウ工科大学のロボット工学の教授　「ベイマックス」 アイリーン・トリンブル作；しぶやまさこ訳　偕成社（ディズニーアニメ小説版）2014年12月

キャリー
七歳の女の子・ローラの妹、小川のほとりで暮らす一家の三女　「プラム・クリークの土手で」 ローラ・インガルス・ワイルダー作；中村凪子訳；椎名優絵　KADOKAWA（角川つばさ文庫）2014年6月

キャリー・ルイーズ・フィッシャー
交通事故でお母さんを亡くし人と口をきくのをやめてしまったイギリスの小学六年生の女の子　「一年後のおくりもの」 サラ・リーン作；宮坂宏美訳；片山若子画　あかね書房　2014年12月

キャルパーニア・ヴァージニア・テイト
一九〇〇年のテキサスの田舎町に暮らす家族の娘、自然界に関心を持つ十二歳の女の子　「ダーウィンと旅して」 ジャクリーン・ケリー作；斎藤倫子訳　ほるぷ出版　2016年8月

キャロライン（母さん）　きゃろらいん（かあさん）
ミネソタ州にあるプラム・クリークという小川のほとりで暮らす一家の母さん　「プラム・クリークの土手で」 ローラ・インガルス・ワイルダー作；中村凪子訳；椎名優絵　KADOKAWA（角川つばさ文庫）2014年6月

キャロライン・ヘンダーソン
公園で鳥の形をしたまるで生きているような不思議なたこをひろい家に持ち帰って修理した姉弟の姉　「てづくり魔女（魔女の本棚17）」 ルース・チュウ作；日当陽子訳；たんじあきこ絵　フレーベル館　2014年1月

キャロル
イギリスの名門女子寄宿学校アーリングハーストの図書室司書　「図書室の魔法 上下」 ジョー・ウォルトン著；茂木健訳　東京創元社　2014年4月

きゃん

キャンディ
真剣にスパイになりきっている少年・セイファーの妹、7歳くらいの女の子 「ウソつきとスパイ」 レベッカ・ステッド作;樋渡正人訳 小峰書店(Sunnyside Books) 2015年5月

キャンディス・フリン
天才発明家兄弟・フィニアスとファーブのお姉ちゃん 「フィニアスとファーブ 火星へ行こう!」 エリー・オライアン文;ヘレナ・メイヤー文;杉田七重訳 KADOKAWA(角川つばさ文庫) 2014年10月

ギュス
地球のパラレルワールド「エデフィア」の新しいグラシューズであるオクサの幼なじみで親友、エキゾチックなユーラシアン 「オクサ・ポロック5 反逆者の君臨」 アンヌ・プリショタ著;サンドリーヌ・ヴォルフ著;児玉しおり訳 西村書店 2014年12月

ギュスターヴ・ベランジェ(ギュス)
地球のパラレルワールド「エデフィア」の新しいグラシューズであるオクサの幼なじみで親友、エキゾチックなユーラシアン 「オクサ・ポロック5 反逆者の君臨」 アンヌ・プリショタ著;サンドリーヌ・ヴォルフ著;児玉しおり訳 西村書店 2014年12月

キュンキュン
長い毛なみのヨークシャー・テリア犬、犬のスター俳優 「動物探偵ミア [動物探偵ミア](6) 映画スターになろう!」 ダイアナ・キンプトン作;武富博子訳 ポプラ社 2016年12月

キョウさん
元従軍記者兼カメラマン、30年ぶりに韓国の牛島を訪れた58歳の男 「嵐」 ル・クレジオ作;中地義和訳 作品社 2015年10月

ギラン
アラルエン王国のノルゲート領に配属されたレンジャー 「アラルエン戦記9 秘密」 ジョン・フラナガン作;入江真佐子訳 岩崎書店 2016年10月

ギラン
スカンディアの首領・エラクの救出に向かったアラルエン王国の若いレンジャー 「アラルエン戦記7 奪還 上」 ジョン・フラナガン作;入江真佐子訳 岩崎書店 2015年7月

ギラン
スカンディアの首領・エラクの救出のためアリダに来たアラルエン王国の若いレンジャー 「アラルエン戦記8 奪還 下」 ジョン・フラナガン作;入江真佐子訳 岩崎書店 2016年2月

キーラン・ウッズ
イギリスの中等学校で学習補助の先生が付いた九年生、義父から虐待を受けている少年 「スマート―キーラン・ウッズの事件簿」 キム・スレイター作;武富博子訳 評論社 2016年10月

切り裂きジャック　きりさきじゃっく
1888年の夏ロンドンで残虐な連続殺人を起こした正体不明の襲撃者 「ザ・リッパー:切り裂きジャックの秘密 上下」 シェリー・ディクスン・カー著;駒月雅子訳 扶桑社(扶桑社ミステリー) 2015年8月

義理の姉(アナスタシア)　ぎりのあね(あなすたしあ)
16歳のエラの父親と再婚したトレメイン夫人の娘でドリゼラの妹、エラの義理の姉 「シンデレラ」 エリザベス・ルドニック作;橘高弓枝訳 ディズニーアニメ小説版 2015年5月

義理の姉（ドリゼラ）　ぎりのあね（どりぜら）
16歳のエラの父親と再婚したトレメイン夫人の娘でアナスタシアの姉、エラの義理の姉　「シンデレラ」　エリザベス・ルドニック作;橘高弓枝訳　ディズニーアニメ小説版　2015年5月

ギルデロイ・ロックハート（ロックハート）
ホグワーツ魔法魔術学校にやってきた「闇の魔術に対する防衛術」の先生　「ハリー・ポッターと秘密の部屋 －「ハリー・ポッター」シリーズ」　J.K.ローリング作;ジム・ケイ絵;松岡佑子訳　静山社　2016年10月

ギルバート
アボンリーの村のマシュウとマリラ兄妹に引きとられた少女・アンと同じ学校に通ういたずらの好きな男の子　「赤毛のアン : 明るく元気に生きる女の子の物語—10歳までに読みたい世界名作 ; 1」　横山洋子監修;ルーシー・モード・モンゴメリ原作;村岡花子編訳;村岡恵理編著;柚希きひろ絵　学研教育出版　2014年7月

ギルバート・ブライス
アヴォンリー村で一緒に育ったアンのことが好きな19才の青年、小学校教師　「アンの青春 －新訳　完全版下」　L.M.モンゴメリ作;河合祥一郎訳;南マキカバー絵;榊アヤミ挿絵　KADOKAWA（角川つばさ文庫）　2015年4月

ギルバート・ブライス
かわりものの年寄り兄妹に引きとられた赤毛のアンが通う学校の優等生で女子に大人気の14歳の男の子　「赤毛のアン 上下 完全版」　L.M.モンゴメリ作;河合祥一郎訳;南マキ絵　KADOKAWA（角川つばさ文庫）　2014年4月

ギルバート・ブライス
キングスポートのレドモンド大学の医科学生、サマーサイド高校の校長となったアンの婚約者　「アンの幸福 1」　L・M・モンゴメリ作;村岡花子訳;Haccan絵　講談社（講談社大きな文字の青い鳥文庫）　2015年9月

ギルバート・ブライス
グリン・ゲイブルスにやってきた孤児アンをにんじんと呼び怒らせた少年　「赤毛のアン」　L.M.モンゴメリ作;村岡花子訳;HACCAN画　講談社　2014年5月

ギルバート・ブライス
赤毛のアンと結婚しフォア・ウィンズで医者として第一歩を踏み出すことになった男性　「アンの夢の家赤毛のアン（5）」　L.M.モンゴメリ作;村岡花子訳;HACCAN絵　講談社（青い鳥文庫）　2014年1月

ギルバート・ブライス
貧乏な若い医者、教師だったアンと結婚式を挙げプリンスエドワード島の美しい海辺の小さな家で新しい生活をはじめた男性　「アンの家—赤毛のアン5—上中下」　L・M・モンゴメリ作;村岡花子訳;Haccan絵　講談社（講談社大きな文字の青い鳥文庫）　2015年9月

ギルバート・ブライス
幼なじみのアンたちとアヴォンリー村改善協会を設立した青年、18才の小学校教師　「アンの青春－新訳　完全版上」　L.M.モンゴメリ作;河合祥一郎訳;南マキカバー絵;榊アヤミ挿絵　KADOKAWA（角川つばさ文庫）　2015年3月

禁煙さん　きんえんさん
ドイツのキルヒベルク男子寄宿学校近くの市民農園の一角に住むふうがわりな男　「飛ぶ教室 ポプラ世界名作童話20」　E・ケストナー作;最上一平文;矢島眞澄絵　ポプラ社　2016年11月

きんぎ

きんぎょ(フワフワ)
少女エルビーが犬のげいをおしえることにしたきんぎょ 「ペットのきんぎょがおならをしたら…?」 マイケル・ローゼン作;トニー・ロス絵;ないとうふみこ訳　徳間書店　2016年6月

キング
いくつもの事件を解決してきた名探偵犬、セラピー犬としてフォーレイクス小学校にかようことになったゴールデンレトリーバー 「青い舌の怪獣をさがせ!(名探偵犬バディ)」 ドリー・ヒルスタッド・バトラー作;もりうちすみこ訳;うしろだなぎさ絵　国土社　2014年2月

【く】

クアン兄さん　くあんにいさん
ベトナム戦争を経てアラバマ州に逃れた家族の21歳の長男、10歳のハの兄 「はじまりのとき」 タイン=ハ・ライ作;代田亜香子訳　鈴木出版(鈴木出版の海外児童文学)　2014年6月

クアン・ハ
カリフォルニア州コンドン高校2年生、メキシコ人の父とベトナム人の母をもつ少年 「世界を7で数えたら」 ホリー・ゴールドバーグ・スローン作;三辺律子訳　小学館(SUPER!YA)　2016年8月

クィーン
不幸な客に死刑宣告ばかりくだすハートのクィーン 「不思議の国のアリス」 ルイス・キャロル著;高山宏訳;佐々木マキ絵　亜紀書房　2015年4月

クイン
アラリス諸島のヤロス島でおばさんのマルタに育てられた少年 「ドラゴン・ナイト1 よみがえった炎の騎士」 J.R.キャッスル著;岡本由香子訳;小笠原智史絵　KADOKAWA　2016年10月

クイン
カリフォルニア州に住む小学生、「暗号クラブ」の仲間とテーマパークに行った男の子 「暗号クラブ7 マジック・ランドで行方不明!?」 ペニー・ワーナー著;番由美子訳;ヒョーゴノスケ絵　KADOKAWA　2016年8月

クイン・キィ
カリフォルニア州のバークレー小の6年生、「暗号クラブ」の会員を募集した男の子 「暗号クラブ 4.5 暗号クラブ結成の日」 ペニー・ワーナー著;番由美子訳　KADOKAWA　2015年4月

クイン・キィ
バークレー小の科学研究コンテストの準備をする6年生男子、「暗号クラブ」のメンバー 「暗号クラブ 8 犯人は学校の中にいる!」 ペニー・ワーナー著;番由美子訳　KADOKAWA　2016年12月

クイン・キィ
ワシントンD.Cの学年旅行に行ったバークレー小の6年生男子、「暗号クラブ」のメンバー 「暗号クラブ 5 謎のスパイを追え!」 ペニー・ワーナー著;番由美子訳　KADOKAWA　2015年8月

クイン・キィ
暗号クラブのメンバーで六年生、コンピューターとギターが得意な少年 「暗号クラブ 4 よみがえったミイラ」 ペニー・ワーナー著;番由美子訳;ヒョーゴノスケ絵　KADOKAWA　2014年7月

クイン・キィ
社会科見学でエンジェル島に行ったバークレー小の6年生男子、「暗号クラブ」のメンバー 「暗号クラブ 6 エンジェル島キャンプ事件」 ペニー・ワーナー著;番由美子訳　KADOKAWA　2015年12月

グウィネス
オオカミたちを見守るオオメンフクロウ、はぐれ鍛冶 「ファオランの冒険 4 仮面をかぶった預言者」 キャスリン・ラスキー著;中村佐千江訳　KADOKAWA　2014年1月

グウィネス
オオカミたちを見守るオオメンフクロウ、はぐれ鍛冶 「ファオランの冒険 5 旅する仲間たち」 キャスリン・ラスキー著;中村佐千江訳　KADOKAWA　2014年6月

グウィネス
オオカミたちを見守るオオメンフクロウ、はぐれ鍛冶 「ファオランの冒険6－〈果てなき青み〉へ！」 キャスリン・ラスキー著;中村佐千江訳　KADOKAWA　2015年1月

グウィラナ
龍の復活をたくらむ太古の世界から生きている魔女、ペニーケトル家の女主人リズのおばグウィネスを名乗っている老女 「龍のすむ家Ⅴ 闇の炎」 クリス・ダレーシー著;三辺律子訳;浅沼テイジ挿画　竹書房　2015年8月

グウェン・ステイシー
スパイダーマンになったピーターの恋人、亡きステイシー警部の娘 「アメイジングスパイダーマン2」 アレックス・カーツマン脚本;ロベルト・オーチー脚本;ジェフ・ピンクナー脚本;吉富節子訳;小山克昌訳　講談社　2014年11月

グウェンドリン・シェパード
タイムトラベラー、亡き祖父が遺した櫃をめぐって秘密結社「監視団」と争うはめになった少女 「比類なき翠玉(エメラルド) 上下―時間旅行者の系譜」 ケルスティン・ギア著;遠山明子訳　東京創元社(創元推理文庫)　2016年5月

グウェンドリン・シェパード
ロンドンのハイスクールに通う16歳、ある日タイムトラベラーであることが判明した少女 「紅玉(ルビー)は終わりにして始まり―時間旅行者の系譜」 ケルスティン・ギア著;遠山明子訳　東京創元社(創元推理文庫)　2015年11月

グウェンドリン・シェパード
ロンドンのハイスクールに通う16歳、予言された12番目のタイムトラベラーの少女 「青玉(サファイア)は光り輝く―時間旅行者の系譜」 ケルスティン・ギア著;遠山明子訳　東京創元社(創元推理文庫)　2016年3月

クエーカー(フェリックス・クエーカー)
動物と話せる力を持つ人間・フェラル、ブラックストーン市の農場に住むネコと話せる男 「フェラルズ1 カラスまつろう少年」 ジェイコブ・グレイ著;岡田好惠訳　講談社　2016年7月

くえん

グエン・クアン・ハ（クアン・ハ）
カリフォルニア州コンドン高校2年生、メキシコ人の父とベトナム人の母をもつ少年 「世界を7で数えたら」 ホリー・ゴールドバーグ・スローン作;三辺律子訳 小学館（SUPER!YA） 2016年8月

グエン・ティ・マイ（マイ）
カリフォルニア州コンドン高校1年生、メキシコ人の父とベトナム人の母をもつ少女 「世界を7で数えたら」 ホリー・ゴールドバーグ・スローン作;三辺律子訳 小学館（SUPER!YA） 2016年8月

クエントン・コーエン
ベンドックス学園の生徒・レイチェルの同級生で親友、弟が誘拐された男の子 「アンナとプロフェッショナルズ3」 MAC著;なかがわいずみ訳 KADOKAWA 2015年1月

クキ
貧乏な一家の3きょうだいの次男、意地悪なマリラおばさんが家であずかる男の子 「追え!!魔法の赤いイス」 アンジェイ・マレシュカ著;久堀由衣訳 講談社（講談社文学の扉） 2014年1月

クサイさん
ロンドンで暮らすものすごくくさい年寄りの路上生活者 「大好き!クサイさん――評論社の児童図書館・文学の部屋」 デイヴィッド・ウォリアムズ作;クェンティン・ブレイク絵;久山太市訳 評論社 2015年10月

クジラ
フロリダ州にある小さな島・ロンサム島で座礁したクジラ、赤ちゃんクジラ・スクワートのお母さん 「コービーの海」 ベン・マイケルセン作;代田亜香子訳 鈴木出版（鈴木出版の海外児童文学） 2015年6月

薬屋のおじさん（アリストテレスおじさん） くすりやのおじさん（ありすとてれすおじさん）
韓国で「アリストテレスの薬屋」を開いた店主、小学生のソンウの悩みを聞いたおじさん 「アリストテレスのいる薬屋――はじめて読むじんぶん童話シリーズ」 パク・ヒョンスク文;ユン・ジフェ絵;古川綾子訳 彩流社 2015年10月

口ひげさん くちひげさん
スコットレーズ・デパートの正面玄関で制服を着て働いている男の人 「魔法があるなら」 アレックス・シアラー著;野津智子訳 PHP研究所 2015年1月

工藤 ベン くどう・べん
旅行中に東北地方の菖ヶ浜村で津波におそわれた十一歳のアメリカ人少年 「ぼくはこうして生き残った!4－東日本大震災」 ローレン・ターシス著;河井直子訳 KADOKAWA 2015年2月

クマ（ウィニー・ザ・プー）
森のなかに一人で住んでいるクマの男の子、ロンドンに住んでいるクリストファー・ロビン少年のテディベア 「プーの細道にたった家」 A・A・ミルン著;阿川佐和子訳 新潮社（新潮モダン・クラシックス） 2016年7月

クマ（プー）
百町森にすむクマ、クリストファー・ロビン少年の友だち 「イーヨーのあたらしいうち――はじめてのプーさん」 A・A・ミルンぶん;E・H・シェパードえ;石井桃子やく 岩波書店 2016年9月

クマ（プー）
百町森のはずれでプーやその友だちがしてあそんだ「プー棒投げ」を発明したクマ 「プーあそびをはつめいする―はじめてのプーさん」 A・A・ミルンぶん;E・H・シェパードえ;石井桃子やく 岩波書店 2016年9月

クマ（ヴォイテク）
第二次世界大戦中にポーランド人の兵士たちに引き取られたみなしごの子グマ 「兵士になったクマ ヴォイテク」 長野徹訳;ビビ・デュモン・タック著;フィリップ・ホプマン絵 汐文社 2015年8月

クライド・アムニー
私立探偵のフィリップ・マーロウに依頼してきた弁護士 「プレイバック」 レイモンド・チャンドラー著;村上春樹訳 早川書房 2016年12月

クラウス・ウィンターモルゲン（ウィンターモルゲン）
かずかずの世界記録をもつ謎の大男 「ふたりは世界一！」 アンドレス・バルバ作;宇野和美訳;おくやまゆか画 偕成社 2014年4月

クラウディア
ローマ元老院議員の娘、猫のミランダとプンカの世話をしていた七歳の女の子 「ゆうかんな猫ミランダ」 エレナー・エスティス作えドワード・アーディゾーニ絵;津森優子訳 岩波書店 2015年12月

食らう者　くらうもの
自分の欲のために魔法をこっそり使う魔法界の者 「アーチー・グリーンと魔法図書館の謎―アーチー・グリーンと魔法図書館」 D.D.エヴェレスト著;こだまともこ訳 あすなろ書房 2015年7月

クラーク・ケント（スーパーマン）
クリプトン星で生まれた宇宙人、正義のヒーロー「スーパーマン」に変身するとき以外は新聞社で働いている新米記者 「バットマンVSスーパーマン―エピソード0 クロスファイヤー」 マイケル・コッグス著;田邊雅之訳 小学館（小学館ジュニア文庫） 2016年3月

クラックス
食堂のオバさんに化けたエイリアンのひとり、地球を征服しようとする冷酷エイリアン 「スーパーヒーロー・パンツマン 3 パンツマンVS恐怖のオバちゃんエイリアン」 デイブ・ピルキー作・絵;木坂涼訳 徳間書店 2014年2月

グラッフェン
龍の番人、ペニーケトリー一家と「龍のほら穴」を守っている龍 「小さな龍たちの大冒険―龍のすむ家」 クリス・ダレーシー著;三辺律子訳 竹書房（竹書房文庫） 2015年7月

クラップ校長（パンツマン）　くらっぷこうちょう（ぱんつまん）
小学四年生のハロルドとジョージが通うジェローム小学校の校長、パンツマンに変身する先生 「スーパーヒーロー・パンツマン 1 パンツマンたんじょうのひみつ」 デイブ・ピルキー作・絵;木坂涼訳 徳間書店 2014年1月

クラップ校長（パンツマン）　くらっぷこうちょう（ぱんつまん）
小学四年生のハロルドとジョージが通うジェローム小学校の校長、パンツマンに変身する先生 「スーパーヒーロー・パンツマン 2 パンツマンVS巨大トイレロボ」 デイブ・ピルキー作・絵;木坂涼訳 徳間書店 2014年1月

くらっ

クラップ校長(パンツマン)　くらっぷこうちょう(ぱんつまん)
小学四年生のハロルドとジョージが通うジェローム小学校の校長、パンツマンに変身する先生　「スーパーヒーロー・パンツマン 3 パンツマンVS恐怖のオバちゃんエイリアン」デイブ・ピルキー作・絵;木坂涼訳　徳間書店　2014年2月

クラップ校長(パンツマン)　くらっぷこうちょう(ぱんつまん)
小学四年生のハロルドとジョージが通うジェローム小学校の校長、パンツマンに変身する先生　「スーパーヒーロー・パンツマン 4 パンツマンVSおもらし教授　あんたのお名前なんてーの？」デイブ・ピルキー作・絵;木坂涼訳　徳間書店　2014年2月

グラディス・サマセット
ニューヨークで生まれ育った四姉妹の一人、作家のヴァージニアの亡くなった姉　「サマセット四姉妹の大冒険」レズリー・M.M.ブルーム作;尾高薫訳;中島梨絵絵　ほるぷ出版　2014年6月

クラブンデさん
1930年のベルリンに住む共産主義者、少年マックセのおとうさん　「エデとウンク　1930年ベルリンの物語」アレクス・ウェディング著;金子マーティン訳・解題　影書房　2016年6月

グラム
ブラックストーン市の公園でカラスと話せる少年コーと暮らしている中年カラス　「フェラルズ 1 カラスまつろう少年」ジェイコブ・グレイ著;岡田好惠訳　講談社　2016年7月

クララ
フランクフルトのお屋敷にすむ足の不自由な女の子　「アルプスの少女ハイジ―ポプラ世界名作童話；4」J.シュピリ作;那須田淳文;pon-marsh絵　ポプラ社　2015年11月

クララ
フランクフルトのお屋敷に住み体が弱くて車いすで生活している十二歳の少女　「ハイジ 1・2」ヨハンナ・シュピーリ作;若松宣子訳　偕成社(偕成社文庫)　2014年4月

クララ
鏡の世界に入り込んでしまったウィルの恋人、医学生　「鏡の世界―石の肉体」コルネーリア・フンケ著;浅見昇吾訳　WAVE出版　2015年9月

クララ先生　くららせんせい
四年生のユリウスたちの担任、治らない病気になり車いすに乗って学校に来た先生　「クララ先生、さようなら」ラヘル・ファン・コーイ作;石川素子訳　徳間書店　2014年9月

クララベル姫　くららべるひめ
おとぎの世界のウィンテリア王国の姫、おしとやかで動物の気持ちがわかる女の子　「王女さまのお手紙つき1 舞踏会とジュエルの約束」ポーラ・ハリソン原作;チーム151E☆企画;チーム151E☆構成　学研教育出版　2015年9月

クララベル姫　くららべるひめ
寒いウィンテリア王国の王女、南の島・ラグーンでけがをしたイルカの赤ちゃんと出会った姫　「王女さまのお手紙つき[4] 南の島の願いごとパール」ポーラ・ハリソン原作;チーム151E☆企画・構成　学研プラス　2016年4月

クラランス・フルート
風変わりな実験ばかりおこなっている8歳の天才科学者　「クラランス・フルートとシビルの秘密」サンドリーヌ・ボニーニ文;サンドリーヌ・ボニーニ絵;山本知子訳　近代文藝社　2015年9月

クラリス・マクラレン
隠匿されていた書物を焼く昇火士の男・モンターグの家のとなりに越してきた風変りな少女 「華氏451度」 レイ・ブラッドベリ著;伊藤典夫訳　早川書房(ハヤカワ文庫SF)　2014年6月

グラント
群れを離れたラッキーとミッキーが森で出会ったフィアース・ドッグの子犬たち、体が大きく警戒心の強いオス犬 「サバイバーズ3ひとすじの光」 エリン・ハンター作;井上里訳　小峰書店　2015年6月

グリーシャ・グリゴーレヴィッチ
ロシアのお百姓さんの1番目のしっかりしたはたらきもののむすこ 「大力のワーニャ」 オトフリート・プロイスラー作;大塚勇三訳　岩波書店(岩波少年文庫)　2014年6月

クリスタおばちゃん
きょうだいマーシャとサイモンの家族の知り合いのおばちゃん 「ぼろイスのボス」 ダイアナ・ウィン・ジョーンズ作;野口絵美訳;佐竹美保画　徳間書店　2015年4月

クリスチャン(C)　くりすちゃん(し－)
家出して森でトロルのエドと暮らしていた青年、川向こうのマリゴールド姫と文通した十七歳 「マリゴールドの願いごと」 ジェーン・フェリス作;ないとうふみこ訳;池上小湖訳　小峰書店（Sunnyside Books）　2014年12月

クリストキント
クリスマスのプレゼントを子どもたちに渡しに来るクリストキント、おさな子キリスト 「ニット帽の天使」 オトフリート・プロイスラー作;ヘルベルト・ホルツィング絵;吉田孝夫訳　さ・え・ら書房　2016年9月

クリストフ
アフリカのルワンダからイギリスへやってきた転校生、八歳の男の子 「お話きかせてクリストフ」 ニキ・コーンウェル作;渋谷弘子訳;中山成子絵　文研出版(文研ブックランド)　2014年8月

クリストフ
アレンデール王国で氷を切って売る氷職人、がさつだがやさしい山男 「アナと雪の女王[5]－氷を愛する人はだれ？」 エリカ・デイビッド文;ないとうふみこ訳　KADOKAWA(角川つばさ文庫)　2016年3月

クリストフ
アレンデール王国女王の妹アナのための秘密の誕生日パーティーを手伝う氷職人 「アナと雪の女王　エルサのサプライズ」 ヴィクトリア・サクソン著;中井はるの訳　ディズニームービーブック　2015年6月

クリストフ
アレンデール王室公認の氷職人、妖精トロールたちに育てられた心優しい青年 「アナと雪の女王―アレンデール城のゆうれい　オラフとスヴェンの氷の配達」 ランディ・クイン・ウォーカー文えリザベス・ラドニック文;中井はるの訳　講談社(講談社KK文庫)　2016年2月

クリストフ
湖から氷を切りだしてきて売る氷職人、心やさしい山男 「アナと雪の女王」 サラ・ネイサン作;セラ・ローマン作;しぶやまさこ訳　偕成社(ディズニーアニメ小説版)　2014年3月

くりす

クリストフ
四年前にルワンダからイギリスに来た中学生の少年、転校生アーメルの同級生 「君の話をきかせてアーメル」 ニキ・コーンウェル作;渋谷弘子訳;中山成子絵 文研出版(文研じゅべにーる) 2016年7月

クリストファー・ロビン
「100エーカーの森」に住むクマのプーの面倒を見てくれる少年 「クマのプー」 A.A.ミルン原案;森絵都訳;マーク・バージェス絵 KADOKAWA 2016年10月

クリストファー・ロビン
「100エーカーの森」に住むクマのプーの面倒を見てくれる少年 「クマのプー」 A.A.ミルン原案;森絵都訳;マーク・バージェス絵 KADOKAWA 2016年10月

クリストファー・ロビン
100エーカーの森に住むプーさんとなかまたちにいろいろなことを教えてあげている少年 「くまのプーさん プーさんたちの楽しい毎日」 ディズニー・パブリッシング・ワールドワイド文;大草洋子訳 KADOKAWA(角川つばさ文庫) 2016年10月

クリストファー・ロビン
くまのぬいぐるみのプーといつもいっしょの心やさしい少年 「プーのはちみつとり はじめてのプーさん」 A・A・ミルン文;E・H・シェパード絵;石井桃子訳 岩波書店 2016年9月

クリストファー・ロビン
ロンドンに住んでいる少年、テディベアに「ウィニー・ザ・プー」と名前をつけてあげた男の子 「ウィニー・ザ・プー」 A・A・ミルン著;阿川佐和子訳 新潮社(新潮モダン・クラシックス) 2014年3月

クリストファー・ロビン
ロンドンに住んでいる少年、テディベアに「ウィニー・ザ・プー」と名前をつけてあげた男の子 「プーの細道にたった家」 A・A・ミルン著;阿川佐和子訳 新潮社(新潮モダン・クラシックス) 2016年7月

クリストファー・ロビン
百町森のなかまたちと友だちの少年 「イーヨーのあたらしいうち―はじめてのプーさん」 A・A・ミルンぶん;E・H・シェパードえ;石井桃子やく 岩波書店 2016年9月

クリストファー・ロビン
百町森のなかまたちと友だちの少年 「プーあそびをはつめいする―はじめてのプーさん」 A・A・ミルンぶん;E・H・シェパードえ;石井桃子やく 岩波書店 2016年9月

クリス・ブラッドフォード
反政府運動SAG(ストリートアクション集団)のリーダー 「英国情報局秘密組織CHERUB(チェラブ) Mission10 リスク」 ロバート・マカモア作;大澤晶訳 ほるぷ出版 2014年12月

クリスマス
フィンランドに住んでいるクリスマスの日に生まれた十一歳の男の子 「クリスマスとよばれた男の子」 マット・ヘイグ文;クリス・モルド絵;杉本詠美訳 西村書店東京出版編集部 2016年12月

グリフィン・ガトー
アメリカの人気料理番組"グリフィンが行く!"のイケメンシェフ 「おたずねもの姉妹の探偵修行 File4 クリスマスの暗号を解け!」 M・E・ラブ著;西田佳子訳 学研プラス 2015年12月

グリマルキン
マルキン一族の魔女、魔王の頭を持っている最強の暗殺者 「魔使いの復讐」ジョゼフ・ディレイニー著;田中亜希子訳 東京創元社(sogen bookland) 2015年2月

グリーン・ゴブリン
ハイテク・グライダーに乗る緑色をした怪人、正体はオズコープ社の新CEOのハリー 「アメイジングスパイダーマン2」アレックス・カーツマン脚本;ロベルト・オーチー脚本;ジェフ・ピンクナー脚本;吉富節子訳;小山克昌訳 講談社 2014年11月

クリンサー
「くらやみの町」にいる予言のできる魔法使い 「エルフとレーブンのふしぎな冒険 5 くらやみの町と歌う剣」マーカス・セジウィック著;中野聖訳;朝日川日和絵 学研プラス 2016年12月

グリーンスリーブズさん
森でくらしているこぶたのサムの友だち、農場のご主人 「おめでたこぶた その3 サムのおしごと—世界傑作童話シリーズ」アリソン・アトリー作;すがはらひろくに訳;やまわきゆりこ画 福音館書店 2016年6月

グリーンスリーブズさん
森でくらしているこぶたのサムの友だち、農場のご主人 「おめでたこぶた その3 サムのおしごと—世界傑作童話シリーズ」アリソン・アトリー作;すがはらひろくに訳;やまわきゆりこ画 福音館書店 2016年6月

グルブ
特別な任務を帯びてバルセローナにやってきた二人組の宇宙人のひとり、宇宙人の「私」の相棒 「グルブ消息不明—はじめて出逢う世界のおはなし」エドゥアルド・メンドサ著;柳原孝敦訳 東宣出版 2015年7月

クレア
ゆうれい少年カーズと「ゆうれい専門探偵事務所」をはじめたゆうれいの見える少女 「屋根裏のゆうれい」ドリー・ヒルスタッド・バトラー作;もりうちすみこ訳;いちごとまるがおさん絵 国土社 2016年11月

クレア
図書館でゆうれいの少年・カーズに話しかけたゆうれいの見える少女 「呪われた図書館」ドリー・ヒルスタッド・バトラー作;もりうちすみこ訳;いちごとまるがおさん絵 国土社 2016年8月

クレア・エルスワース
魔女、最近魔法の材料を集めるのがだんだんむずかしくなってきたため魔女をやめようと考えているおばあさん 「てづくり魔女(魔女の本棚17)」ルース・チュウ作;日当陽子訳;たんじあきこ絵 フレーベル館 2014年1月

クレアおばさん
ペンダーウィック家の四姉妹のおば、妻を亡くした兄にデート相手を見つけようとする妹 「ペンダーウィックの四姉妹2」ジーン・バーズオール作;代田亜香子訳 小峰書店(Sunnyside Books) 2015年8月

クレア・リミエ・ランメ・フォースティン
ハイチの小さな町ヴィル・ローズで暮らす漁師の娘、生まれた時に母親が亡くなった七歳の少女 「海の光のクレア」エドウィージ・ダンティカ著;佐川愛子訳 作品社 2015年1月

グレイ
古代のサメ・メガロドン、「インディ一族」の邪悪な王フィニバスに立ちむかう激流軍のリーダー 「サメ王国のグレイ3 王vs.王 究極の戦い」 E.J.アルトバッカー著;桑原洋子訳 KADOKAWA 2016年7月

グレイ
自分が絶滅しているはずのメガロドンだと知ったサメ、「はぐれもの一族」のリーダー 「サメ王国のグレイ2 運命のアトランティス決戦」 E.J.アルトバッカー著;桑原洋子訳 KADOKAWA 2016年1月

グレイ
十二歳の成長中のペレスメジロザメ、サンゴしょうにすむ体が大きいサメ 「サメ王国のグレイ1 七つの海を制するもの」 E.J.アルトバッカー著;桑原洋子訳 KADOKAWA 2015年8月

クレイグ
少女ベッキーの母親と暮らすようになった男性、レース犬を育てる商売人 「走れ、風のように」 マイケル・モーパーゴ著;佐藤見果夢訳 評論社 2015年9月

クレイグ
名門ユナイテッドの十二歳以下チームの左サイドバック、このごろ荒れている男の子 「フットボール・アカデミー6 最高のキャプテンDFライアンの決意」 トム・パーマー作;石崎洋司訳;岡本正樹画 岩崎書店 2014年7月

クレイ・ジャノン
二十四時間書店ではたらくことになった失業中の青年、元デザイナー 「ペナンブラ氏の24時間書店」 ロビン・スローン著;島村浩子訳 東京創元社 2014年4月

グレイス
パンゲア国の王女にまつわる物語をたくさん集めて調べているおばあさん 「タイムボックス」 アンドリ・S.マグナソン著;野沢佳織訳 NHK出版 2016年10月

クレイヴン氏　くれいぶんし
めいのメアリーを引きとったイギリスに住むおじさん、ミセルスエイト館の主 「ひみつの花園―10歳までに読みたい世界名作」 フランシス・ホジソン・バーネット作;横山洋子監修;日当陽子編訳;朝日川日和絵 学研教育出版 2015年6月

クレイマー
タイムマシンを使って歴史を変えようと企む男、優秀な量子物理学博士 「タイムライダーズ [1] 1・2」 アレックス・スカロウ作;金原瑞人・樋渡正人訳 小学館 2014年10月

グレガー総隊長　ぐれがーそうたいちょう
カーシア国の警護隊の総隊長、新国王にとって有能で切れ者だが鼻につく男 「消えた王―カーシア国3部作」 ジェニファー・A.ニールセン作;橋本恵訳 ほるぷ出版 2015年9月

グレース
三年生のアルフィーのうちのとなりのおばあさんの家に引っ越してきた三年生の女の子 「ペンギンは、ぼくのネコ」 ホリー・ウェッブ作;田中亜希子訳;大野八生絵 徳間書店 2015年7月

グレース・テナント
ロンドンのロイヤル・バレエスクールに通うエリーのルームメイト、心配症の女の子 「ロイヤルバレエスクール・ダイアリー6 いっしょならだいじょうぶ」 アレクサンドラ・モス著;竹内佳澄訳 駒草出版 2014年8月

グレース・テンペスト
ヴァンパイア・シドリオの娘でコナーとふたごの兄妹、「ノクターン号」に戻った少女 「ヴァンパイレーツ 14 最後の海戦」ジャスティン・ソンパー作;海後礼子訳 岩崎書店 2014年2月

グレッグ
イギリスの公立図書館の司書 「図書室の魔法 上下」ジョー・ウォルトン著;茂木健訳 東京創元社 2014年4月

グレッグ
しょうらい金もちの有名人になったときばかばかしいしつもんに答えるのがめんどうなので日記をつけはじめた男の子 「グレッグのダメ日記:グレッグ・ヘフリーの記録」ジェフ・キニー作;中井はるの訳 ポプラ社 2015年11月

グレッグ
日記をつけている男の子、夏休みにいきなり旅行にいくことになったダメ少年 「グレッグのダメ日記 とんでもないよ」ジェフ・キニー作;中井はるの訳 ポプラ社 2014年11月

グレッグソン
ロンドン警視庁の警部 「キラキラ名探偵[4] 緋色の研究―シャーロック・ホームズ」コナン・ドイル原作;新星出版社編集部編 新星出版社 2016年7月

グレッグ・ヘフリー
日記をつけている小学生、パパとママと兄ちゃんと弟と暮らす男の子 「いちかばちか、やるしかないね!―グレッグのダメ日記」ジェフ・キニー作;中井はるの訳 ポプラ社 2016年11月

グレッグ・ヘフリー
日記をつけている小学生、パパとママと兄ちゃんと弟と暮らす男の子 「やっぱり、むいてないよ!―グレッグのダメ日記」ジェフ・キニー作;中井はるの訳 ポプラ社 2015年11月

グレーテル
おにいちゃんのヘンゼルとままははにもりのなかへすてられたいもうと 「ヘンゼルとグレーテル―せかい童話図書館;2」グリムさく;あきせいじぶん;たかやまひろしえ;子ども文化研究所監修 いずみ書房 2014年9月

グレートデビルトイレ
世界征服をもくろんでいる人食いトイレ軍団の親玉、巨大人食いトイレロボ 「スーパーヒーロー・パンツマン 2 パンツマンVS巨大トイレロボ」デイブ・ピルキー作・絵;木坂涼訳 徳間書店 2014年1月

クレーブン
両親を亡くした10歳のメアリーのおじさん、イギリスの紳士 「ひみつの花園 ポプラ世界名作童話17」F・H・バーネット作;さとうまきこ文;狩野富貴子絵 ポプラ社 2016年11月

クレマイヤー
テレビ番組制作会社「フラッシュライト社」社員、ヒトラーの秘書として事務処理を担当している女性 「帰ってきたヒトラー 上下」ティムール・ヴェルメシュ著;森内薫訳 河出書房新社 2014年1月

クレンプ
校舎にとじこめられて管理人室に来た三人の五年生の前に現れた謎の老人 「亡霊学級のろわれた小学校」ジェームズ・プレラー著;安齋奈津子訳 KADOKAWA 2016年7月

くろい

クロイツカム
ドイツのヨーハン・ジギスムント・ギムナジウムの国語教師、5年生のルディの父親 「飛ぶ教室」エーリヒ・ケストナー著;池内紀訳 新潮社(新潮文庫) 2014年12月

クロウ(日暮の君) くろう(ひぐれのきみ)
ウェルメトの「たそがれ街」の主、金と権力のためならなんでもする男 「魔法が消えていく…」サラ・プリニース作;橋本恵訳 徳間書店 2016年1月

クロウ先生 くろうせんせい
一九一五年のイギリスシリー諸島のセント・メアリーズ島に住む医師 「月にハミング」マイケル・モーパーゴ作;杉田七重訳 小学館 2015年8月

クロエ
ロンドンの上流階級の女の子、高級な私立学校に通う十二歳 「大好き!クサイさん―評論社の児童図書館・文学の部屋」デイヴィッド・ウォリアムズ作;クェンティン・ブレイク絵;久山太市訳 評論社 2015年10月

クロス
オークランドの名門校チェアマン寄宿学校の生徒、いとこのドニファンを尊敬している13歳の少年 「十五少年漂流記」ジュール・ヴェルヌ著;椎名誠訳;渡辺葉訳 新潮社(新潮モダン・クラシックス) 2015年8月

クロッド・アイアマンガー
ロンドンのごみで財をなしたアイアマンガー一族の末裔、さまざまな物の声が聞こえる能力を持った少年 「堆塵館―アイアマンガー三部作〈1〉」エドワード・ケアリー著;古屋美登里訳 東京創元社 2016年9月

クロード
めいたんていの少年ネートのともだち、いつもなにかしらなくしものをする少年 「きょうりゅうのきって ぼくはめいたんてい」マージョリー・ワインマン・シャーマット文;マーク・シーモント絵;光吉夏弥訳 大日本図書 2014年7月

クロノス
少年ルークを操り復活を狙っているはるか昔オリンポスの神々によって退治されたタイタン族の王 「パーシー・ジャクソンとオリンポスの神々―迷宮の戦い〈4-上下〉」リック・リオーダン作;金原瑞人訳;小林みき訳 静山社(静山社ペガサス文庫) 2016年9月

クロノス
昔オリンポスの神々によって退治されたタイタン族の王、ルークの体を使い復活した男 「パーシー・ジャクソンとオリンポスの神々5-上下」リック・リオーダン作;金原瑞人;小林みき訳 静山社 2016年11月

グローバー・アンダーウッド
メリウェザ中学に通う十三歳の少年・パーシーの親友、半人半ヤギの山野の精・サテュロス 「パーシー・ジャクソンとオリンポスの神々2-上下」リック・リオーダン作;金原瑞人;小林みき訳 静山社(静山社ペガサス文庫) 2016年3月

グローリー
人形のお医者さんのおばあちゃんが修理することになったろう人形 「闇に逃げたろう人形(マジック・ドール2)」ジョーン・ホルブ作;かとうあさこ訳;石川のぞみ絵 国土社 2014年6月

クワイ・ガン　くわいがん
銀河系の正義と平和をまもるジェダイ騎士団のマスターでオビ=ワンの師　「スター・ウォーズ エピソードⅠファントム・メナス」　ジョージ・ルーカス原作;パトリシア・C.リード著;上杉隼人訳;大島資生訳　講談社　2015年3月

クンクン
虫に変身させられたふたごの兄弟ジョシュとダニーをいつも助けてくれるネズミ　「SWITCH 6　ゲンゴロウにスイッチ！」　アリ・スパークス作;神戸万知訳;舵真秀斗絵　フレーベル館　2014年4月

【け】

K　けい
コネチカット州にあるウエストブルックで親友のエイミーとふたごのように育ったもうすぐ13歳の女の子　「恐怖のお泊まり会　永遠に親友」　P.J.ナイト著;岡本由香子訳　KADOKAWA　2014年12月

ケイ
野生のイルカの調査中に行方不明になった海洋生物学者、中学生の女の子カラの母親　「白いイルカの浜辺―評論社の児童図書館・文学の部屋」　ジル・ルイス作;さくまゆみこ訳　評論社　2015年7月

ケイおばさん
オランダの森のなかの家に住むおばさん、ユダヤ人少女エルスケをかくまって世話した女の人　「がれきのなかの小鳥」　カーリ・ビッセルス作;野坂悦子訳;松本春野絵　文溪堂　2015年11月

ケイコ
夫婦でカナダに移住した日本人でミュリエルの母親、老いた母親ナオエと暮らす女性　「コーラス・オブ・マッシュルーム」　ヒロミ・ゴトー著;増谷松樹訳　彩流社　2015年7月

ケイティ
(株)魔法製作所のマーケティング部長、免疫者からいきなり魔法使いになった少女　「魔法使いにキスを　(株)魔法製作所 2nd season」　シャンナ・スウェンドソン著;今泉敦子訳　東京創元社(創元推理文庫)　2014年4月

ケイティ
願いが叶う「ロンドン・ストーン」に触れたとたんヴィクトリア朝のロンドンにタイムスリップしてしまったロンドン滞在中の15歳の少女　「ザ・リッパー：切り裂きジャックの秘密　上下」　シェリー・ディクスン・カー著;駒月雅子訳　扶桑社(扶桑社ミステリー)　2015年8月

ケイティ・ウォルシュ(K)　けいていうぉるしゅ(けい)
コネチカット州にあるウエストブルックで親友のエイミーとふたごのように育ったもうすぐ13歳の女の子　「恐怖のお泊まり会　永遠に親友」　P.J.ナイト著;岡本由香子訳　KADOKAWA　2014年12月

ケイティ・メドウズ
十歳のエミリーの同級生でいじわるなの女の子、人の弱みを見つける天才　「エミリーと妖精のひみつ　2水の妖精をすくえ！」　ホリー・ウェッブ作;宮坂宏美訳;Tobi絵　学研プラス　2015年12月

ケイト
親友のミアたちと魔法の島ネバーランドにある妖精王国ピクシー・ホロウに行くことができる人間の女の子 「フェアリー・ガールズ4 ミストホースと水の妖精」 キキ・ソープ作;堀川志野舞訳;白沢まりも絵 ポプラ社 2015年3月

ケイト
親友のミアたちと魔法の島ネバーランドにある妖精王国ピクシー・ホロウに行くことができる人間の女の子 「フェアリー・ガールズ5妖精とひみつのウェディング」 キキ・ソープ作;堀川志野舞訳;白沢まりも絵 ポプラ社 2015年7月

ケイト・ウィバーリー
暗黒の魔法使い・ダイア・マグヌスに囚われた妹エマの行方を弟マイケルとさがす少女 「ブラック・レコニング 最古の魔術書 III」 ジョン・スティーブンス著;こだまともこ訳 あすなろ書房 2015年12月

ケイト・ウォーカー
ロンドンのロイヤル・バレエスクールに通うエリーのルームメイト、韓国人とのハーフの女の子 「ロイヤルバレエスクール・ダイアリー 5 ルームメイトのひみつ」 アレクサンドラ・モス著;竹内佳澄訳 駒草出版 2014年7月

ケイトおばさん(アマサ・マコーマー夫人)　けいとおばさん(あまさまこーまーふじん)
サマーサイド高校の校長になったアンが下宿することになった柳風荘の家主の一人、未亡人 「アンの幸福 1」 L・M・モンゴメリ作;村岡花子訳;Haccan絵 講談社(講談社大きな文字の青い鳥文庫) 2015年9月

ケイト・オリヴァー
中学三年生のジェシーの同級生の親友、車いすに乗っている少女 「霧のなかの白い犬」 アン・ブース著;杉田七重訳;橋賢亀絵 あかね書房 2016年3月

ケイト・マクレディ
魔法の島・ネバーランドにやってきた四人の女の子の一人、冒険にあこがれる女の子 「フェアリー・ガールズ1―DiSNEY」 キキ・ソープ作;堀川志野舞訳 ポプラ社 2014年3月

ケイトリン・バーン
イギリスの寄宿学校に転校してきた五年生、世界一人気のあるポップスター・マーマレードの娘 「魔法ねこベルベット6―未来鏡をのぞいたら」 タビサ・ブラック作;武富博子訳くおんれいの画 評論社 2015年3月

ケイナン
悪の帝国に立ち向かう反乱軍のリーダー、フォースを使えるジェダイの騎士 「スター・ウォーズ反乱者たち 2 帝国の日」 ミッシェル・コーギー文;菊池由美訳 KADOKAWA(角川つばさ文庫) 2015年9月

ケイナン
悪の帝国に立ち向かう反乱者たちのリーダー、惑星ロザルで少年エズラと出会う男 「スター・ウォーズ反乱者たち 1 反乱の口火」 ミッシェル・コーギー文;菊池由美訳 KADOKAWA(角川つばさ文庫) 2015年2月

ケイン
ジュニアサッカーチーム「シューティング・スターズ」のメンバー、意地悪な男の子 「サッカー少女サミー 3 ワールドカップと恋のキセキ!?」 ミッシェル・コックス著;今居美月訳;十々夜絵 学研教育出版 2014年2月

ケイン・ソレン
カリフォルニア州の寄宿学校コアテス・アカデミーの生徒、不思議な能力をもつ14歳の少年 「GONE 上下」マイケル・グラント著;片桐恵理子訳　ハーパーコリンズ・ジャパン（ハーパーBOOKS）2016年4月

ケイン・ソレン
突然15歳以上の人間が消えた世界「フェイズ」のコアテス・アカデミーの生徒、十五歳のサムの弟　「GONE'2　上下」マイケル・グラント著;片桐恵理子訳　ハーパーコリンズ・ジャパン（ハーパーBOOKS）2016年11月

ケート・コムストック（コムストック夫人）　けーとこむすとっく（こむすとっくふじん）
リンバロストの森の端に娘のエルノラと暮らしている母、エルノラに無慈悲で理不尽な仕打ちをしていた女　「リンバロストの乙女 上下」G・ポーター著;村岡花子訳　河出書房新社（河出文庫）2014年8月

ケムリ
広大な銀河帝国を統治する一千万人の「プリンス」の一人、次期皇帝候補の座をめざす二十歳前の青年　「銀河帝国を継ぐ者」ガース・ニクス著;中村仁美訳　東京創元社（創元SF文庫）2014年8月

家来たち　けらいたち
ドイツの貴族で大冒険家のミュンヒハウゼン男爵の家来たち　「ほらふき男爵の冒険 新訳」ビュルガー編;石崎洋司訳;片浦絵　集英社（集英社みらい文庫）2015年5月

ケリー・アーデン
四年生の女の子、トランスジェンダーの男の子・ジョージの同級生で親友　「ジョージと秘密のメリッサ」アレックス・ジーノ作;島村浩子訳　偕成社　2016年12月

ケルシー・グリーン
フランクリン・ミルズ小学校三年生の読書大好き少女　「読書マラソン、チャンピオンはだれ?」クラウディア・ミルズ作;若林千鶴訳;堀川理万子画　文溪堂　2014年11月

ゲルダ
カイ少年の家と並んで建った家で暮らしきょうだいのように仲良しの女の子　「雪の女王」ハンス・クリスチャン・アンデルセン原作;ヤナ・セドワ絵;アンシア・ベル;再話;成沢栄里子訳　BL出版　2016年11月

ゲルダ
とつぜんいなくなってしまった幼なじみの男の子・カイを探す旅に出た女の子　「雪の女王」ハンス・クリスチャン・アンデルセン作;サンナ・アンヌッカ絵;小宮由訳　アノニマ・スタジオ　2015年11月

ゲルダ
となりあった家でくらしているカイ少年と大の仲良しのまずしい小さな女の子　「雪の女王：アンデルセン童話集」ハンス・クリスチャン・アンデルセン著;有澤真庭訳;和佐田道子訳　竹書房（竹書房文庫）2014年9月

ゲール・ピーボディ
ブルックリンに住むバーバラとリック姉弟が買ったびんから出てきた黒い傘をさした魔女　「雨の日の魔女―魔女の本棚；23」ルース・チュウ作;日当陽子訳;たんじあきこ絵　フレーベル館　2016年7月

ゲレーブ
ブダペストのパール街にのこされた小さな原っぱを大切にしている少年たちの「中尉」、血気さかんで大胆な性格でリーダーのボカをねたんでいる少年 「パール街の少年たち」 モルナール・フェレンツ作;岩崎悦子訳;コヴァーチ・ペーテル絵　偕成社　2015年9月

ケレン
マクウォーリー学園の七年生、クラスメイトの女子ロンデラのことが好きな男子 「オリガミ・チューバッカの占いのナゾ」 トム・アングルバーガー作;相良倫子訳　徳間書店　2015年10月

ケレン
マシンドー城領主の甥でオーマンのいとこ、取り巻きに人気がある戦士 「アラルエン戦記5 魔術」 ジョン・フラナガン作;入江真佐子訳　岩崎書店　2014年3月

現在のクリスマスの精霊　げんざいのくりすますのせいれい
冷酷無慈悲で欲深い老人スクルージのまえにあらわれた現在のクリスマスの精霊 「クリスマス・キャロル」 チャールズ・ディケンズ著;井原慶一郎訳　春風社　2015年11月

ケンジ
世界を支配する再建党に抵抗している活動グループ"オメガポイント"の一員 「アンラヴェルミー　ほんとうのわたし　シャッターミー2」 タヘラ・マフィ著;金原瑞人訳;大谷真弓訳　潮出版社　2015年3月

ケンダル
全米に鳴らした有名なヴァイオリニスト、ギルモアビルに住むスウ姉さんの傲慢不遜な幼なじみの男 「スウ姉さん」 E・ポーター著;村岡花子訳　河出書房新社(河出文庫)　2014年4月

ケント
ピアニストを目指しているスウ姉さんの恋人、多少は世に知られている新進作家 「スウ姉さん」 E・ポーター著;村岡花子訳　河出書房新社(河出文庫)　2014年4月

ケンドラ・コナー
オークトン私立小学校六年生のルーシーとジャックのクラスメート、黒人奴隷だった少女・フィービーの子孫 「海賊の銀貨 12分の1の冒険 3」 マリアン・マローン作;橋本恵訳　ほるぷ出版　2014年2月

【こ】

コー（ジャック）
ブラックストーン市の公園でカラスと暮らしている少年 「フェラルズ1 カラスまつろう少年」 ジェイコブ・グレイ著;岡田好惠訳　講談社　2016年7月

公園番　こうえんばん
公園を監視する男、夏至祭の宵にみんなに堅いことばかり言っている役人 「さくら通りのメアリー・ポピンズ」 P.L.トラヴァース著;小池三子男訳　復刊ドットコム　2014年4月

高俅　こうきゅう
北宋皇帝徽宗の時代の殿帥府太尉、蹴鞠がうまく天子に寵愛され奸臣となったごろつき 「水滸伝　上下」 渡辺仙州編訳;佐竹美保絵　偕成社　2016年4月

郷士さん　ごうしさん
「宝島」の地図を手に入れたジム少年たちと財宝を探しに出帆した地元の郷士　「宝島」ロバート・L・スティーヴンソン著;鈴木恵訳　新潮社(新潮文庫)　2016年8月

こうま
王さまのうまや番になったイワンをたすけるふしぎな力をもつこうま　「イワンとふしぎなこうま」ピョートル・エルショーフ作;浦雅春訳　岩波書店(岩波少年文庫)　2016年2月

悟空　ごくう
石から生まれて王となった石ザル、天界をさわがせたばつで山にとじこめられたサル　「西遊記―ポプラ世界名作童話;6」呉承恩作;三田村信行文;武田美穂絵　ポプラ社　2015年11月

子グマ(ミルキー)　こぐま(みるきー)
動物と話せる少女リリアーネが働く動物園に送られてきた暴れん坊の赤ちゃんホッキョクグマ　「動物と話せる少女リリアーネ 11－小さなホッキョクグマミルキー!」タニヤ・シュテーブナー著;中村智子訳　学研プラス　2016年9月

ココ
親友のズラトコとパリへ行くことになったクロアチアの13歳の少年　「本物のモナ・リザはどこに――ココ、パリへ行く」イワン・クーシャン作;山本郁子訳　冨山房インターナショナル　2014年5月

ゴー・ゴー
電磁サスペンションの研究をしているサンフランソウキョウ工科大学の学生　「ベイマックス」アイリーン・トリンブル作;しぶやまさこ訳　偕成社(ディズニーアニメ小説版)　2014年12月

悟浄　ごじょう
天竺へ旅をする三蔵ほうしのでしになりおともとなった妖怪　「西遊記―ポプラ世界名作童話;6」呉承恩作;三田村信行文;武田美穂絵　ポプラ社　2015年11月

コースター
オークランドの名門校チェアマン寄宿学校の生徒、食いしん坊の8歳の少年　「十五少年漂流記」ジュール・ヴェルヌ著;椎名誠訳;渡辺葉訳　新潮社(新潮モダン・クラシックス)　2015年8月

コズミーナ・フレスク(フレスク)
トッドモダンという町にある館の女主人、ルーマニア出身の若い娘　「魔使いの血(魔使いシリーズ)」ジョゼフ・ディレイニー著;田中亜希子訳　東京創元社(sogen bookland)　2014年3月

コーディ
暗号クラブのメンバーで六年生、外国語や人の顔つきや身ぶり手ぶりを読むことが得意な赤毛の少女　「暗号クラブ 4 よみがえったミイラ」ペニー・ワーナー著;番由美子訳;ヒョーゴノスケ絵　KADOKAWA　2014年7月

コーディ(ダコタ・ジョーンズ)
カリフォルニア州に住む六年生で五歳のタナの姉、「暗号クラブ」の仲間とテーマパークに行った女の子　「暗号クラブ7 マジック・ランドで行方不明!?」ペニー・ワーナー著;番由美子訳;ヒョーゴノスケ絵　KADOKAWA　2016年8月

こでぃ

コーディ(ダコタ・ジョーンズ)
カリフォルニア州のバークレー小に来た転校生、「暗号クラブ」に入った6年生女子 「暗号クラブ 4.5 暗号クラブ結成の日」 ペニー・ワーナー著;番由美子訳 KADOKAWA 2015年4月

コーディ(ダコタ・ジョーンズ)
バークレー小の科学研究コンテストの準備をする6年生女子、「暗号クラブ」のメンバー 「暗号クラブ 8 犯人は学校の中にいる!」 ペニー・ワーナー著;番由美子訳 KADOKAWA 2016年12月

コーディ(ダコタ・ジョーンズ)
ワシントンD.Cの学年旅行に行ったバークレー小の6年生女子、「暗号クラブ」のメンバー 「暗号クラブ 5 謎のスパイを追え!」 ペニー・ワーナー著;番由美子訳 KADOKAWA 2015年8月

コーディ(ダコタ・ジョーンズ)
社会科見学でエンジェル島に行ったバークレー小の6年生女子、「暗号クラブ」のメンバー 「暗号クラブ 6 エンジェル島キャンプ事件」 ペニー・ワーナー著;番由美子訳 KADOKAWA 2015年12月

コーデリア・ムーン伯爵夫人　こーでりあむーんはくしゃくふじん
バンパイア・フェアリーの娘イザドラを妖精学校にいかせたい妖精のママ 「イザドラ・ムーン 学校へいく!」 ハリエット・マンカスター著;井上里訳 静山社 2016年7月

ゴードン
1860年に沖に流された「スラウギ号」に乗っていた15人の少年のひとり、14歳のアメリカ人 「十五少年漂流記―ポプラ世界名作童話;12」 J.ベルヌ作;高楼方子文;佐竹美保絵 ポプラ社 2016年11月

ゴードン
オークランドの名門校チェアマン寄宿学校の生徒、冷静沈着で几帳面な14歳のアメリカ人の少年 「十五少年漂流記」 ジュール・ヴェルヌ著;椎名誠訳;渡辺葉訳 新潮社(新潮モダン・クラシックス) 2015年8月

コナー
カーシア国の貴族の男、王位をねらう金持ちの権力者 「偽りの王子―カーシア国3部作」 ジェニファー・A.ニールセン作;橋本恵訳 ほるぷ出版 2014年10月

コナー
カーシア国王一家の暗殺計画の首謀者として捕らえられ投獄されている男 「ねらわれた王座―カーシア国3部作」 ジェニファー・A.ニールセン作;橋本恵訳 ほるぷ出版 2016年9月

コナー
名探偵犬バディの新しい飼い主、フォークレイクス小学校に通う男の子 「青い舌の怪獣をさがせ!(名探偵犬バディ)」 ドリー・ヒルスタッド・バトラー作;もりうちすみこ訳;うしろだなぎさ絵 国土社 2014年2月

コナー・テンペスト
ヴァンパイア・シドリオの息子でグレースとふたごの兄妹、海賊船「タイガー号」の船員 「ヴァンパイレーツ 14 最後の海戦」 ジャスティン・ソンパー作;海後礼子訳 岩崎書店 2014年2月

コナン・ドイル
名作『シャーロック・ホームズ』を生んだイギリス人作家 「アーサーとジョージ」 ジュリアン・バーンズ著;真野泰訳;山崎暁子訳　中央公論新社　2016年1月

コニー
高校生、公務員のヘクターの妻・アイシャの動物病院で働いている白人 「スラップ—オーストラリア現代文学傑作選」 クリストス・チョルカス著;湊圭史訳　現代企画室　2014年12月

コニー
連続殺人犯ビリーの息子ジャズのガールフレンド、黒人の女の子 「さよなら、シリアルキラー」 バリー・ライガ著;満園真木訳　東京創元社(創元推理文庫)　2015年5月

コニー・テンプル
カリフォルニア州の寄宿学校コアテス・アカデミーの夜間看護師、14歳のサムの母親 「GONE 上下」 マイケル・グラント著;片桐恵理子訳　ハーパーコリンズ・ジャパン(ハーパーBOOKS)　2016年4月

コーネリア・ストリート・エングルハート
ニューヨークに住む内気な十一歳の少女、有名なピアニストの娘 「サマセット四姉妹の大冒険」 レズリー・M.M.ブルーム作;尾高薫訳;中島梨絵絵　ほるぷ出版　2014年6月

コーネリア・ブライアント(ミス・コーネリア)
赤毛のアンが結婚して新しい生活を始めたフォア・ウインズのがんこな男ぎらいで毒舌と親切な心を持ちあわせている女性 「アンの夢の家赤毛のアン(5)」 L.M.モンゴメリ作;村岡花子訳;HACCAN絵　講談社(青い鳥文庫)　2014年1月

コーネリア・ブライト
新婚のアンが新たに暮らす町の女性、毒舌だが親切でがんこな男ぎらいの婦人 「アンの夢の家—赤毛のアン5—上中下」 L・M・モンゴメリ作;村岡花子訳;Haccan絵　講談社(講談社大きな文字の青い鳥文庫)　2015年9月

コーネリウス・ファッジ
魔法省大臣、ライム色の山高帽をかぶった風変わりな人物 「ハリーポッター8 ハリー・ポッターと炎のゴブレット 4-3」 J・K・ローリング作;松岡佑子訳　静山社(静山社ペガサス文庫)　2014年7月

ゴネリル
イギリスの幽霊たちのためにマウントウッド城に学校を作った三人の魔女「ハグ」の一人 「ほんとうに怖くなれる幽霊の学校」 トビー・イボットソン著;三辺律子訳　偕成社　2016年11月

コバカバーナ・サントス
夏休み前日に謎の村ヘンリー・クリークに招待された予測不可能な行動を起こす13歳の少年 「THE LOCK ぼくたちが"世界"を変える日1 仕かけられたなぞ」 ピエルドメニコ・バッカラリオ作;田中寛崇絵　学研プラス　2015年12月

コバカバーナ・サントス
夏休み前日に謎の村ヘンリー・クリークに招待された予測不可能な行動を起こす13歳の少年 「THE LOCK ぼくたちが"世界"を変える日2 洞窟にひそむ物体」 ピエルドメニコ・バッカラリオ作;田中寛崇絵　学研プラス　2015年12月

コヴァック先生(エミリー・コヴァック)　こばっくせんせい(えみりーこばっく)
ストラテンバーグ市で成績が一番下のイースト中学校の八年生担当の先生 「少年弁護士セオの事件簿6 仮面スキャンダル」 ジョン・グリシャム作;石崎洋司訳　岩崎書店　2016年11月

こび

コービー
事故で右脚を失った十二歳の少女、フロリダ州の港で船上生活をはじめた家族の娘 「コービーの海」 ベン・マイケルセン作;代田亜香子訳 鈴木出版(鈴木出版の海外児童文学) 2015年6月

コービー・イーストン
フロリダ州にある小さな島・ロンサム島にいる義足をつけた中学生、座礁したクジラの母子を助けた女の子 「コービーの海」 ベン・マイケルセン作;代田亜香子訳 鈴木出版(鈴木出版の海外児童文学) 2015年6月

こびと
オブシディアナ姫が永遠に生きられるようのぞんでいたディモン王のもとに時間を止められる魔法の箱を持ってきたこびとの一行 「タイムボックス」 アンドリ・S.マグナソン著;野沢佳織訳 NHK出版 2016年10月

コブタ
百町森にすむコブタ、クマのプーの友だち 「イーヨーのあたらしいうち─はじめてのプーさん」 A・A・ミルンぶん;E・H・シェパードえ;石井桃子やく 岩波書店 2016年9月

コブタ
百町森にすむコブタ、クマのプーの友だち 「プーあそびをはつめいする─はじめてのプーさん」 A・A・ミルンぶん;E・H・シェパードえ;石井桃子やく 岩波書店 2016年9月

コプタン
コブタ、森に住んでいるクマのウィニー・ザ・プーの友だち 「ウィニー・ザ・プー」 A・A・ミルン著;阿川佐和子訳 新潮社(新潮モダン・クラシックス) 2014年3月

コプタン
コブタ、森に住んでいるクマのウィニー・ザ・プーの友だち 「プーの細道にたった家」 A・A・ミルン著;阿川佐和子訳 新潮社(新潮モダン・クラシックス) 2016年7月

ゴブリン
十五歳のホホジロザメ、歴史ある「ゴブリン一族」を率いるリーダー 「サメ王国のグレイ1 七つの海を制するもの」 E.J.アルトバッカー著;桑原洋子訳 KADOKAWA 2015年8月

ゴブリン・キング
「くらやみの町」に呪いをかけた悪い魔物 「エルフとレーブンのふしぎな冒険5 くらやみの町と歌う剣」 マーカス・セジウィック著;中野聖訳;朝日川日和絵 学研プラス 2016年12月

ゴブリン・キング
「帰らずの海」のむこうにいる世界征服をたくらむ悪い魔物、ゴブリン族の王様 「エルフとレーブンのふしぎな冒険3 帰らずの海と人魚のふえ」 マーカス・セジウィック著;中野聖訳;朝日川日和絵 学研プラス 2016年4月

ゴブリン・キング
「帰らずの海」のむこうにいる世界征服をたくらむ悪い魔物、ゴブリン族の王様 「エルフとレーブンのふしぎな冒険4 さまよう砂ばくと魔法のじゅうたん」 マーカス・セジウィック著;中野聖訳;朝日川日和絵 学研プラス 2016年8月

ゴブリン・キング
世界征服をたくらむ悪い魔物、ゴブリン族の王様 「エルフとレーブンのふしぎな冒険2 ばけもの山とひみつの城」 マーカス・セジウィック著;中野聖訳;朝日川日和絵 学研プラス 2015年12月

ゴミあさり
惑星デヴァロンのジャングルで反乱軍のパイロット・ルークを案内したエイリアンの男 「STAR WARSジャーニー・トゥ・フォースの覚醒 ジェダイの剣術を磨け！」ジェイソン・フライ著;フィル・ノト絵;稲村広香訳 講談社（講談社KK文庫） 2015年12月

コムストック夫人　こむすとっくふじん
リンバロストの森の端に娘のエルノラと暮らしている母、エルノラに無慈悲で理不尽な仕打ちをしていた女 「リンバロストの乙女 上下」G・ポーター著;村岡花子訳 河出書房新社（河出文庫） 2014年8月

コーモラン・ストライク（ストライク）
ロンドンのしがない私立探偵、オックスフォード大学中退後従軍し戦争で片足を失った35歳の男 「カッコウの呼び声 上下 私立探偵コーモラン・ストライク」ロバート・ガルブレイス著;池田真紀子訳 講談社 2014年6月

呉用　ごよう
北宋時代に一〇八人の好漢が集まった梁山泊の軍師、一〇八の魔星のひとつ・天機星の転生 「水滸伝 上下」渡辺仙州編訳;佐竹美保絵 偕成社 2016年4月

子ライオン（ハボック）　こらいおん（はぼっく）
群れを失ったいたずらっ子の雌のちびライオン 「神々と戦士たち2再会の島で」ミシェル・ペイヴァー著;中谷友紀子訳 あすなろ書房 2015年1月

子ライオン（ハボック）　こらいおん（はぼっく）
群れを失った雌のちびライオン、少年ヒュラスと友だちになったいたずらっ子 「神々と戦士たち3ケフティウの呪文」ミシェル・ペイヴァー著;中谷友紀子訳 あすなろ書房 2016年11月

コーラ・パパダキス
安食堂の経営者・ニックの妻、従業員の若者・フランクと結託して亭主を殺害しようとした女 「郵便配達は二度ベルを鳴らす」ジェームズ・M・ケイン著;田口俊樹訳 新潮社（新潮文庫） 2014年9月

ゴリアン
クロアチアの港町セニュの街はずれに住む貧しい漁師、孤児のゾラたちに漁を手伝わせてくれるおじいさん 「赤毛のゾラ 上下」クルト・ヘルト作;酒寄進一訳;西村ツチカ画 福音館書店（福音館文庫） 2016年11月

ゴリック
アラリス諸島ヤロス島にある黒騎士団兵舎長、残酷な性格の男 「ドラゴン・ナイト1 よみがえった炎の騎士」J.R.キャッスル著;岡本由香子訳;小笠原智史絵 KADOKAWA 2016年10月

コリーナ
ワシントン郊外に住む13歳、夏休みにママをガンで亡くした女の子 「さよなら、ママ」キャロル・ガイトナー著;藤崎順子訳 早川書房 2016年3月

コリン
10歳のメアリーをひきとったクレーブンさんのむすこ、病弱な10歳の少年 「ひみつの花園 ポプラ世界名作童話17」F・H・バーネット作;さとうまきこ文;狩野富貴子絵 ポプラ社 2016年11月

こりん

コリン
アメリカ中西部の小さな町のヴェニス高校の生徒、文型のメガネ男子 「おたずねもの姉妹の探偵修行 File1 学園クイーンが殺された！？」M・E・ラブ著;西田佳子訳 学研教育出版 2015年7月

コリン
アメリカ中西部の小さな町のヴェニス高校の生徒、文型のメガネ男子 「おたずねもの姉妹の探偵修行 File2 チョコレートは忘れない」M・E・ラブ著;西田佳子訳 学研教育出版 2015年9月

コリン
アメリカ中西部の小さな町のヴェニス高校の生徒、文型のメガネ男子 「おたずねもの姉妹の探偵修行 File4 クリスマスの暗号を解け！」M・E・ラブ著;西田佳子訳 学研プラス 2015年12月

コリン・クレイヴン
あまやかされて育った十歳のイギリス人の少年、ミセルスエイト館の主の病気の息子 「ひみつの花園―10歳までに読みたい世界名作」フランシス・ホジソン・バーネット作;横山洋子監修;日当陽子編訳;朝日川日和絵 学研教育出版 2015年6月

コリン・クレイヴン
両親を亡くしたメアリを引き取ったミスタ・クレイヴンの存在が隠されていた十歳の息子、メアリのいとこ 「秘密の花園」フランシス・ホジソン・バーネット著;畔柳和代訳 新潮社（新潮文庫） 2016年6月

ゴルゴス
冬の魔王 「魔使いの秘密」ジョゼフ・ディレイニー著;金原瑞人訳;田中亜希子訳 東京創元社（創元推理文庫） 2014年1月

ゴルドン
ピアニストを目指しているスウ姉さんの四つ年下の弟、自分勝手でわがままな青年 「スウ姉さん」E・ポーター著;村岡花子訳 河出書房新社（河出文庫） 2014年4月

コルネリウス・グッドリッチ
ウェストミンスターの写本屋「おんどり工房」の二男で写字生、ベンディの異母兄 「ユニコーン キャクストンの挑戦」シンシア・ハーネット著;眞方陽子訳 南窓社 2014年5月

コロボーク
おじいさんとおばあさんのいえからにげだしたまんまるまるぱん 「コロボーク：まんまるまるぱん」くどうまさひろやく・え;くぼたひさしさいわ 書肆林檎屋 2014年12月

コン
ウェルメトの町でスリをしていた浮浪児、魔術師のネバリーの弟子となった少年 「魔法が消えていく…」サラ・プリニース作;橋本恵訳 徳間書店 2016年1月

コンスタンス・ウィンザー
英国の田舎町の奇妙な屋敷に住む青白い顔をした一家の女当主、冷ややかで気丈な女性 「夜の庭師」ジョナサン・オージエ著;山田順子訳 東京創元社（創元推理文庫） 2016年11月

コンセイユ
パリ自然史博物館の教授アロナックスの召使い 「海底二万里 上下」ジュール・ヴェルヌ著;渋谷豊訳 KADOKAWA（角川文庫） 2016年7月

コンセイユ
フランスの海洋学者・アロナクス博士の助手、博士と海で起こっている不思議な現象の調査をした男 「海底二万マイル―10歳までに読みたい世界名作」ジュール・ベルヌ作;横山洋子監修　学研プラス　2016年4月

コーンフィールド先生　こーんふぃーるどせんせい
ヴィンターシュタイン学校にやってきたちょっぴりきびしい女の先生 「コーンフィールド先生とふしぎな動物の学校1カメとキツネと転校生!」マルギット・アウアー著;中村智子訳　学研教育出版　2015年7月

コーンフィールド先生　こーんふぃーるどせんせい
ヴィンターシュタイン学校にやってきたちょっぴりきびしい女の先生 「コーンフィールド先生とふしぎな動物の学校2校庭は穴だらけ!」マルギット・アウアー著;中村智子訳　学研プラス　2015年11月

コーンフィールド先生　こーんふぃーるどせんせい
ヴィンターシュタイン学校にやってきたちょっぴりきびしい女の先生 「コーンフィールド先生とふしぎな動物の学校3明かりを消して!」マルギット・アウアー著;中村智子訳　学研プラス　2016年2月

コーンフィールド先生　こーんふぃーるどせんせい
ヴィンターシュタイン学校にやってきたちょっぴりきびしい女の先生 「コーンフィールド先生とふしぎな動物の学校4林間学校はキケンがいっぱい!」マルギット・アウアー著;中村智子訳　学研プラス　2016年7月

コンラート
動物と話せる少女リリが夏休みにやってきたホテルに泊まっていた意地悪な少年 「動物と話せる少女リリアーネ スペシャル2 ボンサイの大冒険!」タニヤ・シュテーブナー著;中村智子訳;駒形イラスト　学研教育出版　2014年4月

【さ】

ザイナブおばさん
破壊されたベイルートの町で少女・アイーシャと家族を助けた親切なおばさん 「戦場のオレンジ」エリザベス・レアード作;石谷尚子訳　評論社　2014年4月

サイモン
すてようとしていたぼろイスが人間になっていたのを姉のマーシャと見つけた弟 「ぼろイスのボス」ダイアナ・ウィン・ジョーンズ作;野口絵美訳;佐竹美保画　徳間書店　2015年4月

サイモン・エリス
フランクリン・ミルズ小学校三年生の読書が好きな男の子 「読書マラソン、チャンピオンはだれ?」クラウディア・ミルズ作;若林千鶴訳;堀川理万子画　文溪堂　2014年11月

サイモン・フォード
スコットランドのアーバーフォイル炭鉱で坑夫頭をつとめていた65歳の男 「黒いダイヤモンド」ジュール・ヴェルヌ著;新庄嘉章訳　文遊社　2014年1月

サイラス
ヴィンターシュタイン学校の生徒、おさわがせで口の悪い少年 「コーンフィールド先生とふしぎな動物の学校4林間学校はキケンがいっぱい!」マルギット・アウアー著;中村智子訳　学研プラス　2016年7月

さえい

サー・エイブル（エイブル）
ドラゴンのしるしを背負う最強の魔法騎士 「ウィザード―ウィザード・ナイト〈1〉」 ジーン・ウルフ著;安野玲訳 国書刊行会 2015年12月

サー・エイブル（エイブル）
ドラゴンのしるしを背負う最強の魔法騎士 「ウィザード―ウィザード・ナイト〈2〉」 ジーン・ウルフ著;安野玲訳 国書刊行会 2015年12月

坂本 静子　さかもと・しずこ
一九二七年に土浦女子学校に転入してきた千代の同級の女の子 「青い目の人形物語2 希望の人形　日本編」 シャーリー・パレント一作;河野万里子訳 岩崎書店 2016年8月

ザキ
インドで代々クマ使いをしてきたカランダー族の家の長男、二匹の子グマを育てる少年 「クマと家出した少年」 ニコラ・デイビス文;アナベル・ライト画;もりうちすみこ訳 さ・え・ら書房 2016年3月

沙悟浄（悟浄）　さごじょう（ごじょう）
天竺へ旅をする三蔵ほうしのでしになりおともとなった妖怪 「西遊記―ポプラ世界名作童話；6」 呉承恩作;三田村信行文;武田美穂絵 ポプラ社 2015年11月

サーシャ
アメリカ上院議員ブレナンが率いるエベレスト登山隊のひとり、女性ジャーナリスト 「エベレスト・ファイル シェルパたちの山」 マット・ディキンソン作;原田勝訳 小学館 2016年3月

サーシャ
かつて妖精の国へ迷いこんだエミリーを助けた水の妖精の女の子 「エミリーと妖精のひみつ　2水の妖精をすくえ!」 ホリー・ウェッブ作;宮坂宏美訳;Tobi絵 学研プラス 2015年12月

サーシャ・グリゴーレヴィッチ
ロシアのお百姓さんの2番目のしっかりしたはたらきもののむすこ 「大力のワーニャ」 オトフリート・プロイスラー作;大塚勇三訳 岩波書店（岩波少年文庫） 2014年6月

ザッカリー
イギリスの児童養護施設「スキリー・ハウス」で暮らす8歳の少年 「青空のかけら」 S・E・デュラント作;杉田七重訳 鈴木出版（鈴木出版の児童文学） 2016年10月

ザック
十二歳にもなってお人形遊びを女の子の友だちポピーとアリスとしている男の子 「最後のゲーム」 ホリー・ブラック作えリザ・ウィーラー絵;千葉茂樹訳 ほるぷ出版 2016年6月

ザック（ザッカリー）
イギリスの児童養護施設「スキリー・ハウス」で暮らす8歳の少年 「青空のかけら」 S・E・デュラント作;杉田七重訳 鈴木出版（鈴木出版の児童文学） 2016年10月

ザック・ドロン
イリノイ刑務所からにげだした悪名高い泥棒夫婦の夫 「ゆうれい作家はおおいそがし 4 白い手ぶくろのひみつ」 ケイト・クライス文;M.サラ・クライス絵;宮坂宏美訳 ほるぷ出版 2015年3月

サッフィ
サウルスキャンプ場で弟ジャックやその親友トビーもつれて家族でキャンプをした十六さいの姉さん 「大パニック!よみがえる恐竜(サウルスストリート)」 ニック・フォーク作;浜田かつこ訳;K-SuKe画 金の星社 2015年9月

サド・ロバーツ
ジョンソン宇宙センターコープ・プログラムの天才研修生、アメリカの国家的財宝である「月の石」を盗み出した男 「月を盗んだ男－NASA史上最大の盗難事件」 ベン・メズリック著;高山祥子訳 東京創元社 2014年10月

ザナ
作家デービットの恋人で忘れ形見のアレクサの母親、魔女としての力がありスピリチュアル系の雑貨店を経営している女性 「龍のすむ家Ⅴ 闇の炎」 クリス・ダレーシー著;三辺律子訳;浅沼テイジ挿画 竹書房 2015年8月

ザニック
不思議の国「アンダーランド」の住人、息子のハッターをきびしく育てた帽子職人 「アリス・イン・ワンダーランド～時間の旅～」 カリ・サザーランド作;しぶやまさこ訳 ディズニーアニメ小説版 2016年7月

ザニック・ハイトップ
不思議の国「アンダーランド」の住人、息子のハッターをきびしく育てた帽子職人 「アリス・イン・ワンダーランド～時間の旅～」 カリ・サザーランド文;ないとうふみこ訳 KADOKAWA(角川つばさ文庫) 2016年6月

サービス
オークランドの名門校チェアマン寄宿学校の生徒、陽気でそそっかしい12歳の少年 「十五少年漂流記」 ジュール・ヴェルヌ著;椎名誠訳;渡辺葉訳 新潮社(新潮モダン・クラシックス) 2015年8月

サビーヌ
悪の帝国に立ち向かう反乱軍のメンバー、武器と爆発物に詳しい女の子 「スター・ウォーズ反乱者たち 2 帝国の日」 ミッシェル・コーギー文;菊池由美訳 KADOKAWA(角川つばさ文庫) 2015年9月

サビーヌ
悪の帝国に立ち向かう反乱者たちの一人、武器と爆発物に詳しい16歳の女の子 「スター・ウォーズ反乱者たち 1 反乱の口火」 ミッシェル・コーギー文;菊池由美訳 KADOKAWA(角川つばさ文庫) 2015年2月

ザビーネ
ミュンヘンで暮らす17歳の少女、ヴァイオリニストを夢見る少年ゼバスチアンのガールフレンド 「ゼバスチアンからの電話」 イリーナ・コルシュノフ作;石川素子;吉原高志訳 白水社 2014年5月

サファイヤー
深い森の中で皇帝軍の元兵士・オットーと出会った男装した美少女 「火打箱」 サリー・ガードナー著;デイヴィッド・ロバーツ絵;山田順子訳 東京創元社 2015年11月

サー・ヘンリー・バスカヴィル
イギリス南西部の旧家・バスカヴィル一族の館の新主人、亡き当主・チャールズ卿の甥 「バスカヴィル家の犬」 コナン・ドイル著;駒月雅子訳 KADOKAWA(角川文庫) 2014年2月

さぼお

サボーおじさん
アメリカン・コミック密売人のシャーンドルの友だち、自動車整備工場で働く17歳の少年 「コミック密売人」 ピエルドメニコ・バッカラリオ作;杉本あり訳 岩波書店（STAMP BOOKS）2015年2月

サマー
ビーチャー学園の食堂で一人でいたオギーに声をかけた親切な女の子 「ワンダー」 R.J.パラシオ作;中井はるの訳 ほるぷ出版 2015年7月

サマー・カービー
イギリスの寄宿学校の六年生、秘密で魔法ねこベルベットの世話をしているなかよし三人組のひとり 「魔法ねこベルベット5－危険な手紙」 タビサ・ブラック作;武富博子訳 くおんれいの画 評論社 2015年1月

サマー・カービー
イギリスの寄宿学校の六年生、秘密で魔法ねこベルベットの世話をしているなかよし三人組のひとり 「魔法ねこベルベット6－未来鏡をのぞいたら」 タビサ・ブラック作;武富博子訳 くおんれいの画 評論社 2015年3月

サマー・カービー
寄宿学校チャームホール学園のやさしくておとなしい女の子、転校生ペイジ同じクラスでルームメイト 「魔法ねこベルベット1 学校へようこそ！」 タビサ・ブラック作;武富博子訳;くおんれいの画 評論社 2014年5月

サマー・カービー
寄宿学校チャームホール学園五年生の女の子、同じクラスでルームメイトのシャノンとペイジの親友 「魔法ねこベルベット2 妖精パックにご用心」 タビサ・ブラック作;武富博子訳;くおんれいの画 評論社 2014年7月

サマー・カービー
寄宿学校チャームホール学園五年生の女の子、同じクラスでルームメイトのシャノンとペイジの親友 「魔法ねこベルベット3 ハロウィンの大そうどう」 タビサ・ブラック作;武富博子訳;くおんれいの画 評論社 2014年9月

サマー・カービー
寄宿学校チャームホール学園五年生の女の子、同じクラスでルームメイトのシャノンとペイジの親友 「魔法ねこベルベット4 モナ・リザのひみつ」 タビサ・ブラック作;武富博子訳;くおんれいの画 評論社 2014年11月

サマー姫　さまーひめ
ミラニア王国の王女、12さいの誕生日をむかえおひろめ写真をとることになった姫 「王女さまのお手紙つき[5] 誕生日のおひろめドレス」 ポーラ・ハリソン原作;チーム151E☆企画・構成 学研プラス 2016年9月

サマリー教授　さまりーきょうじゅ
比較解剖学が専門の著名な生物学者、変人として有名な動物学者のチャレンジャー教授と対立している男 「ロスト・ワールド—失われた世界　新装版」 アーサー・コナン・ドイル作;菅紘訳 講談社（講談社青い鳥文庫） 2015年8月

サマンサ・シャテンバーグ
ニューヨークから田舎町ヴェニスに家出してきたしっかり者の17歳の理系女子 「おたずねもの姉妹の探偵修行 File1 学園クイーンが殺された！？」 M・E・ラブ著;西田佳子訳 学研教育出版 2015年7月

サマンサ・シャテンバーグ
ニューヨークから田舎町ヴェニスに家出してきたしっかり者の17歳の理系女子 「おたずねもの姉妹の探偵修行 File2 チョコレートは忘れない」 M・E・ラブ著;西田佳子訳 学研教育出版 2015年9月

サマンサ・シャテンバーグ
ニューヨークから田舎町ヴェニスに家出してきたしっかり者の17歳の理系女子 「おたずねもの姉妹の探偵修行 File3 踊るポリスマンの秘密」 M・E・ラブ著;西田佳子訳 学研プラス 2015年11月

サマンサ・シャテンバーグ
ニューヨークから田舎町ヴェニスに家出してきたしっかり者の17歳の理系女子 「おたずねもの姉妹の探偵修行 File4 クリスマスの暗号を解け！」 M・E・ラブ著;西田佳子訳 学研プラス 2015年12月

サミー・ウォッシュバーン
独裁政権末期のドミニカ共和国でアメリカ領事だったウォッシュバーンさんの息子 「わたしたちが自由になるまえ」 フーリア・アルバレス著;神戸万知訳 ゴブリン書房 2016年12月

サミー・バンクス
イーデンの町に住む九歳のサッカー少女、「シューティング・スターズ」のメンバー 「サッカー少女サミー 3 ワールドカップと恋のキセキ!?」 ミッシェル・コックス著;今居美月訳;十々夜絵 学研教育出版 2014年2月

サミュエル
スペインのグラン・カナリア島にボートでたどり着いたガーナからの難民の少年 「ドコカ行き難民ボート。」 シモン・ストランゲル著;枇谷玲子訳 汐文社 2015年3月

サミュエル
家族と出かけたテッセル島で島に住むひとつ年上の女の子・テスに出った十歳の男の子 「ぼくとテスの秘密の七日間」 アンナ・ウォルツ作;野坂悦子訳;きたむらさとし絵 フレーベル館（文学の森） 2014年9月

サミュエル
三年前に難民としてスペインのグラン・カナリア島に来た時に少女エミーリエに出会った青年 「地球から子どもたちが消える。」 シモン・ストランゲル著;枇谷玲子訳 汐文社 2015年3月

サム
パパとママとねえさんのホリーと2才児の弟ベンジーとくらしている男の子 「リトル・パパ」 パット・ムーン作;もりうちすみこ訳;タカタカヲリ絵 文研出版（文研ブックランド） 2015年5月

サム
児童養護施設で少女ベラ・ドンナといっしょに育った親友、虫が大好きな男の子 「魔女になりたい!―見習い魔女ベラ・ドンナ 1」 ルース・サイムズ作;神戸万知訳;はたこうしろう絵 ポプラ社 2016年10月

サム
森でくらしている四ひきのこぶたのすえっ子 「おめでたこぶた その3 サムのおしごと―世界傑作童話シリーズ」 アリソン・アトリー作;すがはらひろくに訳;やまわきゆりこ画 福音館書店 2016年6月

さむ

サム
森でくらしている四ひきのこぶたのすえっ子 「おめでたこぶた その3 サムのおしごと―世界傑作童話シリーズ」 アリソン・アトリー作;すがはらひろくに訳;やまわきゆりこ画 福音館書店 2016年6月

サム（サマンサ・シャテンバーグ）
ニューヨークから田舎町ヴェニスに家出してきたしっかり者の17歳の理系女子 「おたずねもの姉妹の探偵修行 File1 学園クイーンが殺された！？」 M・E・ラブ著;西田佳子訳 学研教育出版 2015年7月

サム（サマンサ・シャテンバーグ）
ニューヨークから田舎町ヴェニスに家出してきたしっかり者の17歳の理系女子 「おたずねもの姉妹の探偵修行 File2 チョコレートは忘れない」 M・E・ラブ著;西田佳子訳 学研教育出版 2015年9月

サム（サマンサ・シャテンバーグ）
ニューヨークから田舎町ヴェニスに家出してきたしっかり者の17歳の理系女子 「おたずねもの姉妹の探偵修行 File3 踊るポリスマンの秘密」 M・E・ラブ著;西田佳子訳 学研プラス 2015年11月

サム（サマンサ・シャテンバーグ）
ニューヨークから田舎町ヴェニスに家出してきたしっかり者の17歳の理系女子 「おたずねもの姉妹の探偵修行 File4 クリスマスの暗号を解け！」 M・E・ラブ著;西田佳子訳 学研プラス 2015年12月

ザームエル（ショキー）
ヴィンターシュタイン学校の生徒、気のいい少年 「コーンフィールド先生とふしぎな動物の学校2 校庭は穴だらけ！」 マルギット・アウアー著;中村智子訳 学研プラス 2015年11月

サム・キャラクロー
少年ジョーの父さん、村で一番美しいコリー犬・ラッシーを育てた優秀な犬の飼育者 「名犬ラッシー 新訳」 エリック・ナイト作;中村凪子訳;馬場彰子訳;裕龍ながれ絵 KADOKAWA（角川つばさ文庫） 2015年5月

サム・クーパー
人と口をきくのをやめてしまったキャリーがひっこした家で出会った目が見えなくて耳もほとんど聞こえない十一歳の男の子 「一年後のおくりもの」 サラ・リーン作;宮坂宏美訳;片山若子画 あかね書房 2014年12月

サム・シルバー
三百年前の海賊船にタイムスリップして冒険を楽しんでいるバックウォーター・ベイに住んでいる少年 「タイムスリップ海賊サム・シルバー 3 真夜中の救出作戦」 ジャン・バーチェット著;サラ・ボーラー著;浅尾敦則訳;スカイエマ絵 KADOKAWA 2014年3月

サム・シルバー
三百年前の海賊船にタイムスリップして冒険を楽しんでいるバックウォーター・ベイに住んでいる少年 「タイムスリップ海賊サム・シルバー 4 裏切り者のわな！」 ジャン・バーチェット著;サラ・ボーラー著;浅尾敦則訳;スカイエマ絵 KADOKAWA 2014年5月

サム・テンプル
カリフォルニア州ペルディド・ビーチ・スクールの生徒、地味で目立たない14歳の少年 「GONE 上下」 マイケル・グラント著;片桐恵理子訳 ハーパーコリンズ・ジャパン（ハーパーBOOKS） 2016年4月

サム・テンプル
突然15歳以上の人間が消えた世界「フェイズ」の中で二人の最年長者の一人、ペルディド・ビーチの責任者で十五歳の少年 「GONE'2 上下」マイケル・グラント著;片桐恵理子訳 ハーパーコリンズ・ジャパン（ハーパーBOOKS） 2016年11月

サム・レイ
両親が月世界旅行に行く間おとなりの男の子がきらいなヒルダさんに面倒を見てもらうことになった少年 「マジカルチャイルド4 透明人間になった男の子のはなし」サリー・ガードナー作;三辺律子訳 小峰書店 2014年1月

サラ
マクウォーリー学園の七年生、オリガミ人形で占いをはじめた女子 「オリガミ・チューバッカの占いのナゾ」トム・アングルバーガー作;相良倫子訳 徳間書店 2015年10月

サラ
マクウォーリー学園七年生のトミーがつきあっていると思っているクラスメイトの女子 「ダース・ペーパーの逆襲」トム・アングルバーガー作;相良倫子訳 徳間書店 2015年6月

サラ
マクウォーリー学園六年生のトミーの同級生で本命の女の子 「オリガミ・ヨーダの研究レポート―オリガミ・ヨーダの事件簿」トム・アングルバーガー作・絵;相良倫子訳 徳間書店 2014年10月

サラ・ガードナー
十五歳の少女ジャズのママで著名な社会運動家、アメリカ人夫婦の養女となったインド人 「モンスーンの贈りもの」ミタリ・パーキンス作;永瀬比奈訳 鈴木出版（鈴木出版の児童文学） 2016年6月

サラ・ジェローム
少年ウィルとカルの実の母でコロニア人、地底都市を支配するスティックスから十年以上逃げている伝説の逃亡者 「ディープス：サバイバーの絆 上下―地底都市コロニア」ロデリック・ゴードン著;ブライアン・ウィリアムズ著;橋本恵訳 学研プラス 2016年9月

サラ・スタンディッシュ
ニューヨークのブルックリン美術館を訪れ三百年前のミルアイランドにタイムスリップした少女、ティモシー少年の姉 「夏の魔女―魔女の本棚；22」ルース・チュウ作;日当陽子訳;たんじあきこ絵 フレーベル館 2016年4月

サラダ・ドレッシング博士　さらだどれっしんぐはかせ
食べ物小説を書いてドリトル家の動物たちに読み聞かせた食いしんぼうな小ブタ 「ドリトル先生のガブガブの本」ヒュー・ロフティング作;河合祥一郎訳;patty絵 KADOKAWA（角川つばさ文庫） 2016年8月

サラ・ユングクランツ
スウェーデンの12歳の少女、児童文学作家・リンドグレーンと頻繁に文通していた女の子 「リンドグレーンと少女サラ：秘密の往復書簡」アストリッド・リンドグレーン;サラ・シュワルト著;石井登志子訳 岩波書店 2015年3月

サラ・レモン
現代を生きるいまどきのティーンエイジャー、17歳の高校生 「時の番人」ミッチ・アルボム著;甲斐理恵子訳 静山社 2014年5月

サリー
不思議な世界「トイ・ボックス」で海賊のジャックとバルボッサに宝の地図を見せた青い色のモンスター 「ディズニーインフィニティ」エイミー・ワインガルトナー文;樹紫苑訳 KADOKAWA(角川つばさ文庫) 2016年1月

サリーナ・ヴィクラム
ある機関により集められタイムトラベラーとなった十三歳のインド人の少女 「タイムライダーズ3-1 失われた暗号」アレックス・スカロウ作;金原瑞人訳 小学館 2015年12月

サリーナ・ヴィクラム
ある機関により集められタイムトラベラーとなった十三歳のインド人の少女 「タイムライダーズ3-2 失われた暗号」アレックス・スカロウ作;金原瑞人訳 小学館 2015年12月

サリーナ・ヴィクラム
タイムスリップした仲間の行方を見失った「タイムライダーズ」の少女 「タイムライダーズ2-2 紀元前6500万年からの逆襲」アレックス・スカロウ作;金原瑞人訳 小学館 2015年4月

サリーナ・ヴィクラム
二〇二六年のインドで「タイムライダーズ」に採用された十三歳の少女 「タイムライダーズ2-1 紀元前6500万年からの逆襲」アレックス・スカロウ作;金原瑞人訳 小学館 2015年4月

サリーナ・ヴィクラム(サル)
時空を超えて起こる問題を阻止するための組織・タイムライダーズのメンバー、インド出身の13歳の少女 「タイムライダーズ[1] 1・2」アレックス・スカロウ作;金原瑞人・樋渡正人訳 小学館 2014年10月

サル
時空を超えて起こる問題を阻止するための組織・タイムライダーズのメンバー、インド出身の13歳の少女 「タイムライダーズ[1] 1・2」アレックス・スカロウ作;金原瑞人・樋渡正人訳 小学館 2014年10月

サル(サリーナ・ヴィクラム)
ある機関により集められタイムトラベラーとなった十三歳のインド人の少女 「タイムライダーズ3-1 失われた暗号」アレックス・スカロウ作;金原瑞人訳 小学館 2015年12月

サル(サリーナ・ヴィクラム)
ある機関により集められタイムトラベラーとなった十三歳のインド人の少女 「タイムライダーズ3-2 失われた暗号」アレックス・スカロウ作;金原瑞人訳 小学館 2015年12月

サル(サリーナ・ヴィクラム)
タイムスリップした仲間の行方を見失った「タイムライダーズ」の少女 「タイムライダーズ2-2 紀元前6500万年からの逆襲」アレックス・スカロウ作;金原瑞人訳 小学館 2015年4月

サル(サリーナ・ヴィクラム)
二〇二六年のインドで「タイムライダーズ」に採用された十三歳の少女 「タイムライダーズ2-1 紀元前6500万年からの逆襲」アレックス・スカロウ作;金原瑞人訳 小学館 2015年4月

サルカン
ポールニャ国屈指の魔法使い、17歳のアグニシュカたちが暮らすドヴェルニク村の領主 「ドラゴンの塔 上下」ナオミ・ノヴィク著;那波かおり訳 静山社 2016年12月

サルコ（ゴミあさり）
惑星デヴァロンのジャングルで反乱軍のパイロット・ルークを案内したエイリアンの男 「STAR WARSジャーニー・トゥ・フォースの覚醒 ジェダイの剣術を磨け！」 ジェイソン・フライ著;フィル・ノト絵;稲村広香訳 講談社(講談社KK文庫) 2015年12月

サールストーン
頭にステイシーという少年をのせた動いてしゃべる島 「オリバーとさまよい島の冒険」 フィリップ・リーヴ作;セアラ・マッキンタイヤ絵;井上里訳 理論社 2014年1月

サルタナ
砂ばくの宮殿でエルフとレーブンが出会った王妃 「エルフとレーブンのふしぎな冒険 4 さまよう砂ばくと魔法のじゅうたん」 マーカス・セジウィック著;中野聖訳;朝日川日和絵 学研プラス 2016年8月

サルタン
砂ばくの宮殿でエルフとレーブンが出会った王、悪の王のゴブリン・キングのしもべ 「エルフとレーブンのふしぎな冒険 4 さまよう砂ばくと魔法のじゅうたん」 マーカス・セジウィック著;中野聖訳;朝日川日和絵 学研プラス 2016年8月

サルビア
しっかりものの秋の精、少女ピュアのドールハウスにすんでいる妖精 「ひみつの妖精ハウス 2 転校生がやってきた！」 ケリー・マケイン作;田中亜希子訳;まめゆか絵 ポプラ社 2016年7月

サルビア
しっかりものの秋の精、少女ピュアのドールハウスにすんでいる妖精 「ひみつの妖精ハウス3 友情は、勇気の魔法！」 ケリー・マケイン作;田中亜希子訳;まめゆか絵 ポプラ社 2016年11月

サルビア
ピュアが持っているドールハウスにやってきた四人の妖精の一人、秋の妖精 「ひみつの妖精ハウス1―ひみつの妖精ハウス」 ケリー・マケイン作;田中亜希子訳;まめゆか絵 ポプラ社 2016年3月

三月ウサギ　さんがつうさぎ
幼い少女アリスが迷い込んだ不思議の国でお茶会を開いているいかれたウサギ 「不思議の国のアリス」 ルイス・キャロル作;佐野真奈美訳 ポプラ社(ポプラポケット文庫) 2015年9月

サンジェルマン伯爵　さんじぇるまんはくしゃく
クロノグラフを使ってタイムトラベルをコントロールする術を発見した人物で自身もタイムトラベラー、秘密結社〈監視団〉の創設者 「青玉(サファイア)は光り輝く―時間旅行者の系譜」 ケルスティン・ギア著;遠山明子訳 東京創元社(創元推理文庫) 2016年3月

サンジェルマン伯爵　さんじぇるまんはくしゃく
タイムトラベラー、秘密結社〈監視団〉の創設者 「紅玉(ルビー)は終わりにして始まり―時間旅行者の系譜」 ケルスティン・ギア著;遠山明子訳 東京創元社(創元推理文庫) 2015年11月

サンジェルマン伯爵　さんじぇるまんはくしゃく
タイムトラベラー、秘密結社「監視団」の創設者 「比類なき翠玉(エメラルド) 上下―時間旅行者の系譜」 ケルスティン・ギア著;遠山明子訳 東京創元社(創元推理文庫) 2016年5月

さんせ

サンセット
ヒースの森でまいごになっていたコイヌのアルフィーを助けたキツネの夫婦の妻 「まいごのまいごのアルフィーくん」ジル・マーフィ著;松川真弓訳 評論社 2016年7月

三蔵ほうし　さんぞうほうし
かんのんぼさつにえらばれて唐から天竺にお経をとりにいこうとしているおぼうさん 「西遊記―ポプラ世界名作童話；6」呉承恩作;三田村信行文;武田美穂絵 ポプラ社 2015年11月

三蔵法師　さんぞうほうし
西天にお経を取りにいくお坊さん、孫悟空の師匠 「西遊記―10歳までに読みたい世界名作」呉承恩作;横山洋子監修 学研教育出版 2015年2月

三蔵法師　さんぞうほうし
西天に三蔵経典をとりにいく旅の途中で五行山の下に囚われの身となっていた孫悟空を救った僧 「西遊記 上下」呉承恩原作;小沢章友文;山田章博絵 講談社(講談社オンデマンドブックス) 2015年9月

ザンダー・トーマス・カロウ
未来社会の「ソサエティ」で共に育ったカッシアに好意を寄せている少年 「カッシアの物語 3」アリー・コンディ著;高橋啓訳;石飛千尋訳 プレジデント社 2015年12月

サンチャゴ
チェコの漁師、助手なしで一人でメキシコ湾流へ漁に出た老人 「老人と海」ヘミングウェイ著;小川高義訳 光文社(光文社古典新訳文庫) 2014年9月

サンヤ・ヴァラマ
資源や技術が失われた時代に北欧の村でプラスチック加工作業をする少女、茶人見習いのノリアの友人 「水の継承者ノリア」エンミ・イタランタ著;末延弘子訳 西村書店東京出版編集部 2016年3月

【し】

C しー
家出して森でトロルのエドと暮らしていた青年、川向こうのマリゴールド姫と文通した十七歳 「マリゴールドの願いごと」ジェーン・フェリス作;ないとうふみこ訳;池上小湖訳 小峰書店(Sunnyside Books) 2014年12月

シア・カーン
ジャングルでオオカミの子として育てられた少年モーグリをねらうトラ 「新訳 ジャングル・ブック」キップリング作;山田蘭訳;姫川名月絵 KADOKAWA(角川つばさ文庫) 2016年7月

シア・カーン
ワインガンガ川のほとりを縄張りとする人食い虎 「ジャングル・ブック」キップリング著;山田蘭訳 KADOKAWA(角川文庫) 2016年6月

シア・カーン
人食いトラ、ジャングルでオオカミの子として育てられた少年モーグリの宿敵 「ジャングル・ブック(新訳)」ラドヤード・キプリング作;岡田好惠訳 講談社(講談社青い鳥文庫) 2016年7月

じいちゃん
エチオピアの田舎に住んでいた老人、世界一のランナーになるのが夢の少年・ソロモンの祖父 「世界一のランナー」エリザベス・レアード作;石谷尚子訳　評論社　2016年1月

シェア・カーン
人間を恨みオオカミに育てられた少年モーグリの命を奪おうとするトラ 「ジャングル・ブック」ラドヤード・キプリング著;田口俊樹訳　新潮社（新潮文庫）　2016年7月

シェア・カーン
人間を敵視する大きな人食いトラ、オオカミに育てられた少年モーグリの宿敵 「ジャングル・ブック」ラドヤード・キプリング著;金原瑞人監訳;井上里訳　文藝春秋（文春文庫）2016年6月

シェア・マネー
ゴーストリー町の亡くなった億万長者、ニャーダ・マネーとワオン・マネー姉弟の父 「ゆうれい作家はおおいそがし3 死者のコインをさがせ」ケイト・クライス文;M.サラ・クライス絵;宮坂宏美訳　ほるぷ出版　2014年10月

J・R・R・トールキン　じぇいあーるあーるとーるきん
オクスフォード大学教授、地図帳『イマジナリウム・ジェオグラフィカ』の守り手 「幻のドラゴン号　ドラゴンシップ・シリーズ3」ジェームズ・A・オーウェン作;三辺律子訳　評論社　2016年4月

ジェイク
ひ孫の少女スキをあずかることになった北極圏の町ホエール・ベイに住むイヌイットの女性 「クジラに救われた村」ニコラ・デイビス文;アナベル・ライト画;もりうちすみこ訳　さ・え・ら書房　2015年12月

ジェイク・エヴァンズ
同じクラスのカラに意地悪をする中学生の男の子、底引き網漁をやる漁師の息子 「白いイルカの浜辺―評論社の児童図書館・文学の部屋」ジル・ルイス作;さくまゆみこ訳　評論社　2015年7月

シェイクスピアおじさん
韓国にある「シェイクスピア文房具店」のイギリス人の店主 「シェイクスピアのいる文房具店―はじめて読むじんぶん童話シリーズ」シン・ヨンラン文;チュ・ソンヒ絵;小栗章訳　彩流社　2015年11月

ジェイコブ
フロリダに住む孤独な少年、祖父からウェールズにある島の孤児院での生活の話を聞いていた男の子 「ミス・ペレグリンと奇妙なこどもたち 上下」ランサム・リグズ著;金原瑞人訳;大谷真弓訳　潮出版社（潮文庫）　2016年12月

ジェイコブ・マーレイ（マーレイ）
ロンドンの「スクルージ＆マーレイ商会」の元経営者、7年前に亡くなった男 「クリスマス・キャロル」チャールズ・ディケンズ著;井原慶一郎訳　春風社　2015年11月

ジェイコブ・レックレス
現実の世界と鏡の世界を行き来している男、鏡の世界に入り込んでしまったウィルの兄 「鏡の世界―石の肉体」コルネーリア・フンケ著;浅見昇吾訳　WAVE出版　2015年9月

しぇい

ジェイソン
ローマの神・ユピテルの息子、ユピテル訓練所の指揮官であるプラエトルの少年 「最後の航海―オリンポスの神々と7人の英雄 5―パーシー・ジャクソンとオリンポスの神々シーズン2」 リック・リオーダン著;金原瑞人・小林みき訳　ほるぷ出版　2015年11月

ジェイソン・グレイス
ローマの神・ユピテルの息子でユピテル訓練所のプラエトル、風を操ることができる少年 「オリンポスの神々と7人の英雄 4 ハデスの館」 リック・リオーダン作;金原瑞人訳;小林みき訳　ほるぷ出版　2014年11月

ジェイソン・ベネット
イギリスの田舎町ロングボーンに住むジェントリ階級一家の長女、美人で気立てのよい女性 「自負と偏見」 ジェイン・オースティン著;小山太一訳　新潮社(新潮文庫)　2014年7月

ジェイディス
異世界ナルニアを支配し雪に閉ざされた世界にしている白い魔女 「ナルニア国物語 2―ライオンと魔女と衣装だんす」 C・S・ルイス著;土屋京子訳　光文社(光文社古典新訳文庫)　2016年2月

ジェイディス
異世界に迷い込んだ少年ディゴリーと少女ポリーが魔法の指輪で誤って復活させた廃都に眠っていた強大な力を持つ悪の女王 「ナルニア国物語 1―魔術師のおい」 C・S・ルイス著;土屋京子訳　光文社(光文社古典新訳文庫)　2016年9月

シェイド
政府の船をねらう海賊「シーブライト団」のリーダー、特殊能力を持つ巨体の男 「ダーク・ライフ―海底の世界 上下」 カット・フォールズ著;岡本由香子訳　KADOKAWA　2016年1月

ジェイフェザー
星の力をもつと予言されたサンダー族の目の見えない看護猫、戦士猫ライオンブレイズの弟でサンダー族のもと看護猫とウィンド族の戦士猫との子 「ウォーリアーズ4-1予言の猫」 エリン・ハンター作;高林由香子訳　小峰書店　2016年1月

ジェイフェザー
星の力をもつと予言されたサンダー族の目の見えない看護猫、同じく予言の猫ライオンブレイズの弟 「ウォーリアーズ4-2消えゆく鼓動」 エリン・ハンター作;高林由香子訳　小峰書店　2016年7月

ジェイフェザー
予言された運命の猫、サンダー族の目の見えない看護猫 「ウォーリアーズⅢ6 日の出」 エリン・ハンター作;高林由香子訳　小峰書店　2014年6月

ジェイベズ・ウィルソン
ロンドン・シティ近くのコバーグ・スクエアの質屋の主、「赤毛組合」に加入した赤毛の男 「キラキラ名探偵[1] 赤毛組合―シャーロック・ホームズ」 コナン・ドイル原作;新星出版社編集部編　新星出版社　2015年12月

ジェイムズ・ハンター
動物のお医者さんになりたい女の子・マンディの一歳年下の親友、動物好きな男の子 「フェレット迷路(こちら動物のお医者さん)」 ルーシー・ダニエルズ作;千葉茂樹訳;サカイノビー絵　ほるぷ出版　2014年3月

ジェイムズ・ロック
十二世紀のイングランドで無敵のフードをかぶった男と略奪を繰り返している男 「タイムライダーズ3-2 失われた暗号」 アレックス・スカロウ作;金原瑞人訳 小学館 2015年12月

ジェイン
さくら通り17番地にすむバンクスさんの長女、4人きょうだいの1番上でやさしい少女 「メアリー・ポピンズ ポプラ世界名作童話10」 P・L・トラヴァース作;富安陽子文;佐竹美保絵 ポプラ社 2015年11月

ジェイン・バンクス
さくら通り十七番地に住むバンクス家の子ども、マイケルの姉 「メアリー・ポピンズとお隣さん」 P.L.トラヴァース著;小池三子男訳 復刊ドットコム 2014年3月

ジェイン・バンクス
夏至祭の宵にメアリー・ポピンズと公園に行ったバンクス家の子ども、マイケルの姉 「さくら通りのメアリー・ポピンズ」 P.L.トラヴァース著;小池三子男訳 復刊ドットコム 2014年4月

ジェシー
カウガール人形、ヨーデルが得意なおてんば娘 「トイ・ストーリー――おもちゃたちの世界」 ケイト・イーガン文;アニー・アウエルバッハ文;リサ・マルソリ文;クリスティー・ウェブスター文;ウェンディー・ロジャ文;増井彩乃訳 KADOKAWA（角川つばさ文庫） 2016年12月

ジェシー
少女ボニーのおもちゃでプラスチック製の恐竜、トリケラトプスの女の子 「トイ・ストーリー謎の恐竜ワールド」 橘高弓枝文 偕成社（ディズニーアニメ小説版） 2015年12月

ジェシー・ジョーンズ
イギリスの中学に通う三年生、認知症になったおばあちゃん・エリザベスの孫娘 「霧のなかの白い犬」 アン・ブース著;杉田七重訳;橋賢亀絵 あかね書房 2016年3月

ジェシー・トレスキー
飛び級して小学四年生になった八歳、兄のエヴァンとレモネード販売競争をした女の子 「レモネード戦争」 ジャクリーヌ・デイヴィーズ作;日当陽子訳;小栗麗加絵 フレーベル館（ものがたりの庭） 2014年11月

C・S・ルイス　しーえするいす
オクスフォード大学教授、地図帳『イマジナリウム・ジェオグラフィカ』の守り手 「幻のドラゴン号 ドラゴンシップ・シリーズ3」 ジェームズ・A・オーウェン作;三辺律子訳 評論社 2016年4月

ジェナ
お泊り会に森で見つけた謎のかぎ爪を持っていった中学1年生の女の子 「恐怖のお泊まり会〔4〕裏庭の化け物」 P．J．ナイト著;岡本由香子訳;shirakabaイラスト KADOKAWA 2014年8月

ジェニファー
食堂のオバさんに化けたエイリアンのひとり、地球を征服しようとする冷酷エイリアン 「スーパーヒーロー・パンツマン 3 パンツマンVS恐怖のオバちゃんエイリアン」 デイブ・ピルキー作・絵;木坂涼訳 徳間書店 2014年2月

ジェニファー（ジェンス）
動物保護施設「ハッピー・ポーズ」の助手、タトゥーだらけの二十二歳くらいの女の子 「夢見る犬たち 五番犬舎の奇跡」 クリフ・マクニッシュ作;浜田かつこ訳 金の星社 2015年8月

じぇに

ジェニファー・メイス
お父さんの仕事の都合でブルックリンに引っこしてきたばかりの四年生の女の子 「公園の魔女（魔女の本棚19）」ルース・チュウ作;日当陽子訳;たんじあきこ絵 フレーベル館 2014年8月

ジェニー・フィリップス
ふたごの兄弟ジョシュとダニーの十四歳の姉 「SWITCH 5 ガガンボにスイッチ！」アリ・スパークス作;神戸万知訳;舵真秀斗絵 フレーベル館 2014年4月

ジェハン・ダースおじいさん
フランダース地方の粗末な小屋で少年ネロと暮らしていた足が不自由なおじいさん 「フランダースの犬」ウィーダ作;田邊雅之訳 小学館（小学館ジュニア文庫） 2016年12月

ジェハン・ダースおじいさん
ベルギーのフランダース地方にある村に孫のネロと犬のパトラッシュと住んでいたおじいさん 「フランダースの犬―ポプラ世界名作童話;5」ウィーダ作;濱野京子文;小松咲子絵 ポプラ社 2015年11月

ジェフ（ジェフリー・フォレスター）
小学四年生、同級生のジョージに意地の悪いことをいう男の子 「ジョージと秘密のメリッサ」アレックス・ジーノ作;島村浩子訳 偕成社 2016年12月

ジェフリー
ペンダーウィック家の四姉妹が過ごすアランデルのお屋敷の女主人ミセス・ティフトンの息子 「ペンダーウィックの四姉妹 夏の魔法」ジーン・バーズオール作;代田亜香子訳 小峰書店(Sunnyside Books) 2014年6月

ジェフリー・フォレスター
小学四年生、同級生のジョージに意地の悪いことをいう男の子 「ジョージと秘密のメリッサ」アレックス・ジーノ作;島村浩子訳 偕成社 2016年12月

ジェベズ・ウィルスン（ウィルスン）
ロンドンのサックス・コバーグ・スクエアにある質屋の主、「赤毛クラブ」に入会した赤毛の男 「名探偵シャーロック・ホームズなぞの赤毛クラブ：赤い髪の男だけが入れる会とは!?世界一の探偵ホームズ登場―10歳までに読みたい名作ミステリー」コナン・ドイル作;芦辺拓編著;城咲綾絵 学研プラス 2016年6月

ジェペットさん
年寄りの大工、口をきく棒切れを彫ってあやつり人形のピノッキオを作ったおじいさん 「ピノッキオの冒険」カルロ・コッローディ著;大岡玲訳 光文社（光文社古典新訳文庫） 2016年11月

ジェマ
十四歳の地上人、兄を探しに地上から海底大陸にやってきた少女 「ダーク・ライフ―海底の世界 上下」カット・フォールズ著;岡本由香子訳 KADOKAWA 2016年1月

ジェマル
トレスカ・コナクの宿の主人、盗賊団の一味 「カール・マイ冒険物語：オスマン帝国を行く〈11〉アルバニア山地にて」カール・マイ著;戸叶勝也訳 朝文社 2016年12月

ジェマ・ワトソン
歌とダンスが大好きな女の子 「ヒミツの子ねこ3 子ねこと夢をかなえよう！」スー・ベントレー作;松浦直美訳;naoto絵 ポプラ社（ポプラポケット文庫） 2014年5月

じぇる

ジェミー
スロベニアにあるポストイナ洞窟に住む人間になりたいと思っていた子どものドラゴン 「ポストイナ洞窟のドラゴン、ジェミー」 ボーヤン・B・ビテズニック文章・イラスト;加藤なみ訳 文芸社 2016年5月

ジェームズ・アダムズ
英国情報局の裏組織で十七歳以下の子どもが活躍する極秘スパイ機関「チェラブ」のエージェント、十六歳のプレイボーイ 「英国情報局秘密組織 CHERUB(チェラブ) Mission10 リスク」 ロバート・マカモア作;大澤晶訳 ほるぷ出版 2014年12月

ジェームズ・アームストロング
若い細君を亡くしてからすっかり性格が変わってしまった不愛想な変人、サマーサイドの町で暮らしている少年テディの父親 「アンの幸福3」 L・M・モンゴメリ作;村岡花子訳;Haccan絵 講談社(講談社大きな文字の青い鳥文庫) 2015年9月

ジェームズ・カニンガム
名門ユナイテッドの十二歳以下チームのディフェンダー、父親が元イングランド代表の名選手 「フットボール・アカデミー5 最後のゴールDFジェームズの選択」 トム・パーマー作;石崎洋司訳;岡本正樹画 岩崎書店 2014年4月

ジェームズ・スター(スター)
スコットランドのアーバーフォイル炭鉱で監督をしていた65歳の技師 「黒いダイヤモンド」 ジュール・ヴェルヌ著;新庄嘉章訳 文遊社 2014年1月

シエラ
いつも一人で本を読んでいる読書家、両親が離婚している少女 「図書館脱出ゲーム1 ぼくたちの謎とき大作戦! 上下」 クリス・グラベンスタイン著;ジョンハサウェイ絵;高橋結花訳 KADOKAWA 2016年3月

シエラ
いつも一人で本を読んでいる読書家、両親が離婚している少女 「図書館脱出ゲーム2 図書館オリンピック大作戦! 上下」 クリス・グラベンスタイン著;ジョンハサウェイ絵;山北めぐみ訳 KADOKAWA 2016年8月

ジェラルディン
サマーサイドに引っ越してきた未亡人・レイモンド夫人の天使のような顔をした子ども、8歳になるジェラルドのふたごの妹 「アンの幸福4」 L・M・モンゴメリ作;村岡花子訳;Haccan絵 講談社(講談社大きな文字の青い鳥文庫) 2015年9月

ジェラルド
サマーサイドに引っ越してきた未亡人・レイモンド夫人の天使のような顔をした子ども、8歳になるジェラルディンのふたごの兄 「アンの幸福4」 L・M・モンゴメリ作;村岡花子訳;Haccan絵 講談社(講談社大きな文字の青い鳥文庫) 2015年9月

ジェルーシャ・アボット
お金持ちの紳士の援助で大学に通えることになった孤児院育ちの17歳の女の子 「あしながおじさん」 J.ウェブスター作;新星出版社編集部編 新星出版社(トキメキ夢文庫) 2016年9月

ジェルーシャ・アボット(ジュディ)
ニューヨークの孤児院出身の女の子、匿名の紳士から援助を受けて進学した大学生 「あしながおじさん」 ウェブスター著;土屋京子訳 光文社(光文社古典新訳文庫) 2015年7月

じぇる

ジェルーシャ・アボット（ジュディー）
児童養護施設で育った孤児、見知らぬ「あしながおじさん」の援助で大学に進学した女の子 「あしながおじさん―ポプラ世界名作童話;18」 J.ウェブスター作;石井睦美文;あだちなみ絵 ポプラ社 2016年11月

ジェレミー
「ばけもの山」で雪男におそわれたエルフとレーブンを助けた魔法使い 「エルフとレーブンのふしぎな冒険 2 ばけもの山とひみつの城」 マーカス・セジウィック著;中野聖訳;朝日川日和絵 学研プラス 2015年12月

ジェーン
マサチューセッツ州に住む小学五年生、ペンダーウィック家の四姉妹の三女 「ペンダーウィックの四姉妹2」 ジーン・バーズオール作;代田亜香子訳 小峰書店(Sunnyside Books) 2015年8月

ジェーン
夏休みにアランデルのコテージで過ごすことになったペンダーウィック家の四姉妹の十歳の三女 「ペンダーウィックの四姉妹 夏の魔法」 ジーン・バーズオール作;代田亜香子訳 小峰書店(Sunnyside Books) 2014年6月

ジェンキンス
オークランドの名門校チェアマン寄宿学校の生徒、学校一の優等生の9歳の少年 「十五少年漂流記」 ジュール・ヴェルヌ著;椎名誠訳;渡辺葉訳 新潮社(新潮モダン・クラシックス) 2015年8月

ジェンス
動物保護施設「ハッピー・ポーズ」の助手、タトゥーだらけの二十二歳くらいの女の子 「夢見る犬たち 五番犬舎の奇跡」 クリフ・マクニッシュ作;浜田かつこ訳 金の星社 2015年8月

ジェーン・ソリス
アイダホの精神科施設「ライフハウス」で暮らしている自殺衝動をもった女の子 「ミルキーブルーの境界」 アレックス・モレル著;中村有以訳 早川書房(ハヤカワ・ミステリ文庫) 2015年11月

ジェーン・フォスター
アスガルドの王子・ソーの恋人で天文物理学者の女性 「マイティ・ソー ダーク・ワールド」 クリストファー・L.ヨスト脚本;クリストファー・マルクス脚本;スティーヴン・マクフィーリー脚本;ドン・ペイン文;ロバート・ロダット文;上原尚子訳 講談社 2014年9月

ジェーン・フォスター
地球に落ちてきたアスガルドの最強の戦士・ソーと出会う若き天文物理学者の女性 「マイティ・ソー」 アシュリー・エドワード・ミラー脚本;ザック・ステンツ脚本;ドン・ペイン脚本;J.マイケル・ストラジンスキー文;マーク・プロトセヴィッチ文;吉田章子訳 講談社 2014年3月

ジェーン・ベンソン
ハワイから航海に出て嵐にあいきょうだいの三人と子どもたちだけで無人島に漂着した九歳の少女 「サバイバー 2 炎の試練」 ジェフ・プロブスト著;クリス・テベッツ著;澤田澄江訳 講談社 2016年8月

ジェーン・ベンソン
親の再婚できょうだいになった四人の一人、ハワイ沖で嵐にあい子どもたちだけで無人島に漂着した九歳の少女 「サバイバー 1 嵐の試練」 ジェフ・プロブスト著;クリス・テベッツ著;澤田澄江訳 講談社 2016年7月

ジキル博士　じきるはかせ
ロンドンの高名な紳士、弁護士アタスンの友人　「ジキルとハイド」　ロバート・L・スティーヴンソン著;田口俊樹訳　新潮社（新潮文庫）　2015年2月

ジグマール・ガブリエル
人気が出始めたヒトラーに入党をもちかけたドイツ社会民主党の党首　「帰ってきたヒトラー　上下」　ティムール・ヴェルメシュ著;森内薫訳　河出書房新社　2014年1月

シグリッド
若者インドリディと高校の卒業パーティーで出会い運命の相手と信じている女性　「ラブスター博士の最後の発見」　アンドリ・S・マグナソン著;佐田千織訳　東京創元社（創元SF文庫）　2014年11月

師匠　ししょう
悪を封じる職人である魔使いの老人、少年トムの師匠　「魔使いの血（魔使いシリーズ）」　ジョゼフ・ディレイニー著;田中亜希子訳　東京創元社（sogen bookland）　2014年3月

シス卿　しすきょう
フォースの闇の力を使う滅んだはずのシスの生きのこり　「スター・ウォーズエピソードⅠファントム・メナス」　ジョージ・ルーカス原作;パトリシア・C.リード著;上杉隼人訳;大島資生訳　講談社　2015年3月

C-3PO　しーすりーぴーおー
主人である反乱軍のパイロット・ルークと惑星デヴァロンに降り立った通訳ドロイド　「STAR WARSジャーニー・トゥ・フォースの覚醒　ジェダイの剣術を磨け！」　ジェイソン・フライ著;フィル・ノト絵;稲村広香訳　講談社（講談社KK文庫）　2015年12月

C-3PO　しーすりーぴーおー
人間そっくりのかたちをした通訳ドロイド　「スター・ウォーズエピソードⅣ新たなる希望」　ジョージ・ルーカス原作;ライダー・ウィンダム著;らんあれい訳　講談社　2014年7月

C-3PO　しーすりーぴーおー
人間そっくりのかたちをした通訳ドロイド　「スター・ウォーズエピソードⅤ帝国の逆襲」　ジョージ・ルーカス原作;ライダー・ウィンダム著;上杉隼人訳;潮裕子訳　講談社　2014年11月

シタ
スペインに住むオランダ人移民の十四歳の奔放な少女、同い年のロットの幼なじみ　「シタとロット：ふたりの秘密」　アナ・ファン・プラーハ著;板屋嘉代子訳　西村書店東京出版編集部　2016年6月

仕立て屋のアフリット（スエフ）　したてやのあふりっと（すえふ）
盗賊団のスパイであることを隠して探検家のカラ・ベン・ネムジー一行の旅の案内人をしていた男　「カール・マイ冒険物語：オスマン帝国を行く〈10〉マケドニアを行く」　カール・マイ著;戸叶勝也訳　朝文社　2016年7月

ジップ
小ブタのガブガブが書いた食べ物小説の朗読をみんなといっしょに聞いたドリトル家のオス犬　「ドリトル先生のガブガブの本」　ヒュー・ロフティング作;河合祥一郎訳;patty絵　KADOKAWA（角川つばさ文庫）　2016年8月

シドニー・カートン
人生に絶望した放蕩無頼のフランス人弁護士　「二都物語」　チャールズ・ディケンズ著;加賀山卓朗訳　新潮社（新潮文庫）　2014年6月

シドリオ
「夜の帝国軍」率いるヴァンパイア、ふたごを産んだヴァンパイア・ローラの夫 「ヴァンパイレーツ 14 最後の海戦」 ジャスティン・ソンパー作;海後礼子訳 岩崎書店 2014年2月

ジーナ
ユダヤ人の少女、第二次世界大戦中に兄のマックスとともにナチスからにげのびた九歳の子ども 「ぼくはこうして生き残った!7―ナチスとの戦い」 ローレン・ターシス著;河井直子訳 KADOKAWA 2015年7月

ジーニー
小学生アリをごしゅじんさまにもつランプの精、まほうのしゅぎょうちゅうの女の子 「リトル・ジーニーときめきプラス 永遠の友だち」 ミランダ・ジョーンズ作;宮坂宏美訳;サトウユカ絵 ポプラ社 2014年9月

ジーニー
小学生アリをごしゅじんさまにもつランプの精、まほうのしゅぎょうちゅうの女の子 「リトル・ジーニーときめきプラス 花ざかりのウェディング」 ミランダ・ジョーンズ作;宮坂宏美訳;サトウユカ絵 ポプラ社 2014年2月

ジニー
ウィーズリー一家の末っ子 「ハリー・ポッターと秘密の部屋 2-1・2-2―ハリー・ポッター」 J.K.ローリング作;松岡佑子訳 静山社(静山社ペガサス文庫) 2014年5月

ジニー
ウィーズリー一家の末っ子 「ハリー・ポッターと不死鳥の騎士団 5-1・5-2・5-3・5-4―ハリー・ポッター」 J.K.ローリング作;松岡佑子訳 静山社(静山社ペガサス文庫) 2014年9月

ジニー・ウィーズリー
ホグワーツ魔法魔術学校の新入生、兄ロンと同じグリフィンドール寮生になった妹 「ハリー・ポッターと秘密の部屋 ―「ハリー・ポッター」シリーズ」 J.K.ローリング作;ジム・ケイ絵;松岡佑子訳 静山社 2016年10月

ジーニーおばさん
養護施設からベンを引きとったテスの妹、レオと暮らしている女性 「魔法の箱」 ポール・グリフィン作;池内恵訳 WAVE出版 2016年11月

ジニーヴァ・ハル
ストラテンバーグ市で成績が一番下のイースト中学校の八年生担当の先生 「少年弁護士セオの事件簿6 仮面スキャンダル」 ジョン・グリシャム作;石崎洋司訳 岩崎書店 2016年11月

シビル
8歳の天才科学者クラランスのクラスメイト、赤毛のかわいい女の子 「クラランス・フルートとシビルの秘密」 サンドリーヌ・ボニーニ文;サンドリーヌ・ボニーニ絵;山本知子訳 近代文藝社 2015年9月

シビル
愛らしい19歳の乙女、青年弁護士ジャービスと一年以上婚約しているが父親にゆるしてもらえない娘 「アンの幸福 4」 L・M・モンゴメリ作;村岡花子訳;Haccan絵 講談社(講談社大きな文字の青い鳥文庫) 2015年9月

シフ
神の国アスガルドの最強の戦士・ソーのおさななじみの女戦士 「マイティ・ソー」 アシュリー・エドワード・ミラー脚本;ザック・ステンツ脚本;ドン・ペイン脚本;J.マイケル・ストラジンスキー文;マーク・プロトセヴィッチ文;吉田章子訳 講談社 2014年3月

シフリン
「フォックスクラフト」という術の巧みな使い手、美しいキツネの青年 「フォックスクラフト1―アイラと憑かれし者たち」 インバリ・イセーレス著;金原瑞人訳 静山社 2016年7月

シーボ
帝国軍から追われていた男、緑色のはだの種族ローディアン 「スター・ウォーズ反乱者たち2 帝国の日」 ミッシェル・コーギー文;菊池由美訳 KADOKAWA(角川つばさ文庫) 2015年9月

ジマリング氏　じまりんぐし
テロダクティル号の船主で鳥類研究科、実はイギリスの鳥のたまごの収集家 「シロクマ号となぞの鳥上下」 アーサー・ランサム作;神宮輝夫訳 岩波書店(岩波少年文庫) 2016年1月

ジミー・マックブライド
女子大でジュディの親友になったサリーの兄、名門プリンストン大学の学生 「あしながおじさん」 J.ウェブスター作;新星出版社編集部編 新星出版社(トキメキ夢文庫) 2016年9月

ジム
むかしドリトル先生が飼っていたワニ 「ドリトル先生と秘密の湖―新訳 上下」 ヒュー・ロフティング作;河合祥一郎訳;patty絵 KADOKAWA(角川つばさ文庫) 2014年8月

ジム
ワトソン家から逃亡した使用人、ハックと共に筏でミシシッピ川を下った黒人 「ハックルベリー・フィンの冒険 上下」 トウェイン著;土屋京子訳 光文社(光文社古典新訳文庫) 2014年6月

ジム
辺境時代のアメリカでミシシッピー川を浮浪児ハックと筏で旅する逃亡奴隷、黒んぼの少年 「ハックルベリー・フィンの冒険 上下」 マーク・トウェイン作;西田実訳 岩波書店 2014年3月

ジム・ウィートクロフト
一九一五年のイギリスシリー諸島のブライアー島に住む漁師、少年アルフィの父親 「月にハミング」 マイケル・モーパーゴ作;杉田七重訳 小学館 2015年8月

ジム・ウッド
一年前に行方不明になった海洋生物学者の夫で中学生の女の子カラの父親 「白いイルカの浜辺―評論社の児童図書館・文学の部屋」 ジル・ルイス作;さくまゆみこ訳 評論社 2015年7月

ジム船長　じむせんちょう
プリンス・エドワード島のフォア・ウインズ岬の灯台守、高潔な人格を持った素朴な性質の老人 「アンの夢の家―赤毛のアン5―上中下」 L・M・モンゴメリ作;村岡花子訳;Haccan絵 講談社(講談社大きな文字の青い鳥文庫) 2015年9月

じむせ

ジム船長　じむせんちょう
赤毛のアンが結婚して新しい生活を始めたフォア・ウインズの岬の灯台守　「アンの夢の家　赤毛のアン(5)」　L.M.モンゴメリ作;村岡花子訳;HACCAN絵　講談社(青い鳥文庫)　2014年1月

ジム・ホーキンス
宿屋「ベンボー提督亭」の息子、海賊フリント船長がうめた宝をさがす旅に出た少年　「宝島――10歳までに読みたい世界名作」　R.L.スティーヴンソン作;横山洋子監修　学研教育出版　2015年6月

ジム・ホーキンズ
死んだ老海賊の遺留品から「宝島」の地図を手に入れ財宝を探しに出帆した少年　「宝島」　ロバート・L・スティーヴンソン著;鈴木恵訳　新潮社(新潮文庫)　2016年8月

ジモ(ヘルムート・ジモ)
国連爆破テロの犯人として逮捕されたバッキーの精神鑑定にやってきた医師　「シビル・ウォー――キャプテン・アメリカ」　アレックス・アーヴァインノベル;上杉隼人訳;長尾莉紗訳　講談社　2016年10月

シーモア・ホープ
イリノイ州ゴーストリー町のスペンス屋敷に住む児童文学作家のイグナチウスとゆうれいのオリーブの養子、絵が得意な男の子　「ゆうれい作家はおおいそがし4 白い手ぶくろのひみつ」　ケイト・クライス文;M.サラ・クライス絵;宮坂宏美訳　ほるぷ出版　2015年3月

シーモア・ホープ
ハカバ通り43番地のスペンス屋敷で養父で有名な作家・ムッツリーとゆうれいのオリーブとともに住んでいる11歳の少年　「ゆうれい作家はおおいそがし3 死者のコインをさがせ」　ケイト・クライス文;M.サラ・クライス絵;宮坂宏美訳　ほるぷ出版　2014年10月

シーモア・ホープ
作家のムッツリーがかりたハカバ通りにあるオンボロ屋敷におきざりにされた11歳の少年、影丸というネコを飼っている男の子　「ゆうれい作家はおおいそがし1 オンボロ屋敷へようこそ」　ケイト・クライス文;M.サラ・クライス絵;宮坂宏美訳　ほるぷ出版　2014年5月

シーモア・ホープ
両親にスペンス屋敷におきざりにされた11歳の少年、影丸というネコを飼っている男の子　「ゆうれい作家はおおいそがし2 ハカバのハロウィーン」　ケイト・クライス文;M.サラ・クライス絵;宮坂宏美訳　ほるぷ出版　2014年8月

シャイロー
シャイロー村に住む嫌われ者のジャドが飼っているビーグル犬　「シャイローがきた夏」　フィリス・レイノルズ・ネイラー著;さくまゆみこ訳　あすなろ書房　2014年9月

少艾　しゃおあい
北京の大学に通う22歳の女学生、孤児の如玉が下宿していた遠縁のおじさんの一人娘　「独りでいるより優しくて」　イーユン・リー著;篠森ゆりこ訳　河出書房新社　2015年7月

ジャクソン・ジェイコブス
小学四年生、マジックに夢中の少年マイクの小さいころからの天敵　「マジック少年マイク きせきの大脱出マジック」　ケイト・イーガン作;樋渡正人訳;加藤アカツキ絵　ポプラ社　2016年3月

ジャクソン・ジェイコブス
小学四年生、マジックに夢中の少年マイクの小さいころからの天敵 「マジック少年マイク 科学マジック・ショータイム!」 ケイト・イーガン作;樋渡正人訳;加藤アカツキ絵 ポプラ社 2015年10月

ジャクソン・ジェイコブス
小学四年生、マジックに夢中の少年マイクの小さいころからの天敵 「マジック少年マイク 瞬間移動イリュージョン」 ケイト・イーガン作;樋渡正人訳;加藤アカツキ絵 ポプラ社 2016年9月

ジャクソン・ジェイコブス
小学四年生、勉強が苦手な少年マイクの小さいころからの天敵 「マジック少年マイク マジックショップとひみつの本」 ケイト・イーガン作;樋渡正人訳;加藤アカツキ絵 ポプラ社 2015年4月

じゃこうねずみ
ムーミン谷の橋の下のあなぐらにすんでいる自称哲学者のねずみのおじさん 「ムーミン谷の彗星」 トーベ・ヤンソン作;トーベ・ヤンソン絵;下村隆一訳 講談社(講談社青い鳥文庫) 2014年2月

ジャー・ジャー・ビンクス
惑星ナブーでジェダイのクワイ=ガンたちと出会った両生類型ヒューマノイドのグンガン 「スター・ウォーズエピソードⅠ ファントム・メナス」 ジョージ・ルーカス原作;パトリシア・C.リード著;上杉隼人訳;大島資生訳 講談社 2015年3月

ジャズ
幼なじみであこがれのスティーブとビジネスを立ち上げた十五歳の女の子、カリフォルニア州の高校一年生 「モンスーンの贈りもの」 ミタリ・パーキンス作;永瀬比奈訳 鈴木出版(鈴木出版の児童文学) 2016年6月

ジャズ
連続殺人犯ビリーの高校三年生の息子、父から殺人鬼としての英才教育を受けてきた男の子 「さよなら、シリアルキラー」 バリー・ライガ著;満園真木訳 東京創元社(創元推理文庫) 2015年5月

ジャズ(ジャスミン・キャロル・ガードナー)
バークレー高校一年生、社会運動家の母親の仕事で夏休みにインドに行った少女 「モンスーンの贈りもの」 ミタリ・パーキンス作;永瀬比奈訳 鈴木出版(鈴木出版の児童文学) 2016年6月

ジャスティン
下顎顔面異骨症の弟を持つヴィアとつきあっている高校生男子 「ワンダー」 R.J.パラシオ作;中井はるの訳 ほるぷ出版 2015年7月

ジャスティン・ダニエルズ
アラバマに引っこすことになった男の子、三年生のアンバーの幼稚園からの親友 「あたし、アンバー・ブラウン!」 ポーラ・ダンジガー作;若林千鶴訳;むかいながまさ絵 文研出版(文研ブックランド) 2015年2月

ジャスパー・デント(ジャズ)
連続殺人犯ビリーの高校三年生の息子、父から殺人鬼としての英才教育を受けてきた男の子 「さよなら、シリアルキラー」 バリー・ライガ著;満園真木訳 東京創元社(創元推理文庫) 2015年5月

じゃす

ジャスミン
アグラバーの市場で出会ったトラの子をお城に連れて帰ったプリンセス 「ロイヤルペット」 テナント・レッドバンク文 えイミー・S.カースター文;樹紫苑訳 KADOKAWA（角川つばさ文庫） 2015年11月

ジャスミン
アグラバー王国の王女、町人アラジンの妻になったプリンセス 「ディズニープリンセス なぞ解きへようこそ リトル・マーメイド～星のネックレス～ アラジン～宝石の果樹園～」 ゲイル・ハーマン文 えリー・オライアン文;中井はるの訳 講談社 2016年11月

ジャスミン
からすのクリーと毛むくじゃらの小動物・フィリとともに沈黙の森で生きてきた美少女 「デルトラ・クエスト1」 エミリー・ロッダ作;岡田好惠訳;吉成曜;吉成鋼画 岩崎書店（フォア文庫） 2014年12月

ジャスミン
不思議な世界「トイ・ボックス」でお宝探しにいくマイクたちの仲間になったアグラバーの王女 「ディズニーインフィニティ」 エイミー・ワインガルトナー文;樹紫苑訳 KADOKAWA（角川つばさ文庫） 2016年1月

ジャスミン
隣国の悪者・影の大王によってうばわれた七つの宝石をとりかえすため友人のバルダとリーフと旅に出たデルトラ王国に住む少女 「デルトラ・クエスト5」 エミリー・ロッダ作;岡田好惠訳;吉成曜;吉成鋼画 岩崎書店（フォア文庫） 2016年4月

ジャスミン・キャロル・ガードナー
バークレー高校一年生、社会運動家の母親の仕事で夏休みにインドに行った少女 「モンスーンの贈りもの」 ミタリ・パーキンス作;永瀬比奈訳 鈴木出版（鈴木出版の児童文学） 2016年6月

ジャスミン・キャロル・ガードナー（ジャズ）
幼なじみであこがれのスティーブとビジネスを立ち上げた十五歳の女の子、カリフォルニア州の高校一年生 「モンスーンの贈りもの」 ミタリ・パーキンス作;永瀬比奈訳 鈴木出版（鈴木出版の児童文学） 2016年6月

ジャック
1860年に沖に流された「スラウギ号」に乗っていた15人の少年のひとり、10歳のフランス人 「十五少年漂流記―ポプラ世界名作童話；12」 J.ベルヌ作;高楼方子文;佐竹美保絵 ポプラ社 2016年11月

ジャック
アメリカ・ペンシルベニア州に住み本を読むことと自然観察が大好きな11歳の少年、妹のアニーと魔法のツリーハウスで多くの国へ冒険に出かけている兄 「カリブの巨大ザメ―マジック・ツリーハウス；40」 メアリー・ポープ・オズボーン著;食野雅子訳 KADOKAWA 2016年6月

ジャック
アメリカ・ペンシルベニア州に住み本を読むことと自然観察が大好きな11歳の少年、妹のアニーと魔法のツリーハウスで多くの国へ冒険に出かけている兄 「サッカーの神様―マジック・ツリーハウス；38」 メアリー・ポープ・オズボーン著;食野雅子訳 KADOKAWA 2015年6月

ジャック
アメリカ・ペンシルベニア州に住み本を読むことと自然観察が大好きな11歳の少年、妹のアニーと魔法のツリーハウスで多くの国へ冒険に出かけている兄 「第二次世界大戦の夜―マジック・ツリーハウス；39」メアリー・ポープ・オズボーン著;食野雅子訳　KADOKAWA　2015年11月

ジャック
アメリカ・ペンシルベニア州に住むなかよしきょうだいの兄 「SOS!海底探険―マジック・ツリーハウス；5」メアリー・ポープ・オズボーン著;食野雅子訳　KADOKAWA　2015年4月

ジャック
アメリカ・ペンシルベニア州に住むなかよしきょうだいの兄 「アマゾン大脱出―マジック・ツリーハウス；3」メアリー・ポープ・オズボーン著;食野雅子訳　KADOKAWA　2015年4月

ジャック
アメリカ・ペンシルベニア州に住むなかよしきょうだいの兄 「サバンナ決死の横断―マジック・ツリーハウス；6」メアリー・ポープ・オズボーン著;食野雅子訳　KADOKAWA　2015年4月

ジャック
アメリカ・ペンシルベニア州に住むなかよしきょうだいの兄 「ポンペイ最後の日―マジック・ツリーハウス；7」メアリー・ポープ・オズボーン作;食野雅子訳　KADOKAWA　2015年4月

ジャック
アメリカ・ペンシルベニア州に住むなかよしきょうだいの兄 「マンモスとなぞの原始人―マジック・ツリーハウス；4」メアリー・ポープ・オズボーン著;食野雅子訳　KADOKAWA　2015年4月

ジャック
アメリカ・ペンシルベニア州に住むなかよしきょうだいの兄 「恐竜の谷の大冒険―マジック・ツリーハウス；1」メアリー・ポープ・オズボーン著;食野雅子訳　KADOKAWA　2015年4月

ジャック
アメリカ・ペンシルベニア州に住むなかよしきょうだいの兄 「女王フテピのなぞ―マジック・ツリーハウス；2」メアリー・ポープ・オズボーン著;食野雅子訳　KADOKAWA　2015年4月

ジャック
アメリカ・ペンシルベニア州に住む仲よし兄妹の兄、妹のアニーとマジック・ツリーハウスで時空をこえて知らない世界へでかけた十歳の男の子 「マジック・ツリーハウス　36　世紀のマジック・ショー」メアリー・ポープ・オズボーン著;食野雅子訳　KADOKAWA　2014年6月

ジャック
アメリカ・ペンシルベニア州に住む仲よし兄妹の兄、妹のアニーとマジック・ツリーハウスで時空をこえて知らない世界へでかけた十歳の男の子 「マジック・ツリーハウス　37　砂漠のナイチンゲール」メアリー・ポープ・オズボーン著;食野雅子訳　KADOKAWA　2014年11月

ジャック
アメリカのシカゴ美術館にあるミニチュアルームに入ることができる魔法の鍵を見つけた少年 「12分の1の冒険4　魔法の鍵の贈り物」マリアン・マローン作;橋本恵訳　ほるぷ出版　2016年4月

じゃつ

ジャック
アメリカのペンシルベニア州に住むなかよしきょうだいの兄 「古代オリンピックの奇跡―マジック・ツリーハウス；8」 メアリー・ポープ・オズボーン著;食野雅子訳 KADOKAWA 2015年4月

ジャック
オークランドの名門校チェアマン寄宿学校の生徒、いたずら好きの10歳のフランス人の少年 「十五少年漂流記」 ジュール・ヴェルヌ著;椎名誠訳;渡辺葉訳 新潮社(新潮モダン・クラシックス) 2015年8月

ジャック
おとぎ話にふさわしい結末をつけるための冒険に出るのが仕事のトゥルーハート家の6人の息子たち、末っ子のトムの全員ジャックという名前の兄たち 「盗まれたおとぎ話―少年冒険家トム1」 イアン・ベック作・絵;松岡ハリス佑子訳 静山社(静山社ペガサス文庫) 2015年7月

ジャック
カリフォルニア州の寄宿学校コアテス・アカデミーの生徒、コンピュータ・ハッカーの12歳の少年 「GONE 上下」 マイケル・グラント著;片桐恵理子訳 ハーパーコリンズ・ジャパン(ハーパーBOOKS) 2016年4月

ジャック
コーンウォールに住む貧しいお百姓の息子でたいそう機転が利く子ども 「巨人退治のジャック」 リチャード・ドイル文・絵;井村君江監修;氏家典子訳 レベル 2014年7月

ジャック
サウルスキャンプ場で親友トビーもいっしょに家族でキャンプをした八さいの男の子 「大パニック!よみがえる恐竜(サウルスストリート)」 ニック・フォーク作;浜田かつこ訳;K-SuKe画 金の星社 2015年9月

ジャック
ニューヨークに住んでいた画家、死ぬ時に謎の言葉を孫のセオに残した老人 「スピニー通りの秘密の絵」 L.M.フィッツジェラルド著;千葉茂樹訳 あすなろ書房 2016年11月

ジャック
ブラックストーン市の公園でカラスと暮らしている少年 「フェラルズ1 カラスまつろう少年」 ジェイコブ・グレイ著;岡田好惠訳 講談社 2016年7月

ジャック
ペンシルバニア州フロッグクリークに住む12歳の男の子、11歳のアニーの兄 「走れ犬ぞり、命を救え! マジック・ツリーハウス41」 メアリー・ポープ・オズボーン著;食野雅子訳 KADOKAWA 2016年11月

ジャック(C・S・ルイス)　じゃっく(しーえするいす)
オクスフォード大学教授、地図帳『イマジナリウム・ジェオグラフィカ』の守り手 「幻のドラゴン号 ドラゴンシップ・シリーズ3」 ジェームズ・A・オーウェン作;三辺律子訳 評論社 2016年4月

ジャック・ウィル
ビーチャー学園中等部に入ったオギーのクラスメイトで親切な男の子 「ワンダー」 R.J.パラシオ作;中井はるの訳 ほるぷ出版 2015年7月

ジャック・ジェンキンス
アメリカ中西部の小さな町のヴェニス高校の卒業生、しがない私立探偵ガスの息子 「おたずねもの姉妹の探偵修行 File3 踊るポリスマンの秘密」M・E・ラブ著;西田佳子訳 学研プラス 2015年11月

ジャック・ジャクソン（ギデオン）
アラスカに移民したアメリカ南部出身の黒人の鍛冶屋、少女・ボーのふたりの父さんのひとり 「アラスカの小さな家族－バラードクリークのボー」カークパトリック・ヒル著;レウィン・ファム絵;田中奈津子訳 講談社（講談社文学の扉） 2015年1月

ジャック・スパロウ
流れ星を追って不思議な世界「トイ・ボックス」にやってきた海賊、ブラック・パール号の船長 「ディズニーインフィニティ」エイミー・ワインガルトナー文;樹紫苑訳 KADOKAWA（角川つばさ文庫） 2016年1月

ジャック・タッカー
シカゴ美術館のソーン・ミニチュアルームに自由に出入りできる魔法の鍵を手に入れた男の子、オークトン私立小学校に通う六年生 「海賊の銀貨 12分の1の冒険 3」マリアン・マローン作;橋本恵訳 ほるぷ出版 2014年2月

ジャック・トゥルーハート
冒険一家トゥルーハート家の長男、お人よしで失敗も多いが勇敢な冒険家 「さらわれたおとぎ話―少年冒険家トム2」イアン・ベック作・絵;松岡ハリス佑子訳 静山社（静山社ペガサス文庫） 2015年9月

ジャック・ノーフリート
オークトン私立小学校六年生のジャックの海賊の先祖 「海賊の銀貨 12分の1の冒険 3」マリアン・マローン作;橋本恵訳 ほるぷ出版 2014年2月

ジャック・ハーモン
ポートランドに住む小学六年生、祖父母と暮らすレキシーのとなりに住む男の子 「青い目の人形物語1 平和への願い アメリカ編」シャーリー・パレント―作;河野万里子訳 岩崎書店 2015年6月

ジャック・フラッグ
スーパー執事のプレイズワージィとともにゴールドラッシュのカルフォルニアを目指す十二歳の少年 「GOLD RUSH!最強の執事 ぼくらのステキな冒険」シド・フライシュマン作;金原瑞人訳;市川由季子訳;はしもとしん絵 ポプラ社（ポプラポケット文庫） 2014年11月

ジャック・ブリュフィット
都市計画局の局長、イングランドにあるマーカム通りの住人に立ちのき命令を出した男 「ほんとうに怖くなれる幽霊の学校」トビー・イボットソン著;三辺律子訳 偕成社 2016年11月

ジャック・ライアン
スコットランドのアーバーフォイル炭鉱の元坑夫、陽気な25歳の青年 「黒いダイヤモンド」ジュール・ヴェルヌ著;新庄嘉章訳 文遊社 2014年1月

ジャッド・ブリンスコール
悪を封じる職人である魔使い、魔使いの老人ジョン・グレゴリーの元弟子 「魔使いの血（魔使いシリーズ）」ジョゼフ・ディレイニー著;田中亜希子訳 東京創元社（sogen bookland） 2014年3月

じゃど

ジャド・トラバーズ
シャイロー村に住む嫌われ者の男、ビーグル犬・シャイローの飼い主 「シャイローがきた夏」 フィリス・レイノルズ・ネイラー著;さくまゆみこ訳 あすなろ書房 2014年9月

シャナリー
クラマーキン島の安全を守る「動物探偵団」のメンバー、シャムねこ 「動物探偵ミア」 ダイアナ・キンプトン作;武富博子訳;花珠絵 ポプラ社 2015年4月

シャノン・キャロル
イギリスの寄宿学校の六年生、秘密で魔法ねこベルベットの世話をしているなかよし三人組のひとり 「魔法ねこベルベット 5－危険な手紙」 タビサ・ブラック作;武富博子訳くおんれいの画 評論社 2015年1月

シャノン・キャロル
イギリスの寄宿学校の六年生、秘密で魔法ねこベルベットの世話をしているなかよし三人組のひとり 「魔法ねこベルベット 6－未来鏡をのぞいたら」 タビサ・ブラック作;武富博子訳くおんれいの画 評論社 2015年3月

シャノン・キャロル
寄宿学校チャームホール学園のよくしゃべる楽しい女の子、転校生ペイジと同じクラスでルームメイト 「魔法ねこベルベット 1 学校へようこそ!」 タビサ・ブラック作;武富博子訳;くおんれいの画 評論社 2014年5月

シャノン・キャロル
寄宿学校チャームホール学園五年生の女の子、同じクラスでルームメイトのサマーとペイジの親友 「魔法ねこベルベット 2 妖精パックにご用心」 タビサ・ブラック作;武富博子訳;くおんれいの画 評論社 2014年7月

シャノン・キャロル
寄宿学校チャームホール学園五年生の女の子、同じクラスでルームメイトのサマーとペイジの親友 「魔法ねこベルベット 3 ハロウィンの大そうどう」 タビサ・ブラック作;武富博子訳;くおんれいの画 評論社 2014年9月

シャノン・キャロル
寄宿学校チャームホール学園五年生の女の子、同じクラスでルームメイトのサマーとペイジの親友 「魔法ねこベルベット 4 モナ・リザのひみつ」 タビサ・ブラック作;武富博子訳;くおんれいの画 評論社 2014年11月

ジャーヴィス・ペンドルトン(ジャーヴィー坊っちゃま)　じゃーびすぺんどるとん(じゃーびーぼっちゃま)
孤児院出身の大学生ジュディの友人・ジュリアの叔父、ニューヨークで指折りの資産家 「あしながおじさん」 ウェブスター著;土屋京子訳 光文社(光文社古典新訳文庫) 2015年7月

ジャービス・モロー
婚約者である19歳の娘・ドビーの父親に結婚をゆるしてもらえない青年、家柄のよい成功をおさめつつある青年弁護士 「アンの幸福 4」 L・M・モンゴメリ作;村岡花子訳;Haccan絵 講談社(講談社大きな文字の青い鳥文庫) 2015年9月

ジャーヴィス・ローリー
ロンドンのテルソン銀行の銀行員 「二都物語」 チャールズ・ディケンズ著;加賀山卓朗訳 新潮社(新潮文庫) 2014年6月

ジャーヴィー坊っちゃま　じゃーびーぼっちゃま
孤児院出身の大学生ジュディの友人・ジュリアの叔父、ニューヨークで指折りの資産家 「あしながおじさん」 ウェブスター著;土屋京子訳 光文社(光文社古典新訳文庫) 2015年7月

ジャービーぼっちゃん（ペンドルトン氏）　じゃーびーぼっちゃん（ぺんどるとんし）
女子大生ジュディのルームメイト・ジュリアのおじ、名門ペンドルトン家の青年紳士　「あしながおじさん」　J.ウェブスター作;新星出版社編集部編　新星出版社（トキメキ夢文庫）　2016年9月

ジャファー
エジプト考古学者・メグレ教授の写真に写っていた古代エジプトの司祭のような男　「少女探偵アガサ 1 エジプト編66番目の墓の謎」　サー・スティーヴ・スティーヴンソン作;中井はるの訳;patty画　岩崎書店　2016年12月

シャブティ
大英博物館の学芸員・バートおじさんにエジプトから送られてきた木箱に入っていた人形　「なぞとき博物館 ミイラの呪文がとけちゃった!?」　ダン・メトカーフ作;番由美子訳　KADOKAWA　2016年10月

ジャミンタ姫　じゃみんたひめ
おとぎの世界のオニカ王国の姫、しっかりものの女の子　「王女さまのお手紙つき1 舞踏会とジュエルの約束」　ポーラ・ハリソン原作;チーム151E☆企画;チーム151E☆構成　学研教育出版　2015年9月

ジャムリン
エベレスト登頂を5回も経験している年配のシェルパ族の男、16歳のカミの登山の師　「エベレスト・ファイル シェルパたちの山」　マット・ディキンソン作;原田勝訳　小学館　2016年3月

シャリ・チョプラ
古代民族の末裔たちに伝わる勝利した民族以外は滅びるという「エンドゲーム」に参加した12人の一人、中国四川省に住む17歳の少女　「エンドゲーム：コーリング」　ジェイムズ・フレイ;ニルス・ジョンソン=シェルトン著;金原瑞人;井上里訳　学研パブリッシング　2014年10月

シャーロック・ホームズ（ホームズ）
イギリス・ロンドンのベーカー街に住む世界一の名探偵　「名探偵シャーロック・ホームズ おどる人形の暗号—10歳までに読みたい名作ミステリー」　コナン・ドイル作;芦辺拓編著;城咲綾絵　学研プラス　2016年12月

シャーロック・ホームズ（ホームズ）
イギリス・ロンドンのベーカー街に住む世界一の名探偵　「名探偵シャーロック・ホームズ ガチョウと青い宝石—10歳までに読みたい名作ミステリー」　コナン・ドイル作;芦辺拓編著;城咲綾絵　学研プラス　2016年9月

シャーロック・ホームズ（ホームズ）
サセックス州の丘陵地の一角にある小さな農場に住み隠遁生活を送っている名探偵、類まれなる知力と行動力を持っている男　「シャーロック・ホームズ最後の挨拶」　アーサー・コナン・ドイル著;深町眞理子訳　東京創元社（創元推理文庫）　2014年8月

シャーロック・ホームズ（ホームズ）
フランスを騒がす怪盗ルパンを捕まえるため出馬を要請された英国を代表する名探偵　「ルパン対ホームズ」　モーリス・ルブラン著;平岡敦訳　早川書房（ハヤカワ・ミステリ文庫）　2015年8月

シャーロック・ホームズ（ホームズ）
ロンドンで暮らしている名探偵、町医者ワトソンの友人　「恐怖の谷」　アーサー・コナン・ドイル著;深町眞理子訳　東京創元社（創元推理文庫）　2015年9月

シャーロック・ホームズ（ホームズ）
ロンドンのベーカー街に下宿している有名な私立探偵、世界最初の探偵コンサルタント 「名探偵ホームズバスカビル家の犬 上中下」 アーサー・コナン・ドイル作;日暮まさみち訳;青山浩行絵 講談社（講談社大きな文字の青い鳥文庫） 2014年9月

シャーロック・ホームズ（ホームズ）
世界一の名探偵、いつもよくわからない実験をしている変人 「名探偵シャーロック・ホームズ―緋色の研究」 コナン・ドイル作;駒月雅子訳;冨士原良絵 KADOKAWA（角川つばさ文庫） 2015年7月

シャーロック・ホームズ（ホームズ）
世界一有名な名探偵、ばつぐんの観察力と推理力の持ちぬし 「シャーロック・ホームズ―はじめてのミステリー― 名探偵登場!」 コナン・ドイル著;石田文子訳 汐文社 2016年12月

シャーロック・ホームズ（ホームズ）
同居人のワトスンとコンビを組んで数々の難事件に挑む世界一の名探偵 「名探偵シャーロック・ホームズ―四つの署名」 コナン・ドイル作;駒月雅子訳;冨士原良絵 KADOKAWA（角川つばさ文庫） 2015年11月

シャーロック・ホームズ（ホームズ）
名探偵 「バスカヴィル家の犬」 コナン・ドイル著;駒月雅子訳 KADOKAWA（角川文庫） 2014年2月

シャーロック・ホームズ（ホームズ）
名探偵 「名探偵シャーロック・ホームズ ホームズ最後の事件!? : ホームズにとって、最大の敵が登場!!二人の戦いはどうなる?―10歳までに読みたい名作ミステリー」 コナン・ドイル作;芦辺拓編著;城咲綾絵 学研プラス 2016年11月

シャーロック・ホームズ（ホームズ）
名探偵 「名探偵シャーロック・ホームズなぞの赤毛クラブ : 赤い髪の男だけが入れる会とは!?世界一の探偵ホームズ登場―10歳までに読みたい名作ミステリー」 コナン・ドイル作;芦辺拓編著;城咲綾絵 学研プラス 2016年6月

シャーロック・ホームズ（ホームズ）
名探偵、世界初の私立探偵 「キラキラ名探偵[1] 赤毛組合―シャーロック・ホームズ」 コナン・ドイル原作;新星出版社編集部編 新星出版社 2015年12月

シャーロック・ホームズ（ホームズ）
名探偵、世界初の私立探偵 「キラキラ名探偵[2] まだらのひも―シャーロック・ホームズ」 コナン・ドイル原作;新星出版社編集部編 新星出版社 2015年12月

シャーロック・ホームズ（ホームズ）
名探偵、世界初の私立探偵 「キラキラ名探偵[3] 消えた花嫁―シャーロック・ホームズ」 コナン・ドイル原作;新星出版社編集部編 新星出版社 2016年3月

シャーロック・ホームズ（ホームズ）
名探偵、世界初の私立探偵 「キラキラ名探偵[4] 緋色の研究―シャーロック・ホームズ」 コナン・ドイル原作;新星出版社編集部編 新星出版社 2016年7月

シャーロック・ホームズ（ホームズ）
名探偵、世界初の私立探偵 「キラキラ名探偵[5] 消えた花むこ―シャーロック・ホームズ」 コナン・ドイル原作;新星出版社編集部編 新星出版社 2016年11月

シャーロット・ハミルトン
イングランドにあるマーカム通りに住む少女、同じ通りに住む少年ダニエルの親友 「ほんとうに怖くなれる幽霊の学校」 トビー・イボットソン著;三辺律子訳 偕成社 2016年11月

シャーロット・モントローズ
タイムトラベラーの少女グウェンドリンのいとこ、何をやらせても抜群の16歳の少女 「紅玉（ルビー）は終わりにして始まり—時間旅行者の系譜」 ケルスティン・ギア著;遠山明子訳 東京創元社（創元推理文庫） 2015年11月

ジャロン・アトーリアス・エクバート三世（セージ）　じゃろんあとーりあすえくばーとさんせい（せーじ）
家族を暗殺されカーシア国王に就任した次男、かつての友・ローデンに襲われた新国王 「消えた王—カーシア国3部作」 ジェニファー・A.ニールセン作;橋本恵訳　ほるぷ出版 2015年9月

ジャロン・アトーリアス・エクバート三世（セージ）　じゃろんあとーりあすえくばーとさんせい（せーじ）
三つの隣国から攻撃をかけられ戦うことになったカーシア国の若い新国王 「ねらわれた王座—カーシア国3部作」 ジェニファー・A.ニールセン作;橋本恵訳　ほるぷ出版 2016年9月

シャーン
アイルランドの混血の若者ねずみ、ボーイスカウトの隊長 「ひみつの塔の冒険 ミス・ビアンカ」 マージェリー・シャープ作;渡辺茂男訳 岩波書店（岩波少年文庫） 2016年8月

シャーンドル
独裁政権下のハンガリーでアメリカン・コミックの密売人をしている15歳の少年 「コミック密売人」 ピエルドメニコ・バッカラリオ作;杉本あり訳 岩波書店（STAMP BOOKS） 2015年2月

ジャンヌ
サン・ジェルマン地区にあるりっぱな屋しきに住んでいるドルー伯爵の妻、フランス王妃にまつわる美しい首かざり「王妃の首かざり」の持ち主 「怪盗アルセーヌ・ルパン王妃の首かざり：ルパン史上最大!?大きなどろぼう計画と、少年時代の物語—10歳までに読みたい名作ミステリー」 モーリス・ルブラン作;二階堂黎人編著;清瀬のどか絵 学研プラス 2016年11月

ジャン・リュック・ラポアント
ニューヨーク州オールバニーに住む一家の長男、賢くて皮肉屋の6歳の少年 「パールストリートのクレイジー女たち」 トレヴェニアン著;江國香織訳 ホーム社 2015年4月

ジュディ
ニューヨークの孤児院出身の女の子、匿名の紳士から援助を受けて進学した大学生 「あしながおじさん」 ウェブスター著;土屋京子訳 光文社（光文社古典新訳文庫） 2015年7月

ジュディー
児童養護施設で育った孤児、見知らぬ「あしながおじさん」の援助で大学に進学した女の子 「あしながおじさん—ポプラ世界名作童話;18」 J.ウェブスター作;石井睦美文;あだちなみ絵 ポプラ社 2016年11月

ジュディ（ジェルーシャ・アボット）
お金持ちの紳士の援助で大学に通えることになった孤児院育ちの17歳の女の子 「あしながおじさん」 J.ウェブスター作;新星出版社編集部編 新星出版社（トキメキ夢文庫） 2016年9月

ジュディス
姉弟ホリーとサムと2才児のベンジーの母親、イラストレーターのジョージの妻 「リトル・パパ」 パット・ムーン作;もりうちすみこ訳;タカタカヲリ絵 文研出版(文研ブックランド) 2015年5月

ジュディ・ホップス
動物たちの楽園「ズートピア」で初のうさぎ警察官になった女の子 「ジュディとニックのズートピア警察署事件簿 盗まれたくさ～いチーズの謎」 グレッグ・トライン著;おおつかのりこ訳 講談社(講談社KK文庫) 2016年9月

ジュディ・ホップス
肉食動物と草食動物が共存する都市「ズートピア」で初のうさぎ警察官になった女の子 「ズートピア」 スーザン・フランシス作;橘高弓枝訳 偕成社(ディズニーアニメ小説版) 2016年5月

シュテファン・フーバー
ハイデルベルグの郊外にある動物病院で働く思いやりあふれる男の人 「動物病院のマリー 4 動物サーカスがやってきた!」 タチアナ・ゲスラー著;中村智子訳;烏羽雨イラスト 学研教育出版 2014年9月

ジュード・スウィートワイン
双子の姉弟の姉、活発で皆の人気者の13歳の美少女 「君に太陽を」 ジャンディ・ネルソン著;三辺律子訳 集英社(集英社文庫) 2016年11月

ジュナ
靴みがきをしながら名探偵をめざしている少年 「幽霊屋敷と消えたオウム―見習い探偵ジュナの冒険」 エラリー・クイーン作;中村佐千江訳;マツリ絵 KADOKAWA(角川つばさ文庫) 2016年8月

ジュリー
しんぱいなことがあってまいにちないてしまう4さいのなきむしのおんなのこ 「おたすけなみだとおじゃまなみだ」 イローナ・ラメルティンク文;リュシー・ジョルジェ絵;野坂悦子訳 西村書店東京出版編集部 2014年9月

ジュリア
ゴリラのイバンが働くサーカスのあるショッピングモールをそうじに来る男の子ども 「世界一幸せなゴリラ、イバン―講談社・文学の扉」 Katherine;Applegate著;岡田好惠訳 講談社 2014年7月

ジュリアス・オームストーン(オームストーン)
おとぎ工房で働く上級おとぎ作家、おとぎ話の筋書きを自分の思いとおりに操ろうとする男 「さらわれたおとぎ話―少年冒険家トム2」 イアン・ベック作・絵;松岡ハリス佑子訳 静山社(静山社ペガサス文庫) 2015年9月

ジュリアス・オームストーン(オームストーン)
おとぎ工房で働く上級おとぎ作家、おとぎ話の筋書きを自分の思いとおりに操ろうとする男 「盗まれたおとぎ話―少年冒険家トム1」 イアン・ベック作・絵;松岡ハリス佑子訳 静山社(静山社ペガサス文庫) 2015年7月

ジュリアス・オームストーン(オームストーン)
少年冒険家トムの宿敵、古代の国の王様になり悪事をたくらむおとぎ作家 「救われたおとぎ話―少年冒険家トム3」 イアン・ベック作・絵;松岡ハリス佑子訳 静山社(静山社ペガサス文庫) 2015年11月

じょ

ジュリアン・オールバンズ
ビーチャー学園中等部に入ったオギーのクラスメイトで不親切な男の子 「ワンダー」 R.J.パラシオ作;中井はるの訳 ほるぷ出版 2015年7月

ジュリエット・フェラーズ
素手で直接触れただけで相手の力とエネルギーを吸い取るという奇妙な力をもつ17歳の少女 「アンラヴェルミー ほんとうのわたし シャッターミー2」 タヘラ・マフィ著;金原瑞人訳;大谷真弓訳 潮出版社 2015年3月

シュリーヤ
ネパールのタンチェ村に住む16歳くらいの少女 「エベレスト・ファイル シェルパたちの山」 マット・ディキンソン作;原田勝訳 小学館 2016年3月

ジュールズ・シャーマン
奈落の淵とよばれるヴァーモントの川の近くに住むシャーマン家の次女、シルヴィの妹 「ホイッパーウィル川の伝説」 キャシー・アッペルト著;アリスン・マギー著;吉井知代子訳 あすなろ書房 2016年10月

ジュロ
クロアチアの港町セニュにある古城をねぐらにしている孤児のひとり、少女ゾラの仲間で少年ブランコを歓迎していない少年 「赤毛のゾラ 上下」 クルト・ヘルト作;酒寄進一訳;西村ツチカ;画 福音館書店(福音館文庫) 2016年11月

ジュワン
韓国の坡州の高校生ジョヨンの兄、ずっと家にひきこもっている繊細で知的な美少年 「アンダー、サンダー、テンダー 新しい韓国の文学13」 チョン・セラン著;吉川凪訳 クオン 2015年6月

ジューン
在韓米軍兵の父と韓国人の母から生まれた韓国の牛島に住む13歳の少女 「嵐」 ル・クレジオ作;中地義和訳 作品社 2015年10月

ジュンバグ
小学五年生ニコラのペット、かしこいがとてもいたずらな子犬 「ニコラといたずら天使」 キャロライン・アダーソン著;田中奈津子訳 講談社(講談社文学の扉) 2015年10月

ジョー
アメリカにすむマーチ家の4姉妹の次女、15さいの勝ち気な女の子 「若草物語―ポプラ世界名作童話;13」 L.M.オルコット作;薫くみこ文;こみねゆら絵 ポプラ社 2016年11月

ジョー
ヴィンターシュタイン学校の生徒でとてもすてきな少年、うぬぼれ屋 「コーンフィールド先生とふしぎな動物の学校1カメとキツネと転校生!」 マルギット・アウアー著;中村智子訳 学研教育出版 2015年7月

ジョー
マーチ家の四姉妹の次女、夫のベア先生とともにプラムフィールド学園で子どもたちを育てていた女性 「若草物語〈4〉―それぞれの赤い糸 上下」 オルコット作;谷口由美子訳;藤田香絵 講談社(講談社オンデマンドブックス) 2014年9月

ジョー
元気で優しい12歳の男の子、村で一番美しいコリー犬・ラッシーの大親友 「名犬ラッシー 新訳」 エリック・ナイト作;中村凪子訳;馬場彰訳;裕龍ながれ絵 KADOKAWA(角川つばさ文庫) 2015年5月

じょ

ジョー
父親が戦地にいて母親と暮らしている四人姉妹の次女、おてんばな15歳の女の子 「若草物語」 L.M.オルコット作;ないとうふみこ訳;琴音らんまる絵 KADOKAWA(角川つばさ文庫) 2015年1月

ジョイス大叔母さん　じょいすおおおばさん
イングランドにあるマーカム通りに住む少年ダニエルの同居しているいじわるな大叔母さん 「ほんとうに怖くなれる幽霊の学校」 トビー・イボットソン著;三辺律子訳　偕成社　2016年11月

しょうじょ
ゆきがふるおおみそかのひにまちのとおりでマッチをうっていたみずぼらしいなりをしたしょうじょ 「マッチうりのしょうじょ―せかい童話図書館;1」 アンデルセンさく;あきせいじぶん;かじひでやすえ;子ども文化研究所監修　いずみ書房　2014年9月

少年（メルヴィンオジイチャン）　しょうねん（めるびんおじいちゃん）
不老不死薬を開発して少年の姿で孫のエリーの前に現れたおじいちゃん 「14番目の金魚」 ジェニファー・L.ホルム作;横山和江訳　講談社　2015年11月

女王　じょおう
野獣の姿をした醜く愚かなベット王子の母、誇り高き女性 「美女と野獣 オリジナル版」 ガブリエル・シュザンヌ・ド・ヴィルヌーヴ著;藤原真実訳　白水社　2016年12月

女王（ジェイディス）　じょおう（じぇいでぃす）
異世界ナルニアを支配し雪に閉ざされた世界にしている白い魔女 「ナルニア国物語 2―ライオンと魔女と衣装だんす」 C・S・ルイス著;土屋京子訳　光文社(光文社古典新訳文庫)　2016年2月

女王（ジェイディス）　じょおう（じぇいでぃす）
異世界に迷い込んだ少年ディゴリーと少女ポリーが魔法の指輪で誤って復活させた廃都に眠っていた強大な力を持つ悪の女王 「ナルニア国物語 1―魔術師のおい」 C・S・ルイス著;土屋京子訳　光文社(光文社古典新訳文庫)　2016年9月

女王さま　じょおうさま
ウサギの穴のなかにひろがる別世界『ふしぎの国』の女王さま 「ふしぎの国のアリス ポプラ世界名作童話11」 L・キャロル作;石崎洋司文;千野えなが絵　ポプラ社　2016年11月

女王さま　じょおうさま
幼い少女アリスが迷い込んだ不思議の国のハートの女王、かんしゃく持ちの女王さま 「不思議の国のアリス」 ルイス・キャロル作;佐野真奈美訳　ポプラ社(ポプラポケット文庫)　2015年9月

ジョーカー
動物と話せる力を持つ人間・フェラル、ブラックストーン市の教会に住むハトと話せる男 「フェラルズ1 カラスまつろう少年」 ジェイコブ・グレイ著;岡田好惠訳　講談社　2016年7月

ジョー・カジミール
夏休みにアメリカ中南部の町ミドヴィルに住むおばさんの家に泊まりにきた十二歳の男の子 「月は、ぼくの友だち」 ナタリー・バビット作;こだまともこ訳　評論社　2016年6月

ショキー
ヴィンターシュタイン学校の生徒、気のいい少年 「コーンフィールド先生とふしぎな動物の学校2校庭は穴だらけ！」 マルギット・アウアー著;中村智子訳　学研プラス　2015年11月

ジョー・ザーリン
ふしぎなアンティークショップ「ホワイト・ラビット」の店主 「マジック少年マイク きせきの大脱出マジック」 ケイト・イーガン作;樋渡正人訳;加藤アカツキ絵 ポプラ社 2016年3月

ジョー・ザーリン
ふしぎなアンティークショップ「ホワイト・ラビット」の店主 「マジック少年マイク マジックショップとひみつの本」 ケイト・イーガン作;樋渡正人訳;加藤アカツキ絵 ポプラ社 2015年4月

ジョー・ザーリン
ふしぎなアンティークショップ「ホワイト・ラビット」の店主 「マジック少年マイク 科学マジック・ショータイム!」 ケイト・イーガン作;樋渡正人訳;加藤アカツキ絵 ポプラ社 2015年10月

ジョー・ザーリン
ふしぎなアンティークショップ「ホワイト・ラビット」の店主 「マジック少年マイク 瞬間移動イリュージョン」 ケイト・イーガン作;樋渡正人訳;加藤アカツキ絵 ポプラ社 2016年9月

ジョージ
1912年に世界一の豪華客船タイタニック号に乗りイギリスからアメリカへ帰ろうとしていた10歳のアメリカ人の少年 「ぼくはこうして生き残った! 3 タイタニック号沈没事件」 ローレン・ターシス著;河井直子訳;ヒョーゴノスケ絵 KADOKAWA 2014年11月

ジョージ
アメリカにあるプロスペクト・パークというとても大きな公園の湖に住むウミヘビ、魔女ゲールの古い友だち 「雨の日の魔女―魔女の本棚;23」 ルース・チュウ作;日当陽子訳;たんじあきこ絵 フレーベル館 2016年7月

ジョージ
ウィーズリー一家の双子 「ハリー・ポッターと不死鳥の騎士団 5-1・5-2・5-3・5-4―ハリー・ポッター」 J.K.ローリング作;松岡佑子訳 静山社(静山社ペガサス文庫) 2014年9月

ジョージ
オリンポスの神々の使者・ヘルメスの力の象徴である使者の杖に巻きついているヘビ 「オリンポスの神々と7人の英雄 外伝―パーシー・ジャクソンとオリンポスの神々シーズン2」 リック・リオーダン作;金原瑞人;小林みき訳 ほるぷ出版 2016年11月

ジョージ
ブルックリンのマンションに引っ越してきた中学一年生の少年 「ウソつきとスパイ」 レベッカ・ステッド作;樋渡正人訳 小峰書店(Sunnyside Books) 2015年5月

ジョージ
プロを目指すほどテニスが上手な男の子、いつもぶすっとしている子 「ベストフレンズベーカリー 2 夢をかなえるチョコレート・マジック!」 リンダ・チャップマン著;中野聖訳;佐々木メエ絵 学研プラス 2016年9月

ジョージ
姉弟ホリーとサムと2才児のベンジーの父親、37才のイラストレーター 「リトル・パパ」 パット・ムーン作;もりうちすみこ訳;タカタカヲリ絵 文研出版(文研ブックランド) 2015年5月

ジョージ・エイダルジ
バーミンガムに事務所をもつ生真面目なインド系の事務弁護士 「アーサーとジョージ」 ジュリアン・バーンズ著;真野泰訳;山崎暁子訳 中央公論新社 2016年1月

じょし

ジョージ・エドワード・チャレンジャー（チャレンジャー教授）　じょーじえどわーどちゃれんじゃー（ちゃれんじゃーきょうじゅ）
イギリス動物学会の名物男、変人として有名な動物学者　「ロスト・ワールド―失われた世界　新装版」　アーサー・コナン・ドイル作;菅紘訳　講談社（講談社青い鳥文庫）2015年8月

ジョージ・オーガスタス・アンソン（アンソン）
スタンフォードシア州警察本部長　「アーサーとジョージ」　ジュリアン・バーンズ著;真野泰訳;山崎暁子訳　中央公論新社　2016年1月

ジョージ・カビンズ
ロンドンで少年ロックウッドが経営する除霊探偵局の副局長、調べものが好きな少年　「ロックウッド除霊探偵局 1 上下 霊を呼ぶペンダント」　ジョナサン・ストラウド作;金原瑞人訳;松山美保訳　小学館　2015年3月

ジョージ・カビンズ
ロンドンで少年ロックウッドが経営する除霊探偵局の副局長、調べものが好きな少年　「ロックウッド除霊探偵局 2 上下 人骨鏡の謎」　ジョナサン・ストラウド作;金原瑞人訳;松山美保訳　小学館　2015年10月

ジョージ・ビアード
なかよしのハロルドと一緒にマンガ「パンツマン」を描いている小学四年生　「スーパーヒーロー・パンツマン 1 パンツマンたんじょうのひみつ」　デイブ・ピルキー作・絵;木坂涼訳　徳間書店　2014年1月

ジョージ・ビアード
なかよしのハロルドと一緒にマンガ「パンツマン」を描いている小学四年生　「スーパーヒーロー・パンツマン 2 パンツマンVS巨大トイレロボ」　デイブ・ピルキー作・絵;木坂涼訳　徳間書店　2014年1月

ジョージ・ビアード
なかよしのハロルドと一緒にマンガ「パンツマン」を描いている小学四年生　「スーパーヒーロー・パンツマン 3 パンツマンVS恐怖のオバちゃんエイリアン」　デイブ・ピルキー作・絵;木坂涼訳　徳間書店　2014年2月

ジョージ・ビアード
なかよしのハロルドと一緒にマンガ「パンツマン」を描いている小学四年生　「スーパーヒーロー・パンツマン 4 パンツマンVSおもらし教授　あんたのお名前なんてーの？」　デイブ・ピルキー作・絵;木坂涼訳　徳間書店　2014年2月

ジョージ・マッソン
いちばんの親友が引っ越したばかりで落ち込んでいる小学六年生、転入生レスターのクラスメートの少年　「ぼくたちの相棒」　ケイト・バンクス著;ルパート・シェルドレイク著;千葉茂樹訳　あすなろ書房　2015年11月

ジョージ・ミッチェル（メリッサ）
小学四年生、トランスジェンダーであることをママにいえないでいる男の子　「ジョージと秘密のメリッサ」　アレックス・ジーノ作;島村浩子訳　偕成社　2016年12月

ジョシュ
インディアナ州ウィルシャー大学の男子学生、教授の孫　「おたずねもの姉妹の探偵修行 File2 チョコレートは忘れない」　M・E・ラブ著;西田佳子訳　学研教育出版　2015年9月

ジョシュ
インディアナ州ウィルシャー大学の男子学生、教授の孫　「おたずねもの姉妹の探偵修行 File3 踊るポリスマンの秘密」　M・E・ラブ著;西田佳子訳　学研プラス　2015年11月

ジョシュ
インディアナ州ウィルシャー大学の男子学生、教授の孫 「おたずねもの姉妹の探偵修行 File4 クリスマスの暗号を解け！」 M・E・ラブ著;西田佳子訳　学研プラス　2015年12月

ジョシュ
丘の上の養鶏場のひとりむすこ、老メンドリのセモリナの飼い主 「三千と一羽がうたう卵の歌」 ジョイ・カウリー著;デヴィッド・エリオット絵;杉田七重訳　さ・え・ら書房　2014年1月

ジョシュア・ミラー（ジョシュ）
丘の上の養鶏場のひとりむすこ、老メンドリのセモリナの飼い主 「三千と一羽がうたう卵の歌」 ジョイ・カウリー著;デヴィッド・エリオット絵;杉田七重訳　さ・え・ら書房　2014年1月

ジョシュ・ピント
グリーン・ローンの町に住むディンクの親友、小学三年生の少年 「ぼくらのミステリータウン11 名画と怪盗オレンジ」 ロン・ロイ作;八木恭子訳;ハラカズヒロ絵原案;皐めい絵　フレーベル館　2014年3月

ジョシュ・フィリップス
となりに住む科学者・ポッツさんの計画に引っぱりこまれる八歳のふたごの兄弟の弟 「SWITCH 4 アリにスイッチ！」 アリ・スパークス作;神戸万知訳;舵真秀斗絵　フレーベル館　2014年2月

ジョシュ・フィリップス
となりに住む科学者・ポッツさんの計画を手伝っている八歳のふたごの兄弟の弟 「SWITCH 5 ガガンボにスイッチ！」 アリ・スパークス作;神戸万知訳;舵真秀斗絵　フレーベル館　2014年4月

ジョシュ・フィリップス
となりに住む科学者・ポッツさんの計画を手伝っている八歳のふたごの兄弟の弟 「SWITCH 6 ゲンゴロウにスイッチ！」 アリ・スパークス作;神戸万知訳;舵真秀斗絵　フレーベル館　2014年4月

ジョスバニ
大学の生物学部の3年生、小心者でどもり気味のノッポで痩せぎすの19歳の青年 「バイクとユニコーン はじめて出逢う世界のおはなし」 ジョシュ著;見田悠子訳　東宣出版　2015年9月

ジョス・マクミラン
吸血鬼の少年ヴラッドの親友ヘンリーのいとこ、ヴァンパイア・スレイヤー 「ヴラディミール・トッド・クロニクルズⅡ スレイヤーの魔の手」 ヘザー・ブリューワー著;園生さち訳　新書館　2014年8月

ジョス・マクミラン
吸血鬼の少年ヴラッドの親友ヘンリーのいとこ、以前ヴラッドを殺そうとしたヴァンパイア・スレイヤー 「ヴラディミール・トッド・クロニクルズⅣ エリシアの掟」 ヘザー・ブリューワー著;園生さち訳　新書館　2014年10月

ジョス・マクミラン
吸血鬼の少年ヴラッドの親友ヘンリーのいとこ、以前ヴラッドを殺そうとしたヴァンパイア・スレイヤー 「ヴラディミール・トッド・クロニクルズⅤ 預言の子」 ヘザー・ブリューワー著;園生さち訳　新書館　2014年11月

じょぜ

ジョゼ
リオデジャネイロの近郊に家族と暮らすいつもしかられてばかりいる五歳の男の子 「ぼくのオレンジの木」J.M.デ・ヴァスコンセーロス著;永田翼共訳 ポプラ社(ポプラせかいの文学) 2015年11月

ジョナサン
ロンドンからルーマニアへやってきた新米の弁護士、ドラキュラ伯爵の住む古城で囚われの身になった青年 「吸血鬼ドラキュラ」ブラム・ストーカー作;長井那智子訳;碧風羽絵 集英社(集英社みらい文庫) 2014年2月

ジョナサン・リヴィングストン
飛ぶことの歓びを追及したために仲間から追放されたカモメ 「かもめのジョナサン【完成版】」リチャード・バック著;五木寛之創訳 新潮社 2014年6月

ジョニー
ドイツのキルヒベルク男子寄宿学校5年生、作家志望の少年 「飛ぶ教室 ポプラ世界名作童話20」E・ケストナー作;最上一平文;矢島眞澄絵 ポプラ社 2016年11月

ジョニー
ドイツのヨーハン・ジギスムント・ギムナジウムの寄宿舎生、ニューヨーク生まれの5年生の少年 「飛ぶ教室」エーリヒ・ケストナー著;池内紀訳 新潮社(新潮文庫) 2014年12月

ジョニー・アルモドバル
夏休み前日に謎の村ヘンリー・クリークに招待された賢くて負けずぎらいの13歳の少年 「THE LOCK ぼくたちが"世界"を変える日1 仕かけられたなぞ」ピエルドメニコ・バッカラリオ作;田中寛崇絵 学研プラス 2015年12月

ジョニー・アルモドバル
夏休み前日に謎の村ヘンリー・クリークに招待された賢くて負けずぎらいの13歳の少年 「THE LOCK ぼくたちが"世界"を変える日2 洞窟にひそむ物体」ピエルドメニコ・バッカラリオ作;田中寛崇絵 学研プラス 2015年12月

ジョー・ハーパー
セント・ピーターズバーグの町にすむ親友トムたちと大海原の旅に出た少年 「トム・ソーヤーの冒険─ポプラ世界名作童話;2」M.トウェイン作;阿部夏丸文;佐藤真紀子絵 ポプラ社 2015年11月

ジョー・マホニー
病院の前で飼い主の少女ベッキーを待っていたグレイハウンドに話しかけた老人男性 「走れ、風のように」マイケル・モーパーゴ著;佐藤見果夢訳 評論社 2015年9月

ショームズ
イギリス生まれの名探偵 「怪盗アルセーヌ・ルパンあらわれた名探偵:世界一有名な探偵も登場!ルパンとの推理対決!?─10歳までに読みたい名作ミステリー」モーリス・ルブラン作;二階堂黎人編著;清瀬のどか絵 学研プラス 2016年9月

ジョヨン
韓国の坡州の高校生、父親の仕事の都合で長い間インドネシアで生活していた少女 「アンダー、サンダー、テンダー 新しい韓国の文学13」チョン・セラン著;吉川凪訳 クオン 2015年6月

ジョラム
皇帝、庶出軍の兵士アキヴァの父親 「星影の娘と真紅の帝国 上下」レイニ・テイラー著;桑原洋子訳 早川書房(ハヤカワ文庫FT) 2014年6月

ショーララ家の人びと　しょーららけのひとびと
薔薇乃木夫人をたずねて長い旅をつづけている小さな人たちの一家「オンネリとアンネリのふゆ―世界傑作童話シリーズ」マリヤッタ・クレンニエミ作;マイヤ・カルマ絵;渡部翠訳　福音館書店　2016年11月

ジョリティ・ブラウンフィールド
兄を探す冒険の旅に出たトムの旅のお供、魔法でカラスになった見習いの妖精「盗まれたおとぎ話―少年冒険家トム1」イアン・ベック作・絵;松岡ハリス佑子訳　静山社(静山社ペガサス文庫)　2015年7月

ジョリティ・ブラウンフィールド
冒険一家の末っ子・トムの親友、魔法でカラスになった見習い妖精「さらわれたおとぎ話―少年冒険家トム2」イアン・ベック作・絵;松岡ハリス佑子訳　静山社(静山社ペガサス文庫)　2015年9月

ジョリティ・ブラウンフィールド
冒険一家の末っ子・トムの親友、魔法でカラスになった見習い妖精「救われたおとぎ話―少年冒険家トム3」イアン・ベック作・絵;松岡ハリス佑子訳　静山社(静山社ペガサス文庫)　2015年11月

ショルト
壁に囲まれた都市ウェルドで暮らしていた三兄弟の次男、物静かな性格の青年「勇者ライと3つの扉3―木の扉」エミリー・ロッダ著;岡田好惠訳;緑川美帆絵　KADOKAWA　2015年5月

ジョン
キャプテン・フリントと七人の子どもたちと帆船シロクマ号で航海に出た少年「シロクマ号となぞの鳥上下」アーサー・ランサム作;神宮輝夫訳　岩波書店(岩波少年文庫)　2016年1月

ジョン
マーチ家のとなりに住む少年ローリーの家庭教師をしている青年「若草物語」L.M.オルコット作;ないとうふみこ訳;琴音らんまる絵　KADOKAWA(角川つばさ文庫)　2015年1月

ジョン
ロンドンの寄宿学校の校長、娘を失った夫婦の夫「いま見てはいけないデュ・モーリア傑作集」ダフネ・デュ・モーリア著;務台夏子訳　東京創元社(創元推理文庫)　2014年11月

ジョン
十二世紀のイングランドの王リチャードの気弱な弟「タイムライダーズ3-2　失われた暗号」アレックス・スカロウ作;金原瑞人訳　小学館　2015年12月

ジョン(J・R・R・トールキン)　じょん(じぇいあーるあーるとーるきん)
オクスフォード大学教授、地図帳『イマジナリウム・ジェオグラフィカ』の守り手「幻のドラゴン号　ドラゴンシップ・シリーズ3」ジェームズ・A・オーウェン作;三辺律子訳　評論社　2016年4月

ジョンウ
韓国に住む小学4年生で優等生、勉強が苦手なソンウのふたごの弟「アリストテレスのいる薬屋―はじめて読むじんぶん童話シリーズ」パク・ヒョンスク文;ユン・ジフェ絵;古川綾子訳　彩流社　2015年10月

じょん

ジョン・H・ワトスン(ワトスン)　じょんえいちわとすん(わとすん)
ロンドンで暮らしている名探偵ホームズの友人、町医者　「恐怖の谷」　アーサー・コナン・ドイル著;深町眞理子訳　東京創元社(創元推理文庫)　2015年9月

ジョン・H・ワトスン(ワトスン)　じょんえいちわとすん(わとすん)
医学博士で元陸軍医師、名探偵のシャーロック・ホームズの友人　「バスカヴィル家の犬」　コナン・ドイル著;駒月雅子訳　KADOKAWA(角川文庫)　2014年2月

ジョン・H・ワトスン(ワトスン)　じょんえいちわとすん(わとすん)
医者、名探偵のシャーロック・ホームズの相棒　「キラキラ名探偵[1]　赤毛組合―シャーロック・ホームズ」　コナン・ドイル原作;新星出版社編集部編　新星出版社　2015年12月

ジョン・H・ワトスン(ワトスン)　じょんえいちわとすん(わとすん)
医者、名探偵のシャーロック・ホームズの相棒　「キラキラ名探偵[2]　まだらのひも―シャーロック・ホームズ」　コナン・ドイル原作;新星出版社編集部編　新星出版社　2015年12月

ジョン・H・ワトスン(ワトスン)　じょんえいちわとすん(わとすん)
医者、名探偵のシャーロック・ホームズの相棒　「キラキラ名探偵[3]　消えた花嫁―シャーロック・ホームズ」　コナン・ドイル原作;新星出版社編集部編　新星出版社　2016年3月

ジョン・H・ワトスン(ワトスン)　じょんえいちわとすん(わとすん)
医者、名探偵のシャーロック・ホームズの相棒　「キラキラ名探偵[4]　緋色の研究―シャーロック・ホームズ」　コナン・ドイル原作;新星出版社編集部編　新星出版社　2016年7月

ジョン・H・ワトスン(ワトスン)　じょんえいちわとすん(わとすん)
医者、名探偵のシャーロック・ホームズの相棒　「キラキラ名探偵[5]　消えた花むこ―シャーロック・ホームズ」　コナン・ドイル原作;新星出版社編集部編　新星出版社　2016年11月

ジョン・H・ワトスン(ワトスン)　じょんえいちわとすん(わとすん)
隠遁生活を送っている名探偵ホームズの友人、町医者　「シャーロック・ホームズ最後の挨拶」　アーサー・コナン・ドイル著;深町眞理子訳　東京創元社(創元推理文庫)　2014年8月

ジョン・H・ワトスン(ワトスン)　じょんえいちわとすん(わとすん)
体調を崩してロンドンへやってきた元陸軍医師、名探偵ホームズの同居人　「名探偵シャーロック・ホームズ―緋色の研究」　コナン・ドイル作;駒月雅子訳;冨士原良絵　KADOKAWA(角川つばさ文庫)　2015年7月

ジョン・H・ワトスン(ワトスン)　じょんえいちわとすん(わとすん)
体調を崩してロンドンへやってきた元陸軍医師、名探偵ホームズの同居人　「名探偵シャーロック・ホームズ―四つの署名」　コナン・ドイル作;駒月雅子訳;冨士原良絵　KADOKAWA(角川つばさ文庫)　2015年11月

ジョン・H・ワトソン博士(ワトソン)　じょんえいちわとそんはかせ(わとそん)
有名な私立探偵・ホームズの友人で医者、正義漢で人柄のよい英国紳士　「名探偵ホームズバスカビル家の犬　上中下」　アーサー・コナン・ドイル作;日暮まさみち訳;青山浩行絵　講談社(講談社大きな文字の青い鳥文庫)　2014年9月

ジョンおじさん
農場の主人、川でおぼれそうになっていた少年・フランシスを助けた男　「川の源：CLASSICS FOR A NEW GENERATION」　パトリシア・セントジョン著;中村和雄訳　いのちのことば社　2016年3月

ジョン・グレゴリー
魔王を永遠に滅ぼそうとしている魔使いの老人、少年トムの師匠 「魔使いの復讐」 ジョゼフ・ディレイニー著;田中亜希子訳 東京創元社(sogen bookland) 2015年2月

ジョン・グレゴリー(師匠)　じょんぐれごりー(ししょう)
悪を封じる職人である魔使いの老人、少年トムの師匠 「魔使いの血(魔使いシリーズ)」 ジョゼフ・ディレイニー著;田中亜希子訳 東京創元社(sogen bookland) 2014年3月

ジョン・グレゴリー(魔使い)　じょんぐれごりー(まつかい)
魔使い、13歳のトムの師匠 「魔使いの呪い」 ジョゼフ・ディレイニー著;金原瑞人訳;田中亜希子訳 東京創元社(創元推理文庫) 2014年1月

ジョン・グレゴリー(魔使い)　じょんぐれごりー(まつかい)
魔使い、13歳のトムの師匠 「魔使いの秘密」 ジョゼフ・ディレイニー著;金原瑞人訳;田中亜希子訳 東京創元社(創元推理文庫) 2014年1月

ジョン・シルヴァー(シルヴァー)
「宝島」の地図を手に入れたジム少年たちと財宝を探しに出帆した一本足の船乗り、船の料理番 「宝島」 ロバート・L・スティーヴンソン著;鈴木恵訳 新潮社(新潮文庫) 2016年8月

ジョン・スノウ博士(スノウ博士)　じょんすのうはかせ(すのうはかせ)
サックビル街に住む医者、科学者 「ブロード街の12日間」 デボラ・ホプキンソン著;千葉茂樹訳 あすなろ書房 2014年11月

ジョン・スミスさん(あしながおじさん)
児童養護施設の理事、孤児の女の子ジェルーシャを大学に進学させた男の人 「あしながおじさん—ポプラ世界名作童話;18」 J.ウェブスター作;石井睦美文;あだちなみ絵 ポプラ社 2016年11月

ジョン・ドリトル
動物と話せるお医者さん、博物学者 「ドリトル先生の最後の冒険:新訳」 ヒュー・ロフティング作;河合祥一郎訳;patty絵 KADOKAWA(角川つばさ文庫) 2015年11月

ジョン・ドリトル先生(ドリトル先生)　じょんどりとるせんせい(どりとるせんせい)
イギリスの片田舎パドルビーに住む動物の言葉を話せる博物学者 「ドリトル先生航海記」 ヒュー・ロフティング著;福岡伸一訳 新潮社(新潮モダン・クラシックス) 2014年3月

ジョン・ピアス(ピアス)
宮廷に取り立てられた医師メリヴェルの医学生時代からの親友、ウィットルシーの精神病院で働く医師 「道化と王」 ローズ・トレメイン著;金原瑞人訳;小林みき訳 柏書房 2016年2月

ジョン・ブリストウ(ブリストウ)
私立探偵ストライクに調査を依頼した弁護士、自殺と断定されたモデルのルーラの兄 「カッコウの呼び声 上下 私立探偵コーモラン・ストライク」 ロバート・ガルブレイス著;池田真紀子訳 講談社 2014年6月

ジョン・ホイットクロフト
大聖堂の庭で幽霊に追いかけられた十一歳の少年 「ゴーストの騎士」 コルネーリア・フンケ著;浅見昇吾訳 WAVE出版 2016年6月

じょん

ジョン・マクマードー（マクマードー）
アメリカ合衆国の荒涼とした地域にあるヴァーミッサ谷に現れた男、若いアイルランド人 「恐怖の谷」アーサー・コナン・ドイル著;深町眞理子訳　東京創元社（創元推理文庫）2015年9月

ジョン・ロクストン卿（ロクストン卿）　じょんろくすとんきょう（ろくすとんきょう）
世界的に有名な探険家、南米やアマゾン川流域にくわしく狩猟家としても知られる貴族 「ロスト・ワールド―失われた世界　新装版」アーサー・コナン・ドイル作;菅紘訳　講談社（講談社青い鳥文庫）2015年8月

ジョン・ワトスン（ワトスン）
医者、名探偵のシャーロック・ホームズの助手 「名探偵シャーロック・ホームズ ホームズ最後の事件!?：ホームズにとって、最大の敵が登場!!二人の戦いはどうなる?―10歳までに読みたい名作ミステリー」コナン・ドイル作;芦辺拓編著;城咲綾絵　学研プラス　2016年11月

ジョン・ワトスン（ワトスン）
医者、名探偵のシャーロック・ホームズの助手 「名探偵シャーロック・ホームズなぞの赤毛クラブ：赤い髪の男だけが入れる会とは!?世界一の探偵ホームズ登場―10歳までに読みたい名作ミステリー」コナン・ドイル作;芦辺拓編著;城咲綾絵　学研プラス　2016年6月

ジョン・ワトスン（ワトスン）
名探偵ホームズの親友で助手、医者 「名探偵シャーロック・ホームズ おどる人形の暗号―10歳までに読みたい名作ミステリー」コナン・ドイル作;芦辺拓編著;城咲綾絵　学研プラス　2016年12月

ジョン・ワトスン（ワトスン）
名探偵ホームズの親友で助手、医者 「名探偵シャーロック・ホームズ ガチョウと青い宝石―10歳までに読みたい名作ミステリー」コナン・ドイル作;芦辺拓編著;城咲綾絵　学研プラス　2016年9月

しらゆきひめ
ゆきのようにしろいはだをしているむすめ、まほうのかがみをもっているおきさきにころされそうになったひめ 「しらゆきひめ―せかい童話図書館 ;39」グリムさく;あきせいじぶん;くぼたたけおえ;子ども文化研究所監修　いずみ書房　2014年9月

ジリ
キメラの兵士、キリン族の生き残り 「星影の娘と真紅の帝国 上下」レイニ・テイラー著;桑原洋子訳　早川書房（ハヤカワ文庫 FT）2014年6月

シリウス・ブラック
脱獄不能の監獄「アズカバン」から脱走した凶悪な殺人犯 「ハリーポッター5 ハリー・ポッターとアズカバンの囚人 3-2」J・K・ローリング作;松岡佑子訳　静山社（静山社ペガサス文庫）2014年6月

シリウス・ブラック
脱獄不能の監獄「アズカバン」から脱走した凶悪な殺人犯 「ハリーポッター6 ハリー・ポッターとアズカバンの囚人 3-1」J・K・ローリング作;松岡佑子訳　静山社（静山社ペガサス文庫）2014年6月

シリル・カニンガム
名門ユナイテッドの十二歳以下チームのディフェンダー・ジェームズの父親、元イングランド代表の名選手 「フットボール・アカデミー 5 最後のゴールDFジェームズの選択」トム・パーマー作;石崎洋司訳;岡本正樹画　岩崎書店　2014年4月

ジル
保育所をやっている女の人、ベビー・ドールのマリッサの持ち主 「すてられたベビー・ドール(マジック・ドール3)」ジョーン・ホルブ作;かとうあさこ訳;石川のぞみ絵 国土社 2014年7月

ジルーシャ・アボット
ジョン・グリーア孤児院で育った子ども、孤児院にきふしてくれる「あしながおじさん」のおかげで大学へ行けることになった十八歳の少女 「あしながおじさん──10歳までに読みたい世界名作」ジーン・ウェブスター作;横山洋子監修 学研教育出版 2015年8月

シルヴァー
「宝島」の地図を手に入れたジム少年たちと財宝を探しに出帆した一本足の船乗り、船の料理番 「宝島」ロバート・L・スティーヴンソン著;鈴木恵訳 新潮社(新潮文庫) 2016年8月

シルバーミスト
魔法の島ネバーランドにある妖精王国ピクシー・ホロウに住む水の妖精 「フェアリー・ガールズ4 ミストホースと水の妖精」キキ・ソープ作;堀川志野舞訳;白沢まりも絵 ポプラ社 2015年3月

シルヴィ・シャーマン
奈落の淵とよばれるヴァーモントの川の近くに住むシャーマン家の長女、ジュールズの姉 「ホイッパーウィル川の伝説」キャシー・アッペルト著;アリスン・マギー著;吉井知代子訳 あすなろ書房 2016年10月

シルヴェスター
狡猾なエルフ 「魔法使いにキスを (株)魔法製作所 2nd season」シャンナ・スウェンドソン著;今泉敦子訳 東京創元社(創元推理文庫) 2014年4月

白ウサギ　しろうさぎ
服を着ていてとけいをもっていておしゃべりするふしぎなウサギ 「ふしぎの国のアリス ポプラ世界名作童話11」L・キャロル作;石崎洋司文;千野えなが絵 ポプラ社 2016年11月

白ウサギ　しろうさぎ
幼い少女アリスを巣穴の中の不思議な国へ導いたウサギ 「不思議の国のアリス」ルイス・キャロル作;佐野真奈美訳 ポプラ社(ポプラポケット文庫) 2015年9月

シロクマ
アレンデール王国にやってきて食べものをぬすんだシロクマ 「アナと雪の女王[4]─オラフはスーパースター!」エリカ・デイビッド文;ないとうふみこ訳 KADOKAWA(角川つばさ文庫) 2015年12月

白ネズミ　しろねずみ
小ブタのガブガブが書いた食べ物小説の朗読をみんなといっしょに聞いたドリトル家の白ネズミの男の子 「ドリトル先生のガブガブの本」ヒュー・ロフティング作;河合祥一郎訳;patty絵 KADOKAWA(角川つばさ文庫) 2016年8月

白の女王(ミラーナ)　しろのじょおう(みらーな)
不思議の国「アンダーランド」のみんなに好かれている女王、赤の女王の妹 「アリス・イン・ワンダーランド～時間の旅～」カリ・サザーランド文;ないとうふみこ訳 KADOKAWA(角川つばさ文庫) 2016年6月

しろの

白の女王(ミラーナ)　しろのじょおう(みらーな)
不思議の国「アンダーランド」の住人たちに慕われている統治者、赤の女王の妹　「アリス・イン・ワンダーランド～時間の旅～」　カリ・サザーランド作;しぶやまさこ訳　ディズニーアニメ小説版　2016年7月

白の女王さま　しろのじょおうさま*
少女アリスが迷い込んだ鏡の国の白の女王、時間を逆向きに生きている女王さま　「鏡の国のアリス」　ルイス・キャロル作;佐野真奈美訳　ポプラ社(ポプラポケット文庫)　2015年9月

ジーン
北の砂ばくにあるどうくつに住んでいる魔法を使う魔人　「エルフとレーブンのふしぎな冒険 4 さまよう砂ばくと魔法のじゅうたん」　マーカス・セジウィック著;中野聖訳;朝日川日和絵　学研プラス　2016年8月

ジン
オホ女王につかえ王立博物館の館長をしているアーシア4きょうだいの一番下　「ワンダラ 7 裏切りの惑星」　トニー・ディテルリッジ作;飯野眞由美訳　文溪堂　2014年10月

ジン
オホ女王につかえ王立博物館の館長をしているアーシア4きょうだいの一番下　「ワンダラ 8 ニューアッティカ壊滅」　トニー・ディテルリッジ作;飯野眞由美訳　文溪堂　2015年1月

ジン
オホ女王につかえ王立博物館の館長をしているアーシア4きょうだいの一番下　「ワンダラ 9 エバ、ほんとうのワンダラへ」　トニー・ディテルリッジ作;飯野眞由美訳　文溪堂　2015年3月

シンコー・スイム
動物たちの楽園「ズートピア」にある刑務所に入っていたカモノハシ、アウトバック島の動物　「ジュディとニックのズートピア警察署事件簿 盗まれたくさ～いチーズの謎」　グレッグ・トライン著;おおつかのりこ訳　講談社(講談社KK文庫)　2016年9月

シンシア・メチャクチャ・アツメール博士　しんしあめちゃくちゃあつめーるはかせ
めずらしいものをさがして世界じゅうを旅している博士、マンゴーの家の下にすむ女の人　「バクのバンバン、町にきた」　ポリー・フェイバー作;クララ・ヴリアミー絵;松波佐知子訳　徳間書店　2016年11月

シンチア
ふまじめな少年ダニーとクラス委員になった中学生、いつも気取っている模範生の少女　「ダニーの学校大革命」　ラッシェル・オスファテール作;ダニエル遠藤みのり訳;風川恭子絵　文研出版(文研じゅべにーる)　2016年8月

シンデレラ
チャーミング王子と結婚した娘、皇太后がお城にやってくると知らされたプリンセス　「ディズニープリンセス 愛のものがたり」　キティ・リチャーズ文;ゲイル・ハーマン文;中井はるの訳　講談社(講談社KK文庫)　2016年9月

シンデレラ
ペットの子犬パンプキンと舞踏会に招待されたプリンセス　「ロイヤルペット」　テナント・レッドバンク文えイミー・S.カースター文;樹紫苑訳　KADOKAWA(角川つばさ文庫)　2015年11月

シンデレラ
ままははやいじわるなおねえさんたちにめしつかいのようにこきつかわれていたむすめ 「シンデレラ—せかい童話図書館 ;25」 ペローさく;しらかわちづこぶん;いなもといくええ;子ども文化研究所監修　いずみ書房　2014年9月

シンデレラ
父親が再婚し継母と2人の義理の姉たちと暮らすことになった16歳の娘 「シンデレラ」 エリザベス・ルドニック作;橘高弓枝訳　ディズニーアニメ小説版　2015年5月

シンドバッド
商人だったお父さんがのこした遺産でバクダッドの町の大きな屋敷に住んでいた若者 「アラビアンナイト シンドバッドの冒険 : 思いもよらぬことが次から次に!どきどきの冒険物語—10歳までに読みたい世界名作 ; 16」 みおちづる編著;飯田要絵　学研教育出版　2015年8月

シンドローム
流れ星を追って不思議な世界「トイ・ボックス」にやってきた悪党、インクレディブル一家の敵 「ディズニーインフィニティ」 エイミー・ワインガルトナー文;樹紫苑訳　KADOKAWA(角川つばさ文庫)　2016年1月

シンバ
プライドランドの平和を守るチーム「ライオン・ガード」のリーダー・カイオンの父親、ライオンの王 「ライオン・ガード カイオンの冒険」 フォード・ライリー原作;ジョン・ロイ原作;樹紫苑訳　KADOKAWA(角川つばさ文庫)　2016年11月

尋問官　じんもんかん
反乱者たちをつかまえようとしているフォースを使う悪の帝国の尋問官 「スター・ウォーズ 反乱者たち 2 帝国の日」 ミッシェル・コーギー文;菊池由美訳　KADOKAWA(角川つばさ文庫)　2015年9月

【す】

ズーイ
グラス家七人兄弟姉妹の五男、俳優 「フラニーとズーイ」 サリンジャー著;村上春樹訳　新潮社(新潮文庫)　2014年3月

スイート
「大地のうなり」によって捕まっていた保健所からラッキーと逃げだした犬、群れで生きることを大切と考えている犬 「サバイバーズ1 孤独の犬」 エリン・ハンター作;井上里訳　小峰書店　2014年9月

スイート
「野生の犬」で群れで生きることを大切と考えている美しいメス犬、群れの二番手 「サバイバーズ3ひとすじの光」 エリン・ハンター作;井上里訳　小峰書店　2015年6月

スイート
「野生の犬」で群れで生きることを大切と考えている美しいメス犬、群れの二番手 「サバイバーズ4嵐の予感」 エリン・ハンター作;井上里訳　小峰書店　2016年5月

スイート（ベータ）
孤独の犬・ラッキーと「大地のうなり」を生きのびた仲間、オオカミ犬・アルファの群れの高い地位についている犬 「サバイバーズ2 見えざる敵」 エリン・ハンター作;井上里訳 小峰書店 2014年9月

スウェーデン
アラスカに移民したスウェーデン出身の鍛冶屋、少女・ボーのふたりの父さんのひとり 「アラスカの小さな家族―バラードクリークのボー」 カークパトリック・ヒル著;レウィン・ファム絵;田中奈津子訳 講談社(講談社文学の扉) 2015年1月

スウ姉さん　すうねえさん
ギルモアビルで暮らしピアニストを目指しているはたちの女性、亡き母に代わって家族の世話を強いられている総領娘 「スウ姉さん」 E・ポーター著;村岡花子訳 河出書房新社(河出文庫) 2014年4月

スエフ
盗賊団のスパイであることを隠して探検家のカラ・ベン・ネムジ一行の旅の案内人をしていた男 「カール・マイ冒険物語：オスマン帝国を行く〈10〉マケドニアを行く」 カール・マイ著;戸叶勝也訳 朝文社 2016年7月

スカイ
マサチューセッツ州に住む小学六年生、ペンダーウィック家の四姉妹の次女 「ペンダーウィックの四姉妹2」 ジーン・バーズオール作;代田亜香子訳 小峰書店(Sunnyside Books) 2015年8月

スカイ
夏休みにアランデルのコテージで過ごすことになったペンダーウィック家の四姉妹の十一歳の次女 「ペンダーウィックの四姉妹 夏の魔法」 ジーン・バーズオール作;代田亜香子訳 小峰書店(Sunnyside Books) 2014年6月

頭蓋骨の霊　ずがいこつのれい
びんの中にある頭蓋骨に結びついている霊、除霊探偵局の調査員のルーシーに話しかける霊 「ロックウッド除霊探偵局 2 上下 人骨鏡の謎」 ジョナサン・ストラウド作;金原瑞人訳;松山美保訳 小学館 2015年10月

スカーレット
アイルランドに住む十二歳のメアリーの母親、病院に入院中のエマーの娘 「さよならのドライブ」 ロディ・ドイル作;こだまともこ訳;こがしわかおり絵 フレーベル館(文学の森) 2014年1月

スカーレット
ロンドンで精神状態の悪い母親と弟三人で暮らしている十二歳の女の子 「紅のトキの空―評論社の児童図書館・文学の部屋」 ジル・ルイス作;さくまゆみこ訳 評論社 2016年12月

スカーレット・オハラ
アメリカ南部ジョージア州にある「タラ」大農園主オハラ家の長女、個性的な美貌と激しい気性の持ち主 「風と共に去りぬ 第1巻」 マーガレット・ミッチェル著;鴻巣友季子訳 新潮社(新潮文庫) 2015年4月

スカーレット・オハラ
アメリカ南部ジョージア州にある「タラ」大農園主オハラ家の長女、個性的な美貌と激しい気性の持ち主 「風と共に去りぬ 第2巻」 マーガレット・ミッチェル著;鴻巣友季子訳 新潮社(新潮文庫) 2015年4月

スカーレット・オハラ
南北戦争の最中に息子とともに故郷「タラ」農園に帰還した未亡人、個性的な美貌と激しい気性の持ち主 「風と共に去りぬ 第3巻」 マーガレット・ミッチェル著;鴻巣友季子訳 新潮社(新潮文庫) 2015年5月

スカーレット・オハラ
二人の夫と死別しレッド・バトラーと再婚した女性、製材所を経営し個性的な美貌と激しい気性の持ち主 「風と共に去りぬ 第5巻」 マーガレット・ミッチェル著;鴻巣友季子訳 新潮社(新潮文庫) 2015年7月

スカーレット・オハラ
妹の婚約者フランクと再婚し製材所の経営に乗り出した女性、個性的な美貌と激しい気性の持ち主 「風と共に去りぬ 第4巻」 マーガレット・ミッチェル著;鴻巣友季子訳 新潮社(新潮文庫) 2015年6月

スキ
北極圏の町ホエール・ベイに住むひいばあちゃんのうちで暮らすことになったイヌイットの少女 「クジラに救われた村」 ニコラ・デイビス文;アナベル・ライト画;もりうちすみこ訳 さ・え・ら書房 2015年12月

スキャント夫人　すきゃんとふじん
イギリスに200年以上前に設置された幽霊省の四人の職員の一人、秘書 「骨董通りの幽霊省」 アレックス・シアラー著;金原瑞人訳;西本かおる訳;杉田比呂美イラスト 竹書房 2016年12月

スキリー
英国一チーズがうまいと評判のパブ「チェシャーチーズ亭」で飼ってもらうことになったネズミ嫌いでチーズが好きなのらネコ 「チェシャーチーズ亭のネコ」 カーメン・アグラ・ディーディ;ランダル・ライト著;山田順子訳 東京創元社 2014年7月

スクイーク
ニンゲンに育てられた「囚われの犬」、「孤独の犬」のラッキーのきょうだいで仲間おもいで勇敢なメス犬 「サバイバーズ3ひとすじの光」 エリン・ハンター作;井上里訳 小峰書店 2015年6月

スクイーク
ニンゲンに育てられた「囚われの犬」、「孤独の犬」のラッキーのきょうだいで仲間おもいで勇敢なメス犬 「サバイバーズ4嵐の予感」 エリン・ハンター作;井上里訳 小峰書店 2016年5月

スクイーク
孤独の犬・ラッキーのニンゲンに育てられたきょうだい犬 「サバイバーズ1 孤独の犬」 エリン・ハンター作;井上里訳 小峰書店 2014年9月

スクイーク
孤独の犬・ラッキーのニンゲンに育てられたきょうだい犬 「サバイバーズ2 見えざる敵」 エリン・ハンター作;井上里訳 小峰書店 2014年9月

スクリーチ
ブラックストーン市の公園でカラスと話せる少年コーと暮らしている子ガラス 「フェラルズ1 カラスまつろう少年」 ジェイコブ・グレイ著;岡田好惠訳 講談社 2016年7月

すくり

スクリーム船長　すくりーむせんちょう
旅をしているエルフとレーベンを奴隷として買った海賊、「悪のイルカ号」の船長　「エルフとレーベンのふしぎな冒険３　帰らずの海と人魚のふえ」　マーカス・セジウィック著;中野聖訳;朝日川日和絵　学研プラス　2016年4月

スクルージ
ロンドンの「スクルージ＆マーレイ商会」の経営者、冷酷無慈悲で欲深い老人　「クリスマス・キャロル」　チャールズ・ディケンズ著;井原慶一郎訳　春風社　2015年11月

スクワート
フロリダ州にある小さな島・ロンサム島の海で生まれた赤ちゃんクジラ　「コービーの海」　ベン・マイケルセン作;代田亜香子訳　鈴木出版（鈴木出版の海外児童文学）　2015年6月

スコット
町ねこのロクがスコットランドの森で出会った大きな野生の山ねこ　「くろねこのロク空をとぶ」　インガ・ムーア作・絵;なかがわちひろ訳　徳間書店　2015年5月

スコット・ウォーカー
ディスカウントストアにいた不思議なおばあさんから"なんでもつくれるキット"を買った姉弟の弟　「魔女のお店（魔女の本棚18）」　ルース・チュウ作;日当陽子訳;たんじあきこ絵　フレーベル館　2014年5月

ズザナ
キメラに育てられた娘カルーの親友　「星影の娘と真紅の帝国　上下」　レイニ・テイラー著;桑原洋子訳　早川書房（ハヤカワ文庫FT）　2014年6月

スザナ・ギルモア（スウ姉さん）　すざなぎるもあ（すうねえさん）
ギルモアビルで暮らしピアニストを目指しているはたちの女性、亡き母に代わって家族の世話を強いられている総領娘　「スウ姉さん」　E・ポーター著;村岡花子訳　河出書房新社（河出文庫）　2014年4月

スーザン
キャプテン・フリントと七人の子どもたちと帆船シロクマ号で航海に出た少女　「シロクマ号となぞの鳥　上下」　アーサー・ランサム作;神宮輝夫訳　岩波書店（岩波少年文庫）　2016年1月

スーザン
戦争中にロンドンから片田舎にある老教授の屋敷に疎開した4人兄弟の長女　「ナルニア国物語　2－ライオンと魔女と衣装だんす」　C・S・ルイス著;土屋京子訳　光文社（光文社古典新訳文庫）　2016年2月

スーザン・ジェイムズ
マーサズビンヤード島の海岸で溺死したと10年前の新聞に載っていた女の子　「ぼくが本を読まない理由（わけ）」　ジャネット・タージン著;ジェイク・タージンイラスト;小寺敦子訳　PHP研究所　2015年12月

スザンナ・マーティンデイル（ザナ）
作家デービットの恋人で忘れ形見のアレクサの母親、魔女としての力がありスピリチュアル系の雑貨店を経営している女性　「龍のすむ家Ⅴ　闇の炎」　クリス・ダレーシー著;三辺律子訳;浅沼テイジ挿画　竹書房　2015年8月

スーザン・ペグ（ペグおばさん）
イギリスの田舎町リトル・オーバトンに住む丸顔の大きなおばさん 「思い出のマーニー 新訳」 ジョーン・G・ロビンソン著;越前敏弥訳;ないとうふみこ訳 KADOKAWA（角川文庫） 2014年7月

スター
スコットランドのアーバーフォイル炭鉱で監督をしていた65歳の技師 「黒いダイヤモンド」 ジュール・ヴェルヌ著;新庄嘉章訳 文遊社 2014年1月

スタニスラウス・ピム
行方のわからない「最古の魔術書」をさがす老いた魔法使い 「ブラック・レコニング 最古の魔術書 III」 ジョン・スティーブンス著;こだまともこ訳 あすなろ書房 2015年12月

スタビンズくん
貧しい靴職人の息子、動物の言葉を話せる博物学者ドリトル先生の助手になった男の子 「ドリトル先生航海記」 ヒュー・ロフティング著;福岡伸一訳 新潮社（新潮モダン・クラシックス） 2014年3月

スタンディッシュ・トレッドウェル
「マザーランド国」にじいちゃんと二人で暮らす読み書きができない十五歳の少年 「マザーランドの月」 サリー・ガードナー著;三辺律子訳 小学館（SUPER!YA） 2015年5月

ステイシー・ド・レイシー
サールストーンという動く島に立っていた少年、背の高いティーンエイジャー 「オリバーとさまよい島の冒険」 フィリップ・リーヴ作;セアラ・マッキンタイヤ絵;井上里訳 理論社 2014年1月

スティックス
地底都市コロニアを支配する〈刺族〉、一様にやせて背が高く瞳が真っ黒の種族 「ディープス：サバイバーの絆 上下―地底都市コロニア」 ロデリック・ゴードン著;ブライアン・ウィリアムズ著;橋本恵訳 学研プラス 2016年9月

スティックス
地底都市コロニアを支配する〈刺族〉、一様にやせて背が高く瞳が真っ黒の種族 「トンネル：迷宮への扉 上下―地底都市コロニア」 ロデリック・ゴードン著;ブライアン・ウィリアムズ著;橋本恵訳 学研プラス 2016年3月

スティッチ
不思議な世界「トイ・ボックス」でレースに参加することになった青い生き物 「ディズニーインフィニティ」 エイミー・ワインガルトナー文;樹紫苑訳 KADOKAWA（角川つばさ文庫） 2016年1月

スティーヴィ・ダンリーヴィ
ある日こつぜんと姿を消した13歳の少年オスカーの弟、車椅子の少年 「キミがくれた希望のかけら」 セアラ・ムーア・フィッツジェラルド作;中林晴美訳;平澤朋子絵 フレーベル館（文学の森） 2016年10月

スティーブ
カリフォルニア州に住む高校一年生の少女ジャズの幼なじみ、ジャズとビジネスを立ち上げた少年 「モンスーンの贈りもの」 ミタリ・パーキンス作;永瀬比奈訳 鈴木出版（鈴木出版の児童文学） 2016年6月

すてい

スティーブ
動物保護施設「ハッピー・ポーズ」のいいかげんなスタッフ、二十五歳の男 「夢見る犬たち 五番犬舎の奇跡」 クリフ・マクニッシュ作;浜田かつこ訳 金の星社 2015年8月

スティーブ
名門ユナイテッドの十二歳以下チームの監督 「フットボール・アカデミー 4 孤独な司令塔 MFベンの苦悩」 トム・パーマー作;石崎洋司訳;岡本正樹画 岩崎書店 2014年1月

スティーブ・ロジャース
人類の平和を守る「アベンジャーズ」のヒーロー、アイアンマン(トニー)と対立したメンバー 「シビル・ウォー――キャプテン・アメリカ」 アレックス・アーヴァインノベル;上杉隼人訳;長尾莉紗訳 講談社 2016年10月

スティーブ・ロジャース(キャプテン・アメリカ)
貧弱な体格から軍の極秘実験により強靭な肉体の「キャプテン・アメリカ」として生まれ変わった青年 「キャプテン・アメリカ:ザ・ファースト・アベンジャー」 クリストファー・マルクス;スティーヴン・マクフィーリー脚本;大島資生訳 講談社 2014年4月

スティーブ・ロジャース(キャプテン・アメリカ)
貧弱な体格から軍の極秘実験により強靭な肉体の「キャプテン・アメリカ」として生まれ変わった青年 「キャプテン☆アメリカ ウィンター・ソルジャー」 クリストファー・マルクス;スティーヴン・マクフィーリー脚本;有馬さとこ訳 講談社 2014年10月

スティーブン・アンソニー・モレイルズ
バークレー高校一年生のジャズが思いを寄せている幼なじみの同級生の少年 「モンスーンの贈りもの」 ミタリ・パーキンス作;永瀬比奈訳 鈴木出版(鈴木出版の児童文学) 2016年6月

スティーブン・アンソニー・モレイルズ(スティーブ)
カリフォルニア州に住む高校一年生の少女ジャズの幼なじみ、ジャズとビジネスを立ち上げた少年 「モンスーンの贈りもの」 ミタリ・パーキンス作;永瀬比奈訳 鈴木出版(鈴木出版の児童文学) 2016年6月

ステファ先生　すてふぁせんせい
ワルシャワでユダヤ人のための孤児院「孤児たちの家」を運営していたコルチャック先生の奥さん 「ぼくたちに翼があったころ―コルチャック先生と107人の子どもたち」 タミ・シェム=トヴ作;樋口範子訳;岡本よしろう画 福音館書店 2015年9月

ステファン
ベーカリーの娘・ハンナの父の仕事仲間、二週間前にドイツからイギリスに引っこしてきたばかりの男の人 「ベストフレンズベーカリー 3 恋色タルトのオーディション!」 リンダ・チャップマン著;中野聖訳;佐々木メエ絵 学研プラス 2016年12月

ステファン
平民から王にのぼりつめた野心家、王女オーロラの父 「マレフィセント」 エリザベス・ルドニック作;橘高弓枝訳 偕成社(ディズニーアニメ小説版) 2014年8月

ステラ
サーカスのあるショッピングモールで働くゴリラ・イバンのとなりのおりに住むゾウ 「世界一幸せなゴリラ、イバン―講談社・文学の扉」 Katherine;Applegate著;岡田好惠訳 講談社 2014年7月

須藤 アキラ　すどう・あきら
ハワイのパール市に住んでいた日系移民三世、アメリカ人のダニーの友だち 「ぼくはこうして生き残った!8－太平洋戦争・開戦の日」 ローレン・ターシス著;河井直子訳 KADOKAWA 2015年11月

ストライカー
気むずかしくまじめなホホジロザメ、「はぐれもの一族」をグレイたちと作ったサメ 「サメ王国のグレイ1　七つの海を制するもの」 E.J.アルトバッカー著;桑原洋子訳　KADOKAWA 2015年8月

ストライク
ロンドンのしがない私立探偵、オックスフォード大学中退後従軍し戦争で片足を失った35歳の男 「カッコウの呼び声 上下 私立探偵コーモラン・ストライク」 ロバート・ガルブレイス著;池田真紀子訳　講談社　2014年6月

ストラギネック
スロベニアにあるポストイナ洞窟に住んでいる甲虫 「ポストイナ洞窟のドラゴン、ジェミー」 ボーヤン・B・ビテズニック文章・イラスト;加藤なみ訳　文芸社　2016年5月

ストランク
砂漠に墜落していた船を見つけて修理していたレイに手伝うと声をかけた女性の連れの男 「STAR WARSフォースの覚醒前夜」 グレッグ・ルーカ著;フィル・ノト絵;稲村広香訳　講談社(講談社KK文庫)　2016年1月

ストリゴイカ
ルーマニアにすむ悪霊、人間に憑依する女のヴァンパイア 「魔使いの血(魔使いシリーズ)」 ジョゼフ・ディレイニー著;田中亜希子訳　東京創元社(sogen bookland)　2014年3月

ストリックランド
天才画家、画家になるためロンドンでの仕事と家庭を捨ててパリへ向かった四十歳の男 「月と六ペンス」 サマセット・モーム著;金原瑞人訳　新潮社(新潮文庫)　2014年4月

スナフキン
おさびし山で黒いシルクハットを見つけてもちかえったムーミンの友だち 「たのしいムーミン一家」 トーベ・ヤンソン作・絵;山室静訳　講談社　2015年7月

スナフキン
ムーミン谷にやってきた自由と孤独を愛する旅人 「たのしいムーミン一家」 トーベ・ヤンソン作;トーベ・ヤンソン絵;山室静訳　講談社(講談社青い鳥文庫)　2014年4月

スナフキン
ムーミン谷にやってきた自由と孤独を愛する旅人 「ムーミン谷の彗星」 トーベ・ヤンソン作;トーベ・ヤンソン絵;下村隆一訳　講談社(講談社青い鳥文庫)　2014年2月

スニフ
おさびし山で黒いシルクハットを見つけてもちかえったムーミンの友だち 「たのしいムーミン一家」 トーベ・ヤンソン作・絵;山室静訳　講談社　2015年7月

スニフ
ムーミン谷にすんでいるおくびょうでなきむしの小さな動物 「ムーミン谷の彗星」 トーベ・ヤンソン作;トーベ・ヤンソン絵;下村隆一訳　講談社(講談社青い鳥文庫)　2014年2月

すにふ

スニフ
森の中でムーミントロールとママに出会ったこわがりな小さな生きもの 「小さなトロールと大きな洪水」トーベ・ヤンソン作・絵;冨原眞弓訳 講談社(講談社青い鳥文庫) 2015年2月

スネイプ
なぜかハリーを憎んでいる魔法薬の先生 「ハリー・ポッターと賢者の石 1-1・1-2—ハリー・ポッター」J.K.ローリング作;松岡佑子訳 静山社(静山社ペガサス文庫) 2014年3月

スネイプ
なぜかハリーを憎んでいる魔法薬の先生 「ハリー・ポッターと秘密の部屋 2-1・2-2—ハリー・ポッター」J.K.ローリング作;松岡佑子訳 静山社(静山社ペガサス文庫) 2014年5月

スネイプ
なぜかハリーを憎んでいる魔法薬の先生 「ハリー・ポッターと不死鳥の騎士団 5-1・5-2・5-3・5-4—ハリー・ポッター」J.K.ローリング作;松岡佑子訳 静山社(静山社ペガサス文庫) 2014年9月

スネイプ
ホグワーツ魔法学校の教授、闇の魔法使い・ヴェルデモート配下の「死喰い人」と「不死鳥の騎士団」の二重スパイ 「ハリー・ポッターと死の秘宝 7-1・7-2・7-3・7-4— ハリー・ポッター」J.K.ローリング作;松岡佑子訳 静山社(静山社ペガサス文庫) 2015年1月

スネイプ
ホグワーツ魔法魔術学校で「魔法薬学」を教えている先生、スリザリンの寮監 「ハリー・ポッターと賢者の石 —「ハリー・ポッター」シリーズ」J.K.ローリング作;ジム・ケイ絵;松岡佑子訳 静山社 2015年11月

スノウ博士　すのうはかせ
サックビル街に住む医者、科学者 「ブロード街の12日間」デボラ・ホプキンソン著;千葉茂樹訳 あすなろ書房 2014年11月

スノウ博士　すのうはかせ
サックビル街に住んでいる医者、特別なガスを使って動物や人間をねむらせておくことができる科学者 「ブロード街の12日間」デボラ・ホプキンソン著;千葉茂樹訳 あすなろ書房 2014年11月

スノークのおじょうさん
ムーミン谷にすむムーミントロールの友だち、スノーク家のむすめ 「たのしいムーミン一家」トーベ・ヤンソン作・絵;山室静訳 講談社 2015年7月

スノークのおじょうさん
ムーミン谷にすんでいるスノーク族のおじょうさん 「ムーミン谷の彗星」トーベ・ヤンソン作;トーベ・ヤンソン絵;下村隆一訳 講談社(講談社青い鳥文庫) 2014年2月

スノークのおじょうさん
ムーミン谷にすんでいるスノーク族のおじょうさん、ムーミントロールのガールフレンド 「たのしいムーミン一家」トーベ・ヤンソン作;トーベ・ヤンソン絵;山室静訳 講談社(講談社青い鳥文庫) 2014年4月

スノット
モジャモジャ族というバイキングの新しいカシラ、少年ヒックのいとこ 「ヒックとドラゴン 11 孤独な英雄」クレシッダ・コーウェル作;相良倫子・陶浪亜希訳 小峰書店 2014年7月

スノードロップ
はずかしがりやの冬の精、少女ピュアのドールハウスにすんでいる妖精 「ひみつの妖精ハウス2 転校生がやってきた!」 ケリー・マケイン作;田中亜希子訳;まめゆか絵 ポプラ社 2016年7月

スノードロップ
はずかしがりやの冬の精、少女ピュアのドールハウスにすんでいる妖精 「ひみつの妖精ハウス3 友情は、勇気の魔法!」 ケリー・マケイン作;田中亜希子訳;まめゆか絵 ポプラ社 2016年11月

スノードロップ
ピュアが持っているドールハウスにやってきた四人の妖精の一人、冬の妖精 「ひみつの妖精ハウス1―ひみつの妖精ハウス」 ケリー・マケイン作;田中亜希子訳;まめゆか絵 ポプラ社 2016年3月

スパイダーマン
スパイダーマンとしてさまざまな街の犯罪者とたたかう若者 「アメイジングスパイダーマン2」 アレックス・カーツマン脚本;ロベルト・オーチー脚本;ジェフ・ピンクナー脚本;吉富節子訳;小山克昌訳 講談社 2014年11月

スーパーマン
クリプトン星で生まれた宇宙人、正義のヒーロー「スーパーマン」に変身するとき以外は新聞社で働いている新米記者 「バットマンVSスーパーマン エピソード0 クロスファイヤー」 マイケル・コッグス著;田邊雅之訳 小学館(小学館ジュニア文庫) 2016年3月

スピニング・マン
動物と話せる力を持つ人間・フェラル、ブラックストーン市の壊滅作戦を実行し殺された男 「フェラルズ1 カラスまつろう少年」 ジェイコブ・グレイ著;岡田好惠訳 講談社 2016年7月

スピリット
ヤギ飼いの少年ヒュラスをサメから助けた傷あとのあるイルカ 「神々と戦士たち1青銅の短剣」 ミシェル・ペイヴァー著;中谷友紀子訳 あすなろ書房 2015年6月

スピロさん
元商船員、テネシー州メンフィスに住む博識で好奇心旺盛なおじいさん 「ペーパーボーイ」 ヴィンス・ヴォーター作;原田勝訳 岩波書店(STAMP BOOKS) 2016年7月

スペルバウンド先生　すぺるばうんどせんせい
ジーニーようちえんの先生、ジーニー・スクールのポルカ先生の恋人 「リトル・ジーニーときめきプラス 花ざかりのウェディング」 ミランダ・ジョーンズ作;宮坂宏美訳;サトウユカ絵 ポプラ社 2014年2月

スヴェン
氷職人の青年・クリストフのソリを引くトナカイ、クリストフの親友のような存在 「アナと雪の女王―アレンデール城のゆうれい オラフとスヴェンの氷の配達」 ランディ・クィン・ウォーカー文えリザベス・ラドニック文;中井はるの訳 講談社(講談社KK文庫) 2016年2月

スポット
恐竜だけがことばをもつ世界で生きる野生の人間の子ども 「アーロと少年」 スーザン・フランシス作;しぶやまさこ訳 偕成社 2016年3月

スミ
韓国の坡州の高校生、祖母の家に弟と居候している楽天的で穏やかな少女 「アンダー、サンダー、テンダー 新しい韓国の文学13」 チョン・セラン著;吉川凪訳 クオン 2015年6月

すもれ

スモレット船長　すもれっとせんちょう
「宝島」の地図を手に入れたジム少年たちと財宝を探しに出帆した雇われ船長　「宝島」　ロバート・L・スティーヴンソン著;鈴木恵訳　新潮社(新潮文庫)　2016年8月

スライカープ氏　すらいかーぷし
航海中に少女ダイドーを救った捕鯨船の一等航海士　「ナンタケットの夜鳥―ダイドーの冒険」シリーズ　ジョーン・エイキン作;こだまともこ訳　冨山房　2016年10月

スライトリー
ネバーランドの森でレイニーがみつけた家に住む少年たちの一人、ピーターパンの友だち　「フェアリー・ガールズ 6 ピーターパンに会える森!?」　キキ・ソープ作;堀川志野舞訳　ポプラ社　2016年1月

スラッジ
めいたんていの少年ネートのあいぼうとしてじけんのかいけつを手つだっている犬　「かぎはどこだ　ぼくはめいたんてい」　マージョリー・ワインマン・シャーマット文;マーク・シーモント絵;光吉夏弥訳　大日本図書　2014年8月

スラッジ
めいたんていの少年ネートのあいぼうとしてじけんのかいけつを手つだっている犬　「きょうりゅうのきって　ぼくはめいたんてい」　マージョリー・ワインマン・シャーマット文;マーク・シーモント絵;光吉夏弥訳　大日本図書　2014年7月

スラッジ
めいたんていの少年ネートのあいぼうとしてじけんのかいけつを手つだっている犬　「だいじなはこをとりかえせ　ぼくはめいたんてい」　マージョリー・ワインマン・シャーマット文;マーク・シーモント絵;神宮輝夫訳　大日本図書　2015年2月

スラッジ
めいたんていの少年ネートのあいぼうとしてじけんのかいけつを手つだっている犬　「ねむいねむいじけん　ぼくはめいたんてい」　マージョリー・ワインマン・シャーマット文;ロザリンド・ワインマン文;マーク・シーモント絵;神田輝夫訳;澤田澄江訳　大日本図書　2014年12月

スラッジ
めいたんていの少年ネートのあいぼうとしてじけんのかいけつを手つだっている犬　「まよなかのはんにん　ぼくはめいたんてい」　マージョリー・ワインマン・シャーマット文;マーク・シーモント絵;光吉夏弥訳　大日本図書　2014年5月

スラッジ
めいたんていの少年ネートのあいぼうとしてじけんのかいけつを手つだっている犬　「ゆきの中のふしぎなできごと　ぼくはめいたんてい」　マージョリー・ワインマン・シャーマット文;マーク・シーモント絵;光吉夏弥訳　大日本図書　2014年9月

ズラトコ
親友のココと画家の叔父さんが住むパリへ行くことになったクロアチアの少年　「本物のモナ・リザはどこに―ココ、パリへ行く」　イワン・クーシャン作;山本郁子訳　冨山房インターナショナル　2014年5月

スリップ(FN-2003)　すりっぷ(えふえぬにーぜろぜろさん*)
共和国に立ちむかう「ファーストオーダー」の兵士・ストームトルーパーの不器用な訓練生　「STAR WARSフォースの覚醒前夜」　グレッグ・ルーカ著;フィル・ノト絵;稲村広香訳　講談社(講談社KK文庫)　2016年1月

スルタン
アグラバーの市場でプリンセス・ジャスミンと出会いお城で暮らすようになったトラの子 「ロイヤルペット」 テナント・レッドバンク文えイミー・S.カースター文;樹紫苑訳 KADOKAWA(角川つばさ文庫) 2015年11月

スルタン
お城がある世界「ウィスカー・ヘイブン」にやってきたトラ、プリンセス・ジャミンのペット 「ウィスカー・ヘイブン ロイヤルペットものがたり」 キャシー・E.デイビス文えイミー・S.カースター文;サディアス・ディルディ文;ブリトニー・ルビアノ文;樹紫苑訳 KADOKAWA(角川つばさ文庫) 2016年4月

スルリック(ユレク)
戦前はポーランドの小さな町に住む敬虔なユダヤ教徒一家の子だった少年、名をユレクに変えキリスト教徒として生きのびたユダヤ人 「走れ、走って逃げろ」 ウーリー・オルレブ作;母袋夏生訳 岩波書店(岩波少年文庫) 2015年6月

スルルンダ・クノルクス
船の家に住んでいる心やさしい世界一の魔女 「期間限定!秘密の見習い魔女」 クニスター作;たかしなえみり訳;睦月ムンク画 金の星社 2014年4月

【せ】

ゼ ぜ
神の七人の御子のひとりで唯一の娘、弟のタズと将来結婚して神になる少女 「世界の誕生日」 アーシュラ・K・ル・グィン著;小尾芙佐訳 早川書房(ハヤカワ文庫 SF) 2015年11月

セアラ・アロペイ
古代民族の末裔たちに伝わる勝利した民族以外は滅びるという「エンドゲーム」に参加した12人の一人、アメリカ合衆国のブライアン高校に通う17歳の少女 「エンドゲーム:コーリング」 ジェイムズ・フレイ;ニルス・ジョンソン=シェルトン著;金原瑞人、井上里訳 学研パブリッシング 2014年10月

正義さん(ベク先生) せいぎさん(べくせんせい)
ドイツのキルヒベルク男子寄宿学校に生徒たちといっしょに住んでいる先生 「飛ぶ教室 ポプラ世界名作童話20」 E・ケストナー作;最上一平文;矢島眞澄絵 ポプラ社 2016年11月

セイディ・ケイン
14歳の魔術師・カーターの妹、古代ファラオの血を引く13歳の少女 「ケイン・クロニクル 炎の魔術師たち2」 リック・リオーダン著;小浜杏訳 KADOKAWA 2014年3月

セイディ・ケイン
古代ファラオの血を引く13歳の魔術師、女神イシスの宿主で利発で勝気な少女 「ケイン・クロニクル 炎の魔術師たち3」 リック・リオーダン著;小浜杏訳えナミカツミイラスト KADOKAWA 2016年3月

セイファー
中学一年のジョージと同い年で同じマンションに住んでいる男の子、真剣にスパイになりきっている男の子 「ウソつきとスパイ」 レベッカ・ステッド作;樋渡正人訳 小峰書店(Sunnyside Books) 2015年5月

せいれ

精霊（過去のクリスマスの精霊）　せいれい（かこのくりすますのせいれい）
冷酷無慈悲で欲深い老人スクルージのまえにあらわれた過去のクリスマスの精霊　「クリスマス・キャロル」　チャールズ・ディケンズ著;井原慶一郎訳　春風社　2015年11月

精霊（現在のクリスマスの精霊）　せいれい（げんざいのくりすますのせいれい）
冷酷無慈悲で欲深い老人スクルージのまえにあらわれた現在のクリスマスの精霊　「クリスマス・キャロル」　チャールズ・ディケンズ著;井原慶一郎訳　春風社　2015年11月

精霊（未来のクリスマスの精霊）　せいれい（みらいのくりすますのせいれい）
冷酷無慈悲で欲深い老人スクルージのまえにあらわれた未来のクリスマスの精霊　「クリスマス・キャロル」　チャールズ・ディケンズ著;井原慶一郎訳　春風社　2015年11月

セオ（セオドア・ブーン）
ストラテンバーグ中学校の八年生、法律家になることを夢見ている少年　「少年弁護士セオの事件簿5 逃亡者の目」　ジョン・グリシャム作;石崎洋司訳　岩崎書店　2015年11月

セオ（セオドア・ブーン）
ストラテンバーグ中学校の八年生、法律家になることを夢見ている少年　「少年弁護士セオの事件簿6 仮面スキャンダル」　ジョン・グリシャム作;石崎洋司訳　岩崎書店　2016年11月

セオドア・テンペニー
ニューヨークで母親と暮らす美術の英才教育を受けてきた十三歳の少女　「スピニー通りの秘密の絵」　L.M.フィッツジェラルド著;千葉茂樹訳　あすなろ書房　2016年11月

セオドア・フィンチ（フィンチ）
インディアナ州の田舎町に住む高校生、生きづらさを抱えいつも死ぬことを考えていた少年　「僕の心がずっと求めていた最高に素晴らしいこと」　ジェニファー・ニーヴン著;石崎比呂美訳　辰巳出版　2016年12月

セオドア・ブーン
ストラテンバーグ中学校の八年生、法律家になることを夢見ている少年　「少年弁護士セオの事件簿5 逃亡者の目」　ジョン・グリシャム作;石崎洋司訳　岩崎書店　2015年11月

セオドア・ブーン
ストラテンバーグ中学校の八年生、法律家になることを夢見ている少年　「少年弁護士セオの事件簿6 仮面スキャンダル」　ジョン・グリシャム作;石崎洋司訳　岩崎書店　2016年11月

セオドア・ルーズベルト（テディ）
アメリカ合衆国第26代大統領　「ナイトミュージアム エジプト王の秘密」　マイケル・A.スティール著;高橋結花訳　KADOKAWA　2015年3月

セージ
アベニア国出身の孤児、隣国カーシア国の孤児院で暮らす十四歳の少年　「偽りの王子―カーシア国3部作」　ジェニファー・A.ニールセン作;橋本恵訳　ほるぷ出版　2014年10月

セージ
家族を暗殺されカーシア国王に就任した次男、かつての友・ローデンに襲われた新国王　「消えた王―カーシア国3部作」　ジェニファー・A.ニールセン作;橋本恵訳　ほるぷ出版　2015年9月

セージ
三つの隣国から攻撃をかけられ戦うことになったカーシア国の若い新国王 「ねらわれた王座―カーシア国3部作」 ジェニファー・A.ニールセン作;橋本恵訳 ほるぷ出版 2016年9月

セス・ウェアリング
海で溺死したはずが気づくとまったく人がいない見知らぬ町にいた十六歳の少年 「まだなにかある 上下」 パトリック・ネス著;三辺律子訳 辰巳出版 2015年6月

ゼゼー（ジョゼ）
リオデジャネイロの近郊に家族と暮らすいつもしかられてばかりいる五歳の男の子 「ぼくのオレンジの木」 J.M.デ・ヴァスコンセーロス著;永田翼共訳 ポプラ社（ポプラせかいの文学） 2015年11月

セチョル
1945年の解放直前のころ済州島にある村で生まれ育った裕福な家の末息子 「戦争ごっこ」 玄吉彦著;玄善允訳;森本由紀子訳 岩波書店 2015年3月

セドリック
旅をしているエルフとレーヴンをずっとつけてくる三匹のオニの一匹 「エルフとレーヴンのふしぎな冒険 2 ばけもの山とひみつの城」 マーカス・セジウィック著;中野聖訳;朝日川日和絵 学研プラス 2015年12月

セドリック（フォントルロイ卿） せどりっく（ふぉんとるろいきょう）
母と2人アメリカのニューヨークで暮らす母親思いの優しい男の子、イギリスの貴族の跡取りとしてイギリスへと渡った少年 「小公子セドリック」 バーネット作;田邊雅之監訳;日本アニメーション絵 小学館（小学館ジュニア文庫） 2016年8月

セドリック・エロル（フォントルロイ卿） せどりっくえろる（ふぉんとるろいきょう）
アメリカの下町で育った男の子、イギリスの大貴族・ドリンコート伯爵の孫の小公子 「小公子セドリック」 バーネット作;杉田七重訳;椎名優絵 KADOKAWA（角川つばさ文庫） 2014年9月

セナ
ヴァーモントの森の中で真冬に生まれたメスの子ギツネ、魔法を使う主人につかえる使い魔・ケネン 「ホイッパーウィル川の伝説」 キャシー・アッペルト著;アリスン・マギー著;吉井知代子訳 あすなろ書房 2016年10月

ゼバスチアン
ミュンヘンで暮らす少女・ザビーネのボーイフレンド、ヴァイオリニストを夢見る17歳の少年 「ゼバスチアンからの電話」 イリーナ・コルシュノフ作;石川素子;吉原高志訳 白水社 2014年5月

セバスチャン
"レモンの木の島"と呼ばれる大洋の真ん中にある島に住む灯台守の男 「砂漠の鷲 アーロの冒険」 シニ・エゼル著;弦念丸呈訳 新評論 2015年8月

セバスチャン
ドイツのキルヒベルク男子寄宿学校5年生、頭の回転がはやい皮肉屋の少年 「飛ぶ教室 ポプラ世界名作童話20」 E・ケストナー作;最上一平文;矢島眞澄絵 ポプラ社 2016年11月

せばす

セバスティアーノ・プローコロ
古森とよばれる小さな美しい森の一部を受けついだ初老の退役軍人 「古森の秘密 はじめて出逢う世界のおはなし」ディーノ・ブッツァーティ著；長野徹訳 東宣出版 2016年7月

セバスティアーノ・プローコロ大佐　せばすてぃあーのぷろーころたいさ
北イタリアの小さな深い森「古森」を叔父から相続した退役軍人、ベンヴェヌート少年の叔父 「古森のひみつ」ディーノ・ブッツァーティ作；川端則子訳 岩波書店（岩波少年文庫）2016年6月

セバスティアン・フランク
ドイツのヨーハン・ジギスムント・ギムナジウムの寄宿舎生、読書家で弁が立つ5年生の少年 「飛ぶ教室」エーリヒ・ケストナー著；池内紀訳 新潮社（新潮文庫）2014年12月

ゼブ
悪の帝国に立ち向かう反乱軍のメンバー、惑星ラザン出身の種族の大男 「スター・ウォーズ反乱者たち 2 帝国の日」ミッシェル・コーギー文；菊池由美訳 KADOKAWA（角川つばさ文庫）2015年9月

ゼブ
悪の帝国に立ち向かう反乱者たちの一人、惑星ラザン出身の種族の大男 「スター・ウォーズ反乱者たち 1 反乱の口火」ミッシェル・コーギー文；菊池由美訳 KADOKAWA（角川つばさ文庫）2015年2月

ゼブじいさん
オックスフォードの古書店の地下の仕事場で少年アーチーに出会ったおじいさん 「アーチー・グリーンと魔法図書館の謎―アーチー・グリーンと魔法図書館」D.D.エヴェレスト著；こだまともこ訳 あすなろ書房 2015年7月

セプテンバー
十三歳の誕生日に小舟を追いかけ再び妖精国へ戻った女の子 「影の妖精国で宴をひらいた少女」キャサリン・M・ヴァレンテ著；水越真麻訳 早川書房（ハヤカワ文庫FT）2014年1月

セブルス・スネイプ（スネイプ）
ホグワーツ魔法学校の教授、闇の魔法使い・ヴェルデモート配下の「死喰い人」と「不死鳥の騎士団」の二重スパイ 「ハリー・ポッターと死の秘宝 7-1・7-2・7-3・7-4― ハリー・ポッター」J.K.ローリング作；松岡佑子訳 静山社（静山社ペガサス文庫）2015年1月

セメリウス
タイムトラベラーの少女グウェンドリンにしか見えないガーゴイルのデーモン、博識だが口の悪さは天下一品のお調子者 「青玉（サファイア）は光り輝く―時間旅行者の系譜」ケルスティン・ギア著；遠山明子訳 東京創元社（創元推理文庫）2016年3月

セモリナ
丘の上の養鶏場のひとりむすこ・ジョシュだけに口をきくペットの老メンドリ 「三千と一羽がうたう卵の歌」ジョイ・カウリー著；デヴィッド・エリオット絵；杉田七重訳 さ・え・ら書房 2014年1月

セーラ
サバイバル・レースにやってきた気が強い少女、決断力やリーダーシップにすぐれいている女の子 「サバイバル・レース1南アメリカ大陸・アマゾン編」クリスティン・イアハート著；山北めぐみ訳；藤嶋マル絵 KADOKAWA 2015年12月

セーラ
サバイバル・レースの第二ステージに進んだ運動しんけいがばつぐんの12歳、決断力やリーダーシップにすぐれいている女の子 「サバイバル・レース2オーストラリア大陸・サンゴ海編」 クリスティン・イアハート著;山北めぐみ訳;藤嶋マル絵 KADOKAWA 2016年3月

セーラ
生まれそだったインドをはなれロンドンの「ミンチン女子学院」に入った7さいの少女 「小公女―ポプラ世界名作童話 ; 3」 F.H.バーネット作;越水利江子文;丹地陽子絵 ポプラ社 2015年11月

セーラ・クルー
イギリスの寄宿学校「ミンチン女学院」に暮らすインドから来た女の子、裕福な家庭で育った気立ての優しい少女 「小公女セーラ」 バーネット作;田邊雅之訳;日本アニメーション絵 小学館(小学館ジュニア文庫) 2016年7月

セーラ・クルー
ロンドンの寄宿制女学校に入ることになったインドから来た裕福な十二歳のお嬢様 「小公女」 フランシス・ホジソン・バーネット著;畔柳和代訳 新潮社(新潮文庫) 2014年11月

セリア
ベイヤーン王国の王妃イシィのかつての侍女、ケル王国の女王になろうとしている女 「リン―森の娘 樹と心をかよわせる少女の物語」 シャノン・ヘイル著;石黒美央ほか訳 バベルプレス 2014年5月

ゼルダ・リトルジョン
少女エラの祖母、観光客相手にゴースト・ツアーをしている老女 「ゴーストの騎士」 コルネーリア・フンケ著;浅見昇吾訳 WAVE出版 2016年6月

セルドン
チベットのマルナン村で生まれ育ったしっかりものの少女、村長の息子「ぼく」の幼なじみ 「雪を待つ―チベット文学の新世代」 ラシャムジャ著;星泉訳 勉誠出版 2015年1月

セレゼン
アリダ軍を率いる指導者、スカンディアの首領・エラクの救出に向かった武人 「アラルエン戦記 8 奪還 下」 ジョン・フラナガン作;入江真佐子訳 岩崎書店 2016年2月

セレゼン
スカンディアの首領解放の交渉に来た王女カサンドラたちを迎えたアリダ護衛隊長 「アラルエン戦記 7 奪還 上」 ジョン・フラナガン作;入江真佐子訳 岩崎書店 2015年7月

ゼレンカ
女子高校生・ルミッキの前に現れて腹違いの姉だと名のった二十歳の女性 「ルミッキ〈2〉」 サラ・シムッカ著;古市真由美訳 西村書店東京出版編集部 2015年10月

先じい　せんじい＊
かつてない大日照りに襲われた村に一人残り自分の畑に一本だけ生き残ったトウモロコシの苗を守ろうとしている老人 「年月日」 閻連科著;谷川毅訳 白水社 2016年11月

先生(ドリトル先生)　せんせい(どりとるせんせい)
動物と話せるお医者さん、カナリアのピピネッラの伝記を書くことにした先生 「ドリトル先生と緑のカナリア : 新訳」 ヒュー・ロフティング作;河合祥一郎訳;patty絵 KADOKAWA(角川つばさ文庫) 2015年8月

せんせ

先生（ドリトル先生）　せんせい（どりとるせんせい）
動物と話せるお医者さんで博物学者、イギリスのパドルビーの町にすむ紳士　「ドリトル先生物語──ポプラ世界名作童話 ; 9」 H.ロフティング作;舟崎克彦文;はたこうしろう絵　ポプラ社　2015年11月

ゼンゼンブリンク
テレビ番組制作会社「フラッシュライト社」社員、ヒトラーをコメディアンとしてスカウトした男　「帰ってきたヒトラー　上下」 ティムール・ヴェルメシュ著;森内薫訳　河出書房新社　2014年1月

船長（スモレット船長）　せんちょう（すもれっとせんちょう）
「宝島」の地図を手に入れたジム少年たちと財宝を探しに出帆した雇われ船長　「宝島」 ロバート・L・スティーヴンソン著;鈴木恵訳　新潮社（新潮文庫）　2016年8月

【そ】

ソー
アスガルドの王子であり最強の戦士　「マイティ・ソー ダーク・ワールド」 クリストファー・L.ヨスト脚本;クリストファー・マルクス脚本;スティーヴン・マクフィーリー脚本;ドン・ペイン文;ロバート・ロダット文;上原尚子訳　講談社　2014年9月

ソー
神の国アスガルドの最強の戦士、ごうまんな性格のために地球に追放される王位継承者　「マイティ・ソー」 アシュリー・エドワード・ミラー脚本;ザック・ステンツ脚本;ドン・ペイン脚本;J.マイケル・ストラジンスキー文;マーク・プロトセヴィッチ文;吉田章子訳　講談社　2014年3月

ソー
世界平和のために戦う「アベンジャーズ」の一人、神の国アスガルドからきた戦士　「アベンジャーズ エイジ・オブ・ウルトロン」 ジョス・ウェドン脚本・監督;アレックス・アーヴァインノベル訳;上杉;隼人訳;長尾;莉紗訳　講談社　2015年11月

ゾーイ
イギリスに住む15歳の女子高校生、アメリカの死刑囚・スチュアートに手紙で秘密を語る女の子　「ケチャップ・シンドローム」 アナベル・ピッチャー著;吉澤康子訳　早川書房（ハヤカワ・ミステリ文庫）　2015年10月

ゾーイ
ねこの姿で人間界にきたライオンの子フレームにおばあちゃんの家で出会った女の子　「ヒミツの子ねこ7 子ねこときらめきのジャンプ!」 スー・ベントレー作;松浦直美訳;naoto絵　ポプラ社（ポプラポケット文庫）　2016年1月

ゾーイ・ナイトシェイド
狩猟の女神・アルテミスが率いるハンター隊の副官、昔の人のような言葉を話す少女　「パーシー・ジャクソンとオリンポスの神々─タイタンの呪い〈3-上下〉」 リック・リオーダン作;金原瑞人訳;小林みき訳　静山社（静山社ペガサス文庫）　2016年6月

ゾウ
少年ウィレンが暮らすインドのウミアマラ村の近くにすむゾウの群れ　「ゾウがとおる村」 ニコラ・デイビス文;アナベル・ライト画;もりうちすみこ訳　さ・え・ら書房　2014年2月

宋江　そうこう
北宋時代の鄆城県の押司、のちに一〇八人の好漢が集まる梁山泊の首領となる慈悲深い人物　「水滸伝 上下」渡辺仙州編訳;佐竹美保絵　偕成社　2016年4月

ソクラテス監督　そくらてすかんとく
真理小学校サッカー部の新しい監督、おかしな質問ばかりするギリシア生まれの男　「ソクラテスのいるサッカー部―はじめて読むじんぶん童話シリーズ」キムハウン文;ユジュンジェ絵　彩流社　2015年12月

ソケット伯爵　そけっとはくしゃく
「くらやみの町」を治めている本当の責任者、大きな城に住む青年　「エルフとレーブンのふしぎな冒険 5 くらやみの町と歌う剣」マーカス・セジウィック著;中野聖訳;朝日川日和絵　学研プラス　2016年12月

ソッカー・ファーロング（ファーロングさん）
ちょっとなまけものだが優秀な新聞記者　「幽霊屋敷と消えたオウム―見習い探偵ジュナの冒険」エラリー・クイーン作;中村佐千江訳;マツリ絵　KADOKAWA（角川つばさ文庫）　2016年8月

ソニア
二人の兄をさがす旅をしていた少年ライの相棒、赤毛の少女　「勇者ライと3つの扉3―木の扉」エミリー・ロッダ著;岡田好惠訳;緑川美帆絵　KADOKAWA　2015年5月

そばかす
片手のない孤児、リンバロストの森の番人として働きはじめた善良なアイルランド人の少年　「そばかすの少年」G・ポーター著;村岡花子訳　河出書房新社（河出文庫）　2015年4月

祖父（ウォルター・テイト）　そふ（うぉるたーていと）
南北戦争の退役軍人、孫キャルパーニアの家族とテキサスの田舎町に暮らす祖父　「ダーウィンと旅して」ジャクリーン・ケリー作;斎藤倫子訳　ほるぷ出版　2016年8月

祖父（エイブじいさん）　そふ（えいぶじいさん）
フロリダに住む孤独な少年ジェイコブの唯一の理解者で「おとぎ話」を聞かせてくれた祖父　「ミス・ペレグリンと奇妙なこどもたち 上下」ランサム・リグズ著;金原瑞人訳;大谷真弓訳　潮出版社（潮文庫）　2016年12月

祖父（おじいちゃん）　そふ（おじいちゃん）
少年マイケルのシリー諸島のブライア島に住む祖父、第二次世界大戦中に大火傷を負った男性　「だれにも話さなかった祖父のこと」マイケル・モーパーゴ文;ジェマ・オチャラハン絵;片岡しのぶ訳　あすなろ書房　2015年2月

ソフィ
浪人生ロランの姉、フランス人の父と日本人の母をもち就職前に短期留学するためにアルバイトに精を出している大学仏文科4回生　「リトルプリンス・トリック = LITTLE PRINCE TRICK : 星の王子"からのメッセージ"」滝川美緒子;滝川クリステル著　講談社　2015年11月

ソフィー
父親とアメリカに住んでいる十四歳の娘、母親の住むコンゴで売られていたボノボの赤ちゃんを助けた少女　「ボノボとともに―密林の闇をこえて」エリオット・シュレーファー作;ふなとよし子訳　福音館書店　2016年5月

そふぃ

ソフィー(ソフィア・シャテンバーグ)
ニューヨークから田舎町ヴェニスに家出してきたオシャレと音楽が大好きな15歳の少女 「おたずねもの姉妹の探偵修行 File1 学園クイーンが殺された！？」 M・E・ラブ著;西田佳子訳 学研教育出版 2015年7月

ソフィー(ソフィア・シャテンバーグ)
ニューヨークから田舎町ヴェニスに家出してきたオシャレと音楽が大好きな15歳の少女 「おたずねもの姉妹の探偵修行 File2 チョコレートは忘れない」 M・E・ラブ著;西田佳子訳 学研教育出版 2015年9月

ソフィー(ソフィア・シャテンバーグ)
ニューヨークから田舎町ヴェニスに家出してきたオシャレと音楽が大好きな15歳の少女 「おたずねもの姉妹の探偵修行 File3 踊るポリスマンの秘密」 M・E・ラブ著;西田佳子訳 学研プラス 2015年11月

ソフィー(ソフィア・シャテンバーグ)
ニューヨークから田舎町ヴェニスに家出してきたオシャレと音楽が大好きな15歳の少女 「おたずねもの姉妹の探偵修行 File4 クリスマスの暗号を解け！」 M・E・ラブ著;西田佳子訳 学研プラス 2015年12月

ソフィア・シャテンバーグ
ニューヨークから田舎町ヴェニスに家出してきたオシャレと音楽が大好きな15歳の少女 「おたずねもの姉妹の探偵修行 File1 学園クイーンが殺された！？」 M・E・ラブ著;西田佳子訳 学研教育出版 2015年7月

ソフィア・シャテンバーグ
ニューヨークから田舎町ヴェニスに家出してきたオシャレと音楽が大好きな15歳の少女 「おたずねもの姉妹の探偵修行 File2 チョコレートは忘れない」 M・E・ラブ著;西田佳子訳 学研教育出版 2015年9月

ソフィア・シャテンバーグ
ニューヨークから田舎町ヴェニスに家出してきたオシャレと音楽が大好きな15歳の少女 「おたずねもの姉妹の探偵修行 File3 踊るポリスマンの秘密」 M・E・ラブ著;西田佳子訳 学研プラス 2015年11月

ソフィア・シャテンバーグ
ニューヨークから田舎町ヴェニスに家出してきたオシャレと音楽が大好きな15歳の少女 「おたずねもの姉妹の探偵修行 File4 クリスマスの暗号を解け！」 M・E・ラブ著;西田佳子訳 学研プラス 2015年12月

ソフィー・クロフォード
ロンドンのロイヤル・バレエスクールに通うエリーのおしゃべりで明るいルームメイト 「ロイヤルバレエスクール・ダイアリー 4 夢の翼を広げて」 アレクサンドラ・モス著;竹内佳澄訳 駒草出版 2014年5月

ソホル(アントニン・ソホル)
チェコのプラハにくらすベルンカとおなじ小学校に通う3年生、けんかずきな男の子 「ベルンカとやしの実じいさん 上下—世界傑作童話シリーズ」 パベル・シュルット文;ガリーナ・ミクリーノワ絵;大沼有子訳 福音館書店 2015年3月

ソーラ
戦士の子のメンフクロウ・ライズのアカデミーの同級生、女鍛冶をめざすシロフクロウ 「ガフールの勇者たち エピソード0 はじまりの物語」 キャスリン・ラスキー著;中村佐千江訳 KADOKAWA 2014年4月

ゾラ
クロアチアの港町セニュにある古城をねぐらにしている孤児のひとり、なかまを率いている少女 「赤毛のゾラ 上下」 クルト・ヘルト作;酒寄進一訳;西村ツチカ画 福音館書店(福音館文庫) 2016年11月

ソーリャ
ポールニャ国2番手の魔法使い、魔法使いドラゴンのライバル 「ドラゴンの塔 上下」 ナオミ・ノヴィク著;那波かおり訳 静山社 2016年12月

ソレル
ドイツとの戦いが終わったばかりのロンドンで祖母に引き取られ演劇学校に入った少女 「ふたりのエアリエル」 ノエル・ストレトフィールド著;中村妙子訳 教文館 2014年10月

ソロ(ハン・ソロ)
ファルコン号の船長、反乱軍のレイア姫に協力を依頼された密輸業者の男 「STAR WARS ジャーニー・トゥ・フォースの覚醒 おれたちの船って最高だぜ!」 グレッグ・ルーカ著;フィル・ノト絵;村吉知子訳 講談社(講談社KK文庫) 2015年12月

ゾロクス
食堂のオバさんに化けたエイリアンのひとり、地球を征服しようとする冷酷エイリアン 「スーパーヒーロー・パンツマン 3 パンツマンVS恐怖のオバちゃんエイリアン」 デイブ・ピルキー作・絵;木坂涼訳 徳間書店 2014年2月

ソロモン
エチオピアの田舎に住み将来はランナーになりたいとう夢をひそかに抱いている11歳の男の子 「世界一のランナー」 エリザベス・レアード作;石谷尚子訳 評論社 2016年1月

ソンイ
韓国の坡州の高校生、いつも流行の最前線を走っているプロポーションのよい少女 「アンダー、サンダー、テンダー 新しい韓国の文学13」 チョン・セラン著;吉川凪訳 クオン 2015年6月

ソンウ
韓国に住む勉強が苦手で怒りっぽい小学4年生、優等生のジョンウのふたごの兄 「アリストテレスのいる薬屋—はじめて読むじんぶん童話シリーズ」 パク・ヒョンスク文;ユン・ジフェ絵;古川綾子訳 彩流社 2015年10月

孫 悟空　そん・ごくう
花果山の石から生まれたサル、三蔵法師の弟子 「西遊記—10歳までに読みたい世界名作」 呉承恩作;横山洋子監修 学研教育出版 2015年2月

孫悟空　そんごくう
石から生まれた猿、三蔵法師に従って西天をめざして旅をしている石猿 「西遊記 上下」 呉承恩原作;小沢章友文;山田章博絵 講談社(講談社オンデマンドブックス) 2015年9月

孫悟空(悟空)　そんごくう(ごくう)
石から生まれて王となった石ザル、天界をさわがせたばつで山にとじこめられたサル 「西遊記—ポプラ世界名作童話；6」 呉承恩作;三田村信行文;武田美穂絵 ポプラ社 2015年11月

ソーン・マルキン
魔女で暗殺者グリマルキンの弟子の少女 「魔使いの敵 闇の国のアリス(魔使いシリーズ)」 ジョゼフ・ディレイニー著;田中亜希子訳 東京創元社(sogen bookland) 2014年8月

【た】

ダイ
十四歳の海底人、地殻変動後に海底大陸で生まれ育った最初の世代の少年 「ダーク・ライフ－海底の世界 上下」 カット・フォールズ著;岡本由香子訳 KADOKAWA 2016年1月

ダイアナ・バーリー
アボンリーの村のマシュウとマリラ兄妹に引きとられた少女・アンの心の友、すなおでやさしい性格の少女 「赤毛のアン：明るく元気に生きる女の子の物語──10歳までに読みたい世界名作；1」 横山洋子監修;ルーシー・モード・モンゴメリ原作;村岡花子編訳;村岡恵理編著;柚希きひろ絵 学研教育出版 2014年7月

ダイアナ・バーリー
グリン・ゲイブルスにやってきた孤児アンの腹心の友となった少女 「赤毛のアン」 L.M.モンゴメリ作;村岡花子訳;HACCAN画 講談社 2014年5月

ダイアナ・バーリー
孤児院からグリーン・ゲイブルスにやってきたアンと腹心の友となった女の子 「赤毛のアン──ポプラ世界名作童話；1」 L.M.モンゴメリ作;柏葉幸子文;垂石眞子絵 ポプラ社 2015年11月

ダイアナ・バリー
アヴォンリー村に住む17才の少女、小学校教師のアンの幼なじみの親友 「アンの青春－新訳 完全版下」 L.M.モンゴメリ作;河合祥一郎訳;南マキカバー絵;榊アヤミ挿絵 KADOKAWA（角川つばさ文庫） 2015年4月

ダイアナ・バリー
かわりものの年寄り兄妹マシューとマリラに引きとられたアンにはじめてできた親友、11歳の黒髪の美少女 「赤毛のアン 上下 完全版」 L.M.モンゴメリ作;河合祥一郎訳;南マキ絵 KADOKAWA（角川つばさ文庫） 2014年4月

ダイアナ・バリー
幼なじみの親友あんたちとアヴォンリー村改善協会を設立した16才の少女 「アンの青春－新訳 完全版上」 L.M.モンゴメリ作;河合祥一郎訳;南マキカバー絵;榊アヤミ挿絵 KADOKAWA（角川つばさ文庫） 2015年3月

ダイア・マグヌス
「最古の魔術書」の三冊目を手に入れようとしている暗黒の魔法使い 「ブラック・レコニング 最古の魔術書 III」 ジョン・スティーブンス著;こだまともこ訳 あすなろ書房 2015年12月

タイガー
英国のいなかに疎開したロバートとルーシー兄妹のペット、赤茶色のトラ猫 「戦火の三匹ロンドン大脱出」 ミーガン・リクス作;尾高薫訳 徳間書店 2015年11月

タイガースター
野生猫サンダー族の元戦士で副長、生前からすべての部族の支配する野望をもつ戦士猫 「ウォーリアーズ4-1予言の猫」 エリン・ハンター作;高林由香子訳 小峰書店 2016年1月

タイガースター
野生猫サンダー族の元戦士で副長、生前からすべての部族の支配する野望をもつ戦士猫 「ウォーリアーズ4-2消えゆく鼓動」エリン・ハンター作;高林由香子訳　小峰書店　2016年7月

大公妃　たいこうひ
光り輝くダイヤの館に住むイギリスの大公妃、意地悪な性質の女　「ダイヤの館の冒険 ミス・ビアンカ」マージェリー・シャープ作;渡辺茂男訳　岩波書店(岩波少年文庫)　2016年7月

大佐(セバスティアーノ・プローコロ大佐)　たいさ(せばすてぃあーのぷろーころたいさ)
北イタリアの小さな深い森「古森」を叔父から相続した退役軍人、ベンヴェヌート少年の叔父　「古森のひみつ」ディーノ・ブッツァーティ作;川端則子訳　岩波書店(岩波少年文庫)　2016年6月

ダイサード
ホード王国の第三王子、生まれながらに幽霊に取り憑かれ"狂気の王子"と呼ばれる少年　「不完全な魔法使い 上下」マーガレット・マーヒー著;山田順子訳　東京創元社　2014年1月

大蛇アペプ(アペプ)　だいじゃあぺぷ(あぺぷ)
大蛇、太古に封じこめられた悪の化身　「ケイン・クロニクル炎の魔術師たち 2」リック・リオーダン著;小浜杏я訳　KADOKAWA　2014年3月

だいじん
バグダッドにすむおうさまのだいじん、くすりとまじないでおうさまといっしょにこうのとりになってしまったおとこ　「こうのとりになったおうさま―せかい童話図書館 ;40」ハウフさく;あきせいじぶん;いとひさのぼるえ;子ども文化研究所監修　いずみ書房　2014年9月

タイタス
ミニチュアグレーハウンド、人間に飼われているペットたちのリーダー　「冒険者キット1　野生動物の町を取りもどせ!」C.アレクサンダー・ロンドン著;中村佐千江訳　KADOKAWA　2016年4月

ダイドー・トワイト
ナンタケット島から来た捕鯨船キャスケット号に助けられたイギリス人の少女　「ナンタケットの夜鳥―「ダイドーの冒険」シリーズ」ジョーン・エイキン作;こだまともこ訳　冨山房　2016年10月

タイム
不思議な国「アンダーランド」の永遠の城に住む時間の化身、機械人形のような時間の番人　「アリス・イン・ワンダーランド～時間の旅～」カリ・サザーランド著;入間眞訳　宝島社(宝島社文庫)　2016年7月

ダイヤモンド
自分のベッドがある馬小屋のロフトで女の人の姿をした北風と話した幼い少年　「北風のうしろの国上下」ジョージ・マクドナルド作;脇明子訳　岩波書店(岩波少年文庫)　2015年10月

ターガウン
ビルマのカニ村に住む元僧侶、村の農民同盟議長をつとめる小作農家の男　「ビルマ1946 独立前夜の物語」テインペーミン著;南田みどり訳　段々社　2016年10月

だかす

ダーカス
ロンドンの私立中学に転校してきた少年、自然史博物館の昆虫標本室から姿を消したカトル博士の息子 「裏庭探偵クラブ1 密室で消えた父をさがせ!」 M.G.レナード著;河井直子訳;荒川眞生イラスト KADOKAWA 2016年6月

高野 友吉　たかの・ともきち*
紀伊大島の小さな漁村・樫野崎の漁師、難破したオスマン帝国巡洋艦「エルトゥールル号」の生存者の第一発見者 「トルコ軍艦エルトゥールル号の海難」 オメル・エルトゥール著;山本雅男;植月惠一郎;久保陽子訳 彩流社 2015年11月

ダギー・エヴァンズ
底引き網漁でサンゴ礁を破壊している漁師、カラー家を憎んでいる男 「白いイルカの浜辺―評論社の児童図書館・文学の部屋」 ジル・ルイス作;さくまゆみこ訳 評論社 2015年7月

タキザ
シャム闘魚、「ゴブリン一族」といたサメ・グレイに忠告した小さな魚 「サメ王国のグレイ1 七つの海を制するもの」 E.J.アルトバッカー著;桑原洋子訳 KADOKAWA 2015年8月

タキザ
シャム闘魚、「はぐれもの一族」のリーダーのグレイを弟子にした小さな魚 「サメ王国のグレイ2 運命のアトランティス決戦」 E.J.アルトバッカー著;桑原洋子訳 KADOKAWA 2016年1月

ダーク
マスクをぬいで世界に素顔をあらわした「ノクターン号」船長 「ヴァンパイレーツ 14 最後の海戦」 ジャスティン・ソンパー作;海後礼子訳 岩崎書店 2014年2月

ダーク
壁に囲まれた都市ウェルドで暮らしていた三兄弟の長男、たくましいく勇敢な若者 「勇者ライと3つの扉3―木の扉」 エミリー・ロッダ著;岡田好惠訳;緑川美帆絵 KADOKAWA 2015年5月

ダークリング
ラヴカ国の特殊な力を持つグリーシャたちによる第二軍の指揮官、最強の力を持つグリーシャ 「魔法師グリーシャの騎士団① 太陽の召喚者」 リー・バーデュゴ著;田辺千幸訳 早川書房(ハヤカワ文庫FT) 2014年7月

竹田 千代子　たけだ・ちよこ
古代民族の末裔たちに伝わる勝利した民族以外は滅びるという「エンドゲーム」に参加した12人の一人、沖縄に住む17歳の少女 「エンドゲーム：コーリング」 ジェイムズ・フレイ;ニルス・ジョンソン=シェルトン著;金原瑞人;井上里訳 学研パブリッシング 2014年10月

ダコタ・ジョーンズ
カリフォルニア州に住む六年生で五歳のタナの姉、「暗号クラブ」の仲間とテーマパークに行った女の子 「暗号クラブ7 マジック・ランドで行方不明!?」 ペニー・ワーナー著;番由美子訳;ヒョーゴノスケ絵 KADOKAWA 2016年8月

ダコタ・ジョーンズ
カリフォルニア州のバークレー小に来た転校生、「暗号クラブ」に入った6年生女子 「暗号クラブ 4.5 暗号クラブ結成の日」 ペニー・ワーナー著;番由美子訳 KADOKAWA 2015年4月

ダコタ・ジョーンズ
バークレー小の科学研究コンテストの準備をする6年生女子、「暗号クラブ」のメンバー 「暗号クラブ 8 犯人は学校の中にいる！」ペニー・ワーナー著;番由美子訳　KADOKAWA　2016年12月

ダコタ・ジョーンズ
ワシントンD.Cの学年旅行に行ったバークレー小の6年生女子、「暗号クラブ」のメンバー 「暗号クラブ 5 謎のスパイを追え！」ペニー・ワーナー著;番由美子訳　KADOKAWA　2015年8月

ダコタ・ジョーンズ
社会科見学でエンジェル島に行ったバークレー小の6年生女子、「暗号クラブ」のメンバー 「暗号クラブ 6 エンジェル島キャンプ事件」ペニー・ワーナー著;番由美子訳　KADOKAWA　2015年12月

ダコタ・ジョーンズ（コーディ）
暗号クラブのメンバーで六年生、外国語や人の顔つきや身ぶり手ぶりを読むことが得意な赤毛の少女 「暗号クラブ 4 よみがえったミイラ」ペニー・ワーナー著;番由美子訳;ヒョーゴノスケ絵　KADOKAWA　2014年7月

ダーシー
ロンドンに広大な土地を所有する名家の息子、堂々とした風采の青年 「自負と偏見」ジェイン・オースティン著;小山太一訳　新潮社(新潮文庫)　2014年7月

ダーシェンカ
「わたし」の飼い犬・イリスの子ども、小さな雌犬 「ダーシェンカ」カレル・チャペック著;伴田良輔訳　青土社　2015年12月

ダーシャ
ティラ王国の大使の娘、水をあやつる不思議な力を持つ少女 「リン一森の娘 樹と心をかよわせる少女の物語」シャノン・ヘイル著;石黒美央ほか訳　バベルプレス　2014年5月

ダース・シディアス（シス卿）　だーすしでぃあす（しすきょう）
フォースの闇の力を使う滅んだはずのシスの生きのこり 「スター・ウォーズエピソードⅠファントム・メナス」ジョージ・ルーカス原作;パトリシア・C.リード著;上杉隼人訳;大島資生訳　講談社　2015年3月

ダスティ・クロップホッパー
もと農業用飛行機、世界一周レースのチャンピオンで最速の人気レーサー 「プレーンズ2」スーザン・フランシス作;倉田真木訳　偕成社(ディズニーアニメ小説版)　2014年7月

ダース・ベイダー
帝国軍の皇帝直属の部下、シス卿 「スター・ウォーズエピソードⅣ新たなる希望」ジョージ・ルーカス原作;ライダー・ウィンダム著;らんあれい訳　講談社　2014年7月

ダース・ベイダー
帝国軍の皇帝直属の部下、シス卿 「スター・ウォーズエピソードⅤ帝国の逆襲」ジョージ・ルーカス原作;ライダー・ウィンダム著;上杉隼人訳;潮裕子訳　講談社　2014年11月

ダース・ベイダー（ベイダー）
銀河帝国皇帝の直属の部下、息子である反乱軍のパイロット・ルークを探しているシス卿 「スター・ウォーズエピソードⅥジェダイの帰還」ジョージ・ルーカス原作;ライダー・ウィンダム著;上杉隼人訳;吉田章子訳;　講談社　2015年2月

ただし

タダシ・ハマダ
サンフランソウキョウ工科大学の生徒、弟のヒロに一冊の日記をプレゼントした兄 「ヒロの日記：ディズニーベイマックス」 ロリ・フローブ文;ビクトリア・サクソン文;スタジオファン・ブックス編 講談社 2015年8月

ダッシュ
流れ星を追って不思議な世界「トイ・ボックス」に姉のヴァイオレットとやってきたインクレディブル家の長男 「ディズニーインフィニティ」 エイミー・ワインガルトナー文;樹紫苑訳 KADOKAWA（角川つばさ文庫） 2016年1月

ダッチ・イーストン
事故で右脚を失った少女コービーのパパ、フロリダ州の港で船上生活をはじめた家族の父親 「コービーの海」 ベン・マイケルセン作;代田亜香子訳 鈴木出版（鈴木出版の海外児童文学） 2015年6月

タティアナ
ロシアに住むユダヤ人少女・アーニャへ誕生日におくられたビスク・ドール 「海をわたったビスク・ドール（マジック・ドール1）」 ジョーン・ホルブ作;かとうあさこ訳;石川のぞみ絵 国土社 2014年5月

ダドリー
ハリーの唯一の親戚ダーズリー一家の息子 「ハリー・ポッターと賢者の石 1-1・1-2—ハリー・ポッター」 J.K.ローリング作;松岡佑子訳 静山社（静山社ペガサス文庫） 2014年3月

ダドリー
ハリーの唯一の親戚ダーズリー一家の息子 「ハリー・ポッターと秘密の部屋 2-1・2-2—ハリー・ポッター」 J.K.ローリング作;松岡佑子訳 静山社（静山社ペガサス文庫） 2014年5月

ダドリー
ハリーの唯一の親戚ダーズリー一家の息子 「ハリー・ポッターと不死鳥の騎士団 5-1・5-2・5-3・5-4—ハリー・ポッター」 J.K.ローリング作;松岡佑子訳 静山社（静山社ペガサス文庫） 2014年9月

タナ（モンタナ）
カリフォルニア州の養護学校に通うろうあ者の女の子、六年生のコーディの五歳の妹 「暗号クラブ7 マジック・ランドで行方不明!?」 ペニー・ワーナー著;番由美子訳;ヒョーゴノスケ絵 KADOKAWA 2016年8月

ダニー
ハワイのパール市で日本の爆撃にあった十一歳の少年、日系移民三世アキラの友だち 「ぼくはこうして生き残った!8－太平洋戦争・開戦の日」 ローレン・ターシス著;河井直子訳 KADOKAWA 2015年11月

ダニー
へそまがりでふまじめな生徒、クラス委員になってしまった中学生の少年 「ダニーの学校大革命」 ラッシェル・オスファテール作;ダニエル遠藤みのり訳;風川恭子絵 文研出版（文研じゅべにーる） 2016年8月

ダニエル
一八九〇年にパリの女子寄宿学校に寄付されたドールハウスにすむ女の子の人形 「ドールハウスの奇跡（マジック・ドール4）」 ジョーン・ホルブ作;かとうあさこ訳;石川のぞみ絵 国土社 2014年9月

ダニエル・アマット（アマット）
オックスフォード大学教授、バルセロナ出身の男 「ヴェサリウスの秘密」 ジョルディ・ヨブレギャット著;宮崎真紀訳 集英社(集英社文庫) 2016年10月

ダニエル・クック
十九世紀後半にドラゴン・マスターになるべく選ばれて訓練を受けていたイギリスの少年 「ドラゴン・プロフェシー」 ドゥガルド・A.スティール著;こどもくらぶ訳 今人舎 2015年6月

ダニエル・ソルター
イングランドにあるマーカム通りに住む少年、同じ通りに住む少女シャーロットの親友 「ほんとうに怖くなれる幽霊の学校」 トビー・イボットソン著;三辺律子訳 偕成社 2016年11月

ダニエル・フランシス・ハニガン（ルースター）
ニューヨーク市立孤児院のいじわるな院長ミス・ハニガンの弟、刑務所に入ったり出たりをくり返している男 「アニー」 トーマス・ミーハン著;三辺律子訳 あすなろ書房 2014年11月

ダニエル・マコーヴァ
15歳のモリが生まれる前に失踪した父親、読書好きの男 「図書室の魔法 上下」 ジョー・ウォルトン著;茂木健訳 東京創元社 2014年4月

ダニー・サンタナ
動物のお医者さんになりたい女の子・マンディの小学校の転校生、フェレットを飼っている男の子 「フェレット迷路(こちら動物のお医者さん)」 ルーシー・ダニエルズ作;千葉茂樹訳;サカイノビー絵 ほるぷ出版 2014年3月

ダニタ
インドでひと夏をすごしているアリカ人の少女ジャズの家に来てくれているお手伝いさん、十五歳のインドの少女 「モンスーンの贈りもの」 ミタリ・パーキンス作;永瀬比奈訳 鈴木出版(鈴木出版の児童文学) 2016年6月

ダニタ
インドでひと夏をすごすことになったガードナー家に来た十五歳のお手伝いさんの少女 「モンスーンの贈りもの」 ミタリ・パーキンス作;永瀬比奈訳 鈴木出版(鈴木出版の児童文学) 2016年6月

ダニー・フィリップス
となりに住む科学者・ポッツさんの計画に引っぱりこまれる八歳のふたごの兄弟の兄 「SWITCH 4 アリにスイッチ！」 アリ・スパークス作;神戸万知訳;舵真秀斗絵 フレーベル館 2014年2月

ダニー・フィリップス
となりに住む科学者・ポッツさんの計画を手伝っている八歳のふたごの兄弟の兄 「SWITCH 5 ガガンボにスイッチ！」 アリ・スパークス作;神戸万知訳;舵真秀斗絵 フレーベル館 2014年4月

ダニー・フィリップス
となりに住む科学者・ポッツさんの計画を手伝っている八歳のふたごの兄弟の兄 「SWITCH 6 ゲンゴロウにスイッチ！」 アリ・スパークス作;神戸万知訳;舵真秀斗絵 フレーベル館 2014年4月

ターニャ
売春斡旋者から逃げているところを北土ドイツのツフリッヒの農場主であるレスマンに匿われた若い女 「希望のかたわれ」 メヒティルト・ボルマン著;赤坂桃子訳 河出書房新社 2015年8月

ダニール
人間そっくりのロボット、宇宙国家ソラリスで殺人事件捜査をする刑事・ベイリのパートナー 「はだかの太陽」アイザック・アシモフ著;小尾芙佐訳 早川書房(ハヤカワ文庫SF) 2015年5月

ダブダブ
小ブタのガブガブが書いた食べ物小説の朗読をみんなといっしょに聞いたドリトル家のアヒル 「ドリトル先生のガブガブの本」ヒュー・ロフティング作;河合祥一郎訳;patty絵 KADOKAWA(角川つばさ文庫) 2016年8月

ダヴポー
サンダー族の見習い戦士猫、戦士猫ライオンブレイズの弟子 「ウォーリアーズ4-1予言の猫」エリン・ハンター作;高林由香子訳 小峰書店 2016年1月

ダヴポー
星の力をもつと予言されたサンダー族の見習い戦士猫、同じく予言の猫ライオンブレイズの弟子 「ウォーリアーズ4-2消えゆく鼓動」エリン・ハンター作;高林由香子訳 小峰書店 2016年7月

タマラ・コルチア
ニュースを見て世界が不幸であふれていることをしり今すぐどうにかしたいと考えたもうすぐ十さいになる女の子 「バイバイ、わたしの9さい!」ヴァレリー・ゼナッティ作;伏見操訳;ささめやゆき絵 文研出版(文研ブックランド) 2015年11月

タム・ファレル
ナショナル・エンデバー誌の記者、作家のデービットの行方不明について調べようとしていた男 「龍のすむ家Ⅴ 闇の炎」クリス・ダレーシー著;三辺律子訳;浅沼テイジ挿画 竹書房 2015年8月

田村 千代　たむら・ちよ
一九二七年に土浦女子学校に入学することになった十一歳の女の子 「青い目の人形物語2 希望の人形 日本編」シャーリー・パレントー作;河野万里子訳 岩崎書店 2016年8月

ターメー
ビルマのカニ村に住む小学校教師、抗日闘争を経て共産党員となった25歳の女性 「ビルマ1946 独立前夜の物語」テインペーミン著;南田みどり訳 段々社 2016年10月

ダーラ
イニスコール島の村人・メブの十三人目の子、言い伝えられたいけにえになる女の子 「十三番目の子」シヴォーン・ダウド作;パム・スマイ絵;池田真紀子訳 小学館 2016年4月

タリアティーニ先生　たりあてぃーにせんせい
国境ちかくの村にすんでいる男の子・ルイージにバイオリンを教えている先生 「ルイージといじわるなへいたいさん」ルイス・スロボドキン作・絵;こみやゆう訳 徳間書店 2015年9月

タリーフ
インドで代々クマ使いをしてきたカランダー族の芸人で少年ザキの父親 「クマと家出した少年」ニコラ・デイビス文;アナベル・ライト画;もりうちすみこ訳 さ・え・ら書房 2016年3月

ダルタニャン
1600年代にフランス国王を守る銃士になることを夢みてパリにやってきた少年、貴族のむすこ 「三銃士―10歳までに読みたい世界名作」アレクサンドル・デュマ作;横山洋子監修;岡田好恵編訳;山田一喜絵 学研プラス 2016年2月

タルペ
チベットのマルナン村で生まれ育ったやんちゃな洟垂れ小僧、村長の息子「ぼく」の幼なじみ 「雪を待つ―チベット文学の新世代」 ラシャムジャ著;星泉訳 勉誠出版 2015年1月

タレイア
オリンポス十二神のひとり・ゼウスと人間を両親にもつハーフ、金の羊毛により松の姿からよみがえった少女 「パーシー・ジャクソンとオリンポスの神々―タイタンの呪い〈3‐上下〉」 リック・リオーダン作;金原瑞人訳;小林みき訳 静山社(静山社ペガサス文庫) 2016年6月

タレイア・グレイス
オリンポス十二神のひとり・ゼウスと人間を両親にもつハーフ、狩猟の女神アルテミスが率いるハンター隊の副官をつとめる少女 「パーシー・ジャクソンとオリンポスの神々 外伝・ハデスの剣」 リック・リオーダン作;金原瑞人訳;小林みき訳 静山社(静山社ペガサス文庫) 2016年12月

ダレン
キャットホテルのむかいに住んでいる女の子アリソンの弟、いたずらっこ 「ヒミツの子ねこ5 キャットホテルでお手伝い!」 スー・ベントレー作;松浦直美訳;naoto絵 ポプラ社(ポプラポケット文庫) 2015年3月

ダン
マーチ家の四姉妹の次女・ジョー夫妻のプラムフィールド学園で育った元生徒、放浪の旅をつづけている男の子 「若草物語〈4〉―それぞれの赤い糸 上下」 オルコット作;谷口由美子訳;藤田香絵 講談社(講談社オンデマンドブックス) 2014年9月

ダングラール
十九歳で船長になったダンテスをねたむファラオン号の会計係の男 「岩くつ王―10歳までに読みたい世界名作」 アレクサンドル・デュマ作;横山洋子監修;岡田好惠編訳;オズノユミ絵 学研プラス 2015年12月

タンジー
アイルランドの少女メアリーの前に現れたふしぎな女の人 「さよならのドライブ」 ロディ・ドイル作;こだまともこ訳;こがしわかおり絵 フレーベル館(文学の森) 2014年1月

タンタンミン
ビルマのピャーポンの大富豪の地主の娘、独立女性協会員となった17歳の社会党員 「ビルマ1946 独立前夜の物語」 テインペーミン著;南田みどり訳 段々社 2016年10月

ダンテス(モンテ・クリスト伯爵) だんてす(もんてくりすとはくしゃく)
一八一五年に無実の罪で逮捕された船乗り、十四年後に名前を変えてパリに来た男 「岩くつ王―10歳までに読みたい世界名作」 アレクサンドル・デュマ作;横山洋子監修;岡田好惠編訳;オズノユミ絵 学研プラス 2015年12月

ダンブルドア
ホグワーツ魔法学校の校長 「ハリー・ポッターと賢者の石 1-1・1-2―ハリー・ポッター」 J.K.ローリング作;松岡佑子訳 静山社(静山社ペガサス文庫) 2014年3月

ダンブルドア
ホグワーツ魔法学校の校長 「ハリー・ポッターと秘密の部屋 2-1・2-2―ハリー・ポッター」 J.K.ローリング作;松岡佑子訳 静山社(静山社ペガサス文庫) 2014年5月

ダンブルドア
ホグワーツ魔法学校の校長 「ハリー・ポッターと不死鳥の騎士団 5-1・5-2・5-3・5-4―ハリー・ポッター」 J.K.ローリング作;松岡佑子訳 静山社(静山社ペガサス文庫) 2014年9月

ダンブルドア
ホグワーツ魔法魔術学校の校長、11歳になったハリーを学校に招いた大魔法使い 「ハリー・ポッターと賢者の石 ―「ハリー・ポッター」シリーズ」 J.K.ローリング作;ジム・ケイ絵;松岡佑子訳 静山社 2015年11月

ダンブルドア
魔法族の少年ハリーポッターの恩師、偉大な魔法使いでホグワーツ魔法学校の校長 「ハリー・ポッターと謎のプリンス 6-1・6-2・6-3―ハリー・ポッター」 J.K.ローリング作;松岡佑子訳 静山社(静山社ペガサス文庫) 2014年11月

湯木　たんむー
中国の旧市街地・三益巷に住むいたずら好きな十歳の男の子 「浮き橋のそばのタンムー」 彭学軍著;渡辺仙州編訳;中山成子絵 ポプラ社(ポプラせかいの文学 2) 2015年7月

【ち】

小さな犬　ちいさないぬ
動物と話せる少女リリが夏休みにやってきたホテルで出会った白い野良犬 「動物と話せる少女リリアーネ スペシャル2 ボンサイの大冒険!」 タニヤ・シュテーブナー著;中村智子訳;駒形イラスト 学研教育出版 2014年4月

小さなオニ(バート)　ちいさなおに(ばーと)
旅をしているエルフとレーベンをずっとつけてくる三匹のオニの一匹 「エルフとレーベンのふしぎな冒険 2 ばけもの山とひみつの城」 マーカス・セジウィック著;中野聖訳;朝日川日和絵 学研プラス 2015年12月

チェスター
お父さんとお母さんが留守中のレイチェルとスコットの家にこっそりしのびこんだ泥棒の青年 「魔女のお店(魔女の本棚18)」 ルース・チュウ作;日当陽子訳;たんじあきこ絵 フレーベル館 2014年5月

チェスター・ロールズ
ロンドンで暮らす少年・ウィルの親友、体は大きいが慎重で怖がりの少年 「トンネル : 迷宮への扉 上下―地底都市コロニア」 ロデリック・ゴードン著;ブライアン・ウィリアムズ著;橋本恵訳 学研プラス 2016年3月

チェスター・ロールズ
少年ウィルの親友、地底都市を支配する種族・スティックスの「追放の刑」によって〈ディープス〉へ送られた少年 「ディープス : サバイバーの絆 上下―地底都市コロニア」 ロデリック・ゴードン著;ブライアン・ウィリアムズ著;橋本恵訳 学研プラス 2016年9月

チェン・リー
「ノクターナルズ」とともにヴァンパイレーツ軍と戦う海賊軍「タイガー号」の船長 「ヴァンパイレーツ 14 最後の海戦」 ジャスティン・ソンパー作;海後礼子訳 岩崎書店 2014年2月

チカロット
赤ずきんの世界にやってきた女の子ルビーの友だち、城の地下牢にすむネズミ 「プリンセス★マジックルビー 3」 ジェニー・オールドフィールド作;田中亜希子訳;谷朋絵 ポプラ社 2015年2月

チーチー
小ブタのガブガブが書いた食べ物小説の朗読をみんなといっしょに聞いたドリトル家のオスザル 「ドリトル先生のガブガブの本」 ヒュー・ロフティング作;河合祥一郎訳;patty絵 KADOKAWA（角川つばさ文庫） 2016年8月

父　ちち
浪人生ロランと大学生ソフィ姉弟の父で生粋のフランス人、フランスに本社がある商社のビジネスマン 「リトルプリンス・トリック＝ LITTLE PRINCE TRICK：星の王子"からのメッセージ"」 滝川美緒子;滝川クリステル著　講談社　2015年11月

父（マーチ氏）　ちち（まーちし）
従軍牧師、妻と四人姉妹の子どもをおいて戦地にいるマーチ家の父親 「若草物語」 L.M.オルコット作;ないとうふみこ訳;琴音らんまる絵　KADOKAWA（角川つばさ文庫）2015年1月

チップ
双眼鏡の魔法で絵の中に入ってしまった少年、少女ウィルマの2歳年下の弟 「むかしむかしの魔女─魔女の本棚；24」 ルース・チュウ作;日当陽子訳;たんじあきこ絵　フレーベル館　2016年10月

チップス
英国のパブリック・スクールで教鞭を執る老教師 「チップス先生、さようなら：新訳」 ジェイムズ・ヒルトン著;大島一彦訳　慧文社　2016年5月

チップス
六十余年間ブルックフィールド校で教師をしていた英国人気質の老人 「チップス先生、さようなら」 ジェイムズ・ヒルトン著;白石朗訳　新潮社（新潮文庫）2016年2月

ちび
大学生トミーと小学三年生マキシの弟、三きょうだいの末っ子のちびちゃん 「世界一の三人きょうだい」 グードルン・メプス作;はたさわゆうこ訳;山西ゲンイチ絵　徳間書店　2016年7月

ちびトラ
ポズナンで暮らすボレイコ家長女・ガブリシャの次女、何ごとにも皮肉っぽく針のように尖った性格の14歳の少女 「ちびトラとルージャ」 マウゴジャタ・ムシェロヴィチ著;田村和子訳　未知谷　2014年3月

チープサイド
小ブタのガブガブが書いた食べ物小説の朗読をみんなといっしょに聞いたドリトル家の都会スズメ 「ドリトル先生のガブガブの本」 ヒュー・ロフティング作;河合祥一郎訳;patty絵 KADOKAWA（角川つばさ文庫） 2016年8月

チーマー先生　ちーまーせんせい
大きなたまごを世話する少年ネイトにアドバイスした古生物学者、恐竜を専門に研究している博士 「大きなたまご」 オリバー・バターワース作;松岡享子訳　岩波書店（岩波少年文庫）2015年8月

ちゃいろい紙　ちゃいろいかみ
むかしある小さな新聞屋さんのたなの上にすんでいたちゃいろいつつみ紙 「ちゃいろいつつみ紙のはなし─世界傑作童話シリーズ」 アリソン・アトリー作;松野正子訳;殿内真帆絵　福音館書店　2015年9月

ちゃず

チャズ
地図帳『イマジナリウム・ジェオグラフィカ』の守り手のジョンたちが迷いこんだ世界の住人 「幻のドラゴン号 ドラゴンシップ・シリーズ3」 ジェームズ・A・オーウェン作;三辺律子訳 評論社 2016年4月

チャティおばさん(リンカーン・マクリーン夫人) ちゃていおばさん(りんかーんまくりーんふじん)
サマーサイド高校の校長になったアンが下宿することになった柳風荘の家主の一人、感じやすい未亡人 「アンの幸福 1」 L・M・モンゴメリ作;村岡花子訳;Haccan絵 講談社(講談社大きな文字の青い鳥文庫) 2015年9月

チャーメイン・ベイカー
高地にある国「ハイ・ノーランド」に住む本好きの赤毛の少女、魔法使いのウィリアム大おじさんの家で留守番することになった十四歳 「ハウルの動く城3」 ダイアナ・ウィン・ジョーンズ著 徳間書店(徳間文庫) 2016年4月

チャーリー
イギリスのとある町でくらす七さいの男の子、なにをやっても母さんにおこられる子 「チャーリー、ただいま家出中」 ヒラリー・マッカイ作;冨永星訳;田中六大絵 徳間書店 2014年4月

チャーリー
ウィーズリー一家の次男、ドラゴン使い 「ハリー・ポッターと不死鳥の騎士団 5-1・5-2・5-3・5-4—ハリー・ポッター」 J.K.ローリング作;松岡佑子訳 静山社(静山社ペガサス文庫) 2014年9月

チャーリー
ニューヨーク市に住むローレンがあこがれている夏だけ海辺の町で会える中2の男の子 「ナツ恋。ずっと、好きだったカレ」 アンジェラ・ダーリン著;岡本由香子訳;さかもと麻乃イラスト KADOKAWA 2015年7月

チャーリー
まいごになってしまったコイヌのアルフィーの飼い主の少年 「まいごのまいごのアルフィーくん」 ジル・マーフィ著;松川真弓訳 評論社 2016年7月

チャーリー
海賊船「シーウルフ号」の一員で男の子用のズボンをはいている女の子、サムの親友 「タイムスリップ海賊サム・シルバー 3 真夜中の救出作戦」 ジャン・バーチェット著;サラ・ボーラー著;浅尾敦則訳;スカイエマ絵 KADOKAWA 2014年3月

チャーリー
海賊船「シーウルフ号」の一員で男の子用のズボンをはいている女の子、サムの親友 「タイムスリップ海賊サム・シルバー 4 裏切り者のわな!」 ジャン・バーチェット著;サラ・ボーラー著;浅尾敦則訳;スカイエマ絵 KADOKAWA 2014年5月

チャールズ(父さん) ちゃーるず(とうさん)
ミネソタ州にあるプラム・クリークという小川のほとりで暮らす一家の父さん 「プラム・クリークの土手で」 ローラ・インガルス・ワイルダー作;中村凪子訳;椎名優絵 KADOKAWA(角川つばさ文庫) 2014年6月

チャールズ・ウィリアムズ
オクスフォード大学出版局の編集者兼作家、地図帳『イマジナリウム・ジェオグラフィカ』の守り手 「幻のドラゴン号 ドラゴンシップ・シリーズ3」 ジェームズ・A・オーウェン作;三辺律子訳 評論社 2016年4月

チャールズ・ストリックランド（ストリックランド）
天才画家、画家になるためロンドンでの仕事と家庭を捨ててパリへ向かった四十歳の男　「月と六ペンス」　サマセット・モーム著;金原瑞人訳　新潮社（新潮文庫）　2014年4月

チャールズ・ダーネイ
フランスの暴政を嫌ってイギリスに亡命した貴族の青年　「二都物語」　チャールズ・ディケンズ著;加賀山卓朗訳　新潮社（新潮文庫）　2014年6月

チャールズ・チルティントン
少年カイルの中学校きってのおぼっちゃまで優等生　「図書館脱出ゲーム1 ぼくたちの謎とき大作戦!　上下」　クリス・グラベンスタイン著;ジョンハサウェイ絵;高橋結花訳　KADOKAWA　2016年3月

チャールズ・チルティントン
少年カイルの中学校きってのおぼっちゃまで優等生　「図書館脱出ゲーム2 図書館オリンピック大作戦!　上下」　クリス・グラベンスタイン著;ジョンハサウェイ絵;山北めぐみ訳　KADOKAWA　2016年8月

チャールズ二世（陛下）　ちゃーるずにせい（へいか）
イングランド国王、医師のメリヴェルを犬の医者として宮廷に取り立てた王　「道化と王」　ローズ・トレメイン著;金原瑞人訳;小林みき訳　柏書房　2016年2月

チャレンジャー教授　ちゃれんじゃーきょうじゅ
イギリス動物学会の名物男、変人として有名な動物学者　「ロスト・ワールド―失われた世界　新装版」　アーサー・コナン・ドイル作;菅紘訳　講談社（講談社青い鳥文庫）　2015年8月

チャンギョム
韓国の坡州の高校生、成績優秀だが大きな試験には弱い丸々と太った少年　「アンダー、サンダー、テンダー　新しい韓国の文学13」　チョン・セラン著;吉川凪訳　クオン　2015年6月

中くらいのオニ（ボブ）　ちゅうくらいのおに（ぼぶ）
旅をしているエルフとレーブンをずっとつけてくる三匹のオニの一匹　「エルフとレーブンのふしぎな冒険 2 ばけもの山とひみつの城」　マーカス・セジウィック著;中野聖訳;朝日川日和絵　学研プラス　2015年12月

チューバッカ
ファルコン号の船長で密輸業者の男・ソロのウーキー族の相棒　「STAR WARSジャーニー・トゥ・フォースの覚醒　おれたちの船って最高だぜ!」　グレッグ・ルーカ著;フィル・ノト絵;村吉知子訳　講談社（講談社KK文庫）　2015年12月

チューリッパ
チューリップの中から出てきてムーミントロールたちの前にあらわれた少女　「小さなトロールと大きな洪水」　トーベ・ヤンソン作・絵;冨原眞弓訳　講談社（講談社青い鳥文庫）　2015年2月

チョウ・チャン
レイブンクローのシーカー　「ハリー・ポッターと不死鳥の騎士団 5-1・5-2・5-3・5-4―ハリー・ポッター」　J.K.ローリング作;松岡佑子訳　静山社（静山社ペガサス文庫）　2014年9月

町長　ちょうちょう
「くらやみの町」に来たエルフとレーブンに助けを求められた町長　「エルフとレーブンのふしぎな冒険 5 くらやみの町と歌う剣」　マーカス・セジウィック著;中野聖訳;朝日川日和絵　学研プラス　2016年12月

ちょは

猪八戒（八戒）　ちょはっかい（はっかい）
天竺へ旅をする三蔵ほうしのでしになりおともとなったブタのばけもの 「西遊記―ポプラ世界名作童話；6」呉承恩作；三田村信行文；武田美穂絵　ポプラ社　2015年11月

チルトン先生　ちるとんせんせい
大金持ちのなぞの人物・ペンドルトンさんの友だちで担当している医者 「少女ポリアンナ―10歳までに読みたい世界名作」エレナ・ポーター作；横山洋子監修；立原えりか編訳；鯉沼菜奈絵　学研プラス　2015年10月

【つ】

ツインズ
ネバーランドの森でレイニーがみつけた家に住むふたごの少年、ピーターパンの友だち 「フェアリー・ガールズ 6 ピーターパンに会える森!?」キキ・ソープ作；堀川志野舞訳　ポプラ社　2016年1月

ツェツィーリア
モスクワの貴族令嬢、過干渉の母親の期待を裏切って貧しい貴族の青年・ドミートリイと結婚した十八歳の娘 「ふたつの生―ロシア名作ライブラリー；12」カロリーナ・パヴロワ著；田辺佐保子訳　群像社　2014年6月

槻野 昭子　つきの・あきこ
第二次世界大戦で日本とドイツが勝利しアメリカ西側を日本が統治する世界で特別高等警察（特高）の女性課員 「ユナイテッド・ステイツ・オブ・ジャパン」ピーター・トライアス著；中原尚哉訳　早川書房（新☆ハヤカワ・SF・シリーズ）　2016年10月

ツバメ
まちのひろばにたっているぞうの「しあわせのおうじ」のねがいにこたえてきんぱくやほうせきをまずしい人にくばったツバメ 「しあわせのおうじ―せかい童話図書館；35」ワイルドさく；あきせいじぶん；かじひでやすえ；子ども文化研究所監修　いずみ書房　2014年9月

ツバメ
寒い寒いデンマルクの国に住むツバメ 「おやゆび姫 アンデルセン童話」アンデルセン原作；楠山正雄編；初山滋画　富山房企画　2015年6月

ツヴィ
いつも水曜日にやってくるレオおじさんの大ぼうけん話をじっと聞くのが好きな少年 「ぼくのレオおじさん―ルーマニア・アルノカ平原のぼうけん」ヤネッツ・レヴィ作；もたいなつう訳；たかいよしかず絵　学研教育出版　2014年11月

【て】

テア
ヤロス島にある黒騎士団兵舎で少年クインと出会った魔法が使える少女 「ドラゴン・ナイト 1 よみがえった炎の騎士」J.R.キャッスル著；岡本由香子訳；小笠原智史絵　KADOKAWA　2016年10月

ディアブロ
吸血鬼の世界「エリシア」からやってきた謎の男、吸血鬼の少年ヴラッドをつけ狙う男 「ヴラディミール・トッド・クロニクルズⅠ」ヘザー・ブリューワー著；園生さち訳　新書館　2014年8月

ディアブロ
吸血鬼の世界「エリシア」の評議会の会長、吸血鬼の少年ヴラッドが殺した男 「ヴラディミール・トッド・クロニクルズⅡ スレイヤーの魔の手」ヘザー・ブリューワー著;園生さち訳 新書館 2014年8月

ディアブロ
吸血鬼の世界「エリシア」の評議会の会長、吸血鬼の少年ヴラッドをつけ狙う吸血鬼 「ヴラディミール・トッド・クロニクルズⅢ 血をめぐる儀式」ヘザー・ブリューワー著;園生さち訳 新書館 2014年9月

ディアブロ
吸血鬼の世界「エリシア」の評議会の会長、吸血鬼の少年ヴラッドをつけ狙う吸血鬼 「ヴラディミール・トッド・クロニクルズⅣ エリシアの掟」ヘザー・ブリューワー著;園生さち訳　新書館 2014年10月

DLドーソン　でぃーえるどーそん
ニューヨーク・ヘラルドのレポーター、ニュース記者志望のレイチェルのあこがれの人 「アンナとプロフェッショナルズ3」MAC著;なかがわいずみ訳　KADOKAWA 2015年1月

ティガー
100エーカーの森に住むプーさんのなかま、飛びはねるのが好きな陽気なトラ 「くまのプーさん プーさんたちの楽しい毎日」ディズニー・パブリッシング・ワールドワイド文;大草洋子訳　KADOKAWA（角川つばさ文庫）2016年10月

ティーカップ
「美女と野獣」のプリンセス・ベルのペット、いろんな芸ができる子犬 「ロイヤルペット ビューティ／ブロンディ／ティーカップ」テナント・レッドバンク文;樹紫苑訳　KADOKAWA 2015年5月

ディキシー・オデイ
友だちの犬・パーシーとラリーにさんかした車がだいすきな犬 「ディキシーと世界一の赤い車」シャーリー・ヒューズ文;クララ・ヴリアミー絵;三辺律子訳　あすなろ書房 2015年3月

ディゴリー
郊外からロンドンの怪しい伯父さん伯母さん兄妹の家で暮らすことになった男の子 「ナルニア国物語1―魔術師のおい」C・S・ルイス著;土屋京子訳　光文社（光文社古典新訳文庫）2016年9月

ディコン
ミセルスエイト館ではたらくマーサの十二歳の弟、動物とすぐなかよしになれる少年 「ひみつの花園―10歳までに読みたい世界名作」フランシス・ホジソン・バーネット作;横山洋子監修;日当陽子編訳;朝日川日和絵　学研教育出版 2015年6月

ディコン
両親が亡くなり引き取られたメアリの世話をする若い女中マーサの十二歳の弟 「秘密の花園」フランシス・ホジソン・バーネット著;畔柳和代訳　新潮社（新潮文庫）2016年6月

デイジー
ピュアが持っているドールハウスにやってきた四人の妖精の一人、夏の妖精 「ひみつの妖精ハウス1―ひみつの妖精ハウス」ケリー・マケイン作;田中亜希子訳;まめゆか絵　ポプラ社 2016年3月

でいじ

デイジー
心やさしい夏の精、少女ピュアのドールハウスにすんでいる妖精 「ひみつの妖精ハウス2 転校生がやってきた!」 ケリー・マケイン作;田中亜希子訳;まめゆか絵 ポプラ社 2016年7月

デイジー
心やさしい夏の精、少女ピュアのドールハウスにすんでいる妖精 「ひみつの妖精ハウス3 友情は、勇気の魔法!」 ケリー・マケイン作;田中亜希子訳;まめゆか絵 ポプラ社 2016年11月

ディタ
チェコ出身の十四歳のユダヤ人少女、アウシュヴィッツ収容所で秘密に本を管理していた図書係 「アウシュヴィッツの図書係」 アントニオ・G・イトゥルベ著;小原京子訳 集英社 2016年7月

ディック
キャプテン・フリントと七人の子どもたちと帆船シロクマ号で航海に出た少年 「シロクマ号となぞの鳥上下」 アーサー・ランサム作;神宮輝夫訳 岩波書店(岩波少年文庫) 2016年1月

ディック
夏休みに子どもたちだけで過ごそうとナンシイとペギイ姉妹のいるベックフットに姉ときた弟 「スカラブ号の夏休み上下」 アーサー・ランサム作;神宮輝夫訳 岩波書店(岩波少年文庫) 2015年7月

ディック・ガッジョン
トルトゥー島から新しく海賊船「シーウルフ号」の仲間になった男、見張り係 「タイムスリップ海賊サム・シルバー 4 裏切り者のわな!」 ジャン・バーチェット著;サラ・ボーラー著;浅尾敦則訳;スカイエマ絵 KADOKAWA 2014年5月

ディック・ムーア
妻のレスリーに十一年ものあいだ世話されている記憶も分別もなくしてしまった夫、新婚のアン夫妻のいちばん近いご近所さん 「アンの夢の家—赤毛のアン5—上中下」 L・M・モンゴメリ作;村岡花子訳;Haccan絵 講談社(講談社大きな文字の青い鳥文庫) 2015年9月

ディック・ムーア夫人　でぃっくむーあふじん
十一年間ものあいだ記憶も分別もなくした夫・ディックの世話をしている妻、新婚のアンのご近所で少女のような美しい人妻 「アンの夢の家—赤毛のアン5—上中下」 L・M・モンゴメリ作;村岡花子訳;Haccan絵 講談社(講談社大きな文字の青い鳥文庫) 2015年9月

ティッチ
小あくまの王・イバールのたくらみで羽がやぶれてしまった妖精 「まほうの国の獣医さんハティ3ねらわれた妖精の羽」 クレア・テイラー・スミス作;桑原洋子訳;kaya8絵 KADOKAWA 2015年7月

ティティ
キャプテン・フリントと七人の子どもたちと帆船シロクマ号で航海に出た少女 「シロクマ号となぞの鳥上下」 アーサー・ランサム作;神宮輝夫訳 岩波書店(岩波少年文庫) 2016年1月

デイヴィー・キース
グリーン・ゲイブルズに住むマリラがひきとった6才のふたごのいたずらざかりの男の子 「アンの青春—新訳　完全版上」 L.M.モンゴメリ作;河合祥一郎訳;南マキカバー絵;榊アヤミ挿絵 KADOKAWA(角川つばさ文庫) 2015年3月

デイヴィー・キース
グリーン・ゲイブルズの住人マリラと暮らす7才のふたごのいたずらざかりの男の子 「アンの青春―新訳 完全版下」L.M.モンゴメリ作;河合祥一郎訳;南マキカバー絵;榊アヤミ挿絵 KADOKAWA(角川つばさ文庫) 2015年4月

デイヴィ・ジョーンズ
不思議な世界「トイ・ボックス」でお宝探しにいくマイクの宝の地図をとったランディの仲間の海賊 「ディズニーインフィニティ」エイミー・ワインガルトナー文;樹紫苑訳 KADOKAWA(角川つばさ文庫) 2016年1月

デイヴィッド
おとぎ話の登場人物や神話の怪物たちが蠢く物語の王国に迷い込んだ12歳の少年 「失われたものたちの本」ジョン・コナリー著;田内志文訳 東京創元社 2015年9月

ティファニー・ウタナー
少女ピュアとおなじクラスの女の子、いじわるな子 「ひみつの妖精ハウス2 転校生がやってきた!」ケリー・マケイン作;田中亜希子訳;まめゆか絵 ポプラ社 2016年7月

ティファニー・ウタナー
少女ピュアとおなじクラスの女の子、いじわるな子 「ひみつの妖精ハウス3 友情は、勇気の魔法!」ケリー・マケイン作;田中亜希子訳;まめゆか絵 ポプラ社 2016年11月

ティム・レッグ
骨董通りの幽霊省で同級生のトラパンスと幽霊ハンターのアルバイトをすることになった少年 「骨董通りの幽霊省」アレックス・シアラー著;金原瑞人訳;西本かおる訳;杉田比呂美イラスト 竹書房 2016年12月

吸魂鬼　でぃめんたー
脱獄不能の監獄「アズカバン」の看守、ヒトの幸福な気持ちを吸い尽くす穢れた生き物 「ハリー・ポッター6 ハリー・ポッターとアズカバンの囚人 3-1」J・K・ローリング作;松岡佑子訳 静山社(静山社ペガサス文庫) 2014年6月

ティモシー・スタンディッシュ
ニューヨークのブルックリン美術館を訪れ三百年前のミルアイランドにタイムスリップした男の子、少女サラの弟 「夏の魔女―魔女の本棚;22」ルース・チュウ作;日当陽子訳;たんじあきこ絵 フレーベル館 2016年4月

ティモシー・フォスター
夏休み前日に謎の村ヘンリー・クリークに招待されたいばりたがり屋の13歳の少年 「THE LOCK ぼくたちが"世界"を変える日1 仕かけられたなぞ」ピエルドメニコ・バッカラリオ作;田中寛崇絵 学研プラス 2015年12月

ティモシー・フォスター
夏休み前日に謎の村ヘンリー・クリークに招待されたいばりたがり屋の13歳の少年 「THE LOCK ぼくたちが"世界"を変える日2 洞窟にひそむ物体」ピエルドメニコ・バッカラリオ作;田中寛崇絵 学研プラス 2015年12月

ディモン王　でぃもんおう
世界を征服したパンゲアの王、一人娘のオブシディアナ王女を若く美しいままでいさせるために時間を止める魔法の箱に入れた王様 「タイムボックス」アンドリ・S.マグナソン著;野沢佳織訳 NHK出版 2016年10月

ディーリア
イギリスの小学生・トムのいつもふきげんなお姉さん 「トム・ゲイツ [2] ステキないいわけ」 L.ピーション作;宮坂宏美訳 小学館 2014年1月

T・リーフ　てぃーりーふ
イリノイ州ゴーストリー町のスペンス屋敷にとりついているゆうれい・オリーブの昔の執事 「ゆうれい作家はおおいそがし 4 白い手ぶくろのひみつ」 ケイト・クライス文;M.サラ・クライス絵;宮坂宏美訳 ほるぷ出版 2015年3月

ティンウー
社会党ピャーポン郡議長、カニ村で小学校教師をしているターメーの恋人 「ビルマ1946 独立前夜の物語」 テインペーミン著;南田みどり訳 段々社 2016年10月

ティンカー・ベル
ネバーランドの秘密の場所・ピクシー・ホロウに住む金もの修理の妖精 「光の妖精イリデッサ」 ナディ・オコルフォア作;ローレン・コントレーラス絵;ディー・ファーンズワース絵;マニュエラ・ラッツィ絵えミリオ・アーバン絵;小宮山みのり訳 講談社(新ディズニーフェアリーズ文庫) 2014年5月

ティンカー・ベル
枯葉で作った服をおしゃれに身にまとった小さな妖精 「ピーター・パンとウェンディ」 ジェームズ・M・バリー著;大久保寛訳 新潮社(新潮文庫) 2015年5月

ディンク
グリーン・ローンの町に住む小学三年生、親友のジョシュととなりに住むルースとなかよしの少年 「ぼくらのミステリータウン 11 名画と怪盗オレンジ」 ロン・ロイ作;八木恭子訳;ハラカズヒロ絵原案;皐めい絵 フレーベル館 2014年3月

ティンク(ティンカー・ベル)
ネバーランドの秘密の場所・ピクシー・ホロウに住む金もの修理の妖精 「光の妖精イリデッサ」 ナディ・オコルフォア作;ローレン・コントレーラス絵;ディー・ファーンズワース絵;マニュエラ・ラッツィ絵えミリオ・アーバン絵;小宮山みのり訳 講談社(新ディズニーフェアリーズ文庫) 2014年5月

ディンゴ
動物たちの楽園「ズートピア」のアウトバック島にいつもいるイヌ科の動物 「ジュディとニックのズートピア警察署事件簿 盗まれたくさ～いチーズの謎」 グレッグ・トライン著;おおつかのりこ訳 講談社(講談社KK文庫) 2016年9月

テオ
障がい者支援施設で暮らしている十二歳の少年、生まれつき両足と左手が不自由な障がい者 「テオの「ありがとう」ノート」 クロディーヌ・ル・グイック=プリエト著;坂田雪子訳 PHP研究所 2016年3月

デクスター
転校早々に学校をきらいになった小学四年生、毎日作文の課題を書き直させられた男の子 「ぼく、悪い子になっちゃった!」 マーガレット・ピーターソン・ハディックス作;渋谷弘子訳 さ・え・ら書房 2014年11月

テス
十歳のサミュエルがテッセル島で出会った島に住むひとつ年上の女の子 「ぼくとテスの秘密の七日間」 アンナ・ウォルツ作;野坂悦子訳;きたむらさとし絵 フレーベル館(文学の森) 2014年9月

テス
二年前に養護施設から十歳の少年ベンをひきとった女性、言語療法士 「魔法の箱」 ポール・グリフィン作;池内恵訳 WAVE出版 2016年11月

デスペロー・ティリング
人間の姫に恋をしてハツカネズミ社会を追放されたハツカネズミの男の子 「ねずみの騎士 デスペローの物語」 ケイト・ディカミロ作;ティモシー・バジル・エリング絵;子安亜弥訳 ポプラ社(ポプラ文学ポケット) 2016年3月

デックスおじさん
夏休みに四人きょうだいの子どもたちを連れてハワイから船旅に出たおじさん 「サバイバー1嵐の試練」 ジェフ・プロブスト著;クリス・テベッツ著;澤田澄江訳 講談社 2016年7月

テディ
アメリカ合衆国第26代大統領 「ナイトミュージアム エジプト王の秘密」 マイケル・A.スティール著;高橋結花訳 KADOKAWA 2015年3月

テディ
魔法と伝説の世界の住人、魔女モーガンの図書館で助手をしながら魔法を学んでいる少年 「走れ犬ぞり、命を救え!マジック・ツリーハウス41」 メアリー・ポープ・オズボーン著;食野雅子訳 KADOKAWA 2016年11月

テディ
魔法と伝説の都市キャメロットで魔法使いのマーリンとモーガンのもとで助手をしながら魔法修行をしている少年 「第二次世界大戦の夜―マジック・ツリーハウス;39」 メアリー・ポープ・オズボーン著;食野雅子訳 KADOKAWA 2015年11月

テディ・アームストロング
サマーサイドの町で暮している母親のいない8歳くらいのかわいらしい男の子 「アンの幸福3」 L・M・モンゴメリ作;村岡花子訳;Haccan絵 講談社(講談社大きな文字の青い鳥文庫) 2015年9月

テニソン
宗教カルト集団「アウトサイダーズ」のカリスマ性のある指導者 「アラルエン戦記9秘密」 ジョン・フラナガン作;入江真佐子訳 岩崎書店 2016年10月

デビ
砂漠に墜落していた船を見つけて修理していたレイに手伝うと声をかけた女性 「STAR WARSフォースの覚醒前夜」 グレッグ・ルーカ著;フィル・ノト絵;稲村広香訳 講談社(講談社KK文庫) 2016年1月

デビッド
サバイバル・レースにやってきた男の子、手先が器用で機械のそうさが得意な少年 「サバイバル・レース1南アメリカ大陸・アマゾン編」 クリスティン・イアハート著;山北めぐみ訳;藤嶋マル絵 KADOKAWA 2015年12月

デビッド
サバイバル・レースの第二ステージに進んだ少年、手先が器用で機械のそうさが得意な男の子 「サバイバル・レース2オーストラリア大陸・サンゴ海編」 クリスティン・イアハート著;山北めぐみ訳;藤嶋マル絵 KADOKAWA 2016年3月

でびっ

デービッド・リンゼー卿（リンゼー卿）　でーびっどりんぜーきょう（りんぜーきょう）
イギリス人の金持ち、冒険と遺跡を求めてメソポタミア地方を旅行している変わり者　「カール・マイ冒険物語：オスマン帝国を行く〈2〉　ティグリス河の探検」カール・マイ著;戸叶勝也訳　朝文社　2014年2月

デービッド・リンゼー卿（リンゼー卿）　でーびっどりんぜーきょう（りんぜーきょう）
イギリス人の金持ち、冒険と遺跡を求めてメソポタミア地方を旅行している変わり者　「カール・マイ冒険物語：オスマン帝国を行く〈3〉　悪魔崇拝者」カール・マイ著;戸叶勝也訳　朝文社　2014年5月

デービッド・リンゼー卿（リンゼー卿）　でーびっどりんぜーきょう（りんぜーきょう）
イギリス人の金持ち、冒険と遺跡を求めてメソポタミア地方を旅行している変わり者　「カール・マイ冒険物語：オスマン帝国を行く〈4〉　クルディスタンの奥地にて」カール・マイ著;戸叶勝也訳　朝文社　2014年7月

デービッド・リンゼー卿（リンゼー卿）　でーびっどりんぜーきょう（りんぜーきょう）
イギリス人の金持ち、冒険と遺跡を求めてメソポタミア地方を旅行している変わり者　「カール・マイ冒険物語：オスマン帝国を行く〈5〉　ペルシア辺境にそって」カール・マイ著;戸叶勝也訳　朝文社　2014年10月

デービット・レイン
ペニーケトル家に下宿していた大学生で作家、調査旅行で訪れた北極で命を落とすがフェインのグラントとして蘇った男　「龍のすむ家Ⅴ　闇の炎」クリス・ダレーシー著;三辺律子訳;浅沼テイジ挿画　竹書房　2015年8月

デービット・レイン
陶芸家・リズが主人のペニーケトル家に下宿している大学生　「闇の炎─龍のすむ家；第5章　上下」クリス・ダレーシー著;三辺律子訳　竹書房(竹書房文庫)　2016年7月

デヴィン・ジョーンズ
ニューハンプシャー大学学生、ノースカロライナ州の遊園地ジョイランドでアルバイト中の男　「ジョイランド」スティーヴン・キング著;土屋晃訳　文藝春秋(文春文庫)　2016年7月

デブリン
海賊王、カーシア国の次男・ジャロンを殺す仕事をうけおい海賊の仲間となった男　「消えた王─カーシア国3部作」ジェニファー・A.ニールセン作;橋本恵訳　ほるぷ出版　2015年9月

テュグデュアル・クヌット
ミュルムの血を引くミステリアスな少年、実は反逆者（フェロン）オーソンの息子　「オクサ・ポロック5　反逆者の君臨」アンヌ・プリショタ著;サンドリーヌ・ヴォルフ著;児玉しおり訳　西村書店　2014年12月

テラモン
古代ギリシアにあった村の族長の息子、ヤギ飼いの少年ヒュラスの親友　「神々と戦士たち1　青銅の短剣」ミシェル・ペイヴァー著;中谷友紀子訳　あすなろ書房　2015年6月

テラモン
古代ギリシアにあった村の族長の息子、ヤギ飼いの少年ヒュラスの親友　「神々と戦士たち2　再会の島で」ミシェル・ペイヴァー著;中谷友紀子訳　あすなろ書房　2015年1月

テラモン
古代ギリシアのミケーネの大族長の孫、ヤギ飼いの少年ヒュラスの親友だった少年 「神々と戦士たち3ケフティウの呪文」 ミシェル・ペイヴァー著;中谷友紀子訳 あすなろ書房 2016年11月

デリア・レイトン
ファルコン号の船長ソロに協力を頼まれた宇宙船「ミス・フォーチュン」の女性船長 「STAR WARSジャーニー・トゥ・フォースの覚醒 おれたちの船って最高だぜ!」 グレッグ・ルーカ著;フィル・ノト絵;村吉知子訳 講談社(講談社KK文庫) 2015年12月

デリク・フィングル
イギリスの小学五年生、となりに住む親友・トムとバンドをくんでいる男の子 「トム・ゲイツ[2] ステキないいわけ」 L.ピーション作;宮坂宏美訳 小学館 2014年1月

テリー・デントン
13階だてのツリーハウスに友だちのアンディと住み二人で本の仕事をしている少年 「13階だてのツリーハウス」 アンディ・グリフィス作;テリー・デントン絵;中井はるの訳 ポプラ社 2016年9月

デル・デューク
カリフォルニア州ベーカーズフィールド学区のスクールカウンセラー、人望のない中年男 「世界を7で数えたら」 ホリー・ゴールドバーグ・スローン作;三辺律子訳 小学館(SUPER!YA) 2016年8月

デレク・ファーロン
学校で「夏休みに読む読書リスト」を配られた読書がきらいな12歳の男の子 「ぼくが本を読まない理由(わけ)」 ジャネット・タージン著;ジェイク・タージンイラスト;小寺敦子訳 PHP研究所 2015年12月

【と】

トゥイードルダム
少女アリスが迷い込んだ鏡の国のずんぐりした男、そっくりの二人組の男のひとり 「鏡の国のアリス」 ルイス・キャロル作;佐野真奈美訳 ポプラ社(ポプラポケット文庫) 2015年9月

トゥイードルディー
少女アリスが迷い込んだ鏡の国のずんぐりした男、そっくりの二人組の男のひとり 「鏡の国のアリス」 ルイス・キャロル作;佐野真奈美訳 ポプラ社(ポプラポケット文庫) 2015年9月

ドゥークー伯爵　どぅーくーはくしゃく
銀河共和国の脅威となった分離主義勢力を率いるかつてのジェダイ騎士 「スター・ウォーズエピソードⅡクローンの攻撃」 ジョージ・ルーカス原作;パトリシア・C.リード著;上杉隼人訳;上原尚子訳 講談社 2015年5月

父さん　とうさん
ミネソタ州にあるプラム・クリークという小川のほとりで暮らす一家の父さん 「プラム・クリークの土手で」 ローラ・インガルス・ワイルダー作;中村凪子訳;椎名優絵 KADOKAWA(角川つばさ文庫) 2014年6月

とうさ

父さん　とうさん
韓国ソウルのどぶ川の一角にある幸福洞に住む一家の主、52歳で身長117センチの男　「こびとが打ち上げた小さなボール」　チョ・セヒ著;斎藤真理子訳　河出書房新社　2016年12月

父さん（ジム・ウッド）　とうさん（じむうっど）
一年前に行方不明になった海洋生物学者の夫で中学生の女の子カラの父親　「白いイルカの浜辺―評論社の児童図書館・文学の部屋」　ジル・ルイス作;さくまゆみこ訳　評論社　2015年7月

灯台守（セバスチャン）　とうだいもり（せばすちゃん）
"レモンの木の島"と呼ばれる大洋の真ん中にある島に住む灯台守の男　「砂漠の鷲　アーロの冒険」　シニ・エゼル著;弦念丸呈訳　新評論　2015年8月

トゥッグ
魔法騎士・エイブルの従者、グレニダム生まれの少年　「ウィザード―ウィザード・ナイト〈1〉」　ジーン・ウルフ著;安野玲訳　国書刊行会　2015年12月

トゥッグ
魔法騎士・エイブルの従者、グレニダム生まれの少年　「ウィザード―ウィザード・ナイト〈2〉」　ジーン・ウルフ著;安野玲訳　国書刊行会　2015年12月

トゥートルズ
ネバーランドの森でレイニーがみつけた家に住む少年たちの一人、ピーターパンの友だち　「フェアリー・ガールズ 6 ピーターパンに会える森!?」　キキ・ソープ作;堀川志野舞訳　ポプラ社　2016年1月

ドゥーフェンシュマーツ博士　どぅーふぇんしゅまーつはかせ
世界せいふくをたくらむ悪のリーダー、悪い発明品をつぎつぎ作る博士　「フィニアスとファーブ ドッキリおばけ屋敷」　キティ・リチャーズ文;ララ・バージェン文;杉田七重訳　KADOKAWA（角川つばさ文庫）　2014年4月

ドゥーフェンシュマーツ博士　どぅーふぇんしゅまーつはかせ
世界せいふくをたくらむ悪のリーダー、悪い発明品をつぎつぎ作る博士　「フィニアスとファーブ 火星へ行こう！」　エリー・オライアン文;ヘレナ・メイヤー文;杉田七重訳　KADOKAWA（角川つばさ文庫）　2014年10月

ドゥーフェンシュマーツ博士　どぅーふぇんしゅまーつはかせ
世界せいふくをたくらむ悪のリーダー、悪い発明品をつぎつぎ作る博士　「フィニアスとファーブ―史上最大の飛行機づくり」　エリー・オライアン文;N・B・グレース文;ヘレナ・メイヤー文;杉田七重訳　KADOKAWA（角川つばさ文庫）　2015年4月

とお婆　とおばあ
孫のローズとリラをあずかっている女性、人形のことばがわかる人形のお医者さん　「すてられたベビー・ドール（マジック・ドール3）」　ジョーン・ホルブ作;かとうあさこ訳;石川のぞみ絵　国土社　2014年7月

とお婆　とおばあ
孫のローズとリラをあずかっている女性、人形のことばがわかる人形のお医者さん　「ドールハウスの奇跡（マジック・ドール4）」　ジョーン・ホルブ作;かとうあさこ訳;石川のぞみ絵　国土社　2014年9月

とお婆　とおばあ
孫のローズとリラをあずかっている女性、人形のことばがわかる人形のお医者さん　「闇に逃げたろう人形（マジック・ドール2）」ジョーン・ホルブ作;かとうあさこ訳;石川のぞみ絵　国土社　2014年6月

とお婆　とおばあ
孫のローズとリラを一年間あずかることになったおばあちゃん、人形のお医者さん　「海をわたったビスク・ドール（マジック・ドール1）」ジョーン・ホルブ作;かとうあさこ訳;石川のぞみ絵　国土社　2014年5月

ドク・サイシャー
国際児童保護団体「サイアック団」の団長　「ゆうれい作家はおおいそがし2 ハカバのハロウィーン」ケイト・クライス文;M.サラ・クライス絵;宮坂宏美訳　ほるぷ出版　2014年8月

ドクター・ヘルシング（ヘルシング先生）　どくたーへるしんぐ（へるしんぐせんせい）
オランダの精神医学の権威、吸血鬼を退治しようとする医師　「吸血鬼ドラキュラ」ブラム・ストーカー作;長井那智子訳;碧風羽絵　集英社(集英社みらい文庫)　2014年2月

ドクトル
ワルシャワでユダヤ人のための孤児院「孤児たちの家」を運営していた院長、作家で小児科医　「ぼくたちに翼があったころ―コルチャック先生と107人の子どもたち」タミ・シェム=トヴ作;樋口範子訳;岡本よしろう画　福音館書店　2015年9月

トーシャ
貧乏な一家の3きょうだいの長女、意地悪なマリラおばさんが家であずかる女の子　「追え!!魔法の赤いイス」アンジェイ・マレシュカ著;久堀由衣訳　講談社(講談社文学の扉)　2014年1月

トーツキー
ロシアの地主貴族、懐疑家でシニカルな男　「白痴 1」ドストエフスキー著;亀山郁夫訳　光文社(光文社古典新訳文庫)　2015年11月

トッド
女の子ゾーイのおばあちゃんの家のとなりに引っ越してきたふたごのきょうだいの兄　「ヒミツの子ねこ7 子ねことキラめきのジャンプ!」スー・ベントレー作;松浦直美訳;naoto絵　ポプラ社(ポプラポケット文庫)　2016年1月

トートー
小ブタのガブガブが書いた食べ物小説の朗読をみんなといっしょに聞いたドリトル家のフクロウ　「ドリトル先生のガブガブの本」ヒュー・ロフティング作;河合祥一郎訳;patty絵　KADOKAWA(角川つばさ文庫)　2016年8月

トト
飼い主の少女・ドロシーと竜巻の巻き込まれて偉大な魔法使い・オズが支配する国へやってきた犬　「オズの魔法使い」L・F・ボウム著;江國香織訳　小学館(小学館文庫)　2015年2月

ドートマンダー博士　どーとまんだーはかせ
エジプト考古学者・メグレ教授の助手をしている若い男性、地球化学者　「少女探偵アガサ 1 エジプト編66番目の墓の謎」サー・スティーヴ・スティーヴンソン作;中井はるの訳;patty画　岩崎書店　2016年12月

ととめ

トトメス
古代エジプトの王妃・ムトノフレトの子、王子・ラモーゼの異母弟 「ラモーゼープリンス・イン・エグザイル 上下」キャロル・ウィルキンソン作;入江真佐子訳 くもん出版 2014年3月

トナカイ（ブリッツェン）
フィンランドの少年ニコラスがたすけてやったけがをしたトナカイ 「クリスマスとよばれた男の子」 マット・ヘイグ文;クリス・モルド絵;杉本詠美訳 西村書店東京出版編集部 2016年12月

ドナルド・ケンダル（ケンダル）
全米に鳴らした有名なヴァイオリニスト、ギルモアビルに住むスウ姉さんの傲慢不遜な幼なじみの男 「スウ姉さん」 E・ポーター著;村岡花子訳 河出書房新社（河出文庫） 2014年4月

ドナルド・デイヴィッド・ダンカン（ディンク）
グリーン・ローンの町に住む小学三年生、親友のジョシュととなりに住むルースとなかよしの少年 「ぼくらのミステリータウン 11 名画と怪盗オレンジ」 ロン・ロイ作;八木恭子訳;ハラカズヒロ絵原案;皐めい絵 フレーベル館 2014年3月

トニー
イギリスの中等学校の九年生・キーランを虐待している粗暴な義父 「スマート－キーラン・ウッズの事件簿」 キム・スレイター作;武富博子訳 評論社 2016年10月

トニーおじさん
独裁政権末期のドミニカ共和国に住んでいた少女アニータの居所のわからないおじさん 「わたしたちが自由になるまえ」 フーリア・アルバレス著;神戸万知訳 ゴブリン書房 2016年12月

トニー・スターク
人類の平和を守る「アベンジャーズ」のヒーロー、キャプテン・アメリカ（スティーブ）と対立したメンバー 「シビル・ウォー－キャプテン・アメリカ」 アレックス・アーヴァインノベル;上杉隼人訳;長尾莉紗訳 講談社 2016年10月

トニー・スターク
世界平和のために戦う「アベンジャーズ」のパワードスーツを着たヒーロー、実業家にして発明家 「アベンジャーズ エイジ・オブ・ウルトロン」 ジョス・ウェドン脚本・監督;アレックス・アーヴァインノベル訳;上杉;隼人訳;長尾;莉紗訳 講談社 2015年11月

ドニファン
1860年に沖に流された「スラウギ号」に乗っていた15人の少年のひとり、13歳のイギリス人 「十五少年漂流記─ポプラ世界名作童話 ; 12」J.ベルヌ作;高楼方子文;佐竹美保絵 ポプラ社 2016年11月

ドニファン
オークランドの名門校チェアマン寄宿学校の生徒、聡明で優雅かつ誇り高い13歳の少年 「十五少年漂流記」 ジュール・ヴェルヌ著;椎名誠訳;渡辺葉訳 新潮社（新潮モダン・クラシックス） 2015年8月

ドバイアス・グレッグソン（グレッグソン）
ロンドン警視庁の警部 「キラキラ名探偵[4] 緋色の研究─シャーロック・ホームズ」 コナン・ドイル原作;新星出版社編集部編 新星出版社 2016年7月

トビー
1年生を終えたハリーに魔法学校に戻るなと警告した「屋敷しもべ妖精」「ハリー・ポッターと秘密の部屋 −「ハリー・ポッター」シリーズ」 J.K.ローリング作;ジム・ケイ絵;松岡佑子訳 静山社 2016年10月

トビー
サウルスキャンプ場で親友ジャックの家族と初めてキャンプをした八さいの男の子 「大パニック!よみがえる恐竜(サウルスストリート)」 ニック・フォーク作;浜田かつこ訳;K-SuKe画 金の星社 2015年9月

トビアス
アマリンダ姫の付き人としてバイマール国に向かったカーシア国の評議員 「ねらわれた王座─カーシア国3部作」 ジェニファー・A.ニールセン作;橋本恵訳 ほるぷ出版 2016年9月

ドビー・ウェスコット(シビル)
愛らしい19歳の乙女、青年弁護士ジャービスと一年以上婚約しているが父親にゆるしてもらえない娘 「アンの幸福 4」 L・M・モンゴメリ作;村岡花子訳;Haccan絵 講談社(講談社大きな文字の青い鳥文庫) 2015年9月

トマシュ(トミー)
海で溺死したセスがまったく人がいない町で出会ったポーランド人の男の子 「まだなにかある 上下」 パトリック・ネス著;三辺律子訳 辰巳出版 2015年6月

トマス(トム)
街はずれの小さな通りプロディジィ・ストリートに引っ越してきた少年 「不思議な尻尾」 マーガレット・マーヒー著;山田順子訳 東京創元社 2014年12月

トーマス・ウォード
七番目の息子の七番目の息子、魔王を滅ぼ儀式を行うことになっている魔使いの弟子 「魔使いの復讐」 ジョゼフ・ディレイニー著;田中亜希子訳 東京創元社(sogen bookland) 2015年2月

トーマス・ウォード(トム)
魔使いグレゴリーの弟子、7番目の息子の7番目の息子である13歳の少年 「魔使いの秘密」 ジョゼフ・ディレイニー著;金原瑞人訳;田中亜希子訳 東京創元社(創元推理文庫) 2014年1月

トーマス・J・ウォード(トム) とーますじぇいうぉーど(とむ)
悪を封じる職人である魔使いの弟子の少年、農夫の七番目の息子 「魔使いの血(魔使いシリーズ)」 ジョゼフ・ディレイニー著;田中亜希子訳 東京創元社(sogen bookland) 2014年3月

トーマス・J・ウォード(トム) とーますじぇいうぉーど(とむ)
悪を封じる職人である魔使いの弟子の少年、農夫の七番目の息子 「魔使いの敵 闇の国のアリス(魔使いシリーズ)」 ジョゼフ・ディレイニー著;田中亜希子訳 東京創元社(sogen bookland) 2014年8月

トマス・スタビンズ
ドリトル先生の助手、先生のおうちの「湿原のほとりのパドルビー」に住んでいる少年 「ドリトル先生と秘密の湖−新訳 上下」 ヒュー・ロフティング作;河合祥一郎訳;patty絵 KADOKAWA(角川つばさ文庫) 2014年8月

とます

トマス・トッド
吸血鬼の少年ヴラッドの父親 「ヴラディミール・トッド・クロニクルズⅤ 預言の子」 ヘザー・ブリューワー著;園生さち訳　新書館　2014年11月

トーマス・ミード
これまで一ども字をおぼえようとしたことがない少年 「へっちゃらトーマス こころのほんばこシリーズ」 パット・ハッチンス文;パット・ハッチンス絵;小宮由訳　大日本図書　2016年1月

トマス・ミラビリス(ミラビリス)
街はずれの小さな通りプロディジィ・ストリートに引っ越してきたミステリアスな男、賢い犬ネイキーの飼い主 「不思議な尻尾」 マーガレット・マーヒー著;山田順子訳　東京創元社　2014年12月

トミー
9さいの女の子・ピッピの家のとなりにすんでいるおぎょうぎがいい男の子 「長くつしたのピッピ―ポプラ世界名作童話;8」 A.リンドグレーン作;角野栄子文;あだちなみ絵　ポプラ社　2015年11月

トミー
スウェーデン生まれの少女ピッピのとなりの家にむ兄妹の兄 「ピッピ、お買い物にいく」 アストリッド・リンドグレーン作;イングリッド・ヴァン・ニイマン絵;いしいとしこ訳　徳間書店　2015年6月

トミー
マクウォーリー学園七年生の男子、停学になっているクラスメイト・ドワイトの友だち 「ダース・ペーパーの逆襲」 トム・アングルバーガー作;相良倫子訳　徳間書店　2015年6月

トミー
マクウォーリー学園六年生の少年、変わり者の少年ドワイトの同級生 「オリガミ・ヨーダの研究レポート―オリガミ・ヨーダの事件簿」 トム・アングルバーガー作・絵;相良倫子訳　徳間書店　2014年10月

トミー
海で溺死したセスがまったく人がいない町で出会ったポーランド人の男の子 「まだなにかある 上下」 パトリック・ネス著;三辺律子訳　辰巳出版　2015年6月

トミー
友だちのドワイトが転校してしまい退屈しているマクウォーリー学園七年生の男子 「オリガミ・チューバッカの占いのナゾ」 トム・アングルバーガー作;相良倫子訳　徳間書店　2015年10月

トミー(トマス・スタビンズ)
ドリトル先生の助手、先生のおうちの「湿原のほとりのパドルビー」に住んでいる少年 「ドリトル先生と秘密の湖―新訳 上下」 ヒュー・ロフティング作;河合祥一郎訳;patty絵　KADOKAWA(角川つばさ文庫)　2014年8月

トミィ・スタビンズ
イギリスのパドルビーの町にすむあこがれのドリトル先生にあったくつ屋の9さいのむすこ 「ドリトル先生物語―ポプラ世界名作童話;9」 H.ロフティング作;舟崎克彦文;はたこうしろう絵　ポプラ社　2015年11月

トミーお兄ちゃん　とみーおにいちゃん
小学三年生マキシとちびのレオンの三きょうだいのお兄ちゃん、ひとりぐらしの大学生　「世界一の三人きょうだい」　グードルン・メプス作;はたさわゆうこ訳;山西ゲンイチ絵　徳間書店　2016年7月

トミークさん
チェコのプラハにくらすベルンカのおばあちゃんのむかしの恋人　「ベルンカとやしの実じいさん上下―世界傑作童話シリーズ」　パベル・シュルット文;ガリーナ・ミクリーノワ絵;大沼有子訳　福音館書店　2015年3月

トミー・スタビンズ
ドリトル先生の助手、子ブタ・ガブガブが書いた食べ物小説を編集した少年　「ドリトル先生のガブガブの本」　ヒュー・ロフティング作;河合祥一郎訳;patty絵　KADOKAWA(角川つばさ文庫)　2016年8月

トミー・スタビンズ
動物と話せるお医者さん・ドリトル先生の助手、家族と離れて先生と世界じゅうを旅している少年　「ドリトル先生の最後の冒険：新訳」　ヒュー・ロフティング作;河合祥一郎訳;patty絵　KADOKAWA(角川つばさ文庫)　2015年11月

トミー・スタビンズ(スタビンズくん)
貧しい靴職人の息子、動物の言葉を話せる博物学者ドリトル先生の助手になった男の子　「ドリトル先生航海記」　ヒュー・ロフティング著;福岡伸一訳　新潮社(新潮モダン・クラシックス)　2014年3月

トム
アバンティア王国一の剣士を目指す少年、勇者の父と生き別れおじ夫婦に育てられた息子　「ビースト・クエスト1 火龍フェルノ」　アダム・ブレード作;浅尾敦則訳　静山社(静山社ペガサス文庫)　2016年4月

トム
悪を封じる職人である魔使いの弟子の少年、農夫の七番目の息子　「魔使いの血(魔使いシリーズ)」　ジョゼフ・ディレイニー著;田中亜希子訳　東京創元社(sogen bookland)　2014年3月

トム
悪を封じる職人である魔使いの弟子の少年、農夫の七番目の息子　「魔使いの敵 闇の国のアリス(魔使いシリーズ)」　ジョゼフ・ディレイニー著;田中亜希子訳　東京創元社(sogen bookland)　2014年8月

トム
街はずれの小さな通りプロディジィ・ストリートに引っ越してきた少年　「不思議な尻尾」　マーガレット・マーヒー著;山田順子訳　東京創元社　2014年12月

トム
魔使いグレゴリーの弟子、7番目の息子の7番目の息子である13歳の少年　「魔使いの秘密」　ジョゼフ・ディレイニー著;金原瑞人訳;田中亜希子訳　東京創元社(創元推理文庫)　2014年1月

トム(トーマス・ウォード)
七番目の息子の七番目の息子、魔王を滅ぼ儀式を行うことになっている魔使いの弟子　「魔使いの復讐」　ジョゼフ・ディレイニー著;田中亜希子訳　東京創元社(sogen bookland)　2015年2月

トム・ウィリンガム先生　とむういりんがむせんせい
ストラテンバーグ市で成績が一番下のイースト中学校の八年生担当の先生　「少年弁護士セオの事件簿6 仮面スキャンダル」 ジョン・グリシャム作;石崎洋司訳　岩崎書店　2016年11月

トム・カリスフォード（カリスフォード氏）　とむかりすふぉーど（かりすふぉーどし）
孤児になり寄宿制女学校で働くようになったセーラの隣に引っ越してきたインドから来た病気の紳士　「小公女」 フランシス・ホジソン・バーネット著;畔柳和代訳　新潮社（新潮文庫）　2014年11月

トム・カンティ
ロンドンのきたないがらくた横町にあるひどくびんぼうな家のむすこ、エドワード王子と入れかわった少年　「王子とこじき―10歳までに読みたい世界名作」 マーク・トウェイン作;横山洋子監修　学研プラス　2016年4月

トム・ゲイツ
イギリスの小学五年生、となりに住む親友・デリクとバンドをくんでいる男の子　「トム・ゲイツ [2] ステキないいわけ」 L.ピーション作;宮坂宏美訳　小学館　2014年1月

トム・ケネディ
ラトガーズ大学学生、ノースカロライナ州の遊園地ジョイランドでアルバイト中の男　「ジョイランド」 スティーヴン・キング著;土屋晃訳　文藝春秋（文春文庫）　2016年7月

トム・ソーヤ
10歳のアメリカ人、親友のハックと真夜中の墓場へでかけた男の子　「トム・ソーヤの冒険：元気いっぱいの少年が巻きおこす大そうどう―10歳までに読みたい世界名作；2」 横山洋子監修;マーク・トウェイン作;那須田淳編訳;朝日川日和絵　学研教育出版　2014年7月

トム・ソーヤ
弟のシッドと一緒にポリーおばさんの家で暮らしているいたずらと冒険が大好きな男の子　「トム・ソーヤの冒険 世界名作シリーズ」 マーク・トウェイン作;田邊雅之監訳;日本アニメーション絵　小学館（小学館ジュニア文庫）　2016年1月

トム・ソーヤー
セント・ピーターズバーグの町にすむいたずら大すきな少年、不良少年ハックの親友　「トム・ソーヤーの冒険―ポプラ世界名作童話；2」 M.トウェイン作;阿部夏丸文;佐藤真紀子絵　ポプラ社　2015年11月

トム・ツイスト
「おんどり工房」で作られた写本を田舎の市や縁日で売り歩いている行商人　「ユニコーン キャクストンの挑戦」 シンシア・ハーネット著;眞方陽子訳　南窓社　2014年5月

トム・トゥルーハート
おとぎ話に結末をつけるための冒険の旅を仕事とする一家の末っ子、12歳の少年　「さらわれたおとぎ話―少年冒険家トム2」 イアン・ベック作・絵;松岡ハリス佑子訳　静山社（静山社ペガサス文庫）　2015年9月

トム・トゥルーハート
おとぎ話に結末をつけるための冒険の旅を仕事とする一家の末っ子、12歳の少年　「盗まれたおとぎ話―少年冒険家トム1」 イアン・ベック作・絵;松岡ハリス佑子訳　静山社（静山社ペガサス文庫）　2015年7月

トム・トゥルーハート
おとぎ話に結末をつけるための冒険の旅を仕事とする一家の末っ子、12歳の少年冒険家 「救われたおとぎ話―少年冒険家トム3」 イアン・ベック作・絵;松岡ハリス佑子訳 静山社（静山社ペガサス文庫） 2015年11月

トム・リドル
50年前にホグワーツ魔法魔術学校にいた生徒、ハリーが拾った日記の持ち主 「ハリー・ポッターと秘密の部屋 ―「ハリー・ポッター」シリーズ」 J.K.ローリング作;ジム・ケイ絵;松岡佑子訳 静山社 2016年10月

トラ（ブーツ）
ジャングルでハンターに捕まった子トラ兄弟の弟、皇帝の娘のペットとして育てられたトラ 「王宮のトラと闘技場のトラ」 リン・リード・バンクス作;杉田七重訳 さ・え・ら書房 2016年2月

トラ（ブルート）
ジャングルでハンターに捕まった子トラ兄弟の兄、ローマのコロセウムで戦うよう訓練された人食いトラ 「王宮のトラと闘技場のトラ」 リン・リード・バンクス作;杉田七重訳 さ・え・ら書房 2016年2月

ドーラ・キース
グリーン・ゲイブルズに住むマリラがひきとった6才のふたごのおとなしい女の子 「アンの青春―新訳 完全版上」 L.M.モンゴメリ作;河合祥一郎訳;南マキカバー絵;榊アヤミ挿絵 KADOKAWA（角川つばさ文庫） 2015年3月

ドーラ・キース
グリーン・ゲイブルズの住人マリラと暮らす7才のふたごのおとなしい女の子 「アンの青春―新訳 完全版下」 L.M.モンゴメリ作;河合祥一郎訳;南マキカバー絵;榊アヤミ挿絵 KADOKAWA（角川つばさ文庫） 2015年4月

ドラキュラ伯爵　どらきゅらはくしゃく
ドラキュラ城の主、血を求め大都市ロンドンへやってきた吸血鬼 「吸血鬼ドラキュラ」 ブラム・ストーカー著;田内志文訳 KADOKAWA（角川文庫） 2014年5月

ドラキュラ伯爵　どらきゅらはくしゃく
ルーマニアのトランシルヴァニアの古城に住む伯爵、異様に尖った犬歯と耳をもった老人 「吸血鬼ドラキュラ」 ブラム・ストーカー作;長井那智子訳;碧風羽絵 集英社（集英社みらい文庫） 2014年2月

ドラコ・マルフォイ
家柄を鼻にかける嫌なスリザリン生 「ハリー・ポッターと秘密の部屋 2-1・2-2―ハリー・ポッター」 J.K.ローリング作;松岡佑子訳 静山社（静山社ペガサス文庫） 2014年5月

ドラコ・マルフォイ（マルフォイ）
ホグワーツ魔法魔術学校3年生、スリザリン寮生で魔法界の名家出身の少年 「ハリーポッター5 ハリー・ポッターとアズカバンの囚人 3-2」 J・K・ローリング作;松岡佑子訳 静山社（静山社ペガサス文庫） 2014年6月

ドラコ・マルフォイ（マルフォイ）
ホグワーツ魔法魔術学校4年生、スリザリン寮生で魔法界の名家出身の少年 「ハリーポッター7 ハリー・ポッターと炎のゴブレット 4-1」 J・K・ローリング作;松岡佑子訳 静山社（静山社ペガサス文庫） 2014年7月

どらこ

ドラコ・マルフォイ（マルフォイ）
ホグワーツ魔法魔術学校の2年生でスリザリンの寮生、両親とも魔法使いの少年 「ハリー・ポッターと秘密の部屋 —「ハリー・ポッター」シリーズ」 J.K.ローリング作;ジム・ケイ絵;松岡佑子訳 静山社 2016年10月

ドラコ・マルフォイ（マルフォイ）
ホグワーツ魔法魔術学校の新入生、自慢話ばかりする青白い少年 「ハリー・ポッターと賢者の石 —「ハリー・ポッター」シリーズ」 J.K.ローリング作;ジム・ケイ絵;松岡佑子訳 静山社 2015年11月

ドラゴン（サルカン）
ポールニャ国屈指の魔法使い、17歳のアグニシュカたちが暮らすドヴェルニク村の領主 「ドラゴンの塔 上下」 ナオミ・ノヴィク著;那波かおり訳 静山社 2016年12月

トラパンス・コドリー
骨董通りの幽霊省で同級生のティムと幽霊ハンターのアルバイトをすることになった少女 「骨董通りの幽霊省」 アレックス・シアラー著;金原瑞人訳;西本かおる訳;杉田比呂美イラスト 竹書房 2016年12月

トラヴィス
一九〇〇年のテキサスの田舎町に暮らす家族の息子、自然界に関心を持つ少年 「ダーウィンと旅して」 ジャクリーン・ケリー作;斎藤倫子訳 ほるぷ出版 2016年8月

トラヴィス・パーカー
動物病院の獣医、ノースカロライナ州の海辺の町で独り暮らしをしている32歳の青年 「きみと歩く道」 ニコラス・スパークス著;雨沢泰訳 小学館（小学館文庫） 2016年8月

トララ
森に住むためにやってきたトララ一族のトラ、ロンドンに住むクリストファー・ロビン少年の親友 「プーの細道にたった家」 A・A・ミルン著;阿川佐和子訳 新潮社（新潮モダン・クラシックス） 2016年7月

ドリー
グレートバリアリーフで暮らすナンヨウハギ、ものわすれのはげしい女の子の魚 「ファインディング・ドリー」 スーザン・フランシス作;橘高弓枝訳 偕成社（ディズニーアニメ小説版） 2016年7月

ドリアン
吸血鬼の世界「エリシア」の重鎮、高い能力を持つ容姿端麗なヴァンパイア 「ヴラディミール・トッド・クロニクルズⅣ エリシアの掟」 ヘザー・ブリューワー著;園生さち訳 新書館 2014年10月

トリクシー
少女ボニーのおもちゃ、陽気なカウガール人形 「トイ・ストーリー謎の恐竜ワールド」 橘高弓枝文 偕成社（ディズニーアニメ小説版） 2015年12月

ドリゼラ
16歳のエラの父親と再婚したトレメイン夫人の娘でアナスタシアの姉、エラの義理の姉 「シンデレラ」 エリザベス・ルドニック作;橘高弓枝訳 ディズニーアニメ小説版 2015年5月

ドリトル先生　どりとるせんせい
イギリスの片田舎パドルビーに住む動物の言葉を話せる博物学者 「ドリトル先生航海記」 ヒュー・ロフティング著;福岡伸一訳 新潮社（新潮モダン・クラシックス） 2014年3月

ドリトル先生　どりとるせんせい
動物と話せるお医者さん、カナリアのピピネッラの伝記を書くことにした先生　「ドリトル先生と緑のカナリア：新訳」ヒュー・ロフティング作;河合祥一郎訳;patty絵　KADOKAWA（角川つばさ文庫）2015年8月

ドリトル先生　どりとるせんせい
動物と話せるお医者さん、博物学者　「ドリトル先生と秘密の湖－新訳　上下」ヒュー・ロフティング作;河合祥一郎訳;patty絵　KADOKAWA（角川つばさ文庫）2014年8月

ドリトル先生　どりとるせんせい
動物と話せるお医者さんで博物学者、イギリスのパドルビーの町にすむ紳士　「ドリトル先生物語―ポプラ世界名作童話；9」H.ロフティング作;舟崎克彦文;はたこうしろう絵　ポプラ社　2015年11月

ドリトル先生（ジョン・ドリトル）　どりとるせんせい（じょんどりとる）
動物と話せるお医者さん、博物学者　「ドリトル先生の最後の冒険：新訳」ヒュー・ロフティング作;河合祥一郎訳;patty絵　KADOKAWA（角川つばさ文庫）2015年11月

トリトン王　とりとんおう
アトランティカ王国の王、人間になりエリック王子と結婚した人魚アリエルの父親　「ディズニープリンセス　愛のものがたり」キティ・リチャーズ文;ゲイル・ハーマン文;中井はるの訳　講談社（講談社KK文庫）2016年9月

トリトン王　とりとんおう
アトランティカ王国の王、人間になりエリック王子と結婚する人魚アリエルの父親　「ディズニープリンセス　ウエディング♥ストーリーズ」ディズニー・パブリッシング・ワールドワイド原作;ワダヒトミ訳　KADOKAWA（角川つばさ文庫）2015年1月

鳥のおばさん　とりのおばさん
蝶や蛾などを少女エルノラから買い取ってくれる鳥の先生　「リンバロストの乙女　上下」G・ポーター著;村岡花子訳　河出書房新社（河出文庫）2014年8月

トリビュレーションおばさん
捕鯨船のキャスケット船長の妹、姪のペニテンスをあずかることになっているおばさん　「ナンタケットの夜鳥―「ダイドーの冒険」シリーズ」ジョーン・エイキン作;こだまともこ訳　冨山房　2016年10月

ドリブル
ニューヨークに住む小学四年生のピーターが飼うことになった小さなミドリガメ　「ピーターとファッジのどたばた日記」ジュディ・ブルーム著;滝宮ルリ訳;西田登監訳　バベルプレス　2016年11月

ドリーミィ
お城がある世界「ウィスカー・ヘイブン」にやってきた子猫、オーロラ姫のペット　「ウィスカー・ヘイブン　ロイヤルペットものがたり」キャシー・E.デイビス文えイミー・S.カースター文;サディアス・ディルディ文;ブリトニー・ルビアノ文;樹紫苑訳　KADOKAWA（角川つばさ文庫）2016年4月

トリローニ（郷士さん）　とりろーに（ごうしさん）
「宝島」の地図を手に入れたジム少年たちと財宝を探しに出帆した地元の郷士　「宝島」ロバート・L・スティーヴンソン著;鈴木恵訳　新潮社（新潮文庫）2016年8月

ドリンコート伯爵　どりんこーとはくしゃく
少年・セドリックの父方の祖父、イギリスの大貴族で気むずかしい老人　「小公子セドリック」　バーネット作;杉田七重訳;椎名優絵　KADOKAWA（角川つばさ文庫）2014年9月

ドリンコート伯爵（伯爵）　どりんこーとはくしゃく（はくしゃく）
アメリカのニューヨークで暮らす優しい男の子セドリックの祖父、イギリスの名高い裕福な貴族で高慢で嫌われ者の老紳士　「小公子セドリック」　バーネット作;田邊雅之監訳;日本アニメーション絵　小学館（小学館ジュニア文庫）2016年8月

ドール
オークランドの名門校チェアマン寄宿学校の生徒、強情っぱりで甘いものが好きな8歳の少年　「十五少年漂流記」　ジュール・ヴェルヌ著;椎名誠訳;渡辺葉訳　新潮社（新潮モダン・クラシックス）2015年8月

ドール
人類史の始まりの時代に洞窟へ追放された男、時間を支配する「時の番人」　「時の番人」　ミッチ・アルボム著;甲斐理恵子訳　静山社　2014年5月

ドルシッラ
イギリスの幽霊たちのためにマウントウッド城に学校を作った三人の魔女「ハグ」の一人　「ほんとうに怖くなれる幽霊の学校」　トビー・イボットソン著;三辺律子訳　偕成社　2016年11月

トルーディ
少女・リリアーネに夜の森で助けてもらったキンメフクロウの子ども、人間に飼われていた小型のフクロウ　「動物と話せる少女リリアーネ 10—小さなフクロウと森を守れ!」　タニヤ・シュテーブナー著;中村智子訳　学研教育出版　2015年2月

トルネード
たつまきのときに少年ピートの家の庭に犬小屋ごと飛んできた大きな黒い犬　「トルネード!」　ベッツィ・バイアーズ作;もりうちすみこ訳;降矢なな絵　学研教育出版（ジュニア文学館）2015年5月

ドルネー・プラデル（プラデル）
第一次大戦フランス軍の元兵士アルベールとエドゥアールの元上官、実業家でプラデル社の社長　「天国でまた会おう」　ピエール・ルメートル著;平岡敦訳　早川書房　2015年10月

ドレイク
眼帯レンズをつけている地底都市コロニアのサバイバー、かつては＜地表＞で暮らしていた男　「ディープス：サバイバーの絆　上下—地底都市コロニア」　ロデリック・ゴードン著;ブライアン・ウィリアムズ著;橋本恵訳　学研プラス　2016年9月

ドレイク博士　どれいくはかせ
十九世紀後半のイギリスのドラゴン研究者でドラゴン・マスター、ドラゴン学を教える教授　「ドラゴン・プロフェシー」　ドゥガルド・A.スティール著;こどもくらぶ訳　今人舎　2015年6月

トレイシー
海洋動物専門の獣医、フロリダ州の海で少女コービーに助けられたクジラを診察した女性　「コービーの海」　ベン・マイケルセン作;代田亜香子訳　鈴木出版（鈴木出版の海外児童文学）2015年6月

トレイシー
女の子ゾーイのおばあちゃんの家のとなりに引っ越してきたふたごのきょうだいの妹　「ヒミツの子ねこ7 子ねこときらめきのジャンプ!」　スー・ベントレー作;松浦直美訳;naoto絵　ポプラ社（ポプラポケット文庫）2016年1月

トレジャー
お城がある世界「ウィスカー・ヘイブン」にやってきた子猫、プリンセス・アリエルのペット 「ウィスカー・ヘイブン ロイヤルペットものがたり」 キャシー・E.デイビス文えイミー・S.カースター文;サディアス・ディルディ文;ブリトニー・ルビアノ文;樹紫苑訳 KADOKAWA（角川つばさ文庫） 2016年4月

トレジャー
プリンセス・アリエルの冒険が大好きな子猫 「ロイヤルペット」 テナント・レッドバンク文えイミー・S.カースター文;樹紫苑訳 KADOKAWA（角川つばさ文庫） 2015年11月

トレビー館長　とれびーかんちょう
リプトン一家が大英博物館にすんでいることをこころよく思っていない館長の男 「なぞとき博物館 ミイラの呪文がとけちゃった!?」 ダン・メトカーフ作;番由美子訳 KADOKAWA 2016年10月

トレメイン夫人　とれめいんふじん
16歳のエラの父親と再婚した未亡人、姉妹のドリゼラとアナスタシアの母親 「シンデレラ」 エリザベス・ルドニック作;橘高弓枝訳 ディズニーアニメ小説版 2015年5月

トレンチコート男　とれんちこーとおとこ
ワシントンD.Cの学年旅行に来たバークレー小6年生のコーディたちをつけてくる男 「暗号クラブ 5 謎のスパイを追え！」 ペニー・ワーナー著;番由美子訳 KADOKAWA 2015年8月

どろがお
世界最古の生き物のカメ 「ドリトル先生と秘密の湖－新訳 上下」 ヒュー・ロフティング作;河合祥一郎訳;patty絵 KADOKAWA（角川つばさ文庫） 2014年8月

ドロシー
カンザスからたつまきにはこばれてオズの国にやってきた女の子 「オズの魔法使い―ポプラ世界名作童話;16」 L.F.ボーム作;菅野雪虫文;丹地陽子絵 ポプラ社 2016年11月

ドロシー
たつまきでアメリカのカンザスからまほうつかいがおさめる「オズの国」へ犬のトトといっしょにとばされた女の子 「オズのまほうつかい：ねがいをかなえるため…まほうの国へのふしぎな旅―10歳までに読みたい世界名作;3」 横山洋子監修;ライマン・フランク・ボーム作;立原えりか編訳;清瀬赤目絵 学研教育出版 2014年9月

ドロシー
愛犬のトトと竜巻の巻き込まれて偉大な魔法使い・オズが支配する国へやってきた少女 「オズの魔法使い」 L・F・ボウム著;江國香織訳 小学館（小学館文庫） 2015年2月

ドロシー
動物たちの楽園「ズートピア」のアウトバック島の住宅地にすむカンガルー 「ジュディとニックのズートピア警察署事件簿 盗まれたくさ～いチーズの謎」 グレッグ・トライン著;おおつかのりこ訳 講談社（講談社KK文庫） 2016年9月

ドロシア
キャプテン・フリントと七人の子どもたちと帆船シロクマ号で航海に出た少女 「シロクマ号となぞの鳥上下」 アーサー・ランサム作;神宮輝夫訳 岩波書店（岩波少年文庫） 2016年1月

ドロシア
夏休みに子どもたちだけで過ごそうとナンシィとペギィ姉妹のいるベックフットに弟ときた姉 「スカラブ号の夏休み上下」 アーサー・ランサム作;神宮輝夫訳 岩波書店(岩波少年文庫) 2015年7月

ドワイト
マクウォーリー学園の六年生、ヨーダの形の指人形をいつも指にはめている少年 「オリガミ・ヨーダの研究レポート―オリガミ・ヨーダの事件簿」 トム・アングルバーガー作・絵;相良倫子訳 徳間書店 2014年10月

ドワイト
マクウォーリー学園七年生のトミーのクラスの友だち、停学になっている少年 「ダース・ペーパーの逆襲」 トム・アングルバーガー作;相良倫子訳 徳間書店 2015年6月

ドワイト
マクウォーリー学園七年生のトミーの友だち、ティペット学園に転校した少年 「オリガミ・チューバッカの占いのナゾ」 トム・アングルバーガー作;相良倫子訳 徳間書店 2015年10月

トンヨン
プロサッカー選手を夢見る小学生、真理小学校サッカー部でソクラテス監督からおそわっている少年 「ソクラテスのいるサッカー部―はじめて読むじんぶん童話シリーズ」 キムハウン文;ユジュンジェ絵 彩流社 2015年12月

【な】

ナイト・キッド
人間の精神を食い尽くす魔物たちを退治する騎士、仮面をつけた若者 「ナイト・キッドのホラー・レッスン 闇の騎士譚」 ナイト・キッド著;菊地秀行訳 祥伝社 2014年7月

ナイン・ナン
反乱軍の秘密任務でレイア姫に同行した操縦に長けているパイロット 「STAR WARS ジャーニー・トゥ・フォースの覚醒 反乱軍の危機を救え!」 セシル・カステルーチ著;ジェイソン・フライ著;フィル・ノト絵;来安めぐみ訳 講談社(講談社KK文庫) 2015年12月

ナオエ
カナダに移住した娘夫婦の家族と暮らす日本人の老女、ムラサキの祖母 「コーラス・オブ・マッシュルーム」 ヒロミ・ゴトー著;増谷松樹訳 彩流社 2015年7月

中田 花　なかた・はな
一九二七年に土浦女子学校に転入してきた千代と友だちになった女の子 「青い目の人形物語2 希望の人形 日本編」 シャーリー・パレント―作;河野万里子訳 岩崎書店 2016年8月

ナーゲル先生　なーげるせんせい
ペーターのハンガリーでお医者をしている厳格で規律正しいおじいさん 「お父さんの手紙」 イレーネ・ディーシェ著;赤坂桃子訳 新教出版社(つのぶえ文庫) 2014年2月

ナージャ
10歳の女の子・アッベの北スウェーデンの「のんびり村」での友だち、とても頼りになる女の子 「のんびり村は大さわぎ!」 アンナレーナ・ヘードマン作;菱木晃子訳;杉原知子絵 徳間書店 2016年5月

ナージャ
ドイツの体育学校7年生、親友のカルラと飛び込みに打ち込むロシア人の少女 「飛び込み台の女王」 マルティナ・ヴィルトナー作;森川弘子訳　岩波書店（STAMP BOOKS）　2016年9月

ナスターシヤ・フィリッポヴナ・バラーシコワ
ロシアの地主貴族の愛人、絶世の美女 「白痴 1」 ドストエフスキー著;亀山郁夫訳　光文社（光文社古典新訳文庫）　2015年11月

ナースチャ
パパがつくったおとぎの森のおはなしを聞く女の子、マーシャの姉 「ヘフツィール物語」 A.レペトゥーヒン文;岡田和也訳;きたやまようこ絵　未知谷　2015年11月

ナターシャ・ロマノフ
国際平和維持組織「シールド」の一員、美しき女スパイ 「キャプテン☆アメリカ ウィンター・ソルジャー」 クリストファー・マルクス;スティーヴン・マクフィーリー脚本;有馬さとこ訳　講談社　2014年10月

ナタリー
ブルーベリー森にすんでいるハリネズミの女の子 「きらきら雪のワンダーランド―ウサギのフローレンス；4」 リス・ノートン原作;山本和子文　学研教育出版　2014年12月

ナタリヤ（ヌートリヤ）
ポズナンで暮らすボレイコ家の三女、独身をつらぬくと決めている国語の教師 「ちびトラとルージャ」 マウゴジャタ・ムシェロヴィチ著;田村和子訳　未知谷　2014年3月

ナッティ姫　なってぃひめ
おとぎの世界のリッティングランド王国の姫、明るくて正義感が強い女の子 「王女さまのお手紙つき3 たからさがしと魔法の蝶」 ポーラ・ハリソン原作;チーム151E☆企画;チーム151E☆構成　学研プラス　2016年4月

ナット
マーチ家の四姉妹の次女・ジョー夫妻のプラムフィールド学園で育った元孤児、音楽家をめざしている男の子 「若草物語〈4〉－それぞれの赤い糸　上下」 オルコット作;谷口由美子訳;藤田香絵　講談社（講談社オンデマンドブックス）　2014年9月

夏の女王　なつのじょおう
一年中真夏のエルドラ国の女王、熱と火の魔法をつかう女王 「アナと雪の女王[3]―エルサと夏の魔法」 エリカ・デイビッド文;ないとうふみこ訳　KADOKAWA（角川つばさ文庫）　2015年8月

ナディア・S・リッチー　なでぃあえすりっちー
イリノイ州ゴーストリー町のスペンス屋敷に住む児童文学作家・イグナチウスの昔の恋人 「ゆうれい作家はおおいそがし 4 白い手ぶくろのひみつ」 ケイト・クライス文;M.サラ・クライス絵;宮坂宏美訳　ほるぷ出版　2015年3月

ナデシュダ・ミュラー（ナージャ）
ドイツの体育学校7年生、親友のカルラと飛び込みに打ち込むロシア人の少女 「飛び込み台の女王」 マルティナ・ヴィルトナー作;森川弘子訳　岩波書店（STAMP BOOKS）　2016年9月

ナニー
ロンドンの通り道を箒で掃く仕事をしていた幼い女の子 「北風のうしろの国上下」 ジョージ・マクドナルド作;脇明子訳　岩波書店（岩波少年文庫）　2015年10月

なん

ナン
マーチ家の四姉妹の次女・ジョー夫妻のプラムフィールド学園で育った元生徒、医者をめざしている二十歳の女の子 「若草物語〈4〉―それぞれの赤い糸 上下」 オルコット作;谷口由美子訳;藤田香絵 講談社(講談社オンデマンドブックス) 2014年9月

ナンシイ
キャプテン・フリントと七人の子どもたちと帆船シロクマ号で航海に出た少女 「シロクマ号となぞの鳥上下」 アーサー・ランサム作;神宮輝夫訳 岩波書店(岩波少年文庫) 2016年1月

ナンシイ
夏休みに子どもたちだけで過ごそうとディックとドロシアきょうだいをベックフットに妹と迎えた姉 「スカラブ号の夏休み上下」 アーサー・ランサム作;神宮輝夫訳 岩波書店(岩波少年文庫) 2015年7月

ナンシー・ブレストン
小さいときに母親と祖母を亡くしたアンナの養母、やさしい女性 「思い出のマーニー 新訳」 ジョーン・G・ロビンソン著;越前敏弥訳;ないとうふみこ訳 KADOKAWA(角川文庫) 2014年7月

【に】

兄さん(マックス) にいさん(まっくす)
家出した七歳の男の子チャーリーの兄さん、十一さいの男の子 「チャーリー、ただいま家出中」 ヒラリー・マッカイ作;冨永星訳;田中六大絵 徳間書店 2014年4月

ニクセ
ハイデルベルグの牧場に捨てられていたモルモット、獣医の娘マリーに拾われた病気のモルモット 「動物病院のマリー5」 タチアナ・ゲスラー著;中村智子訳;鳥羽雨イラスト 学研教育出版 2015年5月

ニコ
ギリシャの神・ハデスの息子、1940年代からよみがえり多くの悲劇や危険を経験している14歳の少年 「最後の航海―オリンポスの神々と7人の英雄 5―パーシー・ジャクソンとオリンポスの神々シーズン2」 リック・リオーダン著;金原瑞人;小林みき訳 ほるぷ出版 2015年11月

ニコ・ディ・アンジェロ
メイン州のバーハーバーにあるウェストーヴァ校にいた10歳の少年、少女ビアンカの弟で神と人間を両親にもつハーフ 「パーシー・ジャクソンとオリンポスの神々―タイタンの呪い〈3-上下〉」 リック・リオーダン作;金原瑞人訳;小林みき訳 静山社(静山社ペガサス文庫) 2016年6月

ニコ・ディ・アンジェロ
冥界の王ハデスと人間を両親にもつハーフ、姉のビアンカを冒険で亡くし少年パーシーを恨んでいる10歳の少年 「パーシー・ジャクソンとオリンポスの神々―迷宮の戦い〈4-上下〉」 リック・リオーダン作;金原瑞人訳;小林みき訳 静山社(静山社ペガサス文庫) 2016年9月

ニコ・ディ・アンジェロ
冥界の王ハデスと人間を両親にもつハーフ、姉のビアンカを冒険の途中で亡くした十二歳くらいの少年 「パーシー・ジャクソンとオリンポスの神々 外伝・ハデスの剣」 リック・リオーダン作;金原瑞人訳;小林みき訳 静山社(静山社ペガサス文庫) 2016年12月

ニコラ
クロアチアの港町セニュにある古城をねぐらにしている孤児のひとり、少女ゾラの仲間で冗談が得意なムードメーカーの少年 「赤毛のゾラ 上下」 クルト・ヘルト作;酒寄進一訳;西村ツチカ画 福音館書店(福音館文庫) 2016年11月

ニコライ・フェレンツ
アメリカン・コミック密売人のシャーンドルの友だち、気難しくて繊細な15歳の少年 「コミック密売人」 ピエルドメニコ・バッカラリオ作;杉本あり訳 岩波書店(STAMP BOOKS) 2015年2月

ニコラス(クリスマス)
フィンランドに住んでいるクリスマスの日に生まれた十一歳の男の子 「クリスマスとよばれた男の子」 マット・ヘイグ文;クリス・モルド絵;杉本詠美訳 西村書店東京出版編集部 2016年12月

ニコラス(ネロ)
フランダース地方の小屋で暮らす貧しい少年、老犬パトラッシュの大親友 「フランダースの犬」 ウィーダ作;中村凪子訳;鳥羽雨絵 KADOKAWA(角川つばさ文庫) 2014年11月

ニコラス(ネロ)
フランダース地方の粗末な小屋で暮らす貧しい少年、老犬パトラッシュの大親友 「フランダースの犬」 ウィーダ作;田邊雅之訳 小学館(小学館ジュニア文庫) 2016年12月

ニコラ・ブリーム
カナダに住む小学五年生、いたずらなペットの子犬・ジュンバグの飼い主の女の子 「ニコラといたずら天使」 キャロライン・アダーソン著;田中奈津子訳 講談社(講談社文学の扉) 2015年10月

ニーシュカ
魔法使いのドラゴンに選ばれたポールニャ国ドヴェルニク村に住む17歳の少女 「ドラゴンの塔 上下」 ナオミ・ノヴィク著;那波かおり訳 静山社 2016年12月

ニック
同級生のリンジーの幼なじみ、夏休みの間に背が伸びてかっこよくなってしまった男の子 「ほんとうにあった恋のハナシ!幼なじみの大変身」 アンジェラ・ダーリン作;岡本由香子訳 KADOKAWA 2014年10月

ニック・ワイルド
動物たちの楽園「ズートピア」の初のきつね警察官でうさぎのジュディのあいぼう、もと詐欺師 「ジュディとニックのズートピア警察署事件簿 盗まれたくさ～いチーズの謎」 グレッグ・トライン著;おおつかのりこ訳 講談社(講談社KK文庫) 2016年9月

ニック・ワイルド
肉食動物と草食動物が共存する「ズートピア」の街を知りつくしているぺてん師のきつね 「ズートピア」 スーザン・フランシス作;橘高弓枝訳 偕成社(ディズニーアニメ小説版) 2016年5月

ニッケルジャック
フロリダ州の港で船上生活をしているコービーの友だち、港の雑用をしている老人男性 「コービーの海」 ベン・マイケルセン作;代田亜香子訳 鈴木出版(鈴木出版の海外児童文学) 2015年6月

にな

ニーナ
ハイデルベルグの牧場に捨てられていたモルモット、獣医の娘マリーに拾われた病気のモルモット 「動物病院のマリー5」 タチアナ・ゲスラー著;中村智子訳;鳥羽雨イラスト 学研教育出版 2015年5月

ニブス
ネバーランドの森でレイニーがみつけた家に住む少年たちの一人、ピーターパンの友だち 「フェアリー・ガールズ 6 ピーターパンに会える森!?」 キキ・ソープ作;堀川志野舞訳 ポプラ社 2016年1月

ニマ・トンドゥプ
チベットのマルナン村で生まれ育ち僧侶となった少年、村長の息子「ぼく」の幼なじみ 「雪を待つ―チベット文学の新世代」 ラシャムジャ著;星泉訳 勉誠出版 2015年1月

ニモ
グレートバリアリーフで暮らすカクレクマノミ、好奇心いっぱいの男の子の魚 「ファインディング・ドリー」 スーザン・フランシス作;橘高弓枝訳 偕成社(ディズニーアニメ小説版) 2016年7月

ニャーダ・マネー
ゴーストリー町の亡くなった大金持ちのシェア・マネーの娘、ワオン・マネーの姉 「ゆうれい作家はおおいそがし3 死者のコインをさがせ」 ケイト・クライス文;M.サラ・クライス絵;宮坂宏美訳 ほるぷ出版 2014年10月

ニール・シャー
失業中の青年・クレイの幼なじみで親友、ソフトウェア会社のCEO 「ペナンブラ氏の24時間書店」 ロビン・スローン著;島村浩子訳 東京創元社 2014年4月

ニルス
川さえあればどこへでも行くことができるノルウェーの船乗りねずみ 「くらやみ城の冒険 ミス・ビアンカ」 マージェリー・シャープ作;渡辺茂男訳 岩波書店(岩波少年文庫) 2016年5月

ニルソン氏　にるそんし
スウェーデン生まれの少女ピッピとすんでいる小さなサル 「ピッピ、お買い物にいく」 アストリッド・リンドグレーン作;イングリッド・ヴァン・ニイマン絵;いしいとしこ訳 徳間書店 2015年6月

にわとり
もちぬしにすてられおんがくたいにはいるためブレーメンのまちにむかったにわとり 「ブレーメンのおんがくたい―せかい童話図書館;13」 グリムさく;あきせいじぶん;くぼたたけおえ;子ども文化研究所監修 いずみ書房 2014年9月

にんぎょひめ
うみでおぼれていたおうじさまをたすけたにんぎょひめ 「にんぎょひめ―せかい童話図書館;17」 アンデルセンさく;あきせいじぶん;いなもといくええ;子ども文化研究所監修 いずみ書房 2014年9月

ニンゲン
氷河期の地球にあった学校「マンモスアカデミー」の生徒たちがおそれていた動物 「マンモスアカデミー1 きえた給食のなぞ」 ニール・レイトン作;相良倫子訳;陶浪亜希訳 小峰書店 2015年9月

ニンゲン（アクタレ）
氷河期の地球に住むマンモスたちをおそって食べてしまうおそろしい動物 「マンモスアカデミー3 林間学校で大ピンチ!」 ニール・レイトン作;相良倫子訳;陶浪亜希訳　小峰書店 2016年4月

ニンゲンたち（アクタレたち）
氷河期の地球に住むやばんできけんな動物、「ホラアナ学校」の子どもたち 「マンモスアカデミー2 ねらわれた創立祭」 ニール・レイトン作;相良倫子訳;陶浪亜希訳　小峰書店 2016年1月

にんじん
3人きょうだいの末っ子、赤毛でそばかすだらけの男の子 「にんじん」 ジュール・ルナール著;高野優訳　新潮社（新潮文庫） 2014年10月

【ぬ】

ヌートリヤ
ポズナンで暮らすボレイコ家の三女、独身をつらぬくと決めている国語の教師 「ちびトラとルージャ」 マウゴジャタ・ムシェロヴィチ著;田村和子訳　未知谷 2014年3月

【ね】

ネイキー
街はずれの小さな通りプロディジィ・ストリートに引っ越してきた男・ミラビリスの賢い飼い犬 「不思議な尻尾」 マーガレット・マーヒー著;山田順子訳　東京創元社 2014年12月

ネイサン・トゥイッチェル（ネイト）
ニューハンプシャーの小さな町に住む十二歳、めんどりが産んだ大きなたまごをせわした少年 「大きなたまご」 オリバー・バターワース作;松岡享子訳　岩波書店（岩波少年文庫） 2015年8月

ネイサン・バーン
黒い魔法使いの父親と白い魔法使いの母親の間に生まれた子、十七歳の誕生日に魔力を得る儀式をおこなわないと死ぬ運命の少年 「ハーフ・バッド：ネイサン・バーンと悪の血脈 上下」 サリー・グリーン著;田辺千幸訳　早川書房 2015年1月

ネイサン・バーン
黒い魔法使いの父親と白い魔法使いの母親の間に生まれた子、十七歳の誕生日に魔力を得る儀式を済ませ魔法使いになった少年 「ハーフ・ワイルド：ネイサン・バーンと魔のナイフ 上下」 サリー・グリーン著;田辺千幸訳　早川書房 2016年2月

ネイト
ニューハンプシャーの小さな町に住む十二歳、めんどりが産んだ大きなたまごをせわした少年 「大きなたまご」 オリバー・バターワース作;松岡享子訳　岩波書店（岩波少年文庫） 2015年8月

ネイト
航海中に少女ダイドーを救った捕鯨船の乗組員、ナンタケット人の少年 「ナンタケットの夜鳥―「ダイドーの冒険」シリーズ」 ジョーン・エイキン作;こだまともこ訳　冨山房 2016年10月

ねいと

ネイト・カーソン
中学一年生のリサのふたごの兄、ブラックバード町にあるペンションの息子 「恐怖のお泊まり会6 ひと目ぼれは、悪夢の始まり」P.J.ナイト著;岡本由香子訳;shirakabaイラスト KADOKAWA 2015年3月

ねこ
たおれた木の下にはさまっていたところを魔法の力で動物と話せるミアに助けてもらったオレンジ色のねこ 「動物探偵ミア［動物探偵ミア］(3)あらしの夜のミステリー」ダイアナ・キンプトン作;武富博子訳 ポプラ社 2015年12月

ねこ
まずしいこなやの三ばんめのむすこにながぐつをつくってもらったねこ 「ながぐつをはいたねこ─せかい童話図書館;29」ペローさく;しらかわちづこぶん;いなもといくええ;子ども文化研究所監修 いずみ書房 2014年9月

ねこ
もちぬしにすてられおんがくたいにはいるためブレーメンのまちにむかったねこ 「ブレーメンのおんがくたい─せかい童話図書館;13」グリムさく;あきせいじぶん;くぼたたけおえ;子ども文化研究所監修 いずみ書房 2014年9月

ネッド・ランド
アメリカ海軍が誇る高速フリゲート艦に同乗した銛打ち名手の男 「海底二万里 上下」ジュール・ヴェルヌ著;渋谷豊訳 KADOKAWA（角川文庫） 2016年7月

ネート
さまざまなじけんをみごとななぞときでかいけつするめいたんていの少年 「かぎはどこだ ぼくはめいたんてい」マージョリー・ワインマン・シャーマット文;マーク・シーモント絵;光吉夏弥訳 大日本図書 2014年8月

ネート
さまざまなじけんをみごとななぞときでかいけつするめいたんていの少年 「きょうりゅうのきって ぼくはめいたんてい」マージョリー・ワインマン・シャーマット文;マーク・シーモント絵;光吉夏弥訳 大日本図書 2014年7月

ネート
さまざまなじけんをみごとななぞときでかいけつするめいたんていの少年 「だいじなはこをとりかえせ ぼくはめいたんてい」マージョリー・ワインマン・シャーマット文;マーク・シーモント絵;神宮輝夫訳 大日本図書 2015年2月

ネート
さまざまなじけんをみごとななぞときでかいけつするめいたんていの少年 「ねむいねむいじけん ぼくはめいたんてい」マージョリー・ワインマン・シャーマット文;ロザリンド・ワインマン文;マーク・シーモント絵;神田輝夫訳;澤田澄江訳 大日本図書 2014年12月

ネート
さまざまなじけんをみごとななぞときでかいけつするめいたんていの少年 「まよなかのはんにん ぼくはめいたんてい」マージョリー・ワインマン・シャーマット文;マーク・シーモント絵;光吉夏弥訳 大日本図書 2014年5月

ネート
さまざまなじけんをみごとななぞときでかいけつするめいたんていの少年 「ゆきの中のふしぎなできごと ぼくはめいたんてい」マージョリー・ワインマン・シャーマット文;マーク・シーモント絵;光吉夏弥訳 大日本図書 2014年9月

ネート
めいたんてい、ともだちのアニーがかいた犬のファングのえをさがすことになった男の子 「きえた犬のえ」 マージョリー・ワインマン・シャーマットぶん;マーク・シーモントえ;光吉夏弥;小宮由やく　大日本図書　2014年4月

ネバリー・フリングラス
追放されたウェルメトの町にもどってきた年老いた魔術師 「魔法が消えていく…」 サラ・プリニース作;橋本恵訳　徳間書店　2016年1月

ネメチェク
ブダペストのパール街にのこされた小さな原っぱを大切にしている少年たちの「従卒」、「ちび」とばかにされているが勇敢で原っぱへの思いは人一倍強い少年 「パール街の少年たち」 モルナール・フェレンツ作;岩﨑悦子訳;コヴァーチ・ペーテル絵　偕成社　2015年9月

ネモ
未来の科学技術を駆使して作られた潜水艦ノーチラス号の艦長、寡黙で謎めいた男 「海底二万里 上下」 ジュール・ヴェルヌ著;渋谷豊訳　KADOKAWA（角川文庫）　2016年7月

ネモ船長　ねもせんちょう
最新式潜水艦・ノーチラス号の船長、いまわしい地上の世界にわかれをつげて潜水艦の中でくらしている男 「海底二万マイル―10歳までに読みたい世界名作」 ジュール・ベルヌ作;横山洋子監修　学研プラス　2016年4月

ネリー
チベルメニル城に住む大金持ち・ドバンヌのむすめ 「怪盗アルセーヌ・ルパンあらわれた名探偵：世界一有名な探偵も登場!ルパンとの推理対決!?―10歳までに読みたい名作ミステリー」 モーリス・ルブラン作;二階堂黎人編著;清瀬のどか絵　学研プラス　2016年9月

ネリー・アンダーダウン
怪盗ルパンが大西洋をわたる豪華客船で出会った女性、シカゴに住む大金持ちの父親に会いに行っていた娘 「怪盗紳士アルセーヌ・ルパン」 モーリス・ルブラン作;高野優ほか訳;しゅー絵　KADOKAWA（角川つばさ文庫）　2015年7月

ネリーおばさん
吸血鬼の少年ヴラッドの母メリーナの親友で看護師、メリーナたちの死後ヴラッドを引き取った女性 「ヴラディミール・トッド・クロニクルズⅠ」 ヘザー・ブリューワー著;園生さち訳　新書館　2014年8月

ネリーおばさん
吸血鬼の少年ヴラッドの母メリーナの親友で看護師、メリーナたちの死後ヴラッドを引き取った女性 「ヴラディミール・トッド・クロニクルズⅡ スレイヤーの魔手」 ヘザー・ブリューワー著;園生さち訳　新書館　2014年8月

ネリーおばさん
吸血鬼の少年ヴラッドの母メリーナの親友で看護師、メリーナたちの死後ヴラッドを引き取った女性 「ヴラディミール・トッド・クロニクルズⅢ 血をめぐる儀式」 ヘザー・ブリューワー著;園生さち訳　新書館　2014年9月

ネリーおばさん
吸血鬼の少年ヴラッドの母メリーナの親友で看護師、メリーナたちの死後ヴラッドを引き取った女性 「ヴラディミール・トッド・クロニクルズⅣ エリシアの掟」 ヘザー・ブリューワー著;園生さち訳　新書館　2014年10月

ねりお

ネリーおばさん
吸血鬼の少年ヴラッドの母メリーナの親友で看護師、メリーナたちの死後ヴラッドを引き取った女性 「ヴラディミール・トッド・クロニクルズⅤ 預言の子」ヘザー・ブリューワー著;園生さち訳　新書館　2014年11月

ネル
スコットランドのアーバーフォイル炭鉱の地下世界から出たこのない15歳の美少女 「黒いダイヤモンド」ジュール・ヴェルヌ著;新庄嘉章訳　文遊社　2014年1月

ネルソン
ペルーの小劇団「ディシエンブレ」に所属する23歳の青年、芸術学校の学生 「夜、僕らは輪になって歩く」ダニエル・アラルコン著;藤井光訳　新潮社（CREST BOOKS）　2016年1月

ネロ
フランダースの村で犬のパトラッシュと暮らしていた画家になるのが夢のまずしい少年 「フランダースの犬―10歳までに読みたい世界名作」ウィーダ作;横山洋子監修;那須田淳編訳;佐々木メエ絵　学研プラス　2015年12月

ネロ
フランダース地方の小屋で暮らす貧しい少年、老犬パトラッシュの大親友 「フランダースの犬」ウィーダ作;中村凪子訳;鳥羽雨絵　KADOKAWA（角川つばさ文庫）　2014年11月

ネロ
フランダース地方の粗末な小屋で暮らす貧しい少年、老犬パトラッシュの大親友 「フランダースの犬」ウィーダ作;田邊雅之訳　小学館（小学館ジュニア文庫）　2016年12月

ネロ
ベルギーのフランダース地方にある村におじいさんと犬のパトラッシュと住んでいた少年 「フランダースの犬―ポプラ世界名作童話；5」ウィーダ作;濱野京子文;小松咲子絵　ポプラ社　2015年11月

【の】

ノア
ドイツに住むサッカーに夢中な小学四年生、サッカーチーム「ロアバッハ」のフォワード 「ピッチの王様2―キケンなわな」ティロ文;若松宣子訳;森川泉絵　ほるぷ出版　2015年8月

ノア
ドイツに住むサッカーに夢中な小学四年生、サッカーチーム「ロアバッハ」のフォワード 「ピッチの王様3―チャンスをつかめ」ティロ文;若松宣子訳;森川泉絵　ほるぷ出版　2015年12月

ノア
ドイツに住むサッカーに夢中な小学四年生、サッカーチーム「ロアバッハ」のフォワード 「ピッチの王様4―勝利のゆくえ」ティロ文;若松宣子訳;森川泉絵　ほるぷ出版　2016年3月

ノア
ドイツに住むサッカーに夢中な小学四年生、同級生たちのチームのフォワード 「ピッチの王様1―4人の誓い」ティロ文;若松宣子訳;森川泉絵　ほるぷ出版　2015年4月

ノア
姉ジェイクと北極圏の町ホエール・ベイに住むイヌイットの老人、少女スキの大おじ 「クジラに救われた村」 ニコラ・デイビス文;アナベル・ライト画;もりうちすみこ訳 さ・え・ら書房 2015年12月

ノア・スウィートワイン
双子の姉弟の弟、絵を描くのが好きで内向的な13歳の少年 「君に太陽を」 ジャンディ・ネルソン著;三辺律子訳 集英社(集英社文庫) 2016年11月

ノエル
アメリカ中西部の小さな町のヴェニス高校の生徒、人気者女子グループのリーダー 「おたずねもの姉妹の探偵修行 File1 学園クイーンが殺された！？」 M・E・ラブ著;西田佳子訳 学研教育出版 2015年7月

ノジアス・フォースティン
ハイチの小さな町ヴィル・ローズで暮らす漁師で七歳のクレアの父親、出産で妻を亡くした男 「海の光のクレア」 エドウィージ・ダンティカ著;佐川愛子訳 作品社 2015年1月

ノーマン・ワトソン
イギリスの小学五年生、同級生のトムたちがくむバンドにおうぼしてきた男の子 「トム・ゲイツ [2] ステキないいわけ」 L.ピーション作;宮坂宏美訳 小学館 2014年1月

ノラ・ネルソン
サマーサイドのネルソン家六人娘の中で一人だけ結婚していない28歳の娘、無口で気位の高い女性 「アンの幸福 2」 L・M・モンゴメリ作;村岡花子訳;Haccan絵 講談社(講談社大きな文字の青い鳥文庫) 2015年9月

ノラ・フィン
小学四年生、マジックに夢中の少年マイクのとなりの家に住んでいる優等生の少女 「マジック少年マイク きせきの大脱出マジック」 ケイト・イーガン作;樋渡正人訳;加藤アカツキ絵 ポプラ社 2016年3月

ノラ・フィン
小学四年生、マジックに夢中の少年マイクのとなりの家に住んでいる優等生の少女 「マジック少年マイク 科学マジック・ショータイム!」 ケイト・イーガン作;樋渡正人訳;加藤アカツキ絵 ポプラ社 2015年10月

ノラ・フィン
小学四年生、マジックに夢中の少年マイクのとなりの家に住んでいる優等生の少女 「マジック少年マイク 瞬間移動イリュージョン」 ケイト・イーガン作;樋渡正人訳;加藤アカツキ絵 ポプラ社 2016年9月

ノラ・フィン
小学四年生、勉強が苦手な少年マイクのとなりの家に住んでいる優等生の少女 「マジック少年マイク マジックショップとひみつの本」 ケイト・イーガン作;樋渡正人訳;加藤アカツキ絵 ポプラ社 2015年4月

ノリア・カイティオ
資源や技術が失われた時代に北欧の村で暮らす十七歳の少女、茶人の父の見習い 「水の継承者ノリア」 エンミ・イタランタ著;末延弘子訳 西村書店東京出版編集部 2016年3月

ノンベコ
南アフリカ出身の天涯孤独な天才数学少女、原子力研究所の掃除婦 「国を救った数学少女」 ヨナス・ヨナソン著;中村久里子訳 西村書店東京出版編集部 2015年7月

【は】

ハ　は
ベトナム戦争を経てアラバマ州に逃れた家族の10歳の娘、4人兄妹の末っ子 「はじまりのとき」 タィン=ハ・ライ作;代田亜香子訳　鈴木出版(鈴木出版の海外児童文学) 2014年6月

ヴァイオレット
流れ星を追って不思議な世界「トイ・ボックス」に弟のダッシュとやってきたインクレディブル家の長女 「ディズニーインフィニティ」 エイミー・ワインガルトナー文;樹紫苑訳　KADOKAWA(角川つばさ文庫) 2016年1月

ヴァイオレット・マーキー
インディアナ州の田舎町に住む高校生、自動車事故で姉を失い悲しみから抜け出せない少女 「僕の心がずっと求めていた最高に素晴らしいこと」 ジェニファー・ニーヴン著;石崎比呂美訳　辰巳出版　2016年12月

ユニコーン
19歳のジョスバニの部屋に飾られたポスターの中の青いハーレー 「バイクとユニコーン はじめて出逢う世界のおはなし」 ジョシュ著;見田悠子訳　東宣出版　2015年9月

ハイジ
アルプスの山でおじいさんと暮らすことになった幼い女の子 「ハイジ 1・2」 ヨハンナ・シュピーリ作;若松宣子訳　偕成社(偕成社文庫) 2014年4月

ハイジ
アルムの山にすむおじいさんとくらすことになった5さいの女の子 「アルプスの少女ハイジ—ポプラ世界名作童話；4」 J.シュピリ作;那須田淳文;pon-marsh絵　ポプラ社　2015年11月

ハイジ
両親をなくしアルプスの山の上にすむおじいさんとくらすことになった五歳の女の子 「アルプスの少女ハイジ—10歳までに読みたい世界名作」 ヨハンナ・シュピリ作;横山洋子監修　学研教育出版　2015年2月

ハイダル・ベイ
オスマン帝国海軍少尉、難破した巡洋艦「エルトゥールル号」の乗組員でイスマイル大尉の親友 「トルコ軍艦エルトゥールル号の海難」 オメル・エルトゥール著;山本雅男;植月惠一郎;久保陽子訳　彩流社　2015年11月

バイツァカーン
古代民族の末裔たちに伝わる勝利した民族以外は滅びるという「エンドゲーム」に参加した12人の一人、モンゴルに住む13歳の少年 「エンドゲーム：コーリング」 ジェイムズ・フレイ;ニルス・ジョンソン=シェルトン著;金原瑞人;井上里訳　学研パブリッシング　2014年10月

ハイド
ロンドンの高名な紳士ジキル博士の家に出入りする嫌悪を抱かせる特異な容姿の小男 「ジキルとハイド」 ロバート・L・スティーヴンソン著;田口俊樹訳　新潮社(新潮文庫) 2015年2月

パイパー
ギリシャの女神・アフロディテの娘、少年ジェイソンのガールフレンドで話術が使える美人 「最後の航海―オリンポスの神々と7人の英雄 5―パーシー・ジャクソンとオリンポスの神々 シーズン2」 リック・リオーダン著;金原瑞人;小林みき訳　ほるぷ出版　2015年11月

パイパー・マクリーン
ギリシャの女神・アフロディテの娘、話術が使える女の子 「オリンポスの神々と7人の英雄 4 ハデスの館」 リック・リオーダン作;金原瑞人訳;小林みき訳　ほるぷ出版　2014年11月

ハイラム・ホリデー(ホリデー)
ニューヨークの新聞社「センチネル」の原稿整理係でアマチュアの冒険家、休暇をもらいヨーロッパへ旅立った男 「ハイラム・ホリデーの大冒険 上下」 ポール・ギャリコ著;東江一紀訳　復刊ドットコム　2014年4月

パイロット
未来社会の「ソサエティ」に抵抗する反乱軍のリーダー、謎に包まれた人 「カッシアの物語 3」 アリー・コンディ著;高橋啓訳;石飛千尋訳　プレジデント社　2015年12月

ハウ
天然痘が流行していたリベリアの町・カカタで暮らしていた女性、十歳の少年モモの母さん 「川のほとりの大きな木」 クレイトン・ベス作;秋野翔一郎訳　童話館出版　2014年2月

バウ
気まぐれなネコ・マウの友だち、働き者のイヌ 「マウとバウの新しい家」 ティモ・パルヴェラ作;末延弘子訳;矢島眞澄絵　文研出版(文研じゅべにーる)　2014年2月

ハウイー・ガーステン
連続殺人犯ビリーの息子ジャズの親友、血友病A患者の男の子 「さよなら、シリアルキラー」 バリー・ライガ著;満園真木訳　東京創元社(創元推理文庫)　2015年5月

パウ・ジルベルト
亡くなった高名な医師ダニエルの助手をしていた優秀な医学生 「ヴェサリウスの秘密」 ジョルディ・ヨブレギャット著;宮﨑真紀訳　集英社(集英社文庫)　2016年10月

パウラ・ブーフマッハー
十歳になるフローラの双子の姉、おしゃれで文章を書く才能がある少女 「フローラとパウラと妖精の森2 美しいフェアリーは危険!?」 タニヤ・シュテーブナー著;中村智子訳;戸部淑イラスト　学研教育出版　2014年7月

パウラ・ブーフマッハー
十歳になるフローラの双子の姉、物語を書く才能がある社交的な性格の少女 「フローラとパウラと妖精の森1 妖精たちが大さわぎ!」 タニヤ・シュテーブナー著;中村智子訳;戸部淑イラスト　学研教育出版　2014年2月

パウラ・ブーフマッハー
妖精の世界を知った十歳の双子の姉妹でフローラの姉 「フローラとパウラと妖精の森3 友だちの名前はユニコーン!」 タニヤ・シュテーブナー著;中村智子訳;戸部淑イラスト　学研教育出版　2014年11月

バギーラ
オオカミに育てられた少年モーグリにジャングルの掟を教える頭がよい黒ヒョウ 「ジャングル・ブック」 ラドヤード・キプリング著;金原瑞人監訳;井上里訳　文藝春秋(文春文庫)　2016年6月

ばぎら

バギーラ
ジャングルにすむ狩りの名手の黒ヒョウ、オオカミの子として育てられた少年モーグリの仲間 「新訳 ジャングル・ブック」 キップリング作;山田蘭訳;姫川名月絵 KADOKAWA(角川つばさ文庫) 2016年7月

バギーラ
ジャングル一有名な頭のよい黒ヒョウ、オオカミに育てられた少年モーグリのいちばんの仲間 「ジャングル・ブック(新訳)」 ラドヤード・キプリング作;岡田好惠訳 講談社(講談社青い鳥文庫) 2016年7月

バギーラ
頭がよい黒ヒョウ、オオカミに育てられた少年モーグリの友 「ジャングル・ブック」 ラドヤード・キプリング著;田口俊樹訳 新潮社(新潮文庫) 2016年7月

パーク・シェリダン
ネブラスカ州に住む高校生、転入生の女の子エレナーと出会ったアジア系の男子 「エレナーとパーク」 レインボー・ローウェル著;三辺律子訳 辰巳出版 2016年2月

伯爵　はくしゃく
アメリカのニューヨークで暮らす優しい男の子セドリックの祖父、イギリスの名高い裕福な貴族で高慢で嫌われ者の老紳士 「小公子セドリック」 バーネット作;田邊雅之監訳;日本アニメーション絵　小学館(小学館ジュニア文庫) 2016年8月

伯爵夫人　はくしゃくふじん
「最古の魔術書」の守り人の少年マイケルがその力で生き返らせてしまった魔女 「ブラック・レコニング 最古の魔術書 III」 ジョン・スティーブンス著;こだまともこ訳 あすなろ書房 2015年12月

バクスター
オークランドの名門校チェアマン寄宿学校の生徒、手先が器用で真面目な13歳の少年 「十五少年漂流記」 ジュール・ヴェルヌ著;椎名誠訳;渡辺葉訳 新潮社(新潮モダン・クラシックス) 2015年8月

バクスター
行方不明の父をさがす少年ダーカスが飼い始めた高い知能を持つふしぎなカブトムシ 「裏庭探偵クラブ 1 密室で消えた父をさがせ!」 M.G.レナード著;河井直子訳;荒川眞生イラスト KADOKAWA 2016年6月

ハグリッド
ホグワーツ魔法魔術学校を退学になり森の番人としてホグワーツにいる大男 「ハリー・ポッターと賢者の石 —「ハリー・ポッター」シリーズ」 J.K.ローリング作;ジム・ケイ絵;松岡佑子訳 静山社 2015年11月

ハグリッド
森の番人、やさしいぶきっちょな大男 「ハリー・ポッターと賢者の石 1-1・1-2—ハリー・ポッター」 J.K.ローリング作;松岡佑子訳 静山社(静山社ペガサス文庫) 2014年3月

ハグリッド
森の番人、やさしいぶきっちょな大男 「ハリー・ポッターと秘密の部屋 2-1・2-2—ハリー・ポッター」 J.K.ローリング作;松岡佑子訳 静山社(静山社ペガサス文庫) 2014年5月

ハグリッド
森の番人、やさしいぶきっちょな大男 「ハリー・ポッターと不死鳥の騎士団 5-1・5-2・5-3・5-4—ハリー・ポッター」 J.K.ローリング作;松岡佑子訳 静山社(静山社ペガサス文庫) 2014年9月

バークレイ
「はぐれもの一族」の重臣第五位のツノザメ、リーダーのグレイの親友 「サメ王国のグレイ 2 運命のアトランティス決戦」 E.J.アルトバッカー著;桑原洋子訳 KADOKAWA 2016年1月

バークレイ
「はぐれもの一族」の重臣第五位のツノザメ、リーダーのグレイの親友 「サメ王国のグレイ 3 王vs.王 究極の戦い」 E.J.アルトバッカー著;桑原洋子訳 KADOKAWA 2016年7月

バークレイ
十二歳のツノザメ、サンゴしょうにすむサメ・グレイの親友 「サメ王国のグレイ1 七つの海を制するもの」 E.J.アルトバッカー著;桑原洋子訳 KADOKAWA 2015年8月

バーゲン王　ばーげんおう
カーシア国に侵攻してきたアベニア国の残酷な王 「ねらわれた王座—カーシア国3部作」 ジェニファー・A.ニールセン作;橋本恵訳 ほるぷ出版 2016年9月

パーシー
ウィーズリー一家の三男、魔法省に入省したばかりのエリート主義者 「ハリー・ポッターと不死鳥の騎士団 5-1・5-2・5-3・5-4—ハリー・ポッター」 J.K.ローリング作;松岡佑子訳 静山社(静山社ペガサス文庫) 2014年9月

パーシー
友だちの犬・ディキシーとよくドライブにいく犬 「ディキシーと世界一の赤い車」 シャーリー・ヒューズ文;クララ・ヴリアミー絵;三辺律子訳 あすなろ書房 2015年3月

パーシー（パーシヴァル・ピーボディ）
マーカム通りの住人ダニエルの前に現れこまっていると泣いた小さな男の子の幽霊 「ほんとうに怖くなれる幽霊の学校」 トビー・イボットソン著;三辺律子訳 偕成社 2016年11月

パーシー・ジャクソン
オリンポスの神・ポセイドンと人間の母親との間に生まれた子供、十五歳の少年 「パーシー・ジャクソンとオリンポスの神々5-上下」 リック・リオーダン作;金原瑞人;小林みき訳 静山社 2016年11月

パーシー・ジャクソン
オリンポス十二神のひとり・ポセイドンと人間を両親にもつハーフ、ふだんはニューヨークの高校に通う少年 「パーシー・ジャクソンとオリンポスの神々 外伝・ハデスの剣」 リック・リオーダン作;金原瑞人訳;小林みき訳 静山社(静山社ペガサス文庫) 2016年12月

パーシー・ジャクソン
オリンポス十二神のひとり・ポセイドンと人間を両親にもつハーフ、ふだんはマンハッタンのミドルスクールに通う14歳の少年 「パーシー・ジャクソンとオリンポスの神々タイタンの呪い〈3-上下〉」 リック・リオーダン作;金原瑞人訳;小林みき訳 静山社(静山社ペガサス文庫) 2016年6月

ぱしじ

パーシー・ジャクソン
オリンポス十二神のひとり・ポセイドンと人間を両親にもつハーフ、ふだんはマンハッタンのミドルスクールに通う14歳の少年 「パーシー・ジャクソンとオリンポスの神々―迷宮の戦い〈4-上下〉」 リック・リオーダン作;金原瑞人訳;小林みき訳 静山社(静山社ペガサス文庫) 2016年9月

パーシー・ジャクソン
ギリシャの神・ポセイドンと人間を両親にもつハーフ、ニューヨークで暮らしている16歳の少年 「オリンポスの神々と7人の英雄 外伝―パーシー・ジャクソンとオリンポスの神々シーズン2」 リック・リオーダン作;金原瑞人;小林みき訳 ほるぷ出版 2016年11月

パーシー・ジャクソン
ギリシャの神・ポセイドンと人間を両親にもつハーフの少年、ハーフ訓練所のリーダー 「最後の航海―オリンポスの神々と7人の英雄 5―パーシー・ジャクソンとオリンポスの神々シーズン2」 リック・リオーダン著;金原瑞人;小林みき訳 ほるぷ出版 2015年11月

パーシー・ジャクソン
ギリシャの神・ポセイドンの息子でハーフ訓練所のリーダー、水を操ることができる少年 「オリンポスの神々と7人の英雄 4 ハデスの館」 リック・リオーダン作;金原瑞人訳;小林みき訳 ほるぷ出版 2014年11月

パーシー・ジャクソン
メリウェザ中学に通う十三歳の少年、オリンポスの神・ポセイドンと人間の母親との間に生まれた子供 「パーシー・ジャクソンとオリンポスの神々2-上下」 リック・リオーダン作;金原瑞人;小林みき訳 静山社(静山社ペガサス文庫) 2016年3月

パーシー・ジャクソン
問題児専門の寄宿学校「ヤンシー学園」に通う十二歳の少年、オリンポスの神・ポセイドンと人間の母親との間に生まれた子供 「パーシー・ジャクソンとオリンポスの神々1-上下」 リック・リオーダン作;金原瑞人訳 静山社(静山社ペガサス文庫) 2015年11月

バージニア・ウォレス
ロンドンの中学に通う女生徒、行方不明になった父親をさがす少年ダーカスのクラスメイト 「裏庭探偵クラブ 1 密室で消えた父をさがせ!」 M.G.レナード著;河井直子訳;荒川眞生イラスト KADOKAWA 2016年6月

ヴァージニア・サマセット
ニューヨークに住む少女コーネリアの家のとなりに引っ越してきた老婦人、作家 「サマセット四姉妹の大冒険」 レズリー・M.M.ブルーム作;尾高薫訳;中島梨絵絵 ほるぷ出版 2014年6月

パーシヴァル・ピーボディ
マーカム通りの住人ダニエルの前に現れこまっていると泣いた小さな男の子の幽霊 「ほんとうに怖くなれる幽霊の学校」 トビー・イボットソン著;三辺律子訳 偕成社 2016年11月

ハジ・ハレフ・オマール(ハレフ)
ドイツ人の探検家のカラ・ベン・ネムジの召使いで友人、アラビア人 「カール・マイ冒険物語:オスマン帝国を行く〈10〉マケドニアを行く」 カール・マイ著;戸叶勝也訳 朝文社 2016年7月

ハジ・ハレフ・オマール(ハレフ)
ドイツ人の探検家のカラ・ベン・ネムジの召使いで友人、アラビア人 「カール・マイ冒険物語:オスマン帝国を行く〈11〉アルバニア山地にて」 カール・マイ著;戸叶勝也訳 朝文社 2016年12月

ハジ・ハレフ・オマール（ハレフ）
ドイツ人の探検家のカラ・ベン・ネムジの召使いで友人、アラビア人 「カール・マイ冒険物語：オスマン帝国を行く〈2〉 ティグリス河の探検」カール・マイ著;戸叶勝也訳 朝文社 2014年2月

ハジ・ハレフ・オマール（ハレフ）
ドイツ人の探検家のカラ・ベン・ネムジの召使いで友人、アラビア人 「カール・マイ冒険物語：オスマン帝国を行く〈3〉 悪魔崇拝者」カール・マイ著;戸叶勝也訳 朝文社 2014年5月

ハジ・ハレフ・オマール（ハレフ）
ドイツ人の探検家のカラ・ベン・ネムジの召使いで友人、アラビア人 「カール・マイ冒険物語：オスマン帝国を行く〈4〉 クルディスタンの奥地にて」カール・マイ著;戸叶勝也訳 朝文社 2014年7月

ハジ・ハレフ・オマール（ハレフ）
ドイツ人の探検家のカラ・ベン・ネムジの召使いで友人、アラビア人 「カール・マイ冒険物語：オスマン帝国を行く〈5〉ペルシア辺境にそって」カール・マイ著;戸叶勝也訳 朝文社 2014年10月

ハジ・ハレフ・オマール（ハレフ）
ドイツ人の探検家のカラ・ベン・ネムジの召使いで友人、アラビア人 「カール・マイ冒険物語：オスマン帝国を行く〈6〉バグダードからイスタンブールへ」カール・マイ著;戸叶勝也訳 朝文社 2014年12月

ハジ・ハレフ・オマール（ハレフ）
ドイツ人の探検家のカラ・ベン・ネムジの召使いで友人、アラビア人 「カール・マイ冒険物語：オスマン帝国を行く〈7〉ブルガリア南部にて」カール・マイ著;戸叶勝也訳 朝文社 2015年8月

ハジ・ハレフ・オマール（ハレフ）
ドイツ人の探検家のカラ・ベン・ネムジの召使いで友人、アラビア人 「カール・マイ冒険物語：オスマン帝国を行く〈8〉バルカン峡谷にて」カール・マイ著;戸叶勝也訳 朝文社 2015年12月

ハジ・ハレフ・オマール（ハレフ）
ドイツ人の探検家のカラ・ベン・ネムジの召使いで友人、アラビア人 「カール・マイ冒険物語：オスマン帝国を行く〈9〉オスマン帝国の辺境」カール・マイ著;戸叶勝也訳 朝文社 2016年4月

バスター
英国のいなかに疎開したロバートとルーシー兄妹のペット、白いジャックラッセル犬 「戦火の三匹ロンドン大脱出」ミーガン・リクス作;尾高薫訳 徳間書店 2015年11月

バズ・ライトイヤー
スペース・レンジャーのおもちゃ、カウボーイ人形・ウッディのいちばんの相棒 「トイ・ストーリー――おもちゃたちの世界」ケイト・イーガン文;アニー・アウエルバッハ文;リサ・マルソリ文;クリスティー・ウェブスター文;ウェンディー・ロジャ文;増井彩乃訳 KADOKAWA（角川つばさ文庫） 2016年12月

バズ・ライトイヤー
少女ボニーのおもちゃ、銀河の平和を守るスペース・レンジャーの人形 「トイ・ストーリー謎の恐竜ワールド」橘高弓枝文 偕成社（ディズニーアニメ小説版） 2015年12月

ばそろ

バーソロミュー・ムーン伯爵　ばーそろみゅーむーんはくしゃく
バンパイア・フェアリーの娘イザドラをバンパイア学校にいかせたいバンパイアのパパ 「イザドラ・ムーン学校へいく!」 ハリエット・マンカスター著;井上里訳　静山社　2016年7月

ハダド
銀河帝国を統治する「プリンス」の一人・ケムリに奉仕する家臣団「プリースト」の主要なメンバー 「銀河帝国を継ぐ者」 ガース・ニクス著;中村仁美訳　東京創元社（創元SF文庫）2014年8月

パタラルガ
ペルーの小劇団「ディシエンブレ」に所属する40歳の男、俳優兼劇作家のヘンリー旧友 「夜、僕らは輪になって歩く」 ダニエル・アラルコン著;藤井光訳　新潮社（CREST BOOKS）2016年1月

パチャップ氏　ぱちゃっぷし
ゾウの群れが近くにすむインドのウミアマラ村にやってきた商売人の男 「ゾウがとおる村」 ニコラ・デイビス文;アナベル・ライト画;もりうちすみこ訳　さ・え・ら書房　2014年2月

八戒　はっかい
天竺へ旅をする三蔵ほうしのでしになりおともとなったブタのばけもの 「西遊記―ポプラ世界名作童話；6」 呉承恩作;三田村信行文;武田美穂絵　ポプラ社　2015年11月

バッキー・バーンズ（ウィンター・ソルジャー）
国連の爆破テロの犯人として指名手配された暗殺者、キャプテン・アメリカのかつての親友 「シビル・ウォー―キャプテン・アメリカ」 アレックス・アーヴァインノベル;上杉隼人訳;長尾莉紗訳　講談社　2016年10月

パック
「夏の夜の夢」の本からとびだしてきたいたずら好きの妖精 「魔法ねこベルベット2　妖精パックにご用心」 タビサ・ブラック作;武富博子訳;くおんれいの画　評論社　2014年7月

ハック（ハックルベリ・フィン）
10歳のアメリカ人・トムの親友、トムと一緒に真夜中の墓場へでかけた男の子 「トム・ソーヤの冒険：元気いっぱいの少年が巻きおこす大そうどう―10歳までに読みたい世界名作；2」 横山洋子監修;マーク・トウェイン作;那須田淳編訳;朝日川日和絵　学研教育出版　2014年7月

ハック（ハックルベリー・フィン）
トム・ソーヤの元仲間、退屈な生活から逃れようと逃亡奴隷の黒人・ジムと筏でミシシッピ川を下った少年 「ハックルベリー・フィンの冒険　上下」 トウェイン著;土屋京子訳　光文社（光文社古典新訳文庫）2014年6月

ハックス将軍　はっくすしょうぐん
ファースト・オーダーの最高指導者・スノークのもと軍を指揮する司令官 「スター・ウォーズ　フォースの覚醒」 J.J.エイブラムス原作;ローレンス・カスダン原作;マイケル・アーント原作;マイケル・コッグ著　講談社　2016年5月

ハックルベリ・フィン
10歳のアメリカ人・トムの親友、トムと一緒に真夜中の墓場へでかけた男の子 「トム・ソーヤの冒険：元気いっぱいの少年が巻きおこす大そうどう―10歳までに読みたい世界名作；2」 横山洋子監修;マーク・トウェイン作;那須田淳編訳;朝日川日和絵　学研教育出版　2014年7月

ハックルベリ・フィン
セント・ピーターズバーグの町で宿なし生活を送る不良少年、少年トムの親友 「トム・ソーヤーの冒険―ポプラ世界名作童話；2」 M.トウェイン作;阿部夏丸文;佐藤真紀子絵 ポプラ社 2015年11月

ハックルベリー・フィン
いたずらと冒険が大好きなトムの親友、一人で自由気ままに暮らしている男の子 「トム・ソーヤの冒険 世界名作シリーズ」 マーク・トウェイン作;田邊雅之監訳;日本アニメーション絵 小学館（小学館ジュニア文庫） 2016年1月

ハックルベリー・フィン
トム・ソーヤの元仲間、退屈な生活から逃れようと逃亡奴隷の黒人・ジムと筏でミシシッピ川を下った少年 「ハックルベリー・フィンの冒険 上下」 トウェイン著;土屋京子訳 光文社（光文社古典新訳文庫） 2014年6月

ハックルベリー・フィン
辺境時代のアメリカでミシシッピー川を筏で逃亡奴隷のジムと旅する陽気な浮浪児 「ハックルベリー・フィンの冒険 上下」 マーク・トウェイン作;西田実訳 岩波書店 2014年3月

ハッサン・アルジル・ミルサ
ペルシアから逃亡中の亡命貴族、バクダードまで探検家のカラ・ベン・ネムジの一行と行動した男 「カール・マイ冒険物語：オスマン帝国を行く〈5〉ペルシア辺境にそって」 カール・マイ著;戸叶勝也訳 朝文社 2014年10月

ハッター
不思議な国「アンダーランド」の住人、奇妙な言動をする過去に囚われた帽子屋 「アリス・イン・ワンダーランド～時間の旅～」 カリ・サザーランド著;入間眞訳 宝島社（宝島社文庫） 2016年7月

ハッター（マッドハッター）
不思議の国「アンダーランド」の帽子屋の男、アリスの様子がヘンになった友だち 「アリス・イン・ワンダーランド～時間の旅～」 カリ・サザーランド文;ないとうふみこ訳 KADOKAWA（角川つばさ文庫） 2016年6月

ハッター（マッドハッター）
不思議の国「アンダーランド」の陽気な住人だったのに笑わなくなった帽子屋の男、アリスの友人 「アリス・イン・ワンダーランド～時間の旅～」 カリ・サザーランド作;しぶやまさこ訳 ディズニーアニメ小説版 2016年7月

パット・ドロン
イリノイ刑務所からにげだした悪名高い泥棒夫婦の妻 「ゆうれい作家はおおいそがし 4 白い手ぶくろのひみつ」 ケイト・クライス文;M.サラ・クライス絵;宮坂宏美訳 ほるぷ出版 2015年3月

バットマン
ゴッサム・シティで生まれ育った実業家、謎のヒーロー「バットマン」として悪に立ち向かう男 「バットマンVSスーパーマン―エピソード0 クロスファイヤー」 マイケル・コッグス著;田邊雅之訳 小学館（小学館ジュニア文庫） 2016年3月

ハティ
十歳のたんじょう日に〈まほう獣医〉のしごとを引きついだ動物が大すきな女の子 「まほうの国の獣医さんハティ2ユニコーンの角が欠けちゃった!」 クレア・テイラー・スミス作;桑原洋子訳;kaya8絵 KADOKAWA 2015年3月

はてい

ハティ
十歳のたんじょう日に〈まほう獣医〉のしごとを引きついだ動物が大すきな女の子 「まほうの国の獣医さんハティ3 ねらわれた妖精の羽」 クレア・テイラー・スミス作;桑原洋子訳;kaya8絵　KADOKAWA　2015年7月

ハーディ
ドイツに住むサッカーに夢中な小学四年生、サッカーチーム「ロアバッハ」のゴールキーパー 「ピッチの王様2－キケンなわな」 ティロ文;若松宣子訳;森川泉絵　ほるぷ出版　2015年8月

ハーディ
ドイツに住むサッカーに夢中な小学四年生、サッカーチーム「ロアバッハ」のゴールキーパー 「ピッチの王様3－チャンスをつかめ」 ティロ文;若松宣子訳;森川泉絵　ほるぷ出版　2015年12月

ハーディ
ドイツに住むサッカーに夢中な小学四年生、サッカーチーム「ロアバッハ」のゴールキーパー 「ピッチの王様4－勝利のゆくえ」 ティロ文;若松宣子訳;森川泉絵　ほるぷ出版　2016年3月

ハーディ
ドイツに住むサッカーに夢中な小学四年生、同級生たちのチームのゴールキーパー 「ピッチの王様1－4人の誓い」 ティロ文;若松宣子訳;森川泉絵　ほるぷ出版　2015年4月

バティ
マサチューセッツ州に住むペンダーウィック家の四姉妹の四女、保育園に通う末っ子 「ペンダーウィックの四姉妹2」 ジーン・バーズオール作;代田亜香子訳　小峰書店(Sunnyside Books)　2015年8月

バティ
夏休みにアランデルのコテージで過ごすことになったペンダーウィック家の四姉妹の四歳の末っ子 「ペンダーウィックの四姉妹 夏の魔法」 ジーン・バーズオール作;代田亜香子訳　小峰書店(Sunnyside Books)　2014年6月

バディ(キング)
いくつもの事件を解決してきた名探偵犬、セラピー犬としてフォーレイクス小学校にかようことになったゴールデンレトリーバー 「青い舌の怪獣をさがせ!(名探偵犬バディ)」 ドリー・ヒルスタッド・バトラー作;もりうちすみこ訳;うしろだなぎさ絵　国土社　2014年2月

バーディ・クラウチ
魔法省国際魔法協力部部長、屋敷しもべ妖精ウィンキーの元雇い主 「ハリーポッター9 ハリー・ポッターと炎のゴブレット 4-2」 J・K・ローリング作;松岡佑子訳　静山社(静山社ペガサス文庫)　2014年7月

ハティー・ドラン
アメリカの大富豪・アロイシャスの娘、サイモン卿との結婚式の後に姿を消した女性 「キラキラ名探偵[3] 消えた花嫁―シャーロック・ホームズ」 コナン・ドイル原作;新星出版社編集部編　新星出版社　2016年3月

ハティ・ブライト
まほう王国「ベルーア」のまほう獣医をおじさんから引き継ぐことになった十歳の女の子 「まほうの国の獣医さんハティ1 ほのおを失ったドラゴンをすくえ！」 クレア・テイラー・スミス作;桑原洋子訳　KADOKAWA　2014年10月

パディワック
少女ベッキーが飼えなくなり老人のジョーに引きとられたグレイハウンド、元レース犬 「走れ、風のように」 マイケル・モーパーゴ著;佐藤見果夢訳　評論社　2015年9月

ハデス
死者の国である地下の冥界の支配者、神と人間のハーフ・ニコの父親 「パーシー・ジャクソンとオリンポスの神々 外伝・ハデスの剣」 リック・リオーダン作;金原瑞人訳;小林みき訳　静山社(静山社ペガサス文庫)　2016年12月

バート
少年ジョージが飼っている犬 「ぼくたちの相棒」 ケイト・バンクス著;ルパート・シェルドレイク著;千葉茂樹訳　あすなろ書房　2015年11月

バート
地図帳『イマジナリウム・ジェオグラフィカ』の先代の守り手 「幻のドラゴン号 ドラゴンシップ・シリーズ3」 ジェームズ・A・オーウェン作;三辺律子訳　評論社　2016年4月

バート
旅をしているエルフとレーブンをずっとつけてくる三匹のオニの一匹 「エルフとレーブンのふしぎな冒険 2 ばけもの山とひみつの城」 マーカス・セジウィック著;中野聖訳;朝日川日和絵　学研プラス　2015年12月

バートおじさん(バートラム・リプトン)
大英博物館にすみ姪ロッティと甥アレックスを育てている学芸員、エジプト考古学者 「なぞとき博物館 ミイラの呪文がとけちゃった!?」 ダン・メトカーフ作;番由美子訳　KADOKAWA　2016年10月

バートさん
母さんが出ていった家で暮らすカーティスとアーティー兄弟の向かいの一軒家に住んでいるおばあさん 「母さんが消えた夏―講談社・文学の扉」 キャロライン・アダーソン著;田中奈津子訳　講談社　2014年6月

ハトシェプスト
古代エジプトの王子・ラモーゼの姉、優雅なドレスを着た王女 「ラモーゼープリンス・イン・エグザイル　上下」 キャロル・ウィルキンソン作;入江真佐子訳　くもん出版　2014年3月

パドメ
銀河共和国である惑星ナブーの元老院議員、ジェダイの騎士アナキンの妻 「スター・ウォーズエピソードⅢシスの復讐」 ジョージ・ルーカス原作;パトリシア・C.リード著;上杉隼人訳;有馬さとこ訳　講談社　2015年7月

パドメ
銀河共和国の惑星ナブーの元首である若き女王の侍女、高貴な雰囲気がある少女 「スター・ウォーズエピソードⅠファントム・メナス」 ジョージ・ルーカス原作;パトリシア・C.リード著;上杉隼人訳;大島資生訳　講談社　2015年3月

パドメ・アミダラ
銀河共和国の惑星ナブーの元老院議員になった元女王 「スター・ウォーズエピソードⅡクローンの攻撃」 ジョージ・ルーカス原作;パトリシア・C.リード著;上杉隼人訳;上原尚子訳　講談社　2015年5月

ばとら

パトラッシュ
フランダースの村でまずしい少年ネロとくらしていた大きな犬 「フランダースの犬―10歳までに読みたい世界名作」ウィーダ作;横山洋子監修;那須田淳編訳;佐々木メエ絵 学研プラス 2015年12月

パトラッシュ
フランダース地方生まれの心優しい大きな老犬、少年ネロの大親友 「フランダースの犬」ウィーダ作;田邊雅之訳 小学館(小学館ジュニア文庫) 2016年12月

パトラッシュ
ベルギーのフランダース地方にある村でおじいさんと少年ネロに飼われていた大きな犬 「フランダースの犬―ポプラ世界名作童話;5」ウィーダ作;濱野京子文;小松咲子絵 ポプラ社 2015年11月

パトラッシュ
大きな体と深い愛を持つ老犬、少年ネロの大親友 「フランダースの犬」ウィーダ作;中村凪子訳;鳥羽雨絵 KADOKAWA(角川つばさ文庫) 2014年11月

バートラム・リプトン
大英博物館にすむ姪ロッティと甥アレックスを育てている学芸員、エジプト考古学者 「なぞとき博物館 ミイラの呪文がとけちゃった!?」ダン・メトカーフ作;番由美子訳 KADOKAWA 2016年10月

バートランド・ウィンザー
英国の田舎町の奇妙な屋敷に住む青白い顔をした一家の当主、気さくな男 「夜の庭師」ジョナサン・オージエ著;山田順子訳 東京創元社(創元推理文庫) 2016年11月

パトリック
運河に流されていた子犬を水に飛びこんで助けた小学生の男の子 「走れ、風のように」マイケル・モーパーゴ著;佐藤見果夢訳 評論社 2015年9月

パトロクロス
メノイティオス王の息子、罪を犯して国外へ追放されペレウスの王宮に身を寄せてた王子 「アキレウスの歌」マデリン・ミラー著;川副智子訳 早川書房 2014年3月

ハナ
おとぎ話の世界で赤ずきんになったルビーが出会ったかわいい女の子のいとこ 「プリンセス★マジックルビー 4 赤ずきんは正義のみかた!」ジェニー・オールドフィールド作;田中亜希子訳;谷朋絵 ポプラ社 2015年6月

バナー
世界平和のために戦う「アベンジャーズ」の一人、緑の巨人に変身する天才科学者 「アベンジャーズ エイジ・オブ・ウルトロン」ジョス・ウェドン脚本・監督;アレックス・アーヴァインノベル訳;上杉、隼人訳;長尾、莉紗訳 講談社 2015年11月

ハナ・テイト
愛が病と認定された近未来アメリカの女子高生レナの親友 「デリリウム17」ローレン・オリヴァー著;三辺律子訳 新潮社(新潮文庫) 2014年2月

バーナード
イギリス大使館の料理部屋に住む褐色ねずみ 「くらやみ城の冒険 ミス・ビアンカ」マージェリー・シャープ作;渡辺茂男訳 岩波書店(岩波少年文庫) 2016年5月

バーナード
イギリス大使館の料理部屋に住む褐色ねずみ 「ダイヤの館の冒険 ミス・ビアンカ」 マージェリー・シャープ作;渡辺茂男訳 岩波書店(岩波少年文庫) 2016年7月

バーナード
イギリス大使館の料理部屋に住む褐色ねずみ 「ひみつの塔の冒険 ミス・ビアンカ」 マージェリー・シャープ作;渡辺茂男訳 岩波書店(岩波少年文庫) 2016年8月

ハニー
ブルーベリー森にすんでいるモリネズミの女の子 「はじめてのダンスパーティー──ウサギのフローレンス；2」リス・ノートン原作;山本和子文 学研教育出版 2014年6月

バーニー
ウィンスロップさんが飼っているボーダー・コリー犬、動物と話すことができるミアに助けをもとめた犬 「動物探偵ミア[動物探偵ミア](4)大どろぼう、あらわる？」ダイアナ・キンプトン作;武富博子訳 ポプラ社 2016年4月

バーニー・ブリトル
真夜中の桟橋に絶望感を漂わせて座り込んでいたおじいさん 「キミがくれた希望のかけら」セアラ・ムーア・フィッツジェラルド作;中林晴美訳;平澤朋子絵 フレーベル館(文学の森) 2016年10月

バーニー・ブンゼン
バークレー小の科学研究コンテスの2年連続優勝者、科学教師の6年生の息子 「暗号クラブ8 犯人は学校の中にいる！」ペニー・ワーナー著;番由美子訳 KADOKAWA 2016年12月

ハニー・レモン
サンフランソウキョウ工科大学の学生でどんな化合物でもつくりだせる化学の天才 「ベイマックス」アイリーン・トリンブル作;しぶやまさこ訳 偕成社(ディズニーアニメ小説版) 2014年12月

ヴァネッサ・ダール
スウェーデンのエンゲルスフォシュ高校の生徒、邪悪な攻撃から世界を守る「選ばれし者」の一人でセクシーで美人の少女 「ザ・サークル：選ばれし者たち」サラ・B・エルフグリエン;マッツ・ストランドベリ著;久山葉子訳 イースト・プレス 2014年8月

ヴァネッサ・ディアズ
ハワイから航海に出て嵐にあいきょうだいの三人と子どもたちだけで無人島に漂着した十三歳の少女 「サバイバー 2 炎の試練」ジェフ・プロブスト著;クリス・テベッツ著;澤田澄江訳 講談社 2016年8月

ヴァネッサ・ディアズ
親の再婚できょうだいになった四人の一人、ハワイ沖で嵐にあい子どもたちだけで無人島に漂着した十三歳の少女 「サバイバー 1 嵐の試練」ジェフ・プロブスト著;クリス・テベッツ著;澤田澄江訳 講談社 2016年7月

ヴァネロペ
流れ星を追って不思議な世界「トイ・ボックス」にやってきたレーサーの女の子 「ディズニーインフィニティ」エイミー・ワインガルトナー文;樹紫苑訳 KADOKAWA(角川つばさ文庫) 2016年1月

ばのん

バーノンおじさん
ハリーの唯一の親戚ダーズリー一家のおじさん 「ハリー・ポッターと賢者の石 1-1・1-2―ハリー・ポッター」 J.K.ローリング作;松岡佑子訳 静山社(静山社ペガサス文庫) 2014年3月

バーノンおじさん
ハリーの唯一の親戚ダーズリー一家のおじさん 「ハリー・ポッターと秘密の部屋 2-1・2-2―ハリー・ポッター」 J.K.ローリング作;松岡佑子訳 静山社(静山社ペガサス文庫) 2014年5月

バーノンおじさん
ハリーの唯一の親戚ダーズリー一家のおじさん 「ハリー・ポッターと不死鳥の騎士団 5-1・5-2・5-3・5-4―ハリー・ポッター」 J.K.ローリング作;松岡佑子訳 静山社(静山社ペガサス文庫) 2014年9月

母　はは
浪人生ロランと大学生ソフィ姉弟の母で日本人、テニスとブリッジの愛好家 「リトルプリンス・トリック = LITTLE PRINCE TRICK : 星の王子"からのメッセージ"」 滝川美緒子;滝川クリステル著　講談社　2015年11月

パパ
おとぎの森のおはなしをつくって娘のナースチャに聞かせた絵かきのパパ 「ヘフツィール物語」 A.レペトゥーヒン文;岡田和也訳;きたやまようこ絵　未知谷　2015年11月

パパ
ハイデルベルグの郊外で動物病院を経営する獣医、動物が大好きなマリーの父親 「動物病院のマリー3 子犬救出大作戦!」 タチアナ・ゲスラー著;中村智子訳;鳥羽雨イラスト　学研教育出版　2014年4月

パパ
韓国に住む小学生・ビンナムの会社員だったパパ、とつぜん仕事を失った父親 「シェイクスピアのいる文房具店―はじめて読むじんぶん童話シリーズ」 シン・ヨンラン文;チュ・ソンヒ絵;小栗章訳　彩流社　2015年11月

パパ
息子のグレッグが自分でやれるはずのことをママにたのんでいることがきらいなパパ 「やっぱり、むいてないよ!―グレッグのダメ日記」 ジェフ・キニー作;中井はるの訳　ポプラ社　2015年11月

パパ
独裁政権末期のドミニカ共和国に住んでいた少女アニータの父親 「わたしたちが自由になるまえ」 フーリア・アルバレス著;神戸万知訳　ゴブリン書房　2016年12月

パパ
放浪者のニョロニョロたちと旅に出てしまったムーミントロールのパパ 「小さなトロールと大きな洪水」 トーベ・ヤンソン作・絵;冨原眞弓訳　講談社(講談社青い鳥文庫)　2015年2月

パパ(アッシュ)
家族のだれにも似てない十歳の女の子エミリーのパパ、有名なホラー作家 「エミリーと妖精のひみつ　1ドアの向こうは妖精の国!?」 ホリー・ウェッブ作;宮坂宏美訳;Tobi絵　学研教育出版　2015年8月

パパ（アッシュ）
人間の女の子エミリーを養女にした妖精の家族のパパ、有名なホラー作家　「エミリーと妖精のひみつ　2水の妖精をすくえ!」ホリー・ウェッブ作;宮坂宏美訳;Tobi絵　学研プラス　2015年12月

パパ（ウェスリー・ハワード）
高機能自閉症の女の子・ローズのパパ、ニューヨーク州に娘と犬と暮らしている人　「レイン　雨を抱きしめて」アン・M.マーティン作;西本かおる訳　小峰書店（Sunnyside Books）2016年10月

パパ（ジョージ）
姉弟ホリーとサムと2才児のベンジーの父親、37才のイラストレーター　「リトル・パパ」パット・ムーン作;もりうちすみこ訳;タカタカヲリ絵　文研出版（文研ブックランド）　2015年5月

パパ（ダッチ・イーストン）
事故で右脚を失った少女コービーのパパ、フロリダ州の港で船上生活をはじめた家族の父親　「コービーの海」ベン・マイケルセン作;代田亜香子訳　鈴木出版（鈴木出版の海外児童文学）　2015年6月

パパ（バーソロミュー・ムーン伯爵）　ぱぱ（ばーそろみゅーむーんはくしゃく）
バンパイア・フェアリーの娘イザドラをバンパイア学校にいかせたいバンパイアのパパ　「イザドラ・ムーン学校へいく!」ハリエット・マンカスター著;井上里訳　静山社　2016年7月

母（ヘレン・キングスレー）　はは（へれんきんぐすれー）
亡き父の夢を受けつぎ貿易の仕事についた娘アリスを心配する母親　「アリス・イン・ワンダーランド〜時間の旅〜」カリ・サザーランド作;しぶやまさこ訳　ディズニーアニメ小説版　2016年7月

母（ヘレン・キングスレー）　はは（へれんきんぐすれー）
冒険好きの娘アリスに結婚してしあわせになってほしいと望んでいる母親　「アリス・イン・ワンダーランド〜時間の旅〜」カリ・サザーランド文;ないとうふみこ訳　KADOKAWA（角川つばさ文庫）　2016年6月

母（マーチ夫人）　はは（まーちふじん）
従軍牧師として戦地にいるマーチ氏の妻で四人姉妹の母親　「若草物語」L.M.オルコット作;ないとうふみこ訳;琴音らんまる絵　KADOKAWA（角川つばさ文庫）　2015年1月

バーバラ・ベントン
買ったびんから魔女が出てきた少女、少年リックの2歳年上の姉　「雨の日の魔女―魔女の本棚；23」ルース・チュウ作;日当陽子訳;たんじあきこ絵　フレーベル館　2016年7月

ハーヴィー
マクウォーリー学園の七年生、クラスメイトのドワイトにけんかをふっかけてきた男子　「ダース・ペーパーの逆襲」トム・アングルバーガー作;相良倫子訳　徳間書店　2015年6月

ハーヴィー
マクウォーリー学園六年生のトミーの同級生で友だち、ひねくれ者の少年　「オリガミ・ヨーダの研究レポート―オリガミ・ヨーダの事件簿」トム・アングルバーガー作・絵;相良倫子訳　徳間書店　2014年10月

バビ
ルワンダからイギリスへやってきた少年クリストフのルワンダにいるおじいちゃん　「お話きかせてクリストフ」ニキ・コーンウェル作;渋谷弘子訳;中山成子絵　文研出版（文研ブックランド）　2014年8月

はぷ

ハプ
古代エジプトの王子・ラモーゼの友だち、絵師の弟子の少年 「ラモーゼープリンス・イン・エグザイル 上下」キャロル・ウィルキンソン作;入江真佐子訳 くもん出版 2014年3月

バブリウス・イソップ（イソップ博士） ばぶりうすいそっぷ（いそっぷはかせ）
謎のヒーロー・バットマンに復讐心を募らせている悪の天才科学者、収容所を脱獄し世界征服をたくらむ超危険人物 「バットマンVSスーパーマンーエピソード0 クロスファイヤー」マイケル・コッグス著;田邊雅之訳 小学館（小学館ジュニア文庫） 2016年3月

パヴレ
クロアチアの港町セニュにある古城をねぐらにしている孤児のひとり、少女ゾラの仲間でケンカが強いが気は優しい少年 「赤毛のゾラ 上下」クルト・ヘルト作;酒寄進一訳;西村ツチカ;画 福音館書店（福音館文庫） 2016年11月

ハーヴェイ
イギリスのレスターに住む人種差別主義者の隣に越してきたインド系移民一家の息子 「おいぼれミック」バリ・ライ著;岡本さゆり訳 あすなろ書房 2015年9月

ハボック
群れを失ったいたずらっ子の雌のちびライオン 「神々と戦士たち2再会の島で」ミシェル・ペイヴァー著;中谷友紀子訳 あすなろ書房 2015年1月

ハボック
群れを失った雌のちびライオン、少年ヒュラスと友だちになったいたずらっ子 「神々と戦士たち3ケフティウの呪文」ミシェル・ペイヴァー著;中谷友紀子訳 あすなろ書房 2016年11月

ハーマイオニー・グレンジャー
ハリーの親友、マグル（人間）の子なのに魔法学校の優等生 「ハリー・ポッターと賢者の石 1-1・1-2―ハリー・ポッター」J.K.ローリング作;松岡佑子訳 静山社（静山社ペガサス文庫） 2014年3月

ハーマイオニー・グレンジャー
ハリーの親友、マグル（人間）の子なのに魔法学校の優等生 「ハリー・ポッターと秘密の部屋 2-1・2-2―ハリー・ポッター」J.K.ローリング作;松岡佑子訳 静山社（静山社ペガサス文庫） 2014年5月

ハーマイオニー・グレンジャー
ハリーの親友、マグル（人間）の子なのに魔法学校の優等生 「ハリー・ポッターと不死鳥の騎士団 5-1・5-2・5-3・5-4―ハリー・ポッター」J.K.ローリング作;松岡佑子訳 静山社（静山社ペガサス文庫） 2014年9月

ハーマイオニー・グレンジャー
ホグワーツ魔法魔術学校3年生で学年一の秀才、人間の両親の下に生まれた少女 「ハリーポッター5 ハリー・ポッターとアズカバンの囚人 3-2」J・K・ローリング作;松岡佑子訳 静山社（静山社ペガサス文庫） 2014年6月

ハーマイオニー・グレンジャー
ホグワーツ魔法魔術学校3年生で学年一の秀才、人間の両親の下に生まれた少女 「ハリーポッター6 ハリー・ポッターとアズカバンの囚人 3-1」J・K・ローリング作;松岡佑子訳 静山社（静山社ペガサス文庫） 2014年6月

ハーマイオニー・グレンジャー
ホグワーツ魔法魔術学校4年生で学年一の秀才、人間の両親の下に生まれた少女 「ハリーポッター7 ハリー・ポッターと炎のゴブレット 4-1」 J・K・ローリング作;松岡佑子訳 静山社(静山社ペガサス文庫) 2014年7月

ハーマイオニー・グレンジャー
ホグワーツ魔法魔術学校4年生で学年一の秀才、人間の両親の下に生まれた少女 「ハリーポッター8 ハリー・ポッターと炎のゴブレット 4-3」 J・K・ローリング作;松岡佑子訳 静山社(静山社ペガサス文庫) 2014年7月

ハーマイオニー・グレンジャー
ホグワーツ魔法魔術学校4年生で学年一の秀才、人間の両親の下に生まれた少女 「ハリーポッター9 ハリー・ポッターと炎のゴブレット 4-2」 J・K・ローリング作;松岡佑子訳 静山社(静山社ペガサス文庫) 2014年7月

ハーマイオニー・グレンジャー
ホグワーツ魔法魔術学校の2年生、同じグリフィンドール寮生のハリーとロンの親友の少女 「ハリー・ポッターと秘密の部屋 ―「ハリー・ポッター」シリーズ」 J.K.ローリング作;ジム・ケイ絵;松岡佑子訳 静山社 2016年10月

ハーマイオニー・グレンジャー
ホグワーツ魔法魔術学校の新入生・ハリーと同じ組になった少女 「ハリー・ポッターと賢者の石 ―「ハリー・ポッター」シリーズ」 J.K.ローリング作;ジム・ケイ絵;松岡佑子訳 静山社 2015年11月

ハーマイオニー・グレンジャー
親友ハリー・ポッターとともに闇の魔法使い・ヴォルデモートを倒すための旅に出た魔法使いの少女 「ハリー・ポッターと死の秘宝 7-1・7-2・7-3・7-4― ハリー・ポッター」 J.K.ローリング作;松岡佑子訳 静山社(静山社ペガサス文庫) 2015年1月

ハーマイオニー・グレンジャー
魔法族の少年ハリー・ポッターの親友、ホグワーツ魔法学校で学ぶ秀才の魔女 「ハリー・ポッターと謎のプリンス 6-1・6-2・6-3―ハリー・ポッター」 J.K.ローリング作;松岡佑子訳 静山社(静山社ペガサス文庫) 2014年11月

ハヤブサ(ソーリャ)
ポールニャ国2番手の魔法使い、魔法使いドラゴンのライバル 「ドラゴンの塔 上下」 ナオミ・ノヴィク著;那波かおり訳 静山社 2016年12月

薔薇乃木夫人　ばらのきふじん
薔薇横丁にある小さなとってもかわいいおうちに住んでいたがいまは旅に出ている感じのいいおばあさん 「オンネリとアンネリのふゆ―世界傑作童話シリーズ」 マリヤッタ・クレンニエミ作;マイヤ・カルマ絵;渡部翠訳 福音館書店 2016年11月

薔薇乃木夫人　ばらのきふじん
薔薇横丁にある小さなとってもかわいいおうちに住んでいる感じのいいおばあさん 「オンネリとアンネリのおうち―世界傑作童話シリーズ」 マリヤッタ・クレンニエミ作;マイヤ・カルマ絵;渡部翠訳 福音館書店 2015年1月

ハリー
おとなりさんのたかくて大きいうたごえがすきになれないくろいぶちのある白い犬 「ハリーとうたうおとなりさん こころのほんばこシリーズ」 ジーン・ジオン文;マーガレット・ブロイ・グレアム絵;小宮由訳 大日本図書 2015年11月

ハリー
公務員のヘクターの従兄、バーベキュー・パーティーでロージーの子供を平手打ちしたギリシャ系の男 「スラップ—オーストラリア現代文学傑作選」 クリストス・チョルカス著;湊圭史訳　現代企画室　2014年12月

ハリー・オーガスト
記憶を残したまま永遠に生きられる体質を持った青年、資産家・ヒューン家当主と使用人の母の間の子供 「ハリー・オーガスト、15回目の人生」 クレア・ノース著;雨海弘美訳　KADOKAWA（角川文庫）　2016年8月

ハリー・オズボーン
オズコープ社の新CEO、スパイダーマンになったピーターの幼なじみ 「アメイジングスパイダーマン2」 アレックス・カーツマン脚本;ロベルト・オーチー脚本;ジェフ・ピンクナー脚本;吉富節子訳;小山克昌訳　講談社　2014年11月

ハリス先生　はりすせんせい
ベーカリーの娘ハンナが通う学校の先生でお菓子作りクラブの顧問、社会人一年生で出会いをほしがっている女の人 「ベストフレンズベーカリー 3 恋色タルトのオーディション！」 リンダ・チャップマン著;中野聖訳;佐々木メエ絵　学研プラス　2016年12月

ハリー・トレッドウェル
「マザーランド国」に孫のスタンディッシュと暮らすじいちゃん、誇り高い老人 「マザーランドの月」 サリー・ガードナー著;三辺律子訳　小学館（SUPER!YA）　2015年5月

ハリネズミ
自分に自信のない臆病で孤独なハリネズミ 「ハリネズミの願い」 トーン・テレヘン著;長山さき訳　新潮社　2016年6月

ハリネズミ
自分の家に誰かを招待しようと手紙を書きはじめた自分に自信のない臆病なハリネズミ 「にじの園：CLASSICS FOR A NEW GENERATION」 パトリシア・セントジョン著;中村和雄訳　いのちのことば社　2014年6月

ハリー・フォード
スコットランドのアーバーフォイル炭鉱で坑夫頭だったサイモンの25歳の息子 「黒いダイヤモンド」 ジュール・ヴェルヌ著;新庄嘉章訳　文遊社　2014年1月

ハリー・ポッター
ホグワーツ魔法魔術学校3年生、人間界で育った魔法使いの少年 「ハリーポッター5 ハリー・ポッターとアズカバンの囚人 3-2」 J・K・ローリング作;松岡佑子訳　静山社（静山社ペガサス文庫）　2014年6月

ハリー・ポッター
ホグワーツ魔法魔術学校3年生、人間界で育った魔法使いの少年 「ハリーポッター6 ハリー・ポッターとアズカバンの囚人 3-1」 J・K・ローリング作;松岡佑子訳　静山社（静山社ペガサス文庫）　2014年6月

ハリー・ポッター
ホグワーツ魔法魔術学校4年生、人間界で育った魔法使いの少年 「ハリーポッター7 ハリー・ポッターと炎のゴブレット 4-1」 J・K・ローリング作;松岡佑子訳　静山社（静山社ペガサス文庫）　2014年7月

ハリー・ポッター
ホグワーツ魔法魔術学校4年生、人間界で育った魔法使いの少年 「ハリーポッター8 ハリー・ポッターと炎のゴブレット 4-3」 J・K・ローリング作;松岡佑子訳 静山社(静山社ペガサス文庫) 2014年7月

ハリー・ポッター
ホグワーツ魔法魔術学校4年生、人間界で育った魔法使いの少年 「ハリーポッター9 ハリー・ポッターと炎のゴブレット 4-2」 J・K・ローリング作;松岡佑子訳 静山社(静山社ペガサス文庫) 2014年7月

ハリー・ポッター
ホグワーツ魔法魔術学校の2年生、同じグリフィンドール寮生のロンの親友 「ハリー・ポッターと秘密の部屋 −「ハリー・ポッター」シリーズ」 J.K.ローリング作;ジム・ケイ絵;松岡佑子訳 静山社 2016年10月

ハリー・ポッター
闇の魔法使いヴォルデモートを倒す宿命を持った魔法族の十七歳の少年 「ハリー・ポッターと死の秘宝 7-1・7-2・7-3・7-4— ハリー・ポッター」 J.K.ローリング作;松岡佑子訳 静山社(静山社ペガサス文庫) 2015年1月

ハリー・ポッター
闇の魔法使いヴォルデモートを倒す宿命を持った魔法族の十六歳の少年、ホグワーツ魔法魔術学校の六年生 「ハリー・ポッターと謎のプリンス 6-1・6-2・6-3—ハリー・ポッター」 J.K.ローリング作;松岡佑子訳 静山社(静山社ペガサス文庫) 2014年11月

ハリー・ポッター
赤ん坊の時に両親を殺されおばさん夫婦の家で暮らしていた額に傷のある少年 「ハリー・ポッターと賢者の石 −「ハリー・ポッター」シリーズ」 J.K.ローリング作;ジム・ケイ絵;松岡佑子訳 静山社 2015年11月

ハリー・ポッター
魔法学校の生徒、緑の目に黒い髪で額に稲妻型の傷のある男の子 「ハリー・ポッターと賢者の石 1-1・1-2—ハリー・ポッター」 J.K.ローリング作;松岡佑子訳 静山社(静山社ペガサス文庫) 2014年3月

ハリー・ポッター
魔法学校の生徒、緑の目に黒い髪で額に稲妻型の傷のある男の子 「ハリー・ポッターと秘密の部屋 2-1・2-2—ハリー・ポッター」 J.K.ローリング作;松岡佑子訳 静山社(静山社ペガサス文庫) 2014年5月

ハリー・ポッター
魔法学校の生徒、緑の目に黒い髪で額に稲妻型の傷のある男の子 「ハリー・ポッターと不死鳥の騎士団 5-1・5-2・5-3・5-4—ハリー・ポッター」 J.K.ローリング作;松岡佑子訳 静山社(静山社ペガサス文庫) 2014年9月

バルー
オオカミの子として育てられた少年モーグリにジャングルの掟を教える年寄り教師のクマ 「新訳 ジャングル・ブック」 キップリング作;山田蘭訳;姫川名月絵 KADOKAWA(角川つばさ文庫) 2016年7月

バルー
オオカミの子どもたちにジャングルの掟を教えている物静かな茶色いクマ 「ジャングル・ブック」 ラドヤード・キプリング著;金原瑞人監訳;井上里訳 文藝春秋(文春文庫) 2016年6月

ばる

バルー
オオカミの子どもたちにジャングルの掟を教えている老ヒグマ 「ジャングル・ブック」 ラドヤード・キプリング著;田口俊樹訳 新潮社(新潮文庫) 2016年7月

バルー
ジャングルの学校の老教師、オオカミの子として育てられた少年モーグリにジャングルの掟を教えるクマ 「ジャングル・ブック(新訳)」 ラドヤード・キプリング作;岡田好惠訳 講談社(講談社青い鳥文庫) 2016年7月

ハルク(バナー)
世界平和のために戦う「アベンジャーズ」の一人、緑の巨人に変身する天才科学者 「アベンジャーズ エイジ・オブ・ウルトロン」 ジョス・ウェドン脚本・監督;アレックス・アーヴァインノベル訳;上杉;隼人訳;長尾;莉紗訳 講談社 2015年11月

バルザック
紀元前四十八年にアレクサンドリア大図書館に火を放ったたちの悪い魔術師 「アーチー・グリーンと魔法図書館の謎―アーチー・グリーンと魔法図書館」 D.D.エヴェレスト著;こだまともこ訳 あすなろ書房 2015年7月

ハル先生(ジニーヴァ・ハル)　はるせんせい(じにーばはる)
ストラテンバーグ市で成績が一番下のイースト中学校の八年生担当の先生 「少年弁護士セオの事件簿6 仮面スキャンダル」 ジョン・グリシャム作;石崎洋司訳 岩崎書店 2016年11月

バルダ
デルトラ王国のエンドン国王の乳母・ミンの息子、元デル城の衛兵 「デルトラ・クエスト1」 エミリー・ロッダ作;岡田好惠訳;吉成曜;吉成鋼画 岩崎書店(フォア文庫) 2014年12月

バルダ
隣国の悪者・影の大王によってうばわれた七つの宝石をとりかえすため友人のリーフとジャスミンと旅に出たデルトラ王国に住む少年 「デルトラ・クエスト5」 エミリー・ロッダ作;岡田好惠訳;吉成曜;吉成鋼画 岩崎書店(フォア文庫) 2016年4月

バルナット・フレーシャ(フレーシャ)
《コレオ・デ・バルセロナ》紙記者、その日の気分で仕事をする男 「ヴェサリウスの秘密」 ジョルディ・ヨブレギャット著;宮﨑真紀訳 集英社(集英社文庫) 2016年10月

パルパティーン
銀河共和国の最高統治議会である元老院の最高議長 「スター・ウォーズエピソードⅡ クローンの攻撃」 ジョージ・ルーカス原作;パトリシア・C.リード著;上杉隼人訳;上原尚子訳 講談社 2015年5月

パルパティーン議長　ぱるぱてぃーんぎちょう
分離主義者に誘拐された銀河共和国元老院の最高議長 「スター・ウォーズエピソードⅢ シスの復讐」 ジョージ・ルーカス原作;パトリシア・C.リード著;上杉隼人訳;有馬さとこ訳 講談社 2015年7月

パルパティーン皇帝　ぱるぱてぃーんこうてい
銀河帝国の邪悪な皇帝 「スター・ウォーズエピソードⅣ新たなる希望」 ジョージ・ルーカス原作;ライダー・ウィンダム著;らんあれい訳 講談社 2014年7月

パルパティーン皇帝　ぱるぱてぃーんこうてい
銀河帝国の邪悪な皇帝 「スター・ウォーズエピソードⅤ帝国の逆襲」 ジョージ・ルーカス原作;ライダー・ウィンダム著;上杉隼人訳;潮裕子訳 講談社 2014年11月

バルハララマ
バイキングの少年ヒックのお母さん、バイキング一の戦士 「ヒックとドラゴン 11 孤独な英雄」 クレシッダ・コーウェル作;相良倫子・陶浪亜希訳 小峰書店 2014年7月

パルフョーン・セミョーノヴィチ・ロゴージン(ロゴージン)
ロシアの世襲名誉市民のセミョール氏の息子、莫大な遺産を相続した27歳くらいの青年 「白痴 1」 ドストエフスキー著;亀山郁夫訳 光文社(光文社古典新訳文庫) 2015年11月

バルボッサ(キャプテン・バルボッサ)
流れ星を追って不思議な世界「トイ・ボックス」にやってきた海賊でジャック・スパロウのライバル 「ディズニーインフィニティ」 エイミー・ワインガルトナー文;樹紫苑訳 KADOKAWA(角川つばさ文庫) 2016年1月

パレツキー博士　ぱれつきーはかせ
エジプト考古学者・メグレ教授の助手をしている男性、ヒエログリフの専門家 「少女探偵アガサ 1 エジプト編66番目の墓の謎」 サー・スティーヴ・スティーヴンソン作;中井はるの訳;patty画 岩崎書店 2016年12月

ハレフ
ドイツ人の探検家のカラ・ベン・ネムジの召使いで友人、アラビア人 「カール・マイ冒険物語：オスマン帝国を行く〈10〉マケドニアを行く」 カール・マイ著;戸叶勝也訳 朝文社 2016年7月

ハレフ
ドイツ人の探検家のカラ・ベン・ネムジの召使いで友人、アラビア人 「カール・マイ冒険物語：オスマン帝国を行く〈11〉アルバニア山地にて」 カール・マイ著;戸叶勝也訳 朝文社 2016年12月

ハレフ
ドイツ人の探検家のカラ・ベン・ネムジの召使いで友人、アラビア人 「カール・マイ冒険物語：オスマン帝国を行く〈2〉ティグリス河の探検」 カール・マイ著;戸叶勝也訳 朝文社 2014年2月

ハレフ
ドイツ人の探検家のカラ・ベン・ネムジの召使いで友人、アラビア人 「カール・マイ冒険物語：オスマン帝国を行く〈3〉悪魔崇拝者」 カール・マイ著;戸叶勝也訳 朝文社 2014年5月

ハレフ
ドイツ人の探検家のカラ・ベン・ネムジの召使いで友人、アラビア人 「カール・マイ冒険物語：オスマン帝国を行く〈4〉クルディスタンの奥地にて」 カール・マイ著;戸叶勝也訳 朝文社 2014年7月

ハレフ
ドイツ人の探検家のカラ・ベン・ネムジの召使いで友人、アラビア人 「カール・マイ冒険物語：オスマン帝国を行く〈5〉ペルシア辺境にそって」 カール・マイ著;戸叶勝也訳 朝文社 2014年10月

ハレフ
ドイツ人の探検家のカラ・ベン・ネムジの召使いで友人、アラビア人 「カール・マイ冒険物語：オスマン帝国を行く〈6〉バグダードからイスタンブールへ」 カール・マイ著;戸叶勝也訳 朝文社 2014年12月

はれふ

ハレフ
ドイツ人の探検家のカラ・ベン・ネムジの召使いで友人、アラビア人 「カール・マイ冒険物語：オスマン帝国を行く〈7〉ブルガリア南部にて」 カール・マイ著;戸叶勝也訳　朝文社　2015年8月

ハレフ
ドイツ人の探検家のカラ・ベン・ネムジの召使いで友人、アラビア人 「カール・マイ冒険物語：オスマン帝国を行く〈8〉バルカン峡谷にて」 カール・マイ著;戸叶勝也訳　朝文社　2015年12月

ハレフ
ドイツ人の探検家のカラ・ベン・ネムジの召使いで友人、アラビア人 「カール・マイ冒険物語：オスマン帝国を行く〈9〉オスマン帝国の辺境」 カール・マイ著;戸叶勝也訳　朝文社　2016年4月

ヴァレリー
ドイツに住む十四歳の女の子、妹ハンナとどっちが早くテレビに出られるか賭けをした姉 「ハンナの夢さがし」 ベッティーナ・オプレヒト作;若松宣子訳　偕成社　2015年10月

ハレー・ローレンツ
少年ベンと友だちになった重病の女の子、図書館司書のローレンツさんの十三歳の娘 「魔法の箱」 ポール・グリフィン作;池内恵訳　WAVE出版　2016年11月

ヴァレンティナ・マクシミヴナ・シチュキナ
チェルノブイリ原発の立入禁止区域"ゾーン"で暮らしている看護師、娘が行方不明の母親 「希望のかたわれ」 メヒティルト・ボルマン著;赤坂桃子訳　河出書房新社　2015年8月

ハロウィーン
下妖精国の支配者、妖精国から影と魔法を奪った女王 「影の妖精国で宴をひらいた少女」 キャサリン・M・ヴァレンテ著;水越真麻訳　早川書房(ハヤカワ文庫FT)　2014年1月

バロウズ博士　ばろうずはかせ
コロニア人である少年ウィルの育ての父、発掘にとりつかれ地底に迷い込んだ考古学者 「ディープス：サバイバーの絆　上下―地底都市コロニア」 ロデリック・ゴードン著;ブライアン・ウィリアムズ著;橋本恵訳　学研プラス　2016年9月

バロウズ博士　ばろうずはかせ
ロンドンで暮らす少年・ウィルの父親、専門は歴史と考古学でさびれた博物館の館長 「トンネル：迷宮への扉　上下―地底都市コロニア」 ロデリック・ゴードン著;ブライアン・ウィリアムズ著;橋本恵訳　学研プラス　2016年3月

ハーロック・ショームズ(ショームズ)
イギリス生まれの名探偵 「怪盗アルセーヌ・ルパンあらわれた名探偵：世界一有名な探偵も登場!ルパンとの推理対決!?―10歳までに読みたい名作ミステリー」 モーリス・ルブラン作;二階堂黎人編著;清瀬のどか絵　学研プラス　2016年9月

パロマ・キリーリー
アイルランドの中学生、学校中の男子が夢中になるほど美しい少女 「キミがくれた希望のかけら」 セアラ・ムーア・フィッツジェラルド作;中林晴美訳;平澤朋子絵　フレーベル館(文学の森)　2016年10月

ハロルド・ハッチンス
なかよしのジョージと一緒にマンガ「パンツマン」を描いている小学四年生 「スーパーヒーロー・パンツマン 1 パンツマンたんじょうのひみつ」 デイブ・ピルキー作・絵;木坂涼訳　徳間書店　2014年1月

ハロルド・ハッチンス
なかよしのジョージと一緒にマンガ「パンツマン」を描いている小学四年生 「スーパーヒーロー・パンツマン 2 パンツマンVS巨大トイレロボ」 デイブ・ピルキー作・絵;木坂涼訳　徳間書店　2014年1月

ハロルド・ハッチンス
なかよしのジョージと一緒にマンガ「パンツマン」を描いている小学四年生 「スーパーヒーロー・パンツマン 3 パンツマンVS恐怖のオバちゃんエイリアン」 デイブ・ピルキー作・絵;木坂涼訳　徳間書店　2014年2月

ハロルド・ハッチンス
なかよしのジョージと一緒にマンガ「パンツマン」を描いている小学四年生 「スーパーヒーロー・パンツマン 4 パンツマンVSおもらし教授　あんたのお名前なんてーの？」 デイブ・ピルキー作・絵;木坂涼訳　徳間書店　2014年2月

ハワード・グッドール（レオナルド・バームガードナー）
高校生のエドワードを暗殺しようとテキサス州で高校生になりすましている大学生 「タイムライダーズ2-2　紀元前6500万年からの逆襲」 アレックス・スカロウ作;金原瑞人訳　小学館　2015年4月

ハワード・グッドール（レオナルド・バームガードナー）
二〇五九年から二〇一五年のテキサス州にきて高校生になりすましている大学生 「タイムライダーズ2-1　紀元前6500万年からの逆襲」 アレックス・スカロウ作;金原瑞人訳　小学館　2015年4月

バーン
イニスコール島の村に言い伝えられたいけにえになる女の子・ダーラの双子の兄 「十三番目の子」 シヴォーン・ダウド作;パム・スマイ絵;池田真紀子訳　小学館　2016年4月

バン
クラマーキン島の安全を守る「動物探偵団」のメンバー、太った黒ねこ 「動物探偵ミア」 ダイアナ・キンプトン作;武富博子訳;花珠絵　ポプラ社　2015年4月

パン
闇の世界にすむ自然の神、魔王と魔女のあいだに生まれたアリスを助けた古代神 「魔使いの敵　闇の国のアリス（魔使いシリーズ）」 ジョゼフ・ディレイニー著;田中亜希子訳　東京創元社(sogen bookland)　2014年8月

バンガ
プライドランドの平和を守るチーム「ライオン・ガード」のメンバーになったアナグマ 「ライオン・ガード　カイオンの冒険」 フォード・ライリー原作;ジョン・ロイ原作;樹紫苑訳　KADOKAWA（角川つばさ文庫）　2016年11月

バンクスさん
さくら通り17番地にすむ4人の子どもたちのお父さん 「メアリー・ポピンズ　ポプラ世界名作童話10」 P・L・トラヴァース作;富安陽子文;佐竹美保絵　ポプラ社　2015年11月

はんす

ハンス
おとぎ話の世界で赤ずきんになったルビーの動物のことばがわかる友だち 「プリンセス★マジックルビー 4 赤ずきんは正義のみかた!」 ジェニー・オールドフィールド作;田中亜希子訳;谷朋絵 ポプラ社 2015年6月

ハンス
おとぎ話の世界で赤ずきんのとなりに住んでいる男の子 「プリンセス★マジックルビー 2 ひらいて!勇気のとびら」 ジェニー・オールドフィールド作;田中亜希子訳 ポプラ社 2014年10月

ハンス
赤ずきんの世界にやってきた女の子ルビーがたよりにしている男の子 「プリンセス★マジックルビー 3」 ジェニー・オールドフィールド作;田中亜希子訳;谷朋絵 ポプラ社 2015年2月

ハンス王子　はんす王子
十二人の兄をもつ南諸島の王子、アレンデール王国の王女・アナにプロポーズした青年 「アナと雪の女王」 サラ・ネイサン作;セラ・ローマン作;しぶやまさこ訳 偕成社(ディズニーアニメ小説版) 2014年3月

ハン・ソロ
かつて反乱軍の英雄だった凄腕の操縦士、密輸業者 「スター・ウォーズ フォースの覚醒」 J.J.エイブラムス原作;ローレンス・カスダン原作;マイケル・アーント原作;マイケル・コッグ著 講談社 2016年5月

ハン・ソロ
ファルコン号の船長、反乱軍のレイア姫に協力を依頼された密輸業者の男 「STAR WARS ジャーニー・トゥ・フォースの覚醒 おれたちの船って最高だぜ!」 グレッグ・ルーカ著;フィル・ノト絵;村吉知子訳 講談社(講談社KK文庫) 2015年12月

ハン・ソロ
ミレニアム・ファルコン号の船長 「スター・ウォーズエピソードⅣ新たなる希望」 ジョージ・ルーカス原作;ライダー・ウィンダム著;らんあれい訳 講談社 2014年7月

ハン・ソロ
ミレニアム・ファルコン号の船長 「スター・ウォーズエピソードⅤ帝国の逆襲」 ジョージ・ルーカス原作;ライダー・ウィンダム著;上杉隼人訳;潮裕子訳 講談社 2014年11月

ハン・ソロ
反乱軍のレイアたちの仲間、とらわれて惑星タトゥイーンに送られたファルコン号の船長 「スター・ウォーズエピソードⅥジェダイの帰還」 ジョージ・ルーカス原作;ライダー・ウィンダム著;上杉隼人訳;吉田章子訳 講談社 2015年2月

バンチール
教区の評議員、自分が所有している森で16歳くらいの野生の少年に会った男 「サキ 森の少年 世界名作ショートストーリー」 サキ作;千葉茂樹訳 理論社 2015年5月

パンツマン
小学四年生のハロルドとジョージが通うジェローム小学校の校長、パンツマンに変身する先生 「スーパーヒーロー・パンツマン 1 パンツマンたんじょうのひみつ」 デイブ・ピルキー作・絵;木坂涼訳 徳間書店 2014年1月

パンツマン
小学四年生のハロルドとジョージが通うジェローム小学校の校長、パンツマンに変身する先生 「スーパーヒーロー・パンツマン 2 パンツマンVS巨大トイレロボ」 デイブ・ピルキー作・絵;木坂涼訳　徳間書店　2014年1月

パンツマン
小学四年生のハロルドとジョージが通うジェローム小学校の校長、パンツマンに変身する先生 「スーパーヒーロー・パンツマン 3 パンツマンVS恐怖のオバちゃんエイリアン」 デイブ・ピルキー作・絵;木坂涼訳　徳間書店　2014年2月

パンツマン
小学四年生のハロルドとジョージが通うジェローム小学校の校長、パンツマンに変身する先生 「スーパーヒーロー・パンツマン 4 パンツマンVSおもらし教授　あんたのお名前なんてーの？」 デイブ・ピルキー作・絵;木坂涼訳　徳間書店　2014年2月

バンティング氏　ばんてぃんぐし
少女アマンダにしか見えないはずの少年ラジャーを追い回すアロハシャツの男 「ぼくが消えないうちに」 A.F.ハロルド作え;ミリー・グラヴェット絵;こだまともこ訳　ポプラ社（ポプラせかいの文学）　2016年10月

ハンナ
お菓子作りが大好きな11歳の少女、新しい町でオープンしたママのベーカリーを手伝っている娘 「ベストフレンズベーカリー 1　友情カップケーキをめしあがれ！」 リンダ・チャップマン著;中野聖訳;佐々木メエ絵　学研プラス　2016年8月

ハンナ
お菓子作りが大好きな11歳の少女、新しい町でオープンしたママのベーカリーを手伝っている娘 「ベストフレンズベーカリー 2　夢をかなえるチョコレート・マジック！」 リンダ・チャップマン著;中野聖訳;佐々木メエ絵　学研プラス　2016年9月

ハンナ
お菓子作りが大好きな11歳の少女、新しい町でオープンしたママのベーカリーを手伝っている娘 「ベストフレンズベーカリー 3　恋色タルトのオーディション！」 リンダ・チャップマン著;中野聖訳;佐々木メエ絵　学研プラス　2016年12月

ハンナ
ドイツに住む十歳の女の子、姉ヴァレリーとどっちが早くテレビに出られるか賭けをした妹 「ハンナの夢さがし」 ベッティーナ・オプレヒト作;若松宣子訳　偕成社　2015年10月

ハンナ王妃　はんなおうひ
20年間囚われていた森から奪還されたポールニャ国の王妃 「ドラゴンの塔 上下」 ナオミ・ノヴィク著;那波かおり訳　静山社　2016年12月

バンバン
まよいこんでしまった大きな町でかしこい女の子マンゴーに出会ったマレーバクの子 「バクのバンバン、町にきた」 ポリー・フェイバー作;クララ・ヴリアミー絵;松波佐知子訳　徳間書店　2016年11月

パンプキン
お城がある世界「ウィスカー・ヘイヴン」にやってきた子犬、プリンセス・シンデレラのペット 「ウィスカー・ヘイヴン ロイヤルペットものがたり」 キャシー・E.デイビス文えイミー・S.カースター文;サディアス・ディルディ文;ブリトニー・ルビアノ文;樹紫苑訳　KADOKAWA（角川つばさ文庫）　2016年4月

はんふ

パンプキン
プリンセス・シンデレラのペット、舞踏会に招待されたダンスが大好きな子犬 「ロイヤルペット」 テナント・レッドバンク文えイミー・S.カースター文;樹紫苑訳 KADOKAWA(角川つばさ文庫) 2015年11月

ハンプティー・ダンプティー
少女アリスが迷い込んだ鏡の国のたまごそっくりで自慢屋の男 「鏡の国のアリス」 ルイス・キャロル作;佐野真奈美訳 ポプラ社(ポプラポケット文庫) 2015年9月

ハンフリー
ウェストミンスターの写本屋「おんどり工房」の写字室で働いている少年 「ユニコーン キャクストンの挑戦」 シンシア・ハーネット著;眞方陽子訳 南窓社 2014年5月

バンブルビ
森に住むエルフ、いつも窓の外から双子の姉妹のフローラたちを見守る小妖精 「フローラとパウラと妖精の森1 妖精たちが大さわぎ!」 タニヤ・シュテーブナー著;中村智子訳;戸部淑イラスト 学研教育出版 2014年2月

バンブルビ
双子の姉妹のフローラたちと仲良しのエルフ、マルハナバチを世話する森の妖精 「フローラとパウラと妖精の森2 美しいフェアリーは危険!?」 タニヤ・シュテーブナー著;中村智子訳;戸部淑イラスト 学研教育出版 2014年7月

ヴァン・ヘルシング
アムステルダムに住む教授、不死者の権威 「吸血鬼ドラキュラ」 ブラム・ストーカー著;田内志文訳 KADOKAWA(角川文庫) 2014年5月

バンポ王子　ばんぽおうじ
ジョリギンキ国の奇妙な黒人王子、動物の言葉を話せるドリトル先生の旧友 「ドリトル先生航海記」 ヒュー・ロフティング著;福岡伸一訳 新潮社(新潮モダン・クラシックス) 2014年3月

【ひ】

ヴィア(オリヴィア・プルマン)
下顎顔面異骨症の男の子オギーの高校生のお姉さん 「ワンダー」 R.J.パラシオ作;中井はるの訳 ほるぷ出版 2015年7月

ピアス
宮廷に取り立てられた医師メリヴェルの医学生時代からの親友、ウィットルシーの精神病院で働く医師 「道化と王」 ローズ・トレメイン著;金原瑞人訳;小林みき訳 柏書房 2016年2月

ビアンカ・ディ・アンジェロ
メイン州のバーハーバーにあるウェストーヴァ校にいた12歳の少女、少年ニコの姉で神と人間を両親にもつハーフ 「パーシー・ジャクソンとオリンポスの神々タイタンの呪い〈3-上下〉」 リック・リオーダン作;金原瑞人訳;小林みき訳 静山社(静山社ペガサス文庫) 2016年6月

ピエトロ・マキシモフ
双子の妹ワンダとともに秘密組織「ヒドラ」の人体実験を受け高性能化したソコヴィア人男性 「アベンジャーズ エイジ・オブ・ウルトロン」ジョス・ウェドン脚本・監督;アレックス・アーヴァインノベル訳;上杉;隼人訳;長尾;莉紗訳 講談社 2015年11月

ピエール・アロナクス
フランスの海洋学者、海で起こっている不思議な現象の調査をすることになった博士 「海底二万マイル―10歳までに読みたい世界名作」ジュール・ベルヌ作;横山洋子監修 学研プラス 2016年4月

ピエール・アロナックス
パリ自然史博物館の教授、海洋生物学者 「海底二万里 上下」ジュール・ヴェルヌ著;渋谷豊訳 KADOKAWA（角川文庫） 2016年7月

ヴィカス
シベリアに住む力ある吸血鬼、吸血鬼の少年ヴラッドの父トマスたちを教え導いていた男 「ヴラディミール・トッド・クロニクルズⅡ スレイヤーの魔の手」ヘザー・ブリューワー著;園生さち訳 新書館 2014年8月

ヴィクター・デラモンテ
病をわずらい余命わずかな八十代半ばの大富豪の老人 「時の番人」ミッチ・アルボム著;甲斐理恵子訳 静山社 2014年5月

ヴィクター・ヴォルマー
テネシー州メンフィスに住む発話に障害がある11歳の少年 「ペーパーボーイ」ヴィンス・ヴォーター作;原田勝訳 岩波書店（STAMP BOOKS） 2016年7月

ピグレット
100エーカーの森に住むプーさんのなかま、気弱だけれど思いやりのある子ブタ 「くまのプーさん プーさんたちの楽しい毎日」ディズニー・パブリッシング・ワールドワイド文;大草洋子訳 KADOKAWA（角川つばさ文庫） 2016年10月

日暮の君　ひぐれのきみ
ウェルメトの「たそがれ街」の主、金と権力のためならなんでもする男 「魔法が消えていく…」サラ・プリニース作;橋本恵訳 徳間書店 2016年1月

飛行おに　ひこうおに
どんなすがたにでも変身することができて黒ヒョウにのって空を飛びまわる魔物 「たのしいムーミン一家」トーベ・ヤンソン作;トーベ・ヤンソン絵;山室静訳 講談社（講談社青い鳥文庫） 2014年4月

飛行おに　ひこうおに
黒ひょうにのって世界でいちばん大きいルビーをさがしているまもの 「たのしいムーミン一家」トーベ・ヤンソン作・絵;山室静訳 講談社 2015年7月

ビーストン氏　びーすとんし
イギリス政府の公務員、幽霊省を廃止しようとしている経費削減部の職員 「骨董通りの幽霊省」アレックス・シアラー著;金原瑞人訳;西本かおる訳;杉田比呂美イラスト 竹書房 2016年12月

ビーズリーさん
屋根裏部屋にゆうれいが出ると少女クレアたちに捜査を依頼した女の人 「屋根裏のゆうれい」ドリー・ヒルスタッド・バトラー作;もりうちすみこ訳;いちごとまるがおさん絵 国土社 2016年11月

ぴた

ピーター
ママのたんじょう日プレゼントにせかいでいちばんきれいな木をあげたいと思っている男の子 「ピーター」 バーナデット・ワッツ作;福本友美子訳　BL出版　2014年8月

ピーター
戦争中にロンドンから片田舎にある老教授の屋敷に疎開した4人兄弟の長男 「ナルニア国物語 2ーライオンと魔女と衣装だんす」 C・S・ルイス著;土屋京子訳　光文社(光文社古典新訳文庫)　2016年2月

ピーター・ウォーレン・ハッチャー
ミドリガメを飼うことになったニューヨークに住む小学四年生、二歳半になる弟にいつもじゃまばかりされている兄 「ピーターとファッジのどたばた日記」 ジュディ・ブルーム著;滝宮ルリ訳;西田登監訳　バベルプレス　2016年11月

ピーター・エリソン
カリフォルニア州ペルディド・ビーチ・スクールに通う14歳のアストリッドの弟、自閉症の少年 「GONE 上下」 マイケル・グラント著;片桐恵理子訳　ハーパーコリンズ・ジャパン(ハーパーBOOKS)　2016年4月

ピーターおばさん
クリスマスに少女ローラの家にとまりにきた伯父 「森のプレゼント」 ローラ・インガルス・ワイルダー作;安野光雅絵・訳　朝日出版社　2015年11月

ピーター・ダフィー
ストラテンバーグで起きた殺人事件の逃亡中の被告人、中学生のセオに目撃された男 「少年弁護士セオの事件簿5 逃亡者の目」 ジョン・グリシャム作;石崎洋司訳　岩崎書店　2015年11月

ピーター・パーカー(スパイダーマン)
スパイダーマンとしてさまざまな街の犯罪者とたたかう若者 「アメイジングスパイダーマン2」 アレックス・カーツマン脚本;ロベルト・オーチー脚本;ジェフ・ピンクナー脚本;吉富節子訳;小山克昌訳　講談社　2014年11月

ピーター・パン
永遠に年をとらない少年 「ピーター・パンとウェンディ」 ジェームズ・M・バリー著;大久保寛訳　新潮社(新潮文庫)　2015年5月

ヴィタリス老人　ぴたりすろうじん
旅芸人一座の座長、フランスのシャバノン村に住んでいた少年レミをお金で買った老人 「家なき子ーー10歳までに読みたい世界名作」 エクトール・アンリ・マロ作;横山洋子監修　学研プラス　2016年2月

ビッキー・マスターズ
動物保護施設「ハッピー・ポーズ」の五番犬舎の責任者、二十三歳の女性マネージャー 「夢見る犬たち 五番犬舎の奇跡」 クリフ・マクニッシュ作;浜田かつこ訳　金の星社　2015年8月

ビッグ・ジャック
少年冒険家トムの父親、トムの宿敵オームストーンの捕虜になっている勇敢な冒険家 「救われたおとぎ話ーー少年冒険家トム3」 イアン・ベック作・絵;松岡ハリス佑子訳　静山社(静山社ペガサス文庫)　2015年11月

ヒック・ホレンダス・ハドック三世　ひっくほれんだすはどっくさんせい
モジャモジャ族というバイキングの少年、人間たちから追放された流れ者　「ヒックとドラゴン11 孤独な英雄」　クレシッダ・コーウェル作;相良倫子・陶浪亜希訳　小峰書店　2014年7月

ヒック・ホレンダス・ハドック三世　ひっくほれんだすはどっくさんせい
剣の腕前がみごとでドラゴン語の達人のひ弱な少年バイキング、モジャモジャ族のリーダー・ストイックの息子　「ヒックとドラゴン12－最後の決闘上下」　クレシッダ・コーウェル作;相良倫子・陶浪亜希訳　小峰書店　2016年10月

羊飼い（エルゼアール・ブフィエ）　ひつじかい（えるぜあーるぶふぃえ）
一九一三年にプロヴァンス地方にいた「わたし」が荒野で出会った羊飼いの男　「木を植えた男」　ジャン・ジオノ著;寺岡襄訳;黒井健絵　あすなろ書房（あすなろセレクション）　2015年10月

ひつじたち
ミアが通っている学校の学園祭でレースをすることになったフローラさんが飼っている五ひきのひつじたち　「動物探偵ミア［動物探偵ミア］(5)ひつじレースで大さわぎ！」　ダイアナ・キンプトン作;武富博子訳　ポプラ社　2016年8月

ピット・サマー
夏休み前日に謎の村ヘンリー・クリークに招待された好奇心旺盛な12歳の少年　「THE LOCK ぼくたちが"世界"を変える日1 仕かけられたなぞ」　ピエルドメニコ・バッカラリオ作;田中寛崇絵　学研プラス　2015年12月

ピット・サマー
夏休み前日に謎の村ヘンリー・クリークに招待された好奇心旺盛な12歳の少年　「THE LOCK ぼくたちが"世界"を変える日2 洞窟にひそむ物体」　ピエルドメニコ・バッカラリオ作;田中寛崇絵　学研プラス　2015年12月

ヒットマン・アンデシュ
スウェーデンいち荒んでいるホテルに長逗留しているやり手の売れっ子殺し屋　「天国に行きたかったヒットマン」　ヨナス・ヨナソン著;中村久里子訳　西村書店東京出版編集部　2016年11月

ピッピ
「ごたごた荘」にすんでいる左右違うくつ下をはいたスウェーデン生まれの少女　「ピッピ、お買い物にいく」　アストリッド・リンドグレーン作;イングリッド・ヴァン・ニイマン絵;いしいとしこ訳　徳間書店　2015年6月

ピッピ
「ごちゃごちゃ壮」にひとりでくらしている世界一力もちの9さいの女の子　「長くつしたのピッピ―ポプラ世界名作童話；8」　A.リンドグレーン作;角野栄子文;あだちなみ絵　ポプラ社　2015年11月

ピップ
「チェシャーチーズ亭」で飼われることになったネコ・スキリーとお互いに都合がいい取引を交わした天才ネズミ　「チェシャーチーズ亭のネコ」　カーメン・アグラ・ディーディ;ランダル・ライト著;山田順子訳　東京創元社　2014年7月

ピート
たつまきが来てひなん用地下室にいた「ぼく」たちに犬のトルネードの話をした男の人　「トルネード!」　ベッツィ・バイアーズ作;もりうちすみこ訳;降矢なな絵　学研教育出版（ジュニア文学館）　2015年5月

ひな(

ヒナ(エコー)
巣から落ちたところを大巫女の娘ピラに拾われた雌ハヤブサのヒナ 「神々と戦士たち3ケフティウの呪文」 ミシェル・ペイヴァー著;中谷友紀子訳 あすなろ書房 2016年11月

ヴィニー
町の有力者のひとりディキンソン家の12歳の娘、エミリーの妹 「誰でもない彼の秘密」 マイケラ・マッコール著;小林浩子訳 東京創元社 2015年4月

ピノッキオ
年寄りの大工・ジェペットさんが作った木彫りのあやつり人形、悪たれのいたずら小僧 「ピノッキオの冒険」 カルロ・コッローディ著;大岡玲訳 光文社(光文社古典新訳文庫) 2016年11月

ビーバー
三百年前のミルアイランドへタイムスリップしたサラとティモシー姉弟が出会ったアメリカ先住民の少年 「夏の魔女―魔女の本棚;22」 ルース・チュウ作;日当陽子訳;たんじあきこ絵 フレーベル館 2016年4月

BB−8 びーびーえいと
レジスタンス一のパイロット・ポーを補佐する球体のロボット(アストロメク・ドロイド) 「スター・ウォーズ フォースの覚醒」 J.J.エイブラムス原作;ローレンス・カスダン原作;マイケル・アーント原作;マイケル・コッグ著 講談社 2016年5月

BB−8 びーびーえいと
共和国のパイロット・ポーのアストロメク・ドロイド 「STAR WARSフォースの覚醒前夜」 グレッグ・ルーカ著;フィル・ノト絵;稲村広香訳 講談社(講談社KK文庫) 2016年1月

ピーピー・おもらしチビルレロ教授(おもらし教授) ぴーぴーおもらしちびるれろきょうじゅ(おもらしきょうじゅ)
世界の果ての小さな国ニュー・スイスランドの研究者で天才発明家 「スーパーヒーロー・パンツマン 4 パンツマンVSおもらし教授 あんたのお名前なんてーの？」 デイブ・ピルキー作・絵;木坂涼訳 徳間書店 2014年2月

ピピネッラ
ひどいペットショップからドリトル先生に救い出されたカナリア 「ドリトル先生と緑のカナリア:新訳」 ヒュー・ロフティング作;河合祥一郎訳;patty絵 KADOKAWA(角川つばさ文庫) 2015年8月

ピー姫 ぴーひめ
ドール王国の12歳の王女 「ねずみの騎士デスペローの物語」 ケイト・ディカミロ作;ティモシー・バジル・エリング絵;子安亜弥訳 ポプラ社(ポプラ文学ポケット) 2016年3月

ビビリ
11歳の少女ライリーの頭の中にいる5人の感情の1人、いつもびくびくしている男の人 「インサイド・ヘッド」 スーザン・フランシス作;しぶやまさこ訳 偕成社(ディズニーアニメ小説版)(ディズニーアニメ小説版) 2015年7月

ヒープ
元骨ウルフだった野蛮なオオカミ、邪悪なはぐれ者たちを率いるリーダー 「ファオランの冒険6―〈果てなき青み〉へ！」 キャスリン・ラスキー著;中村佐千江訳 KADOKAWA 2015年1月

ピム博士(スタニスラウス・ピム) ぴむはかせ(すたにすらうすぴむ)
行方のわからない「最古の魔術書」をさがす老いた魔法使い 「ブラック・レコニング 最古の魔術書 III」 ジョン・スティーブンス著;こだまともこ訳 あすなろ書房 2015年12月

ひめさま
王さまのめいれいでイワンによってきゅうでんにつれてこられたおひめさま 「イワンとふしぎなこうま」 ピョートル・エルショーフ作;浦雅春訳　岩波書店（岩波少年文庫）2016年2月

ピュア
何年も前からほしかったドールハウスをママに買ってもらった女の子 「ひみつの妖精ハウス1―ひみつの妖精ハウス」 ケリー・マケイン作;田中亜希子訳;まめゆか絵　ポプラ社　2016年3月

ピュア
四人の妖精と友だちになったロンドンからきた女の子 「ひみつの妖精ハウス2 転校生がやってきた!」 ケリー・マケイン作;田中亜希子訳;まめゆか絵　ポプラ社　2016年7月

ピュア
四人の妖精と友だちになったロンドンからきた女の子 「ひみつの妖精ハウス3 友情は、勇気の魔法!」 ケリー・マケイン作;田中亜希子訳;まめゆか絵　ポプラ社　2016年11月

ヒューゴ
ホーマーおじさまの家の近くにある八角形の古びた塔にいた青白い顔をした不思議なふたごの弟 「王女さまのお手紙つき[6] バンパイアのひみつ料理」 ポーラ・ハリソン原作;チーム151E☆企画・構成　学研プラス　2016年9月

ヒューゴ・ダイソン
オクスフォード大学教授、好奇心旺盛で希望にあふれた男 「幻のドラゴン号 ドラゴンシップ・シリーズ3」 ジェームズ・A・オーウェン作;三辺律子訳　評論社　2016年4月

ビューティ
オーロラ姫のペット、かわいいものとおかしが大好きな子ネコ 「ロイヤルペット ビューティ／ブロンディ／ティーカップ」 テナント・レッドバンク文;樹紫苑訳　KADOKAWA　2015年5月

ヒュラス
古代ギリシアで"よそ者"とさげすまれていたヤギ飼い、とてもたくましい十三歳の少年 「神々と戦士たち3ケフティウの呪文」 ミシェル・ペイヴァー著;中谷友紀子訳　あすなろ書房　2016年11月

ヒュラス
古代ギリシアで"よそ者"とさげすまれ山奥の洞窟で暮らしていたヤギ飼い、とてもたくましい十三歳の少年 「神々と戦士たち2再会の島で」 ミシェル・ペイヴァー著;中谷友紀子訳　あすなろ書房　2015年1月

ヒュラス
古代ギリシアで"よそ者"とさげすまれ山奥の洞窟で暮らしているヤギ飼い、とてもたくましい十二歳の少年 「神々と戦士たち1青銅の短剣」 ミシェル・ペイヴァー著;中谷友紀子訳　あすなろ書房　2015年6月

ピラ
古代ギリシアのケフティウの大巫女の娘、ヤギ飼いの少年ヒュラスの友だち 「神々と戦士たち3ケフティウの呪文」 ミシェル・ペイヴァー著;中谷友紀子訳　あすなろ書房　2016年11月

ピラ
古代ギリシアのケフティウの大巫女の娘、恵まれた生活を送っているが自由がない十三歳の少女 「神々と戦士たち2再会の島で」 ミシェル・ペイヴァー著;中谷友紀子訳　あすなろ書房　2015年1月

ピラ
古代ギリシアのケフティウの大巫女の娘、恵まれた生活を送っているが自由がない少女 「神々と戦士たち1青銅の短剣」ミシェル・ペイヴァー著;中谷友紀子訳 あすなろ書房 2015年6月

ヒラル・イブン・イサ・アル・サルト
古代民族の末裔たちに伝わる勝利した民族以外は滅びるという「エンドゲーム」に参加した12人の一人、北エチオピアに住む18歳の少年 「エンドゲーム：コーリング」ジェイムズ・フレイ;ニルス・ジョンソン＝シェルトン著;金原瑞人;井上里訳 学研パブリッシング 2014年10月

ビリー
二十一世紀最悪の連続殺人犯、高校三年生のジャズの父親 「さよなら、シリアルキラー」バリー・ライガ著;満園真木訳 東京創元社（創元推理文庫） 2015年5月

ピリー
幼いキツネの女の子・アイラの兄、生まれつき特別な力があるキツネ 「フォックスクラフト1―アイラと憑かれし者たち」インバリ・イセーレス著;金原瑞人訳 静山社 2016年7月

ビリーおじさん
一九一五年のイギリスシリー諸島のブライアー島に暮らす心の病をかかえている人、少年アルフィのおじさん 「月にハミング」マイケル・モーパーゴ作;杉田七重訳 小学館 2015年8月

ビリー・モートン
牧師のトム・モートンの息子、義母の光子をさがしに来日したアメリカ人の青年 「日々の光」ジェイ・ルービン著;柴田元幸;平塚隼介訳 新潮社 2015年7月

ビル
ウィーズリー一家の長男 「ハリー・ポッターと不死鳥の騎士団 5-1・5-2・5-3・5-4―ハリー・ポッター」J.K.ローリング作;松岡佑子訳 静山社（静山社ペガサス文庫） 2014年9月

ビル（ビリー・モートン）
牧師のトム・モートンの息子、義母の光子をさがしに来日したアメリカ人の青年 「日々の光」ジェイ・ルービン著;柴田元幸;平塚隼介訳 新潮社 2015年7月

ビル・ゲイツ
少年レスターが四歳のときから飼っている犬、大きな雑種犬 「ぼくたちの相棒」ケイト・バンクス著;ルパート・シェルドレイク著;千葉茂樹訳 あすなろ書房 2015年11月

ヒルシュ
ドイツ出身のユダヤ人青年、アウシュヴィッツ収容所三十一号棟のブロック古参 「アウシュヴィッツの図書係」アントニオ・G・イトゥルベ著;小原京子訳 集英社 2016年7月

ヒルダ・ハードボトム
おとなりに住むレイ夫妻が月世界旅行に行く間息子のサムの面倒を見ることにした男の子がきらいなおばあさん 「マジカルチャイルド4 透明人間になった男の子のはなし」サリー・ガードナー作;三辺律子訳 小峰書店 2014年1月

ヒルトン
クラマーキン島の安全を守る「動物探偵団」のメンバー、テリア犬 「動物探偵ミア」ダイアナ・キンプトン作;武富博子訳;花珠絵 ポプラ社 2015年4月

ヒルトン
銀のネックレスをつけると動物と話せるミアの大おばさん・グランティの家に住むテリア犬 「動物探偵ミア ちいさな島の転校生」 ダイアナ・キンプトン作;武富博子訳;花珠絵 ポプラ社 2015年8月

ビルフォール
無実の罪で逮捕されたダンテスを取り調べたわかい検事補 「岩くつ王―10歳までに読みたい世界名作」 アレクサンドル・デュマ作;横山洋子監修;岡田好惠編訳;オズノユミ絵 学研プラス 2015年12月

ヒロ
不思議な世界「トイ・ボックス」でお宝探しにいくマイクたちの仲間になった天才少年 「ディズニーインフィニティ」 エイミー・ワインガルトナー文;樹紫苑訳 KADOKAWA(角川つばさ文庫) 2016年1月

ヒロ・ハマダ
兄のタダシからプレゼントされた日記に様々なアイデアをつづった発明が大好きな男の子 「ヒロの日記:ディズニーベイマックス」 ロリ・フローブ文;ビクトリア・サクソン文;スタジオファン・ブックス編 講談社 2015年8月

ヒロ・ハマダ
両親を亡くし兄のタダシとおばの家でくらす14歳のロボット工学の天才少年 「ベイマックス」 アイリーン・トリンブル作;しぶやまさこ訳 偕成社(ディズニーアニメ小説版) 2014年12月

ビングリー
イギリスの田舎町ロングボーンに引っ越してきた気取りのない物腰の資産家の青年 「自負と偏見」 ジェイン・オースティン著;小山太一訳 新潮社(新潮文庫) 2014年7月

ヴィンセント・ドゥヴニヤック
凶暴な父を持つスウェーデンの三兄弟の三男、兄弟で連続銀行強盗を計画した二十歳ほどの男 「熊と踊れ 上下」 アンデシュ・ルースルンド;ステファン・トゥンベリ著;ヘレンハルメ美穂;羽根由訳 早川書房(ハヤカワ・ミステリ文庫) 2016年9月

ヴィンセント・ランキス
科学者、ハリーと同じく記憶を残したまま永遠に生きられる体質を持った青年 「ハリー・オーガスト、15回目の人生」 クレア・ノース著;雨海弘美訳 KADOKAWA(角川文庫) 2016年8月

ビンナム
韓国に住む小学5年生、オープンしたばかりの「シェイクスピア文房具店」に入った男の子 「シェイクスピアのいる文房具店―はじめて読むじんぶん童話シリーズ」 シン・ヨンラン文;チュ・ソンヒ絵;小栗章訳 彩流社 2015年11月

【ふ】

プー
「100エーカーの森」に住むハチミツが好きなクマ 「クマのプー」 A.A.ミルン原案;森絵都訳;マーク・バージェス絵 KADOKAWA 2016年10月

プー
「100エーカーの森」に住むハチミツが好きなクマ 「クマのプー」 A.A.ミルン原案;森絵都訳;マーク・バージェス絵 KADOKAWA 2016年10月

ぷ

プー
百町森にすむクマ、クリストファー・ロビン少年の友だち 「イーヨーのあたらしいうち―はじめてのプーさん」 A・A・ミルンぶん;E・H・シェパードえ;石井桃子やく 岩波書店 2016年9月

プー
百町森のはずれでプーやその友だちがしてあそんだ「プー棒投げ」を発明したクマ 「プーあそびをはつめいする―はじめてのプーさん」 A・A・ミルンぶん;E・H・シェパードえ;石井桃子やく 岩波書店 2016年9月

ファイヤースター
野生猫サンダー族の族長 「ウォーリアーズ4-1予言の猫」 エリン・ハンター作;高林由香子訳 小峰書店 2016年1月

ファイヤースター
野生猫サンダー族の族長 「ウォーリアーズ4-2消えゆく鼓動」 エリン・ハンター作;高林由香子訳 小峰書店 2016年7月

ファオラン
生まれてすぐに母親と離されて生きのびたオオカミ、聖なる火山の番人の聖ウルフ 「ファオランの冒険 4 仮面をかぶった預言者」 キャスリン・ラスキー著;中村佐千江訳 KADOKAWA 2014年1月

ファオラン
生まれてすぐに母親と離されて生きのびたオオカミ、聖なる火山の番人の聖ウルフ 「ファオランの冒険 5 旅する仲間たち」 キャスリン・ラスキー著;中村佐千江訳 KADOKAWA 2014年6月

ファオラン
生まれてすぐに母親と離されて生きのびたオオカミ、聖なる火山の番人の聖ウルフ 「ファオランの冒険6―<果てなき青み>へ！」 キャスリン・ラスキー著;中村佐千江訳 KADOKAWA 2015年1月

ファッジ
ニューヨークに住む小学四年生のピーターをじゃまばかりする弟、二歳半になる男の子 「ピーターとファッジのどたばた日記」 ジュディ・ブルーム著;滝宮ルリ訳;西田登監訳 バベルプレス 2016年11月

ファーネイ
惑星デヴァロンに降り立ったルークたちをむかえたデヴァロニアンの十代の娘 「STAR WARSジャーニー・トゥ・フォースの覚醒 ジェダイの剣術を磨け！」 ジェイソン・フライ著;フィル・ノト絵;稲村広香訳 講談社(講談社KK文庫) 2015年12月

ファビアン
ワイマール共和国末期のベルリンに住むモラリストと自称する三十二歳の広告制作をしている男 「ファビアン：あるモラリストの物語」 エーリヒ・ケストナー著;丘沢静也訳 みすず書房 2014年11月

ファーブ・フレッチャー
天才発明家の仲良し兄弟の弟、無口な物作りの天才少年 「フィニアスとファーブ ドッキリおばけ屋敷」 キティ・リチャーズ文;ララ・バージェン文;杉田七重訳 KADOKAWA(角川つばさ文庫) 2014年4月

ファーブ・フレッチャー
天才発明家の仲良し兄弟の弟、無口な物作りの天才少年 「フィニアスとファーブ 火星へ行こう！」 エリー・オライアン文;ヘレナ・メイヤー文;杉田七重訳 KADOKAWA（角川つばさ文庫） 2014年10月

ファーブ・フレッチャー
天才発明家の仲良し兄弟の弟、無口な物作りの天才少年 「フィニアスとファーブ－史上最大の飛行機づくり」 エリー・オライアン文;N・B・グレース文;ヘレナ・メイヤー文;杉田七重訳 KADOKAWA（角川つばさ文庫） 2015年4月

ファーブル先生　ふぁーぶるせんせい
子どものころからどんなものでも調べることが大好きだったフランスの博物学者 「ファーブル昆虫記 ポプラ世界名作童話14」 J・H・ファーブル作;伊藤たかみ文;大庭賢哉絵 ポプラ社 2016年11月

ファラガット
アメリカ海軍が誇る高速フリゲート艦エイブラハム・リンカーン号の艦長 「海底二万里 上下」 ジュール・ヴェルヌ著;渋谷豊訳 KADOKAWA（角川文庫） 2016年7月

ファリア神父　ふぁりあしんぷ
無実の罪で逮捕されたダンテスに闇ろうで出会った年よりの神父 「岩くつ王―10歳までに読みたい世界名作」 アレクサンドル・デュマ作;横山洋子監修;岡田好恵編訳;オズノユミ絵 学研プラス 2015年12月

ファーリー・ドレクセル・ハッチャー（ファッジ）
ニューヨークに住む小学四年生のピーターをじゃまばかりする弟、二歳半になる男の子 「ピーターとファッジのどたばた日記」 ジュディ・ブルーム著;滝宮ルリ訳;西田登監訳 バベルプレス 2016年11月

ファレル
宗教カルト集団「アウトサイダーズ」のセルジー村にある支部の指導者 「アラルエン戦記 9 秘密」 ジョン・フラナガン作;入江真佐子訳 岩崎書店 2016年10月

ファーロングさん
ちょっとなまけものだが優秀な新聞記者 「幽霊屋敷と消えたオウム―見習い探偵ジュナの冒険」 エラリー・クイーン作;中村佐千江訳;マツリ絵 KADOKAWA（角川つばさ文庫） 2016年8月

ファンフォーラ
夏休み前日に10人の子どもたちを謎の村ヘンリー・クリークに招待した奇妙な生き物 「THE LOCK ぼくたちが"世界"を変える日1 仕かけられたなぞ」 ピエルドメニコ・バッカラリオ作;田中寛崇絵 学研プラス 2015年12月

ファンフォーラ
夏休み前日に10人の子どもたちを謎の村ヘンリー・クリークに招待した奇妙な生き物 「THE LOCK ぼくたちが"世界"を変える日2 洞窟にひそむ物体」 ピエルドメニコ・バッカラリオ作;田中寛崇絵 学研プラス 2015年12月

フィアリー
野生の群れの三番手、猟犬たちをまとめている大型犬 「サバイバーズ4嵐の予感」 エリン・ハンター作;井上里訳 小峰書店 2016年5月

フィオーナ・メイ
ロンドン高等法院家事部の裁判官、六十歳近い女性判事 「未成年」 イアン・マキューアン著;村松潔訳 新潮社(CREST BOOKS) 2015年11月

フィクシット
ヒースの森でまいごになっていたコイヌのアルフィーを助けたキツネの夫婦の夫 「まいごのまいごのアルフィーくん」 ジル・マーフィ著;松川真弓訳 評論社 2016年7月

プィザ
ポズナンで暮らすボレイコ家長女・ガブリシャの長女、穏やかでおっとりとした性格の17歳の少女 「ちびトラとルージャ」 マウゴジャタ・ムシェロヴィチ著;田村和子訳 未知谷 2014年3月

フィッグばあさん
猫好きの変わり者 「ハリー・ポッターと不死鳥の騎士団 5-1・5-2・5-3・5-4―ハリー・ポッター」 J.K.ローリング作;松岡佑子訳 静山社(静山社ペガサス文庫) 2014年9月

フィニアス・フリン
天才発明家の仲良し兄弟の兄、まわりをあっとおどろかせる発明を思いつく少年 「フィニアスとファーブ ドッキリおばけ屋敷」 キティ・リチャーズ文;ララ・バージェン文;杉田七重訳 KADOKAWA(角川つばさ文庫) 2014年4月

フィニアス・フリン
天才発明家の仲良し兄弟の兄、まわりをあっとおどろかせる発明を思いつく少年 「フィニアスとファーブ 火星へ行こう!」 エリー・オライアン文;ヘレナ・メイヤー文;杉田七重訳 KADOKAWA(角川つばさ文庫) 2014年10月

フィニアス・フリン
天才発明家の仲良し兄弟の兄、まわりをあっとおどろかせる発明を思いつく少年 「フィニアスとファーブ 史上最大の飛行機づくり」 エリー・オライアン文;N・B・グレース文;ヘレナ・メイヤー文;杉田七重訳 KADOKAWA(角川つばさ文庫) 2015年4月

フィニバス
イタチザメ、「インディー族」を継いだ冷酷で邪悪な帝王 「サメ王国のグレイ3 王vs.王 究極の戦い」 E.J.アルトバッカー著;桑原洋子訳 KADOKAWA 2016年7月

フィニバス
イタチザメ、南の海からきた「インディー族」の残虐な若王 「サメ王国のグレイ2 運命のアトランティス決戦」 E.J.アルトバッカー著;桑原洋子訳 KADOKAWA 2016年1月

フィービー
シカゴ美術館のミニチュアルームに入ったルーシーとジャックが出会った黒人奴隷の少女、クラスメイトのケンドラの曾祖母 「海賊の銀貨 12分の1の冒険 3」 マリアン・マローン作;橋本恵訳 ほるぷ出版 2014年2月

フィリウス
妖精たちが見えるフローラの前にあらわれた小さなユニコーン 「フローラとパウラと妖精の森3 友だちの名前はユニコーン!」 タニヤ・シュテーブナー著;中村智子訳;戸部淑イラスト 学研教育出版 2014年11月

フィリクス・アンダーセン
中学生のカラのクラスにロンドンから転校してきた脳性麻痺の男の子 「白いイルカの浜辺―評論社の児童図書館・文学の部屋」 ジル・ルイス作;さくまゆみこ訳 評論社 2015年7月

フィリップ
くろいグミが大好きな5人の探偵グループ「くろグミ団」のメンバーの少年 「くろグミ団は名探偵カラス岩の宝物」ユリアン・プレス作・絵;大社玲子訳 岩波書店 2016年4月

フィリップ
くろいグミが大好きな5人の探偵グループ「くろグミ団」のメンバーの少年 「くろグミ団は名探偵紅サンゴの陰謀」ユリアン・プレス作・絵;大社玲子訳 岩波書店 2016年12月

フィリップ
くろいグミが大好きな5人の探偵グループ「くろグミ団」のメンバーの少年 「くろグミ団は名探偵石弓の呪い」ユリアン・プレス作・絵;大社玲子訳 岩波書店 2016年8月

フィリップ
貧乏な一家の3きょうだいの長男、意地悪なマリラおばさんが家であずかる十二歳の男の子 「追え!!魔法の赤いイス」アンジェイ・マレシュカ著;久堀由衣訳 講談社(講談社文学の扉) 2014年1月

フィリップ
療養のため人里離れたリンバロストの美しい森を訪れた名家の青年 「リンバロストの乙女 上下」G・ポーター著;村岡花子訳 河出書房新社(河出文庫) 2014年8月

フィリップ王子　ふぃりっぷおうじ
魔女ののろいからフィアンセのオーロラ姫をときはなちプロポーズした王子 「ディズニープリンセス ウエディング❤ストーリーズ」ディズニー・パブリッシング・ワールドワイド原作;ワダヒトミ訳　KADOKAWA(角川つばさ文庫) 2015年1月

フィリップ・キョウ(キョウさん)
元従軍記者兼カメラマン、30年ぶりに韓国の牛島を訪れた58歳の男 「嵐」ル・クレジオ作;中地義和訳 作品社 2015年10月

フィリップ・スクールクラフト
コネチカット州ジェファソン中学校7年生、エドガー・アラン・ポーに心酔している少年 「ある夢想者の肖像」スティーヴン・ミルハウザー著;柴田元幸訳 白水社 2015年10月

フィリップ・マーロウ(マーロウ)
ロサンジェルスの私立探偵 「プレイバック」レイモンド・チャンドラー著;村上春樹訳 早川書房 2016年12月

フィリップ・マーロウ(マーロウ)
裕福な未亡人エリザベス・マードックの依頼をうけた私立探偵 「高い窓」レイモンド・チャンドラー著;村上春樹訳 早川書房 2014年12月

フィン
さらわれた皇子救出の旅をしているエイリーンたちにバーニカ島で加わった修道士 「賢女ひきいる魔法の旅は」ダイアナ・ウィン・ジョーンズ作;アーシュラ・ジョーンズ作;田中薫子訳;佐竹美保絵 徳間書店 2016年3月

フィン
ファースト・オーダーの歩兵・ストームトルーパーの逃走兵 「スター・ウォーズ フォースの覚醒」J.J.エイブラムス原作;ローレンス・カスダン原作;マイケル・アーント原作;マイケル・コッグ著 講談社 2016年5月

フィン
風に吹きとばされて行方がわからなくなっているゆうれい、カーズの兄さん 「呪われた図書館」ドリー・ヒルスタッド・バトラー作;もりうちすみこ訳;いちごとまるがおさん絵 国土社 2016年8月

フィンク
カーシア国王ジャロンが連れてきたかつてアベニア人の盗賊団にいた少年 「ねらわれた王座―カーシア国3部作」ジェニファー・A.ニールセン作;橋本恵訳 ほるぷ出版 2016年9月

フィンチ
インディアナ州の田舎町に住む高校生、生きづらさを抱えいつも死ぬことを考えていた少年 「僕の心がずっと求めていた最高に素晴らしいこと」ジェニファー・ニーヴン著;石崎比呂美訳 辰巳出版 2016年12月

フィンチ先生　ふぃんちせんせい
ルワンダからイギリスにやってきた転校生クリストフの先生 「お話きかせてクリストフ」ニキ・コーンウェル作;渋谷弘子訳;中山成子絵 文研出版（文研ブックランド） 2014年8月

フィンヤ
ヴィンターシュタイン学校の生徒、さみしがり屋の少女 「コーンフィールド先生とふしぎな動物の学校4林間学校はキケンがいっぱい！」マルギット・アウアー著;中村智子訳 学研プラス 2016年7月

フェアファックス
ロンドンに住む大富豪で製鉄会社社長、ロックウッド除霊探偵局に調査を依頼した老人 「ロックウッド除霊探偵局 1 上下 霊を呼ぶペンダント」ジョナサン・ストラウド作;金原瑞人訳;松山美保訳 小学館 2015年3月

フェザーボーン
お城がある世界「ウィスカー・ヘイブン」の管理人、魔法が使える小鳥 「ウィスカー・ヘイブン ロイヤルペットものがたり」キャシー・E.デイビス文えイミー・S.カースター文;サディアス・ディルディ文;ブリトニー・ルビアノ文;樹紫苑訳 KADOKAWA（角川つばさ文庫） 2016年4月

フェリクス・マルシュナー
ヴルツェルスドルフ村に住む心の清らかな少年、貧しいほうき作り職人の家のひとり息子 「ニット帽の天使」オトフリート・プロイスラー作;ヘルベルト・ホルツィング絵;吉田孝夫訳 さ・え・ら書房 2016年9月

フェリス王　ふぇりすおう
ヒベルニアの王国クロンメルの王、アラルエン王国レンジャーのホールトの弟 「アラルエン戦記 9 秘密」ジョン・フラナガン作;入江真佐子訳 岩崎書店 2016年10月

フェリックス・クエーカー
動物と話せる力を持つ人間・フェラル、ブラックストーン市の農場に住むネコと話せる男 「フェラルズ1 カラスまつろう少年」ジェイコブ・グレイ著;岡田好惠訳 講談社 2016年7月

フェリックス・ドゥヴニヤック
凶暴な父を持つスウェーデンの三兄弟の次男、兄弟で連続銀行強盗を計画した二十歳ほどの男 「熊と踊れ 上下」アンデシュ・ルースルンド;ステファン・トゥンベリ著;ヘレンハルメ美穂;羽根由訳 早川書房（ハヤカワ・ミステリ文庫） 2016年9月

フェルナン
十九歳の船乗りダンテスの婚約者・メルセデスのいとこ、自分をハンサムだと思っている男 「岩くつ王―10歳までに読みたい世界名作」アレクサンドル・デュマ作;横山洋子監修;岡田好惠編訳;オズノユミ絵　学研プラス　2015年12月

フェルナンド
海賊船「シーウルフ号」の一員でロープ係、サムとチャーリーの友だち 「タイムスリップ海賊サム・シルバー　3　真夜中の救出作戦」ジャン・バーチェット著;サラ・ボーラー著;浅尾敦則訳;スカイエマ絵　KADOKAWA　2014年3月

フェルノ
平和な王国アパンティアの守り神、暗黒の魔法使いマルベルに支配され制御のきかない邪悪な怪物となってしまった伝説のビースト 「ビースト・クエスト 1 火龍フェルノ」アダム・ブレード作;浅尾敦則訳　静山社(静山社ペガサス文庫)　2016年4月

フォスター
時空を超えて起こる問題を阻止するための組織・タイムライダーズのメンバーを集めた男 「タイムライダーズ[1]　1・2」アレックス・スカロウ作;金原瑞人・樋渡正人訳　小学館　2014年10月

フォックス
氷河期の地球に住むキツネの男の子、「マンモスアカデミー」の生徒オスカーのなかま 「マンモスアカデミー1 きえた給食のなぞ」ニール・レイトン作;相良倫子訳;陶浪亜希訳　小峰書店　2015年9月

フォックス・オブ・ザ・ウォーター
いつの間にかアメリカ先住民の時代に迷い込んでしまったマンディとウィルの前にあらわれた少年 「魔女と黒い鏡(魔女の本棚20)」ルース・チュウ作;日当陽子訳;たんじあきこ絵　フレーベル館　2014年12月

フォーン
ネバーランドの秘密の場所・ピクシー・ホロウに住んでいて動物と話せる妖精 「光の妖精イリデッサ」ナディ・オコルフォア作;ローレン・コントレーラス絵;ディー・ファーンズワース絵;マニュエラ・ラッツィ絵えミリオ・アーバン絵;小宮山みのり訳　講談社(新ディズニーフェアリーズ文庫)　2014年5月

フォントルロイ卿　ふぉんとるろいきょう
アメリカの下町で育った男の子、イギリスの大貴族・ドリンコート伯爵の孫の小公子 「小公子セドリック」バーネット作;杉田七重訳;椎名優絵　KADOKAWA(角川つばさ文庫)　2014年9月

フォントルロイ卿　ふぉんとるろいきょう
母と2人アメリカのニューヨークで暮らす母親思いの優しい男の子、イギリスの貴族の跡取りとしてイギリスへと渡った少年 「小公子セドリック」バーネット作;田邊雅之監訳;日本アニメーション絵　小学館(小学館ジュニア文庫)　2016年8月

フクロウ
ドイツに住むサッカーに夢中な小学四年生、サッカーチーム「ロアバッハ」のディフェンス 「ピッチの王様2－キケンなわな」ティロ文;若松宣子訳;森川泉絵　ほるぷ出版　2015年8月

フクロウ
ドイツに住むサッカーに夢中な小学四年生、サッカーチーム「ロアバッハ」のディフェンス 「ピッチの王様3－チャンスをつかめ」ティロ文;若松宣子訳;森川泉絵　ほるぷ出版　2015年12月

ふくろ

フクロウ
ドイツに住むサッカーに夢中な小学四年生、サッカーチーム「ロアバッハ」のディフェンス 「ピッチの王様4－勝利のゆくえ」ティロ文;若松宣子訳;森川泉絵 ほるぷ出版 2016年3月

フクロウ
ドイツに住むサッカーに夢中な小学四年生、同級生たちのチームのディフェンス 「ピッチの王様1－4人の誓い」ティロ文;若松宣子訳;森川泉絵 ほるぷ出版 2015年4月

フクロウ（トルーディ）　ふくろう（とるーでぃ）
少女・リリアーネに夜の森で助けてもらったキンメフクロウの子ども、人間に飼われていた小型のフクロウ 「動物と話せる少女リリアーネ 10－小さなフクロウと森を守れ！」タニヤ・シュテーブナー著;中村智子訳 学研教育出版 2015年2月

プーさん
100エーカーの森になかまたちと住むのんびり屋のくま 「くまのプーさん プーさんたちの楽しい毎日」ディズニー・パブリッシング・ワールドワイド文;大草洋子訳 KADOKAWA（角川つばさ文庫）2016年10月

プーさん
心やさしい少年クリストファー・ロビンのくまのぬいぐるみ 「プーのはちみつとり はじめてのプーさん」A・A・ミルン文;E・H・シェパード絵;石井桃子訳 岩波書店 2016年9月

武松　ぶしょう
北宋時代に虎殺しで有名となった男、一〇八の魔星のひとつ・天傷星の転生 「水滸伝 上下」渡辺仙州編訳;佐竹美保絵 偕成社 2016年4月

ブズ（ベンジャミン・ディアズ）
ハワイから航海に出て嵐にあいきょうだいの三人と子どもたちだけで無人島に漂着した十一歳の少年 「サバイバー 2 炎の試練」ジェフ・プロブスト著;クリス・テベッツ著;澤田澄江訳 講談社 2016年8月

ブズ（ベンジャミン・ディアズ）
親の再婚できょうだいになった四人の一人、ハワイ沖で嵐にあい子どもたちだけで無人島に漂着した十一歳の少年 「サバイバー 1 嵐の試練」ジェフ・プロブスト著;クリス・テベッツ著;澤田澄江訳 講談社 2016年7月

ブーツ
ジャングルでハンターに捕まった子トラ兄弟の弟、皇帝の娘のペットとして育てられたトラ 「王宮のトラと闘技場のトラ」リン・リード・バンクス作;杉田七重訳 さ・え・ら書房 2016年2月

プティ
お城がある世界「ウィスカー・ヘイブン」にやってきたポニー、プリンセス・ベルのペット 「ウィスカー・ヘイブン ロイヤルペットものがたり」キャシー・E.デイビス文えイミー・S.カースター文;サディアス・ディルディ文;ブリトニー・ルビアノ文;樹紫苑訳 KADOKAWA（角川つばさ文庫）2016年4月

フーディーニ
百年ぐらい前に活躍した奇術師、世界じゅうでマジック・ショーに出演した大スター 「マジック・ツリーハウス 36 世紀のマジック・ショー」メアリー・ポープ・オズボーン著;食野雅子訳 KADOKAWA 2014年6月

フードをかぶった男　ふーどおかぶったおとこ
十二世紀のイングランドのシャーウッドの森で騎士から遺物をうばった謎の男 「タイムライダーズ3-1 失われた暗号」アレックス・スカロウ作;金原瑞人訳 小学館 2015年12月

ブーフマッハー氏　ぶーふまっはーし
双子の姉妹・フローラとパウラのお父さん、出版社に勤める編集者　「フローラとパウラと妖精の森3 友だちの名前はユニコーン!」　タニヤ・シュテーブナー著;中村智子訳;戸部淑イラスト　学研教育出版　2014年11月

ブーフマッハー夫人　ぶーふまっはーふじん
双子の姉妹・フローラとパウラのお母さん、大昔からつづく書店の経営者　「フローラとパウラと妖精の森3 友だちの名前はユニコーン!」　タニヤ・シュテーブナー著;中村智子訳;戸部淑イラスト　学研教育出版　2014年11月

フユテピ
古代エジプトの女王のゆうれい　「女王フユテピのなぞ―マジック・ツリーハウス;2」　メアリー・ポープ・オズボーン著;食野雅子訳　KADOKAWA　2015年4月

ヴュ兄さん(ヴー・リー)　ぶゅにいさん(ぶーりー)
ベトナム戦争を経てアラバマ州に逃れた家族の18歳の次男、10歳のハの兄　「はじまりのとき」　タィン=ハ・ライ作;代田亜香子訳　鈴木出版(鈴木出版の海外児童文学)　2014年6月

フュリオス
人間たちに戦いをいどむドラゴンの群れ＜ドラゴン解放軍＞のリーダー、巨大なドラゴン　「ヒックとドラゴン 11 孤独な英雄」　クレシッダ・コーウェル作;相良倫子・陶浪亜希訳　小峰書店　2014年7月

フュリオス
人類を根絶やしにしようとする残酷なドラゴンたちのリーダー、冷酷なドラゴン　「ヒックとドラゴン12－最後の決闘上下」　クレシッダ・コーウェル作;相良倫子・陶浪亜希訳　小峰書店　2016年10月

ブライアン・コネリー
寄宿学校に通う13歳の野球少年　「君に太陽を」　ジャンディ・ネルソン著;三辺律子訳　集英社(集英社文庫)　2016年11月

ブライス夫人　ぶらいすふじん
貧乏な若い医者・ギルバートと結婚式を挙げプリンスエドワード島の美しい海辺の小さな家で新しい生活をはじめた女性　「アンの夢の家―赤毛のアン5―上中下」　L・M・モンゴメリ作;村岡花子訳;Haccan絵　講談社(講談社大きな文字の青い鳥文庫)　2015年9月

ブライトアイズ
少女ベッキーの家にレース犬として連れてこられたグレイハウンド　「走れ、風のように」　マイケル・モーパーゴ著;佐藤見果夢訳　評論社　2015年9月

ブライト・スター
アメリカ先住民の時代の魔術師、村人の病気を治したり部族どうしがなかよくくらす方法を教えたりするおばあさん　「魔女と黒い鏡(魔女の本棚20)」　ルース・チュウ作;日当陽子訳;たんじあきこ絵　フレーベル館　2014年12月

ブラック・ウィドウ(ウィドウ)
世界平和のために戦う「アベンジャーズ」の一人、あやしい美しさと戦闘力を持つスパイ　「アベンジャーズ エイジ・オブ・ウルトロン」　ジョス・ウェドン脚本・監督;アレックス・アーヴァインノベル訳;上杉、隼人訳;長尾、莉紗訳　講談社　2015年11月

ブラック・ジャック・マギンティー(マギンティー)
アメリカ合衆国の荒涼とした地域ヴァーミッサの殺人組織＜スコウラーズ＞の親分　「恐怖の谷」　アーサー・コナン・ドイル著;深町眞理子訳　東京創元社(創元推理文庫)　2015年9月

ぶらっ

ヴラッド
ハーフ・ヴァンパイアの高校生、ヴァンパイアの預言に出てくる支配者「プラーヴス」である少年 「ヴラディミール・トッド・クロニクルズⅣ エリシアの掟」ヘザー・ブリューワー著;園生さち訳　新書館　2014年10月

ヴラッド
ハーフ・ヴァンパイアの高校生、ヴァンパイアの預言に出てくる支配者「プラーヴス」である少年 「ヴラディミール・トッド・クロニクルズⅤ 預言の子」ヘザー・ブリューワー著;園生さち訳　新書館　2014年11月

ヴラッド
吸血鬼の父トマスと人間の母メリーナの間に生まれた吸血鬼の少年、両親の死後ネリーおばさんと暮らす高校生 「ヴラディミール・トッド・クロニクルズⅡ スレイヤーの魔の手」ヘザー・ブリューワー著;園生さち訳　新書館　2014年8月

ヴラッド
吸血鬼の父トマスと人間の母メリーナの間に生まれた吸血鬼の少年、両親の死後ネリーおばさんと暮らす高校生 「ヴラディミール・トッド・クロニクルズⅢ 血をめぐる儀式」ヘザー・ブリューワー著;園生さち訳　新書館　2014年9月

ヴラッド
吸血鬼の父トマスと人間の母メリーナの間に生まれた吸血鬼の少年、両親の死後ネリーおばさんと暮らす中学生 「ヴラディミール・トッド・クロニクルズⅠ」ヘザー・ブリューワー著;園生さち訳　新書館　2014年8月

ヴラディミール男爵　ぶらでぃみーるだんしゃく
ポールニャ国の黄の沼の領主、戦争をするときのために5000名の兵士を養っている男 「ドラゴンの塔 上下」ナオミ・ノヴィク著;那波かおり訳　静山社　2016年12月

ヴラディミール・トッド（ヴラッド）
ハーフ・ヴァンパイアの高校生、ヴァンパイアの預言に出てくる支配者「プラーヴス」である少年 「ヴラディミール・トッド・クロニクルズⅣ エリシアの掟」ヘザー・ブリューワー著;園生さち訳　新書館　2014年10月

ヴラディミール・トッド（ヴラッド）
ハーフ・ヴァンパイアの高校生、ヴァンパイアの預言に出てくる支配者「プラーヴス」である少年 「ヴラディミール・トッド・クロニクルズⅤ 預言の子」ヘザー・ブリューワー著;園生さち訳　新書館　2014年11月

ヴラディミール・トッド（ヴラッド）
吸血鬼の父トマスと人間の母メリーナの間に生まれた吸血鬼の少年、両親の死後ネリーおばさんと暮らす高校生 「ヴラディミール・トッド・クロニクルズⅡ スレイヤーの魔の手」ヘザー・ブリューワー著;園生さち訳　新書館　2014年8月

ヴラディミール・トッド（ヴラッド）
吸血鬼の父トマスと人間の母メリーナの間に生まれた吸血鬼の少年、両親の死後ネリーおばさんと暮らす高校生 「ヴラディミール・トッド・クロニクルズⅢ 血をめぐる儀式」ヘザー・ブリューワー著;園生さち訳　新書館　2014年9月

ヴラディミール・トッド（ヴラッド）
吸血鬼の父トマスと人間の母メリーナの間に生まれた吸血鬼の少年、両親の死後ネリーおばさんと暮らす中学生 「ヴラディミール・トッド・クロニクルズⅠ」ヘザー・ブリューワー著;園生さち訳　新書館　2014年8月

プラデル
第一次大戦フランス軍の元兵士アルベールとエドゥアールの元上官、実業家でプラデル社の社長 「天国でまた会おう」 ピエール・ルメートル著;平岡敦訳 早川書房 2015年10月

フラニー
グラス家七人兄弟姉妹の末娘、名門の大学に通う女子学生 「フラニーとズーイ」 サリンジャー著;村上春樹訳 新潮社(新潮文庫) 2014年3月

フラン
同じ年のいとこ・ジェシーがいる学校に転校してきた中学三年の少女 「霧のなかの白い犬」 アン・ブース著;杉田七重訳;橋賢亀絵 あかね書房 2016年3月

フランキー
兄の結婚式で人生が変わることを夢見たアメリカの南部の田舎町で暮らす12歳の少女 「結婚式のメンバー」 カーソン・マッカラーズ 新潮文庫 2016年4月

フランク
ローマの神・マルスの息子、動物に変身することができる少年 「最後の航海―オリンポスの神々と7人の英雄 5―パーシー・ジャクソンとオリンポスの神々シーズン2」 リック・リオーダン著;金原瑞人;小林みき訳 ほるぷ出版 2015年11月

フランク
夏休みにニューヨークからすこしはなれた海辺の町で過ごす男の子チャーリーと一緒にいる友達 「ナツ恋。ずっと、好きだったカレ」 アンジェラ・ダーリン著;岡本由香子訳;さかもと麻乃イラスト KADOKAWA 2015年7月

フランク・チェンバース
安食堂の従業員、経営者・ニックの妻のコーラと結託してニックを殺害しようとした二十四歳の男 「郵便配達は二度ベルを鳴らす」 ジェームズ・M・ケイン著;田口俊樹訳 新潮社(新潮文庫) 2014年9月

フランク・チャン
ローマの神・マルスの息子、動物に変身することができる少年 「オリンポスの神々と7人の英雄 4 ハデスの館」 リック・リオーダン作;金原瑞人訳;小林みき訳 ほるぷ出版 2014年11月

ブランコ
クロアチアの港町セニュに住む天涯孤独の12歳の少年 「赤毛のゾラ 上下」 クルト・ヘルト作;酒寄進一訳;西村ツチカ画 福音館書店(福音館文庫) 2016年11月

フランシス
ウエスト家の十歳の長男、川でおぼれそうになっていたところを農場の主人・ジョンおじさんに助けてもらった少年 「川の源：CLASSICS FOR A NEW GENERATION」 パトリシア・セントジョン著;中村和雄訳 いのちのことば社 2016年3月

フランチシカ
ナチスに迫害されるユダヤ人と脱走してきたドイツ兵を自分の家に匿ったポーランド人、ヘレナの母親 「ホロコーストを逃れて：ウクライナのレジスタンス」 ジェニー・ウィテリック著;池田年穂訳 水声社 2014年7月

フラン・ブラッドショウ
歌とダンスが大好きなジェマのクラスに転校してきたお金持ちの女の子 「ヒミツの子ねこ3 子ねこと夢をかなえよう!」 スー・ベントレー作;松浦直美訳;naoto絵 ポプラ社(ポプラポケット文庫) 2014年5月

ふり

フーリ
プライドランドの平和を守るチーム「ライオン・ガード」のメンバーになったチーターの女の子 「ライオン・ガード カイオンの冒険」フォード・ライリー原作;ジョン・ロイ原作;樹紫苑訳 KADOKAWA(角川つばさ文庫) 2016年11月

ヴー・リー
ベトナム戦争を経てアラバマ州に逃れた家族の18歳の次男、10歳のハの兄 「はじまりのとき」タィン=ハ・ライ作;代田亜香子訳 鈴木出版(鈴木出版の海外児童文学) 2014年6月

ブリー
トーマス・ジェファソン中学の1年生、演劇発表会の主役に抜ってきされた引っこみじあんの少女 「恐怖のお泊まり会〔3〕のろわれた脚本」P.J.ナイト著;岡本由香子訳;shirakabaイラスト KADOKAWA 2014年3月

ブリアン
1860年に沖に流された「スラウギ号」に乗っていた15人の少年のひとり、13歳のフランス人 「十五少年漂流記—ポプラ世界名作童話;12」J.ベルヌ作;高楼方子文;佐竹美保絵 ポプラ社 2016年11月

ブリアン
オークランドの名門校チェアマン寄宿学校の生徒、大胆で活動的な13歳のフランス人の少年 「十五少年漂流記」ジュール・ヴェルヌ著;椎名誠訳;渡辺葉訳 新潮社(新潮モダン・クラシックス) 2015年8月

ブリキ男　ぶりきおとこ
オズの国のエメラルドの都へむかうドロシーの旅の仲間になったブリキでできた男 「オズの魔法使い—ポプラ世界名作童話;16」L.F.ボーム作;菅野雪虫文;丹地陽子絵 ポプラ社 2016年11月

ブリストウ
私立探偵ストライクに調査を依頼した弁護士、自殺と断定されたモデルのルーラの兄 「カッコウの呼び声 上下 私立探偵コーモラン・ストライク」ロバート・ガルブレイス著;池田真紀子訳 講談社 2014年6月

ブリッタ
〈命知らずのラーセット〉と呼ばれた商人の次女、商船に乗って取引をするのが夢の十五歳の少女 「スター・オブ・デルトラ1―〈影の大王〉が待つ海へ」エミリー・ロッダ著;岡田好惠訳 KADOKAWA 2016年11月

ブリッツェン
フィンランドの少年ニコラスがたすけてやったけがをしたトナカイ 「クリスマスとよばれた男の子」マット・ヘイグ文;クリス・モルド絵;杉本詠美訳 西村書店東京出版編集部 2016年12月

ブリムストーン
蘇生師、青い髪を持つ娘カルーを育てたキメラ 「星影の娘と真紅の帝国 上下」レイニ・テイラー著;桑原洋子訳 早川書房(ハヤカワ文庫FT) 2014年6月

プリラ
ネバーランドのピクシー・ホロウに住んでいてまばたきひとつで人間の世界にいける妖精 「フェアリー・ガールズ 6 ピーターパンに会える森!?」キキ・ソープ作;堀川志野舞訳 ポプラ社 2016年1月

ブリル
大切な人を失った娘と孫娘と暮らす七十二歳の元書評家、9・11のない世界の物語を夢想する不眠症の老人「闇の中の男」ポール・オースター著;柴田元幸訳　新潮社　2014年5月

フリン
プリンセスのラプンツェルにプロポーズした青年、かつての大どろぼう「ディズニープリンセス　ウエディング❤ストーリーズ」ディズニー・パブリッシング・ワールドワイド原作;ワダヒトミ訳　KADOKAWA（角川つばさ文庫）　2015年1月

プリン
羽を持つ伝説の動物・キンの子ども「デルトラ・クエスト5」エミリー・ロッダ作;岡田好惠訳;吉成曜;吉成鋼画　岩崎書店（フォア文庫）　2016年4月

プリングル族　ぷりんぐるぞく
昔からサマーサイドの町を牛耳っている一族の者たち「アンの幸福 1」L・M・モンゴメリ作;村岡花子訳;Haccan絵　講談社（講談社大きな文字の青い鳥文庫）　2015年9月

プリンセス・デルフィーナ
バンパイア・フェアリーのイザドラが海でなくしたパパのくしを持っていたマーメイドのプリンセス「イザドラ・ムーン　キャンプにいく!」ハリエット・マンカスター著;井上里訳　静山社　2016年9月

プリンセス・ミア・サモパリス・レナルド（ミア）
ジェノヴィア公国のプリンセスで王位継承者、ティーンエイジャーまで自分がプリンセスだと知らずに育ってきた女性「プリンセス・ダイアリー――ロイヤル・ウェディング篇」メグ・キャボット著;代田亜香子訳　河出書房新社　2016年8月

ブルース・ウェイン（バットマン）
ゴッサム・シティで生まれ育った実業家、謎のヒーロー「バットマン」として悪に立ち向かう男「バットマンVSスーパーマン　エピソード0　クロスファイヤー」マイケル・コッグス著;田邊雅之訳　小学館（小学館ジュニア文庫）　2016年3月

ブルック先生（ジョン）　ぶるっくせんせい（じょん）
マーチ家のとなりに住む少年ローリーの家庭教師をしている青年「若草物語」L.M.オルコット作;ないとうふみこ訳;琴音らんまる絵　KADOKAWA（角川つばさ文庫）　2015年1月

ブルート
ジャングルでハンターに捕まった子トラ兄弟の兄、ローマのコロセウムで戦うよう訓練された人食いトラ「王宮のトラと闘技場のトラ」リン・リード・バンクス作;杉田七重訳　さ・え・ら書房　2016年2月

プルネラ
氷河期の地球に住むネズミの女の子、「マンモスアカデミー」一年生のアラベラのなかよし「マンモスアカデミー2　ねらわれた創立祭」ニール・レイトン作;相良倫子訳;陶浪亜希訳　小峰書店　2016年1月

ブルーベル
ピュアが持っているドールハウスにやってきた四人の妖精の一人、春の妖精「ひみつの妖精ハウス1―ひみつの妖精ハウス」ケリー・マケイン作;田中亜希子訳;まめゆか絵　ポプラ社　2016年3月

ぶるべ

ブルーベル
元気いっぱいの春の精、少女ピュアのドールハウスにすんでいる妖精 「ひみつの妖精ハウス2 転校生がやってきた!」 ケリー・マケイン作;田中亜希子訳;まめゆか絵 ポプラ社 2016年7月

ブルーベル
元気いっぱいの春の精、少女ピュアのドールハウスにすんでいる妖精 「ひみつの妖精ハウス3 友情は、勇気の魔法!」 ケリー・マケイン作;田中亜希子訳;まめゆか絵 ポプラ社 2016年11月

フレイア姫　ふれいあひめ
雪ふる森の国・ノーザランド王国で過保護なお父さまとくらしている姫 「イチゴのお手紙つき[6] 雪ふる森のお守りジュエル」 ベアトリーチェ・マジーニ原作;チーム151E☆企画・構成　学研教育出版　2016年9月

プレイズワージィ
ゴールドラッシュのカルフォルニアを目指す十二歳の少年・ジャックのスーパー執事 「GOLD RUSH!最強の執事 ぼくらのステキな冒険」 シド・フライシュマン作;金原瑞人訳;市川由季子訳;はしもとしん絵　ポプラ社(ポプラポケット文庫)　2014年11月

ブレイン
コネチカット州イェール大学の大学講師、アフリカン・アメリカンの男性 「アメリカーナ」 チママンダ・ンゴズィ・アディーチェ著;くぼたのぞみ訳　河出書房新社　2016年10月

フレーシャ
《コレオ・デ・バルセロナ》紙記者、その日の気分で仕事をする男 「ヴェサリウスの秘密」 ジョルディ・ヨブレギャット著;宮崎真紀訳　集英社(集英社文庫)　2016年10月

フレスク
トッドモダンという町にある館の女主人、ルーマニア出身の若い娘 「魔使いの血(魔使いシリーズ)」 ジョゼフ・ディレイニー著;田中亜希子訳　東京創元社(sogen bookland)　2014年3月

フレッド
ウィーズリー一家の双子 「ハリー・ポッターと不死鳥の騎士団 5-1・5-2・5-3・5-4—ハリー・ポッター」 J.K.ローリング作;松岡佑子訳　静山社(静山社ペガサス文庫)　2014年9月

フレッド
サンフランソウキョウ工科大学の学生ではないが大学に出入りしている若者 「ベイマックス」 アイリーン・トリンブル作;しぶやまさこ訳　偕成社(ディズニーアニメ小説版)　2014年12月

フレッド
動物保護施設「ハッピー・ポーズ」にいるブルドッグ、八年間引き取り手のない長老犬 「夢見る犬たち 五番犬舎の奇跡」 クリフ・マクニッシュ作;浜田かつこ訳　金の星社　2015年8月

フレディ
ゲーマーの少年、高校の人気者のアディの同級生 「亡霊ゲーム」 ジェームズ・プレラー著;安齋奈津子訳　KADOKAWA　2016年12月

フレディ・ヒルシュ(ヒルシュ)
ドイツ出身のユダヤ人青年、アウシュヴィッツ収容所三十一号棟のブロック古参 「アウシュヴィッツの図書係」 アントニオ・G・イトゥルベ著;小原京子訳　集英社　2016年7月

フレデゴンダ
イギリスの幽霊たちのためにマウントウッド城に学校を作った三人の魔女「ハグ」の一人 「ほんとうに怖くなれる幽霊の学校」トビー・イボットソン著;三辺律子訳 偕成社 2016年11月

ブレード
消防レスキュー隊の隊長、沈着冷静なヘリコプター 「プレーンズ2」スーザン・フランシス作;倉田真木訳 偕成社(ディズニーアニメ小説版) 2014年7月

ブレード船長　ぶれーどせんちょう
海賊船「シーウルフ号」の船長 「タイムスリップ海賊サム・シルバー 4 裏切り者のわな！」ジャン・バーチェット著;サラ・ボーラー著;浅尾敦則訳;スカイエマ絵 KADOKAWA 2014年5月

フレーム
おじに命をねらわれ子ねこの姿になり人間界に逃げてきたライオン王国の王子 「ヒミツの子ねこ5 キャットホテルでお手伝い！」スー・ベントレー作;松浦直美訳;naoto絵 ポプラ社(ポプラポケット文庫) 2015年3月

フレーム
おじに命をねらわれ子ねこの姿になり人間界に逃げてきたライオン王国の王子 「ヒミツの子ねこ6 写真コンテストにチャレンジ！」スー・ベントレー作;松浦直美訳;naoto絵 ポプラ社(ポプラポケット文庫) 2015年7月

フレーム
おじに命をねらわれ子ねこの姿になり人間界に逃げてきたライオン王国の王子 「ヒミツの子ねこ7 子ねこときらめきのジャンプ！」スー・ベントレー作;松浦直美訳;naoto絵 ポプラ社(ポプラポケット文庫) 2016年1月

フレーム
子ねこの姿に変身して人間界に身をかくしているライオン王国の王子様、魔法がつかえる子ねこ 「ヒミツの子ねこ3 子ねこと夢をかなえよう！」スー・ベントレー作;松浦直美訳;naoto絵 ポプラ社(ポプラポケット文庫) 2014年5月

フレーム
子ねこの姿に変身して人間界に身をかくしているライオン王国の王子様、魔法がつかえる子ねこ 「ヒミツの子ねこ4 いじわるねこ登場!?」スー・ベントレー作;松浦直美訳;naoto絵 ポプラ社(ポプラポケット文庫) 2014年11月

フレーム
魔法を使って子ねこの姿に変身しているライオン王国の王子様 「ヒミツの子ねこ2」スー・ベントレー作;松浦直美訳;naoto絵 ポプラ社 2015年4月

フロー
くろいグミが大好きな5人の探偵グループ「くろグミ団」のメンバーの少年 「くろグミ団は名探偵カラス岩の宝物」ユリアン・プレス作・絵;大社玲子訳 岩波書店 2016年4月

フロー
くろいグミが大好きな5人の探偵グループ「くろグミ団」のメンバーの少年 「くろグミ団は名探偵紅サンゴの陰謀」ユリアン・プレス作・絵;大社玲子訳 岩波書店 2016年12月

フロー
くろいグミが大好きな5人の探偵グループ「くろグミ団」のメンバーの少年 「くろグミ団は名探偵石弓の呪い」ユリアン・プレス作・絵;大社玲子訳 岩波書店 2016年8月

ブロック
森に住んでいるトロール、ふしぎな魔法の力を持った妖精 「アナと雪の女王[2]―失われたアナの記憶」 エリカ・デイビッド文;ないとうふみこ訳 KADOKAWA（角川つばさ文庫） 2015年3月

フロー・ボーンズ
除霊探偵局局長・ロックウッドが情報を得るために会いにいった遺品密売人の少女 「ロックウッド除霊探偵局 2 上下 人骨鏡の謎」 ジョナサン・ストラウド作;金原瑞人訳;松山美保訳 小学館 2015年10月

フローラ
夏休み前日に謎の村ヘンリー・クリークに招待された野生的で反抗的な12歳の少女 「THE LOCK ぼくたちが"世界"を変える日1 仕かけられたなぞ」 ピエルドメニコ・バッカラリオ作;田中寛崇絵 学研プラス 2015年12月

フローラ
夏休み前日に謎の村ヘンリー・クリークに招待された野生的で反抗的な12歳の少女 「THE LOCK ぼくたちが"世界"を変える日2 洞窟にひそむ物体」 ピエルドメニコ・バッカラリオ作;田中寛崇絵 学研プラス 2015年12月

フローラ・ブーフマッハー
十歳になるパウラの双子の妹、妖精たちの不思議な世界とつながる才能を持つ少女 「フローラとパウラと妖精の森2 美しいフェアリーは危険!?」 タニヤ・シュテーブナー著;中村智子訳;戸部淑イラスト 学研教育出版 2014年7月

フローラ・ブーフマッハー
十歳になる双子の姉・パウラに劣等感を持つ妹、森が好きで想像力が豊かな少女 「フローラとパウラと妖精の森1 妖精たちが大さわぎ!」 タニヤ・シュテーブナー著;中村智子訳;戸部淑イラスト 学研教育出版 2014年2月

フローラ・ブーフマッハー
妖精の世界を知った十歳の双子の姉妹でパウラの妹 「フローラとパウラと妖精の森3 友だちの名前はユニコーン!」 タニヤ・シュテーブナー著;中村智子訳;戸部淑イラスト 学研教育出版 2014年11月

フローラ・ベル・バックマン
作家の母さんとふたりぐらしの娘、「ひねくれ屋」の十歳の少女 「空飛ぶリスとひねくれ屋のフローラ」 ケイト・ディカミロ作;K.G.キャンベル絵;斎藤倫子訳 徳間書店 2016年9月

フローラリーダ・フォスター（フローラ）
夏休み前日に謎の村ヘンリー・クリークに招待された野生的で反抗的な12歳の少女 「THE LOCK ぼくたちが"世界"を変える日1 仕かけられたなぞ」 ピエルドメニコ・バッカラリオ作;田中寛崇絵 学研プラス 2015年12月

フローラリーダ・フォスター（フローラ）
夏休み前日に謎の村ヘンリー・クリークに招待された野生的で反抗的な12歳の少女 「THE LOCK ぼくたちが"世界"を変える日2 洞窟にひそむ物体」 ピエルドメニコ・バッカラリオ作;田中寛崇絵 学研プラス 2015年12月

フロリゼル王子　ふろりぜるおうじ
メリサンド姫ののびつづけるかみの毛を止めようとやってきた王子 「メリサンド姫 むてきの算数!―おはなしメリーゴーラウンド」 E.ネズビット作;髙桑幸次絵;灰島かり訳 小峰書店 2014年2月

フローレンス
おそろしの森に住む知恵の魔女の孫、ふしぎな魔法を使える少女 「エルフとレーブンのふしぎな冒険 1」マーカス・セジウィック著;中野聖訳;朝日川日和絵 学研プラス 2015年10月

フローレンス
ブルーベリーの森にすんでいるウサギの女の子 「金色はっぱのひみつきち―ウサギのフローレンス ; 3」リス・ノートン原作;山本和子文;小林さゆり;まなかふみこ;かけひろみ;cotolie絵 学研教育出版 2014年10月

フローレンス
ブルーベリー森にすんでいるウサギの女の子 「きらきら雪のワンダーランド―ウサギのフローレンス ; 4」リス・ノートン原作;山本和子文 学研教育出版 2014年12月

フローレンス
ブルーベリー森にすんでいるウサギの女の子 「はじめてのダンスパーティー―ウサギのフローレンス ; 2」リス・ノートン原作;山本和子文 学研教育出版 2014年6月

フローレンス・ナイチンゲール
戦地となったクリミア半島の病院でけがや病気で苦しむ兵士たちを看病した偉大な看護師さん 「マジック・ツリーハウス 37 砂漠のナイチンゲール」メアリー・ポープ・オズボーン著;食野雅子訳 KADOKAWA 2014年11月

フロレンティン（フロー）
くろいグミが大好きな5人の探偵グループ「くろグミ団」のメンバーの少年 「くろグミ団は名探偵カラス岩の宝物」ユリアン・プレス作・絵;大社玲子訳 岩波書店 2016年4月

フロレンティン（フロー）
くろいグミが大好きな5人の探偵グループ「くろグミ団」のメンバーの少年 「くろグミ団は名探偵紅サンゴの陰謀」ユリアン・プレス作・絵;大社玲子訳 岩波書店 2016年12月

フロレンティン（フロー）
くろいグミが大好きな5人の探偵グループ「くろグミ団」のメンバーの少年 「くろグミ団は名探偵石弓の呪い」ユリアン・プレス作・絵;大社玲子訳 岩波書店 2016年8月

ブロンディ
「塔の上のラプンツェル」のプリンセス・ラプンツェルのペット、体が小さい子馬のポニー 「ロイヤルペット ビューティ／ブロンディ／ティーカップ」テナント・レッドバンク文;樹紫苑訳 KADOKAWA 2015年5月

フワニート・トット
背の高い女の子・ベロニカといろいろな世界一の新記録をつくる旅にでた小さな男の子 「ふたりは世界一！」アンドレス・バルバ作;宇野和美訳;おくやまゆか画 偕成社 2014年4月

フワフワ
少女エルビーが犬のげいをおしえることにしたきんぎょ 「ペットのきんぎょがおならをしたら…?」マイケル・ローゼン作;トニー・ロス絵;ないとうふみこ訳 徳間書店 2016年6月

プンカ
ローマでたくましい母親ミランダと暮らす娘猫、コロッセオの猫王国の子猫たちを取り仕切るめす猫 「ゆうかんな猫ミランダ」エレナー・エスティス作えドワード・アーディゾーニ絵;津森優子訳 岩波書店 2015年12月

ぶんこ

ブーン校長先生　ぶーんこうちょうせんせい
フランクリン・ミルズ小学校の長くてふさふさしたひげの校長先生　「読書マラソン、チャンピオンはだれ？」クラウディア・ミルズ作;若林千鶴訳;堀川理万子画　文溪堂　2014年11月

【へ】

ベアトリス
遠い地で暮らす息子に会うため長年暮らした村を出た老夫婦の妻　「忘れられた巨人」カズオ・イシグロ著;土屋政雄訳　早川書房　2015年4月

ベアトリス
十九世紀後半にドラゴン・マスターになるべく選ばれて訓練を受けていたイギリスの少女　「ドラゴン・プロフェシー」ドゥガルド・A.スティール著;こどもくらぶ訳　今人舎　2015年6月

ベアトリス・サマセット
ニューヨークで生まれ育った四姉妹の一人、作家のヴァージニアの亡くなった姉　「サマセット四姉妹の大冒険」レズリー・M.M.ブルーム作;尾高薫訳;中島梨絵絵　ほるぷ出版　2014年6月

陛下　へいか
イングランド国王、医師のメリヴェルを犬の医者として宮廷に取り立てた王　「道化と王」ローズ・トレメイン著;金原瑞人訳;小林みき訳　柏書房　2016年2月

ペイジ・イーストン
事故で右脚を失った少女コービーのママ、フロリダ州の港で船上生活をはじめた家族の母親　「コービーの海」ベン・マイケルセン作;代田亜香子訳　鈴木出版（鈴木出版の海外児童文学）　2015年6月

ペイシェンス
イギリスの冷酷な大公妃に仕える召使い、虐待を受けている8歳の少女　「ダイヤの館の冒険 ミス・ビアンカ」マージェリー・シャープ作;渡辺茂男訳　岩波書店（岩波少年文庫）　2016年7月

ペイジ・ハート
イギリスの寄宿学校の六年生、秘密で魔法ねこベルベットの世話をしているなかよし三人組のひとり　「魔法ねこベルベット 5－危険な手紙」タビサ・ブラック作;武富博子訳くおんれいの画　評論社　2015年1月

ペイジ・ハート
イギリスの寄宿学校の六年生、秘密で魔法ねこベルベットの世話をしているなかよし三人組のひとり　「魔法ねこベルベット 6－未来鏡をのぞいたら」タビサ・ブラック作;武富博子訳くおんれいの画　評論社　2015年3月

ペイジ・ハート
寄宿学校チャームホール学園に転校してきた九歳の女の子　「魔法ねこベルベット 1 学校へようこそ！」タビサ・ブラック作;武富博子訳;くおんれいの画　評論社　2014年5月

ペイジ・ハート
寄宿学校チャームホール学園五年生の女の子、同じクラスでルームメイトのシャノンとサマーの親友　「魔法ねこベルベット 2 妖精パックにご用心」タビサ・ブラック作;武富博子訳;くおんれいの画　評論社　2014年7月

ペイジ・ハート
寄宿学校チャームホール学園五年生の女の子、同じクラスでルームメイトのシャノンとサマーの親友 「魔法ねこベルベット 3 ハロウィンの大そうどう」 タビサ・ブラック作;武富博子訳;くおんれいの画　評論社　2014年9月

ペイジ・ハート
寄宿学校チャームホール学園五年生の女の子、同じクラスでルームメイトのシャノンとサマーの親友 「魔法ねこベルベット 4 モナ・リザのひみつ」 タビサ・ブラック作;武富博子訳;くおんれいの画　評論社　2014年11月

黒子　へいずー
十才の少年・タンムーが浮き橋近くで出会った船で暮らしている男の子、父親が重い病気で亡くなり生活が困難な少年 「浮き橋のそばのタンムー」 彭学軍著;渡辺仙州編訳;中山成子絵　ポプラ社(ポプラせかいの文学 2)　2015年7月

ヘイゼル
ローマの神・プルトの娘、どこでも走れる名馬アリオンを乗りこなす少女 「最後の航海―オリンポスの神々と7人の英雄 5―パーシー・ジャクソンとオリンポスの神々シーズン2」 リック・リオーダン著;金原瑞人;小林みき訳　ほるぷ出版　2015年11月

ヘイゼル・マー
サマーサイドに引っ越してきたばかりのマー家の娘、サマーサイド高校の校長となったアンにのぼせあがっている金髪美人 「アンの幸福 3」 L・M・モンゴメリ作;村岡花子訳;Haccan絵　講談社(講談社大きな文字の青い鳥文庫)　2015年9月

ヘイゼル・レベック
ギリシャの神・ハデスの娘、どこでも走れる名馬アリオンを乗りこなす少女 「オリンポスの神々と7人の英雄 4 ハデスの館」 リック・リオーダン作;金原瑞人訳;小林みき訳　ほるぷ出版　2014年11月

ベイダー
銀河帝国皇帝の直属の部下、息子である反乱軍のパイロット・ルークを探しているシス卿 「スター・ウォーズエピソードⅥジェダイの帰還」 ジョージ・ルーカス原作;ライダー・ウィンダム著;上杉隼人訳;吉田章子訳;　講談社　2015年2月

へいたいさん
国境けいびの新入りのへいたいさん、鼻の長い男 「ルイージといじわるなへいたいさん」 ルイス・スロボドキン作・絵;こみやゆう訳　徳間書店　2015年9月

ベイ・マックス
ロボット工学の天才少年ヒロの兄・タダシが開発した人の心と体の健康をまもるケア・ロボット 「ベイマックス」 アイリーン・トリンブル作;しぶやまさこ訳　偕成社(ディズニーアニメ小説版)　2014年12月

ベイ・マックス
不思議な世界「トイ・ボックス」でお宝探しにいくマイクたちの仲間になったケア・ロボット 「ディズニーインフィニティ」 エイミー・ワインガルトナー文;樹紫苑訳　KADOKAWA(角川つばさ文庫)　2016年1月

ヘイムダル
神の国アスガルドと8つの国を結ぶ異世界につながる門「ビフレスト」の番人 「マイティ・ソー ダーク・ワールド」 クリストファー・L.ヨスト脚本;クリストファー・マルクス脚本;スティーヴン・マクフィーリー脚本;ドン・ペイン文;ロバート・ロダット文;上原尚子訳　講談社　2014年9月

へいむ

ヘイムダル
神の国アスガルドと8つの国を結ぶ異世界につながる門「ビフロスト」の守護神 「マイティ・ソー」 アシュリー・エドワード・ミラー脚本;ザック・ステンツ脚本;ドン・ペイン脚本;J.マイケル・ストラジンスキー文;マーク・プロトセヴィッチ文;吉田章子訳 講談社 2014年3月

ヘイリー
少年カイルの中学校のアイドル、意外な秘密を持つ少女 「図書館脱出ゲーム1 ぼくたちの謎とき大作戦! 上下」 クリス・グラベンスタイン著;ジョンハサウェイ絵;高橋結花訳 KADOKAWA 2016年3月

ベイリ
ニューヨーク市警の私服刑事、宇宙国家ソラリスで起きた殺人事件の捜査を命じられた43歳の男 「はだかの太陽」 アイザック・アシモフ著;小尾芙佐訳 早川書房(ハヤカワ文庫SF) 2015年5月

ヘイリー・ターナー
9代目エバが初めて出会った人間、エバの味方になった少年 「ワンダラ 9 エバ、ほんとうのワンダラへ」 トニー・ディテルリッジ作;飯野眞由美訳 文溪堂 2015年3月

ヘイリー・ターナー
なかまを探す旅に出たエバが初めて会った人間の少年 「ワンダラ 7 裏切りの惑星」 トニー・ディテルリッジ作;飯野眞由美訳 文溪堂 2014年10月

ヘイリー・ターナー
なかまを探す旅に出たエバが初めて会った人間の少年、エバの友だち 「ワンダラ 8 ニューアッティカ壊滅」 トニー・ディテルリッジ作;飯野眞由美訳 文溪堂 2015年1月

ベイン
アラリス諸島を治める兄・マレク国王をうらぎって新国王になった弟 「ドラゴン・ナイト1 よみがえった炎の騎士」 J.R.キャッスル著;岡本由香子訳;小笠原智史絵 KADOKAWA 2016年10月

ベイン
人の心を読みその人がもっとも恐怖を抱くものに変身することができる古代の悪霊 「魔使いの呪い」 ジョゼフ・ディレイニー著;金原瑞人訳;田中亜希子訳 東京創元社(創元推理文庫) 2014年1月

ペギイ
キャプテン・フリントと七人の子どもたちと帆船シロクマ号で航海に出た少女 「シロクマ号となぞの鳥上下」 アーサー・ランサム作;神宮輝夫訳 岩波書店(岩波少年文庫) 2016年1月

ペギイ
夏休みに子どもたちだけで過ごそうとディックとドロシアきょうだいをベックフットに姉と迎えた妹 「スカラブ号の夏休み上下」 アーサー・ランサム作;神宮輝夫訳 岩波書店(岩波少年文庫) 2015年7月

ペグおばさん
イギリスの田舎町リトル・オーバトンに住む丸顔の大きなおばさん 「思い出のマーニー 新訳」 ジョーン・G・ロビンソン著;越前敏弥訳;ないとうふみこ訳 KADOKAWA(角川文庫) 2014年7月

ベク先生　べくせんせい
ドイツのキルヒベルク男子寄宿学校に生徒たちといっしょに住んでいる先生 「飛ぶ教室 ポプラ世界名作童話20」 E・ケストナー作;最上一平文;矢島眞澄絵　ポプラ社　2016年11月

ヘクター
公務員、ギリシャ系の二世でバーベキュー・パーティーのホスト役をした男 「スラップ――オーストラリア現代文学傑作選」 クリストス・チョルカス著;湊圭史訳　現代企画室　2014年12月

ヘクター
心やさしい世界一の魔女・スルルンダにたのまれて旅にでることになった空飛ぶドラゴン 「期間限定!秘密の見習い魔女」 クニスター作;たかしなえみり訳;睦月ムンク画　金の星社　2014年4月

ヘクター・ラッシュ
「マザーランド国」の住人・スタンディッシュの家のとなりに越してきた一家の息子 「マザーランドの月」 サリー・ガードナー著;三辺律子訳　小学館(SUPER!YA)　2015年5月

ベケット
図書館に住んでいる黒いシルクハットをかぶった男のゆうれい 「呪われた図書館」 ドリー・ヒルスタッド・バトラー作;もりうちすみこ訳;いちごとまるがおさん絵　国土社　2016年8月

ヘザー
夏のあいだ一般の人が見物できる立派な館「メイン館」の管理人の娘 「いたずらロバート」 ダイアナ・ウィン・ジョーンズ作エンマ・チチェスター・クラーク絵;槇朝子訳　復刊ドットコム　2016年2月

ベシー
動物保護施設「ハッピー・ポーズ」にいるボーダーコリー、二年半の間引き取り手のない犬 「夢見る犬たち 五番犬舎の奇跡」 クリフ・マクニッシュ作;浜田かつこ訳　金の星社　2015年8月

ベシティ
プライドランドの平和を守るチーム「ライオン・ガード」のメンバーになったカバ 「ライオン・ガード カイオンの冒険」 フォード・ライリー原作;ジョン・ロイ原作;樹紫苑訳　KADOKAWA(角川つばさ文庫)　2016年11月

ベス
アメリカにすむマーチ家の4姉妹の三女、13さいの内気な女の子 「若草物語――ポプラ世界名作童話;13」 L.M.オルコット作;薫くみこ文;こみねゆら絵　ポプラ社　2016年11月

ベス
古代エジプトの舞踊と戦闘の神、身長1mだががっしり体型の男 「ケイン・クロニクル炎の魔術師たち3」 リック・リオーダン著;小浜杏訳えナミカツミイラスト　KADOKAWA　2016年3月

ベス
父親が戦地にいて母親と暮らしている四人姉妹の三女、内気な13歳の女の子 「若草物語」 L.M.オルコット作;ないとうふみこ訳;琴音らんまる絵　KADOKAWA(角川つばさ文庫)　2015年1月

ベス
魔法の島ネバーランドにある妖精王国ピクシー・ホロウに住む芸術の妖精 「フェアリー・ガールズ5妖精とひみつのウェディング」 キキ・ソープ作;堀川志野舞訳;白沢まりも絵　ポプラ社　2015年7月

へすた

ヘスター・ケトル
英国の田舎町で語り部を生業としている小柄な老婆 「夜の庭師」 ジョナサン・オージエ著;山田順子訳 東京創元社(創元推理文庫) 2016年11月

ベストメイト
小学生の男の子パトリックに助けられた運河に流されていたグレイハウンドの子犬 「走れ、風のように」 マイケル・モーパーゴ著;佐藤見果夢訳 評論社 2015年9月

ベータ
孤独の犬・ラッキーと「大地のうなり」を生きのびた仲間、オオカミ犬・アルファの群れの高い地位についている犬 「サバイバーズ2 見えざる敵」 エリン・ハンター作;井上里訳 小峰書店 2014年9月

ペーター
アルプスの山でヤギ飼いをしている十一歳の少年 「ハイジ1・2」 ヨハンナ・シュピーリ作;若松宣子訳 偕成社(偕成社文庫) 2014年4月

ペーター
アルムの山のまずしい小屋にすむヤギ飼いの男の子 「アルプスの少女ハイジ―ポプラ世界名作童話;4」 J.シュピリ作;那須田淳文;pon-marsh絵 ポプラ社 2015年11月

ベータ(スイート)
「野生の犬」で群れで生きることを大切と考えている美しいメス犬、群れの二番手 「サバイバーズ3ひとすじの光」 エリン・ハンター作;井上里訳 小峰書店 2015年6月

ベータ(スイート)
「野生の犬」で群れで生きることを大切と考えている美しいメス犬、群れの二番手 「サバイバーズ4嵐の予感」 エリン・ハンター作;井上里訳 小峰書店 2016年5月

ペーター・ラズロ
無鉄砲で陽気な父・ラズロの息子、幼いころに事故でなくなった母はユダヤ人 「お父さんの手紙」 イレーネ・ディーシェ著;赤坂桃子訳 新教出版社(つのぶえ文庫) 2014年2月

ペチュニアおじさん
ハリーの唯一の親戚ダーズリー一家のおばさん 「ハリー・ポッターと秘密の部屋 2-1・2-2―ハリー・ポッター」 J.K.ローリング作;松岡佑子訳 静山社(静山社ペガサス文庫) 2014年5月

ペチュニアおばさん
ハリーの唯一の親戚ダーズリー一家のおばさん 「ハリー・ポッターと賢者の石 1-1・1-2―ハリー・ポッター」 J.K.ローリング作;松岡佑子訳 静山社(静山社ペガサス文庫) 2014年3月

ペチュニアおばさん
ハリーの唯一の親戚ダーズリー一家のおばさん 「ハリー・ポッターと不死鳥の騎士団 5-1・5-2・5-3・5-4―ハリー・ポッター」 J.K.ローリング作;松岡佑子訳 静山社(静山社ペガサス文庫) 2014年9月

ベッキー
「ミンチン女子学院」の14さいの使用人、学院の生徒セーラと親しくなった女の子 「小公女―ポプラ世界名作童話;3」 F.H.バーネット作;越水利江子文;丹地陽子絵 ポプラ社 2015年11月

ベッキー
インドから来た裕福で優しい少女セーラが暮らすイギリスの寄宿学校「ミンチン女学院」の皿洗いのメイドの女の子 「小公女セーラ」 バーネット作;田邊雅之訳;日本アニメーション絵 小学館(小学館ジュニア文庫) 2016年7月

ベッキー
インドから来た裕福な子女セーラが入った寄宿制女学校の召使いの女の子 「小公女」 フランシス・ホジソン・バーネット著;畔柳和代訳 新潮社(新潮文庫) 2014年11月

ベッキー
家にレース犬としてやってくるグレイハウンドの世話をするのが好きな十五歳の少女 「走れ、風のように」 マイケル・モーパーゴ著;佐藤見果夢訳 評論社 2015年9月

ベッキー・ノーマン
フロリダキーズ諸島の中学に通うコービーのクラスメイト、ぜんぶかんぺきな女の子 「コービーの海」 ベン・マイケルセン作;代田亜香子訳 鈴木出版(鈴木出版の海外児童文学) 2015年6月

ベック叔母さん　べっくおばさん
強力な魔法の使い手、北の島スカアで十二歳の姪エイリーンと暮らす「賢女」 「賢女ひきいる魔法の旅は」 ダイアナ・ウィン・ジョーンズ作;アーシュラ・ジョーンズ作;田中薫子訳;佐竹美保絵 徳間書店 2016年3月

ベックス
「タイムライダーズ」の支援ロボット、女性の身体の中に人工知能を持つクローン 「タイムライダーズ2-1　紀元前6500万年からの逆襲」 アレックス・スカロウ作;金原瑞人訳 小学館 2015年4月

ベックス
「タイムライダーズ」の任務をサポートする支援ロボット、女性の身体のクローン 「タイムライダーズ3-1　失われた暗号」 アレックス・スカロウ作;金原瑞人訳 小学館 2015年12月

ベックス
「タイムライダーズ」の任務をサポートする支援ロボット、女性の身体のクローン 「タイムライダーズ3-2　失われた暗号」 アレックス・スカロウ作;金原瑞人訳 小学館 2015年12月

ベックス
白亜紀のジャングルにタイムスリップしてしまった「タイムライダーズ」の支援ロボット 「タイムライダーズ2-2　紀元前6500万年からの逆襲」 アレックス・スカロウ作;金原瑞人訳 小学館 2015年4月

ベッツィ・メイ
人形で遊ぶことが大好きなもうすぐ六歳になる女の子 「ベッツィ・メイとにんぎょう」 イーニッド・ブライトン作;ジョーン・G・トーマス絵;小宮由訳 岩波書店 2015年5月

ベッツィ・メイ
動物が好きでとくに犬が大好きなもうすぐ六歳になる女の子 「ベッツィ・メイとこいぬ」 イーニッド・ブライトン作;ジョーン・G・トーマス絵;小宮由訳 岩波書店 2015年4月

ベット
世にも美しい城に住んでいる野獣の姿をした醜く愚かな王子 「美女と野獣 オリジナル版」 ガブリエル・シュザンヌ・ド・ヴィルヌーヴ著;藤原真実訳 白水社 2016年12月

ペティ・ポッツ
ふたごの兄弟ジョシュとダニーがいるフィリップス家のとなりに住む科学者のおばあさん 「SWITCH 4 アリにスイッチ！」 アリ・スパークス作;神戸万知訳;舵真秀斗絵 フレーベル館 2014年2月

ペティ・ポッツ
生きものを変身させる「スイッチ計画」を研究している天才科学者 「SWITCH 6 ゲンゴロウにスイッチ！」 アリ・スパークス作;神戸万知訳;舵真秀斗絵 フレーベル館 2014年4月

ペティ・ポッツ
虫に変身させるスプレーを発明した天才科学者、かわり者のおばあさん 「SWITCH 5 ガガンボにスイッチ！」 アリ・スパークス作;神戸万知訳;舵真秀斗絵 フレーベル館 2014年4月

ベティー・メイフィールド
私立探偵のフィリップ・マーロウが尾行を依頼された女 「プレイバック」 レイモンド・チャンドラー著;村上春樹訳 早川書房 2016年12月

ペトローヴィチ
女の子ナースチャのパパがつくったおとぎの森のおはなしの主人公のウサギ 「ヘフツィール物語」 A.レペトゥーヒン文;岡田和也訳;きたやまようこ絵 未知谷 2015年11月

ペナンブラ
二十四時間書店の店主、元コンピュータ・オタクのとても年取った男性 「ペナンブラ氏の24時間書店」 ロビン・スローン著;島村浩子訳 東京創元社 2014年4月

ベニ
第二次世界大戦で日本とドイツが勝利しアメリカ西側を日本が統治する世界で大日本帝国陸軍大尉、検閲局勤務の男 「ユナイテッド・ステイツ・オブ・ジャパン」 ピーター・トライアス著;中原尚哉訳 早川書房(新☆ハヤカワ・SF・シリーズ) 2016年10月

ベニー
ヴィンターシュタイン学校のクラスのみんなからのろまでさえないやつと思われいてる少年 「コーンフィールド先生とふしぎな動物の学校1カメとキツネと転校生!」 マルギット・アウアー著;中村智子訳 学研教育出版 2015年7月

ベニー
ヴィンターシュタイン学校の生徒、冒険好きのカメ・ヘンリエッタを永遠の親友として手に入れた少年 「コーンフィールド先生とふしぎな動物の学校2校庭は穴だらけ!」 マルギット・アウアー著;中村智子訳 学研プラス 2015年11月

ベニー
ヴィンターシュタイン学校の生徒、冒険好きのカメ・ヘンリエッタを永遠の親友として手に入れた少年 「コーンフィールド先生とふしぎな動物の学校3明かりを消して!」 マルギット・アウアー著;中村智子訳 学研プラス 2016年2月

ベニー
ヴィンターシュタイン学校の生徒、冒険好きのカメ・ヘンリエッタを永遠の親友として手に入れた少年 「コーンフィールド先生とふしぎな動物の学校4林間学校はキケンがいっぱい!」 マルギット・アウアー著;中村智子訳 学研プラス 2016年7月

ペニー
英国の田舎町の奇妙な屋敷に住む青白い顔をした一家の娘、わがままな少女 「夜の庭師」 ジョナサン・オージエ著;山田順子訳 東京創元社(創元推理文庫) 2016年11月

ペニテンス(ペン)
少女ダイドーを救った捕鯨船船長の九歳の娘、船室に閉じこもっている少女 「ナンタケットの夜鳥―「ダイドーの冒険」シリーズ」ジョーン・エイキン作;こだまともこ訳 冨山房 2016年10月

ペニー・ハリス
イギリスの寄宿学校の六年生、スポーツ祭の前にあやしい手紙を受け取った女の子 「魔法ねこベルベット5－危険な手紙」タビサ・ブラック作;武富博子訳くおんれいの画 評論社 2015年1月

ベネット
ウェルメトの町にもどってきた魔術師ネバリーがやとった用心棒の男 「魔法が消えていく…」サラ・プリニース作;橋本恵訳 徳間書店 2016年1月

ベネディクト・グッドリッチ(ベンディ)
ウェストミンスターの写本屋「おんどり工房」の末息子、聖歌学校に通う少年 「ユニコーン キャクストンの挑戦」シンシア・ハーネット著;眞方陽子訳 南窓社 2014年5月

ペネロープ・ウィンザー(ペニー)
英国の田舎町の奇妙な屋敷に住む青い顔をした一家の娘、わがままな少女 「夜の庭師」ジョナサン・オージエ著;山田順子訳 東京創元社(創元推理文庫) 2016年11月

ベビン・コナー(コナー)
カーシア国の貴族の男、王位をねらう金持ちの権力者 「偽りの王子―カーシア国3部作」ジェニファー・A.ニールセン作;橋本恵訳 ほるぷ出版 2014年10月

ヘラ
反乱軍の宇宙船「ゴースト」のパイロット、緑色のひふのトゥイレック人の女 「スター・ウォーズ反乱者たち1 反乱の口火」ミッシェル・コーギー文;菊池由美訳 KADOKAWA(角川つばさ文庫) 2015年2月

ヘラ
反乱軍の宇宙船「ゴースト」のパイロット、緑色のひふのトゥイレック人の女 「スター・ウォーズ反乱者たち2 帝国の日」ミッシェル・コーギー文;菊池由美訳 KADOKAWA(角川つばさ文庫) 2015年9月

ベラ(スクイーク)
ニンゲンに育てられた「囚われの犬」、「孤独の犬」のラッキーのきょうだいで仲間おもいで勇敢なメス犬 「サバイバーズ3ひとすじの光」エリン・ハンター作;井上里訳 小峰書店 2015年6月

ベラ(スクイーク)
ニンゲンに育てられた「囚われの犬」、「孤独の犬」のラッキーのきょうだいで仲間おもいで勇敢なメス犬 「サバイバーズ4嵐の予感」エリン・ハンター作;井上里訳 小峰書店 2016年5月

ベラ(スクイーク)
孤独の犬・ラッキーのニンゲンに育てられたきょうだい犬 「サバイバーズ1 孤独の犬」エリン・ハンター作;井上里訳 小峰書店 2014年9月

ベラ(スクイーク)
孤独の犬・ラッキーのニンゲンに育てられたきょうだい犬 「サバイバーズ2 見えざる敵」エリン・ハンター作;井上里訳 小峰書店 2014年9月

べらど

ベラ・ドンナ
児童養護施設で育った捨て子、本気で魔女になりたい女の子 「魔女になりたい!―見習い魔女ベラ・ドンナ 1」 ルース・サイムズ作;神戸万知訳;はたこうしろう絵 ポプラ社 2016年10月

ベリー
お城がある世界「ウィスカー・ヘイブン」にやってきたウサギ、白雪姫のペット 「ウィスカー・ヘイブン ロイヤルペットものがたり」 キャシー・E.デイビス文えイミー・S.カースター文;サディアス・ディルディ文;ブリトニー・ルビアノ文;樹紫苑訳 KADOKAWA(角川つばさ文庫) 2016年4月

ペリー(エージェントP) ペリー(えーじぇんとぴー)
天才発明家兄弟・フィニアスとファーブのペットのカモノハシ、政府の秘密組織のスパイ 「フィニアスとファーブ ドッキリおばけ屋敷」 キティ・リチャーズ文;ララ・バージェン文;杉田七重訳 KADOKAWA(角川つばさ文庫) 2014年4月

ペリー(エージェントP) ペリー(えーじぇんとぴー)
天才発明家兄弟・フィニアスとファーブのペットのカモノハシ、政府の秘密組織のスパイ 「フィニアスとファーブ 火星へ行こう!」 エリー・オライアン文;ヘレナ・メイヤー文;杉田七重訳 KADOKAWA(角川つばさ文庫) 2014年10月

ペリー(エージェントP) ペリー(えーじぇんとぴー)
天才発明家兄弟・フィニアスとファーブのペットのカモノハシ、政府の秘密組織のスパイ 「フィニアスとファーブ 史上最大の飛行機づくり」 エリー・オライアン文;N・B・グレース文;ヘレナ・メイヤー文;杉田七重訳 KADOKAWA(角川つばさ文庫) 2015年4月

ヘリオット・ターバス
ホード王国の古い民の末裔、ものごころつくころからくりかえし不思議な夢を見たり激しい頭痛の発作に苦しんでいる少年 「不完全な魔法使い 上下」 マーガレット・マーヒー著;山田順子訳 東京創元社 2014年1月

ヴェリティ
児童養護施設から魔女になりたい少女ベラ・ドンナを引き取ってくれたリリスさんのめい、ベラ・ドンナより2歳ぐらい年上の少女 「魔女になりたい!―見習い魔女ベラ・ドンナ 1」 ルース・サイムズ作;神戸万知訳;はたこうしろう絵 ポプラ社 2016年10月

ベリーニ
テレビ番組制作会社「フラッシュライト」の副社長、ヒトラーの才能を見込み採用した女性 「帰ってきたヒトラー 上下」 ティムール・ヴェルメシュ著;森内薫訳 河出書房新社 2014年1月

ベル
「美女と野獣」のプリンセス 「ロイヤルペット ビューティ/ブロンディ/ティーカップ」 テナント・レッドバンク文;樹紫苑訳 KADOKAWA 2015年5月

ベル
商人の娘、バラを盗んだ父の身代わりに野獣の城で囚われの身となった少女 「美女と野獣」 クリストフ・ガンズ;サンドラ・ヴォ=アン脚本;ヴァネッサ・ルビオ・バロー編著;南たら訳 竹書房(竹書房文庫) 2014年10月

ベル
莫大な財産を失った商人の末娘、明るい性格で優しい性格の美少女 「美女と野獣 オリジナル版」 ガブリエル・シュザンヌ・ド・ヴィルヌーヴ著;藤原真実訳 白水社 2016年12月

ベルウェザー副市長　べるうぇざーふくしちょう
肉食動物と草食動物が共存する都市「ズートピア」の副市長、ひかえめな女性の羊　「ズートピア」　スーザン・フランシス作;橘高弓枝訳　偕成社（ディズニーアニメ小説版）　2016年5月

ヘルシング先生　へるしんぐせんせい
オランダの精神医学の権威、吸血鬼を退治しようとする医師　「吸血鬼ドラキュラ」　ブラム・ストーカー作;長井那智子訳;碧風羽絵　集英社（集英社みらい文庫）　2014年2月

ベルトルト・ロバーツ
ロンドンの中学に通う男子生徒、行方不明になった父親をさがす少年ダーカスのクラスメイト　「裏庭探偵クラブ 1 密室で消えた父をさがせ!」　M.G.レナード著;河井直子訳;荒川眞生イラスト　KADOKAWA　2016年6月

ヴェルナー・ペニヒ
ナチスドイツ軍の二等技術兵、妹とともにドイツの孤児院で育った18歳の少年　「すべての見えない光」　アンソニー・ドーア著;藤井光訳　新潮社（CREST BOOKS）　2016年8月

ベルナルディ
自然豊かな谷間の村ヴァッレ・ディ・フォンドの森林委員会のメンバー、人の姿を借りた木の精　「古森の秘密 はじめて出逢う世界のおはなし」　ディーノ・ブッツァーティ著;長野徹訳　東宣出版　2016年7月

ヴェールの女　べーるのおんな
捕鯨船キャスケット号の貯蔵室で少女ダイドーの前にあらわれたなぞのヴェールの女　「ナンタケットの夜鳥―「ダイドーの冒険」シリーズ」　ジョーン・エイキン作;こだまともこ訳　冨山房　2016年10月

ベルベット
イギリスの寄宿学校「チャームホール学園」に住みついている子ネコ、魔法の力を持った魔法ねこ　「魔法ねこベルベット 5－危険な手紙」　タビサ・ブラック作;武富博子訳くおんれいの画　評論社　2015年1月

ベルベット
イギリスの寄宿学校「チャームホール学園」に住みついている子ネコ、魔法の力を持った魔法ねこ　「魔法ねこベルベット 6－未来鏡をのぞいたら」　タビサ・ブラック作;武富博子訳くおんれいの画　評論社　2015年3月

ペール・ペルソン（受付係）　ぺーるぺるそん（うけつけがかり）
スウェーデンいち荒んでいるホテルの受付係で女牧師以外の全人類が嫌いな青年、売れっ子殺し屋・ヒットマンの仲間　「天国に行きたかったヒットマン」　ヨナス・ヨナソン著;中村久里子訳　西村書店東京出版編集部　2016年11月

ヘルムート・ジモ
国連爆破テロの犯人として逮捕されたバッキーの精神鑑定にやってきた医師　「シビル・ウォー―キャプテン・アメリカ」　アレックス・アーヴァインノベル;上杉隼人訳;長尾莉紗訳　講談社　2016年10月

ヘルメス
オリンポスの神々の使者、少年パーシーらハーフの冒険の旅の配達人　「オリンポスの神々と7人の英雄 外伝―パーシー・ジャクソンとオリンポスの神々シーズン2」　リック・リオーダン作;金原瑞人;小林みき訳　ほるぷ出版　2016年11月

べるん

ベルンカ
チェコのプラハにくらす6さいの女の子、ハイチからきたやしの実のゆうびんをうけとった子 「ベルンカとやしの実じいさん 上下―世界傑作童話シリーズ」 パベル・シュルット文;ガリーナ・ミクリーノワ絵;大沼有子訳 福音館書店 2015年3月

ペレ
サッカーの神様と呼ばれる伝説のプレーヤー、ブラジル出身の有名なサッカー選手 「サッカーの神様―マジック・ツリーハウス;38」 メアリー・ポープ・オズボーン著;食野雅子訳 KADOKAWA 2015年6月

ヘレナ
ナチスに迫害されるユダヤ人と脱走してきたドイツ兵を自分の家に匿ったポーランド人の女性・フランチシカの娘 「ホロコーストを逃れて:ウクライナのレジスタンス」 ジェニー・ウィテリック著;池田年穂訳 水声社 2014年7月

ヘレナ
ホーマーおじさまの家の近くにある八角形の古びた塔にいた青白い顔をした不思議なふたごの姉 「王女さまのお手紙つき[6] バンパイアのひみつ料理」 ポーラ・ハリソン原作;チーム151E☆企画・構成 学研プラス 2016年9月

ヘレーネ
ヴィンターシュタイン学校の生徒、女王様気質の少女 「コーンフィールド先生とふしぎな動物の学校3 明かりを消して!」 マルギット・アウアー著;中村智子訳 学研プラス 2016年2月

ヴェレンカ
アオザメ、「インディ一族」の王・フィニバスに取り入って側近となったメス 「サメ王国のグレイ3 王vs.王 究極の戦い」 E.J.アルトバッカー著;桑原洋子訳 KADOKAWA 2016年7月

ヴェレンカ
アオザメ、「ゴブリン一族」の重臣でありながらリーダーを操作しているメス 「サメ王国のグレイ2 運命のアトランティス決戦」 E.J.アルトバッカー著;桑原洋子訳 KADOKAWA 2016年1月

ヴェレンカ
アオザメ、歴史ある「ゴブリン一族」の重臣第五位の美しいメス 「サメ王国のグレイ1 七つの海を制するもの」 E.J.アルトバッカー著;桑原洋子訳 KADOKAWA 2015年8月

ヘレン・キングスレー
亡き父の夢を受けつぎ貿易の仕事についた娘アリスを心配する母親 「アリス・イン・ワンダーランド～時間の旅～」 カリ・サザーランド作;しぶやまさこ訳 ディズニーアニメ小説版 2016年7月

ヘレン・キングスレー
冒険好きの娘アリスに結婚してしあわせになってほしいと望んでいる母親 「アリス・イン・ワンダーランド～時間の旅～」 カリ・サザーランド文;ないとうふみこ訳 KADOKAWA(角川つばさ文庫) 2016年6月

ヘレン・ストーナー
サリー州のストーク・モランに住む女性、姉の謎の死の解明を名探偵のシャーロック・ホームズに依頼した妹 「キラキラ名探偵[2] まだらのひも―シャーロック・ホームズ」 コナン・ドイル原作;新星出版社編集部編 新星出版社 2015年12月

ベロニカ・フルット
小さな男の子・フワニートといろいろな世界一の新記録をつくる旅にでた背の高い女の子 「ふたりは世界一!」 アンドレス・バルバ作;宇野和美訳;おくやまゆか画　偕成社　2014年4月

ベン
ジェダイ・マスター、ジェダイ騎士を目指すルークの師 「スター・ウォーズエピソードⅣ新たなる希望」 ジョージ・ルーカス原作;ライダー・ウィンダム著;らんあれい訳　講談社　2014年7月

ベン
ジェダイ・マスター、ジェダイ騎士を目指すルークの師 「スター・ウォーズエピソードⅤ帝国の逆襲」 ジョージ・ルーカス原作;ライダー・ウィンダム著;上杉隼人訳;潮裕子訳　講談社　2014年11月

ベン
新聞社で原稿係をしている少年、時間がわかるカメ・ウォーターベリーの飼い主 「幽霊屋敷と消えたオウム―見習い探偵ジュナの冒険」 エラリー・クイーン作;中村佐千江訳;マツリ絵　KADOKAWA(角川つばさ文庫)　2016年8月

ペン
少女ダイドーを救った捕鯨船船長の九歳の娘、船室に閉じこもっている少女 「ナンタケットの夜鳥―「ダイドーの冒険」シリーズ」 ジョーン・エイキン作;こだまともこ訳　冨山房　2016年10月

ペンギン
三年生のアルフィーが二年前から飼っているペンギンそっくりなネコ 「ペンギンは、ぼくのネコ」 ホリー・ウェッブ作;田中亜希子訳;大野八生絵　徳間書店　2015年7月

ベン・コフィン
十歳の時に養護施設から言語療法士の女性・テスにひきとられた十二歳の少年 「魔法の箱」 ポール・グリフィン作;池内恵訳　WAVE出版　2016年11月

ベンジー
家族のいちばん年下で「まだ小さいから」といわれつづけ泣きわめく2才児 「リトル・パパ」 パット・ムーン作;もりうちすみこ訳;タカタカヲリ絵　文研出版(文研ブックランド)　2015年5月

べんじいさん
10歳のメアリーがひきとられた屋敷で庭の世話をしているおじさん 「ひみつの花園 ポプラ世界名作童話17」 F・H・バーネット作;さとうまきこ文;狩野富貴子絵　ポプラ社　2016年11月

ベンジャミン・シューベルト(ベニー)
ヴィンターシュタイン学校のクラスのみんなからのろのろでさえないやつと思われいてる少年 「コーンフィールド先生とふしぎな動物の学校1カメとキツネと転校生!」 マルギット・アウアー著;中村智子訳　学研教育出版　2015年7月

ベンジャミン・シューベルト(ベニー)
ヴィンターシュタイン学校の生徒、冒険好きのカメ・ヘンリエッタを永遠の親友として手に入れた少年 「コーンフィールド先生とふしぎな動物の学校2校庭は穴だらけ!」 マルギット・アウアー著;中村智子訳　学研プラス　2015年11月

べんじ

ベンジャミン・シューベルト（ベニー）
ヴィンターシュタイン学校の生徒、冒険好きのカメ・ヘンリエッタを永遠の親友として手に入れた少年 「コーンフィールド先生とふしぎな動物の学校3明かりを消して!」マルギット・アウアー著;中村智子訳 学研プラス 2016年2月

ベンジャミン・シューベルト（ベニー）
ヴィンターシュタイン学校の生徒、冒険好きのカメ・ヘンリエッタを永遠の親友として手に入れた少年 「コーンフィールド先生とふしぎな動物の学校4林間学校はキケンがいっぱい!」マルギット・アウアー著;中村智子訳 学研プラス 2016年7月

ベンジャミン・ディアズ
ハワイから航海に出て嵐にあいきょうだいの三人と子どもたちだけで無人島に漂着した十一歳の少年 「サバイバー 2 炎の試練」ジェフ・プロブスト著;クリス・テベッツ著;澤田澄江訳 講談社 2016年8月

ベンジャミン・ディアズ
親の再婚できょうだいになった四人の一人、ハワイ沖で嵐にあい子どもたちだけで無人島に漂着した十一歳の少年 「サバイバー 1 嵐の試練」ジェフ・プロブスト著;クリス・テベッツ著;澤田澄江訳 講談社 2016年7月

ベンジャミン・フランクリン（ベン）
新聞社で原稿係をしている少年、時間がわかるカメ・ウォーターベリーの飼い主 「幽霊屋敷と消えたオウム―見習い探偵ジュナの冒険」エラリー・クイーン作;中村佐千江訳;マツリ絵 KADOKAWA（角川つばさ文庫） 2016年8月

ヘンゼル
いもうとのグレーテルとままははにもりのなかへすてられたおにいちゃん 「ヘンゼルとグレーテル―せかい童話図書館 ;2」グリムさく;あきせいじぶん;たかやまひろしえ;子ども文化研究所監修 いずみ書房 2014年9月

ベンディ
ウェストミンスターの写本屋「おんどり工房」の末息子、聖歌学校に通う少年 「ユニコーンキャクストンの挑戦」シンシア・ハーネット著;眞方陽子訳 南窓社 2014年5月

ヘンドリック・マーテン（マーテンさん）
サラとティモシー姉弟がタイムスリップした三百年前のミルアイランドで出会った男の人、オランダ人のヤンネチェの夫 「夏の魔女―魔女の本棚 ; 22」ルース・チュウ作;日当陽子訳;たんじあきこ絵 フレーベル館 2016年4月

ペンドルトン
大きなお屋しきに住み人とつきあおうとしないなぞの人物、大金持ちの男の人 「少女ポリアンナ―10歳までに読みたい世界名作」エレナ・ポーター作;横山洋子監修;立原えりか編訳;鯉沼菜奈絵 学研プラス 2015年10月

ペンドルトン氏　ぺんどるとんし
女子大生ジュディのルームメイト・ジュリアのおじ、名門ペンドルトン家の青年紳士 「あしながおじさん」J.ウェブスター作;新星出版社編集部編 新星出版社（トキメキ夢文庫） 2016年9月

ペン・ノーマン先生　ぺんのーまんせんせい
ストラテンバーグ市で成績が一番下のイースト中学校の八年生担当の先生 「少年弁護士セオの事件簿6 仮面スキャンダル」ジョン・グリシャム作;石崎洋司訳 岩崎書店 2016年11月

ベン・パリッシュ
「アザーズ」と呼ばれる謎の生命体が人類に攻撃するなかで生き残った十七歳の少年　「フィフス・ウェイブ」　リック・ヤンシー著;安野玲訳　集英社(集英社文庫)　2016年3月

ベン・ブレイク
名門ユナイテッドの十二歳以下チームのミッドフィールダー、だれにもいえない悩みがある男の子　「フットボール・アカデミー 4 孤独な司令塔MFベンの苦悩」　トム・パーマー作;石崎洋司訳;岡本正樹画　岩崎書店　2014年1月

ベンヴェヌート・プローコロ
寄宿学校に通う十二歳の少年、北イタリアの小さな深い森「古森」の新しい所有者・プローコロ大佐の甥　「古森のひみつ」　ディーノ・ブッツァーティ作;川端則子訳　岩波書店(岩波少年文庫)　2016年6月

ベンヴェヌート・プローコロ
古森とよばれる小さな美しい森の一部を受けついだ私立の寄宿学校に通う12歳の少年　「古森の秘密 はじめて出逢う世界のおはなし」　ディーノ・ブッツァーティ著;長野徹訳　東宣出版　2016年7月

ヘンリー
家出した七さいの男の子チャーリーのなかよしの友だち　「チャーリー、ただいま家出中」　ヒラリー・マッカイ作;冨永星訳;田中六大絵　徳間書店　2014年4月

ヘンリー
少年ロバートのおばあちゃん・マディの家の近くに住む開業医　「ぼくのなかのほんとう」　パトリシア・マクラクラン作;たるいしまこ画;若林千鶴訳　リーブル　2016年2月

ヘンリク
ドイツに住む女の子ハンナの親友、星の観察に興味がある男の子　「ハンナの夢さがし」　ベッティーナ・オプレヒト作;若松宣子訳　偕成社　2015年10月

ヘンリー・ジキル(ジキル博士)　へんりーじきる(じきるはかせ)
ロンドンの高名な紳士、弁護士アタスンの友人　「ジキルとハイド」　ロバート・L・スティーヴンソン著;田口俊樹訳　新潮社(新潮文庫)　2015年2月

ヘンリー・チャン
「シューティング・スターズ」の入団テストを受けたサッカー少年、上海から来た転校生　「サッカー少女サミー 3 ワールドカップと恋のキセキ!?」　ミッシェル・コックス著;今居美月訳;十々夜絵　学研教育出版　2014年2月

ヘンリー・ヌニュス
ペルーの小劇団「ディシエンブレ」の46歳の俳優兼劇作家、内戦中に煽動の罪で逮捕された男　「夜、僕らは輪になって歩く」　ダニエル・アラルコン著;藤井光訳　新潮社(CREST BOOKS)　2016年1月

ヘンリー・バスカビル
デボン州の魔犬に呪われているという伝説のあるバスカビル家三兄弟の次男の息子で後継者、カナダからロンドンに呼び戻された准男爵　「名探偵ホームズバスカビル家の犬 上中下」　アーサー・コナン・ドイル作;日暮まさみち訳;青山浩行絵　講談社(講談社大きな文字の青い鳥文庫)　2014年9月

ヘンリー・ホワイトヘッド(ホワイトヘッド牧師)　へんりーほわいとへっど(ほわいとへっどぼくし)
セント・ルークス教会の若い副牧師　「ブロード街の12日間」　デボラ・ホプキンソン著;千葉茂樹訳　あすなろ書房　2014年11月

へんり

ヘンリー・マクミラン
吸血鬼の少年ヴラッドの幼馴染みで親友、8歳の時にヴラッドに噛まれた少年 「ヴラディミール・トッド・クロニクルズⅠ」 ヘザー・ブリューワー著;園生さち訳 新書館 2014年8月

ヘンリー・マクミラン
吸血鬼の少年ヴラッドの幼馴染みで親友、8歳の時にヴラッドに噛まれた少年 「ヴラディミール・トッド・クロニクルズⅡ スレイヤーの魔の手」 ヘザー・ブリューワー著;園生さち訳 新書館 2014年8月

ヘンリー・マクミラン
吸血鬼の少年ヴラッドの幼馴染みで親友、8歳の時にヴラッドに噛まれた少年 「ヴラディミール・トッド・クロニクルズⅢ 血をめぐる儀式」 ヘザー・ブリューワー著;園生さち訳 新書館 2014年9月

ヘンリー・マクミラン
吸血鬼の少年ヴラッドの幼馴染みで親友、8歳の時にヴラッドに噛まれた少年 「ヴラディミール・トッド・クロニクルズⅣ エリシアの掟」 ヘザー・ブリューワー著;園生さち訳 新書館 2014年10月

ヘンリー・マクミラン
吸血鬼の少年ヴラッドの幼馴染みで親友、8歳の時にヴラッドに噛まれた少年 「ヴラディミール・トッド・クロニクルズⅤ 預言の子」 ヘザー・ブリューワー著;園生さち訳 新書館 2014年11月

【ほ】

ボー
ゴールドラッシュの頃にアラスカに移民した男たちのもらわれ娘、ふたりの父さんに育てられた五歳の少女 「アラスカの小さな家族－バラードクリークのボー」 カークパトリック・ヒル著;レウィン・ファム絵;田中奈津子訳 講談社(講談社文学の扉) 2015年1月

ホイットニー・ヴァン・ロウ
もうすぐ13歳のケイティの住む町に引っこしてきたたくさんの人形を集めている女の子 「恐怖のお泊まり会 永遠に親友」 P.J.ナイト著;岡本由香子訳 KADOKAWA 2014年12月

ヴォイテク
第二次世界大戦中にポーランド人の兵士たちに引き取られたみなしごの子グマ 「兵士になったクマ ヴォイテク」 長野徹訳;ビビ・デュモン・タック著;フィリップ・ホプマン絵 汐文社 2015年8月

ホイ兄さん　ほいにいさん
ベトナム戦争を経てアラバマ州に逃れた家族の14歳の三男、10歳のハの兄 「はじまりのとき」 タィン=ハ・ライ作;代田亜香子訳 鈴木出版(鈴木出版の海外児童文学) 2014年6月

ぼうし屋　ぼうしや
幼い少女アリスが迷い込んだ不思議の国のぼうし屋、奇妙な言動をするいかれた男 「不思議の国のアリス」 ルイス・キャロル作;佐野真奈美訳 ポプラ社(ポプラポケット文庫) 2015年9月

ボカ
ブダペストのパール街にのこされた小さな原っぱを大切にしている少年たちの「団長」、冷静かつ公明正大でみんなから尊敬を集める14歳の少年 「パール街の少年たち」 モルナール・フェレンツ作;岩﨑悦子訳;コヴァーチ・ペーテル絵　偕成社　2015年9月

ホークアイ
世界平和のために戦う「アベンジャーズ」の一人、史上最高の弓の使い手 「アベンジャーズ エイジ・オブ・ウルトロン」 ジョス・ウェドン脚本・監督;アレックス・アーヴァインノベル訳;上杉;隼人訳;長尾;莉紗訳　講談社　2015年11月

牧師　ぼくし
スウェーデンの自分の教区を追い出された神様嫌いな女牧師、売れっ子殺し屋・ヒットマンの仲間 「天国に行きたかったヒットマン」 ヨナス・ヨナソン著;中村久里子訳　西村書店東京出版編集部　2016年11月

ホグボーン
カウリックという小さな町に15人のギャングのなかまたちとのりこんできた男、ギャングのボス 「ウォーリーと16人のギャング―こころのほんばこシリーズ」 リチャード・ケネディぶん;マーク・シーモントえ;小宮由やく　大日本図書　2015年12月

ほしのこ
ほしがさずけたほしのこ、びんぼうなきこりにひろわれてそだてられたおとこのこ 「ほしのこ―せかい童話図書館 ;14」 ワイルドさく;あきせいじぶん;たかやまひろしえ;子ども文化研究所監修　いずみ書房　2014年9月

ボス
きょうだいマーシャとサイモンの家にあったぼろイス、ある日人間に変身したイス 「ぼろイスのボス」 ダイアナ・ウィン・ジョーンズ作;野口絵美訳;佐竹美保画　徳間書店　2015年4月

ポー・ダメロン
ファースト・オーダーと敵対するレジスタンス一のパイロット 「スター・ウォーズ フォースの覚醒」 J.J.エイブラムス原作;ローレンス・カスダン原作;マイケル・アーント原作;マイケル・コッグ著　講談社　2016年5月

ポー・ダメロン
敵の「ファースト・オーダー」の脅威を訴える共和国のパイロット 「STAR WARSフォースの覚醒前夜」 グレッグ・ルーカ著;フィル・ノト絵;稲村広香訳　講談社（講談社KK文庫）　2016年1月

ポッツさん（ペティ・ポッツ）
ふたごの兄弟ジョシュとダニーがいるフィリップス家のとなりに住む科学者のおばあさん 「SWITCH 4　アリにスイッチ！」 アリ・スパークス作;神戸万知訳;舵真秀斗絵　フレーベル館　2014年2月

ポッツさん（ペティ・ポッツ）
生きものを変身させる「スイッチ計画」を研究している天才科学者 「SWITCH 6　ゲンゴロウにスイッチ！」 アリ・スパークス作;神戸万知訳;舵真秀斗絵　フレーベル館　2014年4月

ポッツさん（ペティ・ポッツ）
虫に変身させるスプレーを発明した天才科学者、かわり者のおばあさん 「SWITCH 5　ガガンボにスイッチ！」 アリ・スパークス作;神戸万知訳;舵真秀斗絵　フレーベル館　2014年4月

ほっぷ

ホッブスさん
アメリカのニューヨークで暮らす優しい男の子セドリックの一番の親友、食料品店を経営している気難しい主人 「小公子セドリック」 バーネット作;田邊雅之監訳;日本アニメーション絵 小学館(小学館ジュニア文庫) 2016年8月

ボーディ・フォード
ニューヨーク・スピニー通りに住む俳優夫婦の娘、少女セオと友だちになった少女 「スピニー通りの秘密の絵」 L.M.フィッツジェラルド著;千葉茂樹訳 あすなろ書房 2016年11月

ボードルレ
17歳の少年探偵、ジャンソン中学校の生徒 「奇巌城」 モーリス・ルブラン著;菊池寛訳 真珠書院(パール文庫) 2015年4月

ボニー・リジー(リジー)
人間の骨を集める魔女、魔女アリスの母親 「魔使いの敵 闇の国のアリス(魔使いシリーズ)」 ジョゼフ・ディレイニー著;田中亜希子訳 東京創元社(sogen bookland) 2014年8月

ボノボ(オットー)
コンゴの首都キンシャサの道端で売られていたボノボの赤ん坊 「ボノボとともに―密林の闇をこえて」 エリオット・シュレーファー作;ふなとよし子訳 福音館書店 2016年5月

ポピー
十二歳にもなってお人形遊びを仲間のザックとアリスとしている女の子 「最後のゲーム」 ホリー・ブラック作えリザ・ウィーラー絵;千葉茂樹訳 ほるぷ出版 2016年6月

ボビー・エスコバル
ストラテンバーグで起きた殺人事件の目撃者、エルサルヴァドル出身の不法就労者 「少年弁護士セオの事件簿5 逃亡者の目」 ジョン・グリシャム作;石崎洋司訳 岩崎書店 2015年11月

ボビー・コブラー
ピップ通りにこしてきた9さいの少年、おとなりさんの少女イメルダの親友 「ピップ通りは大さわぎ! 2 ボビーのおやつはデリ〜シャス!」 ジョー・シモンズ作;スティーブ・ウェルズ絵;岡田好惠訳 学研教育出版 2014年3月

ホピティー
スロベニアにあるポストイナ洞窟の妖怪 「ポストイナ洞窟のドラゴン、ジェミー」 ボーヤン・B・ビテズニック文章・イラスト;加藤なみ訳 文芸社 2016年5月

ボビー・ボブ
夏休み前日に謎の村ヘンリー・クリークに招待された足が速くて筋力がある12歳の少年 「THE LOCK ぼくたちが"世界"を変える日1 仕かけられたなぞ」 ピエルドメニコ・バッカラリオ作;田中寛崇絵 学研プラス 2015年12月

ボビー・ボブ
夏休み前日に謎の村ヘンリー・クリークに招待された足が速くて筋力がある12歳の少年 「THE LOCK ぼくたちが"世界"を変える日2 洞窟にひそむ物体」 ピエルドメニコ・バッカラリオ作;田中寛崇絵 学研プラス 2015年12月

ボブ
「タイムライダーズ」の任務をサポートする支援ロボット、強靭な肉体を持つクローン 「タイムライダーズ3-1 失われた暗号」 アレックス・スカロウ作;金原瑞人訳 小学館 2015年12月

ボブ
「タイムライダーズ」の任務をサポートする支援ロボット、強靭な肉体を持つクローン 「タイムライダーズ3-2 失われた暗号」 アレックス・スカロウ作;金原瑞人訳 小学館 2015年12月

ボブ
ゴリラのイバンが働くサーカスのあるショッピングモールを自由に出入りしているすばしこくて頭のいい野良犬 「世界一幸せなゴリラ、イバン―講談社・文学の扉」 Katherine;Applegate著;岡田好惠訳 講談社 2014年7月

ボブ
時空を超えて起こる問題を阻止するための組織・タイムライダーズの任務をサポートする支援ロボット 「タイムライダーズ[1] 1・2」 アレックス・スカロウ作;金原瑞人・樋渡正人訳 小学館 2014年10月

ボブ
旅をしているエルフとレーブンをずっとつけてくる三匹のオニの一匹 「エルフとレーブンのふしぎな冒険 2 ばけもの山とひみつの城」 マーカス・セジウィック著;中野聖訳;朝日川日和絵 学研プラス 2015年12月

ホーマー・ヒッカム
ウェストヴァージニア州コールウッドで炭鉱夫をしている男、ワニのアルバートを飼うエルシーの夫 「アルバート、故郷に帰る 両親と1匹のワニがぼくに教えてくれた、大切なこと」 ホーマー・ヒッカム著;金原瑞人訳;西田佳子訳 ハーパーコリンズ・ジャパン 2016年9月

ホームズ
イギリス・ロンドンのベーカー街に住む世界一の名探偵 「名探偵シャーロック・ホームズ おどる人形の暗号―10歳までに読みたい名作ミステリー」 コナン・ドイル作;芦辺拓編著;城咲綾絵 学研プラス 2016年12月

ホームズ
イギリス・ロンドンのベーカー街に住む世界一の名探偵 「名探偵シャーロック・ホームズ ガチョウと青い宝石―10歳までに読みたい名作ミステリー」 コナン・ドイル作;芦辺拓編著;城咲綾絵 学研プラス 2016年9月

ホームズ
サセックス州の丘陵地の一角にある小さな農場に住み隠遁生活を送っている名探偵、類まれなる知力と行動力を持っている男 「シャーロック・ホームズ最後の挨拶」 アーサー・コナン・ドイル著;深町眞理子訳 東京創元社(創元推理文庫) 2014年8月

ホームズ
フランスを騒がす怪盗ルパンを捕まえるため出馬を要請された英国を代表する名探偵 「ルパン対ホームズ」 モーリス・ルブラン著;平岡敦訳 早川書房(ハヤカワ・ミステリ文庫) 2015年8月

ホームズ
ロンドンで暮らしている名探偵、町医者ワトスンの友人 「恐怖の谷」 アーサー・コナン・ドイル著;深町眞理子訳 東京創元社(創元推理文庫) 2015年9月

ホームズ
ロンドンのベーカー街に下宿している有名な私立探偵、世界最初の探偵コンサルタント 「名探偵ホームズバスカビル家の犬 上中下」 アーサー・コナン・ドイル作;日暮まさみち訳;青山浩行絵 講談社(講談社大きな文字の青い鳥文庫) 2014年9月

ホームズ
世界一の名探偵、いつもよくわからない実験をしている変人 「名探偵シャーロック・ホームズ―緋色の研究」 コナン・ドイル作;駒月雅子訳;冨士原良絵 KADOKAWA(角川つばさ文庫) 2015年7月

ホームズ
世界一有名な名探偵、ばつぐんの観察力と推理力の持ちぬし 「シャーロック・ホームズ―はじめてのミステリー― 名探偵登場!」 コナン・ドイル著;石田文子訳 汐文社 2016年12月

ホームズ
同居人のワトスンとコンビを組んで数々の難事件に挑む世界一の名探偵 「名探偵シャーロック・ホームズ―四つの署名」 コナン・ドイル作;駒月雅子訳;冨士原良絵 KADOKAWA(角川つばさ文庫) 2015年11月

ホームズ
名探偵 「バスカヴィル家の犬」 コナン・ドイル著;駒月雅子訳 KADOKAWA(角川文庫) 2014年2月

ホームズ
名探偵 「名探偵シャーロック・ホームズ ホームズ最後の事件!?:ホームズにとって、最大の敵が登場!!二人の戦いはどうなる?―10歳までに読みたい名作ミステリー」 コナン・ドイル作;芦辺拓編著;城咲綾絵 学研プラス 2016年11月

ホームズ
名探偵 「名探偵シャーロック・ホームズなぞの赤毛クラブ:赤い髪の男だけが入れる会とは!?世界一の探偵ホームズ登場―10歳までに読みたい名作ミステリー」 コナン・ドイル作;芦辺拓編著;城咲綾絵 学研プラス 2016年6月

ホームズ
名探偵、世界初の私立探偵 「キラキラ名探偵[1] 赤毛組合―シャーロック・ホームズ」 コナン・ドイル原作;新星出版社編集部編 新星出版社 2015年12月

ホームズ
名探偵、世界初の私立探偵 「キラキラ名探偵[2] まだらのひも―シャーロック・ホームズ」 コナン・ドイル原作;新星出版社編集部編 新星出版社 2015年12月

ホームズ
名探偵、世界初の私立探偵 「キラキラ名探偵[3] 消えた花嫁―シャーロック・ホームズ」 コナン・ドイル原作;新星出版社編集部編 新星出版社 2016年3月

ホームズ
名探偵、世界初の私立探偵 「キラキラ名探偵[4] 緋色の研究―シャーロック・ホームズ」 コナン・ドイル原作;新星出版社編集部編 新星出版社 2016年7月

ホームズ
名探偵、世界初の私立探偵 「キラキラ名探偵[5] 消えた花むこ―シャーロック・ホームズ」 コナン・ドイル原作;新星出版社編集部編 新星出版社 2016年11月

泊陽　ぽーやん
北京の長屋で暮らす十五歳の少年、高校の同級生・黙然と大学生・少艾の幼なじみ 「独りでいるより優しくて」 イーユン・リー著;篠森ゆりこ訳 河出書房新社 2015年7月

ホラス
アラルエン王国の近衛隊の騎士、レンジャーのウィルの孤児院仲間だった青年 「アラルエン戦記 9 秘密」 ジョン・フラナガン作;入江真佐子訳　岩崎書店　2016年10月

ホラス
アラルエン王国の近衛隊士官、スカンディアの首領・エラクの救出に加わった若者 「アラルエン戦記 7 奪還 上」 ジョン・フラナガン作;入江真佐子訳　岩崎書店　2015年7月

ホラス
アラルエン王国の近衛隊士官、スカンディアの首領・エラクの救出に加わった若者 「アラルエン戦記 8 奪還 下」 ジョン・フラナガン作;入江真佐子訳　岩崎書店　2016年2月

ほらふき男爵（ミュンヒハウゼン男爵）　ほらふきだんしゃく（みゅんひはうぜんだんしゃく）
ドイツの貴族で大冒険家、世界中で出会った数々の事件を乗り越えてきた男爵 「ほらふき男爵の冒険 新訳」 ビュルガー編;石崎洋司訳;片浦絵　集英社（集英社みらい文庫）2015年5月

ホリー
パパとママと弟のサムと2才児の弟ベンジーとくらしている女の子 「リトル・パパ」 パット・ムーン作;もりうちすみこ訳;タカタカヲリ絵　文研出版（文研ブックランド）2015年5月

ポリアンナ
おしゃべりと「幸せゲーム」が大好きな11歳の女の子、両親をなくしアメリカ北東部に住むポリーおばさんに引きとられた娘 「少女ポリアンナ―10歳までに読みたい世界名作」 エレナ・ポーター作;横山洋子監修;立原えりか編訳;鯉沼菜奈絵　学研プラス　2015年10月

ポリーおばさん
アメリカ北東部に住む金持ちで気むずかしい女性、身よりのなくなっためいのポリアンナを引きとってくれたおば 「少女ポリアンナ―10歳までに読みたい世界名作」 エレナ・ポーター作;横山洋子監修;立原えりか編訳;鯉沼菜奈絵　学研プラス　2015年10月

ホリデー
ニューヨークの新聞社「センチネル」の原稿整理係でアマチュアの冒険家、休暇をもらいヨーロッパへ旅立った男 「ハイラム・ホリデーの大冒険 上下」 ポール・ギャリコ著;東江一紀訳　復刊ドットコム　2014年4月

ポリネシア
ドリトル先生に動物の言葉を教えた英語を話すことができるオウム 「ドリトル先生航海記」 ヒュー・ロフティング著;福岡伸一訳　新潮社（新潮モダン・クラシックス）2014年3月

ポリー・プラマー
ロンドンにあるテラスハウスに住んでいる女の子、郊外から引っこしてきた少年ディゴリーと友だちになった少女 「ナルニア国物語 1―魔術師のおい」 C・S・ルイス著;土屋京子訳　光文社（光文社古典新訳文庫）2016年9月

ホーリーリーフ
予言された運命の猫、サンダー族の戦士 「ウォーリアーズⅢ 6 日の出」 エリン・ハンター作;高林由香子訳　小峰書店　2014年6月

ポーリーン
アラルエン王国の外交官、レンジャーのホールトと結婚した女性 「アラルエン戦記 7 奪還 上」 ジョン・フラナガン作;入江真佐子訳　岩崎書店　2015年7月

ぽりん

ポーリーン・ギブソン
車椅子で生活している母親のギブソン夫人にどれいのようにつかえている末娘、利己心のないがまん強い45歳の女性 「アンの幸福 2」L・M・モンゴメリ作;村岡花子訳;Haccan絵 講談社(講談社大きな文字の青い鳥文庫) 2015年9月

ポール
新聞屋さんからちゃいろい紙を買っていったお母さんのむすこ 「ちゃいろいつつみ紙のはなし―世界傑作童話シリーズ」アリソン・アトリー作;松野正子訳;殿内真帆絵 福音館書店 2015年9月

ポール・アーヴィング
アヴォンリー小にアメリカからきた転校生、祖母のところにこしてきた10才の男の子 「アンの青春―新訳 完全版上」L.M.モンゴメリ作;河合祥一郎訳;南マキカバー絵;榊アヤミ挿絵 KADOKAWA(角川つばさ文庫) 2015年3月

ポール・アーヴィング
アヴォンリー小学校の教師アンの生徒、母を亡くして祖母と暮らす11才の男の子 「アンの青春―新訳 完全版下」L.M.モンゴメリ作;河合祥一郎訳;南マキカバー絵;榊アヤミ挿絵 KADOKAWA(角川つばさ文庫) 2015年4月

ホルガー・アプフェル
ヒトラーから民主主義を理解していないと批判されたドイツ国家民主党の党首 「帰ってきたヒトラー 上下」ティムール・ヴェルメシュ著;森内薫訳 河出書房新社 2014年1月

ポルカ先生　ぽるかせんせい
ジーニー・スクールのダンスの先生、ようちえんのスペルバウンド先生の恋人 「リトル・ジーニーときめきプラス 花ざかりのウェディング」ミランダ・ジョーンズ作;宮坂宏美訳;サトウユカ絵 ポプラ社 2014年2月

ポール・クレイマー(クレイマー)
タイムマシンを使って歴史を変えようと企む男、優秀な量子物理学博士 「タイムライダーズ[1] 1・2」アレックス・スカロウ作;金原瑞人・樋渡正人訳 小学館 2014年10月

ボルダーウォールさん
アメリカ中南部の町ミドヴィルに住む億万長者の老人、ポーランドからの移民だった人 「月は、ぼくの友だち」ナタリー・バビット作;こだまともこ訳 評論社 2016年6月

ヴォルデモート
赤ん坊だったハリーの両親を殺して消えてしまった闇の魔法使い 「ハリー・ポッターと賢者の石 ―「ハリー・ポッター」シリーズ」J.K.ローリング作;ジム・ケイ絵;松岡佑子訳 静山社 2015年11月

ヴォルデモード
多くの魔法使いや魔女を殺した最強の闇の魔法使い 「ハリーポッター5 ハリー・ポッターとアズカバンの囚人 3-2」J・K・ローリング作;松岡佑子訳 静山社(静山社ペガサス文庫) 2014年6月

ヴォルデモード
多くの魔法使いや魔女を殺した最強の闇の魔法使い 「ハリーポッター6 ハリー・ポッターとアズカバンの囚人 3-1」J・K・ローリング作;松岡佑子訳 静山社(静山社ペガサス文庫) 2014年6月

ヴォルデモート（例のあの人）　ぼるでもーと（れいのあのひと）
最強の闇の魔法使い　「ハリー・ポッターと賢者の石 1-1・1-2―ハリー・ポッター」 J.K.ローリング作；松岡佑子訳　静山社（静山社ペガサス文庫）　2014年3月

ヴォルデモート（例のあの人）　ぼるでもーと（れいのあのひと）
最強の闇の魔法使い　「ハリー・ポッターと秘密の部屋 2-1・2-2―ハリー・ポッター」 J.K.ローリング作；松岡佑子訳　静山社（静山社ペガサス文庫）　2014年5月

ヴォルデモート（例のあの人）　ぼるでもーと（れいのあのひと）
最強の闇の魔法使い　「ハリー・ポッターと不死鳥の騎士団 5-1・5-2・5-3・5-4―ハリー・ポッター」 J.K.ローリング作；松岡佑子訳　静山社（静山社ペガサス文庫）　2014年9月

ヴォルデモート卿　ぼるでもーときょう
イギリス魔法界の歴史上最も極悪非道の闇の魔法使い、魔法族の少年ハリー・ポッターの宿敵　「ハリー・ポッターと死の秘宝 7-1・7-2・7-3・7-4― ハリー・ポッター」 J.K.ローリング作；松岡佑子訳　静山社（静山社ペガサス文庫）　2015年1月

ヴォルデモート卿　ぼるでもーどきょう
イギリス魔法界の歴史上最も極悪非道の闇の魔法使い、魔法族の少年ハリー・ポッターの宿敵　「ハリー・ポッターと謎のプリンス 6-1・6-2・6-3―ハリー・ポッター」 J.K.ローリング作；松岡佑子訳　静山社（静山社ペガサス文庫）　2014年11月

ホールト
スカンディアの首領・エラクの救出に向かったアラルエン王国のレンジャー　「アラルエン戦記 7 奪還 上」 ジョン・フラナガン作；入江真佐子訳　岩崎書店　2015年7月

ホールト
スカンディアの首領・エラクの救出のためアリダに来たアラルエン王国のレンジャー　「アラルエン戦記 8 奪還 下」 ジョン・フラナガン作；入江真佐子訳　岩崎書店　2016年2月

ホールト
宗教カルトの動きを探ることになったアラルエン王国のレンジャー、ウィルの元師匠　「アラルエン戦記 9 秘密」 ジョン・フラナガン作；入江真佐子訳　岩崎書店　2016年10月

ポルトゥーガ
いたずらばかりしている男の子ゼゼが友だちになったポルトガル人の男の人　「ぼくのオレンジの木」 J.M.デ・ヴァスコンセーロス著；永田翼共訳　ポプラ社（ポプラせかいの文学）　2015年11月

ポルトガル人（ポルトゥーガ）　ぽるとがるじん（ぽるとぅーが）
いたずらばかりしている男の子ゼゼが友だちになったポルトガル人の男の人　「ぼくのオレンジの木」 J.M.デ・ヴァスコンセーロス著；永田翼共訳　ポプラ社（ポプラせかいの文学）　2015年11月

ポルトス
1600年代のフランス王宮を守る三銃士のひとり、大男でフランス一の力持ち　「三銃士―10歳までに読みたい世界名作」 アレクサンドル・デュマ作；横山洋子監修；岡田好恵編訳；山田一喜絵　学研プラス　2016年2月

ポール・ド・ヴィリエ
9番目のタイムトラベラー、女系タイムトラベラーのルーシーとクロノグラフを盗み過去に身を隠して消息不明となっている青年　「青玉（サファイア）は光り輝く―時間旅行者の系譜」 ケルスティン・ギア著；遠山明子訳　東京創元社（創元推理文庫）　2016年3月

ぽるは

ポール・ハート
自殺衝動をもった女の子・ジェーンと飛行機で隣り合わせたケンブリッジ出身の青年 「ミルキーブルーの境界」 アレックス・モレル著;中村有以訳 早川書房(ハヤカワ・ミステリ文庫) 2015年11月

ポール・ヘンダーソン
公園で鳥の形をしたまるで生きているような不思議なたこをひろい家に持ち帰って修理した姉弟の弟 「てづくり魔女(魔女の本棚17)」 ルース・チュウ作;日当陽子訳;たんじあきこ絵 フレーベル館 2014年1月

ポール・ロンドン
ストラテンバーグ市で成績が一番下のイースト中学校の八年生担当の先生 「少年弁護士セオの事件簿6 仮面スキャンダル」 ジョン・グリシャム作;石崎洋司訳 岩崎書店 2016年11月

ホワイティ(白ネズミ)　ほわいてい(しろねずみ)
小ブタのガブガブが書いた食べ物小説の朗読をみんなといっしょに聞いたドリトル家の白ネズミの男の子 「ドリトル先生のガブガブの本」 ヒュー・ロフティング作;河合祥一郎訳;patty絵　KADOKAWA(角川つばさ文庫) 2016年8月

ホワイトヘッド牧師　ほわいとへっどぼくし
セント・ルークス教会の若い副牧師 「ブロード街の12日間」 デボラ・ホプキンソン著;千葉茂樹訳 あすなろ書房 2014年11月

ポンペイ・センチュリー
ピップ通りに住むボビーのお向かいにこしてきた金髪のアイドルみたいな男の子 「ピップ通りは大さわぎ!2 ボビーのおやつはデリ〜シャス!」 ジョー・シモンズ作;スティーブ・ウェルズ絵;岡田好惠訳　学研教育出版 2014年3月

【ま】

マイ
カリフォルニア州コンドン高校1年生、メキシコ人の父とベトナム人の母をもつ少女 「世界を7で数えたら」 ホリー・ゴールドバーグ・スローン作;三辺律子訳　小学館(SUPER!YA) 2016年8月

マイク
不思議な世界「トイ・ボックス」で海賊のジャックとバルボッサに宝の地図を見せた目玉のモンスター 「ディズニーインフィニティ」 エイミー・ワインガルトナー文;樹紫苑訳 KADOKAWA(角川つばさ文庫) 2016年1月

マイク・ヴァイス
マジックに夢中の小学四年生、勉強とじっとしているのが苦手な少年 「マジック少年マイク きせきの大脱出マジック」 ケイト・イーガン作;樋渡正人訳;加藤アカツキ絵　ポプラ社 2016年3月

マイク・ヴァイス
マジックに夢中の小学四年生、勉強とじっとしているのが苦手な少年 「マジック少年マイク 科学マジック・ショータイム!」 ケイト・イーガン作;樋渡正人訳;加藤アカツキ絵　ポプラ社 2015年10月

マイク・ヴァイス
マジックに夢中の小学四年生、勉強とじっとしているのが苦手な少年 「マジック少年マイク 瞬間移動イリュージョン」 ケイト・イーガン作;樋渡正人訳;加藤アカツキ絵 ポプラ社 2016年9月

マイク・ヴァイス
小学四年生、勉強とじっとしているのが苦手でなにをやってもダメな少年 「マジック少年マイク マジックショップとひみつの本」 ケイト・イーガン作;樋渡正人訳;加藤アカツキ絵 ポプラ社 2015年4月

マイクルズ先生(トレイシー)　まいくるずせんせい(とれいしー)
海洋動物専門の獣医、フロリダ州の海で少女コービーに助けられたクジラを診察した女性 「コービーの海」 ベン・マイケルセン作;代田亜香子訳 鈴木出版(鈴木出版の海外児童文学) 2015年6月

マイク・ロス
脚の不自由な10歳の少年 「ジョイランド」 スティーヴン・キング著;土屋晃訳 文藝春秋(文春文庫) 2016年7月

マイケ
ハイデルベルグの郊外にある牧場の娘、動物が大好きなマリーの親友 「動物病院のマリー 4 動物サーカスがやってきた!」 タチアナ・ゲスラー著;中村智子訳;烏羽雨イラスト 学研教育出版 2014年9月

マイケ
ハイデルベルグの郊外にある牧場の娘、動物が大好きなマリーの親友 「動物病院のマリー3 子犬救出大作戦!」 タチアナ・ゲスラー著;中村智子訳;烏羽雨イラスト 学研教育出版 2014年4月

マイケ
動物大好きのマリーの親友、大きな農場の娘 「動物病院のマリー6消えた子馬をさがして!」 タチアナ・ゲスラー著;中村智子訳;烏羽雨イラスト 学研プラス 2015年12月

マイケル
さくら通り17番地にすむバンクスさんの長男、4人きょうだいの2番目でしつもんばかりする少年 「メアリー・ポピンズ ポプラ世界名作童話10」 P・L・トラヴァース作;富安陽子文;佐竹美保絵 ポプラ社 2015年11月

マイケル
ドルタ村に何百年もつづくクリスマスの「山のドラゴンまつり」でお話をかたった男の人 「ミミとまいごの赤ちゃんドラゴン」 マイケル・モーパーゴ作;ヘレン・スティーヴンズ絵;おびかゆうこ訳 徳間書店 2016年10月

マイケル
第二次世界大戦中に商船に乗っていて大火傷を負った男性の孫、ロンドンに住む少年 「だれにも話さなかった祖父のこと」 マイケル・モーパーゴ文;ジェマ・オチャラハン絵;片岡しのぶ訳 あすなろ書房 2015年2月

マイケル・ウィバーリー
暗黒の魔法使い・ダイア・マグヌスに囚われた妹エマの行方を姉ケイトとさがす少年 「ブラック・レコニング 最古の魔術書 III」 ジョン・スティーブンス著;こだまともこ訳 あすなろ書房 2015年12月

まいけ

マイケル・スチュワート
ブルックリンに引っこしてきたばかりのジェニファーが最初に友だちになった男の子 「公園の魔女（魔女の本棚19）」 ルース・チュウ作;日当陽子訳;たんじあきこ絵 フレーベル館 2014年8月

マイケル・バンクス
さくら通り十七番地に住むバンクス家の子ども、ジェインの弟 「メアリー・ポピンズとお隣さん」 P.L.トラヴァース著;小池三子男訳 復刊ドットコム 2014年3月

マイケル・バンクス
夏至祭の宵にメアリー・ポピンズと公園に行ったバンクス家の子ども、ジェインの弟 「さくら通りのメアリー・ポピンズ」 P.L.トラヴァース著;小池三子男訳 復刊ドットコム 2014年4月

マイケル・モスコーヴィッツ
ジェノヴィア公国のプリンセス・ミアの高校時代からの交際相手、医療器具開発事業を手がける企業のCEO 「プリンセス・ダイアリー──ロイヤル・ウェディング篇」 メグ・キャボット著;代田亜香子訳 河出書房新社 2016年8月

マイラおばさん
アメリカ中南部の町ミドヴィルに住んでいて夏休みにいとこの子どもジョーを迎えたおばさん 「月は、ぼくの友だち」 ナタリー・バビット作;こだまともこ訳 評論社 2016年6月

マウ
働き者のイヌ・バウの友だち、気まぐれなネコ 「マウとバウの新しい家」 ティモ・パルヴェラ作;末延弘子訳;矢島眞澄絵 文研出版（文研じゅべにーる） 2014年2月

マエストロ
あらゆる分野の学問について卓越した能力を持った技術者で芸術家、ジプシーの少年・マッテオの師匠 「メディチ家の紋章上下」 テリーザ・ブレスリン作;金原瑞人訳;秋川久美子訳 小峰書店(Sunnyside Books) 2016年2月

魔王　まおう
頭が切り取られ死んだ自身の体の中に拘束されている闇の王 「魔使いの復讐」 ジョゼフ・ディレイニー著;田中亜希子訳 東京創元社(sogen bookland) 2015年2月

マーカス
西暦79年にイタリアのポンペイでベスビオ山の大噴火に遭遇した少年、十一歳のローマ軍のどれい 「ぼくはこうして生き残った!5―火山の大噴火」 ローレン・ターシス著;河井直子訳 KADOKAWA 2015年2月

マーカス・ロクシアス・メガロス
古代民族の末裔たちに伝わる勝利した民族以外は滅びるという「エンドゲーム」に参加した12人の一人、トルコのイスタンブールに住む16歳の少年 「エンドゲーム：コーリング」 ジェイムズ・フレイ;ニルス・ジョンソン=シェルトン著;金原瑞人;井上里訳 学研パブリッシング 2014年10月

マカビー・アドライ
古代民族の末裔たちに伝わる勝利した民族以外は滅びるという「エンドゲーム」に参加した12人の一人、ワルシャワに住む16歳の少年 「エンドゲーム：コーリング」 ジェイムズ・フレイ;ニルス・ジョンソン=シェルトン著;金原瑞人;井上里訳 学研パブリッシング 2014年10月

マキシ
大学生トミーの妹でちびのレオンの姉、三きょうだいのまんなかの小学三年生 「世界一の三人きょうだい」 グードルン・メプス作;はたさわゆうこ訳;山西ゲンイチ絵 徳間書店 2016年7月

マーキュリアス・レインズ
マジシャン、重病の女の子ハレーの父親で図書館司書のローレンツさんの夫 「魔法の箱」 ポール・グリフィン作;池内恵訳 WAVE出版 2016年11月

マギンティー
アメリカ合衆国の荒涼とした地域ヴァーミッサの殺人組織〈スコウラーズ〉の親分 「恐怖の谷」 アーサー・コナン・ドイル著;深町眞理子訳 東京創元社(創元推理文庫) 2015年9月

マクゴナガル先生　まくごながるせんせい
魔法学校の副校長、黒髪の背の高い魔女 「ハリー・ポッターと賢者の石 1-1・1-2—ハリー・ポッター」 J.K.ローリング作;松岡佑子訳 静山社(静山社ペガサス文庫) 2014年3月

マクゴナガル先生　まくごながるせんせい
魔法学校の副校長、黒髪の背の高い魔女 「ハリー・ポッターと秘密の部屋 2-1・2-2—ハリー・ポッター」 J.K.ローリング作;松岡佑子訳 静山社(静山社ペガサス文庫) 2014年5月

マクゴナガル先生　まくごながるせんせい
魔法学校の副校長、黒髪の背の高い魔女 「ハリー・ポッターと不死鳥の騎士団 5-1・5-2・5-3・5-4—ハリー・ポッター」 J.K.ローリング作;松岡佑子訳 静山社(静山社ペガサス文庫) 2014年9月

マクシミリアン・カトル
考古学者、行方不明になったカトル博士の兄で中学生のダーカスのおじさん 「裏庭探偵クラブ 1 密室で消えた父をさがせ!」 M.G.レナード著;河井直子訳;荒川眞生イラスト KADOKAWA 2016年6月

マクシム
ロシアのヤーセネヴォで母と双子の妹と暮らす少年、八歳で重篤な病気にかかり異様な様子になった男の子 「むずかしい年ごろ」 アンナ・スタロビネツ著;沼野恭子;北川和美訳 河出書房新社 2016年9月

マグダ
大学で心理学を学んでいるセクシー美女、19歳のジョスバニの恋人 「バイクとユニコーン はじめて出逢う世界のおはなし」 ジョシュ著;見田悠子訳 東宣出版 2015年9月

マクマードー
アメリカ合衆国の荒涼とした地域にあるヴァーミッサ谷に現れた男、若いアイルランド人 「恐怖の谷」 アーサー・コナン・ドイル著;深町眞理子訳 東京創元社(創元推理文庫) 2015年9月

マーク・ワトニー
NASAの有人火星探査船「アレス3」のメカニカル・エンジニアで植物学者、火星にただ一人取り残された宇宙飛行士 「火星の人 上下」 アンディ・ウィアー著;小野田和子訳 早川書房(ハヤカワ文庫 SF) 2015年12月

マーサ
10歳のメアリーがひきとられた屋敷ではたらいている若いむすめ 「ひみつの花園 ポプラ世界名作童話17」 F・H・バーネット作;さとうまきこ文;狩野富貴子絵 ポプラ社 2016年11月

まさ

マーサ
オリンポスの神々の使者・ヘルメスの力の象徴である使者の杖に巻きついているヘビ 「オリンポスの神々と7人の英雄 外伝――パーシー・ジャクソンとオリンポスの神々シーズン2」 リック・リオーダン作;金原瑞人・小林みき訳 ほるぷ出版 2016年11月

マーサ
両親が亡くなり引き取られたメアリをミセルスウェイト邸で世話をする若い女中 「秘密の花園」 フランシス・ホジソン・バーネット著;畔柳和代訳 新潮社(新潮文庫) 2016年6月

マーシャ
すてようとしていたぼろイスが人間になっていたのを弟のサイモンと見つけた姉 「ぼろイスのボス」 ダイアナ・ウィン・ジョーンズ作;野口絵美訳;佐竹美保画 徳間書店 2015年4月

マーシャ
パパがつくったおとぎの森のおはなしを聞く女の子、ナースチャの妹 「ヘフツィール物語」 A.レペトゥーヒン文;岡田和也訳;きたやまようこ絵 未知谷 2015年11月

マシュウ
グリーン・ゲイブルスに50歳の妹マリラとくらす兄、孤児院からアンをひきとった人 「赤毛のアン――ポプラ世界名作童話；1」 L.M.モンゴメリ作;柏葉幸子文;垂石眞子絵 ポプラ社 2015年11月

マシュウ・カスバート
ホークタウンの孤児院から赤い髪をしたそばかすだらけの女の子・アンを引き取った老兄妹の兄 「赤毛のアン：注釈版」 L・M・モンゴメリ著;山本史郎訳;W・E・バリー;M・A・ドゥーディ;M・E・D・ジョーンズ編 原書房 2014年8月

マシュウ・クスバート
孤児のアンをひきとることになったグリン・ゲイブルスに住む兄妹の兄 「赤毛のアン」 L.M.モンゴメリ作;村岡花子訳;HACCAN画 講談社 2014年5月

マシュウ・クスバート
孤児の少女アンを引きとったアボンリーの村に住む男の人、無口だがやさしい老人 「赤毛のアン：明るく元気に生きる女の子の物語――10歳までに読みたい世界名作；1」 横山洋子監修;ルーシー・モード・モンゴメリ原作;村岡花子編訳;村岡恵理編著;柚希きひろ絵 学研教育出版 2014年7月

マシュー・カスバート
赤毛でそばかすの11歳のアンをひきとった変わり者の年とった独身男、妹のマリラとふたりぐらし 「赤毛のアン 上下 完全版」 L.M.モンゴメリ作;河合祥一郎訳;南マキ絵 KADOKAWA(角川つばさ文庫) 2014年4月

マシュー・グッドリッチ
ウェストミンスターの写本屋「おんどり工房」の長男で写字生、ベンディの異母兄 「ユニコーン キャクストンの挑戦」 シンシア・ハーネット著;眞方陽子訳 南窓社 2014年5月

マシュー・ジェフリーズ
カリフォルニア州のバークレー小の6年生、クラスできらわれている男の子 「暗号クラブ 4.5 暗号クラブ結成の日」 ペニー・ワーナー著;番由美子訳 KADOKAWA 2015年4月

魔女(ゲール・ピーボディ)　まじょ(げーるぴーぼでぃ)
ブルックリンに住むバーバラとリック姉弟が買ったびんから出てきた黒い傘をさした魔女 「雨の日の魔女――魔女の本棚；23」 ルース・チュウ作;日当陽子訳;たんじあきこ絵 フレーベル館 2016年7月

魔女狩り長官　まじょがりちょうかん
魔女を捕まえて裁く役人、人に痛みを与えるのが好きな残酷な男 「魔使いの呪い」ジョゼフ・ディレイニー著;金原瑞人訳;田中亜希子訳　東京創元社（創元推理文庫）2014年1月

マージョリー
ミシガン州から大図書館のある町にきた天才少女 「図書館脱出ゲーム2 図書館オリンピック大作戦! 上下」クリス・グラベンスタイン著;ジョンハサウェイ絵;山北めぐみ訳　KADOKAWA 2016年8月

マダム・デュモン
ニューヨーク・スピニー通りに住むテンペニー家のおとなりさん、ティー・ショップをやっている女性 「スピニー通りの秘密の絵」L.M.フィッツジェラルド著;千葉茂樹訳　あすなろ書房　2016年11月

マダム・ポペスク
公園でハトに餌をやっていて近所の子どもたちにバーバ・ヤガーと呼ばれている老女 「紅のトキの空―評論社の児童図書館・文学の部屋」ジル・ルイス作;さくまゆみこ訳　評論社　2016年12月

マチア
旅芸人になったレミがパリで出会った男の子、親せきの親方から毎日なぐられている少年 「家なき子―10歳までに読みたい世界名作」エクトール・アンリ・マロ作;横山洋子監修　学研プラス　2016年2月

マーチ氏　まーちし
従軍牧師、妻と四人姉妹の子どもをおいて戦地にいるマーチ家の父親 「若草物語」L.M.オルコット作;ないとうふみこ訳;琴音らんまる絵　KADOKAWA（角川つばさ文庫）2015年1月

マーチ夫人　まーちふじん
従軍牧師として戦地にいるマーチ氏の妻で四人姉妹の母親 「若草物語」L.M.オルコット作;ないとうふみこ訳;琴音らんまる絵　KADOKAWA（角川つばさ文庫）2015年1月

マチルダ・アルベルティーナ
北スウェーデンの「のんびり村」で友だちと「ギネス世界記録」に挑戦した10歳の女の子 「のんびり村は大さわぎ!」アンナレーナ・ヘードマン作;菱木晃子訳;杉原知子絵　徳間書店　2016年5月

魔使い　まつかい
魔使い、13歳のトムの師匠 「魔使いの呪い」ジョゼフ・ディレイニー著;金原瑞人訳;田中亜希子訳　東京創元社（創元推理文庫）2014年1月

魔使い　まつかい
魔使い、13歳のトムの師匠 「魔使いの秘密」ジョゼフ・ディレイニー著;金原瑞人訳;田中亜希子訳　東京創元社（創元推理文庫）2014年1月

マックス
ユダヤ人の少年、第二次世界大戦中に妹のジーナとともにナチスからにげのびた十一歳の子ども 「ぼくはこうして生き残った!7―ナチスとの戦い」ローレン・ターシス著;河井直子訳　KADOKAWA 2015年7月

マックス
家出した七歳の男の子チャーリーの兄さん、十一さいの男の子 「チャーリー、ただいま家出中」ヒラリー・マッカイ作;冨永星訳;田中六大絵　徳間書店　2014年4月

まっく

マックスおじさん（マクシミリアン・カトル）
考古学者、行方不明になったカトル博士の兄で中学生のダーカスのおじさん 「裏庭探偵クラブ 1 密室で消えた父をさがせ！」M.G.レナード著;河井直子訳;荒川眞生イラスト KADOKAWA 2016年6月

マックス・ディロン
オズコープ社の電気技師、スパイダーマンの大ファン 「アメイジングスパイダーマン2」アレックス・カーツマン脚本;ロベルト・オーチー脚本;ジェフ・ピンクナー脚本;吉富節子訳;小山克昌訳 講談社 2014年11月

マックス・モーガン
イギリスの女子高校生・ゾーイの同級生でボーイフレンド、学校中の人気者 「ケチャップ・シンドローム」アナベル・ピッチャー著;吉澤康子訳 早川書房（ハヤカワ・ミステリ文庫）2015年10月

マックセ・グラブンデ
1930年のベルリンに住む共産主義者の息子、ドイツ人の少年エデの親友 「エデとウンク 1930年 ベルリンの物語」アレクス・ウェディング著;金子マーティン訳・解題 影書房 2016年6月

マッツ
ドイツのキルヒベルク男子寄宿学校5年生、いつも腹ぺこでうでっぷしは強いがやさしい少年 「飛ぶ教室 ポプラ世界名作童話20」E・ケストナー作;最上一平文;矢島眞澄絵 ポプラ社 2016年11月

マッティ
ドイツに住むサッカーに夢中な小学四年生、サッカーチーム「ロアバッハ」のミッドフィルダー 「ピッチの王様2－キケンなわな」ティロ文;若松宣子訳;森川泉絵 ほるぷ出版 2015年8月

マッティ
ドイツに住むサッカーに夢中な小学四年生、サッカーチーム「ロアバッハ」のミッドフィルダー 「ピッチの王様3－チャンスをつかめ」ティロ文;若松宣子訳;森川泉絵 ほるぷ出版 2015年12月

マッティ
ドイツに住むサッカーに夢中な小学四年生、サッカーチーム「ロアバッハ」のミッドフィルダー 「ピッチの王様4－勝利のゆくえ」ティロ文;若松宣子訳;森川泉絵 ほるぷ出版 2016年3月

マッティ
ドイツに住むサッカーに夢中な小学四年生、同級生たちのチームのミッドフィルダー 「ピッチの王様1－4人の誓い」ティロ文;若松宣子訳;森川泉絵 ほるぷ出版 2015年4月

マッディ
音楽家の娘の演奏旅行中に孫のロバートをあずかるおばあちゃん 「ぼくのなかのほんとう」パトリシア・マクラクラン作;たるいしまこ画;若林千鶴訳 リーブル 2016年2月

マッテーオ
自然豊かな谷間の村ヴァッレ・ディ・フォンドの洞穴にとじ込められている強い風 「古森の秘密 はじめて出逢う世界のおはなし」ディーノ・ブッツァーティ著;長野徹訳 東宣出版 2016年7月

マッテオ（ヤネク）
ジプシーの少年、芸術家レオナルド・ダ・ヴィンチに助けられ工房の召使いとなった十歳 「メディチ家の紋章上下」 テリーザ・ブレスリン作;金原瑞人訳;秋川久美子訳　小峰書店（Sunnyside Books）　2016年2月

マット
12歳の少年デレクの親友、夏休みに家族で旅行に出かけた男の子 「ぼくが本を読まない理由（わけ）」 ジャネット・タージン著;ジェイク・タージンイラスト;小寺敦子訳　PHP研究所　2015年12月

マット（おジャマじゃマット）
社会科見学でエンジェル島に行ったバークレー小の6年生、すぐみんなのジャマをする男の子 「暗号クラブ 6 エンジェル島キャンプ事件」 ペニー・ワーナー著;番由美子訳　KADOKAWA　2015年12月

マット（マシュー・ジェフリーズ）
カリフォルニア州のバークレー小の6年生、クラスできらわれている男の子 「暗号クラブ 4.5 暗号クラブ結成の日」 ペニー・ワーナー著;番由美子訳　KADOKAWA　2015年4月

マッド・アイ・ムーディ
ホグワーツ魔法魔術学校で"闇の魔術に対する防衛術"を担当する新任の先生 「ハリー・ポッター8 ハリー・ポッターと炎のゴブレット 4-3」 J・K・ローリング作;松岡佑子訳　静山社（静山社ペガサス文庫）　2014年7月

マッド・アイ・ムーディ
ホグワーツ魔法魔術学校で"闇の魔術に対する防衛術"を担当する新任の先生 「ハリー・ポッター9 ハリー・ポッターと炎のゴブレット 4-2」 J・K・ローリング作;松岡佑子訳　静山社（静山社ペガサス文庫）　2014年7月

マッドハッター
不思議の国「アンダーランド」の帽子屋の男、アリスの様子がヘンになった友だち 「アリス・イン・ワンダーランド～時間の旅～」 カリ・サザーランド文;ないとうふみこ訳　KADOKAWA（角川つばさ文庫）　2016年6月

マッドハッター
不思議の国「アンダーランド」の陽気な住人だったのに笑わなくなった帽子屋の男、アリスの友人 「アリス・イン・ワンダーランド～時間の旅～」 カリ・サザーランド作;しぶやまさこ訳　ディズニーアニメ小説版　2016年7月

マッド・ハッター（ハッター）
不思議な国「アンダーランド」の住人、奇妙な言動をする過去に囚われた帽子屋 「アリス・イン・ワンダーランド～時間の旅～」 カリ・サザーランド著;入間眞訳　宝島社（宝島社文庫）　2016年7月

マーティ
フレンドリーの村を見おろす山の中で子犬のシャイローと出会った一一歳の少年 「シャイローがきた夏」 フィリス・レイノルズ・ネイラー著;さくまゆみこ訳　あすなろ書房　2014年9月

マディ
時空を超えて起こる問題を阻止するための組織・タイムライダーズのチームリーダー、18歳のアメリカの少女 「タイムライダーズ[1] 1・2」 アレックス・スカロウ作;金原瑞人・樋渡正人訳　小学館　2014年10月

まてい

マディ(マデレーン・カーター)
ある機関により集められタイムトラベラーとなった十八歳のアメリカ人の少女、チームリーダー 「タイムライダーズ3-1 失われた暗号」アレックス・スカロウ作;金原瑞人訳 小学館 2015年12月

マディ(マデレーン・カーター)
ある機関により集められタイムトラベラーとなった十八歳のアメリカ人の少女、チームリーダー 「タイムライダーズ3-2 失われた暗号」アレックス・スカロウ作;金原瑞人訳 小学館 2015年12月

マディ(マデレーン・カーター)
タイムスリップした仲間の行方を見失った「タイムライダーズ」の少女 「タイムライダーズ2-2 紀元前6500万年からの逆襲」アレックス・スカロウ作;金原瑞人訳 小学館 2015年4月

マディ(マデレーン・カーター)
二〇一〇年に「タイムライダーズ」に採用された十八歳の少女、アメリカ人のプログラマー 「タイムライダーズ2-1 紀元前6500万年からの逆襲」アレックス・スカロウ作;金原瑞人訳 小学館 2015年4月

マティアス・ゼルプマン
ドイツのヨーハン・ジギスムント・ギムナジウムの寄宿舎生、いつも腹ペコで食いしん坊の少年 「飛ぶ教室」エーリヒ・ケストナー著;池内紀訳 新潮社(新潮文庫) 2014年12月

マティアス・レスマン(レスマン)
逃げてきた若い女を匿った北ドイツのツフリッヒにある農場の経営者 「希望のかたわれ」メヒティルト・ボルマン著;赤坂桃子訳 河出書房新社 2015年8月

マーティン
「かみつき横丁」にいる野生のハツカネズミ、教会ネズミの書記長 「冒険者キット1 野生動物の町を取りもどせ!」C.アレクサンダー・ロンドン著;中村佐千江訳 KADOKAWA 2016年4月

マデレーン・カーター
ある機関により集められタイムトラベラーとなった十八歳のアメリカ人の少女、チームリーダー 「タイムライダーズ3-1 失われた暗号」アレックス・スカロウ作;金原瑞人訳 小学館 2015年12月

マデレーン・カーター
ある機関により集められタイムトラベラーとなった十八歳のアメリカ人の少女、チームリーダー 「タイムライダーズ3-2 失われた暗号」アレックス・スカロウ作;金原瑞人訳 小学館 2015年12月

マデレーン・カーター
タイムスリップした仲間の行方を見失った「タイムライダーズ」の少女 「タイムライダーズ2-2 紀元前6500万年からの逆襲」アレックス・スカロウ作;金原瑞人訳 小学館 2015年4月

マデレーン・カーター
二〇一〇年に「タイムライダーズ」に採用された十八歳の少女、アメリカ人のプログラマー 「タイムライダーズ2-1 紀元前6500万年からの逆襲」アレックス・スカロウ作;金原瑞人訳 小学館 2015年4月

マデレーン・カーター（マディ）
時空を超えて起こる問題を阻止するための組織・タイムライダーズのチームリーダー、18歳のアメリカの少女 「タイムライダーズ[1] 1・2」 アレックス・スカロウ作;金原瑞人・樋渡正人訳 小学館 2014年10月

マデロ
ベラチナ王国の森に伝説のゴールドを探しにやってきたトレジャーハンター 「王女さまのお手紙つき3 たからさがしと魔法の蝶」 ポーラ・ハリソン原作;チーム151E☆企画;チーム151E☆構成 学研プラス 2016年4月

マーテンさん
サラとティモシー姉弟がタイムスリップした三百年前のミルアイランドで出会った男の人、オランダ人のヤンネチェの夫 「夏の魔女―魔女の本棚;22」 ルース・チュウ作;日当陽子訳;たんじあきこ絵 フレーベル館 2016年4月

マドゥー
がん専門医・リングル先生の患者、肝臓がんでドナーがあらわれるのとひたすら待つインドの男の子 「ペーパーバッグクリスマス：最高の贈りもの」 ケヴィン・アラン・ミルン著,宮木陽子訳 いのちのことば社フォレストブックス 2016年9月

窓ふきのおにいさん　まどふきのおにいさん
ドリトル先生のところに来たカナリア・ピピネッラの元飼い主のおにいさん 「ドリトル先生と緑のカナリア：新訳」 ヒュー・ロフティング作;河合祥一郎訳;patty絵 KADOKAWA（角川つばさ文庫） 2015年8月

マドリガル
キリン族の女兵士、天使のアキヴァと恋に落ちた罪で処刑されたキメラ 「星影の娘と真紅の帝国 上下」 レイニ・テイラー著;桑原洋子訳 早川書房（ハヤカワ文庫 FT） 2014年6月

マーニー
海の村リトル・オーバートンの入江に面して立っているしめっ地屋敷でばあやと二人の女中と住んでいる女の子 「思い出のマーニー」 ジョーン・G・ロビンソン著;松野正子訳 岩波書店 2014年5月

マーニー
少女アンナが転地療養先で出会ったかわいい少女、湿地屋敷を所有する裕福な家庭の娘 「思い出のマーニー」 ジョーン・G・ロビンソン作;越前敏弥訳;ないとうふみこ訳 KADOKAWA（角川つばさ文庫） 2014年7月

マーニー
心を閉ざした少女アンナがノーフォークで出会った"湿地の館"に住む不思議な少女 「思い出のマーニー」 ジョーン・G・ロビンソン著;高見浩訳 新潮社（新潮文庫） 2014年7月

マーニー
淡い金髪の不思議な少女、ロンドンの田舎町リトル・オーバトンにある湿地屋敷のお嬢さま 「思い出のマーニー 新訳」 ジョーン・G・ロビンソン著;越前敏弥訳;ないとうふみこ訳 KADOKAWA（角川文庫） 2014年7月

マノリス
公務員のヘクターの父親、ギリシャ系の一世 「スラップ―オーストラリア現代文学傑作選」 クリストス・チョルカス著;湊圭史訳 現代企画室 2014年12月

まびん

マービン
嵐にあって島に打ちあげられたエルフとレーブンが出会った魔法を使える砂人間 「エルフとレーブンのふしぎな冒険 3 帰らずの海と人魚のふえ」 マーカス・セジウィック著;中野聖訳;朝日川日和絵　学研プラス　2016年4月

マブ
デルの港で最大の商船団「ロザリン船団」の団長 「スター・オブ・デルトラ1─〈影の大王〉が待つ海へ」 エミリー・ロッダ著;岡田好惠訳　KADOKAWA　2016年11月

魔法使い(ジェレミー)　まほうつかい(じぇれみー)
「ばけもの山」で雪男におそわれたエルフとレーブンを助けた魔法使い 「エルフとレーブンのふしぎな冒険 2 ばけもの山とひみつの城」 マーカス・セジウィック著;中野聖訳;朝日川日和絵　学研プラス　2015年12月

ママ
11歳の少女ハンナのママ、イギリスのアシンガムにベーカリーを開店したパン職人 「ベストフレンズベーカリー 1 友情カップケーキをめしあがれ!」 リンダ・チャップマン著;中野聖訳;佐々木メエ絵　学研プラス　2016年8月

ママ
トランスジェンダーであることをいえないでいる男の子・ジョージのママ 「ジョージと秘密のメリッサ」 アレックス・ジーノ作;島村浩子訳　偕成社　2016年12月

ママ
ひかえめな少女リラのおしゃれとショッピングが大好きなママ 「イチゴのお手紙つき─結婚式のおよばれドレス」 ベアトリーチェ・マジーニ原作;チーム151E☆企画・構成;ajico絵　学研教育出版　2014年9月

ママ
やむにやまれぬ事情からデパートで暮らすことを考えついたママ、リビーたちの親 「魔法があるなら」 アレックス・シアラー著;野津智子訳　PHP研究所　2015年1月

ママ
空想のなかのお友だちと遊ぶ女の子アマンダのママ 「ぼくが消えないうちに」 A.F.ハロルド作え;ミリー・グラヴェット絵;こだまともこ訳　ポプラ社(ポプラせかいの文学)　2016年10月

ママ
四年生の少年ユリウスの心配性のママ 「クララ先生、さようなら」 ラヘル・ファン・コーイ作;石川素子訳　徳間書店　2014年9月

ママ
小学生のグレッグの「電気をつかわない週末」を思いついたママ 「やっぱり、むいてないよ!─グレッグのダメ日記」 ジェフ・キニー作;中井はるの訳　ポプラ社　2015年11月

ママ
小学生のグレッグの大学に通いだしたママ 「いちかばちか、やるしかないね!─グレッグのダメ日記」 ジェフ・キニー作;中井はるの訳　ポプラ社　2016年11月

ママ
冬ごもりの家をたてる場所をさがして森の中をムーミントロールとさまよっていたママ 「小さなトロールと大きな洪水」 トーベ・ヤンソン作・絵;冨原眞弓訳　講談社(講談社青い鳥文庫)　2015年2月

ママ
独裁政権末期のドミニカ共和国に住んでいた少女アニータの母親 「わたしたちが自由になるまえ」 フーリア・アルバレス著;神戸万知訳 ゴブリン書房 2016年12月

ママ(イーバ)
家族のだれにも似てない十歳の女の子エミリーのママ、洋服のデザイナー 「エミリーと妖精のひみつ 1ドアの向こうは妖精の国!?」 ホリー・ウェッブ作;宮坂宏美訳;Tobi絵 学研教育出版 2015年8月

ママ(イーバ)
人間の女の子エミリーを養女にした妖精の家族のママ、洋服のデザイナー 「エミリーと妖精のひみつ 2水の妖精をすくえ!」 ホリー・ウェッブ作;宮坂宏美訳;Tobi絵 学研プラス 2015年12月

ママ(ケイコ)
夫婦でカナダに移住した日本人でミュリエルの母親、老いた母親ナオエと暮らす女性 「コーラス・オブ・マッシュルーム」 ヒロミ・ゴトー著;増谷松樹訳 彩流社 2015年7月

ママ(コーデリア・ムーン伯爵夫人)　まま(こーでりあむーんはくしゃくふじん)
バンパイア・フェアリーの娘イザドラを妖精学校にいかせたい妖精のママ 「イザドラ・ムーン学校へいく!」 ハリエット・マンカスター著;井上里訳　静山社 2016年7月

ママ(サラ・ガードナー)
十五歳の少女ジャズのママで著名な社会運動家、アメリカ人夫婦の養女となったインド人 「モンスーンの贈りもの」 ミタリ・パーキンス作;永瀬比奈訳　鈴木出版(鈴木出版の児童文学) 2016年6月

ママ(ジュディス)
姉弟ホリーとサムと2才児のベンジーの母親、イラストレーターのジョージの妻 「リトル・パパ」 パット・ムーン作;もりうちすみこ訳;タカタカヲリ絵　文研出版(文研ブックランド) 2015年5月

ママ(ペイジ・イーストン)
事故で右脚を失った少女コービーのママ、フロリダ州の港で船上生活をはじめた家族の母親 「コービーの海」 ベン・マイケルセン作;代田亜香子訳　鈴木出版(鈴木出版の海外児童文学) 2015年6月

ママ(メリッサ)
カリフォルニア州に娘のエリーと住む母親、不老不死薬を開発したメルヴィンの娘 「14番目の金魚」 ジェニファー・L.ホルム作;横山和江訳　講談社 2015年11月

継母(トレメイン夫人)　ままはは(とれめいんふじん)
16歳のエラの父親と再婚した未亡人、姉妹のドリゼラとアナスタシアの母親 「シンデレラ」 エリザベス・ルドニック作;橘高弓枝訳　ディズニーアニメ小説版 2015年5月

マーム
テネシー州メンフィスに住む11歳のヴィクターの家の黒人のメイド 「ペーパーボーイ」 ヴィンス・ヴォーター作;原田勝訳　岩波書店(STAMP BOOKS) 2016年7月

マヤ
アリス島の小さな書店「アイランド・ブックス」に置き去りにされた二歳の女の子 「書店主フィクリーのものがたり」 ガブリエル・ゼヴィン著;小尾芙佐訳　早川書房 2015年10月

マヤ
フォークレイクス小学校の生徒、図書室でアオジタトカゲの本を熱心に読んでいた女の子 「青い舌の怪獣をさがせ!(名探偵犬バディ)」ドリー・ヒルスタッド・バトラー作;もりうちすみこ訳;うしろだなぎさ絵 国土社 2014年2月

マラサンサーラ
妖精の群れを支配しているフェアリーの女王、エルフたちを小ばかにしている妖精 「フローラとパウラと妖精の森2 美しいフェアリーは危険!?」タニヤ・シュテーブナー著;中村智子訳;戸部淑イラスト 学研教育出版 2014年7月

マリ
サバイバル・レースにやってきた女の子、知恵をはたらせて問題をとくのが得意な少女 「サバイバル・レース1南アメリカ大陸・アマゾン編」クリスティン・イアハート著;山北めぐみ訳;藤嶋マル絵 KADOKAWA 2015年12月

マリ
サバイバル・レースの第二ステージに進んだ少女、知恵をはたらせて問題をとくのが得意な女の子 「サバイバル・レース2オーストラリア大陸・サンゴ海編」クリスティン・イアハート著;山北めぐみ訳;藤嶋マル絵 KADOKAWA 2016年3月

マリー
ドイツのハイデルベルグの動物病院で獣医のパパの仕事を手伝っている女の子 「動物病院のマリー5」タチアナ・ゲスラー著;中村智子訳;鳥羽雨イラスト 学研教育出版 2015年5月

マリー
ハイデルベルグの郊外にある動物病院の娘、村にきた動物サーカスを見に行った少女 「動物病院のマリー 4 動物サーカスがやってきた!」タチアナ・ゲスラー著;中村智子訳;鳥羽雨イラスト 学研教育出版 2014年9月

マリー
ハイデルベルグの郊外にある動物病院の娘、動物が大好きな少女 「動物病院のマリー3 子犬救出大作戦!」タチアナ・ゲスラー著;中村智子訳;鳥羽雨イラスト 学研教育出版 2014年4月

マリー
将来は動物のお医者さんになりたいと思っている動物大好きな女の子 「動物病院のマリー6消えた子馬をさがして!」タチアナ・ゲスラー著;中村智子訳;鳥羽雨イラスト 学研プラス 2015年12月

マリアエレナ
カリフォルニア州のバークレー小の6年生、転校生のコーディと「暗号クラブ」に入った女の子 「暗号クラブ 4.5 暗号クラブ結成の日」ペニー・ワーナー著;番由美子訳 KADOKAWA 2015年4月

マリアエレナ・エスペラント(エム・イー)
暗号クラブのメンバーで六年生、手書き文字の解読とおしゃれが得意な少女 「暗号クラブ4 よみがえったミイラ」ペニー・ワーナー著;番由美子訳;ヒョーゴノスケ絵 KADOKAWA 2014年7月

マリア・サンチェス
空き家の幽霊屋敷から出てきた美少女 「幽霊屋敷と消えたオウム―見習い探偵ジュナの冒険」エラリー・クイーン作;中村佐千江訳;マツリ絵 KADOKAWA(角川つばさ文庫) 2016年8月

マリアマ
ニュージャージー州トレントンの「マリアマ・アフリカン・ヘアサロン」のオーナー、マリ出身の女性 「アメリカーナ」 チママンダ・ンゴズィ・アディーチェ著;くぼたのぞみ訳 河出書房新社 2016年10月

マリー・クレヴェル
フランスの最も有名な新聞記者の一人であるマルセル・クレヴェルの13歳の娘 「本物のモナ・リザはどこに―ココ、パリへ行く」 イワン・クーシャン作;山本郁子訳 冨山房インターナショナル 2014年5月

マリゴールド
スイスバート王の末っ子姫、川向こうの森に住む青年クリスチャンと文通した十七歳 「マリゴールドの願いごと」 ジェーン・フェリス作;ないとうふみこ訳;池上小湖訳 小峰書店 (Sunnyside Books) 2014年12月

マリソル(夏の女王) まりそる(なつのじょおう)
一年中真夏のエルドラ国の女王、熱と火の魔法をつかう女王 「アナと雪の女王[3]―エルサと夏の魔法」 エリカ・デイビッド文;ないとうふみこ訳 KADOKAWA(角川つばさ文庫) 2015年8月

マリッサ
保育所をしているジルの家のものおきにあったベビー・ドール 「すてられたベビー・ドール(マジック・ドール3)」 ジョーン・ホルブ作;かとうあさこ訳;石川のぞみ絵 国土社 2014年7月

マリーナ
バンパイア・フェアリーのイザドラが海で出会ったマーメイドの女の子 「イザドラ・ムーン キャンプにいく!」 ハリエット・マンカスター著;井上里訳 静山社 2016年9月

マリラ
グリーン・ゲイブルスに兄のマシュウとくらす50歳の妹、孤児院からアンをひきとった人 「赤毛のアン―ポプラ世界名作童話;1」 L.M.モンゴメリ作;柏葉幸子文;垂石眞子絵 ポプラ社 2015年11月

マリラおばさん
貧乏な一家の3きょうだいをあずかることになったおばさん、意地悪な女の人 「追え!!魔法の赤いイス」 アンジェイ・マレシュカ著;久堀由衣訳 講談社(講談社文学の扉) 2014年1月

マリラ・カスバート
ホークタウンの孤児院から赤い髪をしたそばかすだらけの女の子・アンを引き取った老兄妹の妹 「赤毛のアン:注釈版」 L・M・モンゴメリ著;山本史郎訳;W・E・バリー;M・A・ドゥーディ;M・E・D・ジョーンズ編 原書房 2014年8月

マリラ・カスバート
兄のマシューを亡くしグリーン・ゲイブルズで孤児だったアンと二人で暮らしている女性 「アンの青春―新訳 完全版上」 L.M.モンゴメリ作;河合祥一郎訳;南マキカバー絵;榊アヤミ挿絵 KADOKAWA(角川つばさ文庫) 2015年3月

マリラ・カスバート
赤毛でそばかすの11歳のアンをひきとったがんこな年配の独身女性、兄のマシューとふたりぐらし 「赤毛のアン 上下 完全版」 L.M.モンゴメリ作;河合祥一郎訳;南マキ絵 KADOKAWA(角川つばさ文庫) 2014年4月

まりら

マリラ・クスバート
孤児のアンをひきとることになったグリン・ゲイブルスに住む兄妹の妹 「赤毛のアン」 L.M.モンゴメリ作;村岡花子訳;HACCAN画 講談社 2014年5月

マリラ・クスバート
孤児の少女アンを引きとった老人マシュウの妹、アボンリーの村に住む女の人 「赤毛のアン：明るく元気に生きる女の子の物語──10歳までに読みたい世界名作；1」 横山洋子監修;ルーシー・モード・モンゴメリ原作;村岡花子編訳;村岡恵理編著;柚希きひろ絵 学研教育出版 2014年7月

マリー・ロール・ルブラン
先天的白内障で幼い頃に両目の視力を失ったフランスの16歳の少女、国立博物館館員のひとり娘 「すべての見えない光」 アンソニー・ドーア著;藤井光訳 新潮社(CREST BOOKS) 2016年8月

マーリン
(株)魔法製作所の最高責任者 「魔法使いにキスを (株)魔法製作所 2nd season」 シャンナ・スウェンドソン著;今泉敦子訳 東京創元社(創元推理文庫) 2014年4月

マーリン
グレートバリアリーフで暮らすカクレクマノミ、カクレクマノミの男の子ニモの父親 「ファインディング・ドリー」 スーザン・フランシス作;橘高弓枝訳 偕成社(ディズニーアニメ小説版) 2016年7月

マーリン
偉大な預言者にして世界最高の魔法使い 「走れ犬ぞり、命を救え！ マジック・ツリーハウス41」 メアリー・ポープ・オズボーン著;食野雅子訳 KADOKAWA 2016年11月

マル
ラヴカ国の戦争孤児の少女アリーナの幼なじみ、第一軍の「追跡者」の少年 「魔法師グリーシャの騎士団① 太陽の召喚者」 リー・バーデュゴ著;田辺千幸訳 早川書房(ハヤカワ文庫FT) 2014年7月

マルイェン・オレツェフ(マル)
ラヴカ国の戦争孤児の少女アリーナの幼なじみ、第一軍の「追跡者」の少年 「魔法師グリーシャの騎士団① 太陽の召喚者」 リー・バーデュゴ著;田辺千幸訳 早川書房(ハヤカワ文庫FT) 2014年7月

マルクス
動物大好きのマリーの一学年年上の親友、自転車好きの目立ちたがり屋の男の子 「動物病院のマリー6消えた子馬をさがして！」 タチアナ・ゲスラー著;中村智子訳;烏羽雨イラスト 学研プラス 2015年12月

マルタおばさん
アラリス諸島のヤロス島で甥のクインとくらしている年配の女性、魔法が使える人 「ドラゴン・ナイト1 よみがえった炎の騎士」 J.R.キャッスル著;岡本由香子訳;小笠原智史絵 KADOKAWA 2016年10月

マルチン・ケント(ケント)
ピアニストを目指しているスウ姉さんの恋人、多少は世に知られている新進作家 「スウ姉さん」 E・ポーター著;村岡花子訳 河出書房新社(河出文庫) 2014年4月

マール・デイヴィス
裕福な未亡人エリザベス・マードックの女秘書 「高い窓」レイモンド・チャンドラー著;村上春樹訳 早川書房 2014年12月

マルティン
ドイツのキルヒベルク男子寄宿学校5年生、まがったことが大きらいの優等生の少年 「飛ぶ教室 ポプラ世界名作童話20」E・ケストナー作;最上一平文;矢島眞澄絵 ポプラ社 2016年11月

マルティン・ターラー
ドイツのヨーハン・ジギスムント・ギムナジウムの寄宿舎生、努力家で勤勉家の5年生の少年 「飛ぶ教室」エーリヒ・ケストナー著;池内紀訳 新潮社(新潮文庫) 2014年12月

マルフォイ
ホグワーツ魔法魔術学校3年生、スリザリン寮生で魔法界の名家出身の少年 「ハリーポッター5 ハリー・ポッターとアズカバンの囚人 3-2」J・K・ローリング作;松岡佑子訳 静山社(静山社ペガサス文庫) 2014年6月

マルフォイ
ホグワーツ魔法魔術学校4年生、スリザリン寮生で魔法界の名家出身の少年 「ハリーポッター7 ハリー・ポッターと炎のゴブレット 4-1」J・K・ローリング作;松岡佑子訳 静山社(静山社ペガサス文庫) 2014年7月

マルフォイ
ホグワーツ魔法魔術学校の2年生でスリザリンの寮生、両親とも魔法使いの少年 「ハリー・ポッターと秘密の部屋 −「ハリー・ポッター」シリーズ」J.K.ローリング作;ジム・ケイ絵;松岡佑子訳 静山社 2016年10月

マルフォイ
ホグワーツ魔法魔術学校の新入生、自慢話ばかりする青白い少年 「ハリー・ポッターと賢者の石 −「ハリー・ポッター」シリーズ」J.K.ローリング作;ジム・ケイ絵;松岡佑子訳 静山社 2015年11月

マルベル
アバンティア王国を破壊するため守り神である伝説のビーストに呪いをかけた暗黒の魔法使い 「ビースト・クエスト1 火龍フェルノ」アダム・ブレード作;浅尾敦則訳 静山社(静山社ペガサス文庫) 2016年4月

マーレイ
ロンドンの「スクルージ&マーレイ商会」の元経営者、7年前に亡くなった男 「クリスマス・キャロル」チャールズ・ディケンズ著;井原慶一郎訳 春風社 2015年11月

マレキス
残忍なダーク・エレフの長 「マイティ・ソー ダーク・ワールド」クリストファー・L.ヨスト脚本;クリストファー・マルクス脚本;スティーヴン・マクフィーリー脚本;ドン・ペイン文;ロバート・ロダット文;上原尚子訳 講談社 2014年9月

マレフィセント　まれふぃせんと?
自然ゆたかな「荒れ野」で生まれ育った妖精、強い力と翼を持つ美しい妖精 「マレフィセント」エリザベス・ルドニック作;橘高弓枝訳 偕成社(ディズニーアニメ小説版) 2014年8月

マーロウ
ロサンジェルスの私立探偵 「プレイバック」 レイモンド・チャンドラー著;村上春樹訳　早川書房　2016年12月

マーロウ
裕福な未亡人エリザベス・マードックの依頼をうけた私立探偵 「高い窓」 レイモンド・チャンドラー著;村上春樹訳　早川書房　2014年12月

マローン
変人として有名な動物学者・チャレンジャー教授を取材しアマゾン川奥地の探検にくわわることになった新聞記者 「ロスト・ワールド―失われた世界　新装版」 アーサー・コナン・ドイル作;菅紘訳　講談社（講談社青い鳥文庫）　2015年8月

マンゴー・ナンデモデキル
町にまよいこんだマレーバクの子とくらすようになったかしこい女の子 「バクのバンバン、町にきた」 ポリー・フェイバー作;クララ・ヴリアミー絵;松波佐知子訳　徳間書店　2016年11月

マンシーニさん
独裁政権末期のドミニカ共和国でイタリア大使館に勤めていた人、少年オスカルの父親 「わたしたちが自由になるまえ」 フーリア・アルバレス著;神戸万知訳　ゴブリン書房　2016年12月

マンディ（アマンダ・コリガン）
ブルックリン美術館に展示されていた不思議な黒い鏡をのぞきこんでいるうちにアメリカ先住民の時代に迷いこんでしまった姉弟の弟 「魔女と黒い鏡（魔女の本棚20）」 ルース・チュウ作;日当陽子訳;たんじあきこ絵　フレーベル館　2014年12月

マンディ・ホープ
将来動物のお医者さんになりたい九歳の女の子、イギリスの農村に住む獣医の娘 「フェレット迷路（こちら動物のお医者さん）」 ルーシー・ダニエルズ作;千葉茂樹訳;サカイノビー絵　ほるぷ出版　2014年3月

マンドレーク
悪名高い罪人、イギリスの冷酷な大公妃の元執事 「ひみつの塔の冒険　ミス・ビアンカ」 マージェリー・シャープ作;渡辺茂男訳　岩波書店（岩波少年文庫）　2016年8月

【み】

ミア
ジェノヴィア公国のプリンセスで王位継承者、ティーンエイジャーまで自分がプリンセスだと知らずに育ってきた女性 「プリンセス・ダイアリー―ロイヤル・ウェディング篇」 メグ・キャボット著;代田亜香子訳　河出書房新社　2016年8月

ミア
ベーカリーの娘ハンナの大親友、お菓子作りが好きでちょっと人見知りの少女 「ベストフレンズベーカリー　2　夢をかなえるチョコレート・マジック！」 リンダ・チャップマン著;中野聖訳;佐々木メエ絵　学研プラス　2016年9月

ミア
ベーカリーの娘ハンナの大親友、お菓子作りが好きでちょっと人見知りの少女 「ベストフレンズベーカリー　3　恋色タルトのオーディション！」 リンダ・チャップマン著;中野聖訳;佐々木メエ絵　学研プラス　2016年12月

ミア
春休みにいとこのキムの家に遊びに来た女の子、血統書つきのペルシャねこ・ビビの飼い主 「ヒミツの子ねこ4 いじわるねこ登場!?」 スー・ベントレー作;松浦直美訳;naoto絵 ポプラ社(ポプラポケット文庫) 2014年11月

ミア
少女ハンナのママのベーカリーにきたお客さん、ちょっぴり人見知りだけど本当は優しい少女 「ベストフレンズベーカリー 1 友情カップケーキをめしあがれ!」 リンダ・チャップマン著;中野聖訳;佐々木メエ絵 学研プラス 2016年8月

ミア
親友のケイトたちと魔法の島ネバーランドにある妖精王国ピクシー・ホロウに行くことができる人間の女の子 「フェアリー・ガールズ4 ミストホースと水の妖精」 キキ・ソープ作;堀川志野舞訳;白沢まりも絵 ポプラ社 2015年3月

ミア
親友のケイトたちと魔法の島ネバーランドにある妖精王国ピクシー・ホロウに行くことができる人間の女の子 「フェアリー・ガールズ5 妖精とひみつのウェディング」 キキ・ソープ作;堀川志野舞訳;白沢まりも絵 ポプラ社 2015年7月

ミア
魔法の島・ネバーランドにやってきた四人の女の子の一人、かわいいものが大好きな夢みる女の子 「フェアリー・ガールズ1―DiSNEY」 キキ・ソープ作;堀川志野舞訳 ポプラ社 2014年3月

ミア・ワイト
クラマーキン島にひっこしてきた転校生、銀のネックレスをつけると動物と話せる少女 「動物探偵ミア ちいさな島の転校生」 ダイアナ・キンプトン作;武富博子訳;花珠絵 ポプラ社 2015年8月

ミア・ワイト
クラマーキン島に引っ越してきて大おばさんからひみつのネックレスをもらった女の子 「動物探偵ミア」 ダイアナ・キンプトン作;武富博子訳;花珠絵 ポプラ社 2015年4月

ミア・ワイト
魔法の銀のネックレスをつけると動物と話すことができる女の子、クラマーキン島にあるティールーム「プリムローズ」のむすめ 「動物探偵ミア [動物探偵ミア] (3)あらしの夜のミステリー」 ダイアナ・キンプトン作;武富博子訳 ポプラ社 2015年12月

ミア・ワイト
魔法の銀のネックレスをつけると動物と話すことができる女の子、クラマーキン島にあるティールーム「プリムローズ」のむすめ 「動物探偵ミア [動物探偵ミア] (4)大どろぼう、あらわる？」 ダイアナ・キンプトン作;武富博子訳 ポプラ社 2016年4月

ミア・ワイト
魔法の銀のネックレスをつけると動物と話すことができる女の子、クラマーキン島にあるティールーム「プリムローズ」のむすめ 「動物探偵ミア [動物探偵ミア] (5)ひつじレースで大さわぎ！」 ダイアナ・キンプトン作;武富博子訳 ポプラ社 2016年8月

ミア・ワイト
魔法の銀のネックレスをつけると動物と話すことができる女の子、クラマーキン島にあるティールーム「プリムローズ」のむすめ 「動物探偵ミア [動物探偵ミア] (6)映画スターになろう！」 ダイアナ・キンプトン作;武富博子訳 ポプラ社 2016年12月

みか

ミーカ
フィンランドの少年ニコラスが名づけた茶色い森のネズミ 「クリスマスとよばれた男の子」 マット・ヘイグ文;クリス・モルド絵;杉本詠美訳 西村書店東京出版編集部 2016年12月

ミグ
ドール王国のお城でめし使いとして働く12歳の女の子 「ねずみの騎士デスペローの物語」 ケイト・ディカミロ作;ティモシー・バジル・エリング絵;子安亜弥訳 ポプラ社(ポプラ文学ポケット) 2016年3月

ミクラ・フランチャ・キス
アメリカン・コミック密売人のシャーンドルにコミックを提供している中年の男性 「コミック密売人」 ピエルドメニコ・バッカラリオ作;杉本あり訳 岩波書店(STAMP BOOKS) 2015年2月

ミゲリー・ソウ(ミグ)
ドール王国のお城でめし使いとして働く12歳の女の子 「ねずみの騎士デスペローの物語」 ケイト・ディカミロ作;ティモシー・バジル・エリング絵;子安亜弥訳 ポプラ社(ポプラ文学ポケット) 2016年3月

ミゲル
少年カイルの中学校の図書委員長、前向きでがんばり屋の少年 「図書館脱出ゲーム1 ぼくたちの謎とき大作戦! 上下」 クリス・グラベンスタイン著;ジョンハサウェイ絵;高橋結花訳 KADOKAWA 2016年3月

ミゲル
少年カイルの中学校の図書委員長、前向きでがんばり屋の少年 「図書館脱出ゲーム2 図書館オリンピック大作戦! 上下」 クリス・グラベンスタイン著;ジョンハサウェイ絵;山北めぐみ訳 KADOKAWA 2016年8月

ミゲル・デ・ルナ
夏休み前日に謎の村ヘンリー・クリークに招待された頭が良くて精神力が強い13歳の少年 「THE LOCK ぼくたちが"世界"を変える日1 仕かけられたなぞ」 ピエルドメニコ・バッカラリオ作;田中寛崇絵 学研プラス 2015年12月

ミゲル・デ・ルナ
夏休み前日に謎の村ヘンリー・クリークに招待された頭が良くて精神力が強い13歳の少年 「THE LOCK ぼくたちが"世界"を変える日2 洞窟にひそむ物体」 ピエルドメニコ・バッカラリオ作;田中寛崇絵 学研プラス 2015年12月

ミーシャ
少女アリスと仲良しの友だち、よくしゃべる人なつこい少女 「ベストフレンズベーカリー 1 友情カップケーキをめしあがれ!」 リンダ・チャップマン著;中野聖訳;佐々木メエ絵 学研プラス 2016年8月

ミス・アームストロング
神経質な家庭教師、ウサギに誘われて不思議の国へ迷いこんだ生徒・エイダを捜した女性 「アリスはどこへ行った?」 グレゴリー・マグワイア著;富永和子訳 ハーパーコリンズ・ジャパン 2016年4月

ミス・アンドリュー
家庭教師の教え子だったバンクス氏の隣に引っ越してきた女性 「メアリー・ポピンズとお隣さん」 P.L.トラヴァース著;小池三子男訳 復刊ドットコム 2014年3月

ミース・イックル
〈まほう獣医〉となった少女ハティの相棒、ピンク色の小さなドラゴン 「まほうの国の獣医さんハティ2ユニコーンの角が欠けちゃった！」 クレア・テイラー・スミス作;桑原洋子訳;kaya8絵 KADOKAWA 2015年3月

ミース・イックル
〈まほう獣医〉となった少女ハティの相棒、ピンク色の小さなドラゴン 「まほうの国の獣医さんハティ3ねらわれた妖精の羽」 クレア・テイラー・スミス作;桑原洋子訳;kaya8絵 KADOKAWA 2015年7月

ミース・イックル
声を失ったドラゴン、まほう王国「ベルーア」のまほう獣医・ハティの最初の患者 「まほうの国の獣医さんハティ1 ほのおを失ったドラゴンをすくえ！」 クレア・テイラー・スミス作;桑原洋子訳 KADOKAWA 2014年10月

ミス・キャサリン
まじめでとても上品な若い黒猫の女の子 「ブーツをはいたキティのおはなし」 ビアトリクス・ポター作;クェンティン・ブレイク絵;松岡ハリス佑子訳 静山社 2016年9月

ミス・コーネリア
赤毛のアンが結婚して新しい生活を始めたフォア・ウインズのがんこな男ぎらいで毒舌と親切な心を持ちあわせている女性 「アンの夢の家赤毛のアン(5)」 L.M.モンゴメリ作;村岡花子訳;HACCAN絵 講談社(青い鳥文庫) 2014年1月

ミスZ　みすぜっと
オウムのジャングルにある農家に住む褐色の肌をした娘 「ミスZ オウムさがしの旅」 アンジェラ;カーター作えロス;キース絵;榎本義子訳 図書新聞 2016年4月

Mr.インクレディブル　みすたーいんくれでぃぶる
流れ星を追って不思議な世界「トイ・ボックス」にやってきたインクレディブル家の父親 「ディズニーインフィニティ」 エイミー・ワインガルトナー文;樹紫苑訳 KADOKAWA(角川つばさ文庫) 2016年1月

ミスターX　みすたーえっくす
12歳の少年セイファーと同じマンションに住みとんでもない悪事をたくらんでいるという男 「ウソつきとスパイ」 レベッカ・ステッド作;樋渡正人訳 小峰書店(Sunnyside Books) 2015年5月

ミスターオレンジ
一九四三年にニューヨークに引っ越してきた画家、八百屋の少年ライナスと親しくなった男の人 「ミスターオレンジ」 トゥルース・マティ作;野坂悦子訳;平澤朋子絵 朔北社 2016年9月

ミスター・カリスフォード
無一文の孤児となったセーラが暮らす「ミンチン女学院」の隣に引っ越してきたインドのジェントルマン 「小公女セーラ」 バーネット作;田邊雅之訳;日本アニメーション絵 小学館(小学館ジュニア文庫) 2016年7月

ミスター・ゴードン
世界じゅうの小学生が一生に一度だけ応募できる「サバイバル・レース」の主催者 「サバイバル・レース1南アメリカ大陸・アマゾン編」 クリスティン・イアハート著;山北めぐみ訳;藤嶋マル絵 KADOKAWA 2015年12月

みすた

ミスター・ゴードン
世界じゅうの小学生が一生に一度だけ応募できる「サバイバル・レース」の主催者 「サバイバル・レース2オーストラリア大陸・サンゴ海編」クリスティン・イアハート著;山北めぐみ訳;藤嶋マル絵 KADOKAWA 2016年3月

ミス・ターナー
夏休みに子どもたちだけで過ごすと聞いて姪のナンシィとペギィの家にきた大おばさん 「スカラブ号の夏休み上下」アーサー・ランサム作;神宮輝夫訳 岩波書店(岩波少年文庫) 2015年7月

ミスター・ノーバディ
ディキンソン家の娘エミリーが出会った謎めいた青年、ディキンソン家の敷地内で死体が発見された男 「誰でもない彼の秘密」マイケラ・マッコール著;小林浩子訳 東京創元社 2015年4月

ミスター・フー
全世界の裏組織を操る黒幕、ニューヨーク市内で移送していた金塊を盗んだ男 「アンナとプロフェッショナルズ3」MAC著;なかがわいずみ訳 KADOKAWA 2015年1月

ミズタマ
テン・リング星からきた緑色のひふに水玉もようのある宇宙人 「マジカルチャイルド4 透明人間になった男の子のはなし」サリー・ガードナー作;三辺律子訳 小峰書店 2014年1月

ミス・ネリー・アヴェント(マーム)
テネシー州メンフィスに住む11歳のヴィクターの家の黒人のメイド 「ペーパーボーイ」ヴィンス・ヴォーター作;原田勝訳 岩波書店(STAMP BOOKS) 2016年7月

水の妖精の女の子(サーシャ) みずのようせいのおんなのこ(さーしゃ)
かつて妖精の国へ迷いこんだエミリーを助けた水の妖精の女の子 「エミリーと妖精のひみつ 2水の妖精をすくえ!」ホリー・ウェッブ作;宮坂宏美訳;Tobi絵 学研プラス 2015年12月

ミス・ハニガン
アニーの住むニューヨーク市立孤児院のいじわるな院長 「アニー」トーマス・ミーハン著;三辺律子訳 あすなろ書房 2014年11月

ミス・ビアンカ
イギリス人外交官の息子の大事なペット、優雅で美しい白ねずみ 「くらやみ城の冒険 ミス・ビアンカ」マージェリー・シャープ作;渡辺茂男訳 岩波書店(岩波少年文庫) 2016年5月

ミス・ビアンカ
イギリス人外交官の息子の大事なペット、優雅で美しい白ねずみ 「ダイヤの館の冒険 ミス・ビアンカ」マージェリー・シャープ作;渡辺茂男訳 岩波書店(岩波少年文庫) 2016年7月

ミス・ビアンカ
イギリス人外交官の息子の大事なペット、優雅で美しい白ねずみ 「ひみつの塔の冒険 ミス・ビアンカ」マージェリー・シャープ作;渡辺茂男訳 岩波書店(岩波少年文庫) 2016年8月

ミス・ペレグレン
ウェールズにある小さな島で不思議な力を持つこどもたちと同じ時間の世界「ループ」で暮らす時間を自由に操る女性 「ミス・ペレグリンと奇妙なこどもたち 上下」ランサム・リグズ著;金原瑞人訳;大谷真弓訳 潮出版社(潮文庫) 2016年12月

ミス・ミンチン
インドから来た十二歳のセーラが入った寄宿制女学校ミス・ミンチン女子学院の院長 「小公女」フランシス・ホジソン・バーネット著;畔柳和代訳 新潮社(新潮文庫) 2014年11月

ミス・ラベンダー
アヴォンリー小学校の生徒ポールの父親と昔婚約していた45才の独身女性 「アンの青春－新訳 完全版下」L.M.モンゴメリ作;河合祥一郎訳;南マキカバー絵;榊アヤミ挿絵 KADOKAWA(角川つばさ文庫) 2015年4月

ミス・ローリー
イギリスに200年以上前に設置された幽霊省の四人の職員の一人、若い部長 「骨董通りの幽霊省」アレックス・シアラー著;金原瑞人訳;西本かおる訳;杉田比呂美イラスト 竹書房 2016年12月

ミセス・ティフトン
ペンダーウィック家の四姉妹が過ごすアランデルのお屋敷のお高くとまった女主人、ジェフリーの母親 「ペンダーウィックの四姉妹 夏の魔法」ジーン・バーズオール作;代田亜香子訳 小峰書店(Sunnyside Books) 2014年6月

ミセス・ブーン
ストラテンバーグ中学校八年生のセオの母親、夫と法律事務所を経営する弁護士 「少年弁護士セオの事件簿6 仮面スキャンダル」ジョン・グリシャム作;石崎洋司訳 岩崎書店 2016年11月

ミセス・マクビティー
古美術商、子どものころミニチュアルームの魔法を体験している年配の女性 「海賊の銀貨 12分の1の冒険 3」マリアン・マローン作;橋本恵訳 ほるぷ出版 2014年2月

ミセス・ミネルバ・マクビティー(ミセス・マクビティー)
古美術商、子どものころミニチュアルームの魔法を体験している年配の女性 「海賊の銀貨 12分の1の冒険 3」マリアン・マローン作;橋本恵訳 ほるぷ出版 2014年2月

ミッキー
ニンゲンに飼われていた「囚われの犬」、群れをまとめることや狩りをすることに長けている牧羊犬 「サバイバーズ3ひとすじの光」エリン・ハンター作;井上里訳 小峰書店 2015年6月

ミック
イギリスのレスターに住む人種差別主義者の老人、インド系移民シン一家の隣の家の住人 「おいぼれミック」バリ・ライ著;岡本さゆり訳 あすなろ書房 2015年9月

光子 みつこ
戦前のシアトルで出会った牧師のトム・モートンと結婚した日本人、実子のようにアメリカ人のビリーを愛した義母 「日々の光」ジェイ・ルービン著;柴田元幸;平塚隼介訳 新潮社 2015年7月

ミッチ
動物保護施設「ハッピー・ポーズ」にいるジャックラッセルテリア、三年間引き取り手のない犬 「夢見る犬たち 五番犬舎の奇跡」クリフ・マクニッシュ作;浜田かつこ訳 金の星社 2015年8月

みぬふ

ミヌー・ファルク・カリミ
スウェーデンのエンゲルスフォシュ高校の生徒、邪悪な攻撃から世界を守る「選ばれし者」の一人で優等生の少女 「ザ・サークル：選ばれし者たち」 サラ・B・エルフグリエン;マッツ・ストランドベリ著;久山葉子訳 イースト・プレス 2014年8月

ミヌン
韓国の坡州の高校生、大人びた雰囲気とよく響く低温の声が魅力的な少年 「アンダー、サンダー、テンダー 新しい韓国の文学13」 チョン・セラン著;吉川凪訳 クオン 2015年6月

ミミ・アークイント
七百年いじょう前にドルタ村にすんでいた女の子、小屋で赤ちゃんドラゴンを見つけた子 「ミミとまいごの赤ちゃんドラゴン」 マイケル・モーパーゴ作;ヘレン・スティーヴンズ絵;おびかゆうこ訳 徳間書店 2016年10月

宮本 絹子 みやもと・きぬこ
一九二七年に土浦女子学校に転入してきた千代にいじわるをする同級の女の子 「青い目の人形物語2 希望の人形 日本編」 シャーリー・パレントー作;河野万里子訳 岩崎書店 2016年8月

ミュバレク
オストロムジャの丘の廃墟に住んでおり迷信深い住民から「聖者」と尊敬されている謎の人物 「カール・マイ冒険物語：オスマン帝国を行く〈8〉バルカン峡谷にて」 カール・マイ著;戸叶勝也訳 朝文社 2015年12月

ミュバレク
詐欺師で悪党の幹部、オストロムジャの丘の廃墟に住んでおり迷信深い住民から「聖者」と尊敬されていた人物 「カール・マイ冒険物語：オスマン帝国を行く〈9〉オスマン帝国の辺境」 カール・マイ著;戸叶勝也訳 朝文社 2016年4月

ミュリエル
日本からカナダに移住した夫婦の娘、日本人の祖母ナオエと暮らす少女 「コーラス・オブ・マッシュルーム」 ヒロミ・ゴトー著;増谷松樹訳 彩流社 2015年7月

ミュンヒハウゼン男爵　みゅんひはうぜんだんしゃく
ドイツの貴族で大冒険家、世界中で出会った数々の事件を乗り越えてきた男爵 「ほらふき男爵の冒険 新訳」 ビュルガー編;石崎洋司訳;片浦絵 集英社（集英社みらい文庫） 2015年5月

ミラ（ミラクル）
イギリスの児童養護施設「スキリー・ハウス」で暮らす10歳の少女 「青空のかけら」 S・E・デュラント作;杉田七重訳 鈴木出版（鈴木出版の児童文学） 2016年10月

未来のクリスマスの精霊　みらいのくりすますのせいれい
冷酷無慈悲で欲深い老人スクルージのまえにあらわれた未来のクリスマスの精霊 「クリスマス・キャロル」 チャールズ・ディケンズ著;井原慶一郎訳 春風社 2015年11月

ミラクル
イギリスの児童養護施設「スキリー・ハウス」で暮らす10歳の少女 「青空のかけら」 S・E・デュラント作;杉田七重訳 鈴木出版（鈴木出版の児童文学） 2016年10月

ミラーナ
不思議の国「アンダーランド」のみんなに好かれている女王、赤の女王の妹 「アリス・イン・ワンダーランド～時間の旅～」 カリ・サザーランド文;ないとうふみこ訳 KADOKAWA（角川つばさ文庫） 2016年6月

ミラーナ
不思議の国「アンダーランド」の住人たちに慕われている統治者、赤の女王の妹 「アリス・イン・ワンダーランド～時間の旅～」カリ・サザーランド作;しぶやまさこ訳 ディズニーアニメ小説版 2016年7月

ミラビリス
街はずれの小さな通りプロディジィ・ストリートに引っ越してきたミステリアスな男、賢い犬ネイキーの飼い主 「不思議な尻尾」マーガレット・マーヒー著;山田順子訳 東京創元社 2014年12月

ミラベレ
大洋を航行する大きな貨物船"ステラマリス号"の女船長 「砂漠の鷲 アーロの冒険」シニ・エゼル著;弦念丸呈訳 新評論 2015年8月

ミランダ
ローマで暮らすたくましい母親猫、コロッセオに猫王国をつくった女王猫 「ゆうかんな猫ミランダ」エレナー・エスティス作えドワード・アーディゾーニ絵;津森優子訳 岩波書店 2015年12月

ミランダ
大女優の祖母にひきとられた少女ソレルのいとこ、演劇学校の生徒 「ふたりのエアリエル」ノエル・ストレトフィールド著;中村妙子訳 教文館 2014年10月

ミランダ・ナヴァス
高校に入りイメチェンをして幼なじみのヴィアをノケモノにした少女 「ワンダー」R.J.パラシオ作;中井はるの訳 ほるぷ出版 2015年7月

ミリアム
不眠症の老人が同居する四十七歳の娘 「闇の中の男」ポール・オースター著;柴田元幸訳 新潮社 2014年5月

ミリガン夫人　みりがんふじん
旅芸人になったレミが出会ったイギリス人のお金持ち、病弱な息子アーサーの母親 「家なき子――10歳までに読みたい世界名作」エクトール・アンリ・マロ作;横山洋子監修 学研プラス 2016年2月

ミール
かわにおちてなかまとはぐれたわたりどりのローザをたすけたいぬ 「はじまりのはな」マイケル・J・ローゼン文;ソーニャ・ダノウスキ絵;蜂飼耳訳 くもん出版 2014年9月

ミルキー
ブラックストーン市の公園でカラスと話せる少年コーと暮らしている老カラス 「フェラルズ1 カラスまつろう少年」ジェイコブ・グレイ著;岡田好惠訳 講談社 2016年7月

ミルキー
動物と話せる少女リリアーネが働く動物園に送られてきた暴れん坊の赤ちゃんホッキョクグマ 「動物と話せる少女リリアーネ 11－小さなホッキョクグマミルキー！」タニヤ・シュテーブナー著;中村智子訳 学研プラス 2016年9月

ミルドレッド
隠匿されていた書物を焼く昇火士の男・モンターグの妻 「華氏451度」レイ・ブラッドベリ著;伊藤典夫訳 早川書房（ハヤカワ文庫SF） 2014年6月

みんぎ

ミンギーニョ
いつもしかられている男の子ゼゼが話しかける裏庭のスイートオレンジの木 「ぼくのオレンジの木」J.M.デ・ヴァスコンセーロス著;永田翼共訳 ポプラ社(ポプラせかいの文学) 2015年11月

ミンチン先生　みんちんせんせい
インドから来たセーラが暮らす寄宿学校「ミンチン女学院」の先生、見栄っ張りで意地悪な女性 「小公女セーラ」バーネット作;田邊雅之訳;日本アニメーション絵 小学館(小学館ジュニア文庫) 2016年7月

【む】

ムイシキン
ロシアのムイシキン公爵家の末裔、スイスでのてんかん療養を終えた27歳くらいの青年 「白痴 1」ドストエフスキー著;亀山郁夫訳 光文社(光文社古典新訳文庫) 2015年11月

ムカムカ
11歳の少女ライリーの頭の中にいる5人の感情の1人、ちょっと小生意気な女の子 「インサイド・ヘッド」スーザン・フランシス作;しぶやまさこ訳 偕成社(ディズニーアニメ小説版) (ディズニーアニメ小説版) 2015年7月

ムサシ先生　むさしせんせい
ベンドックス学園の算数の先生、犯罪者・ミスター・フーのわなにはまり死んだ女性 「アンナとプロフェッショナルズ3」MAC著;なかがわいずみ訳 KADOKAWA 2015年1月

ムシュ
スペイン内戦下で8歳の少女・カルメンチュを引き取ったベルギーに住む一家の息子、文学青年 「ムシェ：小さな英雄の物語──エクス・リブリス」キルメン・ウリベ著;金子奈美訳 白水社 2015年10月

むすこ(カラバこうしゃく)
まずしいこなやの三ばんめのむすこ、ねこにぴったりのながぐつをつくったせいねん 「ながぐつをはいたねこ―せかい童話図書館;29」ペローさく;しらかわちづこぶん;いなもといくええ;子ども文化研究所監修 いずみ書房 2014年9月

ムッツリーさん
新作を書くためにイリノイ州ゴーストリー町のハカバ通りにあるオンボロ屋敷をかりた作家 「ゆうれい作家はおおいそがし1 オンボロ屋敷へようこそ」ケイト・クライス文;M.サラ・クライス絵;宮坂宏美訳 ほるぷ出版 2014年5月

六浦賀 計衛　むつらが・かずひろ
第二次世界大戦で日本とドイツが勝利しアメリカ西側を日本が統治する世界で消息を絶った将軍、石村大尉の元上司 「ユナイテッド・ステイツ・オブ・ジャパン」ピーター・トライアス著;中原尚哉訳 早川書房(新☆ハヤカワ・SF・シリーズ) 2016年10月

ムトノフレト
古代エジプトのファラオの王妃、王子・ラモーゼの義母 「ラモーゼ─プリンス・イン・エグザイル 上下」キャロル・ウィルキンソン作;入江真佐子訳 くもん出版 2014年3月

ムーミントロール
おさびし山でみつけた黒いシルクハットを家にもちかえったムーミントロール 「たのしいムーミン一家」トーベ・ヤンソン作・絵;山室静訳 講談社 2015年7月

ムーミントロール
ムーミン一家のひとり息子、好奇心旺盛の男の子 「ムーミン谷の冬」トーベ・ヤンソン作・絵;山室静訳　講談社(講談社青い鳥文庫)　2014年1月

ムーミントロール
ムーミン谷にすんでいるやさしくて勇気のある少年 「たのしいムーミン一家」トーベ・ヤンソン作;トーベ・ヤンソン絵;山室静訳　講談社(講談社青い鳥文庫)　2014年4月

ムーミントロール
ムーミン谷にすんでいるやさしくて勇気のある少年 「ムーミン谷の彗星」トーベ・ヤンソン作;トーベ・ヤンソン絵;下村隆一訳　講談社(講談社青い鳥文庫)　2014年2月

ムーミントロール
冬ごもりの家をたてる場所をさがして森の中をママとさまよっていたムーミントロール 「小さなトロールと大きな洪水」トーベ・ヤンソン作・絵;冨原眞弓訳　講談社(講談社青い鳥文庫)　2015年2月

ムーミンパパ
ムーミントロールの冒険好きのパパ 「たのしいムーミン一家」トーベ・ヤンソン作;トーベ・ヤンソン絵;山室静訳　講談社(講談社青い鳥文庫)　2014年4月

ムーミンパパ
ムーミントロールの冒険好きのパパ 「ムーミン谷の彗星」トーベ・ヤンソン作;トーベ・ヤンソン絵;下村隆一訳　講談社(講談社青い鳥文庫)　2014年2月

ムーミンパパ
ムーミン谷にすむムーミントロール一家のパパ 「たのしいムーミン一家」トーベ・ヤンソン作・絵;山室静訳　講談社　2015年7月

ムーミンママ
ムーミントロールのやさしくて世話好きなママ 「たのしいムーミン一家」トーベ・ヤンソン作;トーベ・ヤンソン絵;山室静訳　講談社(講談社青い鳥文庫)　2014年4月

ムーミンママ
ムーミントロールのやさしくて世話好きなママ 「ムーミン谷の彗星」トーベ・ヤンソン作;トーベ・ヤンソン絵;下村隆一訳　講談社(講談社青い鳥文庫)　2014年2月

ムーミンママ
ムーミン谷にすむムーミントロール一家のママ 「たのしいムーミン一家」トーベ・ヤンソン作・絵;山室静訳　講談社　2015年7月

ムラサキ(ミュリエル)
日本からカナダに移住した夫婦の娘、日本人の祖母ナオエと暮らす少女 「コーラス・オブ・マッシュルーム」ヒロミ・ゴトー著;増谷松樹訳　彩流社　2015年7月

【め】

メアリー
七歳の女の子・ローラの姉さん、小川のほとりで暮らす一家の長女 「プラム・クリークの土手で」ローラ・インガルス・ワイルダー作;中村凪子訳;椎名優絵　KADOKAWA(角川つばさ文庫)　2014年6月

めあり

メアリー
両親を亡くしインドからイギリスのおじさんの屋敷にひきとられた10歳の少女 「ひみつの花園 ポプラ世界名作童話17」 F・H・バーネット作;さとうまきこ文;狩野富貴子絵 ポプラ社 2016年11月

メアリー・ウィートクロフト
一九一五年のイギリスシリー諸島のブライアー島に住む漁師の妻、少年アルフィの母親 「月にハミング」 マイケル・モーパーゴ作;杉田七重訳 小学館 2015年8月

メアリー・オハラ
アイルランドに住む十二歳の少女、病院に入院中のエマーの孫 「さよならのドライブ」 ロディ・ドイル作;こだまともこ訳;こがしわかおり絵 フレーベル館(文学の森) 2014年1月

メアリ・サザーランド
タイピスト、行方不明になった婚約者のホズマー・エンジェルの捜索を名探偵ホームズに依頼した女性 「キラキラ名探偵[5] 消えた花むこ—シャーロック・ホームズ」 コナン・ドイル原作;新星出版社編集部編 新星出版社 2016年11月

メアリー・ポピンズ
さくら通り17番地にすむバンクス家の子守りさん、魔法のようなふしぎな力をもつ女の人 「メアリー・ポピンズ ポプラ世界名作童話10」 P・L・トラヴァース作;富安陽子文;佐竹美保絵 ポプラ社 2015年11月

メアリー・ポピンズ
さくら通り十七番地に住むバンクス家の子どもたちの世話をするナニー 「メアリー・ポピンズとお隣さん」 P.L.トラヴァース著;小池三子男訳 復刊ドットコム 2014年3月

メアリー・ポピンズ
夏至祭の宵にバンクス家の子どもたちを連れて公園に来たナニー 「さくら通りのメアリー・ポピンズ」 P.L.トラヴァース著;小池三子男訳 復刊ドットコム 2014年4月

メアリー・モースタン
名探偵ホームズの依頼人、ブロンドヘアーの若い女性 「名探偵シャーロック・ホームズ—四つの署名」 コナン・ドイル作;駒月雅子訳;冨士原良絵 KADOKAWA(角川つばさ文庫) 2015年11月

メアリ・レノックス
インドで両親が亡くなりイギリスの親戚ミセルスウェイト邸に引き取られた不器量でへそ曲がりの十歳の女の子 「秘密の花園」 フランシス・ホジソン・バーネット著;畔柳和代訳 新潮社(新潮文庫) 2016年6月

メアリー・レノックス
両親がなくなりイギリスに住むおじさんに引きとられることになった十歳の女の子 「ひみつの花園—10歳までに読みたい世界名作」 フランシス・ホジソン・バーネット作;横山洋子監修;日当陽子編訳;朝日川日和絵 学研教育出版 2015年6月

メイ
アラバマ州の大農園を持つ屋敷にいたれいの少女 「闇に逃げたろう人形(マジック・ドール2)」 ジョーン・ホルブ作;かとうあさこ訳;石川のぞみ絵 国土社 2014年6月

メイ
ピアニストを目指しているスウ姉さんの二つ年下の妹、自分勝手でわがままな娘 「スウ姉さん」 E・ポーター著;村岡花子訳 河出書房新社(河出文庫) 2014年4月

メイコン・レイヴンウッド
サウスカロライナ州ガトリンの隠遁者、高校2年生のリーナのおじ 「ビューティフル・クリーチャーズ」 カミ・ガルシア著;マーガレット・ストール著;富永晶子訳 ビジネス社 2014年1月

メグ
アメリカにすむマーチ家の4姉妹の長女、16さいのおしゃれな女の子 「若草物語—ポプラ世界名作童話；13」 L.M.オルコット作;薫くみこ文;こみねゆら絵 ポプラ社 2016年11月

メグ
父親が戦地にいて母親と暮らしている四人姉妹の長女、きれいで頭が良い16歳の女の子 「若草物語」 L.M.オルコット作;ないとうふみこ訳;琴音らんまる絵 KADOKAWA(角川つばさ文庫) 2015年1月

メグ・モロニー
父の仕事の都合でアイルランドからニュージーランドに引越した13歳の少女 「キミがくれた希望のかけら」 セアラ・ムーア・フィッツジェラルド作;中林晴美訳;平澤朋子絵 フレーベル館(文学の森) 2016年10月

メグレ教授　めぐれきょうじゅ
エジプトの「王家の谷」で遺跡の発掘をしている考古学者の老人、ソルボンヌ大学教授 「少女探偵アガサ 1 エジプト編66番目の墓の謎」 サー・スティーヴ・スティーヴンソン作;中井はるの訳;patty画 岩崎書店 2016年12月

メーター
不思議な世界「トイ・ボックス」でレースをすることになったレッカー車 「ディズニーインフィニティ」 エイミー・ワインガルトナー文;樹紫苑訳 KADOKAWA(角川つばさ文庫) 2016年1月

メナシ
大日照りの村に一人残った老人・先じいの犬、雨乞いの儀式で両目が見えなくなった盲犬 「年月日」 閻連科著;谷川毅訳 白水社 2016年11月

メブ
イニスコール島の村人、十一人の子と双子の兄妹バーンとダーラの母親 「十三番目の子」 シヴォーン・ダウド作;パム・スマイ絵;池田真紀子訳 小学館 2016年4月

メラニー
元大農園主の娘スカーレットが想いを寄せるアシュリの妻、献身的な心を持つ女性 「風と共に去りぬ 第4巻」 マーガレット・ミッチェル著;鴻巣友季子訳 新潮社(新潮文庫) 2015年6月

メラニー
元大農園主の娘スカーレットが想いを寄せるアシュリの妻、献身的な心を持つ女性 「風と共に去りぬ 第5巻」 マーガレット・ミッチェル著;鴻巣友季子訳 新潮社(新潮文庫) 2015年7月

メラニー
大農園主の娘スカーレットが想いを寄せるアシュリの妻、献身的な心を持つ女性 「風と共に去りぬ 第1巻」 マーガレット・ミッチェル著;鴻巣友季子訳 新潮社(新潮文庫) 2015年4月

めらに

メラニー
大農園主の娘スカーレットが想いを寄せるアシュリの妻、献身的な心を持つ女性 「風と共に去りぬ 第2巻」 マーガレット・ミッチェル著;鴻巣友季子訳 新潮社(新潮文庫) 2015年4月

メラニー
大農園主の娘スカーレットが想いを寄せるアシュリの妻、献身的な心を持つ女性 「風と共に去りぬ 第3巻」 マーガレット・ミッチェル著;鴻巣友季子訳 新潮社(新潮文庫) 2015年5月

メリサンド姫　めりさんどひめ
性悪妖精ワルボラにつるつるのはげ頭になる呪いをかけられたお姫さま 「メリサンド姫 むてきの算数！―おはなしメリーゴーラウンド」 E.ネズビット作;髙桑幸次絵;灰島かり訳 小峰書店 2014年2月

メリダ
不思議な世界「トイ・ボックス」でお宝探しにいくマイクたちの仲間になった赤毛の女の子 「ディズニーインフィニティ」 エイミー・ワインガルトナー文;樹紫苑訳 KADOKAWA(角川つばさ文庫) 2016年1月

メリッサ
カリフォルニア州に娘のエリーと住む母親、不老不死薬を開発したメルヴィンの娘 「14番目の金魚」 ジェニファー・L.ホルム作;横山和江訳 講談社 2015年11月

メリッサ
小学四年生、トランスジェンダーであることをママにいえないでいる男の子 「ジョージと秘密のメリッサ」 アレックス・ジーノ作;島村浩子訳 偕成社 2016年12月

メリヴェル
チャールズ二世に取り立てられ王の犬の医者として宮廷に上がった医師 「道化と王」 ローズ・トレメイン著;金原瑞人訳;小林みき訳 柏書房 2016年2月

メリー・マッキンタイア
戦地で負傷したパパに会いに一九一五年にニューヨークからイギリスに渡る客船に乗った少女 「月にハミング」 マイケル・モーパーゴ作;杉田七重訳 小学館 2015年8月

メルヴィンオジイチャン
不老不死薬を開発して少年の姿で孫のエリーの前に現れたおじいちゃん 「14番目の金魚」 ジェニファー・L.ホルム作;横山和江訳 講談社 2015年11月

メロディ
脳性まひで自分の足で歩くことも話をすることもできない十一歳になる少女 「わたしの心のなか」 シャロン・M.ドレイパー作;横山和江訳 鈴木出版(鈴木出版の海外児童文学) 2014年9月

【も】

モー(モーラー・アラン)
オレゴン州の小さな町に住む九歳、がん専門医・リングル先生が勤める子ども病院で兄のアーロンとサンタさんの手伝いをすることになった弟 「ペーパーバッグクリスマス：最高の贈りもの」 ケヴィン・アラン・ミルン著,宮木陽子訳 いのちのことば社フォレストブックス 2016年9月

モイ
湖の船頭、双眼鏡の魔法で入りこんだ絵の中の世界でウィルマとチップ姉弟が出会った男の人 「むかしむかしの魔女―魔女の本棚；24」 ルース・チュウ作;日当陽子訳;たんじあきこ絵 フレーベル館 2016年10月

モーガン・ルー・フェイ
世界じゅうのすぐれた本を集めるために時空をこえて旅をしている魔女 「走れ犬ぞり、命を救え！ マジック・ツリーハウス41」 メアリー・ポープ・オズボーン著;食野雅子訳 KADOKAWA 2016年11月

モーガン・ルー・フェイ
魔法使い、イギリスのでんせつの王アーサーの姉 「アマゾン大脱出―マジック・ツリーハウス；3」 メアリー・ポープ・オズボーン著;食野雅子訳 KADOKAWA 2015年4月

モーガン・ルー・フェイ
魔法使い、イギリスの伝説の王アーサーの姉 「SOS!海底探険―マジック・ツリーハウス；5」 メアリー・ポープ・オズボーン著;食野雅子訳 KADOKAWA 2015年4月

モーガン・ルー・フェイ
魔法使い、イギリスの伝説の王アーサーの姉 「サバンナ決死の横断―マジック・ツリーハウス；6」 メアリー・ポープ・オズボーン著;食野雅子訳 KADOKAWA 2015年4月

モーガン・ルー・フェイ
魔法使い、イギリスの伝説の王アーサーの姉 「ポンペイ最後の日―マジック・ツリーハウス；7」 メアリー・ポープ・オズボーン作;食野雅子訳 KADOKAWA 2015年4月

モーガン・ルー・フェイ
魔法使い、イギリスの伝説の王アーサーの姉 「マンモスとなぞの原始人―マジック・ツリーハウス；4」 メアリー・ポープ・オズボーン著;食野雅子訳 KADOKAWA 2015年4月

モーガン・ルー・フェイ
魔法使い、イギリスの伝説の王アーサーの姉 「古代オリンピックの奇跡―マジック・ツリーハウス；8」 メアリー・ポープ・オズボーン著;食野雅子訳 KADOKAWA 2015年4月

モーグリ
インドのジャングルでオオカミの家族に育てられた人間の男の子、たくましい少年 「ジャングル・ブック(新訳)」 ラドヤード・キプリング作;岡田好惠訳 講談社(講談社青い鳥文庫) 2016年7月

モーグリ
インドのジャングルでオオカミの子として育てられた人間の男の子、たくましい少年 「新訳ジャングル・ブック」 キップリング作;山田蘭訳;姫川名月絵 KADOKAWA(角川つばさ文庫) 2016年7月

モーグリ
ジャングルでオオカミの家族に育てられた人間の少年 「ジャングル・ブック」 ラドヤード・キプリング著;金原瑞人監訳;井上里訳 文藝春秋(文春文庫) 2016年6月

モーグリ
ジャングルでオオカミの群れの中で育てられた人間の少年 「ジャングル・ブック」 ラドヤード・キプリング著;田口俊樹訳 新潮社(新潮文庫) 2016年7月

もぐり

モーグリー
ジャングルで人食い虎のシア・カーンに追われオオカミの洞穴に迷いこみそのままオオカミの家族に育てられた男の子 「ジャングル・ブック〈2〉」 キップリング著;山田蘭訳 KADOKAWA(角川文庫) 2016年8月

モーグリー
ジャングルで人食い虎のシア・カーンに追われオオカミの洞穴に迷いこみそのままオオカミの家族に育てられた男の子 「ジャングル・ブック」 キップリング著;山田蘭訳 KADOKAWA(角川文庫) 2016年6月

モコ
1860年に沖に流された「スラウギ号」に乗っていた15人の少年のひとり、12歳の見習い水夫 「十五少年漂流記―ポプラ世界名作童話；12」 J.ベルヌ作;高楼方子文;佐竹美保絵 ポプラ社 2016年11月

モコ
ニュージーランドから出発した百トンの帆船スウラギ号の見習い水夫、料理が得意な12歳の黒人の少年 「十五少年漂流記」 ジュール・ヴェルヌ著;椎名誠訳;渡辺葉訳 新潮社(新潮モダン・クラシックス) 2015年8月

モス
戦士の子のメンフクロウ・ライズの親友でアカデミーの同級生のシロフクロウ 「ガフールの勇者たち エピソード0 はじまりの物語」 キャスリン・ラスキー著;中村佐千江訳 KADOKAWA 2014年4月

モーツァルト
銀のネックレスをつけると動物と話せる少女・ミアの学校でくらすねずみ 「動物探偵ミア ちいさな島の転校生」 ダイアナ・キンプトン作;武富博子訳;花珠絵 ポプラ社 2015年8月

モーティマー・モリソン
人の言葉を話すふしぎな動物たちのいるペットショップの主人 「コーンフィールド先生とふしぎな動物の学校1カメとキツネと転校生!」 マルギット・アウアー著;中村智子訳 学研教育出版 2015年7月

モーティマー・モリソン
人の言葉を話すふしぎな動物たちのいるペットショップの主人 「コーンフィールド先生とふしぎな動物の学校2校庭は穴だらけ!」 マルギット・アウアー著;中村智子訳 学研プラス 2015年11月

モーティマー・モリソン
人の言葉を話すふしぎな動物たちのいるペットショップの主人 「コーンフィールド先生とふしぎな動物の学校3明かりを消して!」 マルギット・アウアー著;中村智子訳 学研プラス 2016年2月

モーティマー・モリソン
人の言葉を話すふしぎな動物たちのいるペットショップの主人 「コーンフィールド先生とふしぎな動物の学校4林間学校はキケンがいっぱい!」 マルギット・アウアー著;中村智子訳 学研プラス 2016年7月

ものまね師　ものまねし
連続殺人犯ビリーの息子ジャズの住むロボズ・ノッドで連続殺人を犯す殺人犯 「さよなら、シリアルキラー」 バリー・ライガ著;満園真木訳 東京創元社(創元推理文庫) 2015年5月

モハメッド・エミン酋長　もはめっどえみんしゅうちょう
ティグリス河畔をすみかとする遊牧のアラビア部族・ハデディーンの老酋長　「カール・マイ冒険物語：オスマン帝国を行く〈2〉ティグリス河の探検」　カール・マイ著;戸叶勝也訳　朝文社　2014年2月

モモ
天然痘が流行していたリベリアの町・カカタで母のハウたちと暮らしていた十歳の少年　「川のほとりの大きな木」　クレイトン・ベス作;秋野翔一郎訳　童話館出版　2014年2月

モーラー・アラン
オレゴン州の小さな町に住む九歳、がん専門医・リングル先生が勤める子ども病院で兄のアーロンとサンタさんの手伝いをすることになった弟　「ペーパーバッグクリスマス：最高の贈りもの」　ケヴィン・アラン・ミルン著,宮木陽子訳　いのちのことば社フォレストブックス　2016年9月

モーラン
ムーミンやしきにやってきた氷の精のような女のまもの　「たのしいムーミン一家」　トーベ・ヤンソン作・絵;山室静訳　講談社　2015年7月

黙然　もーらん
北京の長屋で暮らす十五歳の少女、高校の同級生・泊陽と大学生・少艾の幼なじみ　「独りでいるより優しくて」　イーユン・リー著;篠森ゆりこ訳　河出書房新社　2015年7月

モリ
イギリスの名門女子寄宿学校アーリングハーストの生徒、読書好きで繊細な15歳の少女　「図書室の魔法 上下」　ジョー・ウォルトン著;茂木健訳　東京創元社　2014年4月

モリー
ウィーズリー一家の小太りの優しい母親　「ハリー・ポッターと秘密の部屋 2-1・2-2—ハリー・ポッター」　J.K.ローリング作;松岡佑子訳　静山社(静山社ペガサス文庫)　2014年5月

モリー
ウィーズリー一家の小太りの優しい母親　「ハリー・ポッターと不死鳥の騎士団 5-1・5-2・5-3・5-4—ハリー・ポッター」　J.K.ローリング作;松岡佑子訳　静山社(静山社ペガサス文庫)　2014年9月

モリアーティー教授　もりあーてぃーきょうじゅ
犯罪王、もと数学者で頭のいい男　「名探偵シャーロック・ホームズ ホームズ最後の事件!?：ホームズにとって、最大の敵が登場!!二人の戦いはどうなる?—10歳までに読みたい名作ミステリー」　コナン・ドイル作;芦辺拓編著;城咲綾絵　学研プラス　2016年11月

森の王　もりのおう
赤ずきんの世界にやってきた女の子ルビーの友だち、りっぱな角をもつオオジカ　「プリンセス★マジックルビー 3」　ジェニー・オールドフィールド作;田中亜希子訳;谷朋絵　ポプラ社　2015年2月

モリー・ベーカー　もりーべーかー
ロンドンのロイヤル・バレエスクールに通うエリーのルームメイト、二年からの転入生　「ロイヤルバレエスクール・ダイアリー 7 あたらしい出会い」　アレクサンドラ・モス著;竹内佳澄訳　駒草出版　2014年9月

モリー・マコナキイ
英国の田舎町に奉公人としてやってきたアイルランド人姉弟の姉、思いのままに物語を紡ぐことができる14歳の少女 「夜の庭師」 ジョナサン・オージエ著;山田順子訳 東京創元社(創元推理文庫) 2016年11月

モル
15歳のモリの双子の妹、事故で亡くなった少女 「図書室の魔法 上下」 ジョー・ウォルトン著;茂木健訳 東京創元社 2014年4月

モルウェナ・マコーヴァ(モリ)
イギリスの名門女子寄宿学校アーリングハーストの生徒、読書好きで繊細な15歳の少女 「図書室の魔法 上下」 ジョー・ウォルトン著;茂木健訳 東京創元社 2014年4月

モルガナ(モル)
15歳のモリの双子の妹、事故で亡くなった少女 「図書室の魔法 上下」 ジョー・ウォルトン著;茂木健訳 東京創元社 2014年4月

モルドレッド
冬の王として知られる闇の世界の君主 「幻のドラゴン号 ドラゴンシップ・シリーズ3」 ジェームズ・A・オーウェン作;三辺律子訳 評論社 2016年4月

モレフィ王 もれふぃおう
ウーマ王女のお父さま、人びとからそんけいされ村をおさめるりっぱな王さま 「イチゴのお手紙つき―王さまへの最後のおくりもの」 ベアトリーチェ・マジーニ原作;チーム151E☆企画・構成;ajico絵 学研教育出版 2014年9月

モーロ
海賊につかまったエルフとレーブンが「悪のイルカ号」で出会った女の子 「エルフとレーブンのふしぎな冒険 3 帰らずの海と人魚のふえ」 マーカス・セジウィック著;中野聖訳;朝日川日和絵 学研プラス 2016年4月

モンターグ
隠匿されていた書物を焼き尽くすのが仕事である昇火士 「華氏451度」 レイ・ブラッドベリ著;伊藤典夫訳 早川書房(ハヤカワ文庫 SF) 2014年6月

モンタナ
カリフォルニア州の養護学校に通うろうあ者の女の子、六年生のコーディの五歳の妹 「暗号クラブ7 マジック・ランドで行方不明!?」 ペニー・ワーナー著;番由美子訳;ヒョーゴノスケ絵 KADOKAWA 2016年8月

モンテ・クリスト伯爵 もんてくりすとはくしゃく
一八一五年に無実の罪で逮捕された船乗り、十四年後に名前を変えてパリに来た男 「岩くつ王―10歳までに読みたい世界名作」 アレクサンドル・デュマ作;横山洋子監修;岡田好惠編訳;オズノユミ絵 学研プラス 2015年12月

【や】

ヤエ
南の大陸の砂漠に住む14歳の少女 「砂漠の鷲 アーロの冒険」 シニ・エゼル著;弦念丸呈訳 新評論 2015年8月

ヤクブ・アファラー
ダマスカス在住の宝石商、探検家のカラ・ベン・ネムジの一行とともに大泥棒のアブラヒム・マムールを追跡した男 「カール・マイ冒険物語：オスマン帝国を行く〈6〉バグダードからイスタンブールへ」 カール・マイ著;戸叶勝也訳　朝文社　2014年12月

ヤゴ・トラロク
古代民族の末裔たちに伝わる勝利した民族以外は滅びるという「エンドゲーム」に参加した12人の一人、ペルー共和国に住む19歳の少年 「エンドゲーム：コーリング」 ジェイムズ・フレイ;ニルス・ジョンソン＝シェルトン著;金原瑞人;井上里訳　学研パブリッシング　2014年10月

ヤーコプ
死んだお姫さまのお棺の見張り番を申し出た若者、若い羊飼い 「黒いお姫さま―ドイツの昔話」 ヴィルヘルム・ブッシュ採話;上田真而子編・訳;佐々木マキ絵　福音館書店(福音館文庫)　2015年1月

ヤーコプ・ファビアン（ファビアン）
ワイマール共和国末期のベルリンに住むモラリストと自称する三十二歳の広告制作をしている男 「ファビアン：あるモラリストの物語」 エーリヒ・ケストナー著;丘沢静也訳　みすず書房　2014年11月

やしの実じいさん　やしのみじいさん
チェコのプラハにくらすベルンカのところにハイチからのこづつみでとどいたやしの実をかぶった小さなおじいさん 「ベルンカとやしの実じいさん上下―世界傑作童話シリーズ」 パベル・シュルット文;ガリーナ・ミクリーノワ絵;大沼有子訳　福音館書店　2015年3月

野獣　やじゅう
バラを盗んだ商人の代わりに城にやってきた娘・ベルを迎え入れた野獣 「美女と野獣」 クリストフ・ガンズ;サンドラ・ヴォ＝アン脚本;ヴァネッサ・ルビオ・バロー編著;南たら訳　竹書房(竹書房文庫)　2014年10月

ヤップ
ずっとひとりで生きてきた孤独の犬、「囚われの犬」達の群れとともにさまよう犬 「サバイバーズ2 見えざる敵」 エリン・ハンター作;井上里訳　小峰書店　2014年9月

ヤップ
ずっとひとりで生きてきた孤独の犬、「大地のうなり」によって瓦礫と化した街をさまよう犬 「サバイバーズ1 孤独の犬」 エリン・ハンター作;井上里訳　小峰書店　2014年9月

ヤップ
群れに加わらない「孤独の犬」として生きてきた自立心が強く狩りが得意なオス犬 「サバイバーズ3 ひとすじの光」 エリン・ハンター作;井上里訳　小峰書店　2015年6月

ヤップ
群れに加わらない「孤独の犬」として生きてきた自立心が強く狩りが得意なオス犬 「サバイバーズ4 嵐の予感」 エリン・ハンター作;井上里訳　小峰書店　2016年5月

ヤニス
ギリシアのアテネに住む内気な青年、古い本屋の女店主・リオに一目惚れした若者 「囀る魚」 アンドレアス・セシェ著;酒寄進一訳　西村書店東京出版編集部　2016年6月

ヤヌシュ・コルチャック先生（ドクトル）　やぬしゅこるちゃっくせんせい（どくとる）
ワルシャワでユダヤ人のための孤児院「孤児たちの家」を運営していた院長、作家で小児科医　「ぼくたちに翼があったころ―コルチャック先生と107人の子どもたち」タミ・シェム=トヴ作;樋口範子訳;岡本よしろう画　福音館書店　2015年9月

ヤネク
ジプシーの少年、芸術家レオナルド・ダ・ヴィンチに助けられ工房の召使いとなった十歳　「メディチ家の紋章上下」テリーザ・ブレスリン作;金原瑞人訳;秋川久美子訳　小峰書店（Sunnyside Books）2016年2月

ヤネク・ヴォルフ
ワルシャワの孤児院「孤児たちの家」で暮らしていたユダヤ人少年　「ぼくたちに翼があったころ―コルチャック先生と107人の子どもたち」タミ・シェム=トヴ作;樋口範子訳;岡本よしろう画　福音館書店　2015年9月

山田さま　やまださま
一九二七年に婚約者の妹・千代を土浦女子学校に入学させた地主の男の人　「青い目の人形物語2　希望の人形　日本編」シャーリー・パレント―作;河野万里子訳　岩崎書店　2016年8月

闇の主（ダークリング）　やみのぬし（だーくりんぐ）
ラヴカ国の特殊な力を持つグリーシャたちによる第二軍の指揮官、最強の力を持つグリーシャ　「魔法師グリーシャの騎士団① 太陽の召喚者」リー・バーデュゴ著;田辺千幸訳　早川書房（ハヤカワ文庫FT）2014年7月

ヤンネチェ・マーテン（おかみさん）
サラとティモシー姉弟がタイムスリップした三百年前のミルアイランドで出会った女の人、オランダ人　「夏の魔女―魔女の本棚;22」ルース・チュウ作;日当陽子訳;たんじあきこ絵　フレーベル館　2016年4月

【ゆ】

雪の女王　ゆきのじょうおう
フィンマルクに住む雪の女王、悪魔が作った鏡の破片がむねにささったカイを連れ去った白いそりにのった美しい女性　「雪の女王」ハンス・クリスチャン・アンデルセン作;サンナ・アンヌッカ絵;小宮由訳　アノニマ・スタジオ　2015年11月

雪の女王　ゆきのじょおう
カイ少年を連れ去った雪の女王、背が高くほっそりしていて目が痛くなるほど真っ白な女性　「雪の女王」ハンス・クリスチャン・アンデルセン原作;ヤナ・セドワ絵;アンシア・ベル;再話;成沢栄里子訳　BL出版　2016年11月

雪の女王　ゆきのじょうおう
冬の夜に町の通りを飛んで家々の窓の中をのぞいては窓に霜の花を残していくとても美しい女の人　「雪の女王：アンデルセン童話集」ハンス・クリスチャン・アンデルセン著;有澤真庭訳;和佐田道子訳　竹書房（竹書房文庫）2014年9月

ユサル・マカリ
スカンディアの首領・エラクを捕虜にした盗賊・ツアラギ勢の残酷な指導者　「アラルエン戦記 8 奪還 下」ジョン・フラナガン作;入江真佐子訳　岩崎書店　2016年2月

バイク
19歳のジョスバニの部屋に飾られたタペストリーの中の白いユニコーン 「バイクとユニコーン はじめて出逢う世界のおはなし」 ジョシュ著;見田悠子訳 東宣出版 2015年9月

ユリア姫　ゆりあひめ
おとぎの世界のリッディングランド王国の姫、明るく前向きで好奇心いっぱいの女の子 「王女さまのお手紙つき1 舞踏会とジュエルの約束」 ポーラ・ハリソン原作;チーム151E☆企画;チーム151E☆構成　学研教育出版　2015年9月

ユリウス
ローマ皇帝カエサルの娘・アウレリアが飼っているトラの飼育係、ハンサムな若い男 「王宮のトラと闘技場のトラ」 リン・リード・バンクス作;杉田七重訳　さ・え・ら書房　2016年2月

ユリウス
小学四年生、治らない病気になったクララ先生のクラスの男の子 「クララ先生、さようなら」 ラヘル・ファン・コーイ作;石川素子訳　徳間書店　2014年9月

ユリシーズ
十歳の少女フローラがこっそり飼うことにした空を飛び人間の話がわかるリス 「空飛ぶリスとひねくれ屋のフローラ」 ケイト・ディカミロ作;K.G.キャンベル絵;斎藤倫子訳　徳間書店　2016年9月

ユレク
戦前はポーランドの小さな町に住む敬虔なユダヤ教徒一家の子だった少年、名をユレクに変えキリスト教徒として生きのびたユダヤ人 「走れ、走って逃げろ」 ウーリー・オルレブ作;母袋夏生訳　岩波書店(岩波少年文庫)　2015年6月

【よ】

楊志　ようし
北宋時代の顔に青いあざがある男、一〇八の魔星のひとつ・天暗星の転生 「水滸伝 上下」 渡辺仙州編訳;佐竹美保絵　偕成社　2016年4月

妖精　ようせい
泣いていた娘エラに話しかけたものごいの老女、美しい女性に変身した妖精 「シンデレラ」 エリザベス・ルドニック作;橘高弓枝訳　ディズニーアニメ小説版　2015年5月

ヨシプ・カザコフ(カザコフ)
英国情報局の裏組織で十七歳以下の子どもが活躍する極秘スパイ機関「チェラブ」の訓練教官 「英国情報局秘密組織 CHERUB(チェラブ) Mission10 リスク」 ロバート・マカモア作;大澤晶訳　ほるぷ出版　2014年12月

ヨーダ
伝説のジェダイ・マスター 「スター・ウォーズエピソードⅤ帝国の逆襲」 ジョージ・ルーカス原作;ライダー・ウィンダム著;上杉隼人訳;潮裕子訳　講談社　2014年11月

ヨーナタン・トロッツ(ジョニー)
ドイツのヨーハン・ジギスムント・ギムナジウムの寄宿舎生、ニューヨーク生まれの5年生の少年 「飛ぶ教室」 エーリヒ・ケストナー著;池内紀訳　新潮社(新潮文庫)　2014年12月

よはん

ヨハン
郵便配達人、第二次大戦のロシア戦線で左手を失った17歳の少年 「片手の郵便配達人」 グードルン・パウゼヴァング著;高田ゆみ子訳 みすず書房 2015年12月

ヨハン・アンデション（ヒットマン・アンデシュ）
スウェーデンいち荒んでいるホテルに長逗留しているやり手の売れっ子殺し屋 「天国に行きたかったヒットマン」 ヨナス・ヨナソン著;中村久里子訳 西村書店東京出版編集部 2016年11月

ヨハン・シュミット
世界征服をもくろむカルト集団「ヒドラ」の首領、ナチス・ドイツの元将校 「キャプテン・アメリカ：ザ・ファースト・アベンジャー」 クリストファー・マルクス;スティーヴン・マクフィーリー脚本;大島資生訳 講談社 2014年4月

ヨハンナ・シェランデル（牧師）　よはんなしぇらんでる（ぼくし）
スウェーデンの自分の教区を追い出された神様嫌いな女牧師、売れっ子殺し屋・ヒットマンの仲間 「天国に行きたかったヒットマン」 ヨナス・ヨナソン著;中村久里子訳 西村書店東京出版編集部 2016年11月

ヨフル・イクナル
魔法のツリーハウスで冒険に出かけたジャックとアニー兄妹が出会ったマヤ時代の都市・パレンケの都の王女 「カリブの巨大ザメーマジック・ツリーハウス；40」 メアリー・ポープ・オズボーン著;食野雅子訳 KADOKAWA 2016年6月

ヨロコビ
11歳の少女ライリーの頭の中にいる5人の感情の1人、前向きで元気いっぱいの女の子 「インサイド・ヘッド」 スーザン・フランシス作;しぶやまさこ訳 偕成社（ディズニーアニメ小説版）（ディズニーアニメ小説版） 2015年7月

ヨンス
韓国ソウルのどぶ川の一角にある幸福洞に住む一家の長男、印刷所で働く少年 「こびとが打ち上げた小さなボール」 チョ・セヒ著;斎藤真理子訳 河出書房新社 2016年12月

ヨンヒ
韓国ソウルのどぶ川の一角にある幸福洞に住む一家の長女、家族思いのかわいらしい少女 「こびとが打ち上げた小さなボール」 チョ・セヒ著;斎藤真理子訳 河出書房新社 2016年12月

ヨンホ
韓国ソウルのどぶ川の一角にある幸福洞に住む一家の次男、勤勉の兄を誇りに思っている少年 「こびとが打ち上げた小さなボール」 チョ・セヒ著;斎藤真理子訳 河出書房新社 2016年12月

【ら】

ライ
壁に囲まれた都市・ウェルドで暮らしていた三兄弟の末っ子、〈禁断の森〉に住む一族から「選ばれた者」として魔法の品々を渡された少年 「勇者ライと3つの扉3―木の扉」 エミリー・ロッダ著;岡田好惠訳;緑川美帆絵 KADOKAWA 2015年5月

ライアン
イギリスの中等学校の九年生・キーランの義父の連れ子、キーランを虐待している義兄 「スマート—キーラン・ウッズの事件簿」 キム・スレイター作;武富博子訳 評論社 2016年10月

ライアン
ネパールの僻地に医薬品を届けに行ったイギリスのボランティア団体に所属する18歳の少年 「エベレスト・ファイル シェルパたちの山」 マット・ディキンソン作;原田勝訳 小学館 2016年3月

ライアン・ネルセン
エスコートキッズの特別審査員になったニュージーランド代表のサッカー選手 「サッカー少女サミー 3 ワールドカップと恋のキセキ!?」 ミッシェル・コックス著;今居美月訳;十々夜絵 学研教育出版 2014年2月

ライアン・フリン
名門ユナイテッドの十二歳以下チームのキャプテン、とてもきつい母さんがいる男の子 「フットボール・アカデミー 6 最高のキャプテンDFライアンの決意」 トム・パーマー作;石崎洋司訳;岡本正樹画 岩崎書店 2014年7月

ライアン・フリン
名門ユナイテッドの十二歳以下チームのキャプテン、とてもきつい母親がいる男の子 「フットボール・アカデミー 4 孤独な司令塔MFベンの苦悩」 トム・パーマー作;石崎洋司訳;岡本正樹画 岩崎書店 2014年1月

ライオン
オズの国のエメラルドの都へむかうドロシーの旅の仲間になったおくびょうなライオン 「オズの魔法使い—ポプラ世界名作童話;16」 L.F.ボーム作;菅野雪虫文;丹地陽子絵 ポプラ社 2016年11月

ライオン
偉大な魔法使い・オズに会いに行った少女・ドロシーの道連れになった臆病なライオン 「オズの魔法使い」 L・F・ボウム著;江國香織訳 小学館(小学館文庫) 2015年2月

ライオン(アスラン)
<無>の世界に新しい国・ナルニアを創造した豊かなたてがみをたくわえた光り輝く巨大なライオン 「ナルニア国物語 1—魔術師のおい」 C・S・ルイス著;土屋京子訳 光文社(光文社古典新訳文庫) 2016年9月

ライオン(アスラン)
異世界ナルニアの創造主、豊かなたてがみをたくわえた光り輝く巨大なライオン 「ナルニア国物語 2—ライオンと魔女と衣装だんす」 C・S・ルイス著;土屋京子訳 光文社(光文社古典新訳文庫) 2016年2月

ライオンハート市長　らいおんはーとしちょう
肉食動物と草食動物が共存する都市「ズートピア」の市長、プライドが高いライオン 「ズートピア」 スーザン・フランシス作;橘高弓枝訳 偕成社(ディズニーアニメ小説版) 2016年5月

ライオンブレイズ
星の力をもつと予言されたサンダー族の戦士猫、サンダー族のもと看護猫リーフプールとウィンド族の戦士猫クロウフェザーとの子 「ウォーリアーズ4-1予言の猫」 エリン・ハンター作;高林由香子訳 小峰書店 2016年1月

らいお

ライオンブレイズ
星の力をもつと予言されたサンダー族の戦士猫、同じく予言の猫ダヴポーの指導者 「ウォーリアーズ4-2消えゆく鼓動」 エリン・ハンター作;高林由香子訳 小峰書店 2016年7月

ライオンブレイズ
予言された運命の猫、サンダー族の戦士 「ウォーリアーズⅢ6日の出」 エリン・ハンター作;高林由香子訳 小峰書店 2014年6月

ライズ（エジルリブ）
キール同盟軍戦士夫婦の子のメンフクロウ、のちのガフールの教授・エジルリブ 「ガフールの勇者たち エピソード0 はじまりの物語」 キャスリン・ラスキー著;中村佐千江訳 KADOKAWA 2014年4月

ライトニング・マックィーン
不思議な世界「トイ・ボックス」でレースをすることになった真っ赤なレーシングカー 「ディズニーインフィニティ」 エイミー・ワインガルトナー文;樹紫苑訳 KADOKAWA（角川つばさ文庫） 2016年1月

ライナス
一九四三年のニューヨークである画家と親しくなった八百屋の少年、志願兵になったアプケの弟 「ミスターオレンジ」 トゥルース・マティ作;野坂悦子訳;平澤朋子絵 朔北社 2016年9月

ライラ先生　らいらせんせい
十歳の少女・アイーシャのおばあちゃんの主治医、やさしくて理知的な先生 「戦場のオレンジ」 エリザベス・レアード作;石谷尚子訳 評論社 2014年4月

ライリー
ミネソタの小さな町から大都会のサンフランシスコに引っ越してきた11歳の少女 「インサイド・ヘッド」 スーザン・フランシス作;しぶやまさこ訳 偕成社（ディズニーアニメ小説版）（ディズニーアニメ小説版） 2015年7月

ラインハルト（ハーディ）
ドイツに住むサッカーに夢中な小学四年生、サッカーチーム「ロアバッハ」のゴールキーパー 「ピッチの王様2－キケンなわな」 ティロ文;若松宣子訳;森川泉絵 ほるぷ出版 2015年8月

ラインハルト（ハーディ）
ドイツに住むサッカーに夢中な小学四年生、サッカーチーム「ロアバッハ」のゴールキーパー 「ピッチの王様3－チャンスをつかめ」 ティロ文;若松宣子訳;森川泉絵 ほるぷ出版 2015年12月

ラインハルト（ハーディ）
ドイツに住むサッカーに夢中な小学四年生、サッカーチーム「ロアバッハ」のゴールキーパー 「ピッチの王様4－勝利のゆくえ」 ティロ文;若松宣子訳;森川泉絵 ほるぷ出版 2016年3月

ラインハルト（ハーディ）
ドイツに住むサッカーに夢中な小学四年生、同級生たちのチームのゴールキーパー 「ピッチの王様1－4人の誓い」 ティロ文;若松宣子訳;森川泉絵 ほるぷ出版 2015年4月

ラウラ
18世紀のヴェネツィアにあった養育院で暮らしていた口のきけない孤児の少女 「ハートソング―作曲家アントニオ・ヴィヴァルディとある少女の物語」 ケビン・クロスリー=ホランド文;ジェーン・レイ絵;小島希里訳 BL出版 2016年4月

ラウラ・プィジャク（ちびトラ）
ポズナンで暮らすボレイコ家長女・ガブリシャの次女、何事にも皮肉っぽく針のように尖った性格の14歳の少女 「ちびトラとルージャ」 マウゴジャタ・ムシェロヴィチ著;田村和子訳 未知谷 2014年3月

ラーク
家族のだれにも似てない十歳の女の子エミリーの三歳年上の双子の姉 「エミリーと妖精のひみつ 1ドアの向こうは妖精の国!?」 ホリー・ウェッブ作;宮坂宏美訳;Tobi絵 学研教育出版 2015年8月

ラージ
カリフォルニア州の中学に通う全身黒ずくめのゴス・ファッションの男子 「14番目の金魚」 ジェニファー・L.ホルム作;横山和江訳 講談社 2015年11月

ラジャー
想像力が豊かな女の子・アマンダがつくりだした親友の男の子 「ぼくが消えないうちに」 A.F.ハロルド作え;ミリー・グラヴェット絵;こだまともこ訳 ポプラ社（ポプラせかいの文学） 2016年10月

ラース警部　らーすけいぶ
本職の刑事、くろいグミが大好きな5人の探偵グループ「くろグミ団」のメンバー 「くろグミ団は名探偵石弓の呪い」 ユリアン・プレス作・絵;大社玲子訳 岩波書店 2016年8月

ラズロ・ナーゲル
がんこな町医者・ナーゲル先生の息子でペーターの無鉄砲で陽気な父、ハンガリーの外交官 「お父さんの手紙」 イレーネ・ディーシェ著;赤坂桃子訳 新教出版社（つのぶえ文庫） 2014年2月

ラーセット
かつて成功した商人、十五歳の少女ブリッタの父 「スター・オブ・デルトラ1―〈影の大王〉が待つ海へ」 エミリー・ロッダ著;岡田好恵訳 KADOKAWA 2016年11月

ラッキー（ヤップ）
ずっとひとりで生きてきた孤独の犬、「囚われの犬」達の群れとともにさまよう犬 「サバイバーズ2 見えざる敵」 エリン・ハンター作;井上里訳 小峰書店 2014年9月

ラッキー（ヤップ）
ずっとひとりで生きてきた孤独の犬、「大地のうなり」によって瓦礫と化した街をさまよう犬 「サバイバーズ1 孤独の犬」 エリン・ハンター作;井上里訳 小峰書店 2014年9月

ラッキー（ヤップ）
群れに加わらない「孤独の犬」として生きてきた自立心が強く狩りが得意なオス犬 「サバイバーズ3ひとすじの光」 エリン・ハンター作;井上里訳 小峰書店 2015年6月

ラッキー（ヤップ）
群れに加わらない「孤独の犬」として生きてきた自立心が強く狩りが得意なオス犬 「サバイバーズ4嵐の予感」 エリン・ハンター作;井上里訳 小峰書店 2016年5月

ラッシー
グリノール・ブリッジ村で一番美しいコリー犬、少年ジョーの父さんが育てた犬 「名犬ラッシー 新訳」 エリック・ナイト作;中村凪子訳;馬場彰子訳;裕龍ながれ絵 KADOKAWA(角川つばさ文庫) 2015年5月

ラッセル
あこがれのサバイバル・レースにやってきた十二歳の男の子 「サバイバル・レース1南アメリカ大陸・アマゾン編」 クリスティン・イアハート著;山北めぐみ訳;藤嶋マル絵 KADOKAWA 2015年12月

ラッセル
サバイバル・レースの第二ステージに進んだ12歳の少年、元気で明るい男の子 「サバイバル・レース2オーストラリア大陸・サンゴ海編」 クリスティン・イアハート著;山北めぐみ訳;藤嶋マル絵 KADOKAWA 2016年3月

ラットくん
世界を救う旅に出たエルフとレーブンの仲間になったしっかり者のネズミ 「エルフとレーブンのふしぎな冒険 2 ばけもの山とひみつの城」 マーカス・セジウィック著;中野聖訳;朝日川日和絵 学研プラス 2015年12月

ラットくん
世界を救う旅に出たエルフとレーブンの仲間になったしっかり者のネズミ 「エルフとレーブンのふしぎな冒険 3 帰らずの海と人魚のふえ」 マーカス・セジウィック著;中野聖訳;朝日川日和絵 学研プラス 2016年4月

ラットくん
世界を救う旅に出たエルフとレーブンの仲間になったしっかり者のネズミ 「エルフとレーブンのふしぎな冒険 4 さまよう砂ばくと魔法のじゅうたん」 マーカス・セジウィック著;中野聖訳;朝日川日和絵 学研プラス 2016年8月

ラットくん
妖精少女エルフと鳥少年レーブンの冒険に加わったとても頼りになるネズミ 「エルフとレーブンのふしぎな冒険 1」 マーカス・セジウィック著;中野聖訳;朝日川日和絵 学研プラス 2015年10月

ラトコ・ミリッチ(ココ)　らとこみりっち(ここ)
親友のズラトコとパリへ行くことになったクロアチアの13歳の少年 「本物のモナ・リザはどこに――ココ、パリへ行く」 イワン・クーシャン作;山本郁子訳 冨山房インターナショナル 2014年5月

ラドリング公爵　らどりんぐこうしゃく
三年かけて美しいコリー犬・ラッシーを手に入れたヨークシャーの公爵 「名犬ラッシー 新訳」 エリック・ナイト作;中村凪子訳;馬場彰子訳;裕龍ながれ絵 KADOKAWA(角川つばさ文庫) 2015年5月

ラナ・アーウェン・レイザー
ラスベガスからカリフォルニア州ペルディド・ビーチにやってきたふしぎな能力をもつ少女 「GONE 上下」 マイケル・グラント著;片桐恵理子訳 ハーパーコリンズ・ジャパン(ハーパーBOOKS) 2016年4月

ラビット
100エーカーの森に住むプーさんのなかま、しっかり者で少しがんこなウサギ 「くまのプーさん プーさんたちの楽しい毎日」 ディズニー・パブリッシング・ワールドワイド文;大草洋子訳 KADOKAWA(角川つばさ文庫) 2016年10月

ラヴィニア・ディキンソン（ヴィニー）
町の有力者のひとりディキンソン家の12歳の娘、エミリーの妹 「誰でもない彼の秘密」 マイケラ・マッコール著;小林浩子訳 東京創元社 2015年4月

ラブスター博士　らぶすたーはかせ
科学者集団ラブスターのリーダー、老境に入り何年も探し求めていた「種」を発見した博士 「ラブスター博士の最後の発見」 アンドリ・S・マグナソン著;佐田千織訳 東京創元社（創元SF文庫） 2014年11月

ラプンツェル
「塔の上のラプンツェル」のプリンセス 「ロイヤルペット ビューティ／ブロンディ／ティーカップ」 テナント・レッドバンク文;樹紫苑訳 KADOKAWA 2015年5月

ラプンツェル
いのちがけで守ってくれた青年フリンにプロポーズされたプリンセス 「ディズニープリンセス ウエディング❤ストーリーズ」 ディズニー・パブリッシング・ワールドワイド原作;ワダヒトミ訳 KADOKAWA（角川つばさ文庫） 2015年1月

ラプンツェル
不思議な世界「トイ・ボックス」でレースに参加することになった長い魔法の髪を持つ少女 「ディズニーインフィニティ」 エイミー・ワインガルトナー文;樹紫苑訳 KADOKAWA（角川つばさ文庫） 2016年1月

ラーミ
クメール・ルージュ支配下のカンボジアの王族の娘、農村へ強制移住させられた七歳の少女 「バニヤンの木陰で」 ヴァデイ・ラトナー著;市川恵里訳 河出書房新社 2014年4月

ラミッツ・ラマダニー
ドイツで生まれ育った十二歳の少年、コソボからドイツに亡命してきたロマ人の難民の子ども 「ラミッツの旅」 グニッラ・ルンドグレーン作;きただいえりこ訳 さ・え・ら書房 2016年1月

ラム・ダス
孤児になり寄宿制女学校で働くようになったセーラの隣に引っ越してきた紳士の召使い、インド人の男性 「小公女」 フランシス・ホジソン・バーネット著;畔柳和代訳 新潮社（新潮文庫） 2014年11月

ラム・ダス
無一文の孤児となったセーラが暮らす「ミンチン女学院」の隣に引っ越してきたミスター・カリスフォードの召使のインド人 「小公女セーラ」 バーネット作;田邊雅之訳;日本アニメーション絵 小学館（小学館ジュニア文庫） 2016年7月

ラモーゼ
古代エジプトの王子、わがままでひとりではなにもできない少年 「ラモーゼ─プリンス・イン・エグザイル　上下」 キャロル・ウィルキンソン作;入江真佐子訳 くもん出版 2014年3月

ララ
少女アリスと仲良しの友だち、ものしずかでにこにこしている少女 「ベストフレンズベーカリー 1 友情カップケーキをめしあがれ！」 リンダ・チャップマン著;中野聖訳;佐々木メエ絵 学研プラス 2016年8月

ラーラ・マクラウド
ロンドンのロイヤル・バレエスクールに通うエリーのアイルランド人のルームメイト 「ロイヤルバレエスクール・ダイアリー 2 跳べると信じて」 アレクサンドラ・モス著;竹内佳澄訳 駒草出版 2014年5月

らりで

ラリー・デリー
ニューヨークにあるアメリカ自然博物館の夜間警備員 「ナイトミュージアム エジプト王の秘密」 マイケル・A.スティール著;高橋結花訳 KADOKAWA 2015年3月

ラリー・ミステリー
ロンドンの探偵学校のミッションでいとこのアガサとエジプトに向かった少年 「少女探偵アガサ 1 エジプト編66番目の墓の謎」 サー・スティーヴ・スティーヴンソン作;中井はるの訳;patty画 岩崎書店 2016年12月

ラルフ
動物保護施設「ハッピー・ポーズ」にいる雑種犬、四年間引き取り手のない犬 「夢見る犬たち 五番犬舎の奇跡」 クリフ・マクニッシュ作;浜田かつこ訳 金の星社 2015年8月

ラルフ
不思議な世界「トイ・ボックス」で敵と戦っていた友達のヴァネロペを助けに来た大男 「ディズニーインフィニティ」 エイミー・ワインガルトナー文;樹紫苑訳 KADOKAWA(角川つばさ文庫) 2016年1月

ランスロット
アーサー王伝説に登場する騎士の一人 「ナイトミュージアム エジプト王の秘密」 マイケル・A.スティール著;高橋結花訳 KADOKAWA 2015年3月

ランディ
不思議な世界「トイ・ボックス」でお宝探しにいくマイクの宝の地図をとった小さなモンスター 「ディズニーインフィニティ」 エイミー・ワインガルトナー文;樹紫苑訳 KADOKAWA(角川つばさ文庫) 2016年1月

【り】

リアナン
さらわれた皇子救出の旅にガリス島で兄と加わった妹、少女エイリーンのいとこ 「賢女ひきいる魔法の旅は」 ダイアナ・ウィン・ジョーンズ作;アーシュラ・ジョーンズ作;田中薫子訳;佐竹美保絵 徳間書店 2016年3月

リアム・オコナー
ある機関により集められタイムトラベラーとなった十六歳のアイルランド人の少年 「タイムライダーズ3-1 失われた暗号」 アレックス・スカロウ作;金原瑞人訳 小学館 2015年12月

リアム・オコナー
一九一二年に「タイムライダーズ」に採用された十六歳の少年、アイルランド人 「タイムライダーズ2-1 紀元前6500万年からの逆襲」 アレックス・スカロウ作;金原瑞人訳 小学館 2015年4月

リアム・オコナー
時空を超えて起こる問題を阻止するための組織・タイムライダーズのメンバー、16歳のアイルランド人の少年 「タイムライダーズ[1] 1・2」 アレックス・スカロウ作;金原瑞人・樋渡正人訳 小学館 2014年10月

リアム・オコナー
任務を与えられ一一九四年のイングランドにきた「タイムライダーズ」の少年 「タイムライダーズ3-2 失われた暗号」 アレックス・スカロウ作;金原瑞人訳 小学館 2015年12月

リアム・オコナー
白亜紀のジャングルにタイムスリップしてしまった「タイムライダーズ」の少年 「タイムライダーズ2-2 紀元前6500万年からの逆襲」 アレックス・スカロウ作;金原瑞人訳 小学館 2015年4月

リオ
アテネの旧市街で古い本屋を営む神秘的な女性 「囀る魚」 アンドレアス・セシェ著;酒寄進一訳 西村書店東京出版編集部 2016年6月

リオ
ギリシャの神・ヘパイストスの息子、戦艦アルゴ2号を制作した手先が器用な少年 「最後の航海―オリンポスの神々と7人の英雄 5―パーシー・ジャクソンとオリンポスの神々シーズン2」 リック・リオーダン著;金原瑞人;小林みき訳 ほるぷ出版 2015年11月

リオ・バルデス
ギリシャの神・ヘパイストスの息子、手先が器用でアルゴⅡ号を制作した少年 「オリンポスの神々と7人の英雄 4 ハデスの館」 リック・リオーダン作;金原瑞人訳;小林みき訳 ほるぷ出版 2014年11月

リカ
カリフォルニア州に住む小学生、「暗号クラブ」の仲間とテーマパークに行った女の子 「暗号クラブ7 マジック・ランドで行方不明!?」 ペニー・ワーナー著;番由美子訳;ヒョーゴノスケ絵 KADOKAWA 2016年8月

リカ
バークレー小の科学研究コンテストの準備をする6年生女子、「暗号クラブ」のメンバー 「暗号クラブ 8 犯人は学校の中にいる!」 ペニー・ワーナー著;番由美子訳 KADOKAWA 2016年12月

リカ
ワシントンD.Cの学年旅行に行ったバークレー小6年生、日本人の転校生の女の子 「暗号クラブ 5 謎のスパイを追え!」 ペニー・ワーナー著;番由美子訳 KADOKAWA 2015年8月

リカ
社会科見学でエンジェル島に行ったバークレー小の6年生女子、「暗号クラブ」のメンバー 「暗号クラブ 6 エンジェル島キャンプ事件」 ペニー・ワーナー著;番由美子訳 KADOKAWA 2015年12月

リサ・カーソン
中学一年生のネイトのふたごの妹、ブラックバード町にあるペンションの娘 「恐怖のお泊まり会6 ひと目ぼれは、悪夢の始まり」 P.J.ナイト著;岡本由香子訳;shirakabaイラスト KADOKAWA 2015年3月

リジー
人間の骨を集める魔女、魔女アリスの母親 「魔使いの敵 闇の国のアリス(魔使いシリーズ)」 ジョゼフ・ディレイニー著;田中亜希子訳 東京創元社(sogen bookland) 2014年8月

リース
さらわれた皇子救出の旅にガリス島で妹と加わった兄、少女エイリーンのいとこ 「賢女ひきいる魔法の旅は」 ダイアナ・ウィン・ジョーンズ作;アーシュラ・ジョーンズ作;田中薫子訳;佐竹美保絵 徳間書店 2016年3月

リーズ
旅のとちゅうで行きだおれたレミを助けた花作りの主人の末むすめ、口がきけない女の子 「家なき子―10歳までに読みたい世界名作」 エクトール・アンリ・マロ作;横山洋子監修 学研プラス 2016年2月

リズ
15歳のモリの精神を病んだ母親 「図書室の魔法 上下」 ジョー・ウォルトン著;茂木健訳 東京創元社 2014年4月

リズ
ウェイワード・クレッセント42番地に住む陶芸家、陶器の龍に命を吹きこむことができる女性 「闇の炎―龍のすむ家;第5章 上下」 クリス・ダレーシー著;三辺律子訳 竹書房(竹書房文庫) 2016年7月

リズ
ウェイワード・クレッセント42番地に住む陶芸家、陶器の龍に命を吹きこむことができる女性 「小さな龍たちの大冒険―龍のすむ家」 クリス・ダレーシー著;三辺律子訳 竹書房(竹書房文庫) 2015年7月

リズ
ペニーケトル家の女主人、陶器の龍に命を吹き込むことができる陶芸家 「龍のすむ家Ⅴ 闇の炎」 クリス・ダレーシー著;三辺律子訳;浅沼テイジ挿画 竹書房 2015年8月

リス(ユリシーズ)
十歳の少女フローラがこっそり飼うことにした空を飛び人間の話がわかるリス 「空飛ぶリスとひねくれ屋のフローラ」 ケイト・ディカミロ作;K.G.キャンベル絵;斎藤倫子訳 徳間書店 2016年9月

リチャード
十字軍遠征からイングランドに謎の暗号を解く鍵を持って帰還した王 「タイムライダーズ3-2 失われた暗号」 アレックス・スカロウ作;金原瑞人訳 小学館 2015年12月

リッキー
線路の事故のため「さかさ町」で妹のアンと汽車をおりることになったお兄ちゃん 「さかさ町」 F.エマーソン・アンドリュース作;ルイス・スロボドキン絵;小宮由訳 岩波書店 2015年12月

リック
「孤独の犬」ラッキーのいる野生の群れで暮らすフィアース・ドッグの子犬 「サバイバーズ4 嵐の予感」 エリン・ハンター作;井上里訳 小峰書店 2016年5月

リック
群れを離れたラッキーとミッキーが森で出会ったフィアース・ドッグの子犬たち、勇気のあるメス犬 「サバイバーズ3 ひとすじの光」 エリン・ハンター作;井上里訳 小峰書店 2015年6月

リックおじさん
アライグマの少年・キットのおじさん、「かみつき横丁」にすむ考古学者 「冒険者キット1 野生動物の町を取りもどせ!」 C.アレクサンダー・ロンドン著;中村佐千江訳 KADOKAWA 2016年4月

リック・ベントン
買ったびんから魔女が出てきた少年、少女バーバラの2歳年下の弟 「雨の日の魔女―魔女の本棚;23」 ルース・チュウ作;日当陽子訳;たんじあきこ絵 フレーベル館 2016年7月

リッチー
高校生のコニーの親友、同性愛者の白人男子高校生 「スラップ―オーストラリア現代文学傑作選」 クリストス・チョルカス著;湊圭史訳 現代企画室 2014年12月

リッツィー・ピアソン
夏休み前日に謎の村ヘンリー・クリークに招待されたミステリアスでクールな11歳の少女 「THE LOCK ぼくたちが"世界"を変える日1 仕かけられたなぞ」 ピエルドメニコ・バッカラリオ作;田中寛崇絵 学研プラス 2015年12月

リッツィー・ピアソン
夏休み前日に謎の村ヘンリー・クリークに招待されたミステリアスでクールな11歳の少女 「THE LOCK ぼくたちが"世界"を変える日2 洞窟にひそむ物体」 ピエルドメニコ・バッカラリオ作;田中寛崇絵 学研プラス 2015年12月

リディア・クラウド
不思議な国に迷いこんだアリスの姉、若くてハンサムな紳士に胸をときめかせる十五歳の少女 「アリスはどこへ行った?」 グレゴリー・マグワイア著;富永和子訳 ハーパーコリンズ・ジャパン 2016年4月

リディア・ストリッカム
ブラックストーン刑務所所長の娘、カラスと話せる少年コーと知り合った少女 「フェラルズ1 カラスまつろう少年」 ジェイコブ・グレイ著;岡田好惠訳 講談社 2016年7月

リドリー
サウスカロライナ州ガトリンの高校2年生のリーナのいとこ、派手なブロンド美女 「ビューティフル・クリーチャーズ」 カミ・ガルシア著;マーガレット・ストール著;富永晶子訳 ビジネス社 2014年1月

リドル(トム・リドル)
50年前にホグワーツ魔法魔術学校にいた生徒、ハリーが拾った日記の持ち主 「ハリー・ポッターと秘密の部屋 ―「ハリー・ポッター」シリーズ」 J.K.ローリング作;ジム・ケイ絵;松岡佑子訳 静山社 2016年10月

リトル・ジーニー(ジーニー)
小学生アリをごしゅじんさまにもつランプの精、まほうのしゅぎょうちゅうの女の子 「リトル・ジーニーときめきプラス 永遠の友だち」 ミランダ・ジョーンズ作;宮坂宏美訳;サトウユカ絵 ポプラ社 2014年9月

リトル・ジーニー(ジーニー)
小学生アリをごしゅじんさまにもつランプの精、まほうのしゅぎょうちゅうの女の子 「リトル・ジーニーときめきプラス 花ざかりのウェディング」 ミランダ・ジョーンズ作;宮坂宏美訳;サトウユカ絵 ポプラ社 2014年2月

リトル・ジョー
アメリカの畜産農家の少年・イーライに大切に育てられた子牛 「ぼくは牛飼い」 サンドラ・ニール・ウォレス作;渋谷弘子訳 さ・え・ら書房 2014年4月

リーナ・デュケイン
サウスカロライナ州ガトリンにやってきた転校生、不思議な力を持っている高校2年生の少女 「ビューティフル・クリーチャーズ」 カミ・ガルシア著;マーガレット・ストール著;富永晶子訳 ビジネス社 2014年1月

りにあ

リニーア・ヴァッリン
スウェーデンのエンゲルスフォシュ高校の生徒、邪悪な攻撃から世界を守る「選ばれし者」の一人で一人暮らしの少女 「ザ・サークル：選ばれし者たち」 サラ・B・エルフグリエン；マッツ・ストランドベリ著；久山葉子訳 イースト・プレス 2014年8月

リネット
ホード王国の領地のひとつ・ヘイゲンの領主の娘、天幕の町で第三王子・ダイサートと出会った少女 「不完全な魔法使い 上下」 マーガレット・マーヒー著；山田順子訳 東京創元社 2014年1月

リビー
ママの思いつきで妹と三人でデパートで暮らすことになった女の子 「魔法があるなら」 アレックス・シアラー著；野津智子訳 PHP研究所 2015年1月

リーフ
エンドン国王の家臣だったジャードとアンナの息子 「デルトラ・クエスト1」 エミリー・ロッダ作；岡田好惠訳；吉成曜；吉成鋼画 岩崎書店（フォア文庫） 2014年12月

リーフ
隣国の悪者・影の大王によってうばわれた七つの宝石をとりかえすため友人のバルダとジャスミンと旅に出たデルトラ王国に住む少年 「デルトラ・クエスト5」 エミリー・ロッダ作；岡田好惠訳；吉成曜；吉成鋼画 岩崎書店（フォア文庫） 2016年4月

リフカ・ネブロト
千九百十九年にアメリカをめざして家族でウクライナを脱出した十二歳のユダヤ人少女 「リフカの旅」 カレン・ヘス作；伊藤比呂美訳；西更訳 理論社 2015年3月

リヴジー先生　りぶじーせんせい
医者、「宝島」の地図を手に入れた少年ジム少年たちと財宝を探しに出帆した男 「宝島」 ロバート・L・スティーヴンソン著；鈴木恵訳 新潮社（新潮文庫） 2016年8月

リーフプール
サンダー族の族長の娘で看護猫 「ウォーリアーズⅢ 6 日の出」 エリン・ハンター作；高林由香子訳 小峰書店 2014年6月

リーマス・ルーピン
ホグワーツ魔法魔術学校で"闇の魔術に対する防護術"を担当する新任の先生 「ハリー・ポッター6 ハリー・ポッターとアズカバンの囚人 3-1」 J・K・ローリング作；松岡佑子訳 静山社（静山社ペガサス文庫） 2014年6月

リラ
おおきな町の静かな住宅街にあるりっぱなおやしきにすむおじょうさん、大人っぽくてひかえめな9才の女の子 「イチゴのお手紙つき―結婚式のおよばれドレス」 ベアトリーチェ・マジーニ原作；チーム151E☆企画・構成；ajico絵 学研教育出版 2014年9月

リラ
人形の修理をしている祖母の家に姉のローズとあずけられていた妹 「すてられたベビー・ドール（マジック・ドール3）」 ジョーン・ホルブ作；かとうあさこ訳；石川のぞみ絵 国土社 2014年7月

リラ
両親が仕事でアフリカにいるあいだ姉と祖母の家でくらすことになった二年生の少女 「ドールハウスの奇跡（マジック・ドール4）」 ジョーン・ホルブ作；かとうあさこ訳；石川のぞみ絵 国土社 2014年9月

リラ
両親が仕事でアフリカにいるあいだ祖母の家に姉妹であずけられることになった妹 「闇に逃げたろう人形(マジック・ドール2)」ジョーン・ホルブ作;かとうあさこ訳;石川のぞみ絵 国土社 2014年6月

リラ
両親が仕事でアフリカにいるあいだ祖母の家に姉妹であずけられることになった妹 「海をわたったビスク・ドール(マジック・ドール1)」ジョーン・ホルブ作;かとうあさこ訳;石川のぞみ絵 国土社 2014年5月

リリ
小学二年生、動物と話せる能力を持つために学校でやっかい者にされ転校した少女 「動物と話せる少女リリアーネ スペシャル2 ボンサイの大冒険!」タニヤ・シュテーブナー著;中村智子訳;駒形イラスト 学研教育出版 2014年4月

リリ
動物園で動物通訳として働く小学四年生、動物と話せて植物を元気にする不思議な能力がある女の子 「動物と話せる少女リリアーネ 10－小さなフクロウと森を守れ!」タニヤ・シュテーブナー著;中村智子訳 学研教育出版 2015年2月

リリ
動物園で動物通訳として働く小学四年生、動物と話せて植物を元気にする不思議な能力がある女の子 「動物と話せる少女リリアーネ 11－小さなホッキョクグマミルキー!」タニヤ・シュテーブナー著;中村智子訳 学研プラス 2016年9月

リリ
動物園で動物通訳として働く小学四年生、動物と話せて植物を元気にする不思議な能力がある女の子 「動物と話せる少女リリアーネ スペシャル3－小さなロバの大きな勇気!/モルモットの親友をさがして!」タニヤ・シュテーブナー著;中村智子訳 学研教育出版 2015年9月

リリ
動物園で動物通訳として働く小学四年生、動物と話せて植物を元気にする不思議な能力がある女の子 「動物と話せる少女リリアーネ－物語の花束」タニヤ・シュテーブナー著;中村智子訳 学研プラス 2016年3月

リリー
ある日ぐうぜん魔法の本を手にした小学生、10さいの女の子 「期間限定!秘密の見習い魔女」クニスター作;たかしなえみり訳;睦月ムンク画 金の星社 2014年4月

リリー
お城がある世界「ウィスカー・ヘイブン」にやってきた子猫、プリンセス・ティアナのペット 「ウィスカー・ヘイブン ロイヤルペットものがたり」キャシー・E.デイビス文えイミー・S.カースター文;サディアス・ディルディ文;ブリトニー・ルビアノ文;樹紫苑訳 KADOKAWA(角川つばさ文庫) 2016年4月

リリー
寄宿学校チャームホール学園の管理人・サムさんの孫むすめ 「魔法ねこベルベット 4 モナ・リザのひみつ」タビサ・ブラック作;武富博子訳;くおんれいの画 評論社 2014年11月

リリー
中一のリサの仲よし三人組の一人、こわがりですなおな性格の女の子 「恐怖のお泊まり会 6 ひと目ぼれは、悪夢の始まり」P.J.ナイト著;岡本由香子訳;shirakabaイラスト KADOKAWA 2015年3月

りりあ

リリアーネ・スーゼウィンド（リリ）
小学二年生、動物と話せる能力を持つために学校でやっかい者にされ転校した少女 「動物と話せる少女リリアーネ スペシャル2 ボンサイの大冒険！」 タニヤ・シュテーブナー著;中村智子訳;駒形イラスト 学研教育出版 2014年4月

リリアーネ・スーゼウィンド（リリ）
動物園で動物通訳として働く小学四年生、動物と話せて植物を元気にする不思議な能力がある女の子 「動物と話せる少女リリアーネ 10－小さなフクロウと森を守れ！」 タニヤ・シュテーブナー著;中村智子訳 学研教育出版 2015年2月

リリアーネ・スーゼウィンド（リリ）
動物園で動物通訳として働く小学四年生、動物と話せて植物を元気にする不思議な能力がある女の子 「動物と話せる少女リリアーネ 11－小さなホッキョクグマミルキー！」 タニヤ・シュテーブナー著;中村智子訳 学研プラス 2016年9月

リリアーネ・スーゼウィンド（リリ）
動物園で動物通訳として働く小学四年生、動物と話せて植物を元気にする不思議な能力がある女の子 「動物と話せる少女リリアーネ スペシャル3－小さなロバの大きな勇気！/モルモットの親友をさがして！」 タニヤ・シュテーブナー著;中村智子訳 学研教育出版 2015年9月

リリアーネ・スーゼウィンド（リリ）
動物園で動物通訳として働く小学四年生、動物と話せて植物を元気にする不思議な能力がある女の子 「動物と話せる少女リリアーネ－物語の花束」 タニヤ・シュテーブナー著;中村智子訳 学研プラス 2016年3月

リリスさん
児童養護施設で育った少女ベラ・ドンナをひきたりたいと申しでたすてきな女の人 「魔女になりたい！―見習い魔女ベラ・ドンナ 1」 ルース・サイムズ作;神戸万知訳;はたこうしろう絵 ポプラ社 2016年10月

リン
ベイヤーンの森で生まれ育った女の子、木と心を通わせたり人の心を読むことができる少女 「リン－森の娘 樹と心をかよわせる少女の物語」 シャノン・ヘイル著;石黒美央ほか訳 バベルプレス 2014年5月

リンカーン・マクリーン夫人　りんかーんまくりーんふじん
サマーサイド高校の校長になったアンが下宿することになった柳風荘の家主の一人、感じやすい未亡人 「アンの幸福 1」 L・M・モンゴメリ作;村岡花子訳;Haccan絵 講談社（講談社大きな文字の青い鳥文庫） 2015年9月

リンジー
ひっこじあんでピアノが得意な中学生の女の子、同級生のニックの幼なじみ 「ほんとうにあった恋のハナシ!幼なじみの大変身」 アンジェラ・ダーリン作;岡本由香子訳 KADOKAWA 2014年10月

リンゼー卿　りんぜーきょう
イギリス人の金持ち、冒険と遺跡を求めてメソポタミア地方を旅行している変わり者 「カール・マイ冒険物語：オスマン帝国を行く〈2〉 ティグリス河の探検」 カール・マイ著;戸叶勝也訳 朝文社 2014年2月

リンゼー卿　りんぜーきょう
イギリス人の金持ち、冒険と遺跡を求めてメソポタミア地方を旅行している変わり者　「カール・マイ冒険物語：オスマン帝国を行く〈3〉　悪魔崇拝者」カール・マイ著;戸叶勝也訳　朝文社　2014年5月

リンゼー卿　りんぜーきょう
イギリス人の金持ち、冒険と遺跡を求めてメソポタミア地方を旅行している変わり者　「カール・マイ冒険物語：オスマン帝国を行く〈4〉　クルディスタンの奥地にて」カール・マイ著;戸叶勝也訳　朝文社　2014年7月

リンゼー卿　りんぜーきょう
イギリス人の金持ち、冒険と遺跡を求めてメソポタミア地方を旅行している変わり者　「カール・マイ冒険物語：オスマン帝国を行く〈5〉ペルシア辺境にそって」カール・マイ著;戸叶勝也訳　朝文社　2014年10月

リンダ・グレイ
ノースカロライナ州の海辺の遊園地ジョイランドで殺された娘　「ジョイランド」　スティーヴン・キング著;土屋晃訳　文藝春秋（文春文庫）　2016年7月

リンダ・コンクエスト
裕福な未亡人エリザベス・マードックの一人息子レスリーの妻、ナイトクラブの歌手　「高い窓」レイモンド・チャンドラー著;村上春樹訳　早川書房　2014年12月

林冲　りんちゅう
北宋時代の八十万禁軍の武術師範、一〇八の魔星のひとつ・天雄星の転生　「水滸伝 上下」　渡辺仙州編訳;佐竹美保絵　偕成社　2016年4月

【る】

ルー
100エーカーの森に住むプーさんのなかま、カンガルーの子ども　「くまのプーさん プーさんたちの楽しい毎日」ディズニー・パブリッシング・ワールドワイド文;大草洋子訳　KADOKAWA（角川つばさ文庫）　2016年10月

ルー
ロンドンに住んでいるクリストファー・ロビン少年の友だち、お母さんカンガルー・カンガの坊や　「プーの細道にたった家」A・A・ミルン著;阿川佐和子訳　新潮社（新潮モダン・クラシックス）　2016年7月

ルイージ
国境をこえおとなりの国に住むバイオリンの先生のところへかよっている国境ちかくの村にすむ男の子　「ルイージといじわるなへいたいさん」ルイス・スロボドキン作・絵;こみやゆう訳　徳間書店　2015年9月

ルイージ・レモンチェロ（レモン博士）　るいーじれもんちぇろ（れもんはかせ）
天才ゲーム開発者、故郷の町に図書館を設立した博士　「図書館脱出ゲーム1 ぼくたちの謎とき大作戦! 上下」クリス・グラベンスタイン著;ジョンハサウェイ絵;高橋結花訳　KADOKAWA　2016年3月

るいじ

ルイージ・レモンチェロ（レモン博士）　るいーじれもんちぇろ（れもんはかせ）
天才ゲーム開発者、故郷の町に図書館を設立した博士　「図書館脱出ゲーム2 図書館オリンピック大作戦！　上下」　クリス・グラベンスタイン著;ジョンハサウェイ絵;山北めぐみ訳　KADOKAWA　2016年8月

ルイス
「おれ」の兄、高学歴だが定職には就かず社会的安定からほど遠い人生を送っている男　「This is the Life」　アレックス・シアラー著;金原瑞人訳;中村浩美訳　求龍堂　2014年3月

ルイス・アレン
アンが校長をつとめるサマーサイド高校の生徒、自分で学資を稼いでいる貧乏な若者　「アンの幸福 3」　L・M・モンゴメリ作;村岡花子訳;Haccan絵　講談社（講談社大きな文字の青い鳥文庫）　2015年9月

ルイーズ・ウィルキンス
ポートランドの小学校に通うレキシーのいじわるな同級生、町の実力者の娘　「青い目の人形物語1 平和への願い　アメリカ編」　シャーリー・パレントー作;河野万里子訳　岩崎書店　2015年6月

ルー・エラ
車がだいすきな犬ディキシーのとなりにすむ高級車にばかりのっている女の人　「ディキシーと世界一の赤い車」　シャーリー・ヒューズ文;クララ・ウリアミー絵;三辺律子訳　あすなろ書房　2015年3月

ルカーシュ
チェコのプラハでベルンカの家族がくらしているアパートの1階にすむ2年生の男の子　「ベルンカとやしの実じいさん上下―世界傑作童話シリーズ」　パベル・シュルット文;ガリーナ・ミクリーノワ絵;大沼有子訳　福音館書店　2015年3月

ルーカス・モントローズ卿　るーかすもんとろーずきょう
タイムトラベラーの少女グウェンドリンの6年前に亡くなった祖父、気さくだが少し軽率なところがあるおじいちゃん　「青玉（サファイア）は光り輝く―時間旅行者の系譜」　ケルスティン・ギア著;遠山明子訳　東京創元社（創元推理文庫）　2016年3月

ルーク
オリンポス十二神のひとり・ヘルメスと人間を両親にもつハーフ、ハーフ訓練所を狙う少年　「パーシー・ジャクソンとオリンポスの神々―迷宮の戦い〈4-上下〉」　リック・リオーダン作;金原瑞人訳;小林みき訳　静山社（静山社ペガサス文庫）　2016年9月

ルーク
カリフォルニア州に住む小学生、「暗号クラブ」の仲間とテーマパークに行った男の子　「暗号クラブ7 マジック・ランドで行方不明!?」　ペニー・ワーナー著;番由美子訳;ヒョーゴノスケ絵　KADOKAWA　2016年8月

ルーク・スカイウォーカー
ジェダイ騎士を目指す青年　「スター・ウォーズエピソードⅣ新たなる希望」　ジョージ・ルーカス原作;ライダー・ウィンダム著;らんあれい訳　講談社　2014年7月

ルーク・スカイウォーカー
ジェダイ騎士を目指す青年、反乱同盟軍の若き戦士　「スター・ウォーズエピソードⅤ帝国の逆襲」　ジョージ・ルーカス原作;ライダー・ウィンダム著;上杉隼人訳;潮裕子訳　講談社　2014年11月

ルーク・スカイウォーカー
帝国のデス・スターを破壊したパイロット、フォースのお告げを受けて惑星デヴァロンに降り立った青年 「STAR WARSジャーニー・トゥ・フォースの覚醒 ジェダイの剣術を磨け！」 ジェイソン・フライ著;フィル・ノト絵;稲村広香訳 講談社(講談社KK文庫) 2015年12月

ルーク・スカイウォーカー
反乱軍のパイロット、銀河帝国のシス卿・ベイダーの息子だと知らされたジェダイ騎士を目指す青年 「スター・ウォーズエピソードⅥジェダイの帰還」 ジョージ・ルーカス原作;ライダー・ウィンダム著;上杉隼人訳;吉田章子訳; 講談社 2015年2月

ルーク・ベイリー
ロンドンのロイヤル・バレエスクールに通うエリーのボーイフレンド 「ロイヤルバレエスクール・ダイアリー 8 恋かバレエか」 アレクサンドラ・モス著;竹内佳澄訳 駒草出版 2014年10月

ルーク・ベイリー
ロンドンのロイヤル・バレエスクールに通うエリーの友達マットのルームメイト 「ロイヤルバレエスクール・ダイアリー 7 あたらしい出会い」 アレクサンドラ・モス著;竹内佳澄訳 駒草出版 2014年9月

ルクラスタ
邪悪な魔術の指南書「無限書」を最初に記した闇の魔術師 「魔使いの復讐」 ジョゼフ・ディレイニー著;田中亜希子訳 東京創元社(sogen bookland) 2015年2月

ルーク・ラヴォー
カリフォルニア州のバークレー小に来た転校生、「暗号クラブ」に入った6年生男子 「暗号クラブ 4.5 暗号クラブ結成の日」 ペニー・ワーナー著;番由美子訳 KADOKAWA 2015年4月

ルーク・ラヴォー
バークレー小の科学研究コンテストの準備をする6年生男子、「暗号クラブ」のメンバー 「暗号クラブ 8 犯人は学校の中にいる！」 ペニー・ワーナー著;番由美子訳 KADOKAWA 2016年12月

ルーク・ラヴォー
ワシントンD.Cの学年旅行に行ったバークレー小の6年生男子、「暗号クラブ」のメンバー 「暗号クラブ 5 謎のスパイを追え！」 ペニー・ワーナー著;番由美子訳 KADOKAWA 2015年8月

ルーク・ラヴォー
暗号クラブのメンバーで六年生、スポーツとクロスワードパズルが得意な少年 「暗号クラブ 4 よみがえったミイラ」 ペニー・ワーナー著;番由美子訳;ヒョーゴノスケ絵 KADOKAWA 2014年7月

ルーク・ラヴォー
社会科見学でエンジェル島に行ったバークレー小の6年生男子、「暗号クラブ」のメンバー 「暗号クラブ 6 エンジェル島キャンプ事件」 ペニー・ワーナー著;番由美子訳 KADOKAWA 2015年12月

ルクレツィア・カッター
元遺伝学研究者で昆虫コレクター、有名なファッションデザイナーの女性 「裏庭探偵クラブ 1 密室で消えた父をさがせ！」 M.G.レナード著;河井直子訳;荒川眞生イラスト KADOKAWA 2016年6月

ルーシー
一九一五年にイギリスシリー諸島の無人島で少年アルフィに発見された言葉を話さない少女 「月にハミング」 マイケル・モーパーゴ作;杉田七重訳　小学館　2015年8月

ルーシー
英国のデヴォン州に兄とともに疎開した九歳の少女、犬二匹と猫の飼い主 「戦火の三匹ロンドン大脱出」 ミーガン・リクス作;尾高薫訳　徳間書店　2015年11月

ルーシー
戦争中にロンドンから片田舎にある老教授の屋敷に疎開した4人兄弟の末娘、衣装だんすから異世界ナルニアへ迷い込んだ少女 「ナルニア国物語 2―ライオンと魔女と衣装だんす」 C・S・ルイス著;土屋京子訳　光文社(光文社古典新訳文庫)　2016年2月

ルーシー
天才ピアニスト、幼いころから脚光をあびていたが祖母の死をきっかけにピアノをやめてしまった十六歳の少女 「ルーシー変奏曲―SUPER!YA」 サラ・ザール著;西本かおる訳　小学館　2014年2月

ルシウス・マルフォイ
ハリーを嫌うドラコ・マルフォイの父親 「ハリー・ポッターと秘密の部屋 2-1・2-2―ハリー・ポッター」 J.K.ローリング作;松岡佑子訳　静山社(静山社ペガサス文庫)　2014年5月

ルーシー・カーライル
ロンドンで最小の除霊探偵局の調査員、超能力を持つ少女 「ロックウッド除霊探偵局 2 上下　人骨鏡の謎」 ジョナサン・ストラウド作;金原瑞人訳;松山美保訳　小学館　2015年10月

ルーシー・スチュワート
アメリカのシカゴ美術館にあるミニチュアルームに入ることができる魔法の鍵を見つけた少女 「12分の1の冒険4　魔法の鍵の贈り物」 マリアン・マローン作;橋本恵訳　ほるぷ出版　2016年4月

ルーシー・スチュワート
シカゴ美術館のソーン・ミニチュアルームに自由に出入りできる魔法の鍵を手に入れた女の子、オークトン私立小学校に通う六年生 「海賊の銀貨 12分の1の冒険 3」 マリアン・マローン作;橋本恵訳　ほるぷ出版　2014年2月

ルーシー・ペナント
ロンドンの孤児院で暮らしていた十六歳の少女、ごみで財をなしたアイアマンガー一族の遠縁の娘 「堆塵館―アイアマンガー三部作〈1〉」 エドワード・ケアリー著;古屋美登里訳　東京創元社　2016年9月

ルーシー・ペニーケトル
ペニーケトル家の女主人リズの娘、リズの作った陶器の卵から魔女グウィラナの魔力によって生まれた十六歳の女の子 「龍のすむ家V　闇の炎」 クリス・ダレーシー著;三辺律子訳;浅沼テイジ挿画　竹書房　2015年8月

ルーシー・ペニーケトル
陶芸家・リズのひとり娘、9歳の女の子 「小さな龍たちの大冒険―龍のすむ家」 クリス・ダレーシー著;三辺律子訳　竹書房(竹書房文庫)　2015年7月

ルーシー・ペニーケトル
陶芸家・リズのひとり娘、ジャーナリスト・タムと偉大な龍が眠ると言われるスカッフェンベリーの丘を目指した女性 「闇の炎―龍のすむ家;第5章 上下」 クリス・ダレーシー著;三辺律子訳　竹書房(竹書房文庫)　2016年7月

ルーシー・マネット
無実の罪で長年バスティーユに投獄されていた医師の娘、愛らしい17歳くらいの少女 「二都物語」 チャールズ・ディケンズ著;加賀山卓朗訳　新潮社(新潮文庫)　2014年6月

ルーシー・モントローズ
10番目のタイムトラベラー、男系タイムトラベラーのポールとクロノグラフを盗み過去に身を隠して消息不明となっている女性 「青玉(サファイア)は光り輝く―時間旅行者の系譜」 ケルスティン・ギア著;遠山明子訳　東京創元社(創元推理文庫)　2016年3月

ルージャ・プィジャク(プィザ)
ポズナンで暮らすボレイコ家長女・ガブリシャの長女、穏やかでおっとりとした性格の17歳の少女 「ちびトラとルージャ」 マウゴジャタ・ムシェロヴィチ著;田村和子訳　未知谷　2014年3月

ルシンダ
独裁政権末期のドミニカ共和国に住んでいた家族の十五歳の長女でアニータの姉 「わたしたちが自由になるまえ」 フーリア・アルバレス著;神戸万知訳　ゴブリン書房　2016年12月

ルースター
ニューヨーク市立孤児院のいじわるな院長ミス・ハニガンの弟、刑務所に入ったり出たりをくり返している男 「アニー」 トーマス・ミーハン著;三辺律子訳　あすなろ書房　2014年11月

ルース・ローズ・ハサウェイ
グリーン・ローンの町で少年ディンクのとなりの家に住んでいる少女、小学三年生 「ぼくらのミステリータウン 11 名画と怪盗オレンジ」 ロン・ロイ作;八木恭子訳;ハラカズヒロ絵原案;皐めい絵　フレーベル館　2014年3月

ルティ
バンクス家の隣に越してきたミス・アンドリューについてきた男の子 「メアリー・ポピンズとお隣さん」 P.L.トラヴァース著;小池三子男訳　復刊ドットコム　2014年3月

ルディ・クロイツカム
ドイツのヨーハン・ジギスムント・ギムナジウムに通う5年生の少年、国語の先生の息子 「飛ぶ教室」 エーリヒ・ケストナー著;池内紀訳　新潮社(新潮文庫)　2014年12月

ルード・バグマン
魔法省魔法ゲーム・スポーツ部長、元クィディッチ選手 「ハリーポッター8 ハリー・ポッターと炎のゴブレット 4-3」 J・K・ローリング作;松岡佑子訳　静山社(静山社ペガサス文庫)　2014年7月

ルード・バグマン
魔法省魔法ゲーム・スポーツ部長、元クィディッチ選手 「ハリーポッター9 ハリー・ポッターと炎のゴブレット 4-2」 J・K・ローリング作;松岡佑子訳　静山社(静山社ペガサス文庫)　2014年7月

ルーナ
角にひびが入ってしまったユニコーン、まほうの国・ベルーア王国の生きもの 「まほうの国の獣医さんハティ2ユニコーンの角が欠けちゃった!」 クレア・テイラー・スミス作;桑原洋子訳;kaya8絵　KADOKAWA　2015年3月

ルナール
悪賢い狐、狼のイザングランの甥 「悪狐ルナールの一生」 ピエール・ド・ボーモン原著;加藤昭訳;田中伸介絵　文芸社　2015年9月

るね

ルネ
少女スカーレットの里親になった女性、二人の子どもの母親で学校の非常勤講師 「紅のトキの空―評論社の児童図書館・文学の部屋」 ジル・ルイス作;さくまゆみこ訳　評論社　2016年12月

ルパン
フランスを騒がす神出鬼没の世紀の大怪盗 「ルパン対ホームズ」 モーリス・ルブラン著;平岡敦訳　早川書房(ハヤカワ・ミステリ文庫)　2015年8月

ルパン
れいぎ正しくやさしい怪盗紳士、変装が得意な世界一の大どろぼう 「怪盗アルセーヌ・ルパン―10歳までに読みたい世界名作」 モーリス・ルブラン作;横山洋子監修;芦辺拓編訳;清瀬のどか絵　学研教育出版　2015年4月

ルパン
世界一の大どろぼう、だれにでも変装するフランスの怪盗紳士 「怪盗アルセーヌ・ルパン―あやしい旅行者」 モーリス・ルブラン作;二階堂黎人編著;清瀬のどか絵　学研プラス　2016年6月

ルパン
大冒険家大盗賊王、有名な巨盗 「奇巌城」 モーリス・ルブラン著;菊池寛訳　真珠書院(パール文庫)　2015年4月

ルパン(アルセーヌ・ルパン)
ねらった物はのがさない世界一の大どろぼう、やさしい紳士 「怪盗アルセーヌ・ルパンあらわれた名探偵:世界一有名な探偵も登場!ルパンとの推理対決!?―10歳までに読みたい名作ミステリー」 モーリス・ルブラン作;二階堂黎人編著;清瀬のどか絵　学研プラス　2016年9月

ルパン(アルセーヌ・ルパン)
ねらった物はのがさない世界一の大どろぼう、やさしい紳士 「怪盗アルセーヌ・ルパン王妃の首かざり:ルパン史上最大!?大きなどろぼう計画と、少年時代の物語―10歳までに読みたい名作ミステリー」 モーリス・ルブラン作;二階堂黎人編著;清瀬のどか絵　学研プラス　2016年11月

ルビー
「にじいろボックス」の魔法でおとぎ話の世界にきて赤ずきんになった女の子 「プリンセス★マジックルビー 4 赤ずきんは正義のみかた!」 ジェニー・オールドフィールド作;田中亜希子訳;谷朋絵　ポプラ社　2015年6月

ルビー
「にじいろボックス」の魔法で赤ずきんの世界にまた行った女の子 「プリンセス★マジックルビー 3」 ジェニー・オールドフィールド作;田中亜希子訳;谷朋絵　ポプラ社　2015年2月

ルビー
おとぎ話の世界へ行ける魔法のいしょう箱が地下室にある家に住んでいる元気いっぱいの女の子 「プリンセス★マジックルビー 1 まいごの森のおひめさま?」 ジェニー・オールドフィールド作;田中亜希子訳　ポプラ社　2014年6月

ルビー
おとぎ話の世界へ行ける魔法のいしょう箱が地下室にある家に住んでいる元気いっぱいの女の子 「プリンセス★マジックルビー 2 ひらいて!勇気のとびら」 ジェニー・オールドフィールド作;田中亜希子訳　ポプラ社　2014年10月

ルビー
ゴリラのイバンがj働くサーカスのあるショッピングモールのかわいくて生意気な新入りの赤ちゃんゾウ 「世界一幸せなゴリラ、イバン―講談社・文学の扉」 Katherine;Applegate著;岡田好惠訳 講談社 2014年7月

ルビー・ルシル・ラポアント
ニューヨーク州オールバニーに住む一家の母親、気高くパワフルな27歳の女性 「パールストリートのクレイジー女たち」 トレヴェニアン著;江國香織訳 ホーム社 2015年4月

ルミッキ・アンデション
しなやかな肉体と明晰な頭脳を持つ女子高校生、スウェーデン系フィンランド人 「ルミッキ〈1〉」 サラ・シムッカ著;古市真由美訳 西村書店東京出版編集部 2015年7月

ルミッキ・アンデション
しなやかな肉体と明晰な頭脳を持つ女子高校生、スウェーデン系フィンランド人 「ルミッキ〈2〉」 サラ・シムッカ著;古市真由美訳 西村書店東京出版編集部 2015年10月

ルミッキ・アンデション
しなやかな肉体と明晰な頭脳を持つ女子高校生、スウェーデン系フィンランド人 「ルミッキ〈3〉」 サラ・シムッカ著;古市真由美訳 西村書店東京出版編集部 2015年12月

如玉　るーゆい
北京の高校に転入してきた十五歳の少女、遠縁の大学生・少艾の長屋の家に下宿している孤児 「独りでいるより優しくて」 イーユン・リー著;篠森ゆりこ訳 河出書房新社 2015年7月

ルーラ・ブリストウ
ロンドンのスーパーモデル、ある雪の日に高級住宅街のバルコニーから転落した女性 「カッコウの呼び声 上下 私立探偵コーモラン・ストライク」 ロバート・ガルブレイス著;池田真紀子訳 講談社 2014年6月

ルーラ・ランドリー（ルーラ・ブリストウ）
ロンドンのスーパーモデル、ある雪の日に高級住宅街のバルコニーから転落した女性 「カッコウの呼び声 上下 私立探偵コーモラン・ストライク」 ロバート・ガルブレイス著;池田真紀子訳 講談社 2014年6月

ルル
まるでわらっているかおみたいなおうちにすんでいるポニーテイルの女の子 「よみきかせスピリチュアル：宇宙の子どもである〈あなた〉へ：ルル〜こころの物語〜」 ルイーズ・L・ヘイ著;伊藤功,伊藤愛子訳 ヒカルランド 2014年11月

ルル姫　るるひめ
おとぎの世界のウンダラ王国の姫、運動神経ばつぐんで目立つのが好きな女の子 「王女さまのお手紙つき1 舞踏会とジュエルの約束」 ポーラ・ハリソン原作;チーム151E☆企画;チーム151E☆構成 学研教育出版 2015年9月

【れ】

レイ
ゴアゾン荒地・バッドランドで生活しているゴミあさりの女性 「スター・ウォーズフォースの覚醒レイのサバイバル日記」 スタジオファン・ブックス編;ジェイソン・フライ文;タトル・L;ラビット・K訳 講談社 2016年1月

れい

レイ
なにもない砂漠の国ジャクーでゴミあさりをしてひとりで生きている女性 「STAR WARS フォースの覚醒前夜」 グレッグ・ルーカ著;フィル・ノト絵;稲村広香訳 講談社(講談社KK文庫) 2016年1月

レイ
砂漠の惑星ジャクーで廃品を集めて生活をするスカベンジャー(ゴミあさり)の19歳の娘 「スター・ウォーズ フォースの覚醒」 J.J.エイブラムス原作;ローレンス・カスダン原作;マイケル・アーント原作;マイケル・コッグ著 講談社 2016年5月

レイア
仲間のハン・ソロ救出に若き戦士ルークたちと惑星タトゥイーンに行った反乱軍のメンバー 「スター・ウォーズエピソードⅥジェダイの帰還」 ジョージ・ルーカス原作;ライダー・ウィンダム著;上杉隼人訳;吉田章子訳; 講談社 2015年2月

レイア(オーガナ将軍)　れいあ(おーがなしょうぐん)
共和国のパイロット・ポーを「ファースト・オーダー」に対抗するレジスタンスに招いた将軍 「STAR WARSフォースの覚醒前夜」 グレッグ・ルーカ著;フィル・ノト絵;稲村広香訳 講談社(講談社KK文庫) 2016年1月

レイア・オーガナ将軍　れいあおーがなしょうぐん
ファースト・オーダーと敵対するレジスタンスを主導する女性、最後のジェダイであるルーク・スカイウォーカーの妹 「スター・ウォーズ フォースの覚醒」 J.J.エイブラムス原作;ローレンス・カスダン原作;マイケル・アーント原作;マイケル・コッグ著 講談社 2016年5月

レイア・オーガナ姫　れいあおーがなひめ
反乱軍の最高責任者のひとり、レジスタンスの指導者で秘密任務を提案した姫 「STAR WARSジャーニー・トゥ・フォースの覚醒 反乱軍の危機を救え!」 セシル・カステルーチ著;ジェイソン・フライ著;フィル・ノト絵;来安めぐみ訳 講談社(講談社KK文庫) 2015年12月

レイア・オーガナ姫(レイア姫)　れいあおーがなひめ(れいあひめ)
惑星オルデラーンの若き元老院議員、反乱同盟軍の指導者 「スター・ウォーズエピソードⅣ新たなる希望」 ジョージ・ルーカス原作;ライダー・ウィンダム著;らんあれい訳 講談社 2014年7月

レイア・オーガナ姫(レイア姫)　れいあおーがなひめ(れいあひめ)
惑星オルデラーンの若き元老院議員、反乱同盟軍の指導者 「スター・ウォーズエピソードⅤ帝国の逆襲」 ジョージ・ルーカス原作;ライダー・ウィンダム著;上杉隼人訳;潮裕子訳 講談社 2014年11月

レイア姫　れいあひめ
惑星オルデラーンの若き元老院議員、反乱同盟軍の指導者 「スター・ウォーズエピソードⅣ新たなる希望」 ジョージ・ルーカス原作;ライダー・ウィンダム著;らんあれい訳 講談社 2014年7月

レイア姫　れいあひめ
惑星オルデラーンの若き元老院議員、反乱同盟軍の指導者 「スター・ウォーズエピソードⅤ帝国の逆襲」 ジョージ・ルーカス原作;ライダー・ウィンダム著;上杉隼人訳;潮裕子訳 講談社 2014年11月

レイチェル
愛が病と認定された近未来アメリカの女子高生レナの姉、すでに手術を受けた治癒者(キュアド) 「デリリウム17」 ローレン・オリヴァー著;三辺律子訳 新潮社(新潮文庫) 2014年2月

レイチェル
親友のエミリーが妖精の家族の養女であることを知らない女の子 「エミリーと妖精のひみつ　2水の妖精をすくえ!」 ホリー・ウェップ作;宮坂宏美訳;Tobi絵　学研プラス　2015年12月

レイチェル・ウォーカー
ディスカウントストアにいた不思議なおばあさんから"なんでもつくれるキット"を買った姉弟の姉 「魔女のお店(魔女の本棚18)」 ルース・チュウ作;日当陽子訳;たんじあきこ絵　フレーベル館　2014年5月

レイチェル・エリザベス・デア
フーバーダムで神と人間のハーフの少年・パーシーを助けたミストにまどわされない能力をもった人間の少女 「パーシー・ジャクソンとオリンポスの神々―迷宮の戦い(4-上下)」 リック・リオーダン作;金原瑞人訳;小林みき訳　静山社(静山社ペガサス文庫)　2016年9月

レイチェル・ライリー
ニューヨーク・ヘラルドで見習いレポーターとして働くことになった十一歳の女の子 「アンナとプロフェッショナルズ3」 MAC著;なかがわいずみ訳　KADOKAWA　2015年1月

レイナ
ローマの神・ベローナの自分の能力を仲間にシェアする力を持つ娘、ユピテル訓練所の指揮官であるプラエトルの少女 「最後の航海―オリンポスの神々と7人の英雄 5―パーシー・ジャクソンとオリンポスの神々シーズン2」 リック・リオーダン著;金原瑞人;小林みき訳　ほるぷ出版　2015年11月

レイニー
ネバーランドへ通じるひみつの通り道をみつけたなかよし四人組の女の子の一人 「フェアリー・ガールズ 6 ピーターパンに会える森!?」 キキ・ソープ作;堀川志野舞訳　ポプラ社　2016年1月

レイニー
親友のミアたちと魔法の島ネバーランドにある妖精王国ピクシー・ホロウに行くことができる人間の女の子 「フェアリー・ガールズ4 ミストホースと水の妖精」 キキ・ソープ作;堀川志野舞訳;白沢まりも絵　ポプラ社　2015年3月

レイニー
親友のミアたちと魔法の島ネバーランドにある妖精王国ピクシー・ホロウに行くことができる人間の女の子 「フェアリー・ガールズ5妖精とひみつのウェディング」 キキ・ソープ作;堀川志野舞訳;白沢まりも絵　ポプラ社　2015年7月

レイニー
魔法の島・ネバーランドにやってきた四人の女の子の一人、動物が大好きでちょっぴりこわがりな女の子 「フェアリー・ガールズ1―DiSNEY」 キキ・ソープ作;堀川志野舞訳　ポプラ社　2014年3月

例のあの人　れいのあのひと
最強の闇の魔法使い 「ハリー・ポッターと賢者の石 1-1・1-2―ハリー・ポッター」 J.K.ローリング作;松岡佑子訳　静山社(静山社ペガサス文庫)　2014年3月

例のあの人　れいのあのひと
最強の闇の魔法使い 「ハリー・ポッターと秘密の部屋 2-1・2-2―ハリー・ポッター」 J.K.ローリング作;松岡佑子訳　静山社(静山社ペガサス文庫)　2014年5月

例のあの人　れいのあのひと
最強の闇の魔法使い　「ハリー・ポッターと不死鳥の騎士団 5-1・5-2・5-3・5-4―ハリー・ポッター」J.K.ローリング作;松岡佑子訳　静山社(静山社ペガサス文庫)　2014年9月

レイフ
「最古の魔術書」の力を使えるケイトが過去の世界のニューヨークで出会った少年　「ブラック・レコニング　最古の魔術書 Ⅲ」ジョン・スティーブンス著;こだまともこ訳　あすなろ書房　2015年12月

レイモンド
邸に強盗が入ったジェーブル伯爵の姪、勇気のある少女　「奇巌城」モーリス・ルブラン著;菊池寛訳　真珠書院(パール文庫)　2015年4月

レイモンドさん
幼い少年ダイヤモンドに字が読めるようになったら六ペンスをあげると言った紳士　「北風のうしろの国上下」ジョージ・マクドナルド作;脇明子訳　岩波書店(岩波少年文庫)　2015年10月

レイモンド夫人　れいもんどふじん
サマーサイドに引っ越してきた美しい未亡人、八歳になるふたごのジェラルドとジェラルディン兄妹の母親　「アンの幸福 4」L・M・モンゴメリ作;村岡花子訳;Haccan絵　講談社(講談社大きな文字の青い鳥文庫)　2015年9月

レイ役人　れいやくにん
未来社会を管理していた「ソサエティ」の役人の女性　「カッシアの物語 3」アリー・コンディ著;高橋啓訳;石飛千尋訳　プレジデント社　2015年12月

レイン
ニューヨーク州に住む高機能自閉症の女の子・ローズとパパが飼っている犬　「レイン　雨を抱きしめて」アン・M.マーティン作;西本かおる訳　小峰書店(Sunnyside Books)　2016年10月

レイン・グリフォン
銀河帝国にある惑星カーラルチャ星系の予備役士官候補生、18歳の女性　「銀河帝国を継ぐ者」ガース・ニクス著;中村仁美訳　東京創元社(創元SF文庫)　2014年8月

レイン・ハーディ
海辺の遊園地ジョイランドの従業員、観覧車担当の男　「ジョイランド」スティーヴン・キング著;土屋晃訳　文藝春秋(文春文庫)　2016年7月

レインボーガール(ハレー・ローレンツ)
少年ベンと友だちになった重病の女の子、図書館司書のローレンツさんの十三歳の娘　「魔法の箱」ポール・グリフィン作;池内恵訳　WAVE出版　2016年11月

レオ
凶暴な父を持つスウェーデンの三兄弟の長男、兄弟で連続銀行強盗を計画した二十歳ほどの男　「熊と踊れ 上下」アンデシュ・ルースルンド;ステファン・トゥンベリ著;ヘレンハルメ美穂、羽根由訳　早川書房(ハヤカワ・ミステリ文庫)　2016年9月

レオ
養護施設からベンを引きとったテスの妹・ジーニーおばさんと暮らしている男性　「魔法の箱」ポール・グリフィン作;池内恵訳　WAVE出版　2016年11月

レオおじさん
いつも水曜日に少年ツヴィの家にやってきてぼうけん話をしてくれるおじさん 「ぼくのレオおじさん－ルーマニア・アルノカ平原のぼうけん」 ヤネッツ・レヴィ作;もたいなつう訳;たかいよしかず絵　学研教育出版　2014年11月

レオさん
少女カーロのおじさんで探偵グループ「くろグミ団」のリーダー格のおかし屋店主 「くろグミ団は名探偵石弓の呪い」 ユリアン・プレス作・絵;大社玲子訳　岩波書店　2016年8月

レオナルド・ダ・ヴィンチ（マエストロ）
あらゆる分野の学問について卓越した能力を持った技術者で芸術家、ジプシーの少年・マッテオの師匠 「メディチ家の紋章上下」 テリーザ・ブレスリン作;金原瑞人訳;秋川久美子訳　小峰書店(Sunnyside Books)　2016年2月

レオナルド・ドゥヴニヤック（レオ）
凶暴な父を持つスウェーデンの三兄弟の長男、兄弟で連続銀行強盗を計画した二十歳ほどの男 「熊と踊れ 上下」 アンデシュ・ルースルンド;ステファン・トゥンベリ著;ヘレンハルメ美穂;羽根由訳　早川書房(ハヤカワ・ミステリ文庫)　2016年9月

レオナルド・バームガードナー
高校生のエドワードを暗殺しようとテキサス州で高校生になりすましている大学生 「タイムライダーズ2-2　紀元前6500万年からの逆襲」 アレックス・スカロウ作;金原瑞人訳　小学館　2015年4月

レオナルド・バームガードナー
二〇五九年から二〇一五年のテキサス州にきて高校生になりすましている大学生 「タイムライダーズ2-1　紀元前6500万年からの逆襲」 アレックス・スカロウ作;金原瑞人訳　小学館　2015年4月

レオニード・ヴィタリヨヴィチ・キヤン
キエフ警察第四特捜班の30歳の若い警部 「希望のかたわれ」 メヒティルト・ボルマン著;赤坂桃子訳　河出書房新社　2015年8月

レオン（ちび）
大学生トミーと小学三年生マキシの弟、三きょうだいの末っ子のちびちゃん 「世界一の三人きょうだい」 グードルン・メプス作;はたさわゆうこ訳;山西ゲンイチ絵　徳間書店　2016年7月

レキシー
作家のデービットと魔女の力をもつザナの4歳の娘 「龍のすむ家Ⅴ 闇の炎」 クリス・ダレーシー著;三辺律子訳;浅沼テイジ挿画　竹書房　2015年8月

レキシー・ルイス
母親の再婚でポートランドに住む祖父母と暮らすことになった十一歳の女の子 「青い目の人形物語1 平和への願い　アメリカ編」 シャーリー・パレント―作;河野万里子訳　岩崎書店　2015年6月

レジーン
海で溺死したセスがまったく人がいない町で出会ったイギリス人の黒人の少女 「まだなにかある 上下」 パトリック・ネス著;三辺律子訳　辰巳出版　2015年6月

れすた

レスター・シュー
引っ越してきたばかりでいつも沈んだ気持の小学六年生、犬のビル・ゲイツの飼い主の少年 「ぼくたちの相棒」 ケイト・バンクス著;ルパート・シェルドレイク著;千葉茂樹訳 あすなろ書房 2015年11月

レスマン
逃げてきた若い女を匿った北ドイツのツフリッヒにある農場の経営者 「希望のかたわれ」 メヒティルト・ボルマン著;赤坂桃子訳 河出書房新社 2015年8月

レスリー
裕福な未亡人エリザベス・マードックの一人息子、ナイトクラブの歌手リンダの夫 「高い窓」 レイモンド・チャンドラー著;村上春樹訳 早川書房 2014年12月

レスリー・ヘイ
タイムトラベラーの少女グウェンドリンの親友、ロンドンのハイスクールに通う少女 「紅玉(ルビー)は終わりにして始まり―時間旅行者の系譜」 ケルスティン・ギア著;遠山明子訳 東京創元社(創元推理文庫) 2015年11月

レスリー・ムーア
赤毛のアンが結婚して新しい生活を始めたフォア・ウインズの少女のような美しい女性 「アンの夢の家赤毛のアン(5)」 L.M.モンゴメリ作;村岡花子訳;HACCAN絵 講談社(青い鳥文庫) 2014年1月

レスリー・ムーア(ディック・ムーア夫人)　れすりーむーあ(でぃっくむーあふじん)
十一年間ものあいだ記憶も分別もなくした夫・ディックの世話をしている妻、新婚のアンのご近所で少女のような美しい人妻 「アンの夢の家―赤毛のアン5―上中下」 L・M・モンゴメリ作;村岡花子訳;Haccan絵 講談社(講談社大きな文字の青い鳥文庫) 2015年9月

レッド
ロンドンで精神状態の悪い母親と姉と三人で暮らしている七歳の男の子 「紅のトキの空―評論社の児童図書館・文学の部屋」 ジル・ルイス作;さくまゆみこ訳 評論社 2016年12月

レッド・スカル(ヨハン・シュミット)
世界征服をもくろむカルト集団「ヒドラ」の首領、ナチス・ドイツの元将校 「キャプテン・アメリカ：ザ・ファースト・アベンジャー」 クリストファー・マルクス;スティーヴン・マクフィーリー脚本;大島資生訳 講談社 2014年4月

レット・バトラー
チャールストンの名家出身で密輸で巨利を得た無頼漢、南北戦争後横領の嫌疑で捕縛された男 「風と共に去りぬ 第4巻」 マーガレット・ミッチェル著;鴻巣友季子訳 新潮社(新潮文庫) 2015年6月

レット・バトラー
チャールストンの名家出身で密輸で巨利を得る無頼漢、オハラ家の長女スカーレットに接近する男 「風と共に去りぬ 第2巻」 マーガレット・ミッチェル著;鴻巣友季子訳 新潮社(新潮文庫) 2015年4月

レット・バトラー
チャールストンの名家出身で密輸で巨利を得る無頼漢、オハラ家の長女スカーレットに接近する男 「風と共に去りぬ 第3巻」 マーガレット・ミッチェル著;鴻巣友季子訳 新潮社(新潮文庫) 2015年5月

レット・バトラー
チャールストンの名家出身の男性、無頼で不思議な魅力を持つ男 「風と共に去りぬ 第1巻」 マーガレット・ミッチェル著;鴻巣友季子訳 新潮社(新潮文庫) 2015年4月

レット・バトラー
南北戦争中密輸で巨利を得た無頼漢、元大農園主の娘スカーレットと結婚した男 「風と共に去りぬ 第5巻」 マーガレット・ミッチェル著;鴻巣友季子訳 新潮社(新潮文庫) 2015年7月

レディ(クジラ)
フロリダ州にある小さな島・ロンサム島で座礁したクジラ、赤ちゃんクジラ・スクワートのお母さん 「コービーの海」 ベン・マイケルセン作;代田亜香子訳 鈴木出版(鈴木出版の海外児童文学) 2015年6月

レディ・イヴェット・ブリストウ
弁護士のジョンとスーパーモデルのルーラの義理の母、癌を患っている女性 「カッコウの呼び声 上下 私立探偵コーモラン・ストライク」 ロバート・ガルブレイス著;池田真紀子訳 講談社 2014年6月

レディマス
オホ女王の使者としてやってきたドーシアン人、サンクチュアリーで生まれたエバを殺そうとしたベスティールの兄 「ワンダラ 9 エバ、ほんとうのワンダラへ」 トニー・ディテルリッジ作;飯野眞由美訳 文溪堂 2015年3月

レディ・ローラ・ロックウッド
「夜の帝国軍」率いるシドリオの妻でふたごを産んだヴァンパイア 「ヴァンパイレーツ 14 最後の海戦」 ジャスティン・ソンパー作;海後礼子訳 岩崎書店 2014年2月

レナーテ・キュナスト
ヒトラーの冠番組〈総統は語る〉のゲストとして登場したドイツの緑の党の元党首 「帰ってきたヒトラー 上下」 ティムール・ヴェルメシュ著;森内薫訳 河出書房新社 2014年1月

レナ・ハロウェイ
愛が病と認定された近未来アメリカの女子高生、18歳の誕生日にその治療(手術)を受ける17歳の女の子 「デリリウム17」 ローレン・オリヴァー著;三辺律子訳 新潮社(新潮文庫) 2014年2月

レニーヌ公爵　れにーぬこうしゃく
探偵がしゅみのなぞめいたフランス人の大金持ち、怪盗アルセーヌ・ルパンの友人 「怪盗アルセーヌ・ルパン─少女オルスタンスの冒険」 モーリス・ルブラン作;二階堂黎人編著;清瀬のどか絵 学研プラス 2016年12月

レヴィ
北極圏のウラヴィット市に住むイヌイットの少年、少女スキの行方不明の兄 「クジラに救われた村」 ニコラ・デイビス文;アナベル・ライト画;もりうちすみこ訳 さ・え・ら書房 2015年12月

レフ・ニコラーエヴィチ・ムイシキン(ムイシキン)
ロシアのムイシキン公爵家の末裔、スイスでのてんかん療養を終えた27歳くらいの青年 「白痴 1」 ドストエフスキー著;亀山郁夫訳 光文社(光文社古典新訳文庫) 2015年11月

れぶん

レーブン
ふるさとの森をはなれて世界を救う旅に出た男の子、動物の言葉がわかる子 「エルフとレーブンのふしぎな冒険 2 ばけもの山とひみつの城」 マーカス・セジウィック著;中野聖訳;朝日川日和絵 学研プラス 2015年12月

レーブン
木の上で暮らすふしぎな鳥少年、動物とおしゃべりができる力の持ち主 「エルフとレーブンのふしぎな冒険 1」 マーカス・セジウィック著;中野聖訳;朝日川日和絵 学研プラス 2015年10月

レーブン
妖精の女の子・エルフと世界を救うために旅を続けている動物と話せる男の子 「エルフとレーブンのふしぎな冒険 5 くらやみの町と歌う剣」 マーカス・セジウィック著;中野聖訳;朝日川日和絵 学研プラス 2016年12月

レーブン
妖精の女の子・エルフと世界を救う旅に出て海まで来た動物と話せる男の子 「エルフとレーブンのふしぎな冒険 3 帰らずの海と人魚のふえ」 マーカス・セジウィック著;中野聖訳;朝日川日和絵 学研プラス 2016年4月

レーブン
妖精の女の子・エルフと世界を救う旅に出て砂ばくに来た動物と話せる男の子 「エルフとレーブンのふしぎな冒険 4 さまよう砂ばくと魔法のじゅうたん」 マーカス・セジウィック著;中野聖訳;朝日川日和絵 学研プラス 2016年8月

レベッカ・デュー
サマーサイド高校の校長となったアンが下宿することになった柳風荘の世話をしている女性、柳風荘の持ち主の遠い親類 「アンの幸福 1」 L・M・モンゴメリ作;村岡花子訳;Haccan絵 講談社(講談社大きな文字の青い鳥文庫) 2015年9月

レベッカ・バロウズ
ロンドンで暮らす少年・ウィルの妹、家事を一手に引き受ける大人びた少女 「トンネル:迷宮への扉 上下—地底都市コロニア」 ロデリック・ゴードン著;ブライアン・ウィリアムズ著;橋本恵訳 学研プラス 2016年3月

レベッカ・バロウズ
地底都市を支配する種族・スティックスの上層部の少女、少年ウィルの妹としてバロウズ家に入り込んでいたスパイ 「ディープス:サバイバーの絆 上下—地底都市コロニア」 ロデリック・ゴードン著;ブライアン・ウィリアムズ著;橋本恵訳 学研プラス 2016年9月

レベッカ・モリーン
スウェーデンのエングルスフォシュ高校の生徒、邪悪な攻撃から世界を守る「選ばれし者」の一人で学校のスターの少女 「ザ・サークル:選ばれし者たち」 サラ・B・エルフグリエン;マッツ・ストランドベリ著;久山葉子訳 イースト・プレス 2014年8月

レミ
フランスのシャバノン村を出て旅芸人の一座と旅に出ることになった8歳の男の子 「家なき子—10歳までに読みたい世界名作」 エクトール・アンリ・マロ作;横山洋子監修 学研プラス 2016年2月

レミュエル・ガリバー(ガリバー)
イギリスの船医、大あらしで船が転ぷくし「こびとの国」へ流れついた男 「ガリバー旅行記:こびとの国や巨人の国を冒険する物語—10歳までに読みたい世界名作;4」 横山洋子監修;ジョナサン・スウィフト作;芝田勝茂編訳;大塚洋一郎絵 学研教育出版 2014年9月

レモン博士　れもんはかせ
天才ゲーム開発者、故郷の町に図書館を設立した博士　「図書館脱出ゲーム1 ぼくたちの謎とき大作戦!　上下」クリス・グラベンスタイン著;ジョンハサウェイ絵;高橋結花訳　KADOKAWA　2016年3月

レモン博士　れもんはかせ
天才ゲーム開発者、故郷の町に図書館を設立した博士　「図書館脱出ゲーム2 図書館オリンピック大作戦!　上下」クリス・グラベンスタイン著;ジョンハサウェイ絵;山北めぐみ訳　KADOKAWA　2016年8月

レラーナ
動物大好きのマリーたちがおとずれた海ぞいの馬の育成牧場の娘、美しく乗馬も上手だが気むずかしい女の子　「動物病院のマリー6消えた子馬をさがして!」タチアナ・ゲスラー著;中村智子訳;烏羽雨イラスト　学研プラス　2015年12月

【ろ】

ローアン
ウェルメトの魔術大学校に通う女の子、魔術師養成クラスの一般生　「魔法が消えていく…」サラ・プリニース作;橋本恵訳　徳間書店　2016年1月

老女（妖精）　ろうじょ（ようせい）
泣いていた娘エラに話しかけたものごいの老女、美しい女性に変身した妖精　「シンデレラ」エリザベス・ルドニック作;橘高弓枝訳　ディズニーアニメ小説版　2015年5月

老人　ろうじん
なまけものの若者ワーニャの前にあらわれて皇帝になる方法を教えた盲目の老人　「大力のワーニャ」オトフリート・プロイスラー作;大塚勇三訳　岩波書店（岩波少年文庫）　2014年6月

老人　ろうじん
三年前ノルウェーの海に発生した大渦巻に兄貴と一緒に飲み込まれた猟師　「大渦巻への落下・灯台―ポー短編集；3」エドガー・アラン・ポー著;巽孝之訳　新潮社（新潮文庫）　2015年3月

老人（クレンプ）　ろうじん（くれんぷ）
校舎にとじこめられて管理人室に来た三人の五年生の前に現れた謎の老人　「亡霊学級のろわれた小学校」ジェームズ・プレラー著;安齋奈津子訳　KADOKAWA　2016年7月

老妖精　ろうようせい
ベット王子を野獣に変えた年老いた悪玉妖精　「美女と野獣 オリジナル版」ガブリエル・シュザンヌ・ド・ヴィルヌーヴ著;藤原真実訳　白水社　2016年12月

ロウリー・ジェファーソン
小学生のグレッグの友だち、ブラスバンドをやっている男の子　「いちかばちか、やるしかないね！―グレッグのダメ日記」ジェフ・キニー作;中井はるの訳　ポプラ社　2016年11月

ロウリー・ジェファーソン
友だちのグレッグとレモネード屋台をいっしょにやることにした男の子　「やっぱり、むいてないよ！―グレッグのダメ日記」ジェフ・キニー作;中井はるの訳　ポプラ社　2015年11月

ろかん

ローカン・フューリー
海賊連盟とともにヴァンパイレーツ軍と戦う「ノクターン号」の司令官 「ヴァンパイレーツ 14 最後の海戦」ジャスティン・ソンパー作;海後礼子訳 岩崎書店 2014年2月

ロキ
アスガルドの王子・ソーの義弟 「マイティ・ソー ダーク・ワールド」クリストファー・L.ヨスト脚本;クリストファー・マルクス脚本;スティーヴン・マクフィーリー脚本;ドン・ペイン文;ロバート・ロダット文;上原尚子訳 講談社 2014年9月

ロキ
神の国アスガルドの最高神・オーディンの次男、最強の戦士・ソーの手腕と才能をねたむ弟 「マイティ・ソー」アシュリー・エドワード・ミラー脚本;ザック・ステンツ脚本;ドン・ペイン脚本;J.マイケル・ストラジンスキー文;マーク・プロトセヴィッチ文;吉田章子訳 講談社 2014年3月

ローク
よみがえったダイア・マグヌスの手下、少女エマを誘拐したアイルランド人の大男 「ブラック・レコニング 最古の魔術書 III」ジョン・スティーブンス著;こだまともこ訳 あすなろ書房 2015年12月

ロク
くいしんぼうのくろねこ、スコットランドの森で野生の山ねこ・スコットに出会った町ねこ 「くろねこのロク空をとぶ」インガ・ムーア作・絵;なかがわちひろ訳 徳間書店 2015年5月

ロクストン卿　ろくすとんきょう
世界的に有名な探険家、南米やアマゾン川流域にくわしく狩猟家としても知られる貴族 「ロスト・ワールド―失われた世界 新装版」アーサー・コナン・ドイル作;菅紘訳 講談社（講談社青い鳥文庫） 2015年8月

ロクマルカ大佐　ろくまるかたいさ
反乱軍の秘密任務にレイア姫のボディガードとして同行したベテラン戦士 「STAR WARS ジャーニー・トゥ・フォースの覚醒 反乱軍の危機を救え!」セシル・カステルーチ著;ジェイソン・フライ著;フィル・ノト絵;来安めぐみ訳 講談社（講談社KK文庫） 2015年12月

ロクラン
ホホジロザメの若者、「オージー・オージー一族」の金色の肌をした王 「サメ王国のグレイ 3 王vs.王 究極の戦い」E.J.アルトバッカー著;桑原洋子訳 KADOKAWA 2016年7月

ロクラン
ホホジロザメの若者、「オージー・オージー一族」の金色の肌をした王子 「サメ王国のグレイ 2 運命のアトランティス決戦」E.J.アルトバッカー著;桑原洋子訳 KADOKAWA 2016年1月

ロゴージン
ロシアの世襲名誉市民のセミョール氏の息子、莫大な遺産を相続した27歳くらいの青年 「白痴 1」ドストエフスキー著;亀山郁夫訳 光文社（光文社古典新訳文庫） 2015年11月

ローザ
はるのはじまりをつげる〈ほっぺのはな〉がすきなばらいろのほっぺをしたはいいろのわたりどり 「はじまりのはな」マイケル・J・ローゼン文;ソーニャ・ダノウスキ絵;蜂飼耳訳 くもん出版 2014年9月

ローザ・ペンバートン
両親を船の事故でなくし遠いしんせきのホーマーおじさまのもとへひきとられた九才の女の子 「王女さまのお手紙つき[6] バンパイアのひみつ料理」 ポーラ・ハリソン原作;チーム151E☆企画・構成　学研プラス　2016年9月

ロザモンド
めいたんていの少年ネートのともだち、くろいかみとみどりいろの目をしたちょっとかわった少女 「かぎはどこだ ぼくはめいたんてい」 マージョリー・ワインマン・シャーマット文;マーク・シーモント絵;光吉夏弥訳　大日本図書　2014年8月

ロザモンド
めいたんていの少年ネートのともだち、くろいかみとみどりいろの目をしたちょっとかわった少女 「だいじなはこをとりかえせ ぼくはめいたんてい」 マージョリー・ワインマン・シャーマット文;マーク・シーモント絵;神宮輝夫訳　大日本図書　2015年2月

ロザモンド
めいたんていの少年ネートのともだち、くろいかみとみどりいろの目をしたちょっとかわった少女 「ねむいねむいじけん　ぼくはめいたんてい」 マージョリー・ワインマン・シャーマット文;ロザリンド・ワインマン文;マーク・シーモント絵;神田輝夫訳;澤田澄江訳　大日本図書　2014年12月

ロザモンド
めいたんていの少年ネートのともだち、くろいかみとみどりいろの目をしたちょっとかわった少女 「まよなかのはんにん ぼくはめいたんてい」 マージョリー・ワインマン・シャーマット文;マーク・シーモント絵;光吉夏弥訳　大日本図書　2014年5月

ロザモンド
めいたんていの少年ネートのともだち、くろいかみとみどりいろの目をしたちょっとかわった少女 「ゆきの中のふしぎなできごと ぼくはめいたんてい」 マージョリー・ワインマン・シャーマット文;マーク・シーモント絵;光吉夏弥訳　大日本図書　2014年9月

ロザリンド
マサチューセッツ州に住む中学一年生、ペンダーウィック家の四姉妹の長女 「ペンダーウィックの四姉妹2」 ジーン・バーズオール作;代田亜香子訳　小峰書店(Sunnyside Books)　2015年8月

ロザリンド
夏休みにアランデルのコテージで過ごすことになったペンダーウィック家の四姉妹の十二歳の長女 「ペンダーウィックの四姉妹 夏の魔法」 ジーン・バーズオール作;代田亜香子訳　小峰書店(Sunnyside Books)　2014年6月

ロザリンド姫　ろざりんどひめ
おとぎの世界のダルビア王国の姫、しっかりものではっきり意見をいう女の子 「王女さまのお手紙つき3 たからさがしと魔法の蝶」 ポーラ・ハリソン原作;チーム151E☆企画;チーム151E☆構成　学研プラス　2016年4月

ロザリンド姫　ろざりんどひめ
ダルビア王国の王女、世界の王女さまたちがはじめたひみつのクラブ「ティアラ会」のメンバー 「王女さまのお手紙つき[2] 銀色ペンダントのひみつ」 ポーラ・ハリソン原作;チーム151E☆企画・構成　学研教育出版　2015年9月

ろじ

ロージー
公務員のヘクターの妻・アイシャの親友、バーベキュー・パーティーでヘリーに自分の子供を平手打ちされた母親 「スラップ―オーストラリア現代文学傑作選」 クリストス・チョルカス著;湊圭史訳　現代企画室　2014年12月

ロジャ
キャプテン・フリントと七人の子どもたちと帆船シロクマ号で航海に出た少年 「シロクマ号となぞの島上下」 アーサー・ランサム作;神宮輝夫訳　岩波書店（岩波少年文庫）　2016年1月

ロジャー・バスカビル
変死したチャールズ卿のいちばん末の弟、デボン州の魔犬に呪われているという伝説のあるバスカビル家のやっかい者で中央アメリカで死んだ男 「名探偵ホームズバスカビル家の犬 上中下」 アーサー・コナン・ドイル作;日暮まさみち訳;青山浩行絵　講談社（講談社大きな文字の青い鳥文庫）　2014年9月

ローズ
英国のいなかに疎開したロバートとルーシー兄妹のペット、つい最近まで牧羊犬だったボーダーコリー犬 「戦火の三匹ロンドン大脱出」 ミーガン・リクス作;尾高薫訳　徳間書店　2015年11月

ローズ
人形の修理をしている祖母の家に姉妹であずけられていた十歳の姉 「すてられたベビー・ドール（マジック・ドール3）」 ジョーン・ホルブ作;かとうあさこ訳;石川のぞみ絵　国土社　2014年7月

ローズ
両親が仕事でアフリカにいるあいだ祖母の家に姉妹であずけられることになった姉 「闇に逃げたろう人形（マジック・ドール2）」 ジョーン・ホルブ作;かとうあさこ訳;石川のぞみ絵　国土社　2014年6月

ローズ
両親が仕事でアフリカにいるあいだ祖母の家に姉妹であずけられることになった姉 「海をわたったビスク・ドール（マジック・ドール1）」 ジョーン・ホルブ作;かとうあさこ訳;石川のぞみ絵　国土社　2014年5月

ローズ
両親が仕事でアフリカにいるあいだ妹と祖母の家でくらすことになった五年生の少女 「ドールハウスの奇跡（マジック・ドール4）」 ジョーン・ホルブ作;かとうあさこ訳;石川のぞみ絵　国土社　2014年9月

ローズ・ウォレン
中一のリサの家の近所に引っこしてきて同じクラスになったきれいな女の子 「恐怖のお泊まり会6　ひと目ぼれは、悪夢の始まり」 P.J.ナイト著;岡本由香子訳;shirakabaイラスト　KADOKAWA　2015年3月

ロスキューロ
ドール王国のお城の地下牢で生まれたドブネズミの男の子 「ねずみの騎士デスペローの物語」 ケイト・ディカミロ作;ティモシー・バジル・エリング絵;子安亜弥訳　ポプラ社（ポプラ文学ポケット）　2016年3月

ローズ・ハワード
ニューヨーク州に住む高機能自閉症の12歳の女の子、犬のレインの飼い主 「レイン 雨を抱きしめて」 アン・M.マーティン作;西本かおる訳 小峰書店(Sunnyside Books) 2016年10月

ロック(ジェイムズ・ロック)
十二世紀のイングランドで無敵のフードをかぶった男と略奪を繰り返している男 「タイムライダーズ3-2 失われた暗号」 アレックス・スカロウ作;金原瑞人訳 小学館 2015年12月

ロックウッド(アンソニー・ロックウッド)
ロンドンで社員三名の除霊探偵局を経営する局長、霊視力にすぐれた少年 「ロックウッド除霊探偵局2 上下 人骨鏡の謎」 ジョナサン・ストラウド作;金原瑞人訳;松山美保訳 小学館 2015年10月

ロックウッド(アンソニー・ロックウッド)
ロンドンで社員三名の除霊探偵局を経営する少年、霊能力を持つ局長 「ロックウッド除霊探偵局1 上下 霊を呼ぶペンダント」 ジョナサン・ストラウド作;金原瑞人訳;松山美保訳 小学館 2015年3月

ロックハート
「闇の魔術の防衛術」の新しい先生 「ハリー・ポッターと秘密の部屋 2-1・2-2―ハリー・ポッター」 J.K.ローリング作;松岡佑子訳 静山社(静山社ペガサス文庫) 2014年5月

ロックハート
ホグワーツ魔法魔術学校にやってきた「闇の魔術に対する防衛術」の先生 「ハリー・ポッターと秘密の部屋 −「ハリー・ポッター」シリーズ」 J.K.ローリング作;ジム・ケイ絵;松岡佑子訳 静山社 2016年10月

ロッティ・リー
インドから来た裕福な子女セーラが入った寄宿制女学校のわがままな四歳の小さな女の子 「小公女」 フランシス・ホジソン・バーネット著;畔柳和代訳 新潮社(新潮文庫) 2014年11月

ロッティ・リプトン
学芸員のバートおじさんと弟のアレックスと大英博物館にすんでいる女の子 「なぞとき博物館 ミイラの呪文がとけちゃった!?」 ダン・メトカーフ作;番由美子訳 KADOKAWA 2016年10月

ロット
スペインに住むオランダ人移民の十四歳の少女、同い年のシタの幼なじみ 「シタとロット:ふたりの秘密」 アナ・ファン・プラーハ著;板屋嘉代子訳 西村書店東京出版編集部 2016年6月

ロッド
(株)魔法製作所の人事部長 「魔法使いにキスを (株)魔法製作所 2nd season」 シャンナ・スウェンドソン著;今泉敦子訳 東京創元社(創元推理文庫) 2014年4月

六本爪　ろっぽんづめ
六本の爪を持つ殺し屋のトラネコ、人間からえさをもらう半分のらネコ 「冒険者キット1 野生動物の町を取りもどせ!」 C.アレクサンダー・ロンドン著;中村佐千江訳 KADOKAWA 2016年4月

ろてい

ロティ・ワイルダー
イングランドにあるマーカム通りに住む探偵小説家、八十三歳の老婦人 「ほんとうに怖くなれる幽霊の学校」トビー・イボットソン著;三辺律子訳 偕成社 2016年11月

ローデン
カーシア国の新国王・ジャロンのかつての友でいまは敵となり海賊の仲間になった男 「消えた王—カーシア国3部作」ジェニファー・A.ニールセン作;橋本恵訳 ほるぷ出版 2015年9月

ローデン
カーシア国王ジャロンに海賊の元から連れもどされ警護隊の総隊長として迎えられた男 「ねらわれた王座—カーシア国3部作」ジェニファー・A.ニールセン作;橋本恵訳 ほるぷ出版 2016年9月

ロドニー・グウォルトニー（ロッド）
(株)魔法製作所の人事部長 「魔法使いにキスを (株)魔法製作所 2nd season」シャンナ・スウェンドソン著;今泉敦子訳 東京創元社(創元推理文庫) 2014年4月

ろば
もちぬしにすてられおんがくたいにはいるためブレーメンのまちにむかったとしおいたろば 「ブレーメンのおんがくたい—せかい童話図書館 ;13」グリムさく;あきせいじぶん;くぼたたけおえ;子ども文化研究所監修 いずみ書房 2014年9月

ロバート
ヘザーが住んでいる「メイン館」の地所のはしにあるお墓に入っていた魔法使い、むかし魔法を使って処刑された男の人 「いたずらロバート」ダイアナ・ウィン・ジョーンズ作えエマ・チチェスター・クラーク絵;槙朝子訳 復刊ドットコム 2016年2月

ロバート
英国のデヴォン州に妹とともに疎開した十二歳の少年、犬二匹と猫の飼い主 「戦火の三匹ロンドン大脱出」ミーガン・リクス作;尾高薫訳 徳間書店 2015年11月

ロバート
音楽家の両親の演奏旅行中におばあちゃんのマディの家に飼い犬のエリーと行った男の子 「ぼくのなかのほんとう」パトリシア・マクラクラン作;たるいしまこ画;若林千鶴訳 リーブル 2016年2月

ロバート・キャラハン教授（キャラハンキョウジュ） ろばーときゃらはんきょうじゅ（きゃらはんきょうじゅ）
サンフランソウキョウ工科大学のロボット工学の教授 「ベイマックス」アイリーン・トリンブル作;しぶやまさこ訳 偕成社(ディズニーアニメ小説版) 2014年12月

ロバート・セント・サイモン卿 ろばーとせんとさいもんきょう
貴族、アメリカの大富豪・アロイシャスの娘のハティーと結婚式を挙げた男性 「キラキラ名探偵[3] 消えた花嫁—シャーロック・ホームズ」コナン・ドイル原作;新星出版社編集部編 新星出版社 2016年3月

ロバート・メリヴェル（メリヴェル）
チャールズ二世に取り立てられ王の犬の医者として宮廷に上がった医師 「道化と王」ローズ・トレメイン著;金原瑞人訳;小林みき訳 柏書房 2016年2月

ロビィ
体がひょろ長く空色をしているセルリアン人、13歳の少女エバの旅のなかでありたのもしい友人 「ワンダラ 6 再生 ふたりのエバ」トニー・ディテルリッジ作;飯野眞由美訳 文溪堂 2014年1月

ロビィ
体がひょろ長く空色をしているセルリアン人、13歳の少女エバの旅のなかまでありたのもしい友人 「ワンダラ 8 ニューアッティカ壊滅」 トニー・ディテルリッジ作;飯野眞由美訳 文溪堂 2015年1月

ロビィ
体がひょろ長く空色をしているセルリアン人、13歳の少女エバの旅のなかまでありたのもしい友人 「ワンダラ 9 エバ、ほんとうのワンダラへ」 トニー・ディテルリッジ作;飯野眞由美訳 文溪堂 2015年3月

ロビー王　ろびーおう
魔法界の者たちが住む都市ロリスで姉弟ケイトとマイケルに再会したドワーフの王 「ブラック・レコニング 最古の魔術書 III」 ジョン・スティーブンス著;こだまともこ訳 あすなろ書房 2015年12月

ロビン
家族のだれにも似てない十歳の女の子エミリーの二歳年下の弟 「エミリーと妖精のひみつ 1ドアの向こうは妖精の国!?」 ホリー・ウェッブ作;宮坂宏美訳;Tobi絵 学研教育出版 2015年8月

ロビン
人間の女の子エミリーを養女にした妖精の家族の八歳の男の子 「エミリーと妖精のひみつ 2水の妖精をすくえ!」 ホリー・ウェッブ作;宮坂宏美訳;Tobi絵 学研プラス 2015年12月

ロビン・ウィリアム・ブライズ
転校生のデクスターにたたかれた同級生の小学四年生 「ぼく、悪い子になっちゃった!」 マーガレット・ピーターソン・ハディックス作;渋谷弘子訳 さ・え・ら書房 2014年11月

ロビン・エラコット
私立探偵ストライクの派遣秘書、美人で頭の回転が早い25歳の女性 「カッコウの呼び声 上下 私立探偵コーモラン・ストライク」 ロバート・ガルブレイス著;池田真紀子訳 講談社 2014年6月

ロビンソン・クルーソー
家出同様にイギリスの港を出たが船がそうなんし無人島に流された十九歳の少年 「ロビンソン・クルーソー──10歳までに読みたい世界名作」 ダニエル・デフォー作;横山洋子監修 学研プラス 2015年10月

ロブ
イーデンで一番強いジュニアサッカーチーム「シューティング・スターズ」のキャプテン 「サッカー少女サミー 3 ワールドカップと恋のキセキ!?」 ミッシェル・コックス著;今居美月訳;十々夜絵 学研教育出版 2014年2月

ロベルト
メキシコでのサッカー・ワールドカップ決勝戦のチケットをたんじょう日プレゼントにもらった10歳の少年 「サッカーの神様──マジック・ツリーハウス;38」 メアリー・ポープ・オズボーン著;食野雅子訳 KADOKAWA 2015年6月

ロベール・ムシュ（ムシュ）
スペイン内戦下で8歳の少女・カルメンチュを引き取ったベルギーに住む一家の息子、文学青年 「ムシェ：小さな英雄の物語──エクス・リブリス」 キルメン・ウリベ著;金子奈美訳 白水社 2015年10月

ろべん

ロベンダー・キット(ロビィ)　ろべんだーきっと(ろびぃ)
体がひょろ長く空色をしているセルリアン人、13歳の少女エバの旅のなかまでありたのもしい友人「ワンダラ6 再生 ふたりのエバ」トニー・ディテルリッジ作;飯野眞由美訳　文溪堂　2014年1月

ロベンダー・キット(ロビィ)　ろべんだーきっと(ろびぃ)
体がひょろ長く空色をしているセルリアン人、13歳の少女エバの旅のなかまでありたのもしい友人「ワンダラ8 ニューアッティカ壊滅」トニー・ディテルリッジ作;飯野眞由美訳　文溪堂　2015年1月

ロベンダー・キット(ロビィ)　ろべんだーきっと(ろびぃ)
体がひょろ長く空色をしているセルリアン人、13歳の少女エバの旅のなかまでありたのもしい友人「ワンダラ9 エバ、ほんとうのワンダラへ」トニー・ディテルリッジ作;飯野眞由美訳　文溪堂　2015年3月

ローラ
オーストリアの古城で父と寂しく暮らしている少女　「女吸血鬼カーミラ」レ・ファニュ作;長井那智子訳　亜紀書房　2015年2月

ローラ
ミネソタ州にあるプラム・クリークという小川のほとりで暮らす一家の次女、元気いっぱいの七歳の子　「プラム・クリークの土手で」ローラ・インガルス・ワイルダー作;中村凪子訳;椎名優絵　KADOKAWA(角川つばさ文庫)　2014年6月

ローラ
ロンドンの寄宿学校の校長ジョンの妻、娘を失った悲しみから立ち直れずにいる女性　「いま見てはいけないデュ・モーリア傑作集」ダフネ・デュ・モーリア著;務台夏子訳　東京創元社(創元推理文庫)　2014年11月

ローラ
雪に埋もれた小さな丸太の家に住んでいる少女　「森のプレゼント」ローラ・インガルス・ワイルダー作;安野光雅絵・訳　朝日出版社　2015年11月

ロラン
フランス人の父と日本人の母をもつゲームが大好きな浪人生、フランス語は片言だけなら話せる少年　「リトルプリンス・トリック = LITTLE PRINCE TRICK : 星の王子"からのメッセージ"」滝川美緒子;滝川クリステル著　講談社　2015年11月

ローリー
アメリカにすむマーチ家をささえるおとなりさん、おじいさんとくらす15さいのまごの少年　「若草物語─ポプラ世界名作童話;13」L.M.オルコット作;薫くみこ文;こみねゆら絵　ポプラ社　2016年11月

ローリー
マーチ家のとなりに祖父のローレンス氏と住んでいる本が大好きな15歳の少年　「若草物語」L.M.オルコット作;ないとうふみこ訳;琴音らんまる絵　KADOKAWA(角川つばさ文庫)　2015年1月

ローリー
家族のだれにも似てない十歳の女の子エミリーの三歳年上の双子の姉　「エミリーと妖精のひみつ 1 ドアの向こうは妖精の国!?」ホリー・ウェッブ作;宮坂宏美訳;Tobi絵　学研教育出版　2015年8月

ローリー・グリーリー
悪の天才科学者イソップ博士の甥、行方不明の母親を探すためドローンを作っている12歳の中学生　「バットマンVSスーパーマン―エピソード0 クロスファイヤー」　マイケル・コッグス著;田邊雅之訳　小学館(小学館ジュニア文庫)　2016年3月

ロレッタ・マーフィー
亡くなったもうひとりの母親の足跡をたどりグレート・スモーキー山脈に両親と来た少女　「スモーキー山脈からの手紙」　バーバラ・オコーナー作;こだまともこ訳　評論社　2015年6月

ローレル
美しい歌声をもつプリンセス・アリエルの歌の生徒　「ディズニープリンセス なぞ解きへようこそ リトル・マーメイド〜星のネックレス〜 アラジン〜宝石の果樹園〜」　ゲイル・ハーマン文 えり・オライアン文;中井はるの訳　講談社　2016年11月

ローレン
夏だけ海辺の町で会える男の子チャーリーのことが好きなニューヨーク市に住む中1の女の子　「ナツ恋。ずっと、好きだったカレ」　アンジェラ・ダーリン著;岡本由香子訳;さかもと麻乃イラスト　KADOKAWA　2015年7月

ローレン・アダムズ
英国情報局の裏組織で十七歳以下の子どもが活躍する極秘スパイ機関「チェラブ」の優秀な十三歳のエージェント、チェラブの一員・ジェームズの異父妹　「英国情報局秘密組織 CHERUB(チェラブ) Mission10 リスク」　ロバート・マカモア作;大澤晶訳　ほるぷ出版　2014年12月

ローレンス氏　ろーれんすし
マーチ家のとなりに孫の少年ローリーと住んでいる老人　「若草物語」　L.M.オルコット作;ないとうふみこ訳;琴音らんまる絵　KADOKAWA(角川つばさ文庫)　2015年1月

ローレンツさん
図書館司書、重病の女の子ハレーの母親でマジシャンのマーキュリアスの妻　「魔法の箱」　ポール・グリフィン作;池内恵訳　WAVE出版　2016年11月

ロロック
宇宙人と人間の両方を支配しようとするアーシア4きょうだいの一番上、オホ王家のカウンセラー　「ワンダラ 9 エバ、ほんとうのワンダラへ」　トニー・ディテルリッジ作;飯野眞由美訳　文溪堂　2015年3月

ロロック
宇宙人と人間の両方を支配しようとするアーシア4きょうだいの一番上、人間の町のリーダー・カドマスの第一アドバイザー　「ワンダラ 7 裏切りの惑星」　トニー・ディテルリッジ作;飯野眞由美訳　文溪堂　2014年10月

ロロック
宇宙人と人間の両方を支配しようとするアーシア4きょうだいの一番上、人間の町のリーダー・カドマスの第一アドバイザー　「ワンダラ 8 ニューアッティカ壊滅」　トニー・ディテルリッジ作;飯野眞由美訳　文溪堂　2015年1月

ロン・ウィーズリー
ハリーの親友、赤毛でのっぽの男の子　「ハリー・ポッターと秘密の部屋 2-1・2-2―ハリー・ポッター」　J.K.ローリング作;松岡佑子訳　静山社(静山社ペガサス文庫)　2014年5月

ろん

ロン・ウィーズリー
ハリーの親友、赤毛でのっぽの男の子 「ハリー・ポッターと不死鳥の騎士団 5-1・5-2・5-3・5-4—ハリー・ポッター」 J.K.ローリング作；松岡佑子訳　静山社（静山社ペガサス文庫） 2014年9月

ロン・ウィーズリー
ハリーの親友、赤毛でのっぽの男の子で大家族の末息子 「ハリー・ポッターと賢者の石 1-1・1-2—ハリー・ポッター」 J.K.ローリング作；松岡佑子訳　静山社（静山社ペガサス文庫） 2014年3月

ロン・ウィーズリー
ホグワーツ魔法魔術学校3年生、魔法使いの大家族の末息子 「ハリーポッター5 ハリー・ポッターとアズカバンの囚人 3-2」 J・K・ローリング作；松岡佑子訳　静山社（静山社ペガサス文庫）　2014年6月

ロン・ウィーズリー
ホグワーツ魔法魔術学校3年生、魔法使いの大家族の末息子 「ハリーポッター6 ハリー・ポッターとアズカバンの囚人 3-1」 J・K・ローリング作；松岡佑子訳　静山社（静山社ペガサス文庫）　2014年6月

ロン・ウィーズリー
ホグワーツ魔法魔術学校4年生、魔法使いの大家族の末息子 「ハリーポッター7 ハリー・ポッターと炎のゴブレット 4-1」 J・K・ローリング作；松岡佑子訳　静山社（静山社ペガサス文庫）　2014年7月

ロン・ウィーズリー
ホグワーツ魔法魔術学校4年生、魔法使いの大家族の末息子 「ハリーポッター8 ハリー・ポッターと炎のゴブレット 4-3」 J・K・ローリング作；松岡佑子訳　静山社（静山社ペガサス文庫）　2014年7月

ロン・ウィーズリー
ホグワーツ魔法魔術学校4年生、魔法使いの大家族の末息子 「ハリーポッター9 ハリー・ポッターと炎のゴブレット 4-2」 J・K・ローリング作；松岡佑子訳　静山社（静山社ペガサス文庫）　2014年7月

ロン・ウィーズリー
ホグワーツ魔法魔術学校の2年生、同じグリフィンドール寮生のハリーの親友 「ハリー・ポッターと秘密の部屋 −「ハリー・ポッター」シリーズ」 J.K.ローリング作；ジム・ケイ絵；松岡佑子訳　静山社　2016年10月

ロン・ウィーズリー
ホグワーツ魔法魔術学校の新入生・ハリーと同じ組になった魔法族旧家出身の少年 「ハリー・ポッターと賢者の石 −「ハリー・ポッター」シリーズ」 J.K.ローリング作；ジム・ケイ絵；松岡佑子訳　静山社　2015年11月

ロン・ウィーズリー
親友ハリー・ポッターとともに闇の魔法使い・ヴォルデモートを倒すための旅に出た魔法使いの少年 「ハリー・ポッターと死の秘宝 7-1・7-2・7-3・7-4— ハリー・ポッター」 J.K.ローリング作；松岡佑子訳　静山社（静山社ペガサス文庫）　2015年1月

ロン・ウィーズリー
魔法族の少年ハリー・ポッターの親友、ホグワーツ魔法学校で学ぶ魔法使いの少年 「ハリー・ポッターと謎のプリンス 6-1・6-2・6-3—ハリー・ポッター」 J.K.ローリング作；松岡佑子訳　静山社（静山社ペガサス文庫）　2014年11月

ロング・アロー
字を読めない博物学者、クモザル島ですがたをけしたアメリカ先住民の若者 「ドリトル先生物語―ポプラ世界名作童話 ; 9」 H.ロフティング作;舟崎克彦文;はたこうしろう絵 ポプラ社 2015年11月

ロング・アロー
赤い肌のインディアンの博物学者、ひとところには留まらず部族から部族へ渡り歩いている放浪者 「ドリトル先生航海記」 ヒュー・ロフティング著;福岡伸一訳 新潮社(新潮モダン・クラシックス) 2014年3月

ロンドン先生(ポール・ロンドン) ろんどんせんせい(ぽーるろんどん)
ストラテンバーグ市で成績が一番下のイースト中学校の八年生担当の先生 「少年弁護士セオの事件簿6 仮面スキャンダル」 ジョン・グリシャム作;石崎洋司訳 岩崎書店 2016年11月

【わ】

ワイルダーさん(ロティ・ワイルダー)
イングランドにあるマーカム通りに住む探偵小説家、八十三歳の老婦人 「ほんとうに怖くなれる幽霊の学校」 トビー・イボットソン著;三辺律子訳 偕成社 2016年11月

ワオン・マネー
ゴーストリー町の亡くなった大金持ちのシェア・マネーの息子、ニャーダ・マネーの弟 「ゆうれい作家はおおいそがし3 死者のコインをさがせ」 ケイト・クライス文;M.サラ・クライス絵;宮坂宏美訳 ほるぷ出版 2014年10月

ワサビ
レーザー・プラズマの研究をしているサンフランソウキョウ工科大学の学生 「ベイマックス」 アイリーン・トリンブル作;しぶやまさこ訳 偕成社(ディズニーアニメ小説版) 2014年12月

鷲 わし
砂漠に住むふしぎな鷲 「砂漠の鷲 アーロの冒険」 シニ・エゼル著;弦念丸呈訳 新評論 2015年8月

ワシーリ・グリゴーレヴィッチ
3人のむすこをもつロシアのお百姓さん 「大力のワーニャ」 オトフリート・プロイスラー作;大塚勇三訳 岩波書店(岩波少年文庫) 2014年6月

ワトスン
フランスを騒がす怪盗ルパンを捕まえるため出馬を要請された英国の名探偵ホームズの友人で助手 「ルパン対ホームズ」 モーリス・ルブラン著;平岡敦訳 早川書房(ハヤカワ・ミステリ文庫) 2015年8月

ワトスン
ロンドンで暮らしている名探偵ホームズの友人、町医者 「恐怖の谷」 アーサー・コナン・ドイル著;深町眞理子訳 東京創元社(創元推理文庫) 2015年9月

ワトスン
医学博士で元陸軍医師、名探偵のシャーロック・ホームズの友人 「バスカヴィル家の犬」 コナン・ドイル著;駒月雅子訳 KADOKAWA(角川文庫) 2014年2月

わとす

ワトスン
医者、名探偵のシャーロック・ホームズの助手 「名探偵シャーロック・ホームズ ホームズ最後の事件!?：ホームズにとって、最大の敵が登場!!二人の戦いはどうなる?―10歳までに読みたい名作ミステリー」 コナン・ドイル作;芦辺拓編著;城咲綾絵 学研プラス 2016年11月

ワトスン
医者、名探偵のシャーロック・ホームズの助手 「名探偵シャーロック・ホームズなぞの赤毛クラブ：赤い髪の男だけが入れる会とは!?世界一の探偵ホームズ登場―10歳までに読みたい名作ミステリー」 コナン・ドイル作;芦辺拓編著;城咲綾絵 学研プラス 2016年6月

ワトスン
医者、名探偵のシャーロック・ホームズの相棒 「キラキラ名探偵[1] 赤毛組合―シャーロック・ホームズ」 コナン・ドイル原作;新星出版社編集部編 新星出版社 2015年12月

ワトスン
医者、名探偵のシャーロック・ホームズの相棒 「キラキラ名探偵[2] まだらのひも―シャーロック・ホームズ」 コナン・ドイル原作;新星出版社編集部編 新星出版社 2015年12月

ワトスン
医者、名探偵のシャーロック・ホームズの相棒 「キラキラ名探偵[3] 消えた花嫁―シャーロック・ホームズ」 コナン・ドイル原作;新星出版社編集部編 新星出版社 2016年3月

ワトスン
医者、名探偵のシャーロック・ホームズの相棒 「キラキラ名探偵[4] 緋色の研究―シャーロック・ホームズ」 コナン・ドイル原作;新星出版社編集部編 新星出版社 2016年7月

ワトスン
医者、名探偵のシャーロック・ホームズの相棒 「キラキラ名探偵[5] 消えた花むこ―シャーロック・ホームズ」 コナン・ドイル原作;新星出版社編集部編 新星出版社 2016年11月

ワトスン
隠遁生活を送っている名探偵ホームズの友人、町医者 「シャーロック・ホームズ最後の挨拶」 アーサー・コナン・ドイル著;深町眞理子訳 東京創元社（創元推理文庫） 2014年8月

ワトスン
体調を崩してロンドンへやってきた元陸軍医師、名探偵ホームズの同居人 「名探偵シャーロック・ホームズ―緋色の研究」 コナン・ドイル作;駒月雅子訳;冨士原良絵 KADOKAWA（角川つばさ文庫） 2015年7月

ワトスン
体調を崩してロンドンへやってきた元陸軍医師、名探偵ホームズの同居人 「名探偵シャーロック・ホームズ―四つの署名」 コナン・ドイル作;駒月雅子訳;冨士原良絵 KADOKAWA（角川つばさ文庫） 2015年11月

ワトスン
名探偵ホームズの親友で助手、医者 「名探偵シャーロック・ホームズ おどる人形の暗号―10歳までに読みたい名作ミステリー」 コナン・ドイル作;芦辺拓編著;城咲綾絵 学研プラス 2016年12月

ワトスン
名探偵ホームズの親友で助手、医者 「名探偵シャーロック・ホームズ ガチョウと青い宝石―10歳までに読みたい名作ミステリー」 コナン・ドイル作;芦辺拓編著;城咲綾絵 学研プラス 2016年9月

ワトスン博士　わとすんはかせ
医師、名探偵ホームズの友人 「シャーロック・ホームズ―はじめてのミステリー 名探偵登場!」 コナン・ドイル著;石田文子訳　汐文社　2016年12月

ワトソン
有名な私立探偵・ホームズの友人で医者、正義漢で人柄のよい英国紳士 「名探偵ホームズ バスカビル家の犬 上中下」 アーサー・コナン・ドイル作;日暮まさみち訳;青山浩行絵　講談社(講談社大きな文字の青い鳥文庫)　2014年9月

ワーニャ・グリゴーレヴィッチ
ロシアのお百姓さんの3番目のとほうもないなまけもののむすこ 「大力のワーニャ」 オトフリート・プロイスラー作;大塚勇三訳　岩波書店(岩波少年文庫)　2014年6月

ワンダ・マキシモフ
双子の兄ピエトロとともに秘密組織「ヒドラ」の人体実験を受け高性能化したソコヴィア人女性 「アベンジャーズ エイジ・オブ・ウルトロン」 ジョス・ウェドン脚本・監督;アレックス・アーヴァインノベル訳;上杉隼人訳;長尾莉紗訳　講談社　2015年11月

収録作品一覧（児童文学作家の姓の表記順→名の順→出版社の字順並び）

世界一幸せなゴリラ、イバン−講談社・文学の扉／Katherine／講談社／2014/07
アンナとプロフェッショナルズ3／MAC著／KADOKAWA／2015/01
シビル・ウォー−キャプテン・アメリカ／アレックス・アーヴァインノベル／講談社／2016/10
ゆうかんな猫ミランダ／エレナー・エスティス作えドワード・アーディゾーニ絵／岩波書店／2015/12
より大きな希望−はじめて出逢う世界のおはなし／イルゼ・アイヒンガー著／東宣出版／2016/12
コーンフィールド先生とふしぎな動物の学校2 庭は穴だらけ！／マルギット・アウアー著／学研プラス／2015/11
コーンフィールド先生とふしぎな動物の学校3 明かりを消して！／マルギット・アウアー著／学研プラス／2016/02
コーンフィールド先生とふしぎな動物の学校4 林間学校はキケンがいっぱい！／マルギット・アウアー著／学研プラス／2016/07
コーンフィールド先生とふしぎな動物の学校1 カメとキツネと転校生！／マルギット・アウアー著／学研教育出版／2015/07
アラジンとふしぎなランプ：アラビアン ナイトより−せかい童話図書館；6／あきせいじぶん／いずみ書房／2014/09
はだかの太陽／アイザック・アシモフ著／早川書房（ハヤカワ文庫SF）／2015/05
母さんが消えた夏−講談社・文学の扉／キャロライン・アダーソン著／講談社／2014/06
ニコラといたずら天使／キャロライン・アダーソン著／講談社（講談社文学の扉）／2015/10
ホイッパーウィル川の伝説／キャシー・アッペルト著／あすなろ書房／2016/10
アメリカーナ／チママンダ・ンゴズィ・アディーチェ著／河出書房新社／2016/10
おめでたこぶた その3 サムのおしごと−世界傑作童話シリーズ／アリソン・アトリー作／福音館書店／2016/06
ちゃいろいつつみ紙のはなし−世界傑作童話シリーズ／アリソン・アトリー作／福音館書店／2015/09
カルペパー一家のおはなし／マリオン・アピントン作／瑞雲舎／2016/06
夜、僕らは輪になって歩く／ダニエル・アラルコン著／新潮社（CREST BOOKS）／2016/01
サメ王国のグレイ1 七つの海を制するもの／E.J.アルトバッカー著／KADOKAWA／2015/08
サメ王国のグレイ2 運命のアトランティス決戦／E.J.アルトバッカー著／KADOKAWA／2016/01
サメ王国のグレイ3 王vs.王 究極の戦い／E.J.アルトバッカー著／KADOKAWA／2016/07
わたしたちが自由になるまえ／フーリア・アルバレス著／ゴブリン書房／2016/12
時の番人／ミッチ・アルボム著／静山社／2014/05
オリガミ・ヨーダの研究レポート−オリガミ・ヨーダの事件簿／トム・アングルバーガー作・絵／徳間書店／2014/10
ダース・ペーパーの逆襲／トム・アングルバーガー作／徳間書店／2015/06
オリガミ・チューバッカの占いのナゾ／トム・アングルバーガー作／徳間書店／2015/10
ミスZ オウムさがしの旅／アンジェラ／図書新聞／2016/04
みにくいあひるのこ−せかい童話図書館；3／アンデルセンさく／いずみ書房／2014/09
にんぎょひめ−せかい童話図書館；17／アンデルセンさく／いずみ書房／2014/09
あかいくつ−せかい童話図書館；18／アンデルセンさく／いずみ書房／2014/09
マッチうりのしょうじょ−せかい童話図書館；1／アンデルセンさく／いずみ書房／2014/09
はだかのおうさま−せかい童話図書館；12／アンデルセンさく／いずみ書房／2014/09
おやゆびひめ−せかい童話図書館；22／アンデルセンさく／いずみ書房／2014/09
おやゆび姫 アンデルセン童話／アンデルセン原作／富山房企画／2015/06
雪の女王／ハンス・クリスチャン・アンデルセン原作／BL出版／2016/11

雪の女王／ハンス・クリスチャン・アンデルセン作／アノニマ・スタジオ／2015/11
雪の女王：アンデルセン童話集／ハンス・クリスチャン・アンデルセン著／竹書房（竹書房文庫）／
　2014/09
さかさ町／F.エマーソン・アンドリュース作／岩波書店／2015/12
一本の大きな木；鏡の中／ソフィア・デ・メロ・ブレイネル・アンドレゼン作／KS Press／2014/03
サバイバル・レース１南アメリカ大陸・アマゾン編／クリスティン・イアハート著／KADOKAWA／
　2015/12
サバイバル・レース２オーストラリア大陸・サンゴ海編／クリスティン・イアハート著／KADOKAWA／
　2016/03
マジック少年マイク　マジックショップとひみつの本／ケイト・イーガン作／ポプラ社／2015/04
マジック少年マイク　科学マジック・ショータイム！／ケイト・イーガン作／ポプラ社／2015/10
マジック少年マイク　きせきの大脱出マジック／ケイト・イーガン作／ポプラ社／2016/03
マジック少年マイク　瞬間移動イリュージョン／ケイト・イーガン作／ポプラ社／2016/09
トイ・ストーリー―おもちゃたちの世界／ケイト・イーガン文／KADOKAWA（角川つばさ文庫）／
　2016/12
アルカーディのゴール／ユージン・イェルチン作／岩波書店／2015/02
忘れられた巨人／カズオ・イシグロ著／早川書房／2015/04
フォックスクラフト１―アイラと憑かれし者たち／インバリ・イセーレス著／静山社／2016/07
水の継承者ノリア／エンミ・イタランタ著／西村書店東京出版編集部／2016/03
アウシュヴィッツの図書係／アントニオ・G・イトゥルベ著／集英社／2016/07
ほんとうに怖くなれる幽霊の学校／トビー・イボットソン著／偕成社／2016/11
ポストイナ洞窟のドラゴン、ジェミー／ボーヤン・B・ビテズニック文章・イラスト／文芸社／2016/05
ぼくのオレンジの木／J.M.デ・ヴァスコンセーロス著／ポプラ社（ポプラせかいの文学）／2015/11
影の妖精国で宴をひらいた少女／キャサリン・M・ヴァレンテ著／早川書房（ハヤカワ文庫FT）／
　2014/01
火星の人　上下／アンディ・ウィアー著／早川書房（ハヤカワ文庫SF）／2015/12
フランダースの犬-10歳までに読みたい世界名作／ウィーダ作／学研プラス／2015/12
フランダースの犬／ウィーダ作／KADOKAWA（角川つばさ文庫）／2014/11
フランダースの犬／ウィーダ作／小学館（小学館ジュニア文庫）／2016/12
フランダースの犬-ポプラ世界名作童話；5／ウィーダ作／ポプラ社／2015/11
最後のゲーム／ホリー・ブラック作えリザ・ウィーラー絵／ほるぷ出版／2016/06
わたしはイザベル／エイミー・ウィッティング作／岩波書店（STAMP BOOKS）／2016/11
ホロコーストを逃れて：ウクライナのレジスタンス／ジェニー・ウィテリック著／水声社／2014/07
ラモーゼ―プリンス・イン・エグザイル　上下／キャロル・ウィルキンソン作／くもん出版／2014/03
飛び込み台の女王／マルティナ・ヴィルトナー作／岩波書店（STAMP BOOKS）／2016/09
美女と野獣 オリジナル版／ガブリエル・シュザンヌ・ド・ヴィルヌーヴ著／白水社／2016/12
エミリーと妖精のひみつ　２水の妖精をすくえ！／ホリー・ウェッブ作／学研プラス／2015/12
エミリーと妖精のひみつ　１ドアの向こうは妖精の国⁉／ホリー・ウェッブ作／学研教育出版／2015/08
ペンギンは、ぼくのネコ／ホリー・ウェッブ作／徳間書店／2015/07
エデとウンク　1930年 ベルリンの物語／アレクス・ウェディング著／影書房／2016/06
アベンジャーズ エイジ・オブ・ウルトロン／ジョス・ウェドン脚本・監督／講談社／2015/11
あしながおじさん／J.ウェブスター作／新星出版社（トキメキ夢文庫）／2016/09
あしながおじさん-ポプラ世界名作童話；18／J.ウェブスター作／ポプラ社／2016/11
あしながおじさん-10歳までに読みたい世界名作／ジーン・ウェブスター作／学研教育出版／2015/08
あしながおじさん／ウェブスター著／光文社（光文社古典新訳文庫）／2015/07
海底二万里　上下／ジュール・ヴェルヌ著／KADOKAWA（角川文庫）／2016/07
黒いダイヤモンド／ジュール・ヴェルヌ著／文遊社／2014/01

十五少年漂流記／ジュール・ヴェルヌ著／新潮社（新潮モダン・クラシックス）／2015/08
帰ってきたヒトラー 上下／ティムール・ヴェルメシュ著／河出書房新社／2014/01
ペーパーボーイ／ヴィンス・ヴォーター作／岩波書店（STAMP BOOKS）／2016/07
大好き!クサイさん−評論社の児童図書館・文学の部屋／デイヴィッド・ウォリアムズ作／評論社／2015/10
ぼくとテスの秘密の七日間／アンナ・ウォルツ作／フレーベル館（文学の森）／2014/09
図書室の魔法 上下／ジョー・ウォルトン著／東京創元社／2014/04
ぼくは牛飼い／サンドラ・ニール・ウォレス作／さ・え・ら書房／2014/04
ムシェ：小さな英雄の物語−エクス・リブリス／キルメン・ウリベ著／白水社／2015/10
ナイト−ウィザード・ナイト〈1〉／ジーン・ウルフ著／国書刊行会／2015/10
ナイト−ウィザード・ナイト〈2〉／ジーン・ウルフ著／国書刊行会／2015/10
ウィザード−ウィザード・ナイト〈1〉／ジーン・ウルフ著／国書刊行会／2015/12
ウィザード−ウィザード・ナイト〈2〉／ジーン・ウルフ著／国書刊行会／2015/12
コロボーク：まんまるまるぱん／くどうまさひろやく・え／書肆林檎屋／2014/12
ナンタケットの夜鳥−「ダイドーの冒険」シリーズ／ジョーン・エイキン作／冨山房／2016/10
スター・ウォーズ フォースの覚醒／J.J.エイブラムス原作／講談社／2016/05
アーチー・グリーンと魔法図書館の謎?アーチー・グリーンと魔法図書館／D.D.エヴェレスト著／あすなろ書房／2015/07
砂漠の鷲 アーロの冒険／シニ・エゼル著／新評論／2015/08
イワンとふしぎなこうま／ピョートル・エルショーフ作／岩波書店（岩波少年文庫）／2016/02
トルコ軍艦エルトゥールル号の海難／オメル・エルトゥール著／彩流社／2015/11
ザ・サークル：選ばれし者たち／サラ・B・エルフグリエン／イースト・プレス／2014/08
幻のドラゴン号 ドラゴンシップ・シリーズ3／ジェームズ・A・オーウェン作／評論社／2016/04
夜の庭師／ジョナサン・オージエ著／東京創元社（創元推理文庫）／2016/11
闇の中の男／ポール・オースター著／新潮社／2014/05
自負と偏見／ジェイン・オースティン著／新潮社（新潮文庫）／2014/07
ナイアガラの女王／クリス・ヴァン・オールズバーグ絵と文／河出書房新社／2015/09
プリンセス★マジックルビー 1 まいごの森のおひめさま?／ジェニー・オールドフィールド作／ポプラ社／2014/06
プリンセス★マジックルビー 2 ひらいて!勇気のとびら／ジェニー・オールドフィールド作／ポプラ社／2014/10
プリンセス★マジックルビー 3／ジェニー・オールドフィールド作／ポプラ社／2015/02
プリンセス★マジックルビー 4 赤ずきんは正義のみかた!／ジェニー・オールドフィールド作／ポプラ社／2015/06
スモーキー山脈からの手紙／バーバラ・オコーナー作／評論社／2015/06
光の妖精イリデッサ／ナディ・オコルフォア作／講談社（新ディズニーフェアリーズ文庫）／2014/05
ダニーの学校大革命／ラッシェル・オスファテール作／文研出版（文研じゅべにーる）／2016/08
ポンペイ最後の日−マジック・ツリーハウス；7／メアリー・ポープ・オズボーン作；食野雅子訳／KADOKAWA／2015/04
マジック・ツリーハウス 36 世紀のマジック・ショー／メアリー・ポープ・オズボーン著／KADOKAWA／2014/06
マジック・ツリーハウス 37 砂漠のナイチンゲール／メアリー・ポープ・オズボーン著／KADOKAWA／2014/11
サッカーの神様−マジック・ツリーハウス；38／メアリー・ポープ・オズボーン著／KADOKAWA／2015/06
第二次世界大戦の夜−マジック・ツリーハウス；39／メアリー・ポープ・オズボーン著／KADOKAWA／2015/11
カリブの巨大ザメ−マジック・ツリーハウス；40／メアリー・ポープ・オズボーン著／KADOKAWA／

2016/06
走れ犬ぞり、命を救え！マジック・ツリーハウス 41／メアリー・ポープ・オズボーン著／KADOKAWA／2016/11
SOS!海底探検-マジック・ツリーハウス；5／メアリー・ポープ・オズボーン著；食野雅子訳／KADOKAWA／2015/04
アマゾン大脱出-マジック・ツリーハウス；3／メアリー・ポープ・オズボーン著；食野雅子訳／KADOKAWA／2015/04
サバンナ決死の横断-マジック・ツリーハウス；6／メアリー・ポープ・オズボーン著；食野雅子訳／KADOKAWA／2015/04
マンモスとなぞの原始人-マジック・ツリーハウス；4／メアリー・ポープ・オズボーン著；食野雅子訳／KADOKAWA／2015/04
恐竜の谷の大冒険-マジック・ツリーハウス；1／メアリー・ポープ・オズボーン著；食野雅子訳／KADOKAWA／2015/04
古代オリンピックの奇跡-マジック・ツリーハウス；8／メアリー・ポープ・オズボーン著；食野雅子訳／KADOKAWA／2015/04
女王フテピのなぞ-マジック・ツリーハウス；2／メアリー・ポープ・オズボーン著；食野雅子訳／KADOKAWA／2015/04
ハンナの夢さがし／ベッティーナ・オブレヒト作／偕成社／2015/10
フィニアスとファーブ-史上最大の飛行機づくり／エリー・オライアン文／KADOKAWA（角川つばさ文庫）／2015/04
フィニアスとファーブ 火星へ行こう！／エリー・オライアン文／KADOKAWA（角川つばさ文庫）／2014/10
ディズニープリンセス なぞ解きへようこそ リトル・マーメイド〜星のネックレス〜 アラジン〜宝石の果樹園〜／ゲイル・ハーマン文えリー・オライアン文／講談社／2016/11
デリリウム 17／ローレン・オリヴァー著／新潮社（新潮文庫）／2014/02
若草物語／L.M.オルコット作／KADOKAWA（角川つばさ文庫）／2015/01
若草物語-ポプラ世界名作童話；13／L.M.オルコット作／ポプラ社／2016/11
若草物語 〈4〉-それぞれの赤い糸 上下／オルコット作／講談社（講談社オンデマンドブックス）／2014/09
走れ、走って逃げろ／ウーリー・オルレブ作／岩波書店（岩波少年文庫）／2015/06
ウィスカー・ヘイブン ロイヤルペットものがたり／キャシー・E.デイビス文えイミー・S.カースター文／KADOKAWA（角川つばさ文庫）／2016/04
ロイヤルペット／テナント・レッドバンク文えイミー・S.カースター文／KADOKAWA（角川つばさ文庫）／2015/11
アメイジングスパイダーマン 2／アレックス・カーツマン脚本／講談社／2014/11
マジカルチャイルド 4 透明人間になった男の子のはなし／サリー・ガードナー作／小峰書店／2014/01
火打箱／サリー・ガードナー著／東京創元社／2015/11
マザーランドの月／サリー・ガードナー著／小学館（SUPER!YA）／2015/05
ザ・リッパー：切り裂きジャックの秘密 上下／シェリー・ディクスン・カー著／扶桑社（扶桑社ミステリー）／2015/08
さよなら、ママ／キャロル・ガイトナー著／早川書房／2016/03
三千と一羽がうたう卵の歌／ジョイ・カウリー著／さ・え・ら書房／2014/01
STAR WARS ジャーニー・トゥ・フォースの覚醒 反乱軍の危機を救え!／セシル・カステルーチ著／講談社（講談社KK文庫）／2015/12
ビューティフル・クリーチャーズ／カミ・ガルシア著／ビジネス社／2014/01
カッコウの呼び声 上下 私立探偵コーモラン・ストライク／ロバート・ガルブレイス著／講談社／2014/06
美女と野獣／クリストフ・ガンズ／竹書房（竹書房文庫）／2014/10

紅玉（ルビー）は終わりにして始まり−時間旅行者の系譜／ケルスティン・ギア著／東京創元社（創元推理文庫）／2015/11
青玉（サファイア）は光り輝く−時間旅行者の系譜／ケルスティン・ギア著／東京創元社（創元推理文庫）／2016/03
比類なき翠玉(エメラルド)上下−時間旅行者の系譜／ケルスティン・ギア著／東京創元社（創元推理文庫）／2016/05
ナイト・キッドのホラー・レッスン 闇の騎士譚／ナイト・キッド著／祥伝社／2014/07
新訳 ジャングル・ブック／キップリング作／KADOKAWA（角川つばさ文庫）／2016/07
ジャングル・ブック／キップリング著／KADOKAWA（角川文庫）／2016/06
ジャングル・ブック〈2〉／キップリング著／KADOKAWA（角川文庫）／2016/08
グレッグのダメ日記 とんでもないよ／ジェフ・キニー作／ポプラ社／2014/11
グレッグのダメ日記：グレッグ・ヘフリーの記録／ジェフ・キニー作／ポプラ社／2015/11
やっぱり、むいてないよ！−グレッグのダメ日記／ジェフ・キニー作／ポプラ社／2015/11
いちかばちか、やるしかないね！−グレッグのダメ日記／ジェフ・キニー作／ポプラ社／2016/11
ジャングル・ブック（新訳）／ラドヤード・キプリング作／講談社（講談社青い鳥文庫）／2016/07
ジャングル・ブック／ラドヤード・キプリング著／文藝春秋（文春文庫）／2016/06
ジャングル・ブック／ラドヤード・キプリング著／新潮社（新潮文庫）／2016/07
ソクラテスのいるサッカー部−はじめて読むじんぶん童話シリーズ／キムハウン文／彩流社／2015/12
ドラゴン・ナイト1 よみがえった炎の騎士／J.R.キャッスル著／KADOKAWA／2016/10
プリンセス・ダイアリー−ロイヤル・ウェディング篇／メグ・キャボット著／河出書房新社／2016/08
ハイラム・ホリデーの大冒険 上下／ポール・ギャリコ著／復刊ドットコム／2014/04
ふしぎの国のアリス ポプラ世界名作童話11／L・キャロル作／ポプラ社／2016/11
子ども部屋のアリス／ルイス・キャロル作／七つ森書館／2015/07
ふしぎの国のアリス−10歳までに読みたい世界名作／ルイス・キャロル作／学研教育出版／2015/04
かがみの国のアリス−100年後も読まれる名作／ルイス・キャロル作／KADOKAWA／2016/07
ふしぎの国のアリス−100年後も読まれる名作／ルイス・キャロル作／KADOKAWA／2016/07
鏡の国のアリス／ルイス・キャロル作／ポプラ社（ポプラポケット文庫）／2015/09
不思議の国のアリス／ルイス・キャロル作／ポプラ社（ポプラポケット文庫）／2015/09
アリス物語／ルイス・キャロル著／真珠書院（パール文庫）／2014/05
不思議の国のアリス／ルイス・キャロル著／亜紀書房／2015/04
ジョイランド／スティーヴン・キング著／文藝春秋（文春文庫）／2016/07
動物探偵ミア［動物探偵ミア］(3)あらしの夜のミステリー／ダイアナ・キンプトン作／ポプラ社／2015/12
動物探偵ミア［動物探偵ミア］(4)大どろぼう、あらわる？／ダイアナ・キンプトン作／ポプラ社／2016/04
動物探偵ミア［動物探偵ミア］(5)ひつじレースで大さわぎ！／ダイアナ・キンプトン作／ポプラ社／2016/08
動物探偵ミア［動物探偵ミア］(6)映画スターになろう！／ダイアナ・キンプトン作／ポプラ社／2016/12
動物探偵ミア／ダイアナ・キンプトン作／ポプラ社／2015/04
動物探偵ミア ちいさな島の転校生／ダイアナ・キンプトン作／ポプラ社／2015/08
幽霊屋敷と消えたオウム−見習い探偵ジュナの冒険／エラリー・クイーン作／KADOKAWA（角川つばさ文庫）／2016/08
テオの「ありがとう」ノート／クロディーヌ・ル・グイック＝プリエト著／PHP研究所／2016/03
世界の誕生日／アーシュラ・K・ル・グィン著／早川書房（ハヤカワ文庫SF）／2015/11
本物のモナ・リザはどこに−ココ、パリへ行く／イワン・クーシャン作／冨山房インターナショナル／2014/05
期間限定!秘密の見習い魔女／クニスター作／金の星社／2014/04
いたずらロバート／ダイアナ・ウィン・ジョーンズ作えンマ・チチェスター・クラーク絵／復刊ドットコム／2016/02

ゆうれい作家はおおいそがし1 オンボロ屋敷へようこそ／ケイト・クライス文／ほるぷ出版／2014/05
ゆうれい作家はおおいそがし2 ハカバのハロウィーン／ケイト・クライス文／ほるぷ出版／2014/08
ゆうれい作家はおおいそがし3 死者のコインをさがせ／ケイト・クライス文／ほるぷ出版／2014/10
ゆうれい作家はおおいそがし 4 白い手ぶくろのひみつ／ケイト・クライス文／ほるぷ出版／2015/03
図書館脱出ゲーム1 ぼくたちの謎とき大作戦！ 上下／クリス・グラベンスタイン著／KADOKAWA／2016/03
図書館脱出ゲーム2 図書館オリンピック大作戦！ 上下／クリス・グラベンスタイン著／KADOKAWA／2016/08
GONE 上下／マイケル・グラント著／ハーパーコリンズ・ジャパン（ハーパーBOOKS）／2016/04
GONE'2 上下／マイケル・グラント著／ハーパーコリンズ・ジャパン（ハーパーBOOKS）／2016/11
ハーフ・バッド：ネイサン・バーンと悪の血脈 上下／サリー・グリーン著／早川書房／2015/01
ハーフ・ワイルド：ネイサン・バーンと魔のナイフ 上下／サリー・グリーン著／早川書房／2016/02
少年弁護士セオの事件簿5 逃亡者の目／ジョン・グリシャム作／岩崎書店／2015/11
少年弁護士セオの事件簿6 仮面スキャンダル／ジョン・グリシャム作／岩崎書店／2016/11
13階だてのツリーハウス／アンディ・グリフィス作／ポプラ社／2016/09
魔法の箱／ポール・グリフィン作／WAVE出版／2016/11
しらゆきひめーせかい童話図書館;39／グリムさく／いずみ書房／2014/09
ブレーメンのおんがくたいーせかい童話図書館;13／グリムさく／いずみ書房／2014/09
ヘンゼルとグレーテルーせかい童話図書館;2／グリムさく／いずみ書房／2014/09
フェラルズ1 カラスまつろう少年／ジェイコブ・グレイ著／講談社／2016/07
嵐／ル・クレジオ作／作品社／2015/10
オンネリとアンネリのおうちー世界傑作童話シリーズ／マリヤッタ・クレンニエミ作／福音館書店／2015/01
オンネリとアンネリのふゆー世界傑作童話シリーズ／マリヤッタ・クレンニエミ作／福音館書店／2016/11
ハートソングー作曲家アントニオ・ヴィヴァルディとある少女の物語／ケビン・クロスリー＝ホランド文／BL出版／2016/04
堆塵館ーアイアマンガー三部作〈1〉／エドワード・ケアリー著／東京創元社／2016/09
郵便配達は二度ベルを鳴らす／ジェームズ・M・ケイン著／新潮社（新潮文庫）／2014/09
飛ぶ教室 ポプラ世界名作童話20／E・ケストナー作／ポプラ社／2016/11
ファビアン：あるモラリストの物語／エーリヒ・ケストナー著／みすず書房／2014/11
飛ぶ教室／エーリヒ・ケストナー著／新潮社（新潮文庫）／2014/12
動物病院のマリー6 消えた子馬をさがして！／タチアナ・ゲスラー著／学研プラス／2015/12
動物病院のマリー3 子犬救出大作戦！／タチアナ・ゲスラー著／学研教育出版／2014/04
動物病院のマリー 4 動物サーカスがやってきた！／タチアナ・ゲスラー著／学研教育出版／2014/09
動物病院のマリー5／タチアナ・ゲスラー著／学研教育出版／2015/05
ウォーリーと16人のギャングーこころのほんばこシリーズ／リチャード・ケネディぶん／大日本図書／2015/12
ダーウィンと旅して／ジャクリーン・ケリー作／ほるぷ出版／2016/08
クララ先生、さようなら／ラヘル・ファン・コーイ作／徳間書店／2014/09
ヒックとドラゴン 11 孤独な英雄／クレシッダ・コーウェル作／小峰書店／2014/07
ヒックとドラゴン12ー最後の決闘上下／クレシッダ・コーウェル作／小峰書店／2016/10
スター・ウォーズ反乱者たち 1 反乱の口火／ミッシェル・コーギー文／KADOKAWA（角川つばさ文庫）／2015/02
スター・ウォーズ反乱者たち 2 帝国の日／ミッシェル・コーギー文／KADOKAWA（角川つばさ文庫）／2015/09
トンネル：迷宮への扉 上下ー地底都市コロニア／ロデリック・ゴードン著／学研プラス／2016/03
ディープス：サバイバーの絆 上下ー地底都市コロニア／ロデリック・ゴードン著／学研プラス／2016/09

君の話をきかせてアーメル／ニキ・コーンウェル作／文研出版（文研じゅべにーる）／2016/07
お話きかせてクリストフ／ニキ・コーンウェル作／文研出版（文研ブックランド）／2014/08
サッカー少女サミー 3 ワールドカップと恋のキセキ!?／ミッシェル・コックス著／学研教育出版／2014/02
バットマンVS スーパーマン—エピソード0 クロスファイヤー／マイケル・コッグス著／小学館（小学館ジュニア文庫）／2016/03
ピノッキオの冒険／カルロ・コッローディ著／光文社（光文社古典新訳文庫）／2016/11
コーラス・オブ・マッシュルーム／ヒロミ・ゴトー著／彩流社／2015/07
失われたものたちの本／ジョン・コナリー著／東京創元社／2015/09
ゼバスチアンからの電話／イリーナ・コルシュノフ作／白水社／2014/05
カッシアの物語 3／アリー・コンディ著／プレジデント社／2015/12
ルーシー変奏曲—SUPER!YA／サラ・ザール著／小学館／2014/02
魔女になりたい!-見習い魔女ベラ・ドンナ 1／ルース・サイムズ作／ポプラ社／2016/10
サキ 森の少年 世界名作ショートストーリー／サキ作／理論社／2015/05
アナと雪の女王 エルサのサプライズ／ヴィクトリア・サクソン著／ディズニームービーブック／2015/06
アリス・イン・ワンダーランド～時間の旅～／カリ・サザーランド作／ディズニーアニメ小説版／2016/07
アリス・イン・ワンダーランド～時間の旅～／カリ・サザーランド著／宝島社（宝島社文庫）／2016/07
アリス・イン・ワンダーランド～時間の旅～／カリ・サザーランド文／KADOKAWA（角川つばさ文庫）／2016/06
フラニーとズーイ／サリンジャー著／新潮社（新潮文庫）／2014/03
星の王子さま／アントワーヌ・ド・サン=テグジュペリ著／皓星社／2016/12
骨董通りの幽霊省／アレックス・シアラー著／竹書房／2016/12
This is the Life／アレックス・シアラー著／求龍堂／2014/03
魔法があるなら／アレックス・シアラー著／PHP研究所／2015/01
ジョージと秘密のメリッサ／アレックス・ジーノ作／偕成社／2016/12
ぼくたちに翼があったころ-コルチャック先生と107人の子どもたち／タミ・シェム=トヴ作／福音館書店／2015/09
木を植えた男／ジャン・ジオノ著／あすなろ書房（あすなろセレクション）／2015/10
ハリーとうたうおとなりさん こころのほんばこシリーズ／ジーン・ジオン文／大日本図書／2015/11
ルミッキ〈1〉／サラ・シムッカ著／西村書店東京出版編集部／2015/07
ルミッキ〈2〉／サラ・シムッカ著／西村書店東京出版編集部／2015/10
ルミッキ〈3〉／サラ・シムッカ著／西村書店東京出版編集部／2015/12
ピップ通りは大さわぎ! 2 ボビーのおやつはデリ～シャス!／ジョー・シモンズ作／学研教育出版／2014/03
くらやみ城の冒険 ミス・ビアンカ／マージェリー・シャープ作／岩波書店（岩波少年文庫）／2016/05
ダイヤの館の冒険 ミス・ビアンカ／マージェリー・シャープ作／岩波書店（岩波少年文庫）／2016/07
ひみつの塔の冒険 ミス・ビアンカ／マージェリー・シャープ作／岩波書店（岩波少年文庫）／2016/08
きえた犬のえ／マージョリー・ワインマン・シャーマットぶん／大日本図書／2014/04
まよなかのはんにん ぼくはめいたんてい／マージョリー・ワインマン・シャーマット文／大日本図書／2014/05
きょうりゅうのきって ぼくはめいたんてい／マージョリー・ワインマン・シャーマット文／大日本図書／2014/07
かぎはどこだ ぼくはめいたんてい／マージョリー・ワインマン・シャーマット文／大日本図書／2014/08
ゆきの中のふしぎなできごと ぼくはめいたんてい／マージョリー・ワインマン・シャーマット文／大日本図書／2014/09
だいじなはこをとりかえせ ぼくはめいたんてい／マージョリー・ワインマン・シャーマット文／大日本図書／2015/02
ねむいねむいじけん ぼくはめいたんてい／マージョリー・ワインマン・シャーマット文／大日本図書／2014/12

鳥の巣–DALKEY ARCHIVE／シャーリイ・ジャクスン著／国書刊行会／2016/11
動物と話せる少女リリアーネ–物語の花束／タニヤ・シュテーブナー著／学研プラス／2016/03
動物と話せる少女リリアーネ 11–小さなホッキョクグマミルキー!／タニヤ・シュテーブナー著／学研プラス／2016/09
動物と話せる少女リリアーネ 10–小さなフクロウと森を守れ!／タニヤ・シュテーブナー著／学研教育出版／2015/02
動物と話せる少女リリアーネ スペシャル 3–小さなロバの大きな勇気!／モルモットの親友をさがして!／タニヤ・シュテーブナー著／学研教育出版／2015/09
動物と話せる少女リリアーネ スペシャル 2 ボンサイの大冒険!／タニヤ・シュテーブナー著／学研教育出版／2014/04
フローラとパウラと妖精の森 1 妖精たちが大さわぎ!／タニヤ・シュテーブナー著／学研教育出版／2014/02
フローラとパウラと妖精の森 2 美しいフェアリーは危険!?／タニヤ・シュテーブナー著／学研教育出版／2014/07
フローラとパウラと妖精の森 3 友だちの名前はユニコーン!／タニヤ・シュテーブナー著／学研教育出版／2014/11
ハイジ 1・2／ヨハンナ・シュピーリ作／偕成社（偕成社文庫）／2014/04
アルプスの少女ハイジ–ポプラ世界名作童話 ; 4／J.シュピリ作／ポプラ社／2015/11
アルプスの少女ハイジ–10歳までに読みたい世界名作／ヨハンナ・シュピリ作／学研教育出版／2015/02
ベルンカとやしの実じいさん上下–世界傑作童話シリーズ／パベル・シュルット文／福音館書店／2015/03
ボノボとともに–密林の闇をこえて／エリオット・シュレーファー作／福音館書店／2016/05
賢女ひきいる魔法の旅は／ダイアナ・ウィン・ジョーンズ作／徳間書店／2016/03
ぼろイスのボス／ダイアナ・ウィン・ジョーンズ作／徳間書店／2015/04
四人のおばあちゃん／ダイアナ・ウィン・ジョーンズ作／徳間書店／2016/07
リトル・ジーニーときめきプラス 花ざかりのウェディング／ミランダ・ジョーンズ作／ポプラ社／2014/02
リトル・ジーニーときめきプラス 永遠の友だち／ミランダ・ジョーンズ作／ポプラ社／2014/09
ハウルの動く城 3／ダイアナ・ウィン・ジョーンズ著／徳間書店（徳間文庫）／2016/04
バイクとユニコーン はじめて出逢う世界のおはなし／ジョシュ著／東宣出版／2015/09
アリババとどろぼう：アラビアンナイトより–せかい童話図書館 ; 33／しらかわちづこぶん／いずみ書房／2014/09
魔法使いにキスを（株）魔法製作所 2nd season／シャンナ・スウェンドソン著／東京創元社（創元推理文庫）／2014/04
タイムライダーズ[1] 1・2／アレックス・スカロウ作／小学館／2014/10
タイムライダーズ 2-1 紀元前 6500 万年からの逆襲／アレックス・スカロウ作／小学館／2015/04
タイムライダーズ 2-2 紀元前 6500 万年からの逆襲／アレックス・スカロウ作／小学館／2015/04
タイムライダーズ 3-1 失われた暗号／アレックス・スカロウ作／小学館／2015/12
タイムライダーズ 3-2 失われた暗号／アレックス・スカロウ作／小学館／2015/12
むずかしい年ごろ／アンナ・スタロビネツ著／河出書房新社／2016/09
宝島–10歳までに読みたい世界名作／R.L.スティーヴンソン作／学研教育出版／2015/06
少女探偵アガサ 1 エジプト編 66 番目の墓の謎／サー・スティーヴ・スティーヴンソン作／岩崎書店／2016/12
ジキルとハイド／ロバート・L・スティーヴンソン著／新潮社（新潮文庫）／2015/02
宝島／ロバート・L・スティーヴンソン著／新潮社（新潮文庫）／2016/08
ブラック・レコニング 最古の魔術書 III／ジョン・スティーブンス著／あすなろ書房／2015/12
ドラゴン・プロフェシー／ドゥガルド・A.スティール著／今人舎／2015/06
ナイトミュージアム エジプト王の秘密／マイケル・A.スティール著／KADOKAWA／2015/03

ウソつきとスパイ／レベッカ・ステッド作／小峰書店（Sunnyside Books）／2015/05
吸血鬼ドラキュラ／ブラム・ストーカー作／集英社（集英社みらい文庫）／2014/02
吸血鬼ドラキュラ／ブラム・ストーカー著／KADOKAWA（角川文庫）／2014/05
ロックウッド除霊探偵局 1 上下 霊を呼ぶペンダント／ジョナサン・ストラウド作／小学館／2015/03
ロックウッド除霊探偵局 2 上下 人骨鏡の謎／ジョナサン・ストラウド作／小学館／2015/10
ドコカ行き難民ボート。／シモン・ストランゲル著／汐文社／2015/03
地球から子どもたちが消える。／シモン・ストランゲル著／汐文社／2015/03
ふたりのエアリエル／ノエル・ストレトフィールド著／教文館／2014/10
SWITCH 4　アリにスイッチ！／アリ・スパークス作／フレーベル館／2014/02
SWITCH 5　ガガンボにスイッチ！／アリ・スパークス作／フレーベル館／2014/04
SWITCH 6　ゲンゴロウにスイッチ！／アリ・スパークス作／フレーベル館／2014/04
きみと歩く道／ニコラス・スパークス著／小学館（小学館文庫）／2016/08
まほうの国の獣医さんハティ 1 ほのおを失ったドラゴンをすくえ！／クレア・テイラー・スミス作／KADOKAWA／2014/10
まほうの国の獣医さんハティ 2 ユニコーンの角が欠けちゃった!／クレア・テイラー・スミス作／KADOKAWA／2015/03
まほうの国の獣医さんハティ 3 ねらわれた妖精の羽／クレア・テイラー・スミス作／KADOKAWA／2015/07
スマート―キーラン・ウッズの事件簿／キム・スレイター作／評論社／2016/10
世界を7で数えたら／ホリー・ゴールドバーグ・スローン作／小学館（SUPER!YA）／2016/08
ペナンブラ氏の24時間書店／ロビン・スローン著／東京創元社／2014/04
ルイージといじわるなへいたいさん／ルイス・スロボドキン作・絵／徳間書店／2015/09
書店主フィクリーのものがたり／ガブリエル・ゼヴィン著／早川書房／2015/10
エルフとレーブンのふしぎな冒険 1／マーカス・セジウィック著／学研プラス／2015/10
エルフとレーブンのふしぎな冒険 2 ばけもの山とひみつの城／マーカス・セジウィック著／学研プラス／2015/12
エルフとレーブンのふしぎな冒険 3 帰らずの海と人魚のふえ／マーカス・セジウィック著／学研プラス／2016/04
エルフとレーブンのふしぎな冒険 4 さまよう砂ばくと魔法のじゅうたん／マーカス・セジウィック著／学研プラス／2016/08
エルフとレーブンのふしぎな冒険 5 くらやみの町と歌う剣／マーカス・セジウィック著／学研プラス／2016/12
囀る魚／アンドレアス・セシェ著／西村書店東京出版編集部／2016/06
バイバイ、わたしの9さい!／ヴァレリー・ゼナッティ作／文研出版（文研ブックランド）／2015/11
こびとが打ち上げた小さなボール／チョ・セヒ著／河出書房新社／2016/12
アンダー、サンダー、テンダー 新しい韓国の文学 13／チョン・セラン著／クオン／2015/06
にじの園：CLASSICS FOR A NEW GENERATION／パトリシア・セントジョン著／いのちのことば社／2014/06
川の源：CLASSICS FOR A NEW GENERATION／パトリシア・セントジョン著／いのちのことば社／2016/03
フェアリー・ガールズ 1-DiSNEY／キキ・ソープ作／ポプラ社／2014/03
フェアリー・ガールズ 6 ピーターパンに会える森!?／キキ・ソープ作／ポプラ社／2016/01
フェアリー・ガールズ 4 ミストホースと水の妖精／キキ・ソープ作／ポプラ社／2015/03
フェアリー・ガールズ 5 妖精とひみつのウェディング／キキ・ソープ作／ポプラ社／2015/07
ヴァンパイレーツ 14 最後の海戦／ジャスティン・ソンパー作／岩崎書店／2014/02
ぼくはこうして生き残った!4-東日本大震災／ローレン・ターシス著／KADOKAWA／2015/02
ぼくはこうして生き残った!5-火山の大噴火／ローレン・ターシス著／KADOKAWA／2015/02

ぼくはこうして生き残った!7-ナチスとの戦い／ローレン・ターシス著／KADOKAWA／2015/07
ぼくはこうして生き残った!8-太平洋戦争・開戦の日／ローレン・ターシス著／KADOKAWA／2015/11
ぼくはこうして生き残った!3 タイタニック号沈没事件／ローレン・ターシス著／KADOKAWA／2014/11
ぼくが本を読まない理由(わけ)／ジャネット・タージン著／PHP研究所／2015/12
ほんとうにあった恋のハナシ!幼なじみの大変身／アンジェラ・ダーリン作／KADOKAWA／2014/10
ナツ恋。ずっと、好きだったカレ／アンジェラ・ダーリン著／KADOKAWA／2015/07
十三番目の子／シヴォーン・ダウド作／小学館／2016/04
フェレット迷路（こちら動物のお医者さん）／ルーシー・ダニエルズ作／ほるぷ出版／2014/03
小さな龍たちの大冒険-龍のすむ家／クリス・ダレーシー著／竹書房（竹書房文庫）／2015/07
闇の炎-龍のすむ家；第5章 上下／クリス・ダレーシー著／竹書房（竹書房文庫）／2016/07
龍のすむ家Ⅴ 闇の炎／クリス・ダレーシー著／竹書房／2015/08
あたし、アンバー・ブラウン！／ポーラ・ダンジガー作／文研出版（文研ブックランド）／2015/02
海の光のクレア／エドウィージ・ダンティカ著／作品社／2015/01
ベストフレンズベーカリー 1 友情カップケーキをめしあがれ！／リンダ・チャップマン著／学研プラス／2016/08
ベストフレンズベーカリー 2 夢をかなえるチョコレート・マジック！／リンダ・チャップマン著／学研プラス／2016/09
ベストフレンズベーカリー 3 恋色タルトのオーディション！／リンダ・チャップマン著／学研プラス／2016/12
ダーシェンカ／カレル・チャペック著／青土社／2015/12
高い窓／レイモンド・チャンドラー著／早川書房／2014/12
プレイバック／レイモンド・チャンドラー著／早川書房／2016/12
てづくり魔女（魔女の本棚17）／ルース・チュウ作／フレーベル館／2014/01
魔女のお店（魔女の本棚18）／ルース・チュウ作／フレーベル館／2014/05
公園の魔女（魔女の本棚19）／ルース・チュウ作／フレーベル館／2014/08
魔女と黒い鏡（魔女の本棚20）／ルース・チュウ作／フレーベル館／2014/12
夏の魔女-魔女の本棚；22／ルース・チュウ作／フレーベル館／2016/04
雨の日の魔女-魔女の本棚；23／ルース・チュウ作／フレーベル館／2016/07
むかしむかしの魔女-魔女の本棚；24／ルース・チュウ作／フレーベル館／2016/10
スラップ-オーストラリア現代文学傑作選／クリストス・チョルカス著／現代企画室／2014/12
お父さんの手紙／イレーネ・ディーシェ著／新教出版社（つのぶえ文庫）／2014/02
チェシャーチーズ亭のネコ／カーメン・アグラ・ディーディ／東京創元社／2014/07
レモネード戦争／ジャクリーヌ・デイヴィーズ作／フレーベル館（ものがたりの庭）／2014/11
空飛ぶリスとひねくれ屋のフローラ／ケイト・ディカミロ作／徳間書店／2016/09
ねずみの騎士デスペローの物語／ケイト・ディカミロ作／ポプラ社（ポプラ文学ポケット）／2016/03
愛をみつけたうさぎ-エドワード・テュレインの奇跡の旅／ケイト・ディカミロ作／ポプラ社（ポプラ文学ポケット）／2016/09
エベレスト・ファイル シェルパたちの山／マット・ディキンソン作／小学館／2016/03
クリスマス・キャロル／チャールズ・ディケンズ著／春風社／2015/11
二都物語／チャールズ・ディケンズ著／新潮社（新潮文庫）／2014/06
ワンダ*ラ 6 再生 ふたりのエバ／トニー・ディテルリッジ作／文溪堂／2014/01
ワンダ*ラ 7 裏切りの惑星／トニー・ディテルリッジ作／文溪堂／2014/10
ワンダ*ラ 8 ニューアッティカ壊滅／トニー・ディテルリッジ作／文溪堂／2015/01
ワンダ*ラ 9 エバ、ほんとうのワンダ*ラへ／トニー・ディテルリッジ作／文溪堂／2015/03
ゾウがとおる村／ニコラ・デイビス文／さ・え・ら書房／2014/02
クジラに救われた村／ニコラ・デイビス文／さ・え・ら書房／2015/12
クマと家出した少年／ニコラ・デイビス文／さ・え・ら書房／2016/03

アナと雪の女王[1]-愛されるエルサ女王／エリカ・デイビッド文／KADOKAWA（角川つばさ文庫）／2015/03
アナと雪の女王[2]-失われたアナの記憶／エリカ・デイビッド文／KADOKAWA（角川つばさ文庫）／2015/03
アナと雪の女王[3]-エルサと夏の魔法／エリカ・デイビッド文／KADOKAWA（角川つばさ文庫）／2015/08
アナと雪の女王[4]-オラフはスーパースター！／エリカ・デイビッド文／KADOKAWA（角川つばさ文庫）／2015/12
アナと雪の女王[5]-氷を愛する人はだれ？／エリカ・デイビッド文／KADOKAWA（角川つばさ文庫）／2016/03
アナと雪の女王[6]-ふたりの固いきずな／エリカ・デイビッド文／KADOKAWA（角川つばさ文庫）／2016/08
星影の娘と真紅の帝国 上下／レイニ・テイラー著／早川書房（ハヤカワ文庫 FT）／2014/06
魔使いの呪い／ジョゼフ・ディレイニー著／東京創元社（創元推理文庫）／2014/01
魔使いの秘密／ジョゼフ・ディレイニー著／東京創元社（創元推理文庫）／2014/01
魔使いの血（魔使いシリーズ）／ジョゼフ・ディレイニー著／東京創元社（sogen bookland）／2014/03
魔使いの敵 闇の国のアリス（魔使いシリーズ）／ジョゼフ・ディレイニー著／東京創元社（sogen bookland）／2014/08
魔使いの復讐／ジョゼフ・ディレイニー著／東京創元社（sogen bookland）／2015/02
ピッチの王様 1-4 人の誓い／ティロ文／ほるぷ出版／2015/04
ピッチの王様 2-キケンなわな／ティロ文／ほるぷ出版／2015/08
ピッチの王様 3-チャンスをつかめ／ティロ文／ほるぷ出版／2015/12
ピッチの王様 4-勝利のゆくえ／ティロ文／ほるぷ出版／2016/03
ビルマ 1946 独立前夜の物語／テインペーミン著／段々社／2016/10
ロビンソン・クルーソー-10 歳までに読みたい世界名作／ダニエル・デフォー作／学研プラス／2015/10
岩くつ王-10 歳までに読みたい世界名作／アレクサンドル・デュマ作／学研プラス／2015/12
三銃士-10 歳までに読みたい世界名作／アレクサンドル・デュマ作／学研プラス／2016/02
青空のかけら／S・E・デュラント作／鈴木出版（鈴木出版の児童文学）／2016/10
ハリネズミの願い／トーン・テレヘン著／新潮社／2016/06
キラキラ名探偵[1] 赤毛組合-シャーロック・ホームズ／コナン・ドイル原作／新星出版社／2015/12
キラキラ名探偵[2] まだらのひも-シャーロック・ホームズ／コナン・ドイル原作／新星出版社／2015/12
キラキラ名探偵[3] 消えた花嫁-シャーロック・ホームズ／コナン・ドイル原作／新星出版社／2016/03
キラキラ名探偵[4] 緋色の研究-シャーロック・ホームズ／コナン・ドイル原作／新星出版社／2016/07
キラキラ名探偵[5] 消えた花むこ-シャーロック・ホームズ／コナン・ドイル原作／新星出版社／2016/11
ロスト・ワールド-失われた世界 新装版／アーサー・コナン・ドイル作／講談社（講談社青い鳥文庫）／2015/08
名探偵ホームズバスカビル家の犬 上中下／アーサー・コナン・ドイル作／講談社（講談社大きな文字の青い鳥文庫）／2014/09
名探偵シャーロック・ホームズなぞの赤毛クラブ：赤い髪の男だけが入れる会とは!?世界一の探偵ホームズ登場-10 歳までに読みたい名作ミステリー／コナン・ドイル作／学研プラス／2016/06
名探偵シャーロック・ホームズ ガチョウと青い宝石-10 歳までに読みたい名作ミステリー／コナン・ドイル作／学研プラス／2016/09
名探偵シャーロック・ホームズ ホームズ最後の事件!?：ホームズにとって、最大の敵が登場!!二人の戦いはどうなる?-10 歳までに読みたい名作ミステリー／コナン・ドイル作／学研プラス／2016/11
名探偵シャーロック・ホームズ おどる人形の暗号-10 歳までに読みたい名作ミステリー／コナン・ドイル作／学研プラス／2016/12
名探偵シャーロック・ホームズ-緋色の研究／コナン・ドイル作／KADOKAWA（角川つばさ文庫）／

2015/07
名探偵シャーロック・ホームズ?四つの署名／コナン・ドイル作／KADOKAWA（角川つばさ文庫）／2015/11
さよならのドライブ／ロディ・ドイル作／フレーベル館（文学の森）／2014/01
シャーロック・ホームズ最後の挨拶／アーサー・コナン・ドイル著／東京創元社（創元推理文庫）／2014/08
恐怖の谷／アーサー・コナン・ドイル著／東京創元社（創元推理文庫）／2015/09
バスカヴィル家の犬／コナン・ドイル著／KADOKAWA（角川文庫）／2014/02
シャーロック・ホームズーはじめてのミステリー 名探偵登場!／コナン・ドイル著／汐文社／2016/12
巨人退治のジャック／リチャード・ドイル文・絵／レベル／2014/07
トム・ソーヤーの冒険-ポプラ世界名作童話；2／M.トウェイン作／ポプラ社／2015/11
王子とこじき-10歳までに読みたい世界名作／マーク・トウェイン作／学研プラス／2016/04
ハックルベリー・フィンの冒険 上下／マーク・トウェイン作／岩波書店／2014/03
トム・ソーヤの冒険 世界名作シリーズ／マーク・トウェイン作／小学館（小学館ジュニア文庫）／2016/01
ハックルベリー・フィンの冒険 上下／トウェイン著／光文社（光文社古典新訳文庫）／2014/06
すべての見えない光／アンソニー・ドーア著／新潮社（CREST BOOKS）／2016/08
白痴 1／ドストエフスキー著／光文社（光文社古典新訳文庫）／2015/11
ユナイテッド・ステイツ・オブ・ジャパン／ピーター・トライアス著／早川書房（新☆ハヤカワ・SF・シリーズ）／2016/10
ジュディとニックのズートピア警察署事件簿 盗まれたくさ?いチーズの謎／グレッグ・トライン著／講談社（講談社KK文庫）／2016/09
メアリー・ポピンズ ポプラ世界名作童話10／P・L・トラヴァース作／ポプラ社／2015/11
メアリー・ポピンズとお隣さん／P.L.トラヴァース著／復刊ドットコム／2014/03
さくら通りのメアリー・ポピンズ／P.L.トラヴァース著／復刊ドットコム／2014/04
ベイマックス／アイリーン・トリンブル作／偕成社（ディズニーアニメ小説版）／2014/12
エメリアンとたいこーせかい童話図書館；21／トルストイさく／いずみ書房／2014/09
わたしの心のなか／シャロン・M.ドレイパー作／鈴木出版（鈴木出版の海外児童文学）／2014/09
パールストリートのクレイジー女たち／トレヴェニアン著／ホーム社／2015/04
道化と王／ローズ・トレメイン著／柏書房／2016/02
名犬ラッシー 新訳／エリック・ナイト作／KADOKAWA（角川つばさ文庫）／2015/05
恐怖のお泊まり会 永遠に親友／P.J.ナイト著／KADOKAWA／2014/12
恐怖のお泊まり会 〔3〕 のろわれた脚本／P．J．ナイト著／KADOKAWA／2014/03
恐怖のお泊まり会 〔4〕 裏庭の化け物／P．J．ナイト著／KADOKAWA／2014/08
恐怖のお泊まり会6 ひと目ぼれは、悪夢の始まり／P.J.ナイト著／KADOKAWA／2015/03
いたずらっ子がやってきた／カトリーナ・ナネスタッド作／さ・え・ら書房／2016/12
僕の心がずっと求めていた最高に素晴らしいこと／ジェニファー・ニーヴン著／辰巳出版／2016/12
偽りの王子-カーシア国3部作／ジェニファー・A.ニールセン作／ほるぷ出版／2014/10
消えた王-カーシア国3部作／ジェニファー・A.ニールセン作／ほるぷ出版／2015/09
ねらわれた王座-カーシア国3部作／ジェニファー・A.ニールセン作／ほるぷ出版／2016/09
チェコのお婆さん〔ドイツ語版より翻訳〕／ボジェナ・ニェムツォヴァー原作／彩流社／2014/07
銀河帝国を継ぐ者／ガース・ニクス著／東京創元社（創元SF文庫）／2014/08
アナと雪の女王／サラ・ネイサン作／偕成社（ディズニーアニメ小説版）／2014/03
シャイローがきた夏／フィリス・レイノルズ・ネイラー著／あすなろ書房／2014/09
だいじょうぶカバくん-わくわくライブラリー／ダニエル・ネスケンス作／講談社／2015/02
メリサンド姫 むてきの算数!-おはなしメリーゴーラウンド／E.ネズビット作／小峰書店／2014/02
まだなにかある 上下／パトリック・ネス著／辰巳出版／2015/06

君に太陽を／ジャンディ・ネルソン著／集英社（集英社文庫）／2016/11
ドラゴンの塔 上下／ナオミ・ノヴィク著／静山社／2016/12
ハリー・オーガスト、15回目の人生／クレア・ノース著／KADOKAWA（角川文庫）／2016/08
はじめてのダンスパーティーーウサギのフローレンス；2／リス・ノートン原作／学研教育出版／2014/06
きらきら雪のワンダーランドーウサギのフローレンス；4／リス・ノートン原作／学研教育出版／2014/12
金色はっぱのひみつきちーウサギのフローレンス；3／リス・ノートン原作／学研教育出版／2014/10
モンスーンの贈りもの／ミタリ・パーキンス作／鈴木出版（鈴木出版の児童文学）／2016/06
ペンダーウィックの四姉妹 夏の魔法／ジーン・バーズオール作／小峰書店（Sunnyside Books）／
　2014/06
ペンダーウィックの四姉妹2／ジーン・バーズオール作／小峰書店（Sunnyside Books）／2015/08
タイムスリップ海賊サム・シルバー　3　真夜中の救出作戦／ジャン・バーチェット著／KADOKAWA／
　2014/03
タイムスリップ海賊サム・シルバー　4　裏切り者のわな！／ジャン・バーチェット著／KADOKAWA／
　2014/05
魔法師グリーシャの騎士団①　太陽の召喚者／リー・バーデュゴ著／早川書房（ハヤカワ文庫 FT）／
　2014/07
ひみつの花園 ポプラ世界名作童話17／F・H・バーネット作／ポプラ社／2016/11
小公女ーポプラ世界名作童話；3／F.H.バーネット作／ポプラ社／2015/11
小公子セドリック／KADOKAWA（角川つばさ文庫）／2014/09
小公子セドリック／バーネット作／小学館（小学館ジュニア文庫）／2016/08
小公女セーラ／バーネット作／小学館（小学館ジュニア文庫）／2016/07
ひみつの花園-10歳までに読みたい世界名作／フランシス・ホジソン・バーネット作／学研教育出版／
　2015/06
ユニコーン キャクストンの挑戦／シンシア・ハーネット著／南窓社／2014/05
小公女／フランシス・ホジソン・バーネット著／新潮社（新潮文庫）／2014/11
秘密の花園／フランシス・ホジソン・バーネット著／新潮社（新潮文庫）／2016/06
フットボール・アカデミー 4 孤独な司令塔MFベンの苦悩／トム・パーマー作／岩崎書店／2014/01
フットボール・アカデミー 5 最後のゴールDFジェームズの選択／トム・パーマー作／岩崎書店／
　2014/04
フットボール・アカデミー 6 最高のキャプテンDFライアンの決意／トム・パーマー作／岩崎書店／
　2014/07
アーサーとジョージ／ジュリアン・バーンズ著／中央公論新社／2016/01
トルネード！／ベッツィ・バイアーズ作／学研教育出版（ジュニア文学館）／2015/05
片手の郵便配達人／グードルン・パウゼヴァング著／みすず書房／2015/12
こうのとりになったおうさまーせかい童話図書館；40／ハウフさく／いずみ書房／2014/09
ふたつの生ーロシア名作ライブラリー；12／カロリーナ・パヴロワ著／群像社／2014/06
大きなたまご／オリバー・バターワース作／岩波書店（岩波少年文庫）／2015/08
コミック密売人／ピエルドメニコ・バッカラリオ作／岩波書店（STAMP BOOKS）／2015/02
THE LOCK　ぼくたちが"世界"を変える日1 仕かけられたなぞ／ピエルドメニコ・バッカラリオ作／学
　研プラス／2015/12
THE LOCK　ぼくたちが"世界"を変える日2 洞窟にひそむ物体／ピエルドメニコ・バッカラリオ作／学
　研プラス／2015/12
かもめのジョナサン【完成版】／リチャード・バック著／新潮社／2014/06
へっちゃらトーマス こころのほんばこシリーズ／パット・ハッチンス文／大日本図書／2016/01
ぼく、悪い子になっちゃった！／マーガレット・ピーターソン・ハディックス作／さ・え・ら書房／2014/11
呪われた図書館／ドリー・ヒルスタッド・バトラー作／国土社／2016/08
屋根裏のゆうれい／ドリー・ヒルスタッド・バトラー作／国土社／2016/11

青い舌の怪獣をさがせ!（名探偵犬バディ）／ドリー・ヒルスタッド・バトラー作／国土社／2014/02
月は、ぼくの友だち／ナタリー・バビット作／評論社／2016/06
ワンダー／R.J.パラシオ作／ほるぷ出版／2015/07
ピーター・パンとウェンディ／ジェームズ・M・バリー著／新潮社（新潮文庫）／2015/05
王女さまのお手紙つき[4]　南の島の願いごとパール／ポーラ・ハリソン原作／学研プラス／2016/04
王女さまのお手紙つき[5]　誕生日のおひろめドレス／ポーラ・ハリソン原作／学研プラス／2016/09
王女さまのお手紙つき[6]　バンパイアのひみつ料理／ポーラ・ハリソン原作／学研プラス／2016/09
王女さまのお手紙つき[2]　銀色ペンダントのひみつ／ポーラ・ハリソン原作／学研教育出版／2015/09
王女さまのお手紙つき3　たからさがしと魔法の蝶／ポーラ・ハリソン原作／学研プラス／2016/04
王女さまのお手紙つき1　舞踏会とジュエルの約束／ポーラ・ハリソン原作／学研教育出版／2015/09
マウとバウの新しい家／ティモ・パルヴェラ作／文研出版（文研じゅべにーる）／2014/02
ふたりは世界一!／アンドレス・バルバ作／偕成社／2014/04
青い目の人形物語1　平和への願い　アメリカ編／シャーリー・パレント一作／岩崎書店／2015/06
青い目の人形物語2　希望の人形　日本編／シャーリー・パレント一作／岩崎書店／2016/08
ぼくが消えないうちに／A.F.ハロルド作え／ポプラ社（ポプラせかいの文学）／2016/10
王宮のトラと闘技場のトラ／リン・リード・バンクス作／さ・え・ら書房／2016/02
ぼくたちの相棒／ケイト・バンクス著／あすなろ書房／2015/11
サバイバーズ1　孤独の犬／エリン・ハンター作／小峰書店／2014/09
サバイバーズ2　見えざる敵／エリン・ハンター作／小峰書店／2014/09
サバイバーズ3　ひとすじの光／エリン・ハンター作／小峰書店／2015/06
サバイバーズ4　嵐の予感／エリン・ハンター作／小峰書店／2016/05
ウォーリアーズⅢ6　日の出／エリン・ハンター作／小峰書店／2014/06
ウォーリアーズ4-1　予言の猫／エリン・ハンター作／小峰書店／2016/01
ウォーリアーズ4-2　消えゆく鼓動／エリン・ハンター作／小峰書店／2016/07
トム・ゲイツ[2]　ステキないいわけ／L.ピーション作／小学館／2014/01
アルバート、故郷に帰る　両親と1匹のワニがぼくに教えてくれた、大切なこと／ホーマー・ヒッカム著／ハーパーコリンズ・ジャパン／2016/09
がれきのなかの小鳥／カーリ・ビッセルス作／文渓堂／2015/11
ケチャップ・シンドローム／アナベル・ピッチャー著／早川書房（ハヤカワ・ミステリ文庫）／2015/10
ディキシーと世界一の赤い車／シャーリー・ヒューズ文／あすなろ書房／2015/03
ほらふき男爵の冒険　新訳／ビュルガー編／集英社（集英社みらい文庫）／2015/05
アリストテレスのいる薬屋-はじめて読むじんぶん童話シリーズ／パク・ヒョンスク文／彩流社／2015/10
スーパーヒーロー・パンツマン1　パンツマンたんじょうのひみつ／デイブ・ピルキー作・絵／徳間書店／2014/01
スーパーヒーロー・パンツマン2　パンツマンVS巨大トイレロボ／デイブ・ピルキー作・絵／徳間書店／2014/01
スーパーヒーロー・パンツマン3　パンツマンVS恐怖のオバちゃんエイリアン／デイブ・ピルキー作・絵／徳間書店／2014/02
スーパーヒーロー・パンツマン4　パンツマンVSおもらし教授　あんたのお名前なんて一の？／デイブ・ピルキー作・絵／徳間書店／2014/02
チップス先生、さようなら：新訳／ジェイムズ・ヒルトン著／慧文社／2016/05
チップス先生、さようなら／ジェイムズ・ヒルトン著／新潮社（新潮文庫）／2016/02
アラスカの小さな家族-バラードクリークのボー／カークパトリック・ヒル著／講談社（講談社文学の扉）／2015/01
ファーブル昆虫記　ポプラ世界名作童話14／J・H・ファーブル作／ポプラ社／2016/11
女吸血鬼カーミラ／レ・ファニュ作／亜紀書房／2015/02
キミがくれた希望のかけら／セアラ・ムーア・フィッツジェラルド作／フレーベル館（文学の森）／

2016/10
スピニー通りの秘密の絵／L.M.フィッツジェラルド著／あすなろ書房／2016/11
霧のなかの白い犬／アン・ブース著／あかね書房／2016/03
バクのバンバン、町にきた／ポリー・フェイバー作／徳間書店／2016/11
マリゴールドの願いごと／ジェーン・フェリス作／小峰書店（Sunnyside Books）／2014/12
本を読むひと／アリス・フェルネ著／新潮社（CREST BOOKS）／2016/12
パール街の少年たち／モルナール・フェレンツ作／偕成社／2015/09
大パニック!よみがえる恐竜（サウルスストリート）／ニック・フォーク作／金の星社／2015/09
ダーク・ライフ-海底の世界 上下／カット・フォールズ著／KADOKAWA／2016/01
スター・ウォーズフォースの覚醒レイのサバイバル日記／スタジオファン・ブックス編／講談社／2016/01
黒いお姫さま―ドイツの昔話／ヴィルヘルム・ブッシュ採話／福音館書店（福音館文庫）／2015/01
古森のひみつ／ディーノ・ブッツァーティ作／岩波書店（岩波少年文庫）／2016/06
古森の秘密 はじめて出逢う世界のおはなし／ディーノ・ブッツァーティ著／東宣出版／2016/07
シタとロット：ふたりの秘密／アナ・ファン・プラーハ著／西村書店東京出版編集部／2016/06
GOLD RUSH!最強の執事 ぼくらのステキな冒険／シド・フライシュマン作／ポプラ社（ポプラポケット文庫）／2014/11
ベッツィ・メイとこいぬ／イーニッド・ブライトン作／岩波書店／2015/04
ベッツィ・メイとにんぎょう／イーニッド・ブライトン作／岩波書店／2015/05
STAR WARS ジャーニー・トゥ・フォースの覚醒 ジェダイの剣術を磨け!／ジェイソン・フライ著／講談社（講談社KK文庫）／2015/12
魔法ねこベルベット 1 学校へようこそ!／タビサ・ブラック作／評論社／2014/05
魔法ねこベルベット 2 妖精パックにご用心／タビサ・ブラック作／評論社／2014/07
魔法ねこベルベット 3 ハロウィンの大そうどう／タビサ・ブラック作／評論社／2014/09
魔法ねこベルベット 4 モナ・リザのひみつ／タビサ・ブラック作／評論社／2014/11
魔法ねこベルベット 5-危険な手紙／タビサ・ブラック作／評論社／2015/01
魔法ねこベルベット 6-未来鏡をのぞいたら／タビサ・ブラック作／評論社／2015/03
華氏451度／レイ・ブラッドベリ著／早川書房（ハヤカワ文庫 SF）／2014/06
アラルエン戦記 5 魔術／ジョン・フラナガン作／岩崎書店／2014/03
アラルエン戦記 7 奪還 上／ジョン・フラナガン作／岩崎書店／2015/07
アラルエン戦記 8 奪還 下／ジョン・フラナガン作／岩崎書店／2016/02
アラルエン戦記 9 秘密／ジョン・フラナガン作／岩崎書店／2016/10
アーロと少年／スーザン・フランシス作／偕成社／2016/03
インサイド・ヘッド／スーザン・フランシス作／偕成社（ディズニーアニメ小説版）（ディズニーアニメ小説版）／2015/07
ズートピア／スーザン・フランシス作／偕成社（ディズニーアニメ小説版）／2016/05
ファインディング・ドリー／スーザン・フランシス作／偕成社（ディズニーアニメ小説版）／2016/07
プレーンズ 2／スーザン・フランシス作／偕成社（ディズニーアニメ小説版）／2014/07
オクサ・ポロック 5 反逆者の君臨／アンヌ・プリショタ著／西村書店／2014/12
魔法が消えていく…／サラ・プリニース作／徳間書店／2016/01
ヴラディミール・トッド・クロニクルズⅢ 血をめぐる儀式／ヘザー・ブリューワー著／ 新書館／2014/09
ヴラディミール・トッド・クロニクルズⅣ エリシアの掟／ヘザー・ブリューワー著／ 新書館／2014/10
ヴラディミール・トッド・クロニクルズⅤ 預言の子／ヘザー・ブリューワー著／ 新書館／2014/11
ヴラディミール・トッド・クロニクルズⅠ／ヘザー・ブリューワー著／新書館／2014/08
ヴラディミール・トッド・クロニクルズⅡ スレイヤーの魔の手／ヘザー・ブリューワー著／新書館／2014/08
失われた時を求めて 全一冊／マルセル・プルースト著／新潮社（新潮モダン・クラシックス）／2015/05
サマセット四姉妹の大冒険／レズリー・M.M.ブルーム作／ほるぷ出版／2014/06

ピーターとファッジのどたばた日記／ジュディ・ブルーム著／バベルプレス／2016/11
エンドゲーム：コーリング／ジェイムズ・フレイ／学研パブリッシング／2014/10
ビースト・クエスト１ 火龍フェルノ／アダム・ブレード作／静山社（静山社ペガサス文庫）／2016/04
メディチ家の紋章上下／テリーザ・ブレスリン作／小峰書店（Sunnyside Books）／2016/02
くろグミ団は名探偵カラス岩の宝物／ユリアン・プレス作・絵／岩波書店／2016/04
くろグミ団は名探偵石弓の呪い／ユリアン・プレス作・絵／岩波書店／2016/08
くろグミ団は名探偵紅サンゴの陰謀／ユリアン・プレス作・絵／岩波書店／2016/12
亡霊学級のろわれた小学校／ジェームズ・プレラー著／KADOKAWA／2016/07
亡霊ゲーム／ジェームズ・プレラー著／KADOKAWA／2016/12
ニット帽の天使／オトフリート・プロイスラー作／さ・え・ら書房／2016/09
大力のワーニャ／オトフリート・プロイスラー作／岩波書店（岩波少年文庫）／2014/06
ヒロの日記：ディズニーベイマックス／ロリ・フローブ文／講談社／2015/08
サバイバー １ 嵐の試練／ジェフ・プロブスト著／講談社／2016/07
サバイバー ２ 炎の試練／ジェフ・プロブスト著／講談社／2016/08
鏡の世界-石の肉体／コルネーリア・フンケ著／WAVE出版／2015/09
ゴーストの騎士／コルネーリア・フンケ著／WAVE出版／2016/06
神々と戦士たち２ 再会の島で／ミシェル・ペイヴァー著／あすなろ書房／2015/01
神々と戦士たち１ 青銅の短剣／ミシェル・ペイヴァー著／あすなろ書房／2015/06
神々と戦士たち３ ケフティウの呪文／ミシェル・ペイヴァー著／あすなろ書房／2016/11
クリスマスとよばれた男の子／マット・ヘイグ文／西村書店東京出版編集部／2016/12
リン-森の娘 樹と心をかよわせる少女の物語／シャノン・ヘイル著／バベルプレス／2014/05
よみきかせスピリチュアル：宇宙の子どもである〈あなた〉へ：ルル～こころの物語～／ルイーズ・L・ヘイ著／ヒカルランド／2014/11
のんびり村は大さわぎ!／アンナレーナ・ヘードマン作／徳間書店／2016/05
リフカの旅／カレン・ヘス作／理論社／2015/03
川のほとりの大きな木／クレイトン・ベス作／童話館出版／2014/02
盗まれたおとぎ話-少年冒険家トム１／イアン・ベック作・絵／静山社（静山社ペガサス文庫）／2015/07
さらわれたおとぎ話-少年冒険家トム２／イアン・ベック作・絵／静山社（静山社ペガサス文庫）／2015/09
救われたおとぎ話-少年冒険家トム３／イアン・ベック作・絵／静山社（静山社ペガサス文庫）／2015/11
老人と海／ヘミングウェイ著／光文社（光文社古典新訳文庫）／2014/09
赤毛のゾラ 上下／クルト・ヘルト作／福音館書店（福音館文庫）／2016/11
十五少年漂流記-ポプラ世界名作童話；12／J.ベルヌ作／ポプラ社／2016/11
海底二万マイル-10歳までに読みたい世界名作／ジュール・ベルヌ作／学研プラス／2016/04
シンデレラ-せかい童話図書館；25／ペローさく／いずみ書房／2014/09
ながぐつをはいたねこ-せかい童話図書館；29／ペローさく／いずみ書房／2014/09
眠れる森の美女：シャルル・ペロー童話集／シャルル・ペロー著／新潮社（新潮文庫）／2016/02
ヒミツの子ねこ２／スー・ベントレー作／ポプラ社／2015/04
ヒミツの子ねこ３ 子ねこと夢をかなえよう!／スー・ベントレー作／ポプラ社（ポプラポケット文庫）／2014/05
ヒミツの子ねこ４ いじわるねこ登場!?／スー・ベントレー作／ポプラ社（ポプラポケット文庫）／2014/11
ヒミツの子ねこ５　キャットホテルでお手伝い!／スー・ベントレー作／ポプラ社（ポプラポケット文庫）／2015/03
ヒミツの子ねこ６ 写真コンテストにチャレンジ!／スー・ベントレー作／ポプラ社（ポプラポケット文庫）／2015/07
ヒミツの子ねこ７ 子ねこときらめきのジャンプ!／スー・ベントレー作／ポプラ社（ポプラポケット文庫）／2016/01
オズの魔法使い／L・F・ボウム著／小学館（小学館文庫）／2015/02

少女ポリアンナ-10歳までに読みたい世界名作／エレナ・ポーター作／学研プラス／2015/10
スウ姉さん／E・ポーター著／河出書房新社（河出文庫）／2014/04
リンバロストの乙女 上下／G・ポーター著／河出書房新社（河出文庫）／2014/08
そばかすの少年／G・ポーター著／河出書房新社（河出文庫）／2015/04
オズの魔法使い-ポプラ世界名作童話；16／L.F.ボーム作／ポプラ社／2016/11
きみがぼくを見つける／サラ・ボーム著／ポプラ社／2016/10
悪狐ルナールの一生／ピエール・ド・ボーモン原著／文芸社／2015/09
大渦巻への落下・灯台-ポー短編集；3／エドガー・アラン・ポー著／新潮社（新潮文庫）／2015/03
ブーツをはいたキティのおはなし／ビアトリクス・ポター作／静山社／2016/09
クララ ンス・フルートとシビルの秘密／サンドリーヌ・ボニーニ文／近代文藝社／2015/09
ブロード街の12日間／デボラ・ホプキンソン著／あすなろ書房／2014/11
海をわたったビスク・ドール（マジック・ドール1）／ジョーン・ホルブ作／国土社／2014/05
闇に逃げたろう人形（マジック・ドール2）／ジョーン・ホルブ作／国土社／2014/06
すてられたベビー・ドール（マジック・ドール3）／ジョーン・ホルブ作／国土社／2014/07
ドールハウスの奇跡（マジック・ドール4）／ジョーン・ホルブ作／国土社／2014/09
希望のかたわれ／メヒティルト・ボルマン著／河出書房新社／2015/08
14番目の金魚／ジェニファー・L.ホルム作／講談社／2015/11
レイン 雨を抱きしめて／アン・M.マーティン作／小峰書店（Sunnyside Books）／2016/10
不完全な魔法使い 上下／マーガレット・マーヒー著／東京創元社／2014/01
不思議な尻尾／マーガレット・マーヒー著／東京創元社／2014/12
まいごのまいごのアルフィーくん／ジル・マーフィ著／評論社／2016/07
コービーの海／ベン・マイケルセン作／鈴木出版（鈴木出版の海外児童文学）／2015/06
カール・マイ冒険物語：オスマン帝国を行く〈2〉 ティグリス河の探検／カール・マイ著／朝文社／2014/02
カール・マイ冒険物語：オスマン帝国を行く〈3〉 悪魔崇拝者／カール・マイ著／朝文社／2014/05
カール・マイ冒険物語：オスマン帝国を行く〈4〉 クルディスタンの奥地にて／カール・マイ著／朝文社／2014/07
カール・マイ冒険物語：オスマン帝国を行く〈5〉 ペルシア辺境にそって／カール・マイ著／朝文社／2014/10
カール・マイ冒険物語：オスマン帝国を行く〈6〉 バクダードからイスタンブールへ／カール・マイ著／朝文社／2014/12
カール・マイ冒険物語：オスマン帝国を行く〈7〉 ブルガリア南部にて／カール・マイ著／朝文社／2015/08
カール・マイ冒険物語：オスマン帝国を行く〈8〉 バルカン峡谷にて／カール・マイ著／朝文社／2015/12
カール・マイ冒険物語：オスマン帝国を行く〈9〉 オスマン帝国の辺境／カール・マイ著／朝文社／2016/04
カール・マイ冒険物語：オスマン帝国を行く〈10〉 マケドニアを行く／カール・マイ著／朝文社／2016/07
カール・マイ冒険物語：オスマン帝国を行く〈11〉 アルバニア山地にて／カール・マイ著／朝文社／2016/12
英国情報局秘密組織CHERUB（チェラブ） Mission10 リスク／ロバート・マカモア作／ほるぷ出版／2014/12
未成年／イアン・マキューアン著／新潮社（CREST BOOKS）／2015/11
星を知らないアイリーン-おひめさまとゴブリンの物語／ジョージ・マクドナルド作／KADOKAWA（角川つばさ文庫）／2015/06
北風のうしろの国上下／ジョージ・マクドナルド作／岩波書店（岩波少年文庫）／2015/10
ラブスター博士の最後の発見／アンドリ・S.マグナソン著／東京創元社（創元SF文庫）／2014/11

タイムボックス／アンドリ・S.マグナソン著／NHK出版／2016/10
夢見る犬たち 五番犬舎の奇跡／クリフ・マクニッシュ作／金の星社／2015/08
ぼくのなかのほんとう／パトリシア・マクラクラン作／リーブル／2016/02
きょうはかぜでおやすみ こころのほんばこシリーズ／パトリシア・マクラクラン文／大日本図書／
　　2016/02
アリスはどこへ行った?／グレゴリー・マグワイア著／ハーパーコリンズ・ジャパン／2016/04
ひみつの妖精ハウス1-ひみつの妖精ハウス／ケリー・マケイン作／ポプラ社／2016/03
ひみつの妖精ハウス 2 転校生がやってきた!／ケリー・マケイン作／ポプラ社／2016/07
ひみつの妖精ハウス3 友情は、勇気の魔法!／ケリー・マケイン作／ポプラ社／2016/11
イチゴのお手紙つき[5]　おじょうさまと勇気の船／ベアトリーチェ・マジーニ原作／学研教育出版／
　　2015/04
イチゴのお手紙つき[6]　雪ふる森のお守りジュエル／ベアトリーチェ・マジーニ原作／学研教育出版／
　　2016/09
イチゴのお手紙つき-王さまへの最後のおくりもの／ベアトリーチェ・マジーニ原作／学研教育出版／
　　2014/09
イチゴのお手紙つき-結婚式のおよばれドレス／ベアトリーチェ・マジーニ原作／学研教育出版／2014/09
チャーリー、ただいま家出中／ヒラリー・マッカイ作／徳間書店／2014/04
結婚式のメンバー／カーソン・マッカラーズ／新潮文庫／2016/04
誰でもない彼の秘密／マイケラ・マッコール著／東京創元社／2015/04
ミスターオレンジ／トゥルース・マティ作／朔北社／2016/09
アンラヴェルミー ほんとうのわたし シャッターミー2／タヘラ・マフィ著／潮出版社／2015/03
キャプテン・アメリカ：ザ・ファースト・アベンジャー／クリストファー・マルクス／講談社／2014/04
キャプテン☆アメリカ ウィンター・ソルジャー／クリストファー・マルクス／講談社／2014/10
追え!!魔法の赤いイス／アンジェイ・マレシュカ著／講談社（講談社文学の扉）／2014/01
海賊の銀貨 12分の1の冒険 3／マリアン・マローン作／ほるぷ出版／2014/02
12分の1の冒険 4 魔法の鍵の贈り物／マリアン・マローン作／ほるぷ出版／2016/04
家なき子-10歳までに読みたい世界名作／エクトール・アンリ・マロ作／学研プラス／2016/02
イザドラ・ムーン学校へいく!／ハリエット・マンカスター著／静山社／2016/07
イザドラ・ムーン キャンプにいく!／ハリエット・マンカスター著／静山社／2016/09
アニー／トーマス・ミーハン著／あすなろ書房／2014/11
アラビアンナイト シンドバッドの冒険：思いもよらぬことが次から次に!どきどきの冒険物語-10歳までに
　　読みたい世界名作；16／みおちづる編著／学研教育出版／2015/08
風と共に去りぬ 第1巻／マーガレット・ミッチェル著／新潮社（新潮文庫）／2015/04
風と共に去りぬ 第2巻／マーガレット・ミッチェル著／新潮社（新潮文庫）／2015/04
風と共に去りぬ 第3巻／マーガレット・ミッチェル著／新潮社（新潮文庫）／2015/05
風と共に去りぬ 第4巻／マーガレット・ミッチェル著／新潮社（新潮文庫）／2015/06
風と共に去りぬ 第5巻／マーガレット・ミッチェル著／新潮社（新潮文庫）／2015/07
マイティ・ソー／アシュリー・エドワード・ミラー脚本／講談社／2014/03
アキレウスの歌／マデリン・ミラー著／早川書房／2014/03
読書マラソン、チャンピオンはだれ?／クラウディア・ミルズ作／文溪堂／2014/11
ある夢想者の肖像／スティーヴン・ミルハウザー著／白水社／2015/10
イーヨーのあたらしいうち-はじめてのプーさん／A・A・ミルンぶん／岩波書店／2016/09
プーあそびをはつめいする-はじめてのプーさん／A・A・ミルンぶん／岩波書店／2016/09
クマのプー／A.A.ミルン原案／KADOKAWA／2016/10
ウィニー・ザ・プー／A・A・ミルン著／新潮社（新潮モダン・クラシックス）／2014/03
プーの細道にたった家／A・A・ミルン著／新潮社（新潮モダン・クラシックス）／2016/07
ペーパーバッグクリスマス：最高の贈りもの／ケヴィン・アラン・ミルン著,宮木陽子訳／いのちのことば

社フォレストブックス／2016/09
プーのはちみつとり はじめてのプーさん／A・A・ミルン文／岩波書店／2016/09
くろねこのロク空をとぶ／インガ・ムーア作・絵／徳間書店／2015/05
リトル・パパ／パット・ムーン作／文研出版（文研ブックランド）／2015/05
ちびトラとルージャ／マウゴジャタ・ムシェロヴィチ著／未知谷／2014/03
月を盗んだ男−NASA史上最大の盗難事件／ベン・メズリック著／東京創元社／2014/10
なぞとき博物館 ミイラの呪文がとけちゃった!?／ダン・メトカーフ作／KADOKAWA／2016/10
世界一の三人きょうだい／グードルン・メプス作／徳間書店／2016/07
グルブ消息不明−はじめて出逢う世界のおはなし／エドゥアルド・メンドサ著／東宣出版／2015/07
ミミとまいごの赤ちゃんドラゴン／マイケル・モーパーゴ作／徳間書店／2016/10
月にハミング／マイケル・モーパーゴ作／小学館／2015/08
走れ、風のように／マイケル・モーパーゴ著／評論社／2015/09
だれにも話さなかった祖父のこと／マイケル・モーパーゴ文／あすなろ書房／2015/02
月と六ペンス／サマセット・モーム著／新潮社（新潮文庫）／2014/04
いま見てはいけないデュ・モーリア傑作集／ダフネ・デュ・モーリア著／東京創元社（創元推理文庫）／2014/11
ロイヤルバレエスクール・ダイアリー 1 エリーのチャレンジ／アレクサンドラ・モス著／駒草出版／2014/05
ロイヤルバレエスクール・ダイアリー 2 跳べると信じて／アレクサンドラ・モス著／駒草出版／2014/05
ロイヤルバレエスクール・ダイアリー 3 パーフェクトな新入生／アレクサンドラ・モス著／駒草出版／2014/05
ロイヤルバレエスクール・ダイアリー 4 夢の翼を広げて／アレクサンドラ・モス著／駒草出版／2014/05
ロイヤルバレエスクール・ダイアリー 5 ルームメイトのひみつ／アレクサンドラ・モス著／駒草出版／2014/07
ロイヤルバレエスクール・ダイアリー 6 いっしょならだいじょうぶ／アレクサンドラ・モス著／駒草出版／2014/08
ロイヤルバレエスクール・ダイアリー 7 あたらしい出会い／アレクサンドラ・モス著／駒草出版／2014/09
ロイヤルバレエスクール・ダイアリー 8 恋かバレエか／アレクサンドラ・モス著／駒草出版／2014/10
ミルキーブルーの境界／アレックス・モレル著／早川書房（ハヤカワ・ミステリ文庫）／2015/11
アンの幸福 1／L・M・モンゴメリ作／講談社（講談社大きな文字の青い鳥文庫）／2015/09
アンの幸福 2／L・M・モンゴメリ作／講談社（講談社大きな文字の青い鳥文庫）／2015/09
アンの幸福 3／L・M・モンゴメリ作／講談社（講談社大きな文字の青い鳥文庫）／2015/09
アンの幸福 4／L・M・モンゴメリ作／講談社（講談社大きな文字の青い鳥文庫）／2015/09
アンの夢の家−赤毛のアン5−上中下／L・M・モンゴメリ作／講談社（講談社大きな文字の青い鳥文庫）／2015/09
アンの青春−新訳　完全版上／L.M.モンゴメリ作／KADOKAWA（角川つばさ文庫）／2015/03
アンの青春−新訳　完全版下／L.M.モンゴメリ作／KADOKAWA（角川つばさ文庫）／2015/04
赤毛のアン 上下　完全版／L.M.モンゴメリ作／KADOKAWA（角川つばさ文庫）／2014/04
赤毛のアン／L.M.モンゴメリ作／講談社／2014/05
アンの夢の家赤毛のアン（5）／L.M.モンゴメリ作／講談社（青い鳥文庫）／2014/01
赤毛のアン−ポプラ世界名作童話；1／L.M.モンゴメリ作／ポプラ社／2015/11
赤毛のアン：注釈版／L・M・モンゴメリ著／原書房／2014/08
アイデアたまごのそだてかた／コビ・ヤマダぶん／海と月社／2016/02
フィフス・ウェイブ／リック・ヤンシー著／集英社（集英社文庫）／2016/03
たのしいムーミン一家／トーベ・ヤンソン作・絵／講談社／2015/07
ムーミン谷の冬／トーベ・ヤンソン作・絵／講談社（講談社青い鳥文庫）／2014/01

小さなトロールと大きな洪水／トーベ・ヤンソン作・絵／講談社（講談社青い鳥文庫）／2015/02
ムーミン谷の彗星／トーベ・ヤンソン作／講談社（講談社青い鳥文庫）／2014/02
たのしいムーミン一家／トーベ・ヤンソン作／講談社（講談社青い鳥文庫）／2014/04
マイティ・ソー ダーク・ワールド／クリストファー・L.ヨスト脚本／講談社／2014/09
国を救った数学少女／ヨナス・ヨナソン著／西村書店東京出版編集部／2015/07
天国に行きたかったヒットマン／ヨナス・ヨナソン著／西村書店東京出版編集部／2016/11
窓から逃げた100歳老人／ヨナス・ヨナソン著／西村書店東京出版編集部／2014/07
ヴェサリウスの秘密／ジョルディ・ヨブレギャット著／集英社（集英社文庫）／2016/10
シェイクスピアのいる文房具店−はじめて読むじんぶん童話シリーズ／シン・ヨンラン文／彩流社／
　2015/11
さよなら、シリアルキラー／バリー・ライガ著／東京創元社（創元推理文庫）／2015/05
ライオン・ガード カイオンの冒険／フォード・ライリー原作／KADOKAWA（角川つばさ文庫）／
　2016/11
はじまりのとき／タィン=ハ・ライ作／鈴木出版（鈴木出版の海外児童文学）／2014/06
おいぼれミック／バリ・ライ著／あすなろ書房／2015/09
雪を待つ−チベット文学の新世代／ラシャムジャ著／勉誠出版／2015/01
ファオランの冒険 4 仮面をかぶった預言者／キャスリン・ラスキー著／KADOKAWA／2014/01
ガフールの勇者たち エピソード0 はじまりの物語／キャスリン・ラスキー著／KADOKAWA／2014/04
ファオランの冒険 5 旅する仲間たち／キャスリン・ラスキー著／KADOKAWA／2014/06
ファオランの冒険6−＜果てなき青み＞へ！／キャスリン・ラスキー著／KADOKAWA／2015/01
ガフールの勇者たち特別編／キャスリン・ラスキー著／KADOKAWA／2015/04
バニヤンの木陰で／ヴァデイ・ラトナー著／河出書房新社／2014/04
アナと雪の女王−アレンデール城のゆうれい　オラフとスヴェンの氷の配達／ランディ・クィン・ウォーカ
　ー文えリザベス・ラドニック文／講談社（講談社KK文庫）／2016/02
おたずねもの姉妹の探偵修行 File#3 踊るポリスマンの秘密／M・E・ラブ著／学研プラス／2015/11
おたずねもの姉妹の探偵修行 File#4 クリスマスの暗号を解け！／M・E・ラブ著／学研プラス／2015/12
おたずねもの姉妹の探偵修行 File#1 学園クイーンが殺された！？／M・E・ラブ著／学研教育出版／
　2015/07
おたずねもの姉妹の探偵修行 File#2 チョコレートは忘れない／M・E・ラブ著／学研教育出版／2015/09
おたすけなみだとおじゃまなみだ／イローナ・ラメルティンク文／西村書店東京出版編集部／2014/09
スカラブ号の夏休み上下／アーサー・ランサム作／岩波書店（岩波少年文庫）／2015/07
シロクマ号となぞの鳥上下／アーサー・ランサム作／岩波書店（岩波少年文庫）／2016/01
オリバーとさまよい島の冒険／フィリップ・リーヴ作／理論社／2014/01
一年後のおくりもの／サラ・リーン作／あかね書房／2014/12
独りでいるより優しくて／イーユン・リー著／河出書房新社／2015/07
オリンポスの神々と7人の英雄 外伝−パーシー・ジャクソンとオリンポスの神々シーズン2／リック・リオ
　ーダン作／ほるぷ出版／2016/11
パーシー・ジャクソンとオリンポスの神々5-上下／リック・リオーダン作／静山社／2016/11
パーシー・ジャクソンとオリンポスの神々2-上下／リック・リオーダン作／静山社（静山社ペガサス文庫）
　／2016/03
パーシー・ジャクソンとオリンポスの神々1-上下／リック・リオーダン作／静山社（静山社ペガサス文庫）
　／2015/11
オリンポスの神々と7人の英雄 4 ハデスの館／リック・リオーダン作／ほるぷ出版／2014/11
パーシー・ジャクソンとオリンポスの神々?タイタンの呪い〈3-上下〉／リック・リオーダン作／静山社
　（静山社ペガサス文庫）／2016/06
パーシー・ジャクソンとオリンポスの神々−迷宮の戦い〈4-上下〉／リック・リオーダン作／静山社（静山
　社ペガサス文庫）／2016/09

パーシー・ジャクソンとオリンポスの神々 外伝・ハデスの剣／リック・リオーダン作／静山社（静山社ペガサス文庫）／2016/12
最後の航海―オリンポスの神々と7人の英雄 5-パーシー・ジャクソンとオリンポスの神々シーズン2／リック・リオーダン著／ほるぷ出版／2015/11
ケイン・クロニクル炎の魔術師たち 2／リック・リオーダン著／KADOKAWA／2014/03
ケイン・クロニクル炎の魔術師たち 3／リック・リオーダン著／KADOKAWA／2016/03
戦火の三匹ロンドン大脱出／ミーガン・リクス作／徳間書店／2015/11
ミス・ペレグリンと奇妙なこどもたち 上下／ランサム・リグズ著／潮出版社（潮文庫）／2016/12
ディズニープリンセス 愛のものがたり／キティ・リチャーズ文／講談社（講談社KK文庫）／2016/09
フィニアスとファーブ ドッキリおばけ屋敷／キティ・リチャーズ文／KADOKAWA（角川つばさ文庫）／2014/04
リンドグレーンと少女サラ：秘密の往復書簡／アストリッド・リンドグレーン／岩波書店／2015/03
長くつしたのピッピポプラ世界名作童話；8／A.リンドグレーン作／ポプラ社／2015/11
ピッピ、お買い物にいく／アストリッド・リンドグレーン作／徳間書店／2015/06
白いイルカの浜辺-評論社の児童図書館・文学の部屋／ジル・ルイス作／評論社／2015/07
紅のトキの空-評論社の児童図書館・文学の部屋／ジル・ルイス作／評論社／2016/12
ナルニア国物語 2-ライオンと魔女と衣装だんす／C・S・ルイス著／光文社（光文社古典新訳文庫）／2016/02
ナルニア国物語 1-魔術師のおい／C・S・ルイス著／光文社（光文社古典新訳文庫）／2016/09
スター・ウォーズエピソードⅠファントム・メナス／ジョージ・ルーカス原作／講談社／2015/03
スター・ウォーズエピソードⅡクローンの攻撃／ジョージ・ルーカス原作／講談社／2015/05
スター・ウォーズエピソードⅢシスの復讐／ジョージ・ルーカス原作／講談社／2015/07
スター・ウォーズエピソードⅣ新たなる希望／ジョージ・ルーカス原作／講談社／2014/07
スター・ウォーズエピソードⅥジェダイの帰還／ジョージ・ルーカス原作／講談社／2015/02
スター・ウォーズエピソードⅤ帝国の逆襲／ジョージ・ルーカス原作／講談社／2014/11
STAR WARS フォースの覚醒前夜／グレッグ・ルーカ著／講談社（講談社KK文庫）／2016/01
STAR WARS ジャーニー・トゥ・フォースの覚醒 おれたちの船って最高だぜ!／グレッグ・ルーカ著／講談社（講談社KK文庫）／2015/12
熊と踊れ 上下／アンデシュ・ルースルンド／早川書房（ハヤカワ・ミステリ文庫）／2016/09
日々の光／ジェイ・ルービン著／新潮社／2015/07
シンデレラ／エリザベス・ルドニック作／ディズニーアニメ小説版／2015/05
マレフィセント／エリザベス・ルドニック作／偕成社（ディズニーアニメ小説版）／2014/08
にんじん／ジュール・ルナール著／新潮社（新潮文庫）／2014/10
怪盗アルセーヌ・ルパン-10歳までに読みたい世界名作／モーリス・ルブラン作／学研教育出版／2015/04
怪盗紳士アルセーヌ・ルパン／モーリス・ルブラン作／KADOKAWA（角川つばさ文庫）／2015/07
怪盗紳士アルセーヌ・ルパン奇岩城／モーリス・ルブラン作／KADOKAWA（角川つばさ文庫）／2016/02
怪盗アルセーヌ・ルパン-あやしい旅行者／モーリス・ルブラン作／学研プラス／2016/06
怪盗アルセーヌ・ルパンあらわれた名探偵：世界一有名な探偵も登場!ルパンとの推理対決!?-10歳までに読みたい名作ミステリー／モーリス・ルブラン作／学研プラス／2016/09
怪盗アルセーヌ・ルパン王妃の首かざり：ルパン史上最大!?大きなどろぼう計画と、少年時代の物語-10歳までに読みたい名作ミステリー／モーリス・ルブラン作／学研プラス／2016/11
怪盗アルセーヌ・ルパン少女オルスタンスの冒険／モーリス・ルブラン作／学研プラス／2016/12
怪盗ルパン謎の旅行者 ルブラン-ショートセレクション／モーリス・ルブラン作／理論社／2016/12
奇巌城／モーリス・ルブラン著／真珠書院（パール文庫）／2015/04
ルパン対ホームズ／モーリス・ルブラン著／早川書房（ハヤカワ・ミステリ文庫）／2015/08
天国でまた会おう／ピエール・ルメートル著／早川書房／2015/10
ラミッツの旅／グニッラ・ルンドグレーン作／さ・え・ら書房／2016/01

戦場のオレンジ／エリザベス・レアード作／評論社／2014/04
世界一のランナー／エリザベス・レアード作／評論社／2016/01
マンモスアカデミー1 きえた給食のなぞ／ニール・レイトン作／小峰書店／2015/09
マンモスアカデミー2 ねらわれた創立祭／ニール・レイトン作／小峰書店／2016/01
マンモスアカデミー3 林間学校で大ピンチ!／ニール・レイトン作／小峰書店／2016/04
魔法にかけられたエラ／ゲイル・カーソン・レヴィン著／AZホールディングス／2016/12
ぼくのレオおじさん-ルーマニア・アルノカ平原のぼうけん／ヤネッツ・レヴィ作／学研教育出版／2014/11
ロイヤルペット ビューティ／ブロンディ／ティーカップ／テナント・レッドバンク文／KADOKAWA／2015/05
裏庭探偵クラブ 1 密室で消えた父をさがせ!／M.G.レナード著／KADOKAWA／2016/06
ヘフツィール物語／A.レペトゥーヒン文／未知谷／2015/11
ぼくらのミステリータウン 11 名画と怪盗オレンジ／ロン・ロイ作／フレーベル館／2014/03
エレナーとパーク／レインボー・ローウェル著／辰巳出版／2016/02
ペットのきんぎょがおならをしたら…?／マイケル・ローゼン作／徳間書店／2016/06
はじまりのはな／マイケル・J・ローゼン文／くもん出版／2014/09
ハリーポッター5 ハリー・ポッターとアズカバンの囚人 3-2／J・K・ローリング作／静山社（静山社ペガサス文庫）／2014/06
ハリーポッター6 ハリー・ポッターとアズカバンの囚人 3-1／J・K・ローリング作／静山社（静山社ペガサス文庫）／2014/06
ハリーポッター7 ハリー・ポッターと炎のゴブレット 4-1／J・K・ローリング作／静山社（静山社ペガサス文庫）／2014/07
ハリーポッター8 ハリー・ポッターと炎のゴブレット 4-3／J・K・ローリング作／静山社（静山社ペガサス文庫）／2014/07
ハリーポッター9 ハリー・ポッターと炎のゴブレット 4-2／J・K・ローリング作／静山社（静山社ペガサス文庫）／2014/07
ハリー・ポッターと賢者の石 ―「ハリー・ポッター」シリーズ／J.K.ローリング作／静山社／2015/11
ハリー・ポッターと秘密の部屋 ―「ハリー・ポッター」シリーズ／J.K.ローリング作／静山社／2016/10
ハリー・ポッターと謎のプリンス 6-1・6-2・6-3―ハリー・ポッター／J.K.ローリング作／静山社（静山社ペガサス文庫）／2014/11
ハリー・ポッターと死の秘宝 7-1・7-2・7-3・7-4― ハリー・ポッター／J.K.ローリング作／静山社（静山社ペガサス文庫）／2015/01
ハリー・ポッターと賢者の石 1-1・1-2―ハリー・ポッター／J.K.ローリング作；松岡佑子訳／静山社（静山社ペガサス文庫）／2014/03
ハリー・ポッターと秘密の部屋 2-1・2-2―ハリー・ポッター／J.K.ローリング作；松岡佑子訳／静山社（静山社ペガサス文庫）／2014/05
ハリー・ポッターと不死鳥の騎士団 5-1・5-2・5-3・5-4―ハリー・ポッター／J.K.ローリング作；松岡佑子訳／静山社（静山社ペガサス文庫）／2014/09
デルトラ・クエスト1／エミリー・ロッダ作／岩崎書店（フォア文庫）／2014/12
デルトラ・クエスト5／エミリー・ロッダ作／岩崎書店（フォア文庫）／2016/04
スター・オブ・デルトラ1―〈影の大王〉が待つ海へ／エミリー・ロッダ著／KADOKAWA／2016/11
勇者ライと3つの扉3-木の扉／エミリー・ロッダ著／KADOKAWA／2015/05
思い出のマーニー／ジョーン・G・ロビンソン作／KADOKAWA（角川つばさ文庫）／2014/07
思い出のマーニー 新訳／ジョーン・G・ロビンソン著／KADOKAWA（角川文庫）／2014/07
思い出のマーニー／ジョーン・G・ロビンソン著／新潮社（新潮文庫）／2014/07
思い出のマーニー／ジョーン・G・ロビンソン著／岩波書店／2014/05
ドリトル先生物語-ポプラ世界名作童話；9／H.ロフティング作／ポプラ社／2015/11

ドリトル先生と秘密の湖-新訳 上下／ヒュー・ロフティング作／KADOKAWA（角川つばさ文庫）／2014/08
ドリトル先生と緑のカナリア：新訳／ヒュー・ロフティング作／KADOKAWA（角川つばさ文庫）／2015/08
ドリトル先生の最後の冒険：新訳／ヒュー・ロフティング作／KADOKAWA（角川つばさ文庫）／2015/11
ドリトル先生のガブガブの本／ヒュー・ロフティング作／KADOKAWA（角川つばさ文庫）／2016/08
ドリトル先生航海記／ヒュー・ロフティング著／新潮社（新潮モダン・クラシックス）／2014/03
冒険者キット 1　野生動物の町をとりもどせ！／C.アレクサンダー・ロンドン著／KADOKAWA／2016/04
暗号クラブ 4.5 暗号クラブ結成の日／ペニー・ワーナー著／KADOKAWA／2015/04
暗号クラブ 5 謎のスパイを追え！／ペニー・ワーナー著／KADOKAWA／2015/08
暗号クラブ 6 エンジェル島キャンプ事件／ペニー・ワーナー著／KADOKAWA／2015/12
暗号クラブ 8 犯人は学校の中にいる！／ペニー・ワーナー著／KADOKAWA／2016/12
暗号クラブ 4 よみがえったミイラ／ペニー・ワーナー著／KADOKAWA／2014/07
暗号クラブ 7 マジック・ランドで行方不明!?／ペニー・ワーナー著／KADOKAWA／2016/08
ディズニープリンセス ウエディング?ストーリーズ／ディズニー・パブリッシング・ワールドワイド原作／KADOKAWA（角川つばさ文庫）／2015/01
くまのプーさん プーさんたちの楽しい毎日／ディズニー・パブリッシング・ワールドワイド文／KADOKAWA（角川つばさ文庫）／2016/10
森のプレゼント／ローラ・インガルス・ワイルダー作／朝日出版社／2015/11
プラム・クリークの土手で／ローラ・インガルス・ワイルダー作／KADOKAWA（角川つばさ文庫）／2014/06
しあわせのおうじ-せかい童話図書館;35／ワイルドさく／いずみ書房／2014/09
ほしのこ-せかい童話図書館;14／ワイルドさく／いずみ書房／2014/09
ディズニーインフィニティ／エイミー・ワインガルトナー文／KADOKAWA（角川つばさ文庫）／2016/01
ピーター／バーナデット・ワッツ作／BL出版／2014/08
ガリバー旅行記：こびとの国や巨人の国を冒険する物語-10歳までに読みたい世界名作;4／横山洋子監修／学研教育出版／2014/09
トム・ソーヤの冒険：元気いっぱいの少年が巻きおこす大そうどう-10歳までに読みたい世界名作;2／横山洋子監修／学研教育出版／2014/07
オズのまほうつかい：ねがいをかなえるため…まほうの国へのふしぎな旅-10歳までに読みたい世界名作;3／横山洋子監修／学研教育出版／2014/09
赤毛のアン：明るく元気に生きる女の子の物語-10歳までに読みたい世界名作;1／横山洋子監修／学研教育出版／2014/07
トイ・ストーリー謎の恐竜ワールド／橘高弓枝文／偕成社（ディズニーアニメ小説版）／2015/12
戦争ごっこ／玄吉彦著／岩波書店／2015/03
西遊記 上下／呉承恩原作／講談社（講談社オンデマンドブックス）／2015/09
西遊記-10歳までに読みたい世界名作／呉承恩作／学研教育出版／2015/02
西遊記-ポプラ世界名作童話;6／呉承恩作／ポプラ社／2015/11
リトルプリンス・トリック ＝LITTLE PRINCE TRICK：星の王子からのメッセージ""／滝川美緒子／講談社／2015/11
兵士になったクマ ヴォイテク／長野徹訳／汐文社／2015/08
水滸伝 上下／渡辺仙州編訳／偕成社／2016/04
浮き橋のそばのタンムー／彭学軍著／ポプラ社（ポプラせかいの文学2）／2015/07
年月日／閻連科著／白水社／2016/11

世界の児童文学登場人物索引 単行本篇

2014-2016

2018年12月1日　第1刷発行

発行者	道家佳織
編集・発行	株式会社DBジャパン 〒151-0053 東京都渋谷区代々木2-23-1 　　　　　　　　ニューステイトメナー865
電話	03-6304-2431
ファクス	03-6369-3686
e-mail	books@db-japan.co.jp
装丁	DBジャパン
電算漢字処理	DBジャパン
印刷・製本	大日本法令印刷株式会社
制作スタッフ	後宮信美、小寺恭子、竹中陽子、 野本純子、古田紗英子、御厨勤子、 武藤紀美、森田香

不許複製・禁無断転載
〈落丁・乱丁本はお取り換えいたします〉
ISBN 978-4-86140-041-4
Printed in Japan 2018